高丽文人的汉诗与中国文化的关联研究
——以《东文选》中的汉诗为中心

尹允镇 著

东南大学出版社
SOUTHEAST UNIVERSITY PRESS
·南京·

内容提要

本书按时间顺序，主要以《东文选》中收录的高丽前期、中期、后期主要作家的汉诗为对象，论述了这些诗歌中出现的历史人物、文人墨客、多种典故等有关中国文化的元素，以及直接引用的中国古代诗人的诗句和辞藻等，分析了诗人在诗歌中述及这些元素的意图和深层次内涵，以及对韩国古典文学乃至文化的发展所产生的巨大影响，从而为当今的"文化走出去"提供有益借鉴。

图书在版编目(CIP)数据

高丽文人的汉诗与中国文化的关联研究：以《东文选》中的汉诗为中心 / 尹允镇著. — 南京：东南大学出版社，2023.8

ISBN 978-7-5766-0402-3

Ⅰ. ①高… Ⅱ. ①尹… Ⅲ. ①中华文化—关系—汉诗—诗歌研究—朝鲜—高丽(918-1392) Ⅳ. ①I312.072

中国版本图书馆 CIP 数据核字(2022)第 232218 号

责任编辑：刘 坚　　责任校对：张万莹　　封面设计：毕 真　　责任印制：周荣虎

高丽文人的汉诗与中国文化的关联研究——以《东文选》中的汉诗为中心
GAOLI WENREN DE HANSHI YU ZHONGGUO WENHUA DE GUANLIAN YANJIU——YI DONGWENXUAN ZHONG DE HANSHI WEI ZHONGXIN

著　　者	尹允镇
出版发行	东南大学出版社
社　　址	南京市四牌楼2号(邮编：210096　电话：025-83793330)
网　　址	http://www.seupress.com
邮　　箱	press@seupress.com
经　　销	全国各地新华书店
印　　刷	广东虎彩云印刷有限公司
开　　本	787 mm×1092 mm　1/16
印　　张	15.25
字　　数	370 千字
版　　次	2023 年 8 月第 1 版
印　　次	2023 年 8 月第 1 次印刷
书　　号	ISBN 978-7-5766-0402-3
定　　价	78.00 元

* 本社图书若有印装质量问题，请直接与营销部联系。电话：025-83791830

总　序

东北亚作为一个地缘区域,包括中国、日本、朝鲜、韩国、俄罗斯、蒙古国六个国家。东北亚国家之间有着天然的链接与利益上的紧密联系,在长期的历史相处与交往中,形成了独具特色的"东北亚情结""东北亚文化"与"东北亚认同"。

历史上,中国与朝鲜半岛国家和日本曾书同文,结成了"汉字文化圈",思想文化交流基础深厚,建立起了以中国为中心的地区秩序。

近代,东北亚经历了综合实力对比的变换、关系和秩序格局的翻转,其中,最重大的转变是,作为中心国家的中国衰落,日本崛起,走向了帝国扩张道路,占领了朝鲜半岛,侵略中国,与俄国争夺地区霸权,原有的地区秩序崩塌。

现代,东北亚地区关系与格局历经了重大的转换。第二次世界大战中,中苏美英结成反法西斯同盟,日本战败并被美国占领。战后,苏美反目,发生冷战对抗,中华人民共和国成立并与苏联友好,蒙古国加入苏联阵营,日本成为美国的盟国,朝鲜半岛一分为二,韩国成为美国的盟国,朝鲜加入苏联阵营,由此,东北亚陷入以冷战为背景的对抗格局。值得提及的是,二战后,由于美国直接介入东北亚事务,并且在日韩有驻军,在关系与利益界定上,东北亚中的美国因素变得非常重要。因此,论及东北亚,不能不提及美国。

这种格局自20世纪60年代初开始发生变化。中苏关系发生变化,进而成为敌对国家,中美建交并共同对抗苏联,中日实现邦交正常化,而朝鲜半岛的分裂与对抗延续。冷战结束后,东北亚地区关系与格局发生了新的变化。中俄实现了关系正常化并进一步确立了战略协作伙伴关系,中韩实现关系正常化,而朝鲜半岛出现新的对抗,特别是朝鲜发展核武器,使得地区安全关系复杂化。中国的迅速崛起,不仅使得中美关系发生转变,也对东北亚地区的政治等格局产生影响。引人注目的是,作为冷战产物的朝鲜半岛分裂格局并没有因为冷战结束而发生转变,而2018年开启的美朝对话、(朝鲜半岛)南北交流,虽然带来和解的希望,但能否为半岛带来真正的和平,东北亚地区能否构建基于长久和平的新机制,还有待观察。在世界上,像东北亚这样充满大变数的地区为数不多。

在发展上,东北亚是一个创造奇迹的地区。二战以后,日本经济快速恢复,在不长时间内跃升为世界第二大经济体;韩国实现经济起飞,进入发达经济体行列;中国实施改革开放政策,经济实现腾飞,超越日本成为世界第二大经济体;而被安全同盟体系分割的中、日、韩三国,以开放的市场为平台,在经济上建立了紧密联系,并且建立了三国合作机制。事实上,东北亚地区的联系与合作发展出了多层次、多形式的机制,有官方的,也有民间的;有大区的,也有次区的;有经济的,也有社会文化的;等等。

从教学与研究角度看,东北亚既是国别,也是区域,具有区域与国别的综合性和交叉性。区域与国别教学和研究本应是一个独立的学科,因为任何单一的学科都不能说清楚区域的问题、国别的问题,以及区域与国别交叉的问题。区域与国别教学和研究,一方面需要探究作为合体的区域综合性问题,另一方面需要探究作为单一的国家特殊性问题,因此,区域与国别,二者既相互联系,又各有不同。从本源上说,国别是研究的基础,国别研究内容"包罗万象",既涉及经济、政治、社会、语言、文化,也涉及地理、资源、人口、科技等。区域作为国别存在的地缘和利益依托,涉及国家间的关系、区域秩序与治理。在当今时代,区域链接越来越紧密,所涉及的领域也越来越广。尽管东北亚没有建立起像欧盟那样的区域组织,但是发展和提升具有东北亚特色的区域机制与区域治理,具有越来越重要的现实意义,越来越具有紧迫性。

当然,东北亚不是一个封闭的地区,而是一个具有很强开放性与外向性的地区,这显著地表现在各国的对外关系、安全机制、经济关系的构建上,在许多方面,区内的联系甚至弱于区域外的联系。比如,在安全领域,至今没有一个区域性的机制;在经济领域,自贸区构建的重点在域外,区内贸易、投资比重低于区外比重;在区域观方面,公众与政治家的认同感基础并不牢固。因此,国别性是东北亚地区的凸显特征。

2017年,山东大学决定在威海校区建立东北亚学院。东北亚学院集教学与研究为一体,具备多学科配置,拥有从学士、硕士到博士学位的授权资格,被确立为新兴交叉学科发展的试点单位。我们编撰这套"东北亚研究丛书"就是为了推动作为新兴交叉学科构建的东北亚教学与研究体系,也是为了让人们能够从不同领域、不同视角更深入地了解东北亚。

张蕴岭
中国社会科学院学部委员
山 东 大 学 讲 席 教 授
东北亚学院学术委员会主任

目 录

MULU

绪　论　东北亚文化时代的比较文学……………………………………………… 001

第一章　古代中韩关系和韩国汉诗的发展以及《东文选》的编撰……………… 009
　　第一节　古代中韩关系与韩国汉诗的产生与发展…………………………… 009
　　第二节　朝鲜王朝的文化建设和《东文选》的编撰背景…………………… 015
　　第三节　《东文选》的编撰过程……………………………………………… 019

第二章　高丽前期文人的汉诗和中国文化的关联………………………………… 028
　　第一节　金富轼的汉诗和中国文化的关联…………………………………… 028
　　第二节　郑知常的汉诗和中国文化的关联…………………………………… 036
　　第三节　朴寅亮、郑袭明、郭舆、高兆基的汉诗与中国文化的关联……… 042
　　第四节　金敦中、崔惟清、崔诜、朴椿龄的汉诗与中国文化的关联……… 048

第三章　高丽中期文人的汉诗和中国文化的关联（一）………………………… 055
　　第一节　李仁老的古体汉诗和中国文化的关联……………………………… 055
　　第二节　李仁老的七言新体诗与中国文化的关联…………………………… 065
　　第三节　林椿的汉诗和中国文化的关联……………………………………… 074
　　第四节　吴世才、俞升旦、崔滋的汉诗与中国文化的关联………………… 080

第四章　高丽中期文人的汉诗和中国文化的关联（二）………………………… 085
　　第一节　李奎报的汉诗和中国文化的关联…………………………………… 085
　　第二节　金克己的汉诗和中国文化的关联…………………………………… 095
　　第三节　陈澕的汉诗与中国文化的关联……………………………………… 103
　　第四节　金之岱、李藏用、郭预的汉诗与中国文化的关联………………… 107

第五章　高丽后期文人的汉诗和中国文化的关联（一）………………………… 113
　　第一节　李齐贤的汉诗和中国文化的关联（一）…………………………… 113

第二节　李齐贤的汉诗和中国文化的关联(二) ·················· 122
　　第三节　李谷的汉诗和中国文化的关联 ························ 126
　　第四节　洪侃、崔瀣的汉诗与中国文化的关联 ·················· 131
　　第五节　安震、白元恒、安轴、辛蔵的汉诗与中国文化的关联 ······ 136

第六章　高丽后期文人的汉诗和中国文化的关联(二) ················ 141
　　第一节　郑誧的汉诗和中国文化的关联 ························ 141
　　第二节　李达衷的汉诗与中国文化的关联 ······················ 147
　　第三节　李仁复、李存吾、白文宝、权汉功、闵思平的汉诗与中国文化的关联 ······ 151
　　第四节　柳淑、韩修、郑枢、偰逊、郑思道的汉诗与中国文化的关联 ······ 157

第七章　高丽后期文人的汉诗与中国文化的关联(三) ················ 168
　　第一节　李穑的五七言"咏史诗"和中国文化的关联 ·············· 168
　　第二节　李穑的五七言律诗、绝句与中国文化的关联 ············ 174
　　第三节　郑梦周的汉诗和中国文化的关联 ······················ 182
　　第四节　李崇仁的汉诗和中国文化的关联 ······················ 188
　　第五节　尹绍宗的汉诗与中国文化的关联 ······················ 194

附录一 ·· 198
附录二 ·· 199
参考文献 ·· 234
后记 ·· 236

绪 论
东北亚文化时代的比较文学

一

这是一个比较文学和比较文化的新时代。中国的改革开放和由此而来的经济腾飞，中国的崛起以及史无前例的"一带一路"倡议正在推动世界政治经济新秩序的形成，呼唤着新时代的到来，它正在有力地改变这个世界固有的政治、经济、文化的秩序和格局，朝着新的时代迈进。由此，中国越来越得到世界的瞩目，以中国为中心的东北亚也越来越得到世界的关注，加上韩国、日本等原有的东北亚经济力量和它们在世界经济中的地位，东方在世界上的地位也逐渐提升，引起世界的关注。不仅如此，这些力量逐渐向世界各地辐射，引导着世界的政治、经济、文化在更大规模上的变化，也许这就是一个新的政治、经济、文化的时代。

世界政治、经济秩序和格局的一系列变化必然带来世界文化格局的变化，其中除中国的政治、经济之外，还有一个更为引人注目的就是中国文化。随着中国的腾飞，与之相适应的中国文化和以它为中心的东方文化的繁荣和崛起也成了近来世界文化界的一个重要话题。众所周知，中国文化以及以它为中心的东亚文化有其独特的内涵。综观基于"亚细亚式的生产方式"[①]基础上产生的东方文化，从它的产生到发展都有其有别于其他文化圈的文化，在此基础上产生的经济基础以及与之相应的意识形态和上层建筑具有与其他文化圈不同的内容。尤其是在西方的坚船利炮的冲击中艰难完成的近代历史转型，乃至近年来由中国的改革开放中呈现出来的独特的文化内涵使它具备了更为独特的内在特性。很明显，这些内涵就不同于西方的和已有的传统内涵。大家知道，当今的世界以及它的观念体系、价值体系基本上是以西方为主的，我们讨论诸多问题都是以西方文化价值体系为标准，以它的标准衡量是非曲直。围绕着以人性、人道为中心的价值观，以及以人性、人道为中心的观念为核心的西方的文化体系成为推动世界文化发展的重要的引擎，对社会的发展起到了巨大的历史促进作用。但是，到了今天，这种观念遇到了不少问题，人们看到了一直是作为人类核心观念的近代理性开始显现出不少问题，一直被认为是正确的核心观念和价值体系也开始受到人们的质疑。当今的世界面临的包括恐怖

[①] 马克思：《〈政治经济学批判〉序言》，《马克思恩格斯全集》第13卷，北京：人民出版社，1986年版，第9页。

主义、贫富的差异、相对的贫困、资源的枯竭、环境的破坏和污染、衣食住行以及极端的个人主义、利己主义,还有道德的沦丧、精神的空虚、人性的扭曲等现代社会面临的诸多问题,其症结在哪里?还有一个值得我们重视的问题是西方文化不是解决所有问题的万能钥匙。因此,人们不能不提出问题,同时寻求解决现代社会面临的各种问题和拯救现代人类于困境之中的另一个最佳途径。作为它的一种解决方案我们可以重视人伦、和谐、"天人合一"、"和为贵"以及以此为核心价值观的东方文化。

当然,世界上不会有解决所有问题的万能钥匙,在某种意义上,东方文化也不是万能的,也许只能解决部分的、很有限的一些问题,但是整体上来说这比基于一种文化的单一价值观好得多,至少也多了一种解决问题的途径和方法,更为重要的是它的出现和崛起符合需要文化多元的全球化时代。

当今的时代是一个多元化的时代,这个时代也需要文化的多元。在这多元文化的时代,我们历史悠久的以中国文化为中心的东方文化应有一席之地,而且应该发挥历史性的作用。

比较文学也是文化的重要的有机组成部分。和文化一样,比较文学包括它的理论和实践也一直奉西方文化为圭臬。我们要改变这种历史现象。我们认为,我们东方也有自己的文化和价值体系,也有自己的观念意识和与之相适应的理论和实践,因此东方的比较文学包括文学理论也有以东方为中心展开的必要性。同样,中国的比较文学应以中国为中心展开。几年前,笔者曾经提出过,比较文学的"中国学派"和中国的比较文学应立足于自己,以自己为中心,从自己开始,创造出具有自己特色的理论以及研究方法。比较文学领域里的"法国学派"也好,"美国学派"也罢,在某种意义上就是方法论上的创新。就"中国学派"而言,归根结底还是方法论的创新。具体地讲,中国学派应先着眼于中国文学的研究,在此基础上逐步走向汉文化圈或儒文化圈的比较,整理出适合于自己和适合于汉文化圈的比较文学理论,再向不同文化圈之间的文学比较过渡,归纳出适合于这些不同文化圈的比较文学理论,最终才是中西、东西文学的比较,由此得出适用于世界文学、放之四海而皆准的比较文学理论。换言之,我们的理论创新,方法论上的创新,应立足于自己,从自己出发[①],先向东亚汉文化圈或儒家文化圈,再向印度文化圈等其他文化圈扩展,最终得出适用于世界文学的比较文学理论。由此中韩、中日等东方汉文化圈内的比较文学,儒家文化圈内的比较文学或者说是东亚的汉文学比较研究显得非常重要。

众所周知,中韩自古有密切的文化交流,中韩同属汉文化圈和儒文化圈,具有非常相近的文化土壤和历史发展过程以及文化传统,韩国自古深受中国儒家文化和汉文化的影响,包括萨满教的影响,形成了以中国的儒学为中心及核心价值观的历史和文化传统。

中韩古代文化交流始于上古时期,中国东北地区乃至朝鲜半岛上出土的包括红山文化在内的许多古文物遗址,都在述说着中韩两国非常久远的文化交流。尤其是进入公元前后期以来,中韩两国的文化交流更是密切,作为文化共同体、命运共同体共同谱写了东北亚辉煌的古代文化交流史。

谈到古代东北亚文化交流史,尤其是谈及中韩古代文化交流史,我们首先不能不谈到汉

[①] 有关这方面的观点参见拙文《比较文学"中国学派"之我观》,《延边大学学报(社会科学版)》,1997年第2期。

字。众所周知,汉字是中国文化的精华,是东亚文化的精髓,是东亚文化圈的共同文语[①],汉字使韩国融入了汉字为中心的中世纪东亚国际文化体系中,进而使中韩两国成为不可分割的共同体——汉文化圈内的文化共同体,它对东亚古代文化的发展起到了举足轻重的作用。汉字使中国和韩国、日本的文字和文化生活有了非常相近的特征,使它们成为以汉字为中心的巨大的文化共同体,树起了以汉字为媒介的古代东亚国际文化秩序。毋庸置疑,汉字是中国文明的象征,是中国文化的代表,当然韩国、日本也为汉文化的发展做出了一定的贡献,但其中起到主导作用、居于核心地位的仍然是中国。虽然现在韩国、日本也使用汉字,但已经不是古代意义上的汉字,而是作为东方汉文化圈意义上的汉字。如果没有汉字,我们很难想象韩国的古代文化能够流传至今,也很难想象韩国古代文化的现代传承。从这个意义上讲,汉字作为东亚古代文化的共同文语,为东亚文化的历史发展和文化传承做出了不可磨灭的巨大贡献。

要谈古代东亚文化和中韩古代文化交流,我们还不得不谈到儒学。儒学的主要经典,包括四书五经、孔孟之说,早就传到韩国、日本,成为他们教书育人的重要工具,同时把韩国、日本的实践理性和行为规范,包括道德规范和价值观念统一到一个价值体系中,使他们呈现出和中国几乎相同的实践理性和文化心理。到近代,当西方文化潮水般涌入古老的东方大地时,危难时刻中国人提出的"中体西用"、韩国人提出的"东道西器"、日本人提出的"和魂洋才",虽然没能抵御西方列强的侵略,但在对待外来侵略、抵御西方文化时,表现出来的几乎相同的文化心理和对策,足以说明不管是有矛盾、有冲突还是有分歧,但中日韩彼此是一个不可分离的共同体,具有几乎相同或者说是相近的社会文化心理机制。

在韩国,儒学一直是统治和维系整个社会生活的核心理念和价值观。当然,佛教也在一段时间内成为国家的统治理念。但是综观韩国的古代史,可以说几乎没有一个时期、没有一个朝代是忽视儒学的,即使是以佛教为国教的高丽时期,儒学也作为教书育人的工具和社会公共价值体系维系了整个社会生活。尤其是朝鲜王朝时期废除佛教,把儒学当作国教之后,儒学更是得到广泛的普及和弘扬,一直被作为判断是非曲直的唯一价值体系统治了整个朝鲜王朝时期。朝鲜王朝时期李滉、李珥等大儒的出现并非偶然,它与长年的儒学的历史积淀和其传统有着不可分割的关系。

在东方古代文化中,还有一个历史更为悠久的、更为重要的价值观念和理念,那就是萨满教。众所周知,萨满教是发源于黑龙江流域和松花江地区的古代宗教,是我们现在所能看到的最古老的原始宗教之一。尽管现在人们对它的理念持有各种各样的不同观点,但它毕竟是远古时代白山黑水之间的人们信奉的原始宗教,在很长一段时间内支配了人们的思想和意识。作为一个多神论宗教,它在韩国和日本也有很大的影响力,长时间支配了他们的精神生活,现在我们在韩国和日本的许多地方,不难发现许多与之相关的种种文化痕迹,尤其是渗透到民间老百姓日常生活中的萨满教的重大影响,这从各个侧面说明包括中国和朝鲜半岛、日本在内的东方各国和地区自古就是一个不可分割的文化共同体,有着相似的文化价值观念和体系。

---

① "共同文语"这个概念是韩国学者赵东一先生率先提出来的,在这里引用了他的观点和提法。

二

现在无法确认汉字是什么时候传到朝鲜半岛的,但包括考古学研究在内的各种研究结果和各种文化现象证明,公元 1 世纪前后汉字已经传到了朝鲜半岛。有些学者主张汉字是和"明刀钱"等战国时期的金属器具一道传到韩国的①,从朝鲜半岛内出土的文物和其他种种迹象看,这种主张是有根据的。古朝鲜后经箕子和卫满朝鲜时期,汉字在朝鲜半岛扎下了根,影响了他们的文字生活。到了汉武帝时,在朝鲜半岛设立的所谓的"汉四郡"以及它的解体,可能促进了汉字在朝鲜半岛的传播。到了 5 世纪前后,朝鲜半岛上的人们广泛使用汉字和汉文,留下了许多宝贵的文化遗产,如广开土王碑文、新罗 24 代真兴王(540—576 年在位)的巡狩碑的铭文②、百济武宁王陵志石③,都说明他们当时使用了流利的汉字和汉文,汉字和汉文成为他们的主要书写方式。由此可见,虽然在朝鲜半岛出现了"吏读文"和"训民正音",但汉字和汉文一直是他们的主要的书写方式,一直持续到近代。尤其是朝廷的各种公文、外交文书、法律文本、史书等重要的政府文件都用汉字写成,这足以说明汉字和汉文不仅在朝鲜半岛古代的文字书写上,还在政治、经济、文化整个社会生活中起到了重要的历史作用。

汉字和汉文的广泛使用自然促成了汉文学的产生。其实,在汉文化的巨大辐射下,在朝鲜半岛、日本等东亚国家和地区出现汉文学也是一个非常有趣的文化现象。汉字作为一个民族的书写语言,即作为一个文化圈的共同文语,成了其他民族的书写工具,而且能够维系上千年,即使是在其他民族自己的文字出现后也仍然成为其主要的书写方式,一直持续到现在。这种状况说明作为汉文化圈的共同文语,汉字的文化影响力和文化亲和力是相当惊人的,体现了汉字惊人的文化渗透力和文化凝聚力。

高丽汉诗是汉字传到朝鲜半岛后出现的一个文化现象,这些汉诗虽然诞生在异国他乡,但各个方面都和中国文化有着千丝万缕的联系,呈现出作为汉文学的种种特征。新罗、高丽、朝鲜王朝时期的汉文学也是这样。《东文选》是朝鲜半岛古代汉文学的集大成者,在朝鲜半岛汉文学史上有着重要的地位。正因为如此,《东文选》很早就得到了学界的重视,取得了多方面的研究成果,尤其是在中韩文学比较研究中取得了非常引人注目的研究成果。

在韩国,高丽汉诗及中韩古典文学的比较研究始于 20 世纪 30 年代,出现了部分有关论述,如金台俊的《朝鲜汉文学史》(1931)根据历史发展的时间顺序,详细地叙述了韩国汉文学的发展,为了解韩国汉文学的历史发展和韩国汉文学的研究打下了基础。尤其是它用很大的篇幅叙述高丽汉诗,为高丽汉诗的研究提供了许多线索,但它的重点还是从文学史的角度,阐述其一般性的发展脉络,很难说是一个真正意义上的研究。

韩国真正开始进行高丽汉诗及中韩古典文学的比较研究是光复后。纵观光复到现在的

---

① 张哲俊:《东亚比较文学导论》,北京:北京大学出版社,2004 年版,第 30 页。
② 新罗真兴王立的这种巡狩碑已经发现的有四个,分别位于首尔市和京畿道高阳市之间的北汉山、庆尚南道北部昌宁郡、咸镜南道咸兴郡黄草岭、咸镜北道利原郡。
③ 这座王陵位于今韩国忠清南道公州,碑文仿照中国南北朝时期优雅的骈体文风写成,是 529 年立的。

韩国的中韩古代诗歌文学比较研究,大约经历了四个阶段。第一阶段是 1945 年到 1961 年。这一阶段可以说是韩国中韩古典文学比较研究的孕育期,其中值得一提的是李家源的《韩国汉文学史》和朴晟义的《韩国诗歌和汉诗文》。前者是从文学史的角度谈论韩国汉文学;后者是把韩国的古代歌谣、乡歌、景几体歌、歌辞等体裁和中国的四六骈俪文、词、诗等进行多方面的比较,它们涉及的面很广,但研究不够深入,留下了多方面的不足,但应该说它们毕竟是韩国这一时期中韩古典文学比较研究方面的代表性成果,具有开拓性的意义。显然,这是一个很有意义的开端。第二阶段是 20 世纪 60 年代。到这时期中韩诗歌文学的比较研究论文明显增多,研究范围也明显扩大,不仅有专论《诗经》《赤壁赋》和韩国文学关系的研究论文,而且还有新罗汉诗和佛教、歌辞和辞赋、时调文学和唐诗的关联等较宽泛论题的研究论文。这使得韩国这一时期的中韩古典比较文学研究进入了一个新的阶段。第三阶段是 20 世纪 70 年代。其间韩国的古典文学比较研究主要集中在中国作家和韩国文学的关系上,如陶渊明、李白、杜甫、苏轼和韩国古典文学之间的关系成为韩国学界的热门话题。其中最重要的是李丙畴的《杜诗研究——以对韩国文学的影响为中心》。作者把韩国诗歌分为歌辞、诗歌、杂歌等体裁,详细考察了这些诗歌中的杜甫的影响。第四阶段是 20 世纪 80 年代之后。这一时期也出现了不少研究著作和论文,如李慧淳的《高丽前期汉文学史》是 2000 年后出现的高丽前期文学研究中的重大成果。在著作中,作者把资料相对贫乏但在韩国汉文学发展中占有重要地位的高丽前期汉文学作为研究对象,对它进行了非常细致深入的研究,尤其是著述中提出的一些观点以及有关五代和高丽文学、宋朝和高丽文学、苏轼和高丽文学之间关系的论述非常具有参考价值和学术价值。除此之外,李昌龙的《韩中诗歌的比较文学研究》、卞钟铉的《高丽朝汉诗研究:唐宋诗歌的接受样相和变用》、柳成俊的《韩国汉诗和唐诗的比较研究》等也是这方面的研究成果。这些研究的范围明显扩大,涉及的面也广,更为重要的是研究的质量有了明显的提高。综观这一时期的研究,主要围绕着以下几个方面进行:① 中国某一个时期的文学和韩国文学的关联,如唐代诗歌和韩国某一个时期,如高丽、朝鲜王朝时期的文学比较等;② 中国的某一个作家和韩国的某一个作家或者某一个时期的文学关系的研究,如陶渊明和高丽诗人、李白和朝鲜王朝的歌辞文学、苏轼对朝鲜诗人的影响,等等;③ 韩国的某一诗歌样式和中国文学的关联,如时调与唐诗的关系、歌辞文学与中国汉诗的关系、高丽的歌谣文学与唐诗的关系、高丽俗谣与宋词的关系、歌辞和辞赋之间的关系,等等;④ 韩国个别作家的作品和中国文学的关系,如松江歌辞与中国文学的关系、李齐贤和中国文学的关系;⑤ 韩国的某一作品和中国文学的关系,如《龙飞御天歌》和《诗经》的关系、《关东别曲》和《赤壁赋》的关系,等等。很明显,所有这些都是韩国在中韩古典文学比较研究中取得的重大研究成果,在中韩古典文学研究中有着重大的意义。

在韩国,《东文选》作为汉诗文集,早就得到了学术界的重视,但在《东文选》的专题研究以及和中国文学的关系研究上取得引人注目的成果也是在 20 世纪 80 年代以后,如金钟喆的《〈东文选〉所载赞的内容分析》[1]、李东欢的《〈东文选〉选文方向及其意义》[2]、金时邺的

---

[1] 金钟喆:《〈东文选〉所载赞的内容分析》,《韩国汉文学》20 集,韩国汉文学会,1997 年。
[2] 李东欢:《〈东文选〉选文方向及其意义》,《韩国古典研讨会》第二集,震檀学会,一潮阁,1985 年。

《〈东文选〉的诗歌文学世界》[①]、许兴植的《〈东文选〉的编撰动机和史料价值》[②]、朴世旭的《韩中赋的形态学比较研究》[③],等等。但综观这些研究成果大部分以单纯的《东文选》收录的作品作为研究对象,很少涉及《东文选》和《文选》的关系、《东文选》和中国文学的关系等方面的研究,所以很难说是《东文选》和中国文学的关系方面的重要研究成果。

在《东文选》的研究中,引起我们重视的是金钟喆的《〈东文选〉的理解和分析》。这是在韩国的《东文选》研究中,为数不多的专门研究《东文选》的著作。这部著作从《东文选》编撰的历史背景、编撰过程、文体的分类、收录的作家作品以及后来的影响等几个方面全面系统地研究《东文选》,是《东文选》研究领域里的重大研究成果。尤其是在《东文选》的编撰过程和编撰者方面细致深入的研究,对解读《东文选》有着很大的帮助和启示。在文学集子的编撰、文体的分类等方面和系统地阐述中国文学传统和《文选》的关系方面,该著作也做了非常详细的分析和有益的探讨,为进一步深入研究《东文选》和中国文学、《东文选》和《文选》的关系等提供了不少有价值的见解和启示。但是应该看到这是《东文选》和中国文学关联研究的整体性的宏观研究,不是收录在《东文选》里的具体的作品的微观研究,更不是这些作品中体现出来的中国文学有关部分的实证研究。因此,可以说《东文选》所收入的作品和中国文学的具体的关联研究几乎没有得到重视,具体的作品中反映出来的中国文学的影响还没有得到深入的实证性的研究,各方面的问题还没有得到解决,研究还有很大的空间和余地。本书进行的研究注重的就是这一些具体的作家和作品,重点考证这些作品中有哪些中国文学的要素,其来源是什么,以及这些中国要素在具体的诗歌中起到什么样的艺术作用等。

中国的中韩古典文学的比较研究始于20世纪80年代,尤其是1992年中韩建交后中国的中韩比较文学研究有了突飞猛进的发展,出现了韦旭升的《中国文学在朝鲜》,金柄珉、金宽雄主编的《朝鲜文学的发展与中国文学》,金宽雄、金东勋主编的《中朝古代诗歌比较研究》,金柄珉的《北学派文学研究》等著作和论文《朝鲜古典诗人李齐贤在中国》《李白对朝鲜的影响研究》《陶渊明对朝鲜的影响》《白居易的新乐府诗和茶山的诗》等颇具分量的研究成果。其中《中朝古代诗歌比较研究》一书,分"中国古代杰出诗人对朝鲜古代诗歌的影响"和"中国古代诗歌体裁、流派及形式对朝鲜古代诗歌的影响"两个部分,深入地研究中韩古代诗歌文学的关系,详细整理出了韩国古典诗歌和中国文学、中国作家的关联,为今后的相关研究打下了良好的基础。

但是,应该看到国内的研究主要还是沿用韩国的研究模式和套路,以宏观研究为主。应该说这种宏观研究是必要的,而且今后还要继续深入下去。但是,与此同时,我们的研究还要深入到微观领域。中韩古典诗歌文学的比较研究涉及面多,范围也广,经常涉及具体作家的创作和他们的作品,所以我们有必要深入微观领域,考证韩国古代诗人的具体创作和中国文学之间的各种关系。如高丽时期文学和中国文学到底有哪些交流关系、高丽诗人是在什么样的心态和情形下接受中国文学的等问题需要进一步阐明。而且高

[①] 金时邺:《〈东文选〉的诗歌文学世界》,《韩国古典研讨会》第二集,震檀学会,一潮阁,1985年。
[②] 许兴植:《〈东文选〉的编撰动机和史料价值》,《韩国古典研讨会》第二集,震檀学会,一潮阁,1985年。
[③] 朴世旭:《韩中赋的形态学比较研究》,《中国语文学》第46辑,2005年。

丽诗人的汉诗和中国汉诗之间到底有哪些影响关系、高丽汉诗具体借用了哪些与中国文化有关的内容、这些内容来自谁的什么作品中、这些作品之间到底有哪些引用和借用关系、其借用的实际情况到底如何等问题也应该得到解决。另外高丽汉诗中出现大量中国的历史人物和典故,这些正是他们接受中国文学的具体证据。为此本书将以高丽汉诗人的创作为中心,重点考察他们的汉诗中出现的中国历史人物、典故、诗句,考察他们是如何运用中国的历史人物和典故抒发自己的情感的、其影响程度如何等。这里当然包括他们创造性地应用和学习中国诗歌的某些诗句创造出新的意境等问题。显然这是中韩古典诗歌文学比较研究中的一个新的研究领域,是个微观领域,许多高丽作家作品和中国文学的影响关系在这里得到最实际的论证。中韩古典文学比较研究中存在的一些问题和有些悬而未决的某些问题也许可以从中得到解决。

另外,综观韩国的中韩汉文学的比较研究主要集中在朝鲜王朝时期。其实,高丽时期是韩国古典文学史上无论民族诗歌还是汉诗都得到迅速发展的历史时期。收录在《东文选》中的汉诗充分反映了高丽汉诗的最高成就,高丽俗谣也反映了它们在民族诗歌方面取得的成就。可以说这一时期既是以高丽歌谣为中心的民族诗歌蓬勃发展的历史时期,又是在中国文化的影响下汉诗文学得到快速发展的历史时期,而《东文选》里收录的虽然有朝鲜王朝时期的作品,但最有价值和最精彩的依然是高丽时期的作品,如金富轼、郑知常、李仁老、李奎报、金克己、李齐贤、李谷、李穑、李崇仁、郑梦周等人的作品就反映了高丽时期汉诗文学的最高成果。所以,在微观领域里以《东文选》收录诗歌和中国文学的关系为中心研究高丽汉诗和中国文化的关联,以及高丽作家的汉诗和中国文化的关联,对从整体上把握中韩古典文学之间的关联和整个韩国汉诗的发展历史有着重大的意义。

为此,我们的研究从微观领域,具体深入高丽作家和他们汉诗中,以诗歌中出现的中国文学内容为主要参照系具体考察《东文选》所载诗歌中的中国文化要素,这里主要指诗歌中出现的中国历史人物、文人墨客、各种典故以及诗歌中引用的中国作家的诗句、辞藻等等。除此之外,还要考察《东文选》所载诗歌利用中国文化的具体情况,如他们到底利用了中国的哪些历史人物、文人墨客、典故和诗句;他们为什么利用这些历史人物和典故;在诗歌中他们如何利用中国的历史人物、典故,以提高诗歌的艺术表现力;他们为了提高自己诗歌的艺术表现力,引用了哪些中国诗人的诗句等一系列问题。为了达到这个目标,在具体的研究中我们进入具体某一个作家作品的某一个句子寻找与中国文化有关的内容和中国文化因子,从而解读它在整体诗歌中的作用和意义。显然,这是《东文选》和中国文学的深层领域里的影响和交流关系的具体的实证研究,它将从多个侧面证明高丽汉诗和中国文学多层次的关系、中韩古典诗歌文学的关系,所以高丽汉诗研究中的许多问题将在这里得到一个比较圆满的解答。

为了达到这个目的,我们在方法论上重点采用比较文学的影响研究方法,具体地讲是以阐释法为重点考察韩国汉诗中的中国历史人物、文人墨客、典故、辞藻的来龙去脉,同时在具体的研究过程中灵活地采用社会学研究和传记研究、文化传播学、接受美学等研究方法,从微观的角度阐明韩国古典汉诗与中国文学的关联。

三

　　最后我们谈一谈本书的研究范围和本书的叙述体例。由于本书的研究对象是收录在《东文选》中的高丽作家的汉诗，所以研究范围主要设定在《东文选》收录的作家和他们的作品。但收录在《东文选》中的作家作品参差不齐，有的作家收录的作品多，有的作家少。在收录的 390 人中，有 88 人只收录 1 首作品，约占作家总数的 22.6%；有 68 人，即占总数 17.4% 的作家只收录 2 首，这两者的比重占 40%；还有 50 位作家收录了多于 2 首但不到 5 首，这和前面的加起来就占作家总数的 53%，这说明《东文选》收录的 390 人中，约 53% 的人收录的作品在 5 首以下。根据这些情况，我们在具体的论述中，除极特殊的情况外，基本不讨论收录 5 首以下的作家；再者，根据具体的情况在部分作家的具体论述中涉及一小部分没有收录在《东文选》中的作品（但在量上尽可能严格控制）。

　　根据《东文选》里收录的作家、作品的实际情况和时间顺序，除绪论之外，本书分为七个章节，第一章是韩国古代汉诗文学的发展概况、《东文选》的概况及其与《文选》的关系；第二章为高丽前期作家的汉诗和中国文化的关联；第三章、第四章为高丽中期作家的汉诗和中国文化的关联；第五章、第六章、第七章为高丽后期作家的汉诗和中国文化的关联。最后为附录部分，重点收录了《东文选》的一些统计资料。在具体的叙述过程中，因为高丽前期的作家不是很多，但可以成为一个章节，所以我们单独设章叙述；高丽中期涉及的作家多，内容也多，所以我们把这个时期分为两个章节叙述；高丽后期涉及的作家最多，内容也相当丰富，所以我们把这一时期分为三个部分，分别给予叙述。

　　最后讲一讲高丽时期的时代划分问题。一般地讲，现在文学史上有把高丽时期的文学分为两个时期和三个时期这两种分法。前者根据高丽历史的实际情况，以"武臣之乱"为界分为前后两个时期。后者是把高丽建国到"武臣之乱"这 250 多年时间作为高丽前期；把整个"武臣"执政时期，也就是 1170 年到"武臣"统治结束的 1270 年这 100 年的时间看作高丽中期；把"武臣"统治结束到朝鲜王朝建立这 120 多年时间看作是高丽后期。本书在这里采用的是第二种分法，把整个高丽时期大体上分为三个时期。具体的时间范围是 918 年高丽国建立到 1170 年郑仲夫之乱为止的 250 多年时间为第一个时期，即高丽前期；"武臣"执政时期，也就是 1170 年到"武臣"统治结束的 1270 年，这 100 年为高丽中期；"武臣"统治结束到朝鲜王朝建立为高丽后期，时间范围大体上是 1270 年到 1392 年这 120 多年。但是，还要说明的是根据历史学上的这种时代划分标准，在具体的叙述中会出现不少问题，其中显而易见的就是有些文学现象不是随着时代的变化而变化的。根据文学的这种特征，我们在具体的论述中，在遵循历史上的三分法的同时，进行若干改动，根据文学发展的具体情况和作家的具体情况给予叙述，如此叙述的原因是保持每个章节的叙述量的平衡。总之，这是一个对收录在《东文选》中的高丽汉诗人和他们的作品及其与中国文学关系的具体的、微观的研究，相信这不仅对《东文选》和中国文学的关系，而且对整个高丽汉诗人和中国文学关系的研究，有着不可替代的重要意义。

第一章
古代中韩关系和韩国汉诗的发展以及《东文选》的编撰

第一节 古代中韩关系与韩国汉诗的产生与发展

古代的中韩关系可以追溯到公元前很早的历史时期。中国古代最早的大型地理书《山海经》里就有多条和朝鲜有关的记录,其中最为明确的是《山海经·海内北经》,曰:"朝鲜在列阳东,海北山南。"《山海经·海内经》也说:"东海之内,北海之隅,有国名曰朝鲜。"可以说,这是中国的古典文献里最早记录的与朝鲜有关的内容。《山海经》之后,中国的史书,尤以《史记》《汉书》《后汉书》《三国志》等"前四史"为主,都有有关朝鲜的记录。加上近年来出土的考古学的资料,如朝鲜半岛上大量出土的刻有汉字的中国春秋战国时期的兵器和钱币、汉代的"五铢钱",在大同江流域平壤附近发现的铸有秦篆的铁戈,西汉元帝(前49—前33)时的铜钟等①,都从各个角度诉说着中韩两国之间源远流长的密切的文化交流关系。

中韩两国的古代文化交流关系始于古朝鲜时期。综观中国的史书,随处可见中韩交流的历史痕迹,尤其是《史记》里有关朝鲜的记录②,《汉书·朝鲜传》《后汉书·东夷列传》里有关朝鲜的记载③,《古今注》里有关朝鲜的记载等史料都在证明,这两个古代文明国家曾经有过各方面的人员交往和文化交流。

中韩文学也自古有密切的交流关系。现存的朝鲜最古老的诗歌之一《公无渡河歌》就收录在晋朝崔豹撰写的《古今注》里④。据《古今注》所载,这是一首古朝鲜时期的歌谣,是一个叫做丽玉的女人所作,它反映了中韩古代文化间的密切关系。朝鲜现存的最古老的诗歌之一《龟旨歌》也是用汉文记录并流传到现在的。⑤

到三国时期中韩两国的文化交流更为广泛,其中最为重要的是佛教的传播和"汉四郡"

---

① 铸铭上有"孝文庙铜钟容十升重卅斤永光三年(前41)六月造"的字样。
② 《史记》里有关朝鲜的记录有"武王既克殷,访问箕子。……于是武王乃封箕子于朝鲜而不臣也"(《宋微子世家》);"地东至海暨朝鲜,西至临洮、羌中……"(《秦始皇本纪》);"燕东有朝鲜、辽东,北有林胡、楼烦……"(《苏秦列传》);"朝鲜王满者,故燕人也……都王险……传子至孙右渠,所诱汉亡人滋多,又未尝入见;真番旁众国欲上书见天子,又拥阏不通"(《朝鲜列传》)等。
③ "昔箕子违衰殷之运,避地朝鲜。……及施八条之约,使人知禁,……故东夷通以柔谨为风,异乎三方者也。"这里所说的"八条之约"是在古朝鲜曾经实行过的"犯禁八条"。
④ 除《古今注》外,《艺文类聚》《太平御览》《古谣谚》《五山说林》等文献里也有相关记载。
⑤ 《龟旨歌》原来是用韩语演唱的,但《三国遗事》中是用汉文记录的。

的建立①,尤其是"汉四郡"的建立对中韩两国的交流和中国文化的大量东传起到了非常重要的作用。随着中国文化的传入,韩国的文字和书写方式也发生了巨大的变化,出现了一些汉文写的法律文书、公文,包括外交文书、历史文献和文学作品。从当时残留下来的一些文献的残片和记录来看,很多文献使用了汉字,如一些外交文书、国家公文和法律文本之类就是用汉字书写的。现在我们能看到的三国时期的汉诗不多,《三国史记》里有一首琉璃王(公元前19—18年在位)于公元前17年写的诗歌《黄鸟歌》,《东文选》里有乙支文德写给隋朝将领于仲文的诗歌《赠隋右翊卫大将军于仲文》,另外还有僧侣定法师的《咏孤石》、无名氏的作品《人参赞》和新罗真德女王的《太平颂》等等。这些汉诗不仅有四言体的,还有五言体的,其出现顺序也和中国一样,四言在前、五言在后。

到新罗时期,韩国的汉诗明显增多,也出现了七言诗(七言古体诗和七言新体诗),现存的汉诗作品有薛瑶的《返俗谣》、王巨仁的七言诗《愤怨诗》②,以及以崔致远为代表的那些到唐学业有成的留学派新生代诗人如崔承祐、崔匡裕、朴仁范等人的诗歌。崔滋在《拙藁千百》中说:"由此以至天祐终,凡宾贡科者五十有八人,五代梁唐又三十有二人,盖除渤海数十人,余尽东土。"③"天祐"是唐昭宗李晔开始使用的年号,天祐元年(904)八月唐哀帝李柷即位后沿用,到天祐四年(907)三月李柷禅位于朱温,只使用了4年时间。在这短短的4年间,在唐宾贡科及第的新罗人就有58人。这种留学势头到五代也没有变化,五代梁唐时期还有32人④。这些人中自然有继续留在中国生活的人,但估计绝大部分回了国,回到新罗参与或从事各种各样的文化事业,给新罗朝野的文化生活和文字生活带来了非常重要的影响。正因为这样,新罗时期的薛聪等人,创造了借用汉字的音和义记录朝鲜语的所谓"吏读文"。但外交文书、国家律令、公文等仍然用汉文来书写,汉字仍然是主要的书写文字。

有了"吏读文",有些新罗人开始用"吏读文"进行创作,由此新罗的诗歌由国文诗歌和汉诗这两条线路组成,但汉诗依然是诗歌文学的主流,在文学史上占据着主导地位。新罗时期汉诗创作上取得最高成就的就是上面提到的那些留唐学者中的佼佼者,如崔致远、朴仁范、崔承祐、崔匡裕等人。崔致远的汉诗无疑是新罗汉诗的佼佼者,体现出新罗汉诗的最高成就。无论留唐时期写的诗歌,还是在归国后和隐居期间写的诗歌,他诗歌立意新颖、感情真挚、格律工整,对在韩国确立汉文学的崇高地位起到了举足轻重的作用。所以,他的文名传遍中国,他的诗文合集《桂苑笔耕集》也在中国刊行,并被编入《四库全书》中。其他诗人也不同程度地对新罗汉诗的发展起到了重大的作用。崔承祐回国后就到甄萱的麾下,为后百济效力。他擅长汉文,诗歌也写得好。他著有《糊本集》,但已经失传;他的诗歌现存的只有10首,收录在《夹注名贤十抄诗》里,《东文选》里收录的他的诗歌就是转录自《夹注名贤十抄诗》的。从他有限的诗歌看,他要么抒情,要么咏史,灵活运用中国的历史人物和典故,充分

---

① 《汉书·朝鲜传》对此做了如下的记录:"天子(指汉武帝)募罪人击朝鲜……元封三年(前108)夏,尼溪相参乃使人杀朝鲜王右渠来降。……故遂定朝鲜为真番、临屯、乐浪、玄菟四郡。"
② 薛瑶的《返俗谣》、王巨仁的七言诗《愤怨诗》均收录在《全唐诗》里。
③ 崔滋《拙藁千百》卷六十二,《送奉使李中父还朝序》,转引自李慧淳:《高丽前期汉文学史》,首尔:梨花女子大学出版社,2004年版,第86页。
④ 据李东焕的《韩国史》,文成王时期从唐朝强制送还新罗的有105人,但这些人到新罗后不知下落。如果这些人都隐居的话,估计这一时期隐居的宾贡科及第者相当多。这些人虽然隐居不仕,但在时代文风方面起到的作用仍然非常大。

表达了自己对社会、人生的各种看法。在诗歌中,他表现出对中国文化的深刻理解,同时他也展现了善于借用的高超的艺术才能。所以他的诗歌也在新罗汉文学史上有着重要的意义。朴仁范也是"留学派",《东文选》收录他的赞文2篇和七言律诗10首。朴仁范的诗歌大量引用中国的帝王将相和文人墨客形象来展现相关意象,借用中国的历史故事或典故,极大地提高了诗歌的艺术表现力;借用的方式也多种多样,不落俗套,体现出了高超的艺术概括力和艺术表现力。作为一个新罗汉诗形成期的作家,他对新罗汉诗的发展起到了举足轻重的作用。对于崔匡裕是否参加过宾贡科考试,学界有分歧①,但毫无疑问他在新罗宪康王年间,跟随金仅,和金茂先、崔渙等人一道作为宿卫生来过中国。他曾考中宾贡科进士,和崔致远、崔承祐、朴仁范一道被誉为"新罗十贤",据传崔匡裕性情聪慧,学问好,善诗文。高丽时期刊行的《夹注名贤十抄诗》《东文选》里收有他的七言律诗10首。从诗歌看,其大部分是在中国的时候写的,表现出在异国他乡参加科举考试的艰辛和对清静大自然的无限向往,可谓是新罗汉诗中最具特色的诗歌。

　　继承新罗汉诗发展的良好势头,高丽时期的汉诗也有了巨大的发展。综观高丽时期的汉诗,远比新罗成熟,在学习中国诗歌方面也完成了从晚唐风到宋风和"苏风"的转变,在格律包括中国文化的借用和中国历史人物、文人墨客、典故的使用等方面也有了明显的提高,尤其是在"中为己用"方面,与前期有着巨大的差异。他们在创作中自由运用包括五言、七言古体和新体以及绝句甚至词牌等中国的各种诗体,自由地表达自己的思想情感和生活感受,在艺术上也取得了相应的艺术成果。

　　高丽政权刚刚成立,高丽太祖王建就定了高丽王朝整体的文化政策。据《高丽史》卷二,太祖二十六年(943)四月,他亲授训要曰"惟我东方,旧慕唐风,文物礼乐,悉遵其制,殊方异土,人性各异,不必苟同",并且告诫下属不要学契丹,提出继续沿用新罗的各种制度。可见,王建的各种制度与其说是仿效中国革新,不如说是继续沿用自己的传统。但是,随着与中国文化方面的交流的增多,这种闭关自守的各种文物制度显现出明显的不足。尤其是中国人包括商人的广泛来往、中国文物的大量涌入、新罗留学生的大量回国等现象与这种文化政策之间产生了巨大的摩擦和矛盾。尤其是到了高丽第四代王光宗(949—975年在位)时期,朝廷上开始重视归化汉人,以至于出现了"时成宗乐慕华风"②的倾向。但是由于高丽前期主导文坛的要么是"留学派",要么是那些"留学派"的子女,所以高丽前期的文学仍呈现出明显的晚唐文学色彩,在某种意义上这是沿用新罗后期文化政策所导致的必然现象。

　　综观高丽初期的汉诗创作,涉及的人很多,如王融③、崔承老(927—989)、崔冲(984—1068)、崔惟善(?—1075)、朴寅亮(1024—1096)、金觐(生卒年不详)、崔思齐(?—1091)、金黄元(1045—1117)、郭舆(1058—1130)、李之氐(1092—1145)、吴学麟(生卒年不详)、崔瀹(生卒年不详)、尹彦颐(1090—1149)、郑知常(?—1135)、金富轼(1075—1151)、郑袭明(1094—1151)、高兆基(?—1157)、申淑(?—1160)、金敦中(?—1170)、崔惟清(1093—1174)、权适(1094—1147)、朴椿龄(生卒年不详)、崔诜(1138—1209)等,其中大部分人的诗

---

① 对于崔匡裕是不是参加了宾贡科,没有确切的信息,其回国后的活动也几乎没有记录,但从他的诗歌看,他参加了宾贡科考试。
② 参见《高丽史》卷九十四《徐熙列传》,引自郑麟趾:《高丽史》,首尔:亚细亚文化社,1983年版。
③ 主要活动在10世纪后期。

歌收入《东文选》中。其中,最为出色的、能代表这一时期汉诗创作最高成就的就是郑知常和金富轼。

金宗直在《青丘风雅·序》中说:"罗季及丽初,专习晚唐。"《高丽史·妙清列传》里也有"知常为诗得晚唐体"的记载①。这些观点和记录与在晚唐时期于中国学习或者科举后回国的留唐派主导文坛的情况下晚唐文学盛行的历史情况相吻合。这说明当时风靡高丽文坛的就是晚唐的诗风。其实,最先指出高丽初期流行晚唐风的是徐兢(1091—1153)。徐兢是宋朝人,他受宋徽宗的委派作为使臣在高丽仁宗一年(1123)到高丽访问,在那里滞留了一个多月,回国后他写了《宣和奉使高丽图经》。在谈论高丽科举的时候,他说:"大抵以声律为尚,而于经学,未甚工。视其文章,仿佛唐之余弊云。"②徐兢认为高丽的文章只崇尚声律,但不工经学,很显然他的看法符合高丽当时的情况和当时在高丽流行的文章的实际,他认为这是仿效"唐之余弊"的结果。他在这里所说的"唐之余弊"事实上就是晚唐时期在中国盛行的形式主义和唯美主义的文风和诗风。虽然徐兢在这里谈论的不是高丽时期的诗歌,而是高丽时期的文章,但他的这种观点正和当时风靡高丽文坛的晚唐风的具体情况相吻合③。

综观郑知常的诗歌,他是"师承唐诗"的。《东文选》收有他的诗歌13首,这些诗歌从内容到整体诗风、艺术表现手法等都形成了自己独特的审美理想和美学特质,但在具体的诗歌创作中,他常常"引唐风入诗",重现由物及心、由心及物,即物即心之感动,呈现诗歌中的属于中国文学那一部分的精神基因。徐居正在《东人诗话》中评价郑知常,说他的"诗语韵清华,句格豪逸,深得晚唐法"。但应该说这不是"唐之余弊",事实上这就是整个唐朝时期的文风。

金富轼无疑是这一时期的代表性作家,徐居正评价他的诗歌"词意严正典实,真有德者之言"。《东文选》收有他的诗歌33题34首,其他的如《东文粹》《青丘风雅》《箕雅》等文献也收有他的部分诗歌。高丽前期在大部分诗人热衷于唐风或晚唐风的时候,唯有金富轼与众不同,独辟蹊径,开辟了独特的文学之路。综观他的诗歌,和他的经历一样,充满着一种"慕华主义"和"事大主义"的倾向。但是他的诗歌中充满的不是晚唐风,而是有很多接近于宋风的内容。有的学者把这种情况归结为高丽古文运动的开始、宋风和苏轼诗歌的传入等当时文坛的变化④。的确,金富轼是彻底的儒学家,是高丽典型的"事大主义"者,这一点集中体现在他的《三国史记》里。正因为这一点,他受到后来历史学家褒贬不一的评价。他生活在宋风一边倒尤其是苏风盛行的历史时代,作为代表一个时代文学和文风的人,不能不受到时代思潮的影响,加上他的父亲金觐也是苏轼的崇拜者,这种慕苏倾向肯定给金富轼带来了非常深刻的影响。《宣和奉使高丽图经》有这样一个记录:"尝密访其兄弟命名之意,盖有所慕云。"⑤这就说明当年徐兢打听金富轼和金富辙名字的缘由后,得到的回答就是"有所慕"。慕谁?就是苏轼和苏辙。众所周知,苏轼和苏辙主要活动于元祐年间(宋哲宗年间,公元

---

① 参见《高丽史》卷一百二十七《妙清列传》,引自郑麟趾:《高丽史》,首尔:亚细亚文化社,1983年版。
② 参见《宣和奉使高丽图经》卷四十《儒学》,引自徐兢:《宣和奉使高丽图经》,上海:商务印书馆,1937年版。
③ 有些学者认为这种晚唐风只局限在11世纪中期,没有扩大到后期。参见李慧淳:《高丽前期汉文学史》,首尔:梨花女子大学出版社,2004年版,第364页。
④ 参见李慧淳:《高丽前期汉文学史》,首尔:梨花女子大学出版社,2004年版,第363页。
⑤ 徐兢:《宣和奉使高丽图经》卷八《人物》,上海:商务印书馆,1937年版。

1086—1093年),金富轼和金富辙主要活动于宣和年间(宋徽宗年间,公元1119—1125年),这之间大概有30年的差距。换言之,苏轼他们成名不过30年就名扬高丽,在那里引起了巨大的反响,同时出现了像金觐这样的"慕苏者"。金觐给自己的孩子起富轼、富辙等名字的时候,他还没有去过中国,这更能说明苏轼、苏辙在高丽的巨大影响力。金富轼就是在这样的环境中成长、在这样的环境中进行创作的,因此,他的创作包括思想意识不能不受到宋文化的各种影响。

高丽中期是汉诗人辈出的时代,是高丽汉诗成熟的时代。这一时期的著名汉诗人不仅有李仁老(1152—1220)、林椿(生卒年不详)、吴世才(1133—1187)等"竹林高会"的文人,而且还有以李奎报(1168—1241)为首的新进派诗人,还有俞升旦(1168—1232)、崔滋(1188—1260)、金克己(生卒年不详)、陈澕(1180?—?)、金之岱(1190—1266)、李藏用(1201—1272)、金坵(1211—1278)、郭预(1232—1286)等著名的人物和以崔诜(1135—1211)、庾资谅(1150—1229)为首的"耆老会"的汉诗人。

高丽中期的汉文学中,以李仁老、林椿为代表的"竹林高会"的文学是这一时期最有特色的文学之一,也反映了这一时期文学的最高成果。李仁老一贯主张文学应该"语意俱妙",应该"无斧凿之痕",要平易自然,其作品在用事、仿古等方面深得诗歌的要领,在"学苏"上也显示出非常的热情,经常引用苏轼的诗句或者是典故和故事,表达自己的生活感受。他仿效苏轼的诗歌作的《和归去来辞》就是这样的一部作品。他的诗歌一般无矫揉造作的感觉,一切非常自然优美,在诗歌的结构、诗句、诗韵、语意等艺术技巧方面都取得了优异的成果,所以他的诗歌经常受到人们的高度评价。洪万宗在《小华诗评》中说,明朝的使臣朱之蕃读许筠参与选编的《朝鲜诗选》后认为,"李仁老和洪侃的诗歌最好",可见李仁老是韩国高丽时期最出色的诗人之一。

李奎报虽然不是"竹林高会"的成员,但他和"竹林高会"的诗人有着密切的关系,也和他们一样仕途不太得志,但他在诗歌创作方面取得的成就非常引人注目。他一生共创作8000多首诗歌,仅现存的就有2000多首。他在韩国汉诗领域里取得的最大成果就是写民族史诗《东明王篇》。除此之外,李奎报在汉诗创作上也显示出了中世纪一个正统儒学家和汉学家的社会责任感。他站在下层劳动人民的立场上,对不合理的社会现实进行了猛烈的抨击。综观韩国的古典诗歌,李奎报的诗歌和朝鲜王朝后期实学派的代表人物丁若镛的诗歌堪称是社会批判意识和社会责任感最为强烈的诗歌。

在高丽中期,汉诗领域还值得一提的是金克己、陈澕等人。金克己的诗歌平淡自然,整体流丽、豪放,无矫揉造作的感觉,同时还善用中国典故,抒发自己的情怀,深得人们的喜爱。陈澕的诗歌也经常得到"清淡""清新""清丽"等评价,给人以很清新的感觉。

还值得一提的是,高丽中期汉诗已经明显脱离了前一时期流行的晚唐诗风,开始明显向宋风转移。如前所述,高丽汉诗脱离晚唐风始于金富轼,但是到这个时期不仅出现了以李仁老、林椿为代表的勋旧贵族派诗人,而且还出现了以李奎报为首的新晋贵族阶层和一些新型士大夫阶层的诗人。这些阶层的出现彻底改变了由新罗至唐留学人员和他们的后代乃至中国的归化汉人统治高丽文坛的局面,给死气沉沉的高丽文坛注入了新鲜的空气和活力,对高丽文坛彻底摆脱晚唐文学的影响起到了举足轻重的作用。

高丽初期开始施行的科举制度也对高丽文坛游离晚唐文学起到了非常重要的作用。在

高丽文人的汉诗与中国文化的关联研究
——以《东文选》中的汉诗为中心

双冀的建议下开始实施的高丽科举到这个时候,已经培育出了不少人才。据统计,到高丽文宗时期韩国共举行了 18 次科举考试,经过这些考试产生了 227 名进士及第者、165 名同进士及第者、49 名明经及第者、16 名其他及第者,共 457 名科举及第者①。这些人物活跃在高丽文坛,自然降低了留唐后裔和以双冀、王融为代表的归化汉人的文坛地位和影响力,在客观上起到了淡化晚唐文化影响的作用。加上这个时期高丽与宋朝的关系修复并得到发展,随着经贸方面往来的增长,宋文化也自然传到高丽并扎下了根,尤其是苏轼作品的传播,彻底改变了高丽前期弥漫在社会各阶层的晚唐文化的影响,为宋风的流行打下了良好的基础。(当然这与宋理学的传播也有关系。)

到高丽后期,与摇摇欲坠的高丽王朝和丑恶的社会现实相反,汉诗领域取得了前所未有的巨大成就,其标志是在这一时期出现了许多汉学家,他们乘宋理学广泛传入高丽的历史时机,以李穑(1328—1396)为代表,在弘扬儒学、崇尚理学的同时,善用汉文,对高丽后期的汉诗发展起到了非常重要的作用。其他代表人物有李齐贤(1287—1367)、崔瀣(1287—1340)、安轴(1282—1348)、洪侃(?—1304)、朴孝修(?—1337)、辛藏(?—1339)、李谷(1298—1351)、闵思平(1296—1359)、郑誧(1309—1345)、李仁复(1308—1374)、李达衷(1309—1385)、权汉功(?—1349)、安震(?—1360)、元松寿(1324—1366)、柳淑(1316—1368)、白元恒(生卒年不详)、白文宝(1303—1374)、田禄生(1318—1375)、郑思道(1318—1379)、郑枢(1333—1382)、韩修(1333—1384)、郑梦周(1337—1392)、金九容(1339—1384)、李存吾(1341—1371)、尹绍宗(1345—1393)、李崇仁(1347—1392)等等。

李齐贤是这一时期汉文学的主要代表,他多次来中国,和很多中国名流进行了多方面的交流,对中国文化也有着很深的理解。在中国期间,他去过四川、江南、西北等地,不仅领略了中国大好河山的美丽,而且对中国历史和文化有了切身的体会。他常把中国历史和人物纳入诗歌中,抒发自己的情怀,留下了不少脍炙人口的作品。他的诗歌真实地反映了一个儒学者对时局的深沉的忧虑,如实地描写了当代社会底层人民的生活现实,体现出了一个有历史责任感的知识分子的高尚情操。他的诗歌感情真挚自然,语言典雅流丽,描写雄浑自然。尤其是他的词,作为为数不多的高丽文人的词,被收录在中国清代朱孝臧(1857—1931)的《彊村丛书》中,可谓是韩国词领域的代表性作品,反映了韩国词文学的最高艺术成果。

李穑无疑是高丽后期最著名的儒学家和汉学家。他年轻时期跟随父亲在燕京生活,在中国科举及第。他一生致力于儒学研究和后代的培养,培养出了郑梦周、郑道传、李崇仁等著名的儒学家,高丽后期几乎没有一个人不受他的影响。但是他晚年非常不幸,目睹了高丽王朝崩溃的全过程,在无尽的流浪中走完了人生的最后一段路程。他的咏史汉诗非常多,他是想在历史中寻求拯救高丽王朝的出路的。他的诗歌充满着对每况愈下的高丽王朝的无尽慨叹和对凄惨现实的悲愤,时而表现出不同流合污、始终与高丽王朝共命运的崇高志向和高尚情操,时而表现出不能实现自己的社会理想的各种苦闷。他的诗歌充满理性,抒情真挚,呈现出一个儒学者的智行和睿智。

郑梦周是高丽末期最有影响力的人物之一。在动荡的年代,他虽然没能拯救高丽王朝,但他用一颗赤胆忠心留下了光辉的历史英名。他忠于高丽王朝,历来说一不二。他那著名

---

① 转引自李慧淳:《高丽前期汉文学史》,首尔:梨花女子大学出版社,2004 年版,第 166 页。

的时调《丹心歌》足以证明他的忠诚,使他的英名留在青史。他的汉诗经常引经据典,深入浅出,表现出他的伟大抱负和豪迈的气魄,以及一代风流男儿的高尚情操。他的诗歌扩大了题材范围,表现手法上也有很大的变化。他在中国访问期间写的诗歌也表现出他的这种风格。

李崇仁是高丽后期正统的儒学家,在文学上他崇尚"道学",强调文学的社会功能。他的诗歌高雅清新,形式比较工整,是他的后辈权近、卞季良等人的楷模。

第二节　朝鲜王朝的文化建设和《东文选》的编撰背景

1392年,李成桂推翻了摇摇欲坠的高丽王朝,建立了强有力的中央集权制国家朝鲜王朝。朝鲜王朝是建立在韩国历史上所谓的"易姓革命"的基础上的,所以,从国家正统性和合法性上一开始就受到人们的质疑。为了解决这个问题,从太祖李成桂开始,君主们尤其是太宗李芳远采取铁的手腕,即强有力的包括类似"恐怖"手段在内的各种手段,打击异己,镇压异己,逐步巩固了新兴的中央集权。

为了巩固新生的政权,他们还采取了一系列强化王权的政策,强化中央集权。建国初期他们制定了新的土地制度,实行土地改革,把原来掌握在寺院里的土地归还给朝廷,从而大大削弱了高丽王朝的精神支柱佛教寺院的力量,大大强化了新生中央集权。不仅如此,还实行新型的奴婢、户牌政策,改善了生产和生活环境。在统治理念方面,采取"斥佛崇儒"政策,把新型的性理学指定为国家统治理念。这样一来,无论国家的经济大典,还是经国大典,凡是国家的法典,其中都贯穿着儒家性理学的基本原理,儒学成为唯一的社会理念,统治整个社会意识形态。

随着性理学的盛行,社会生活也发生了巨大的变化,所到之处文庙林立,各地方纷纷创立成均馆、四学、乡校、私塾等教育机构,大力普及和推广儒学思想。到世宗时期,设置了集贤殿,营造了发展文化、弘扬文化的各种氛围和条件,继而创制了"训民正音",大大地改变了韩国人的文化生活和文字生活,极大地促进了社会文化的发展。尤其是"训民正音"的创制,结束了汉字一统天下的书写时代,使韩国迎来了真正用自己的民族文字书写历史的崭新时代。

在文学上,朝鲜王朝初期盛行的是乐章文学,包括赞美新王朝的《龙飞御天歌》《月印千江之曲》等——这是这一时期乐章文学和韩文文学的代表性作品。但这一时期非常有趣的文化现象之一是虽然"训民正音"业已创制,出现了以《龙飞御天歌》为代表的不少韩文文学作品,但在文学界汉文学依然占主导地位,尤其是士大夫阶层仍然坚持用汉字、汉文,这使得这一时期也出现了不少汉文诗歌。

在汉诗创作方面,这一时期重要的是以开国功臣为中心的勋旧派文学和以地方的儒士为中心的士林派文学。勋旧派在文学上利用儒家的传统文学观,主张"文以载道"的文学观,强调文学的社会教化功能;士林派也主张"经文一致"和"文以载道论"。可见,在这一时期无论勋旧派还是士林派都主张文学的社会作用和社会功能,这使文学成为与社会紧密相连的传道工具。他们的这种文学观对朝鲜王朝文学和儒学的一体化,以及宣扬儒学和儒道起到了非常重要的作用。

《东文选》是在儒学成为社会的普遍价值理念的历史条件下编撰完成的,所以,它不能不受当时社会理念和社会思想的影响。如前所述,朝鲜王朝是建立在"易姓革命"基础之上的,所以巩固新生政权是它的头等大事,朝鲜王朝的"总设计师"郑道传在国内极力鼓励儒学、宣扬儒学的目的之一也在于巩固政权,实施王道政治。所以,他们从建国初开始,就着力修复与明朝的关系,同时大量出版相关儒家经书和典籍,鼓励大家学习儒家经典,从中寻求"易姓革命"的合法性。到世宗时期,王权得到了安定,更有必要促进各种各样的文化事业,统一和统治人们的精神世界。世宗时期朝鲜王朝的文化事业得到空前的发展有其历史必然性,其中就得益于这些政治家的高强的统治术。这种情况文宗、世祖时期也在持续,一直到成宗时期。成宗本来喜欢诗文,而且他自认为当代的文运达到了前所未有的水平,所以他大力刊行有关书籍,使刊行各种书籍成为一时的时尚。

在《东文选》的编撰过程中还有一项值得我们重视的内容,它就是朝鲜王朝成立后的中韩关系。众所周知,高丽是建立在佛教基础上的一个国家。4世纪后半期①,佛教传到朝鲜,以它普度众生的"平等观"得到了当地民众的热烈欢迎,在社会上得到了迅速的传播。后来的高丽太祖王建是一个虔诚的佛教徒,笃信佛教,这对社会上盛行佛教起到了推波助澜的作用。建国后王建立即把佛教定为国教,而且亲自主持建立"开泰寺",大力推行崇佛政策,大力弘扬佛教。在王建的积极推崇和崇尚大慈大悲的佛教理念的社会氛围下,高丽朝野上下都沉浸在佛教的各种教理之中,朝廷也开始施行僧科制,王族当中也出现了以天台宗的祖师大觉国师义天为代表的不少出家当僧侣的人。据《宋史》记载,王建建都开城后,大兴土木,建立寺院,光"王城有佛寺七十区",佛家在高丽的地位可见一斑。但是在某种意义上可以说,高丽是建立在佛教基础之上的,也是灭亡在佛教之上的。当然,高丽社会走下坡路是由于1170年"郑仲夫之乱"和紧接而来的契丹、蒙古军的入侵,但就国内因素而言,关键是佛教。到高丽中后期,经过土地兼并等政策,寺院掌握了大量的土地,"佛学大师"们以国师、王师的资格操纵王室、参与朝政,僧侣们用手中的钱财做侵害社会道德和伦理的丑恶勾当。当时高丽国家政治混乱、经济衰退、社会道德沦丧,人们生活在水深火热之中。新儒学的代表人物、"易姓革命"的倡导者、朝鲜王朝的设计者郑道传撰写《斥佛论》,猛烈抨击高丽末期的佛教并不是偶然的,它与佛教伤害社会道德、削弱高丽王权有直接的关系。所以,朝鲜王朝一开始就排斥佛教、以儒学为国教是社会发展和形势变化的必然结果。

李成桂建立朝鲜王朝之后实行的是"斥佛扬儒"的政策,他采取这种政策有多方面的原因:如他目睹了高丽王朝后期佛教的腐败,认为佛教是高丽亡国的罪魁祸首,加速了高丽王朝的灭亡;朝鲜王朝的设计者郑道传迷恋于从中国传过来的朱子性理学,倾向于儒教,认为它是拯救社会和巩固社会的最佳理念。于是,以李成桂、郑道传为首,朝野上下采取了弘扬儒学、抑制佛教的政策,朝廷带头没收寺院占有的土地,彻底清理佛教和王室的关系,消除其影响。甚至他们不惜采用不许在京城建立寺院、僧侣不得进京等强制性的措施,打压佛教。结果佛家和寺院的地位急速下降,佛教成为远离政治、远离社会和民众的一种纯粹的宗教,僧侣也渐渐沦落为社会最底层的人群。相反,性理学得到广泛的推广和弘扬,代替佛教逐渐

---

① 《三国史记》里有这样的记载:"秦王苻坚遣使及浮屠顺道,送佛像,经文。"根据这个记录,学术界普遍认为佛教是高句丽十七代王小兽林王二年(372)传到朝鲜半岛的。参见金富轼:《三国史记》,首尔:弘新文化社,1994年版。

成为国家的主要理念。这是仿中国进行各种文化建设的最基本的条件,也是《东文选》之所以能够得以编撰的一个社会文化环境。

朝鲜王朝成立后,中韩关系也发生了一些变化,这也为《东文选》的产生带来了一定的影响。朝鲜王朝和明朝在维持朝贡关系在内的各种关系的基础上建立了友好关系,朝野上下很崇尚明朝的思想文化,学习明朝的先进思想文化。因此,当清推翻明建立清朝的时候,朝鲜社会各界主张推翻清朝,恢复明朝。明朝灭亡后很长时间,朝鲜社会各界依然弥漫着"崇明蔑清"思想,士大夫们仍然拒绝使用清王朝的年号,依然使用明王朝的年号,等等。种种事情都反映了朝鲜士大夫阶层的这种文化心理。

为了巩固新型的国家权力和国家的文化建设,朝鲜王朝从建国初期就大量引进了中国书籍,其中就文学而言他们在从中国大量引进各种文学书籍的同时,还大量刊印了与诗歌有关的各种书籍,《瀛奎律髓》①《分类杜工部诗谚解》②《联珠诗格》《黄山谷诗集》③《唐诗鼓吹》④《虞注杜律》《苏诗摘律》《鼓吹续编》等就是迎合这种文化建设的需要而出现的。

朝鲜王朝推行的斥佛崇儒政策和与中国的睦邻友好关系,使中国的文物以及各种制度源源不断地被引入朝鲜半岛,在那里扎下了根,这也对《东文选》的编撰影响甚大。

在《东文选》的编撰中,还起到非常重要作用的是高丽的教育制度和科举制度。

众所周知,教育制度是培养人才的制度,教书育人是一个社会发展的必要保证。所以,人们自古就重视教育,制定和形成了一整套体系完备的教育制度,尤其是在以人伦道德为中心的中国社会中,虽然整个社会非常重视经验和经验性的东西,但仍然没有忽视教育。虽然"学而优则仕"的教育理念有些偏离了一般的和普遍的教育理念,但在整体上,人的教育和人的培养一直是整个社会最重要的课题之一,自古就得到了人们的普遍重视。中国古代所谓的私塾、学堂、书院以及国子监就是这种观念意识的产物。在韩国也是这样。《三国史记》载,神文王二年(682),新罗在广泛接受唐文化的基础上,仿造唐制"国子监"设立"太学",选拔和培养了相关人才,而且在这个"国学"里的"教授之法,以《周易》《尚书》《毛诗》《礼记》《春秋左氏传》《文选》分而为之业"⑤,可见,韩国也很早就开始把这些儒家的经典和中国文化的精粹当作教书育人的工具,同时,把中国的教育制度和教育理念以及教育方式纳入自己的教育体系中,仿造中国的教育制度设置了一系列的教书育人制度。朝鲜王朝建立后,为了培养更多的官吏和有用之才,他们重新调整了高丽时期的教育制度,在汉阳设置了四部学堂(东学、西学、中学、南学),在地方郡县设置了乡校,但教学内容仍然是以《小学》为首的四书五经等儒家的基本经典,其中最引人注目的是国家级的教育机关——成均馆。这些教育机关使用的教科书,尤其是《文选》,作为教育机关和科举考试中的必备书,历来得到人们的重视,"文选烂,科举成"一时成为韩国人的顺口溜。在这种教育制度和《文选》在科举中重要作用的影响下,他们自己编撰类似于《文选》的书籍,可以说是有其历史必然性的。尤其是到了

---

① 《瀛奎律髓》是元代方回选编的唐宋时期的五七言诗歌总集。
② 1481年柳洵(1441—1517)等人根据成宗旨意翻译的杜甫的诗歌集。
③ 《联珠诗格》《黄山谷诗集》这两本也是柳洵1483年根据成宗的旨意翻译的。
④ 《唐诗鼓吹》是唐代七言律诗选集,据传是金代的元好问编的,书共10卷,收入七言律诗近600首,主要收录了杜牧、李商隐等晚唐时期诗人的诗歌。
⑤ 金富轼:《三国史记》(二),首尔:弘新文化社,1994年版,第255页。

15世纪,在朝鲜王朝强有力的中央集权确立、新生的政权得到安定的情况下,朝廷牵头编撰《东文选》之类的书籍也是必然的。

科举制度是中国古代选拔人才的一种方式,是读书人走向仕途的重要途径,对一般的百姓来说在某种意义上是通向仕途的唯一途径。在中国唐朝的时候已经建立了比较完善的科举制度和体系,到了宋朝仍然沿用唐朝的科举制度,但在考试内容上进行了一些改革,把《诗经》《书经》《周礼》《礼记》《论语》《孟子》等经书的内容增加到考试内容之中,这些经书从而成为应考者的必读书。后来苏轼等人反对这些改革措施,从而出现了时而考诗赋、时而考经义、时而兼而有之的情形。明朝的科举和唐朝的科举大同小异,但明代的乡试和会试头场要考八股文,并以之决定考试成绩的高低,所以一般的读书人把很多精力放在练习八股文上。

韩国也很早开始施行科举制度。从各种文献看,新罗时期很多读书人怀着科举梦来到中国参加"宾贡科"考试。崔致远就是其中最具代表性的人物。新罗也学习中国唐代的各种制度,建立了相应的教育机构和制度。如新罗神文王二年(682)仿效唐朝的国子监设了"太学",培养相关人才;788年设立"读书三品科",用考试的方式选拔官员,但很难说这是真正的科举制度。

在韩国真正意义上的科举考试始于高丽时期,而这一考试制度的出现与双冀有密切的关系。据传公元956年,中国后周人双冀到高丽。他因病在高丽滞留了一段时间,高丽光宗非常欣赏他的才学,把他任命为元甫翰林学士。958年,双冀看到高丽选拔人才制度上的各种问题,正式向光宗提议高丽也实施科举。光宗采纳他的建议,当年5月进行了破天荒的科举考试,指定诗、赋、颂、策为考试科目。这个考试制度的设立和推广,对选拔人才和在社会上掀起读书热起到了非常重要的作用。有的人为子女的科举付出了所有的精力和财物,读书人为了中举起早贪黑整日与书打交道。到了朝鲜王朝时期,统治者们继续沿用高丽的科举制度,但在科举的形式上做了不少的改动。朝鲜时期的科举分为文科、武科和杂科。文科是选拔文官的考试,武科是选拔武官的考试,杂科是选拔医生、译员、律师的考试。其中文科考试里有读儒家经典后,解读那个经典的讲经、明经考试和作诗、作文等内容,应考者必须根据儒家经典的内容阐述对某一个社会问题的看法。很显然,这就是朝鲜王朝时期把儒学定为国教的结果,也是对高丽时期的僧科制的否定。朝鲜王朝时期的这种科举制度需要考生学习包括儒家经典在内的各种书籍,编撰《东文选》的目的之一也是为了迎合这种要求。

《东文选》的出现还有一个非常重要的原因,那就是民族自我意识的形成及高涨。众所周知,一个人的自我意识是从他开始思考"我是谁"、想要知道"我从何而来"的时候开始的,认为一个民族也是这样。所谓的史书就是从人们开始考虑应该要整理"我"的和"我自己"走过的历史时出现的。历史上出现的各种各样的民族史诗和各种史书就是这种观念意识和民族意识高涨的产物。综观高丽时期,是韩民族觉醒的时代,李奎报的民族史诗《东明王篇》、金富轼的《三国史记》、一然的《三国遗事》、李承休的《帝王韵纪》等都是在这个时期出现的,很显然这并不是偶然,而是历史的必然。高丽时期在民间流行的高丽歌谣,充满着高丽人引以为傲的民族传统"情恨"也不是偶然的。它正是高丽时期民族意识和情绪高涨的时代意识的反映。到朝鲜王朝时期,这种意识空前高涨,以至于出现了许多游离东亚传统的以中国和中国文化为中心的中世纪文化秩序的主张和看法。尤其是在清政府推翻明朝以后,这种文化自负心持续膨胀,他们自诩为"小中华",由自己来传承东亚文化,成为东亚文化的传承者。

这种文化动向随处可见。朴仁老在《船上叹》中写道:"吾东方文化,可比汉唐宋。"很显然,这正是文化自负心的具体表现。就朝鲜王朝初期来说,"训民正音"的创制是一个很重要的历史事件——它结束了汉字、汉文统治一切文字生活的时代,开始了"汉文"和"谚文"并行的历史时代。很显然,所有这些没有一种高涨的民族意识是不可能的。就此而言,《东文选》的出现也是这种高涨的民族意识的具体体现。《东文选》的编撰者们所讲的"我东方之文,非宋元之文,亦非汉唐之文,而乃我国之文"①的主张,在某种意义上也体现了他们的这种文化心理。

《东文选》的出现和已经进入稳定阶段的朝廷的文化建设事业也有密切的关系,它是朝鲜王朝整个文化建设事业的一环。据《成宗实录》,这一时期不仅进行了诗文的编撰,而且也进行了其他各方面的文化建设事业。《成宗实录·成宗大王志文》里有这样的记载:"乞言命裒集古今东人诗文,名曰东文选,撰地理志,名曰东国舆地胜览,又撰三国史节要。"②可见,当时这种文化建设事业是在朝廷的主导下如火如荼地进行着的,《东文选》的编撰也是其中重要的一环。

由此可见,《东文选》是为了巩固王道政治、安定局势、教化百姓、统一认识、繁荣文化、确立民族文化传统、树立民族主体性等多种目的编撰的;它是高丽民族意识高涨的产物,也是中国文化影响的产物;它是为了朝鲜王朝的整体文化建设的需要而产生的。所以,它一开始就得到了朝野上下的广泛注目,引起了社会各方面的广泛关注。

第三节 《东文选》的编撰过程

一、《东文选》的编撰过程和编撰目的

《东文选》编撰于朝鲜王朝的第九代王成宗(1457—1495年在位)九年(1478)③,全书共130卷、45册,收录了古朝鲜到当代即古朝鲜到朝鲜成宗初年的前后近1000年间的文人的诗歌2029首④。这是我们现在所能看到的韩国最古老的诗文集之一,其规模和数量也是比较罕见的。

韩国很早就有编撰各种文集和诗集的传统,我们现在所能看到的《夹注名贤十抄诗》《东国文鉴》《东人之文》《三韩诗龟鉴》《东文粹》等就是这种传统的产物。从这个意义上来讲,《东文选》是与韩国的这种编撰传统有密切关联的,但从《东文选》的体例以及成书的过程看,我们不能忽视《东文选》和《文选》的关系,也不能不重视中国《文选》对《东文选》的各方面的影响。

众所周知,《文选》是中国现存最早的一部诗文总集,由南朝梁武帝的长子萧统组织一些文人共同编选。中国自古有编撰或编辑各种文集的传统,它的历史可以追溯到上古时期,

---

① 参见徐居正:《东文选序》,载徐居正等:《东文选》,首尔:韩国民族文化促进会,1968年版。
② 参见《成宗实录》卷二百九十七,附录《成宗大王志文》。
③ 类似的观点参见金钟喆:《〈东文选〉的理解和分析》,首尔:青文阁,2004年版,第31页。
④ 据笔者的统计,收录在《东文选》里的诗歌共有1770题、2029首。这与其他书籍上的统计数字有所不同,但我们在这里就使用笔者统计的数字,其具体情况参见本书附录中的统计列表。以下所有的统计数字也以此为基准。

《诗经》就是一个非常典型的集撰诗集,后来这种传统继续得到传承,出现了许多文集。徐居正在《〈东文选〉序》中指出:"读典谟,知唐虞之文;读训诰誓命,知三代之文;秦而汉,汉而魏晋,魏晋而隋唐,隋唐而宋元,论其世,考其文,则以文选文粹文鉴文类诸编,而亦概论后世文运之上下者矣。"这就是说,中国自古有"文选""文粹""文鉴""文类"之传统,但是《文选》不是一般意义上的诗文集,其实,它的编撰具有明确目的性——是用来指导当代文学创作的。尽管它有一些不足和缺陷,但在这一点上可以说它的价值远远超过其他任何一个诗文集。

韩国的《东文选》也是如上所述的那样,它的编撰也具有明确的目的性。所以,它在当代文学关系以及文学传统的继承和弘扬方面,虽然受到一些人的"类聚"之类的贬评①,但它的价值和意义远远超出前面我们提到过的韩国编撰的任何一部诗文集。

从韩国《海东文献总录》中的"我英庙朝徐居正等受命撰集,东方前贤诗文,名曰东文选"的记录和《五洲衍文长笺散稿》中的"东文选英庙朝徐居正等受命撰辑"的记载看,事实上《东文选》的编撰工作早在世宗在位期间(1418—1450年)已经开始。从根据《世宗实录》和《成宗实录》整理的有关材料来看,徐居正是世宗二十六年,也就是1444年文科及第,从那个时候开始到世宗三十二年(1450),以集贤殿博士和副修撰的身份,一直参与了朝政。由此有些学者推断《东文选》的编撰工作在世宗二十六年到世宗三十二年间,也就是公元1444年到1450年之间已经开始了②。如果这种推断正确,那么,可以说《东文选》的编撰过程前后历经了30多年的时间(1444年到1478年)。

《东文选》的成书过程也与众不同。它与前面提到过的几部诗文集不同,是根据王命集体编撰的。朝鲜王朝时期,统治者从建国初期开始编撰各种书籍。太宗时期编撰的《礼记浅见录》、世宗时期编撰的《续六典》、文宗时期的《高丽史》、端宗时期的《中朝榜文》等就是通过这种方式编撰的。成宗自幼好学、崇文、尚文,他自认为当代的文运已经达到了前所未有的水平,就下令编撰和中国的《文选》相媲美的大型诗文集。从《〈东文选〉序》看,当时成宗下令徐居正等人编撰一部"虽非六籍之比,然亦可见文运之兴替"的诗文集;据李善所注,这个"六籍"就是"六经"。所以徐居正等人也把它当作一项重大的事业,经过几十年的努力,终于在1478年,向成宗呈上了编好的《东文选》。在《〈东文选〉序》中,徐居正在赞美自己的民族文化的同时,对中国整理民族古典文化使之得以流传的做法大加赞赏,对历来没有整理自己诗文的自己国家的情况进行了深刻的反思。他说:"吾东方檀君立国,鸿荒莫追,箕子阐九畴,敷八条,当其时,必有文治可尚,而载籍不存。……非无能言之士,而今皆罕传,良可叹已!"同时他对前人编撰的各种书籍也进行各种批评,说:"奈何金台铉作《文鉴》,失之疏略;崔瀣著《东人文》,散逸尚多,岂不为文献之一大慨也哉!"由此可见,《东文选》是他们为了弥补这些前人的不足,使自己的诗文得以流传,成为当代人和后来人的参考书而编的。

可是这不是他们编撰《东文选》的主要目的,其主要目的仍然在于以之提高民族自主意识,在《〈东文选〉序》中,徐居正明确地表示这一点。他说:"是则我东方之文,非宋元之文,亦非汉唐之文,而乃我国之文也,宜与历代之文,并行于天地间,胡可泯焉而无传也哉!"③为了

---

① 洪万宗在《诗话丛林》中说:"徐四佳东文选即一类聚,亦非选法。"成伣也在《慵斋丛话》卷十中说:"达城所撰东文选是乃类聚,非选也。"
② 参见李慧淳:《高丽前期汉文学史》,首尔:梨花女子大学出版社,2004年版,第57-58页。
③ 参见徐居正:《东文选序》,载徐居正等:《东文选》,首尔:韩国民族文化促进会,1968年版。

使自己的民族古典文化得以流传,弘扬民族的主体性,他们采编从古朝鲜到本朝的诗文,呈于成宗。他说:"臣等仰承隆委,采自三国,至于当代,辞赋诗文,总若干体,取其词理醇正,有补治教者,分门类聚,厘为一百三十卷,编成以进,赐名曰《东文选》。"徐居正认为:"吾东方之文,始于三国,盛于高丽,极于盛朝。"由此可见,《东文选》是徐居正收到王命后,组织一批人收集古朝鲜到朝鲜王朝前期的各种诗文编撰而成的。其目的是巩固和维护王道政治、以文教化百姓、繁荣和传承民族文化、确立民族文化传统、树立民族的主体意识、弥补前人编撰的诗文集的各种不足等。

二、《东文选》的编者

一般认为,《东文选》是徐居正(1420—1488)领着承文院文人 23 人,根据成宗的旨意完成的。那这 23 个人都是谁呢? 他们实际上就是《《东文选》序》中提到的领敦宁府事卢思慎、吏曹判书姜希孟、工曹判书梁诚之、吏曹参判李坡和大提学徐居正,以及在《进〈东文选〉笺》的最后部分提到的崔淑精等 18 人①。从编撰《东文选》时他们担当的角色看,前面提到的 5 人为纂集官,后 18 人为郎厅。所以《进〈东文选〉笺》也只记"……臣卢思慎…………臣姜希孟……臣徐居正……臣梁诚之等奉旨撰《东文选》讫,谨缮写投进,卢思慎等,诚惶诚恐,稽首上言"②。而后面的 18 人是辅助他们的,所以他们的名字只能出现在《进〈东文选〉笺》最后的那部分。而徐居正则不然,他当时是大提学,惯例上他是整个编撰中实质上的负责人,是组织领导整个过程的。从当时正式编撰《东文选》的整个过程看,他们接受这个任务后,立即成立了撰集厅。而从惯例来说,这个撰集厅由大提学负责,由他任命负责撰集的具体职能部门的六曹堂上官和辅佐他们的郎厅的工作,而当时徐居正就是艺文馆大提学兼弘文馆大提学③,从这个意义上,可以说《东文选》和徐居正有直接的关系,是他总体上设计和组织指挥了编撰的整个过程,学界现在普遍认为《东文选》的编者是徐居正的原因就在于此。

但是,为什么向成宗提交的《进〈东文选〉笺》中,提到的第一人是卢思慎,第二人是姜希孟,徐居正只排在第三的位置上呢? 其实,这与他们的官职有关。虽然在这几个人中,在编撰过程中起到最重要的作用和付出辛勤劳动的是具体负责这项工作的徐居正,但从他们几个人当时担任的官职来看,卢思慎是领敦宁府事,是正一品高官,姜希孟是正二品官吏曹判书,虽然徐居正也是正二品大提学,但在当时的六曹排序中吏曹排在第一位,而姜希孟正是吏曹判书,所以他的名字出现在徐居正之前是非常正常的。换言之,这里的排名次序不能反映编撰《东文选》人员在实际工作中的重要程度,而反映了接受这个任务的官员的官职的高低,所以,徐居正虽然是《东文选》的实际编撰者,但名字只能排在第三名的位置上。

另外,据《朝鲜王朝实录》,在《东文选》的编撰过程中起到重要作用的还有梁诚之。徐居

---

① 参与《东文选》编撰的 18 个人为:通训大大艺义馆直提学知制教兼经筵侍讲官春秋馆编修官崔淑精、通训大夫承文院判校李吉甫、通训大夫前礼宾寺正崔灏元、通训大夫前军资监正朴楣、通训大夫行成均馆司成知制教金季昌、通训大夫行承文院参校知制教裴孟厚、通训大夫行承文院校勘黄淑、通训大夫前行承文院校检柳自沿、中直大夫行承文院校理朴思东、奉正大夫权知承文院校理金仲演、奉列大夫权知承文院校理柳桂芬、奉列大夫权知承文院校理南悌、朝散大夫行承文院校理金学起、奉训郎行承文院校检池达河、承议郎承文院校检金锡元、承训郎前司宪府监察崔淑卿、宣教郎行承文院博士郑锡坚、承仕郎权知承文院副正字李宜茂。
② 除此之外,还有一些人,他们的名单在《进〈东文选〉笺》的最后部分。
③ 徐居正于 1464 年成为韩国历史上第一个艺文馆和弘文馆的大提学。

正也在《南原君家乘记》中说,梁诚之在生前参与了编撰《东文选》的工作①。这些记录说明梁诚之和其他编撰官如卢思慎、姜希孟不一样,不是只挂着名,而是实际参加了整个编撰过程。但有些学者考证,在整个编撰过程中,他不是直接参与了选文的工作,而是负责了《东文选》的编辑、印刷、发行、收藏等类似后勤补给方面的事②。另外,李坡虽然也参加了编撰,但据《成宗实录》等史书的记载,在《东文选》的编撰工作进行得如火如荼的时候,李坡迎来了母亲的三年祭,祭后1477年作为地方观察使去了平安道任职。由此,有些学者指出,李坡很少有机会参加《东文选》的实际编撰工作,所以,徐居正写的《〈东文选〉序》中有李坡的名字,但汇报编撰过程的笺文中,则没了他的名字。这说明李坡没有参加编撰的具体工作的可能性非常大。由此可以说,《东文选》的实际编撰者是徐居正和梁诚之。

三、《东文选》的诗作者和收录诗歌

如前所述,《东文选》收录的是古朝鲜到当代即成宗初年的前后近1000年间的2029首诗歌,可见这是一个体系非常庞大的诗文集。它涉及三国时期、新罗时期、高丽时期和朝鲜王朝前期的汉诗作家共390人的作品,其中有88人只收录1首作品,约占作家总数的22.6%,有68人,即17.4%的作家收录的只有2首,这两者的比重占作家总数的约40%;还有50位作家收录的作品多于2首但不到5首,这和前面的加起来就占作家总数的约53%。这说明《东文选》收录的390位作家中,约53%的人收录的作品在5首以下。

表1-1列举了不同时期的作家中有10首及以上的诗歌被收录的作家的情况。通过表格我们可以看出,新罗时期收录超过10首的有4人,分别为崔致远、朴仁范、崔匡裕、崔承祐,共收录诗歌59首,其中崔致远最多,有29首;高丽前期诗人只有2人,分别为金富轼和郑知常,收录最多的是金富轼,共33题34首,其次为郑知常,13首,这反映了高丽前期汉诗创作萧条的实际情况;高丽中期共17人,其中收录最多的是李仁老,70题89首,其次为李奎报,61题77首,高丽中期17个人的诗歌全部加起来共537首,这反映了高丽中期汉诗创作明显增多的具体情况;高丽后期共17人,收录最多的是李齐贤,47题78首,其次为李穑,70题76首,把这17个人的诗歌全部加起来,共有480首,这反映了与动荡的社会现实相反的文学的一度繁荣;丽末鲜初和朝鲜王朝时期总共6人,其中李詹和郑道传各27首,收录最多,这6人的诗歌总共113首,这如实地反映了丽末鲜初和朝鲜王朝初期的文化建设还没有真正复兴的实际情况。

另外,从表1-1来看,收录诗歌50首以上的有5人,其中李仁老最多,为70题89首;其次为李齐贤,47题78首;李奎报为61题77首;李穑为70题76首。这"四李"的诗歌总共320首,加上金克己的65首,共385首,占整个《东文选》收录诗歌的约19.0%。30~50首的有8人,其中陈澕最多,32题47首;其次为林惟正,36题46首。这8个人的诗歌共309首,占收录诗歌总数的约15.2%。20~30首的有10人,其中崔致远最多,29首;其次为李仁复、偰逊、李詹、郑道传,各27首。这10个人的诗歌共245首,占约12.1%。10~20篇的有23人,其中郑枢最多,16题19首。这23人的诗歌共297首,占约14.6%。表1-1里的

---

① 参见徐居正:《南原君家乘记》,首尔:韩国民族文化促进会,1996年版,第369页。
② 参见金钟喆:《〈东文选〉的理解和分析》,首尔:青文阁,1975年版,第26-36页。

诗人共 46 人,而这 46 人的诗歌总共 1236 首,占收录诗歌总数的约 60.9%。

表 1-1 《东文选》收录 10 首以上诗歌的诗人统计表

时代	50～90 篇	30～50 篇	20～30 篇	10～20 篇	合计/人
新罗时期			崔致远	朴仁范 崔匡裕 崔承祐	4
高丽前期		金富轼		郑知常	2
高丽中期	李仁老 李奎报 金克己	林惟正 陈澕 郑誧 李达衷	释圆鉴 林椿	释天因 李藏用 崔滋 金坵 元松寿 安震 郑思道 郭预	17
高丽后期 (1)	李齐贤	崔瀣	李仁复 李谷	白元恒 柳淑 权汉功 李存吾	8
高丽后期 (2)	李穑	郑梦周 李崇仁	偰逊 尹绍宗	郑枢 韩修 洪侃 安轴	9
丽末鲜初			李詹 郑道传 权近		3
朝鲜时期				卞季良 赵浚 释宏演	3
合计/人	5	8	10	23	46

从《东文选》收录的诗人的阶层身份来看,新罗时期无疑是以留唐学生为主。当时他们是文学创作的主要担当者,所以当时艳丽浮华等晚唐风诗歌充斥文坛,随处可见晚唐时期的那种靡靡之音①。这种状况一直延续到高丽初期,高丽前期主导文坛的仍然是这些留学生和他们的后代或弟子。这些后代和弟子虽然不是直接留唐的留学派,但仍然坚持着自己先亲和前辈们的路子,沿用晚唐时期的诗风。这种状况一直持续到归化汉人开始主宰文坛的时期和金富轼主宰文坛的时期。众所周知,金富轼是高丽前期儒学的代表性人物。他的创

---

① 有些学者对这种观点持有不同的见解。如李慧淳在《高丽前期汉文学史》中提出,新罗留唐宾贡科有些诗人的诗歌在雕琢、润色、华丽等方面和晚唐诗歌有些不同。参见《高丽前期汉文学史》,梨花女子大学出版社,2004 年版,第 48 页。

作明显显示出反对高丽建国以来持续的佛教的倾向,对高丽中后期向程朱性理学的转型起到了非常重要的作用。当然,金富轼一开始就显示出"事大主义"倾向,在一改高丽建国以来流传下来的佛教传统方面,他的确起到了举足轻重的作用。

高丽中期是新型士大夫阶层兴起并开始主宰文学的时期,但是高丽中期作为一个过渡期,汉诗作者阶层比较复杂。其中不仅有以崔冲为首的贵族文人,而且还有以李仁老、林椿为代表的勋旧派贵族文人和以李奎报为代表的新型士大夫阶层。这意味着它是从高丽前期的佛教为主导向性理学转移、文风从晚唐向宋风转型、文学担当阶层从贵族阶层向新型士大夫阶层转移的时期。

高丽后期是以李齐贤、李谷为代表的新型士大夫崛起并完全主导文坛的时期,加上李穑、郑梦周、李崇仁等性理学家的大量加盟,这一时期文学有了"质"的改善,加上宋文化的流入,性理学的地位明显上升,文学上也舍弃艳丽浮华的晚唐风,吸收豪情的宋风和"苏风",尤其是豪放的苏轼的文学,给高丽中后期乃至朝鲜王朝的文学带来了深刻的影响。到了丽末鲜初时期更是清一色的性理学家们的天下,郑道传、权近、申叔舟、崔恒等人鲜明地提出"文以载道"的文学观,彻底改变了佛教一统天下的局面,鲜明地举起了儒学的旗帜,文学上掀起了"学苏""学宋"的热潮。这种文风的转变也给《东文选》的编撰带来了深刻的影响。

四、《东文选》诗歌的编撰倾向

政治上不偏不倚,收录各种流派和思想倾向的人的作品,这可谓是对《东文选》所收诗歌倾向的一个实事求是的评价。从《东文选》收录的作品看,不仅有乙支文德、尹瓘、金之岱等纯武将的诗文,而且还有无名氏和僧侣等各阶层人物的诗文,甚至还有赞美在《高丽史》上被认定为逆贼的崔忠献父子的诗歌《上晋阳公》(金坵作)和称赞艺妓的诗歌《教坊小娥》(李需作)等。所以,有些学者指出:"《东文选》里既没有忠臣,也没有逆贼也不言过其实。这里没有崇儒的理念,没有尊华思想,也没有洋夷的概念。"[①]其中最有说服力的是郑梦周和郑道传。郑梦周和郑道传都是李穑门下最出色的学生,但在那动荡的年代,他们选择了不同的政治道路,从同门同志变成了不共戴天的政治上的敌人。他们所选择的道路竟是那样泾渭分明:一个是高丽王朝独一无二的忠臣,另一个是高丽王朝最坚决的叛逆者,谋划推翻高丽的"易姓革命"的总设计师。但《东文选》的编撰者们在选择诗歌的时候,根据他们自己提出的编撰原则,不偏不倚地选取了他们的诗文,这的确是难能可贵的。这为我们现在实事求是地理解和研究历史提供了历史史实,也给我们今后的诗文撰集做出了榜样。

《东文选》中还收录了僧侣的作品,而且在数量上也不少。比如,释圆鉴的诗歌21题24首、释天因的18首、释宏演的10题11首、释禅坦的7首、释达全的6首、释真静的5题9首,等等。这从朝鲜王朝初期"崇儒抑佛"的角度上来说也是非常难能可贵的。换言之,从朝鲜王朝建立之初的思想倾向来看,不收录或者说排斥佛教的一切才符合常理。但是《东文选》的编撰者们在选取文学作品的时候,可以说是不偏不倚,根据作品的完成度选择了作品。在具有道家倾向的诗歌的选择上,《东文选》也只看作品的好坏,不太过问作品的思想倾向。

除此之外,《东文选》还收录了归化汉人的作品,如偰逊、偰长寿父子以及一些无名氏的

---

① 李东欢:《〈东文选〉的选文方向及其意义》,《震旦学报》,1983年第12期,第76页。

作品,这说明《东文选》选取作品没有局限,无所谓戒律,只要作品好而不考虑政治、宗教、身份、阶层、国籍等各方面的问题。这为以后的编撰事业做出了表率。

五、《东文选》的体例和诗体

《东文选》共130卷,共选有47种文体,其中108卷为散文、22卷为韵文。韵文集中收录在卷一到卷二十二,其中卷一为辞、卷二和卷三为赋、卷四到卷二十二为诗歌;卷二十三到卷一百三十为散文文体。所选的诗歌以高丽时期的为重点,选取了古朝鲜到当朝约1000年的诗歌。所选取的诗歌有五言古体诗、七言古体诗、五言律诗、七言律诗、五言排律、七言排律、五言绝句、七言绝句、六言等9种,分别收录在卷四到卷二十二中。具体地讲,卷四、卷五收录的是五言古体诗,共117题174首;卷六、卷七、卷八收录的是七言古体诗,共181题196首;卷九、卷十收录的是五言律诗,共219题244首;卷十一收录的是五言排律,共44题44首;卷十二到卷十七收录的是七言律诗,共548题601首;卷十八收录的是七言排律,共38题39首;卷十九收录的是五言绝句68题82首和七言绝句88题97首;卷二十到卷二十二收录的是七言绝句,共464题549首;卷二十二除收录七言绝句外还收录了3首六言。从排列的顺序来看古体诗在前,新体诗在后;五言体在前,七言体在后;按照古体诗、律诗、排律、绝句等顺序排列。整体上讲,《东文选》收录的诗体不管古诗体、新体诗和排律,明显偏向于重五七体,四言古诗、乐府诗、联句诗、杂体诗、长短句体诗歌等诗歌体裁一律排除在外;收录最多的是七言绝句,共646首,其次为七言律诗,共601首,这二者加起来共1247首,再加上七言古体诗196首,七言诗占诗歌总数的约71.1%,可见《东文选》在诗体的选择上也倾向于以七言为中心①。

再看《东文选》收录诗歌,共选择了9种诗体,但其中8种是五七体,另外1种是六言体,而且只有3首,古体诗370首,其他诗体1656首,表现出重视格律诗歌的倾向。这很可能体现了编撰者们在选诗歌的过程中偏重于五七体的倾向和侧重于律诗、绝句等近体诗的倾向。

表1-2 《东文选》收录各诗体诗歌统计表

	五古	七古	五律	五排	七律	七排	五绝	七绝	六言	合计:题/首
卷四	59/89									59/89
卷五	58/85									58/85
卷六		64/76								64/76
卷七		56/59								56/59
卷八		61/61								61/61
卷九			103/124							103/124
卷十			116/120							116/120

---

① 以上内容参见表1-2。

(续表)

	五古	七古	五律	五排	七律	七排	五绝	七绝	六言	合计：题/首
卷十一				44/44						44/44
卷十二					92/92					92/92
卷十三					69/78					69/78
卷十四					96/114					96/114
卷十五					91/100					91/100
卷十六					102/113					102/113
卷十七					98/104					98/104
卷十八						38/39				38/39
卷十九							68/82	88/97		156/179
卷二十								181/208		181/208
卷二十一								125/162		125/162
卷二十二								158/179	3/3	161/182
总计	117/174	181/196	219/244	44/44	548/601	38/39	68/82	552/646	3/3	1770/2029

朝鲜王朝前期出现的诗集《联珠诗格》《唐诗鼓吹》《夹注名贤十抄诗》等以七言为主，这说明朝鲜王朝前期文坛追求七言诗体的形式美。其实，这也和当时的中国文坛有密切的关系。中国的诗歌经魏晋南北朝，到唐以七言律诗为主的形式已经固定了下来。到朝鲜王朝时期，韩国的文学也有融入以中国为中心的东亚中世纪文化秩序和体系之必要了。韩国汉诗到这个时候显示出这种特点的真正原因也许就在这里。它绝不是一个孤立的现象，是具有其历史必然性的文学现象之一。如果说追求近体诗、追求形式美是中世纪东亚汉诗发展的必然趋势，那么韩国的这种现象也是迎合这种趋势的。

六、《东文选》和《文选》的关系

韩国和中国一样，自古有编撰诗文集的传统，现存的《夹注名贤十抄诗》《东国文鉴》《三韩诗龟鉴》《东人之文》等诗文集子的出现就证明了这一点，但其规模和数量根本无法与《东文选》相比。

如前所述，《东文选》和《文选》有密切的关系，这表现在很多方面。首先，从《东文选》的编撰者们的言行和史书上的记录来看，《东文选》包括其名皆来自《文选》。《成宗实录》卷五十五成宗六年(1475)乙未五月乙卯款记载："御书讲，上谓知事徐居正曰，后世文章如古文乎？居正对曰……今之文，不及高丽，中朝之文，亦不及元朝之盛。上曰，其故何也。居正曰，世道降而气渐漓也。我国之文，无选集者，前朝惟崔瀣尝撰《东人文》，然伤于略，臣等欲仿古《文选》，自新罗至我朝，类选诗文，今已裒集，时未成书耳。上曰，第撰之，当印颁。"在这里,徐居正说得非常明确,就是"臣等欲仿古《文选》","类选诗文"。这就是说,徐居正是要仿造《文选》编撰《东文选》,在选诗、选文包括诗歌的体裁等方面都仿《文选》,要编出类似于《文选》的本国的诗文集。

但在诗体上,《东文选》不按《文选》,而是采用了按照诗体分类编撰的方式,这一点明显区别于《文选》。众所周知《文选》是把文类分为37类后,再把诗歌分为23个子目,按照层次分类法分类诗歌,用子目即补亡诗、述德诗、劝励诗、献诗、公宴诗、祖饯诗、咏史诗、百一诗、游仙诗、招隐诗、反招隐诗、游览诗、咏怀诗、哀伤诗、赠答诗、行旅诗、军戎诗、郊庙诗、乐府、挽歌、杂歌、杂诗、杂拟等款项选编了诗歌。可见这基本上是以诗歌的题材或内容来分类编撰的。在层次分类方面,《东文选》也把文类分为47类,比《文选》多10类——显然这一点和《文选》的分类法没有什么两样;但在下一层分类上有明显的不同,如表1-2所示,《东文选》是把韵文按诗体来分类编撰的。综观韩国历代各种诗文集的编撰,整体上来说既有以文体来分类的,也有以作家为分类基准的,前者有《东人之文》,后者有《三韩诗龟鉴》等。到朝鲜王朝时期,诗文基本上统一是第一层次按文体来分、下一层次再以作家的生卒年分类的形式,比如朝鲜王朝时期编撰的《东文粹》《青丘风雅》等采用的都是这种方式。同样《东文选》采用的也是首先由文体来分,再由作家的生卒年份来分类的形式。徐居正在《〈东文选〉序》中说:"臣等……采自三国,至于当代,辞赋诗文,总若于体,取其词理醇正,有补治教者,分门类聚。"这就是说,他们是从辞赋和诗文中,选取有益于教育的分门别类集辑,最终取名为《东文选》。可见他们采用这种方式编撰《东文选》是有明确目的的。所以,它成为韩国诗文选集编撰的体例标准,多次应用在后世的诗文编撰中。

第二章
高丽前期文人的汉诗和中国文化的关联

第一节　金富轼的汉诗和中国文化的关联

　　金富轼(1075—1151),高丽时期著名的汉学家、儒学家、历史学家,原籍为庆州,字立之,号雷川。他是新罗武烈王的子孙,但他的曾祖父金魏英看到新罗要灭亡,投靠高丽的王建,继而任庆州州长,负责处理庆州有关事宜,由此可以说金富轼是贵族土豪出身。他们世代居住在庆州,他的父亲在开城做官的时候,他们家族的根基还是在庆州。金富轼的家族步入中央政界是从他的父亲金覲开始的。金覲通过科举,官至礼部侍郎、左谏议大夫,但很不幸在金富轼13岁的时候去世了。金富轼13岁开始在母亲的关怀下成长,他身材高大,博古通今,自幼显现出汉文学方面的独到才华。他和其兄弟的名字是仿造苏轼兄弟的名字起的①,可见他们家族和他本人对宋文化尤其是苏轼具有一种别样的崇拜之情。他们几兄弟虽然失去了父亲,在母亲的关怀下成长,但他们个个都非常争气,除了出家为僧的玄湛,其余都科举及第,到中央政界去任职。由此,其母被认为是一位非凡的母亲而得到表扬,领得国家定期供给的食粮。几兄弟中金富轼和二兄金富佾和弟弟金富辙都任翰林这一很荣耀的官职,得到了人们的赞誉。金富轼1096年科举及第,经安西大都护府司录参军事,荣升为翰林院直学士,还给睿宗、仁宗讲史。1116年7月,作为文翰官跟随枢密院知奏事李资谅出使宋朝,对宋徽宗送来大晟乐表示感谢。这次他们受到了宋徽宗的盛情款待,回国时带回了司马光的《资治通鉴》一套。1122年仁宗登基,仁宗的外祖父李资谦掌握了朝廷,他以国王的祖辈为借口不称臣,想在门中的宴会上用宫中的音乐。这时金富轼挺身而出,借用宋朝的好多事例,积极阻止这种行为,指出其不当之处。1126年他任枢密院副使,第二年出使去宋朝贺宋钦宗登基,但那时金军已经占领首都,宋朝南迁,遂中途回国。李资谦一派退出政界后,他官运亨通,1130年升为政堂文学兼修国史,1131年任检校司空参知政事,1132年升任守司空中书侍郎、同中书门下平章事。1126年李资谦之乱之时,开城的宫阙烧掉了,趁这个机会妙清一党提出了西京迁都的主张,但是这个主张受到了开城士大夫阶层的反对。1135年妙清发动"妙清之乱",当时金富轼任判兵部事,受命为元帅,直接指挥中军,镇压了这次叛乱。出

---

　　① 金富轼兄弟五人,其中三个人的名字就是仿苏轼兄弟起的。金富轼排行老三,借用苏轼,起名"富轼",他的弟弟仿苏辙,起名"金富辙"(后改为"富仪"),金富轼二哥的名则是"富佾"。

征前，他和宰相们商议，先对当时在开城的妙清的同党郑知常、金安、白寿翰等人处以极刑，然后用一年多的时间，彻底镇压叛军，胜利而归。回朝后，任输忠定难靖国功臣、检校太保、守太尉、门下侍中、判尚书吏部事。1140年仁宗不听金富轼等人的劝阻，释放了他政治上的敌人尹彦颐、韩惟忠等人（他们都是受到金富轼等人的弹劾后，流放到地方上的），并让他们回到政界重新工作。金富轼虽然得到了国王的认可，但看到这种情况，他自己先退出政界，走向了修行之路。仁宗赐其同德赞化功臣号，后来又封其为乐浪郡开国侯。退出政界后，仁宗派8名年富力强的官吏辅佐他编撰《三国史记》，1145年他给仁宗上交了50卷的《三国史记》。除此之外，他还参与了《睿宗实录》《仁宗实录》等史书的编撰工作。宋朝的徐兢在《宣和奉使高丽图经》的人物条中，评价金富轼"博学强识"、善诗文、博古通今，金富轼在高丽史学界和文学界中的显赫地位可见一斑。金富轼一生不仅著有《三国史记》，还写了很多诗歌。遗憾的是他的《文烈公集》已经遗失，不能了解他的诗歌全貌，幸运的是《东文选》[①]《东文粹》《青丘风雅》《箕雅》等文献收有他的部分诗歌，从中能够看出他诗歌创作的大体情况。其中《东文选》收录得最多，有五言古体诗1首、五言律诗1首、七言律诗18首、七言排律1首、五言绝句2首、七言绝句10题11首，共33题34首。从《东文选》的收录规模看，应该是中等以上，数量上虽然不及李奎报、李仁老、李齐贤、李穑等人，但和其他诗人相比应该说是比较多的。

收录在《东文选》里的金富轼的诗歌题材多，涉及的内容比较广泛，但总体上看，可以分为规谏讽喻诗、应制奉和诗、闲游抒怀诗这三种。下面我们就从这三个方面重点探讨一下金富轼诗歌和中国文学尤其是"中唐至宋"文学的关联。

一、规谏讽喻诗中的中国文化要素

规谏讽喻诗是作者以积极的态度对人生等重大的社会问题提出真知灼见的看法——或者从正面对此进行评价，或者从侧面进行讽刺提出批评——而撰写的诗篇。在中国古代诗歌百花园中，规谏讽喻诗以其鲜明的现实性和战斗性，历来深受广大民众的喜爱。从内容上看，规谏讽喻诗主要分为两大类，一类是揭露现实生活中的不合理现象，如金富轼的《题良梓驿》。在诗歌中作者运用形象生动的比喻和鲜明的对比，将贪吏比喻成蛇，通过描写对未归人的思念和深秋凄凉的景色，大胆地揭露和谴责当时宦官们的统治给人们带来的苦痛，使诗的思想内容具有批判和揭露现实丑恶的效果。另一类则是通过借用某种历史事件批判现实，达到借古讽今的目的。金富轼也写了不少类似的诗歌，其中最有名的一首便是《结绮宫》：

尧阶三尺卑，千载余其德。秦城万里长，二世失其国。
古今青史中，可以为观式。隋皇何不思，土木竭人力。

这是一首五言古体诗，也可称作咏史诗，是金富轼路过其地时有感而发的。题目中的"结绮宫"就是奢侈好色的陈后主为宠妃张贵妃用金玉装饰的那个豪华宫殿。这首诗通过对中国的两位帝王，即勤俭朴素、奉行德政、心系百姓、凝聚正能量的"尧"和焚书坑儒、修筑长

[①] 这里所说的《东文选》是指韩国民族文化促进会编，韩国民文库刊1989年10月再版的《东文选》。下同。

城、大兴土木导致民怨沸腾的"秦始皇"的治国之道及其所引起的结果的叙述,特别借用统治者大兴土木导致亡国的例子,表明自己反对高丽的西京迁都计划及兴建大花宫的立场,并担忧兴建宫殿会威胁国家的安危,体现了忧国忧民的儒家仁政思想。全诗以直白简洁的诗语借咏史来警戒劝谏君主,完全没有浮靡的成分;在风格上与其散文的古朴性有某种神和之处。徐居正评论这首诗说:"词意严正典实,真有德者之言也。"①这里所说的"严正典实",指的就是他没有华丽的辞藻,而富于深刻的说理的诗风。规劝讽谏的主题、平直的语言形式、不重雕琢的风格,成为金富轼诗歌的又一大特色。然而,由于整个时代风气的影响,他的这种风格并不是诗学的全部特色。在他的诗歌中仍然杂有相当多的辞章气,即使在一些讽喻诗中,有时也流露出浓重的浮靡风气,如《灯夕》显然就有浮夸的成分。但在这种诗歌中,金富轼巧妙地利用中国的历史史实规劝统治阶级,表现出了一个儒学家应有的风范。

城阙深严更漏长,灯山火树粲交光。绮罗缥缈春风细,金碧鲜明晓月凉。
华盖正高天北极,玉炉相对殿中央。君王恭默疏声色,弟子休夸百宝妆。

《灯夕》是一首七言律诗,亦可说是宫体诗,具有重视用典的特点。如"君王恭默疏声色,弟子休夸百宝妆"这一句中,高丽帝王的道德品质与唐玄宗形成鲜明对比。梨园是唐玄宗为教习宫中的音乐而设的一个专门机构,玄宗当年在梨园训练乐工舞女,据传曾选"坐部伎"三百人,整日教练歌舞,随时应诏表演,号称"皇帝梨园弟子"。诗句中的"弟子"在这里也暗喻高丽宫廷的宫女们。诗的前半部分用"更漏""灯山""绮罗""金碧鲜明晓月"等绘声绘色地描述一片祥和的燃灯会夜景的奢华,淋漓尽致地描绘出君臣行乐图,已具有了对皇室的奢华风气进行讽刺的意蕴。然而诗人的目光并不局限于此。在诗的后半部,作者笔锋骤然一转,用"北极星"的位置象征君主的威严,用摆放在中央的"玉炉"来象征臣子的地位。这首诗中并没有直接的人物描写,而是通过渲染气氛和场景的描写来彰显庄严的皇家气氛。前面一直铺垫,只为在最后点出"疏声色"的主题。这种主题与形式的矛盾在这首诗中表现得非常完美,亦可从儒学角度看出金富轼理想中的帝王形象以及对国泰民安的和平世界的追求和作为儒家官人的使命感。很明显,所有这些都是金富轼利用唐玄宗的史实加以陈述的。

下面我们再看一首《宋明州湖心寺次毛守韵》:

江山重复望难穷,更构层楼在半空。檐外苍苍河汉逼,阶前浩浩海潮通。
片帆孤鸟千家外,疏雨斜阳一气中。想与众心同所乐,骚人谁讽大王风。

这首诗也是运用间接抒情的方式,借用中国的典故及古人的诗文来达到讽喻效果。题目中所提到的湖心寺位于宁波,原名水陆冥道院。在当时,湖心寺已成为城内文人墨客游玩、吟诗、讲学的场所,此诗正是金富轼在出使宋朝时访问这一名胜即兴而作。诗歌描写了在江与山融合而成的风景中,浮现一座漂亮的楼阁,天空中银河流动,脚下海水汹涌;小船与孤鸟在屋檐前栖息,稀疏的雨中映着一抹阳光。乍一看这似乎是歌咏自然的诗,然而最后两句不再是单纯的景物描写,而是借用"典故",暗暗地规谏帝王。诗中"想与众心同所乐"就借

---

① 徐居正:《东人诗话》卷上,转引自刘强:《高丽汉诗文学史论》,厦门大学出版社,2008年版,第79页。

用了《孟子·梁惠王下》中"与民同乐"①的典故,而"骚人谁讽大王风"中的"大王风"直接引用了战国宋玉《风赋》中讽喻的话语②,为的就是劝勉帝王,表达其忠于王室的崇高品质。这种含蓄的语言风格,具有很强的感染力,也充分体现了金富轼以"兼济天下"③为主导思想的爱国精神及王道意识。像这种通过诗中隐含的寓意,规劝皇帝的还有《闻教坊妓唱布谷歌有感》,诗文如下:

  佳人犹唱旧歌词,布谷飞来枥树稀。
  还似霓裳羽衣曲,开元遗老泪沾衣。

  这首诗是金富轼听教坊妓女们唱《布谷歌》后的感怀之作,感情深沉含蓄,与中国唐代诗人杜牧的《泊秦淮》有相似之处——都是听歌女的歌所感怀。杜牧夜泊秦淮在船上听见歌女唱《玉树后庭花》后有所感慨。他的诗说:这些无知歌女连亡国恨都不懂,还唱什么亡国之音!其实这是借题发挥,杜牧讥讽的实际是晚唐的腐败政治。金富轼也是借用,但与原来的创作意图大相径庭,他是在用教坊妓女们所唱的歌曲来提醒皇帝此曲即将成为亡国之曲,表现了作者对国家命运的关怀和深切忧虑之情,从而体现出作者的尊王意识和对王道政治的忠诚。

  金富轼的诗歌委婉含蓄,讽刺性强,语言质朴平易,雅俗共赏,形成独具一格的浅切诗风,具有较高的思想价值,而且还有着很明显的"中唐到宋"的那种"以文为诗"的特点;诗中多用典故,使诗歌语言精练,又可增加内容的丰富性,增强表达的生动性和含蓄性。金富轼还能恰到好处地运用古人诗文中的词句,并加以创新,使之在自己的诗中产生质的变化,可达到言简义丰、耐人寻味的效果,由此增强作品的表现力和感染力。

二、应制奉和诗和中国文化的关联

  所谓的应制奉和诗就是应令或者是应诏而作的诗,本质上属于"颂"体范畴,大体上是对"有道明君"的讴歌和传颂。《诗经》中的《大雅》和《颂》也多把歌颂帝王、粉饰太平作为重要的内容,也有少数陈述一些对皇帝的期望和其他内容。从所反映的内容来看,应制诗主要分为侍宴应制、游幸应制、节日应制、咏物应制、送别应制等几个方面,但不管是什么内容,总体来讲它不免带有重形式轻内容的绮靡习气,有矫揉造作、阿谀奉承的成分。金富轼的应制奉和诗大体上也是这样,如《玄化寺奉和御制》:

  襄城前马忽超然,行遇孤云一握天。警跸声高盈远壑,羽林兵峭裂寒烟。
  奇花堕艳翻经座,甘露浮香上寿筵。酬奉文章争落笔,侍臣才气似唐贤。

  这是一首七言律诗,主要描述的是皇室贵族游宴的恢宏气势,确实有应制奉和诗所具有的那种拿腔作势、阿谀奉承的成分。但我们再仔细分析这首诗歌就会发现,金富轼在拿腔作势、阿谀奉承的同时,综合利用各种艺术表现手法,使诗歌呈现出和一般的应制奉和诗不同

---

 ① 《孟子·梁惠王下》曰:"独乐乐,与人乐乐,孰乐?"曰:"不若与人。"曰:"与少乐乐,与众乐乐,孰乐?"曰:"不若与众。"

 ② 宋玉《风赋》:"有风飒然而至,王乃披襟而当之曰:'快哉此风,寡人所与庶人共者邪!'宋玉对曰:'此独大王之风耳,庶人安得而共之?'"

 ③ 《孟子·尽心上》中的儒家思想"穷则独善其身,达则兼济天下",其"兼济"之志,以儒家仁政为主。

的特色。如诗歌在写作手法上注重描写视角的安排,前四句中马忽超前而遇孤云,警卫声响彻远壑,羽仗划破寒烟,气势恢宏;在写作视角上,由近及远,再由远及近,写作手法有声有色,描绘动静结合,使得诗歌自然真实,气势十足。另外,第五、六句中出现的"奇花"和"经座"等通过对佛教世界现场化的描写体现出佛家的味道,又通过"甘露浮香"等祈愿君主万寿无疆。在庄严的气氛下,后两句则显露出大智若愚的文人形象以及在这样的太平盛世王权辅弼之臣的自信心,表现出了王道政治下国泰民安的政治理想。很显然,这和金富轼一生追求的儒家的王道政治有着密切的关系。

众所周知,金富轼是一个正统的儒学家。他一生勤勉于修身、齐家、治国、平天下的儒家学说,为实现基于儒学的"仁政"和王道政治付出了巨大的努力。他编撰《三国史记》也是为实现这种政治目的和他所追求的政治理想。在《三国史记》的进表中,他说编撰《三国史记》的目的就是"以君后之善恶,臣下之忠邪,邦业之安危,人民之理乱","以垂劝戒,宜得三长之才,克成一家之史,贻之万世,炳若日星"①。可见,金富轼追求的就是以儒家的"善恶"为基础的"君君臣臣,父父子子"的秩序井然的社会制度。很显然,他的这种政治理想和他在应制奉和诗中表现出来的忠君思想如出一辙,毫无二致。

他的这种思想在他的其他应制奉和诗中也有表现。如《东宫春帖子》虽然写的是"东宫",但仍然表现出他对王道政治的忠诚。

> 曙色明楼角,春风着柳梢。
> 鸡人初报晓,巳(已)向寝门朝。

春帖子又称春帖、春端帖、春端帖子。这是一种在立春那天剪贴在宫中门帐上的书有诗句的帖子。诗体近于宫词,多为绝句,文字华丽,内容大多是歌功颂德的,在宋代很盛行。金富轼就以春天将至的东宫全景为背景,用柳梢、春风等祥和的意象描绘出一幅春意盎然、生气蓬勃的融融景象。在这种平和而充满希望的氛围下,诗人也按捺不住雀跃的诗心,运用典雅而平实的写作手法,赞美太平盛世,自然地表现出了自己的理想世界,同时含蓄地描写了"昏定晨省"的太子,赋予了其儒家思想和道德规范;借用唐代宫中的"鸡人"②,表现出了作者对中国文化的深刻理解。同时在表现时间、空间之时,作者也广泛地利用对立统一的法则,展现了各种时空相对和交叉的一些联系,从而展现出多姿多彩的生活场景。可以说,诗的时空即是诗歌美学中的一个重要领域。透过巧妙的时空安排与运用,的确可以大大增强诗歌中的情景美感,创造多种多样的诗歌意境。

再看一首冬日应制诗《内殿春帖子》:

> 雪埂犹在三云陛,日脚初升五凤楼。
> 宝历授时周太史,玉卮称寿汉诸侯。

这首诗为七言绝句,也是冬日的应制诗,以雪的自然现象为背景,引发了无限的深思,也产生了更深刻的智慧。诗中没有直接出现雪的画面,也没有任何形象的描绘,只是运用了"用事"的写作手法,借用中国的地名、官制、故事表露出了作者的儒学思想及现实认识。

---

① 金富轼:《三国史记》,首尔:弘新文化社,1994年版,第12-13页。
② 在唐代宫中,每到拂晓喊天亮的头扎红色丝绸的人叫"鸡人"。

诗中出现的"三云"为汉代的宫殿,在甘泉宫中;"五凤楼"是宫城正门形制,"五凤"之名最早见于汉代,是人们对太平盛世的一种期盼。后两句中作者运用比兴手法将自己喻成汉诸侯,来祈愿帝王的万寿无疆。很显然,这些都表现出金富轼所追求的理想世界,他在灵活运用中国的各种典故的同时大胆借用"中唐至宋"的诗歌的各种艺术表现手法,取得了很好的艺术效果。

总体来讲,在诗歌创作中金富轼善于利用中国的典故,形象地表达自己的观点。在某种意义上过多地用典、用事会影响金富轼的创作个性,但这也许就是金富轼的创作特点——利用中国的故事,含蓄地表达类似的情感及意图。

在信手用典的同时,借用各种意境坦率而真诚地直抒胸臆也是金富轼诗歌的一大特点,如《和罗倅李先生寄金郎中缘》:

今日朝廷寂异闻,李公声价独超伦。倦游平昔谙时态,力学多年识道真。
皎皎胸襟蟠古剑,凌凌风节拔霜筠。……

这首诗有明显的"中唐至宋"那种"以文为诗"的特点。这首诗的形式不是绝句也不是律诗,是七言排律,这种形式在某种程度上具有散文的特征,但既然是以诗的形态出现,就应该具备诗所具有的高度的概括性和严密性。但金富轼在这里却几乎无视这一点,根据对象人物的生涯,赞扬其每个时期的功绩,直接强调了忠诚、义气、气节、爱民等思想品德。如果将汉诗本来所具备的定型性排除在外,记录体验事实的框架便得以保留下来,在某个层面上,是用诗抒写了必须用传记或行状来表达的内容。又如《和副使侍郎梅岑有感》:

中华地尽水茫茫,百尺张帆指故乡。天阔波涛浮日月,雨余云雾亲峦冈。
黄昏沸沫惊心白,朱夏浓阴着面凉。虽喜正庭行复命,犹思帝所乐洋洋。

金富轼曾于1116年和1127年两次到中国访问。1116年那一次他跟随知奏事李资谅到中国感谢宋朝送来的"大晟乐",这次他们受到了宋徽宗的热情招待,回国时带走了司马光的《资治通鉴》。1127年那一次本是去祝贺宋钦宗登基的,但是由于宋都被金朝占领宋室南迁,被迫中途回国。从金富轼两次到中国的情况和这首诗歌的内容看,这首诗是第一次访问中国时所作。诗中完美地表现了一个儒学家和仕途人的那种得意扬扬的心态。诗歌的前六句都在单纯地描写所见的自然景物,最后两句君主突然登场,这体现了诗人总会情不自禁地回归到儒家官人的角色,而这也正是金富轼尊王意识的表现。此诗中的诗语"茫茫"与"洋洋"不仅描述了所见中国的国土之宽广、大海之辽阔,更真实地表露出即将向帝王复命的喜悦心情。金富轼的应制奉和诗中不乏对理想化的君臣关系的表现,亦表现出儒家官人心中的理想世界及作为儒学家的典型的君臣意识。毋庸置疑,这是中国文化的深刻影响使然。金富轼的理想世界就是来自这种儒家王道政治统治下的国泰民安。

三、闲游抒怀诗中的中国文学基因

如果说金富轼的规谏讽喻诗与应制奉和诗多以华丽的辞藻和铿锵的诗风描写皇家的富丽堂皇及庄严肃穆,那么,其闲游抒怀诗中则多用朴实的语言和笔法勾勒出生动的山水田园生活景象,读之使人深感生活旨趣。

闲游抒怀诗主要是金富轼因一事一景有感而发的诗歌,由于"诗言志",金富轼的作品中

抒怀诗相对比较多,但从他的抒怀诗中不难看出雕琢与平实两种风格相交杂的特点。先看《甘露寺次惠远韵》:

> 俗客不到处,登临意思清。山形秋更好,江色夜犹明。
> 白鸟高飞尽,孤帆独去轻。自惭蜗角上,半世觅功名。

"半世觅功名"一句从语言上来讲平实而清新,又不乏中国诗歌色彩。第三句"白鸟高飞尽,孤帆独去轻"明显借用了李白的诗句。李白在《独坐敬亭山》中咏道:"众鸟高飞尽,孤云独去闲。"很显然金富轼的"白鸟高飞尽,孤帆独去轻"是由李白的这一句衍化而来。诗句描绘了没了鸟儿们的踪迹的天空和孤舟荡在碧水中的情景,表现出了诗人的孤独寂寞之情。与李白的原文表现出来的娴静的情景相比,金富轼诗中的"白鸟尽"和"孤帆轻"虽是来自李白诗,但它和后面的"自惭觅功名"的感慨相映衬,创造了和李白的诗歌明显不同的新的意境。这就是金富轼的有些诗歌虽然是借用中国的,但不生搬硬套,能够创出自己的情感世界的好例子。再看一首《对菊有感》:

> 季秋之月百草死,庭前甘菊凌霜开。无奈风霜渐飘薄,多情蜂蝶犹徘徊。
> 杜牧登临翠微上,陶潜怅望白衣来。我思古人空三叹,明月忽照黄金罍。

在表达方式及用典手法上,金富轼的这首诗与杜牧的《九日齐山登高》有着异曲同工之妙。杜牧在诗中前两句写景,三四句引古名士之举喻今,后四句抒情,把比兴手法运用得非常得体。而金富轼则在诗歌前半部写景,以"百草死""甘菊开""蜂蝶犹徘徊"的景象作为铺垫,烘托出寂寥的气氛;五六句借用古人的意境,以"比"的方式来掩盖和消释长期积在内心中的孤寂;最后两句抒情,从而使读者触景生情,进入作者描绘的画卷中,身临其境地感受作者所抒发的情感。可以看出金富轼在诗歌中抒发的情感大多含蓄深沉,气势磅礴,意境深远。

这种"言可尽而味无穷"的艺术追求,在《西都九梯宫朝退休于永明寺》中也体现得淋漓尽致。对于景中有情这一经典表现手法,金富轼总是运用自如,毫不逊色于当时的其他任何一个作家。

> 朝退离宫得胜游,无穷物象赴双眸。云边列岫重重出,城下寒江漫漫流。
> 柳暗谁家沽酒店,月明何处钓鱼舟。牧之曾愿为闲客,今我犹嫌不自由。

在颔联、颈联中,金富轼运用了具有层次感的绘图法,先由远及近,后又由近而远。叠词"重重""漫漫"的运用使得全诗富有一种缓慢而又优雅的节奏,体现出了一个"静"字。然而在宁静之后诗人又披露了自己的心境,希望自己能够变成闲暇的游客。诗人感知到内心的孤寂与脱离世俗羁绊的愿望,这种孤寂与愿望又融入山水之中,使得物与"我"二者合一,带有无尽的禅思玄意,从而形成一种清新明丽的"情景交融"的审美意境。又如《东郊别业》:

> 水谷微黄风浩荡,园蔬腻碧雨淋浪。
> 有时闲步田边路,逢着渔樵咲语长。

这首诗尽管写的是闲适的田园生活,但在用词上,"浩荡""腻碧""淋浪"透露出一种雕琢的痕迹。诗人在前两句中描述了自然的田园,强调了农忙的喜悦,这一切都令诗人深深沉醉,赞美不已,使得那份悠然自得的心境得以安放。后两句描写了自己走到行田上,看到渔夫和樵夫忘我地聊天,赞美了劳动人民的那种淳朴敦厚的真挚情感;并运用借景抒怀这一写作手法,形象地刻画出作为儒家官人的金富轼的闲游田园生活的优雅姿态。这种回归自然的写照在《兜率院楼》中也有所体现。

> 末俗区区不自闲,仲宣楼上独开颜。路随地势相高下,人向官桥自往还。
> 雨后春容妆树木,朝来爽气袭江山。野田农叟不须避,我欲和光混世间。

这首诗首联描绘了金富轼脱离寒酸的世俗世界,独自享受难得闲暇的样子;颔联表达了就像路随地势上下起伏一样,人们顺路而走、顺应自然的生活面貌;颈联则表达了像雨后反而更能迎来爽快的清晨一样,人们克服困难、迎接新世界的喜悦之感;尾联直抒胸臆地表达了作者要与农民一起融入世界、融入生活的想法。

从这些诗歌中可以看出金富轼眷恋田园生活,他可以说是位安闲隐逸的田园诗人,但是他并不像陶渊明那样一味地闲游问道,拒绝和逃避现实,而是一直有着"济苍生,安黎元""与民同乐"的积极入世的思想,并带有用儒教文人的自觉性和使命感来关怀农民、关注民生、和农民同苦同乐的想法。他的这种写法基本具备了追求"真山水"的审美特征,所以他笔下的山水景物大都真实可信,江与山融合而成风景中的楼阁,汹涌的海水,犹明的江色,恬静的菊花香……他笔下的景物是无功利因素的自然之真景,他笔下的物也是自由自在的布谷与丹鸟,他笔下的人更是朴实的渔樵及古人。在金富轼的闲游抒情诗创作中到处可以发现他对王维"情景交融"的艺术境界的模仿与学习。

中国文学和金富轼诗歌的关系还表现在其他许多方面,比如金富轼的诗歌中经常引用李白、王维、杜牧等唐代诗人的诗句就是其深受中国文化影响的具体证据。同时金富轼的诗歌还受到了以苏轼为中心的宋文学的影响,这很可能和高丽中期崇文兴学的政策和高丽社会上刮起的一股"慕苏"风有关,但更重要的还是和金富轼个人对苏轼和宋文学、文化的极大关心和苏轼文学的特征有着密切的关系。

众所周知,金富轼非常羡慕苏轼。他的名字"金富轼"就是由"苏轼"之名而来,不难看出金富轼对苏轼是何等的崇拜。宋代诗歌审美"重立趣","以意为主",追求"情理交融"的艺术境界,这种审美特征在苏轼的诗歌中有明显表现。而身处高丽中期"学苏慕苏"时代的金富轼,在其创作题材与内容上也深受影响。其影响表现在以下两个方面:① 苏轼关怀民生,有爱国激情,有不少诗歌具有政治倾向性;金富轼出身世家,入仕早,文职武职都经历过,而且他政治见解独到,且有忧国忧民的情怀,也是一位出色的政治家,因此其诗中政治元素可谓不可或缺。如《结绮宫》《题良梓驿》《军幕偶吟》等诗歌就是这种情怀的产物。② 苏轼在诗歌中经常记录山川景物、村野农家风光,表现了他对生活的热爱。金富轼也创作了不少游历之诗,如《西都九梯宫朝退休于永明寺》中的"列岫重重""寒江漫漫""柳暗沽酒店""月明钓鱼舟"等诗句,既简洁又形象,使人有身临其境的感觉。

以上我们从几个方面探讨了金富轼诗歌中的中国文化元素。金富轼的汉诗深受中国陶渊明、李白、王维、杜牧、苏轼等人的影响,加上金富轼性喜矫健的天性、儒家文化的底蕴、以及社会上"慕苏"的学术氛围等因素,他的汉诗形成了豪迈的规谏劝讽的咏怀诗风、朴实无华的闲游抒怀诗风、有声有色的山水诗风。在闲游抒怀诗创作中,他主要以田园山水为写作背景,惯用以景推情,富有层次感,画面生动逼真,显示出和谐的韵律与虚静阔远的美。在诗歌创作过程中他还注意色彩、色调、光线与动静衬托的手法,使得诗歌明丽如画、清新自然。他的规谏劝讽诗中的宫体诗还受到李白的影响,诗歌铿锵有力、气势磅礴。同时他还有"慕苏"情怀,受苏轼"理趣为主"的影响,追求"寓情于景"的审美意境。

第二节 郑知常的汉诗和中国文化的关联

郑知常(？—1135),高丽前期的文臣、诗人,出生于西京,初名为之元,号南湖,对阴阳秘术有造诣,和妙清、白寿翰一道被称为"三圣"。早年失去父亲,在母亲的关怀下成长。少年时代聪明过人,写一手好字,5岁时看到漂浮在江中的"白鹭"后,作了"何人将白笔,乙字写江波"的诗句,深得人们的好评。成人后,参加分司国子监试,成为进士。1114年文科及第,后来任各种官职。1129年作为左司谏和尹彦颐一道上疏论时政有关的问题,得到了仁宗的认可。1130年作为知制诰,奉命作《山斋记》缅怀诗人郭舆。后来在经筵上讲经书,受到了仁宗的赞扬。1133年5月听金富轼讲《周易》《尚书》等内容,与他进行辩论。当妙清根据风水观,提出迁都西京和称帝建元、攻打金朝等主张时,他积极响应,但这种主张受到了以金富轼为首的开城出身的贵族的坚决反对。后来迁都西京因妙清的迷信活动停止。妙清起兵(1135年)后,朝廷认为这是叛逆罪,他也受牵连被处以极刑。

综观郑知常的生平,他不仅擅长文学,而且对易学和佛学也有很高的造诣,也擅长书法、美术等,对老庄哲学也有浓厚的兴趣,但自始至终和金富轼关系不是很好。据《高丽史节要》,受命平息叛军任务的金富轼在出征前把郑知常等人当作逆贼,当场拉出去处以极刑。据传郑知常著有《郑司谏集》,但已失传,现在流传下来的有汉诗20首和连句4篇,《东文选》里收有他的散文5篇。他的诗文被收录在《破闲集》《补闲集》《东国李相国集》《栎翁稗说》《三韩诗龟鉴》等高丽时期的文集里。《东文选》收录他的诗歌13首。他的诗文篇篇皆是绝唱,虽有唐诗风韵,却有他独到的造诣。青山绿水的优美也好,鸟语花香的恬静也罢,甚至是高古寺庙的幽寂,他都能一一精炼地塑造其无与伦比的生动形象。他的诗意境高远,诗情画意融为一体。

一、春的意象与唐风

古人常云"沐春风思飞扬,凌秋云思浩荡",就是说温暖的春、凉爽的秋能够唤起诗情,也只有春与秋才能一瞬间完成从听觉到视觉的转变,强化人和风景相处时那一瞬间猝不及防的感动。中国人的诗情总是在春光中苏醒,带有希望,也带有无尽的惆怅……随着春风吹向远方,飘落在郑知常的诗句里。他的诗歌《春日》就是在这样的意境中产生的。

> 物象鲜明霁色中,胜游怀抱破忡忡。江含落日黄金水,柳放飞花白雪风。
> 故国江山千里远,一尊谈笑万缘空。兴来意欲题新句,下笔惭无气吐虹。

这首诗歌在郑知常诗歌中不能说是名篇,只是一首普普通通的春日寄兴诗,也可称为觉物抒怀诗。读着这样一首七言律诗,你会觉得愉悦还是忧伤呢?愉悦于春天景色之优美,还是忧伤于游子思乡之情怀？看到雨过天晴之后清丽的景物，藏在内心深处的忧伤一下子就消失了；夕阳映落在江面使江水变成黄金色，柳絮像雪花儿一样漫天飞舞，此时美景流露出诗人意气风发、积极进取之志。"黄金""白雪"两大色系一为暖色、一为冷色，一静一动，最具视觉冲击。"柳"则为全诗的诗眼，柳絮可谓春天的象征，是暮春的标志，更是引发春情的触媒，极易使诗人起思念之情；柳絮的繁多常用来比喻思念的绵密。故国千里远只能相思而不得，极易引发春愁①；柳絮的飘荡常用来象征人生的漂泊。其实，杨柳自古以来就有挽留、离别、相思的意蕴。它不仅是中国文学中的重要意象，也是中国文学中的重要题材，古典文学中以杨柳为题材的诗词赋作数量非常可观，构成了中国古典文学的重要组成部分。据笔者初步统计，《全唐诗》中有约400首咏柳诗，因此师承唐诗的郑知常以柳入诗的构思不免受唐诗的启蒙。但是面对着美妙的暮春气息，诗人在细致地描摹之后转化语气，由对春色的特写转为直抒胸臆，并没有一味地写思愁之情，而是笔锋一转用"谈笑""兴来""气吐虹"等诗语绽放出自然旷达的情怀。郑知常的诗歌中能突显出这种超凡脱俗的意境的还有《长源亭》《醉后》等等。且先看《醉后》：

桃花红雨鸟喃喃，绕屋青山间翠岚。
一顶乌纱慵不整，醉眠花坞梦江南。

青山翠柳，鸟语花香，自然界以无声的方式演绎着春天的主旋律，在平静中蕴藏着温柔的诗情画意。郑知常清新淳朴笔调下的"桃花""鸟喃""青山""翠岚"是唯美、幽远、娴雅的。这种恬淡的意境犹如一幅美妙的画卷，耐人寻味，令人神往。每一处春景都仿佛是一首优美的诗，这才是郑知常安顿灵魂的地方，他多么渴望趁着醉意一头扎进这梦的栖息地，远离官场纷扰，永远不再醒来，给自己的心留一个安静的避风港湾。诗的前两句与杜牧《江南春》中的"千里莺啼绿映红"一样，都运用了比兴手法，把握住了江南景物赋予春天的特征。为了达到更好的艺术效果，诗人更在师承唐诗的基础上有所创新，在勾勒景物的基础上，进而着色，运用了"红"与"绿"两个颜色，使景物鲜明怡目，令读者眼前展现一派柳暗花明的美丽图画。这种不同色调的色彩又形成了强烈的对比，反差强烈，色调明快，营造了欢悦、活泼的气氛，诗境自成一幅工笔重彩的图画。把"诗境"带入"画境"，使画意更加翔实生动；又借着醉意入梦，将"画境"融回"诗境"，使诗的意境更远，朦胧美感更深。这种同样借鉴自王维的"构图美"与"诗意美"的诗还有七言绝句《长源亭》：

玉漏丁东月挂空，一春天与牡丹风。
小堂卷箔春波绿，人在蓬莱缥缈中。

又是一个暖暖的春天，草木萌发，绿意盎然，明月当空，牡丹花开，根植于天地之间，酝酿着仲春的希望，是一种由物及心的感动。在长源亭上，漫步于山水之间，回归自然，尽情享受着上天赏赐的曼妙景致，只有这时才能真正领略到人生的价值、存在的意义。郑知常醉了，他情趣盎然，沉醉于无我之境。这份宁静脱俗的意境其艺术境界完美而生动，思想内涵丰富而深邃，这也是郑知常造境的最高境界——合乎自然。其诗中的种种意象构成一幅静虚、唯美的画面，给人以"诗中有画"的美感。这种艺术手法与盛唐诗人王维十分相似，他们有色彩

---

① 引自石志鸟：《中国文学中的柳絮意象及其审美意蕴》，《名作欣赏》，2007年第8期。

美、意象美、构图美的共同特色。王维诗中有画的特点来源于盛唐时期所受到的儒释道影响以及他坎坷的一生。即使这样,诗人仍不缺乏对于自然美的追求,对于庄禅精神的贯通。在王维的山水诗中,仍不缺乏中国古典画的清丽淡雅之美。总能通过其诗中的种种意象构成一幅幅静虚、悲美、抑或虚幻的画面,动静结合,相得益彰。苏轼评价王维的诗画:"诗中有画,画中有诗。"郑知常也有"二十八字画厨"的美誉①,且看《西都》:

> 紫陌春风细雨过,轻尘不动柳丝斜。
> 绿窗朱户笙歌咽,尽是梨园弟子家。

这是一幅色调清新明朗的春景图。春雨过后,平壤的道路上显得洁净而清爽,轻尘不扬,柳丝随风摇曳,绿色的窗、红色的门,笙歌遍布,全是梨园弟子②。通过对"紫陌""春风细雨""轻尘""柳丝"的自然风光和"笙歌咽"之戏剧繁荣景色的对比描绘,表达了诗人对古都平壤的热爱与留恋,轻快明朗的氛围中又不乏淡淡的春恨。平壤往日的庄严一去不复返。首句中"紫陌"一词在中国唐诗中也出现频繁,如刘禹锡《元和十年自朗州至京戏赠看花诸君子》中的"紫陌红尘拂面来",诗中指的是京城长安的道路;李白《南都行》中的"高楼对紫陌",诗中指南阳的大道;而郑诗中的"紫陌"指的是平壤的大路。第二句中的"斜"字运用了拟人的手法,诗人细致地描绘了微风细雨中柳丝的动态,可见遣词造句精到传神。"紫陌""柳丝""绿窗朱户"整体色系搭配和谐,深浅色彩的配置使诗歌呈现出绚丽多彩的色彩美,增添了些许梦幻感,又给人的视觉带来冲击。"轻尘"与"柳丝"、"绿窗朱户"与"笙歌",一静一动,使景物更加生机盎然,使都市充满了浓郁的文化气息。无论是色彩的调配、动静结合之美还是即景写实等艺术手法都与王维如出一辙,诗中所剪辑的虽然都是片刻的情景,却都蕴含丰富。可见,郑知常的美誉实至名归。

《送人》(又名《大同江》)也是他的名篇。郑知常以富有生活气息的清丽之笔创造性地再现了一幅风景图——如同春雨清洗过的大同江画卷,同时寄寓着离别相思之苦。诗篇意境空明,缠绵悱恻,洗净了六朝宫体的浓脂腻粉,词清语丽,韵调优美,脍炙人口,乃千古绝唱,素有"千古情语之祖"之誉。

> 雨歇长堤草色多,送君南浦动悲歌。
> 大同江水何时尽,别泪年年添绿波。

在绿意婆娑的春天,南浦边,一曲悲歌,种种思绪涌上心头。一首七绝记录了这场春雨之后的黯然伤感,大同江水传递着依依离别之情。拥有冠绝古今的浪漫才华的诗人没想到的是,他抒发离别伤感的不经意之作,竟然成为千古绝唱。"离别"从来都是诗人们异常偏爱的题材,无论是李白的"桃花潭水深千尺,不及汪伦送我情",还是王维的"送君南浦泪如丝,君向东州使我悲",抑或是杜甫的"天涯春色催迟暮,别泪遥添锦水波",这一首首关于离别的美丽诗篇将满是悲伤的离别之愁化作了无尽的思念,穿越时空,感动了一代又一代的人。尽管郑知常的这首《送人》主要在于抒情,表达离别的一种悲凉与不舍,但同时也体现出诗情画意相融合的特点。这幅画一开始用草色青青的早春颜色吸引了我们的视线。"南浦"是地

---

① 金渐《西京诗话》对他的评语:大抵《西都》浏亮宏丽,光景烂漫,可谓二十八字画厨。
② 唐玄宗时成立音乐官署梨园,在梨园学习的人叫做梨园弟子。后世用来指歌舞戏曲艺人。

名,在中国诗歌中经常出现并象征离别之地,而在此诗中则是指大同江的码头,其与"动"字搭配起来更加渲染了离别的忧郁的气氛。首句与王维《辋川别业》的"雨中草色绿堪染"类似,两者都是描写雨后的小草,一个写草多,一个写草绿,虽用词不一样,但是意境都是引"绿"入春。第三句中"大同江水何时尽",类似李白《赠汪伦》中的"桃花潭水深千尺,不及汪伦送我情",都是运用了比兴和夸张的手法:李白用潭深千尺暗喻友情深厚,体现了浪漫主义情怀;而郑知常用大同江水暗喻离别之愁,体现了绵绵不断、难以割舍的情怀。第四句中的"别泪年年添绿波"化用了杜甫的"天涯春色催迟暮,别泪遥添锦水波"和李白的"愿结九江流,添成万行泪",语浅情深,可以看出郑知常对唐诗的模仿及创新恰到好处,其中既有"李杜"的深情厚谊,又有自己的凄清缠绵。最后两句运用的夸张和倒装乃至比兴的手法,升华了面对离别的绝望与对大同江的埋怨。提到"大同江""南浦"自然就会想到离别,这种思绪不仅仅影响着作者和读者,更牵动着西都千千万万老百姓的情绪,所以这不是一首简单的离别诗,已升华成了世人流传的千古绝唱。

二、秋冬的意境与唐韵

秋天是一个意味深长的季节,可以享受硕果累累的喜悦,也可以感伤残叶落地的无情,秋风起,秋叶落,草木枯,百虫悲,秋意浓,不只是凄凉还有袭上心头的忧伤。刘禹锡也曾说"自古逢秋悲寂寥",而郑知常眼中的秋,草木凋零,百感交集,是关于离别、关于生命、关于年华凋零……

请看一首《送人》。

> 庭前一叶落,床下百虫悲。忽忽不可止,悠悠何所之。
> 片心山尽处,孤梦月明时。南浦春波绿,君休负后期。

与君天各一方,人生路漫漫,各自保平安。在敏感的诗人眼里,离别是痛苦的,相思是深切的,后会有期的祈盼转眼间就会变为离别的伤怀。郑知常用化唐诗入诗、用典的艺术手法勾勒了一幅凄美的秋日风景图;通过"叶落"与"百虫悲"的视觉与听觉的对比,呈现出了一个动态的画面,现场感和动作感十足;而用"一"与"百"极其明显的数字对比,更加渲染了秋日的悲凉气氛,极富有场面感。"庭前一叶落"这一句化用了《淮南子·说山训》"见一叶落而知岁之将暮"及宋人唐庚《文录》引唐人诗"山僧不解数甲子,一叶落知天下秋"的典故。事实上这首五言律诗几乎都化用了王维的诗句。首联写景,化用王维《秋夜独坐》中的"雨中山果落,灯下草虫鸣";草木昆虫的零落哀鸣感染着人心,看尽无情的时光在岁月中消逝,借物喻人,含蓄地写出秋天萧瑟的风景带来的无限的凄凉,凉的不只是人的心。颔联中"忽忽"与"悠悠"来对比,增强了镜头感,形成强烈的对比效果,虚实结合,呈现出一种真实而又朦胧的画面;在呈现的过程中,使用"快与慢"镜头的交替达到一种落差感。颈联化用了王维《终南别业》中的"行到水穷处,坐看云起时"。这是王维的名句,对偶工整,两句一贯而下,是高超的流水对。这首诗意在写隐居终南山之闲适怡乐、随遇而安之情,写出了诗人超然物外的风采与淡泊超凡的豁达。而郑知常诗歌的这联稍微逊色了些,虽未隐含哲理但也自然。尾联化用了王维《送别》的"春草明年绿,王孙归不归",这里诗人都未重点描写离别的依依不舍,而是更进一步地写对重聚的期盼。《送人》是一首隐去送别场景的送别诗,意中有意,味外有味,别出心裁,技高一筹,由此可见郑知常善于捕捉生活中看似平凡的素材,用清丽、自然的语言,流露出真实而深厚的感情。

褪尽绚丽华美的辞藻,也无需温情脉脉的咏叹,郑知常笔下的又一个秋天,秋风瑟瑟,夕阳西下,紫松掩映下的石径通向幽深处,浮云流水般的游客前来,而僧人紧闭寺门远离红尘。明月升空,此时此刻万物沉默寂静,唯有猿啸响彻空山,一老衲修行在此,与世隔绝。这种美感是宁静的,是没有俗世污染的美,这就是物我一体、情景交融的七言律诗《题边山苏来寺》:

　　古径寂寞紫松根,天近斗牛聊可扪。浮云流水客到寺,红叶苍苔僧闭门。
　　秋风微凉吹落日,山月渐白啼清猿。奇哉龙眉一老衲,长年不梦人间喧。

郑知常的秋思、秋情总是寄予在某些载体上,这首拗体诗就是通过吟诵山寺渲染秋意,营造了空寂的意境,有着李白"安得不死药,高飞向蓬瀛"(《游泰山六首·其四》)的努力修道的心境,又有着陶渊明"久在樊笼里,复得返自然"(《归园田居·其一》)的心愿。人生又能经历几个春秋?仕途真的没有什么好留恋的,只有远离尘世的纷扰,给心灵一个安静的港湾,才能到达"道"的境界。诗歌起笔比较柔和,渐渐地一层层晕染秋意,一个"闭"字写满了寂寞。第二句"天近斗牛聊可扪"采用夸张的写法,启蒙于李白《蜀道难》中的"扪参历井仰胁息"。两位诗人都善于把想象和夸张融为一体进行写景抒情,一个说山之高峻,一个言寺之高远,创造了博大浩渺的艺术境界。前三联有寺庙的远景也有紫松的近景,有仰视也有俯视,有"山月""落日"的冷暖色调,有人声有猿啼,整个画面翔实,有远有近,动静结合,把绘画美、音乐美与诗歌美充分地结合起来。这也是王维诗中常出现的画境。尾联中老衲默默地感受着,仿佛周围都是寂静的,唯有那猿啼之声能够使周围的喧嚣戛然而止,让作者的心灵更加清净。原来作者是想借着此情此景寄托远离尘嚣的情怀,渗透着"道"意,这点又像极了李白:对儒家思想都有否定的一面,和道教文化有着不解情缘。唐代开始道教表现出轻神仙方术,重理性精神,追求超凡脱俗、自由人格的趋势,它对唐代士人的人格取向及生命态度又产生了极为重要的影响①。对郑知常来讲,这种"道"与纯真、自由和豪放的人性是一致的,而郑知常的这种豪放豁达的天性造就了他清丽豪逸的诗风。

如果说春天万物复苏,夏天鸟语花香,秋天叶落草枯,那么冬天则是雪花飞扬。至唐代,在中国诗歌的中,"雪"的意向在诗人笔下姿态各异。渗入自身情感并加以创新的"雪"在唐诗中绽放,它可以在杜甫的"朱门酒肉臭,路有冻死骨"与白居易的"贵有风雪兴,富无饥寒忧"中化为"灾雪",也可以在岑参的"忽如一夜春风来,千树万树梨花开"中化为"热血",那郑知常笔下的雪又是怎样的呢?且看《新雪》:

　　昨夜纷纷瑞雪新,晓来鹓鹭贺中宸。
　　轻风不起阴云卷,白玉花开万树春。

这首七言绝句以白色为主色调,以绮丽多变的雪景、清丽柔和的笔力、抑扬顿挫的韵律,准确、生动地描绘出了美好的茫茫雪景和不同声色的由心及物之感动,抒发着诗人内心的欢快与积极向上的情感。首联中的叠字"纷纷",重在描写雪之大,用得恰到好处,增强了整首

---

① 引自卢晓河:《唐代山水田园诗的道教文化意蕴》,《贵州社会科学》,2006年第6期。

诗的形象美和意境美。最后两句"轻风不起阴云卷,白玉花开万树春",则深得唐代边塞诗人岑参《白雪歌送武判官归京》中"忽如一夜春风来,千树万树梨花开"两句的风韵——这种用事用典在郑知常诗歌中随处可见。落在树梢的白雪,在诗人眼中是盛开的花朵,让人联想到美丽的春天,给人焕然一新的感觉。白雪皑皑,诗人没有写其寒冷与怨言,而是反衬内心的热与兴奋,用平淡质朴的语言描写眼前纯粹的景物,含蓄而深邃,间接表露了热爱生活的情怀及兼济天下的追求。

三、月的意象与唐诗

一轮明月,在中国的诗歌中映尽了人间的悲欢离合,照耀了万般诗情。月光是柔和的,是美丽的,与唐代诗人构成了千古佳话。诗仙李白就想邀月入诗,杜甫在月色下独言独语,王维在月下独来独往。如果说明月在一定程度上孕育了唐诗的话,那这轮明月就升华了郑知常的诗篇。也许盛唐风貌激发了他积极入世的精神,也或许明月寄托了他的一切情愁,所以他对月亮情有独钟,向明月学一颗平常心,明月是他心灵最好的伴侣,可以入心、入梦。

看一首七言绝句《团月驿》:

饮阑欹枕画屏低,梦觉前村第一鸡。
却忆夜深云雨散,碧空孤月小楼西。

月上西楼,寒夜孤灯,饮酒微醉兴致起,夫妻同床共枕,正当二人缠绵之时,却被风雨惊醒,梦醒时分已是四更天了,情思难收,仰望明月,月落西楼。这是一首羁旅怀乡之作,全诗从入梦到梦醒再到忆梦,层层推进,借梦抒情。首联起,直接破题,点明梦境,细致地描绘了一幅夫妻重逢云雨图,"饮阑"与"画屏低"烘托了情浓的气氛。颔联承,一声鸡鸣,暧昧散尽,引孤客出团圆梦,归思却难收。颈联转,用"忆"字道尽了思愁,虚实结合,梦中的此情此景都表现出诗人的秋思难耐、归心似箭。远在他乡,只能梦中相见,或短,或长,但梦中惊醒已到天明,字里行间流露着梦短情长的哀怨。尾联合,把浓浓的相思之情寄托给了明月,是明月看穿了他的心事,是明月带他入梦,月落梦醒,感情真挚,意蕴丰富而前卫,颇具唐诗风格。在广为流传的唐诗中,诗仙李白一生与梦结下了不解之缘,他在《梦游天姥吟留别》中写道"我欲因之梦吴越,一夜飞度镜湖月",描绘出神奇瑰丽、虚无缥缈的梦游奇景,流露出了对名山仙境的向往。孟浩然在《夏日南亭怀辛大》中也写道"感此怀故人,中宵劳梦想",寄寓对故人的怀念。杜甫在《梦李白二首·其一》中写道"故人入我梦,明我长相忆",表现出梦见好友的喜悦和欣慰。明月与梦都可以给诗人穿越时空的自由,不分国界,不分距离。另外"却忆夜深云雨散,碧空孤月小楼西"中的"云雨"出自《文选》。《文选·高唐赋》曰:昔者楚襄王与宋玉游于云梦之台,望高唐之观,其上独有云气……王问玉曰:"此何气也?"玉对曰:"所谓朝云者也。"王曰:"何谓朝云?"玉曰:"昔者先王(指怀王)尝游高唐,怠而昼寝,梦见一妇人曰:'妾巫山之女也,为高唐之客,闻君游高唐,愿荐枕席。'王因幸之。去而辞曰:'妾在巫山之阳,高丘之阻,旦为朝云,暮为行雨。朝朝暮暮,阳台之下。'"由此后人把它引用为指"男女欢会",在这里也是这个意思。

再看一首《长源亭》:

岩岧双阙枕江滨,清夜都无一点尘。风送客帆云片片,露凝宫瓦玉鳞鳞。
绿杨闭户八九屋,明月卷帘三两人。缥缈蓬莱在何处,梦阑黄鸟啭青春。

这是一幅扣人心弦的月下风景画,虚虚实实,似在梦中,又仿佛身临其境。高峻的双阙枕在江滨,一尘不染的夜晚,天空中白云浮动,风儿吹送着客船风帆,宫殿的瓦片上落满露珠,在月光的照映下晶莹剔透闪闪发光,杨柳树下紧闭屋门的农户家,还有两三人在月色下行走。这不是陶渊明笔下的桃花源,这是郑知常梦幻的蓬莱,一梦醒来,更是无处寻觅,朦胧中似乎只看到黄鸟衔着春天。这是一首拗体诗,师承杜甫,并多处运用拟人的手法。"枕"与"送"字,把"双阙"与"风"人格化,赋予其人的行为与情感,这种修辞可以使描绘生动形象。首联是一种短暂的静止状态,万物无声的画面在眼前呈现。慢慢地画面中闪现出飘动的白云与客帆,虽暗喻漂泊在外的孤寂,但在作者笔下露珠与月光交融,就连闪闪发光的宫瓦都呈现出动感美,叠字"片片"与"鳞鳞"有助于诗歌音韵和谐。颈联不动声色地增加了人的灵气,浑然一幅宁静、平和的画卷,而"绿杨"与"明月"又给人以视觉上的冲击。"八九"与"三两"引数字入诗有效仿唐诗之嫌,但郑知常摒弃了李白的《将进酒》中"千金""三百"与杜甫的《古柏行》中"四十围""二千尺"等数字夸张的手法,而是继承了他们数字造境的优美。如郑诗中的"三两人"与杜甫《与朱山人》一诗"野航恰受两三人"中的"两三人"一样,都刻画了清闲生活,语言朴素生动。尾联出梦来,依旧感叹超然物外的情致。

另外,郑知常的七言律诗《题登高寺》的尾联"丈夫本有四方志,吾岂鲍瓜系此间"中的"鲍瓜"来自成语"鲍瓜空悬",典出《论语·阳货》。原意是孔子比喻自己不能像鲍瓜那样系悬着而不让人食用,应该出仕为官、有所作为。后来人们用来比喻有才能的人却不为世所用。在这里,也是作为一个士大夫应该对社会有所作为的意思来使用的。

郑知常超脱的梦想、淡泊的性情,造就了一首首美丽的诗篇。其诗的精髓就在于借鉴唐诗,取各家精华,以独特的审美眼光和创作技巧自成一派,继承了王维的句法及"诗中有画"的意境、杜甫语言技巧的变革与创新、李白清新明丽的诗风、杜牧旷达与无奈交织的心态、岑参比喻新奇的技巧、孟郊用字的异曲同工之妙,体现出从绚烂归于平淡的别样之美,将想象、夸张、比喻、拟人等手法综合运用起来,勾勒了一幅幅生动活泼又余韵不尽的绚丽多彩的画卷。

第三节 朴寅亮、郑袭明、郭舆、高兆基的汉诗与中国文化的关联

高丽时期,一方面中国文化的影响扩大,与传统文化形成文化冲突,另一方面韩民族自主意识空前高涨。中国文化的强烈辐射和民族意识的空前高涨,表面上看似乎是一个非常矛盾的文化现象,但在深层里却与巩固高丽王权和社会稳定的社会目标高度统一,构成了高丽前期特殊的社会文化现象。随着中国文化的大量引进,高丽王朝和中国各方面的文化交流增多,中国的许多文学作品不断地流入高丽,成为高丽文人纷纷仿效和学习的对象,于是这一时期出现了不少汉诗作者,他们在中国文学,尤其是晚唐文学的强烈辐射和留唐学生的影响下进行了文学创作,所以,他们的文学不可能不带有鲜明的中国文化的痕迹。

下面分几个部分探讨这一时期作家的创作中所体现的中国文化的影响以及中国文化与高丽作家的具体关联。

一、朴寅亮的汉诗与中国文化的关联

朴寅亮(1024—1096),高丽前期著名学者、文臣,籍贯竹州或平山,字代天,号小华,谥号为文烈公,高丽开国功臣朴守卿的玄孙。高丽文宗时期,文科及第,当清宦职,1075年(文宗二十九年)契丹攻占义州,高丽多次要求返还,契丹不仅不返还,而且要把国境线推进到鸭绿江以东,在那里画一条国境线。这时朴寅亮挺身而出,写了《上大辽皇帝高奏表》,指出"四海为家,何求一席之地",指责契丹这种行为的不当之处和他们外交上的失礼行为,并明确地指出高丽和契丹必须以鸭绿江为界的合理主张。据传辽帝读完他的这个陈情表后,深深折服于他的文采,决定撤回自己的主张,把两国的境界定为鸭绿江。从此,朴寅亮的名声直线上升,官职经过右副承宣,到了礼部侍郎。1080年(文宗三十四年)他还和户部尚书柳洪一道为了感谢宋朝送来的治疗"风痹"等病的各种药物,作为感谢团的一员去了大宋①。宋神宗年间,他和金觐一道,作为使臣再次去了大宋。在那里,他广交朋友,和许多中国文人进行了交流。当时他应邀写了不少文章,其中有些尺牍、表章、诗得到了当时中国文人高度的评价,后来他们把这些尺牍、表章、诗歌和金觐的诗文一道,编成《小华集》②,在大宋发行,这也是中韩文化交流史上的一个重要事件③。回国后,朴寅亮得到褒奖,官至翰林学士、承旨、同知中枢院使等。到高丽肃宗时期,他的官职又一次提升,时任右仆射、参知政事等职,但不久后离世。

朴寅亮一生写了不少书,著有《古今录》10卷。《海东高僧传》载有作者为朴寅亮的《殊异传》④,已失传,但其中的一些篇目散见在各种古典文献中。具体地说,《海东高僧传》里收有《圆光法师传》和《阿道传》;《大东韵府群玉》里收有《心火绕塔》《竹筒美女》《老翁化狗》《虎愿》《首插石楠》;《三国遗事》里收有《延乌郎和细乌女》;《三国史节要》里收有《宝开》《新罗古事》等。除此之外,现存的他的作品除收录在《东文选》中的2首诗歌外,还有《文王哀册》《顺德王后哀册》,《上大辽皇帝告奏表》的表笺1篇和《入辽乞罢榷长状》1篇。《东文选》收有他的七言律诗1首,七言绝句1首。先看其七言律诗《使宋过泗州龟山寺》。

巉岩怪石叠成山,上有莲坊水四环。塔影倒江翻浪底,磬声摇月落云间。
门前客棹洪涛疾,竹下僧棋白日闲。一奉皇华堪惜别,更留诗句约重攀。

---

① 朴寅亮到浙江的时候,遇到台风,失去了大部分供物,为此,回国后差点被治罪而死。
② 据《高丽史》卷九十五《朴寅亮列传》。现在《小华集》已失传,但可以看出高丽前期和宋朝的文化交流的一个侧面。参见郑麟趾:《高丽史》,首尔:亚细亚文化社,1983年版。
③ 据《海东绎史》卷四十三《艺文志·经籍》,高丽使臣出使大宋过程中的唱和诗歌集还有《西上杂咏》,那里收有朴寅亮、裴某、李绎孙、卢柳、金化珍、崔思齐、高琥、金悌、李子威、康寿平、毕穗、毕仲行、金觐等人的诗歌70多篇。据《文献通考》卷二百四十八,1081年(文宗三十五年),崔思齐、高琥、金悌、李子威、康寿平、李穗、毕仲行去宋朝朝贡,正好赶上正月十五,神宗在东宫设宴,席间神宗亲自作诗送于官伴毕仲行,随即毕仲行和其他5人作和诗上交,之后又加上朴寅亮、李绎孙等出使途中唱和诗歌,编成《西上杂咏》,由李绎孙写的序文。有关这个记录还出现在《海东文献总录》中的《诸家诗文集》里。
④ 一般都把《殊异传》的作者看作是崔致远或者金陟明,但近来多有崔致远为原作者、朴寅亮为增补者、金陟明为改撰者的看法。

这是朴寅亮出使大宋期间写的。朴寅亮在北宋元丰年间(1078—1085)作为高丽使臣两次出使大宋。第二次出访期间他到中国泗州龟山寺参观。龟山寺当时在江苏盱眙县,盱眙在宋代属于泗州,诗题中的"泗州龟山寺"就由此而来。诗歌的首联从远眺龟山寺的情景开始,远远望去,山势高峻陡峭,奇形怪石迭出,莲塘环绕四周,风景秀丽无比;颔联近写龟山寺,细致描写寺院内部,其中佛塔影倒映在翻浪的莲塘里,钟声摇月,一直飞扬于彩云间,随着声音情景从寺院转换到天际,呈现出广博的空间;颈联近写门前的情景,客人乘坐的船只在洪涛中摇曳,同时在竹下"僧棋"对弈正酣,一动一静,一松一紧,动静松紧结合,尤其"白日闲"显示出无限的静寂;尾联描写作为使臣的喜悦之情和依依惜别之情。诗歌颔联和颈联对仗齐整,描绘的风景非常优美,尤其是"磬声摇月"意境新颖,磬声"落云间"给人以非常优美的想象。

再看一首绝句《伍子胥庙》:

挂眼东门愤未消,碧江千古起波涛。
今人不识前贤志,但问潮头几尺高。

这是朴寅亮游览伍子胥庙后写的。伍子胥(前559—前484),名员,字子胥,原本是楚国人,春秋末期吴国大夫、军事家。他的寺庙在苏州古城的城东。据传伍子胥的父亲伍奢曾经是楚平王太子建的太傅,但受到少傅费无极的无理谗言,和他的长子伍尚一起被楚平王残忍地杀害了。伍子胥则逃出楚国,白天他藏在家里闭门不出,晚上他不停地赶路,最终成功地逃出楚国,投奔了吴王阖闾。阖闾非常高兴,一时很重用他,让他作为重臣营造姑苏城(苏州城)。公元前506年,伍子胥和孙武一道领着吴兵攻打楚国,经过激战攻占了楚都。攻占后,伍子胥首先干的事情就是掘开楚平王的坟墓。他亲自动手掘出楚平王的尸体,直接鞭笞三百下,以此解恨,为父亲和兄长报了仇。这就是历史上著名的"掘墓鞭尸"的故事。之后,吴国继续器重伍子胥等人,接连攻破徐、鲁、齐等国,一时成为诸侯中的一霸。阖闾死后,他的儿子夫差即位,夫差继承父业,继续攻打越国,迫使越王勾践前来投降,夫差接受了勾践的投降。见到这个情景,伍子胥多次出面劝说吴王夫差不能对越国手软,坚决要求杀掉勾践,消除后患,但夫差怎么也不听劝说,大祸就是由此悄悄来临。攻下越国后,夫差急于再图中原,亲自率领吴国大军攻打齐国,伍子胥再度出面劝说夫差暂时停止攻打齐国,先班师灭越国,夫差还是不听。不仅如此,这时夫差还听信太宰伯嚭①的谗言,怀疑伍子胥搞阴谋,想借用齐国来灭吴国,急速派人送一把剑给伍子胥,令其马上自杀。伍子胥自杀前对周边的门客们说:"我死后,请将我的眼睛挖出置在东门之上,我要亲眼看吴国灭亡。"这首诗歌的第一句"挂眼东门愤未消"指的就是这件事。消息传到吴王夫差那里,夫差大怒,在五月初五那天把伍子胥的尸首用鸱夷革裹着抛弃在钱塘江中。后来吴人怜悯他,为他在江上立祠堂,并将其地命名为胥山。伍子胥死后才过9年,吴国果然被越王勾践所灭,夫差感到非常羞愧,怕去

---

① 伯嚭,春秋时期人,原为晋国公族,姬姓。史载伯嚭的先祖公孙伯纠为晋国郤氏的旁支,后"三郤"权倾朝野。公孙伯纠之子伯宗公忠体国,不满本家势力太大,被三郤诬陷致死,伯宗之子伯州犁逃到楚国,任楚国大夫。伯州犁生郤宛,又为楚国大夫,后郤宛被楚国令尹子常所杀,伯嚭逃难仕于吴,得到吴王宠信,屡有升迁,直至宰辅。伯嚭为人好大喜功,贪财好色,为一己私利而不顾国家安危,内残忠臣,外通敌国,完全丧失了其祖辈的优良品质,使吴国于吴越争雄中在拥有绝对优势的情况下,丧失有利时机,逐渐走向衰败。

阴间没脸见伍子胥,用白布蒙住双眼后才举剑自尽。由于夫差五月五日把伍子胥的尸体抛弃在钱塘江上,所以有些文献上记载中国的端午节习俗与伍子胥有关。因为伍子胥的尸体沉于钱塘江之事比屈原投江还早,所以这些说法也不是没有可信之处。如《苏州府志》增补:"乡俗午日以粽奉伍大夫,非屈原也。"诗歌最后一句"但问潮头几尺高"讲的是浙江钱塘江海潮非常凶猛,人们认为这是因为伍子胥的怒气还没有消。很显然,在这里朴寅亮通过伍子胥的故事,批判只看现象、不看本质的鼠目寸光。

二、郑袭明的汉诗与中国文化的关联

郑袭明(1094—1151),高丽前期文臣、诗人,籍贯为高丽迎日郡(今庆尚北道浦项市),号东河、荣阳。以乡贡文科及第后,官职连升,当了内侍,最终官至枢密院知主事,高丽后期的著名政治家郑梦周就是他的十代孙。1140年(高丽仁宗十八年)和金富轼、任元厚等人一道提出时弊十条,但被拒绝。1146年任礼部侍郎,给太子讲书,阻止恭睿王后想立二儿子为太子的阴谋,得到了仁宗的信任。仁宗时任知制诰、礼部侍郎等职务,作为监督官和金富轼、金孝忠一道参与了《三国史记》的编撰工作。高丽毅宗三年(1149),任翰林学士、枢密院知主事,但直谏毅宗的过错,得罪了毅宗,同时受到了金存中、郑諴的诬告。1151年3月病中得知金存中已经取代他后,服毒自杀。《东文选》收有他的五言律诗1首和七言绝句2首,共3首诗歌。

五言律诗《石竹花》是郑袭明最重要的诗歌,是介绍郑袭明的时候必须要讲的诗歌之一。上半部写道:"世爱牡丹红,栽培满院中。谁知荒草野,亦有好花丛。"作者把野外盛开的石竹花和华贵的牡丹进行比较,借用比兴手法,抒发比起华贵的牡丹,更喜欢朴实无华的石竹花的情怀,表现了追求真实的高尚情操。

下面看他的七言绝句《赠妓》。

> 百花丛里淡丰容,忽被狂风减却红。
> 獭髓未能医玉颊,五陵公子恨无穷。

这是作者听说一个地方官员的非人行径后,谴责这种不道德行为的诗歌。据传当时有一个地方官员要离职,但他有一个非常喜欢的妓女,便在临走时对妓女说:"我走后肯定有另一个男人喜欢你的。"说罢他用蜡烛烧伤了那个女子的脸。女子的脸被烧伤,变得很丑陋。听到这件事情后,郑袭明非常愤怒,挥笔写了这首诗歌。诗歌首句利用比兴手法把那个女子比作百花丛中一枝非常朴素的花朵,这符合一贯崇尚朴素、自然的作者的审美倾向。第二句讲的是那个地方官员的非人行为所造成的悲剧情景,诗人用"狂风""减却红"等语气强烈的词句来描述这非人的事件。第三句借用中国故事,比喻其受害的严重程度,其中"獭髓"来自中国三国时期孙和的故事。《拾遗记》卷八记载:孙和喜欢邓夫人,常把她置于膝上取悦。和于月下舞水精如意,误伤了夫人脸颊,血流污裤。孙和命太医合药。太医说:"得白獭髓,杂玉与琥珀屑,当灭此痕。"孙和随即拿出百金,说要厚赏能得到白獭髓的人。这里作者说獭髓也不能治好玉容,形容妓女的伤情之严重。第四句抒发这个事件引起贵公子们的愤怒,可以预测这个恨和愤怒很可能就是无穷无尽的。"五陵"是西汉时长安附近皇家的陵邑,贵族大户常在周围居住。作者在此表达了自己的无限惆怅。

下面是郑袭明的另一首七言绝句《十日欲招咸尚书同饮闻其仙去有感》。

十日秋香未必衰,登高意欲共倾卮。
旧游伴侣今无在,独有黄花尚满篱。

从这首诗歌的诗题看,作者是想约请咸尚书去喝酒的,因为九月九日是重阳登高节,重阳节有喝菊花酒的习俗。第一句讲虽然十日,也就是重阳过了一天,但秋日的兴致依然很浓,志趣尚未消退。第二句讲登高喝酒,和前一句自然相衬,顺理成章。第三句写失去好伴侣的痛苦之情,为尾句的情感抒发做铺垫。最后一句写满篱的黄花,反衬出失去挚友的痛苦心情。这里的黄花就是菊花,是重阳意象之一,使人联想到陶渊明的文化意象。更何况诗歌还提到了"篱",这使人们更加容易想到陶渊明。在这里作者借用这些中国文化意象和中国历史人物,形象地表达对死者的深切怀念之情。

三、郭舆的汉诗与中国文化的关联

郭舆(1058—1130),高丽文人与其生平有关的内容不是很多。《东文选》收录他的七言律诗1首、五言排律1首、七言绝句2首,共4首。

下面是他的五言排律《东山斋应制诗》:

何处难忘酒,虚经宝辇回。朱门追小宴,丹灶落寒灰。
乡饮通宵罢,天门待晓开。杖还蓬岛径,屐惹洛城苔。
树下青童语,云间玉帝来。鳌宫多寂寞,龙驭久徘徊。
有意仍抽笔,无人独上台。未能瞻日月,却恨向尘埃。
搔首立阶下,含愁傍石隈。此时无一盏,岂慰寸心哉。

和诗题一样,这是一首应制诗。据《高丽史·郭舆传》,睿宗非常宠爱郭舆。开城若头山有郭舆的养志斋,有一天,睿宗微行到山斋,郭舆进城不在家。睿宗徘徊一阵后,拿起笔写了一首诗后回去了。后来睿宗再次来山斋,叫郭舆写一首诗来和他上次写的诗。郭舆遵命,拿起笔就写,写的就是这一首。其中"朱门追小宴,丹灶落寒灰"中的"朱门"指的是贵族的宅邸。古代中国王侯贵族府邸的大门一般刷红色的漆,以示尊贵,后来泛指富贵人家。唐代李约的《观祈雨》有"朱门几处看歌舞,犹恐春阴咽管弦"的句子。著名的还有杜甫《自京赴奉先咏怀五百字》中的"朱门酒肉臭,路有冻死骨"。"寒灰"指的是火灭后的死灰,东西全部燃烧之后留下的灰烬,后用来比喻心灰意冷,不生欲望之心或对人生已无任何追求的心情。杜甫的《喜达行在所三首·其一》中有"眼穿当落日,心死著寒灰"的句子。在这里作者使用的虽不是这个意思,但语典出自杜甫的诗歌是毫无疑问的。"乡饮通宵罢,天门待晓开"中的"乡饮"则来自"乡饮酒礼"。"乡饮酒礼"是周代流行的宴饮风俗,其主要目的是向国家推荐贤能之士,换言之是当时选拔人才的一种方式。这个活动一般由乡大夫组织实施,后来逐步演绎成为地方招待应举之士的宴会,叫做"乡饮酒"。"乡饮酒礼"同时也是《仪礼》的篇名。"天门"说的是城门。下一句"杖还蓬岛径,屐惹洛城苔"中的"蓬岛"指的是"蓬莱"。"树下青童语,云间玉帝来。鳌宫多寂寞,龙驭久徘徊"中的"青童"指的是中国古代神话传说中的仙童。另外,"搔首立阶下,含愁傍石隈"中的前一句和东汉末徐干的《室思·其五》中"诚心亮不遂,搔首立悁悁"①的句子非常相似。

四、高兆基的汉诗与中国文化的关联

高兆基(？—1157),高丽前期文臣,原籍为济州,幼名为高唐愈,号鸡林。高丽十六代王睿宗时期(1105—1122)科举及第,当了南方的一个地方官,其间清廉公正,深得老百姓的拥戴。仁宗时期(1122—1146)任侍御史,这时为彻底清洗李资谦同党,得罪了仁宗,被降为工部员外郎,后升为台官,发现李资谦的残余势力还在作威作福,多次提出要彻底清除这些势力,但被大臣们压制下来。1147年任守司空上柱国,1148年经正堂文学判户部事,任参知政事判兵部事,1149年任中书侍郎平章事、判吏部事,1150年任判兵部事,1151年任中军兵马判事兼西北面兵马判事。他性情耿直,见义勇为,不善通融。他精通经史,擅长诗文,《东文选》收有他的五言律诗4首、五言绝句1首、七言绝句2首,共7首。

五言律诗《珍岛江亭》是一首抒景诗。

行尽林中路,时回浦口船。水环千里地,山碍一涯天。
白日孤查客,青云上界仙。归来多感物,醉墨洒江烟。

从诗歌内容看,这是一首描写韩国南部珍岛景象的诗歌,其中"白日孤查客,青云上界仙"的句子令人想起典故"乘槎"。"乘槎"亦作"乘楂",乘坐竹筏、木筏之意。据中国古代的说法,天河和大海是互通的。传说有居海渚者,年年八月见有浮槎去来,从不失期,遂立飞阁于查上,乘槎浮海而到天河。《艺文类聚》卷八引"查"作"楂"。晋朝张华的《博物志》卷十里也有类似的记载,曰:"旧说云天河与海通。近世有人居海渚者,年年八月有浮槎,去来不失期,人有奇志,立飞阁于查上,多赍粮、乘槎而去。十余日中,犹观星月日辰,自后茫茫忽忽,亦不觉昼夜。去十余月,奄至一处,有城郭状,屋舍甚严。遥望宫中有织妇,见一丈夫牵牛渚次饮之。牵牛人乃惊问曰:'何由至此?'此人具说来意,并问此是何处,答曰:'君还至蜀都,访严君平则知之。'竟不上岸,因还如期。后至蜀,问君平,曰:'某年月日,有客星犯牵牛宿。'计年月,正此人到天河时也。"南朝梁宗懔的《荆楚岁时记》也载有类似的传说:汉朝的张骞奉命出使西域,乘槎经月,到一城市,见有一女在室内织布,又见一男子牵牛饮河,后带回织女送给他的支机石。所谓的"张骞泛槎"的典故由此而来。到唐代这个故事有了更为广泛的传播,上至文人墨客赋诗作文,下至世俗民间文学,广泛使用这个故事。在这首诗歌里,高兆基是在仔细描写珍岛海景的基础上,添加这个颇具浪漫色彩的故事,把历史和现实、浪漫与实景紧紧地联系在一起,极大地提高了诗歌的艺术表现力。

下面是七言绝句《寄远》:

锦字裁成寄玉关,劝君珍重好加飧。
封侯自是男儿事,不斩楼兰未拟还。

这是作者寄给出征远方的友人的。其中"锦字"的典故出自窦涛的妻子苏蕙的《璇玑图》

---

① 徐干的诗歌《室思·其五》全文如下:思君见巾栉,以益我劳勤。安得鸿鸾羽,觏此心中人。诚心亮不遂,搔首立悁悁。何言一不见,复会无因缘。故如比目鱼,今隔如参辰。

诗。前秦时期,秦州刺史窦滔因得罪苻坚手下的大官而被流放。夫妻两个人天各一方。妻子苏蕙非常想念远在他乡的丈夫,她把这种想念写成诗歌,并精心地绣在一张锦缎上。它纵横各29个字,共有841个字,呈一个正方形。这首诗妙在可以左右横竖任意地读,竟然能组合成成百上千篇不同的诗篇,由此表达了她对丈夫深切的思念之情。"锦字书"指前秦苏蕙寄给丈夫的织锦回文诗,后世也指妻子寄给丈夫的信件。如唐李白的《秋浦寄内》中有"开鱼得锦字,归问我何如"的句子。在高兆基的诗歌里,"锦字"是作为一般的书信的意思使用的。

最后一句"不斩楼兰未拟还"中的"楼兰"是古代西域的一个国名,名称最早见于《史记》,是丝绸之路的必经之地,现只存其遗迹,地处新疆罗布泊的西北角。汉武帝时,汉朝想和大宛国交流,正好中间有这个楼兰国挡道,他们经常袭击和洗劫汉朝的使臣,汉朝多次攻打还是不能解决问题。到汉昭帝时,大将军霍光派遣平乐监傅介子前往刺杀楼兰王。傅介子奉命到了楼兰,骗楼兰王说汉朝廷对他有重赏。他很高兴,摆设酒宴,款待傅介子。傅介子趁他酒醉,和两名壮士一起动手杀了他。一看情况不妙,在场的显贵侍从四处逃散。傅介子向他们传达汉朝廷的谕令说:"楼兰王负罪于朝廷,天子遣我来诛杀他,现在当更立在汉朝的王弟尉屠耆为新王。汉朝的军队马上就能赶到,你们如果轻举妄动,不过是自己招来灭国之灾罢了!"紧接着傅介子斩下楼兰王的首级回国,楼兰王的弟弟尉屠耆被立为新王,汉朝赐宫女为夫人,并派遣司马1人,吏士40人,在伊循这个地方屯田镇抚楼兰。此后,楼兰更名为鄯善,迁都扞泥城。唐王昌龄《从军行》中有"黄沙百战穿金甲,不破楼兰终不还"之句,表达不取得胜利不会归来的决心。在此诗里,作者是希望朋友立功凯旋,表达了作者对友人的良好祝愿。

另一首七言绝句《书云岩镇》是作者在江原道通川郡(现属朝鲜)写的,诗题中的"云岩"为江原道通川郡的古代地名。其第一句"风入湖山万窍号"来自典故"万窍号呼",典出《庄子·齐物论》。庄子认为:风是大地发出的气,风一发作,万种窍孔就怒号起来。后世常用"万窍号呼"咏风。在这里,作者用来描绘通川郡刮风时的景象。

第四节　金敦中、崔惟清、崔诜、朴椿龄的汉诗与中国文化的关联

一、金敦中的汉诗与中国文化的关联

金敦中(？—1170),高丽时期的文臣,原籍为庆州,是金富轼的儿子。1144年文科及第,任内侍、殿中侍御史,后因反对宦官郑涵,被贬为户部员外郎,后任侍郎。1167年任左承宣,但因"流矢事件"[①]得罪了不少人。1170年郑仲夫之乱时,逃到绀岳山,但因侍从告密被

---

① 高丽毅宗时期,有一次毅宗在奉恩寺举行燃灯会,结束回宫时,金敦中骑的马受到惊吓,撞上了一个军士的箭筒,结果矢箭飞出,落在了毅宗的御驾上。为此好多军人蒙受莫须有的罪名,被流放。从此人们对金敦中怀恨在心。金敦中临死前说:流矢事件牵涉到了好多无辜的人,我的死是罪有应得的。

捕,不久就被杀害。《东文选》收有他的五言律诗1首、七言律诗1首、七言绝句1首,共3首。

下面看他的七言律诗《和舍弟苦雨诗》:

连旬密雨驾盲风,百谷狂喷气势雄。谁借天瓢倾倒尽,却疑蛟室卷来空。
居贫岂免薪为桂,御湿还思麦与莠。早晚苍空收毒雾,便将余泽及农功。

从诗题来看,这是作者和弟弟作的《苦雨》诗。他的弟弟叫金敦时,生卒年月不详。《东文选》收有金敦时的诗歌《苦雨》①。颈联"居贫岂免薪为桂,御湿还思麦与莠"中的前一句与苏秦有关。话说当年苏秦来到楚国,过了三个月才见到楚王。交谈完毕,他就向楚王辞行。楚王说:"寡人听到您的大名,就像听到古代贤人一样,现在先生不远千里来见寡人,为什么不肯多待一些日子呢?寡人希望听到您的意见。"苏秦回答说:"楚国的粮食比玉还贵,楚国的柴火比桂树还贵,通报人员像鬼一样难见,大王您更像天帝一样难得见面;现在要我拿玉当粮食,拿桂当柴火烧,通过小鬼见高高在上的天帝。"楚王听后惭愧不已:"请先生到客馆住下吧,寡人知错了。"后一句来自《春秋左传》,说当时有一个叫还无社的人求救于楚人,用废井和麦莠作隐喻,这一句就是由此衍化而来。

金敦中的七言绝句《智异山次季父韵》是吟咏智异山风景的景物诗。其最后一句"风流不愧晋阳公"来自成语"轻裘缓带",意为从容休闲的样子,典出《晋书·羊祜列传》。故事讲:晋武帝想灭吴,派羊祜任荆州诸军事、持节,但仍然保留着散骑常侍、卫将军等职衔。羊祜奉命镇守荆州,同时在那里开办学校,安抚教化远近百姓,深得江汉流域百姓的爱戴,还常与吴国人开诚布公,信任他们,因此投降的人都不愿意离去,都听凭他差遣。当时荆州有一种奇异的风俗:地方长官丢官后,继任这官的人非常忌讳,大都把旧官府的房舍毁掉,重新选择官舍。羊祜认为生死有命,与官舍无关,便下令所辖地区禁止这种迷信的做法。东吴石头城守军离襄阳地界七百多里,但常骚扰晋边境,羊祜以为这是一个大患,便设计谋让吴撤去守军,这样一来晋朝戍边巡逻的士兵减少了一半,所减士兵用来垦荒,垦田八百余顷,大获其利。羊祜初到荆州时,军中无粮,仅维持百日,到了他镇守荆州的后期,有供十年用的粮草的积蓄。皇帝得知这个情况后,便下令撤除江北都督,设置南中郎将,将原江北都督所管辖的汉东江夏一带的军队都拨给羊祜管理。从此羊祜在军中经常穿轻裘,束绶带,不披甲,府第卫士不过十几人,然而也常出外打猎钓鱼,开始荒废政事。有一次,他想夜间出去打猎,军司徐胤手持长戟挡住营门说:"将军督管万里疆域,哪能这样轻心放纵?将军的安危也就是国家的安危。除非我死了,今夜此门才得开。"羊祜听罢脸色一变,急忙向徐胤道歉,此后他很少出游了。作者在这里借用这个故事,表现自己的闲情逸致。

---

① 其全文如下:苦雨来随舶棹风,雷车云栈势何雄。川涂泛滥轮蹄绝,里巷萧条井灶空。欲学琴高骑赤鲤,还思无社问山莠。万民共失三农望,伫待熙朝燮理功。其中颈联"欲学琴高骑赤鲤,还思无社问山莠"中的"琴高"指的是中国先秦时期传说中的人物,据传他能鼓琴,后于涿水乘鲤归仙。《水经注》卷二十三记载:"赵人有琴高者,以善鼓琴,为康王舍人,行彭、涓之术,浮游砀郡间二百余年,后入砀水中取龙子,与弟子期曰:皆洁斋待于水旁,设屋祠。果乘赤鲤鱼出,入坐祠中,砀中有万人观之,留月余,复入水也。"尾联中的"燮理"由"燮理阴阳"演变而来,在这里"燮"为调和、"理"为理顺,实则阐释了治理国家的一个原则,就是要阴阳平衡,不能有所偏颇;宰相就是要在大政方针的制定上、在用人设官的决策上,阴阳平衡,顺畅和谐。这来自《尚书·周官》:"立太师,太傅,太保。兹惟三公,论道经邦,燮理阴阳。"

二、崔惟清的汉诗与中国文化的关联

崔惟清(1093—1174),字直哉、文淑,高丽的文士,籍贯昌原,谥号为文淑。高丽睿宗时期考中科举,但没有出仕,原因是他认为自己的学识还不够。后来出任直翰林,但李资谦在朝廷搞鬼,韩皦如流放时,他也受牵连,和妹婿郑克永一道被罢免一切官职。李资谦及其余党被肃清后,崔惟清任内侍、左司谏、侍御史等职。1132年任礼部员外郎,也就是这个时候,他作为"陈奏使"出使大宋。回国后经御史中丞,官至殿中少监。1142年作为谏议大夫出使金国,感谢其对高丽的"册命"。据传在出使金国期间,他优雅的举止得到了金人的高度评价,给金人留下了非常深刻的印象。回国后,他升任户部侍郎、东北面兵马副使。1147年任翰林学士,直接给毅宗讲授《书经·说命》三篇,不久晋升为御史大夫、同知枢密院事,第二年任知枢密院事判三司事、兵部尚书等职。1149年他任参知政事判尚书刑部事,第二年晋升为中书侍郎平章事。1151年兼任判兵部事,但因受妻舅郑叙连累,被贬为南京留守使,1157年再次被贬为忠州牧使、光州牧使等。1161年任奉元殿大学士,1170年武臣政变,受到多数将军的祖护,免于一死,保住了性命。1172年任守司空、集贤殿大学士、判礼部事,而后隐退。据有关记录,他非常熟悉经史子集,佛教的造诣也颇深,著有《南都集》《柳文事实》《崔文淑公集》《李翰林集注》等著作。《东文选》收录他的五言古体诗1题9首、七言绝句5首,共6题14首。

下面看他的五言古体诗《杂兴》九首中的第二首和第三首。

> 人生百岁间,忽忽如风烛。且问富贵心,谁肯死前足。
> 仙夫不可期,世道多翻覆。聊倾北海尊,浩歌仰看屋。

> 苍苍山中桂,托根临崄巇。霜雪纷可畏,孤贞亮难移。
> 夜月冷相照,春风绿渐滋。攀枝久伫立,空咏小山辞。

在这部作品里崔惟清在借用春天的景色抒发自己情感的同时,抒发自己复杂的心境,诗歌表现了作者不图名利,一心一意追求闲暇、超脱、风流的高尚清新的志趣。诗歌中作者也借用了几个中国的典故。《杂兴·其二》中的"聊倾北海尊"一句和孔融有关。孔融(153—208),字文举,东汉末年文学家,鲁国曲阜人,建安七子之一,孔子二十代孙。他本性宽容,重视人才,喜欢提拔年轻人,所以据传他退任闲职的时候家门口车水马龙,宾客满院。他常叹说:"座位上经常满人,樽中酒不空,我就无忧了。"这一句充分表现了孔融宽阔的心胸、高尚的志趣和一个有志人的高贵的品质。崔惟清在这首诗歌里借用孔融的这句话表现自己的心境。孔融在汉献帝时曾经任过北海(今山东寿光)相,由此人们称他为"孔北海",诗歌中的"北海"指的就是孔融。

《杂兴·其三》中,"攀枝久伫立,空咏小山辞"中的"小山辞"就是晏几道的《小山词》。它的主要内容是追忆往昔的恋情,感伤人生的短暂和虚无,诗歌有不少对梦境的描写,以梦反衬出人生之虚幻;同时这个作品也有积极的一面,它真实地反映了当时下层劳动妇女们的不幸遭遇,体现出朴素的人本主义的悲情;也有一些作品是抒发他自己羁旅漂泊之孤独和凄凉之情的,真实地展现了作者孤独凄凉的心境。

崔惟清的七言绝句基本上是抒发作者闲情逸致的。

从《九日和郑书记》的第一句"黄花红叶又今年"来看,这是九月九日重阳节写的诗歌,是与重阳节有关的诗歌。

《杏花》里的"愿借漆园蝴蝶梦"一句与庄子有关。据《史记·老子韩非列传》,庄子曾经在蒙县(今商丘蒙县故城)做过叫"漆园吏"的小官。有一次,楚威王派人请庄子,让他做相。庄子笑着对来者说:"子亟去,无污我!我宁游戏污渎之中自快,无为有国者所羁。"后人所说的庄子啸傲王侯的故事就出自这里。晋郭璞的《游仙诗》赞美庄子说"漆园有傲吏",唐代大诗人王维也写有五言绝句《漆园》。"蝴蝶梦"就是《庄子》里所说的"庄周梦蝶"的典故。

三、崔诜的汉诗与中国文化的关联

崔诜(1138—1209),高丽时期文臣,籍贯铁原,崔惟清的第五子,谥号文懿,《高丽史》有他的列传。1160年通过科举考试,1172年作为宝门阁校勘,作了中书平章事金永夫的墓志铭。1178年官至工部郎中,到地方察访民情。1180年明宗的母亲恭睿太后得病,明宗叫她的弟弟僧侣冲曦来护理她。没想到这个冲曦和宫女们眉来眼去,淫乱宫中,甚至不放过公主,消息传到宫外,影响十分恶劣。作为右司谏的崔诜上书斥责冲曦的淫乱行为,建议把他送回寺院。但是明宗以挑拨兄弟之情为由,罢免了崔诜。此后没有一个人敢谏此事,朝廷官僚争先恐后巴结冲曦,而冲曦公开收受钱财。不久崔诜复职,1186年官至判将作监,和黄甫倬、李知命等人一道,当国子试的考官,选拔了优秀的人才。1192年官至判秘书省事,和吏部尚书郑国俭一道,校对了《增续资治通鉴》和《太平御览》。1197年经知枢密院事,任参知政事。1200年,他因德高望重,被任命守太傅、门下侍郎、同中书门下平章事、判吏部事等职,第二年再被封为上柱国。1206年加入了兄长崔诜的耆老会,当时年龄69岁。《高丽史·崔惟清传》这样评价崔诜:"诜以文学闻于世,恬淡寡言,不以门地自负,礼贤下士,再知贡举,多得名士。"《东文选》收有崔诜的五言排律1首和七言律诗3首。

先看五言排律《谢文相赠扇》(扇剪白黑二纸交织成纹,两面书画甚奇,形如松扇):

谁为新样扇,黑白大分明。不用齐纨制,浑将剡纸成。
方圆二体具,书画一时呈。剪刻专偷巧,裁缝几费精。
手中孤月满,席上好风生。忽被贤侯赐,尤为众客惊。
却思三伏住,岂要九秋迎。谢相蒲增价,曹生竹有名。
奉扬期不怠,藏袭永为荣。感德徒为切,何当报以琼。

这首诗歌如题所说,是文相送崔诜一把扇,崔诜为表示谢意而作的。其中作者借用多个中国典故,给诗歌增添了艺术表现力。诗歌中的"谢相蒲增价"句,和晋朝的谢安有关。谢安(320—385),字安石,陈郡阳夏(今河南太康)人,东晋著名政治家。《晋书》有《谢安传》,传曰:"安少有盛名,时多爱慕。乡人有罢中宿县者,还诣安。安问其归资,答曰:'有蒲葵扇五万。'安乃取其中者捉之,京师士庶竞市,价增数倍。"这就是有名的"蒲葵扇"的故事。谢安负有盛名,人们都十分敬重他,所以出现了这种情况。"奉扬期不怠"句也来自谢安。据传袁宏出任东阳太守的时候,谢安曾送他一把扇子,袁宏谢道"辄当奉扬仁风,慰彼黎庶",从此,人们以"扬风仁政"来比喻为官清廉仁慈。袁宏(约328—约376),字彦伯,小字虎,东晋玄学家、文学家、史学家,陈郡阳夏(今河南太康)人。最初的时候他是谢安的参军,但后来担任了桓温的记室,并出任东阳太守,编著了《后汉纪》,著有《竹林名士传》三卷及《东征赋》《北征赋》《三国名臣颂》等。在这里作者引用这些典故表示了对文相的深深谢意。诗歌最后一句"何当报以琼"中的"琼"就是"琼瑶",出自《诗经·卫风·木瓜》,诗曰:"投我以木桃,报之以琼瑶。匪报也,永以为好也!"这里的"琼瑶"是美玉美石的统称,可见这里作者表达了加倍偿还也不能报文相恩德的心情。

下面再看七律《大使见和复呈》:

　　一陪高论道途中,才似杨雄赋射熊。王氏系从淮水远,相如名与泰山崇。
　　诗妍自可伴西子,笔健还堪搏北宫。多谢贤侯回顾眄,枉将珍髢鬻诸戎。

这是一篇赞美大使的诗歌。首联讲听他高见,名不虚传,其才可以和扬雄相媲美,这算是铺垫。诗歌所说的杨雄就是西汉官吏扬雄。一说扬雄本名作杨雄,因为他好标新立异,易姓为扬。扬雄(前53—18),字子云,西汉蜀郡郫县(今四川成都郫都区)人,西汉官吏、学者、哲学家、文学家、语言学家。他虽然说作赋是"童子雕虫篆刻",所以"壮夫不为",但他非常崇拜司马相如,仿造他的《子虚赋》《上林赋》作了《甘泉赋》《羽猎赋》《长杨赋》等,成为司马相如之后西汉最著名的辞赋家。《汉书》有他的传。他的《羽猎赋》写的是打猎。汉朝帝王打猎,士卒负羽箭随从,所以"羽箭"意喻打猎。《文选·高唐赋》曰:"传言羽猎,衔枚无声。"李善注引张晏曰:"以应猎负羽。"《汉书·扬雄传》曰:"其十二月羽猎,雄从。"可见《羽猎赋》是扬雄根据自己作为随从参加打猎的体验写成的。在这里崔诜说的是大使具有扬雄一样的才干和能力。颔联的后一句讲的是司马相如,诗中的"崇"作"高"。这一句的意思是司马相如的名声堪比泰山,暗指大使的名声。颈联前一句引出的是西施。西施本名施夷光,越国的美女,一般叫西施,后人尊称其为"西子",是中国古代四大美女之一。在这里作者借用她的美貌,称赞大使的诗歌写得好。后一句"北宫"指的是"北宫黝",出自《孟子·公孙丑上》。孟子阐述了"北宫黝之勇"和"孟施舍之勇"的问题后,下结论说"孟施舍似曾子,北宫黝似子夏;夫二子之勇,未知其孰贤"。但相比之下,北宫黝之勇自由奔放、气魄恢宏,所以打起仗来,可以以气势先发制人,有压倒对方的气势。在这里作者借用北宫黝之勇称赞大使的笔力。尾联后一句中的"珍髢"来自《汉书·扬雄传》:"资娵娃之珍髢兮,鬻九戎而索赖。"颜师古注引孟康曰:"娵,闾娵也。娃,吴娃也。髢,发也。赖,得也。九戎被发,髢虽珍好,无所用也。"由此可见,在这里作者非常谦虚,用贬低自己的方式即谦让法赞美对方。

《金使左光禄得家书有生子之喜诗以为贺》也是崔诜的七言律诗。

　　北信初传驿路中,侯家已验梦维熊。充闾佳庆还应盛,容盖高门转更崇。
　　骏足远期登骥坂,桂枝新得长蟾宫。微官他日朝天去,挥尘清谈奉阿戎。

从诗歌内容看,这是左光禄在出使路上收到家信后写的。这里的左光禄是官名,其人姓王,名不详。诗歌首联写出使路途上的情况,算是铺垫,其末尾的"梦维熊"来自成语"梦熊之喜"。古时人们认为梦见熊是要生男孩的征兆。它出自《诗经·小雅·斯干》:"吉梦维何?维熊维罴。……大人占之,维熊维罴,男子之祥。"郑玄笺曰:"熊罴在山,阳之祥也,故为生男。"唐朝刘禹锡的《苏州白舍人寄新诗,有叹早白无儿之句,因以赠之》曰"幸免如新分非浅,祝君长咏梦熊诗",也是同样的意思。颔联"充闾佳庆"来自成语"充闾之庆"。据传晋代的贾逵晚年得子,认为这是光大门楣的喜庆之事,故为其子取名为"充",字为"公闾"。贾充后来成为西晋重臣,与司马氏结亲,享受荣华富贵。贾逵(174—228),字梁道,名衢,河东襄陵(今山西临汾)人,汉末三国时期名臣。他历仕曹操、曹丕、曹叡等曹氏三代,为曹魏的统一事业做出了巨大的贡献。《三国志》有他的传。领联下一句"容盖高门"和于公有关。于公,东海郡郯县(今山东郯城县)人,西汉丞相于定国的父亲,曾任县狱吏。他就任期间,秉公执法,办案公平公正,深得老百姓的爱戴,当地的人们为他立了生祠,称为"于公祠"。有一次,他家乡的里门坏了,同乡的父老乡亲合计要一起修理这个门,于公说要修干脆就修得高大一点,使其能通四匹马拉的高盖车。他认为这样可以造福子孙,认为自己的子孙一定会有飞黄腾达的那一天。后来果然不出他所料,他的儿子于定国真的当上了丞相,孙子于永也官至御史大夫。这件事记录在《汉书》卷七十一里:"定国父于公,其间门坏,父老方共治之,于公谓曰:'少高大间门,令容驷马高盖车,我治狱多阴德,未尝有所冤,子孙必有兴者。'至定国为丞相,永为御史大夫,封侯传世云。"崔诜借用这些典故,希望左光禄的孩子一生有好运,鹏程万里,前程似锦。颈联意大体上和领联差不多,仍然是一种祝福。其中的"桂枝""蟾宫"来自"嫦娥奔月",兼有金榜题名之意。尾联的"阿戎"就是"竹林七贤"中的王戎。王戎(234—305),字濬冲,琅琊临沂(今山东临沂)人,西晋时期的名士、官员,"竹林七贤"之一。阮籍和王戎的父亲王浑同为尚书,但他和年龄相差24岁的王浑的儿子王戎很要好。据传每当阮籍去拜访王浑时,与王浑见一面就离去,转身去阿戎的房间,与他长谈。他认为与王浑说话不如与阿戎说。在这里作者借这个故事来讲左光禄的孩子聪明,日后会有出息。

此外,崔诜还有一首七律《喜侄文牧魁司马试》。诗歌首联"积善吾家庆未央,后生频见擅词场"中的"积善"来自《周易》。《周易》里有"积善之家,必有余庆",是多做善事、积德会有好结果的意思。

四、朴椿龄的汉诗与中国文化的关联

朴椿龄,高丽前期的文人,高丽仁宗(1122—1146年在位)、毅宗(1146—1170年在位)时期官至侍郎,曾任完山郡守,当时通过考试发现了崔陟卿(1120—1186)、崔均(?—1174)、崔松年,赴任期满回开城的时候也带他们三人到开城学习。他善诗文,是比李仁老、李奎报略早些时候活动的文人。《东文选》收录他的七言律诗4首、七言绝句1首,共5首。

七言律诗《灵光郡忆金太守儒》是作者怀念太守金儒的诗歌。

下惠官卑自不辞,牛刀谁使割鸡为。甘棠正是思人树,岘首依然堕泪碑。
父老空言遗爱化,儿童谩诵旧题诗。曾闻跖寿颜回夭,天理茫茫未可知。

这首诗歌的首联中的"下惠"就是"柳下惠"。柳下惠(前720—前621),春秋时期鲁国人,著名的思想家、政治家和教育家,本名展获,字了禽,谥号惠,因其封地在柳下,故称其为"柳下惠"或"和圣柳下惠"。他是遵守中国人伦道德的典型,他"坐怀不乱"的故事在中国家喻户晓。孟子非常崇拜他,称他为"和圣",在《孟子》里,他和伯夷、伊尹、孔子被称为四大圣人。孟子推崇柳下惠的原因很多,其中最重要的是柳下惠不为君主不是圣君而感到羞耻,不为官职卑微而感到羞耻,身在高位不忘推举贤能,被遗忘在民间也没有怨言,和任何人都可以和睦相处,任何时候都不受不良风气的影响。在这里,作者借用这个人物,为下面表达对金儒的敬重之情做铺垫。"牛刀"句来自典故"割鸡焉用牛刀",这个典故后来演变成成语"杀鸡焉用宰牛刀"。它出自《论语·阳货篇》,说有一次,孔子来到了弟子言偃(子游)正在治理的武城,在那里他听到了音乐的声音。孔子微微地笑着说:"宰鸡哪里有必要使用宰牛的刀呢?"子游回答说:"以前,言偃听到先生说过:'君子学习大道就会爱别人,平民百姓学习大道就容易听指挥。'"孔子说:"你们几个人(注意一下)!言偃的话是对的,我前面的话是说笑话而已。"它的原意为"办小事不用花大力气"。在这里,作者认为金儒在这个灵光小郡当太守是大材小用,表现了作者对金儒的敬仰之情。颔联"甘棠正是思人树,岘首依然堕泪碑"中的"甘棠"来自《诗经·召南·甘棠》,这是先秦时期的中国民歌,全诗三章,每章三句,全诗由睹物到思人,由思人到爱物,人、物交融在一起。所以在这里把"甘棠"说成"思人树"。"岘首"就是"岘山",位于襄阳,包括岘首山(下岘)、紫盖山(中岘)、万山(上岘)。它是一座文化名山,到处是古迹,如刘备马跃檀溪处、凤林关射杀孙坚处、羊祜的堕泪碑、刘表墓和杜甫墓等等。据传羊祜镇守襄阳时,经常到岘山游玩,他死后人们仰慕他的功德,在那里立了碑。因为人们路过此碑没有不流泪的,因此这个碑叫做"堕泪碑"。尾联"曾闻跖寿颜回夭,天理茫茫未可知"中的"跖"指的是盗跖,是中国民间传说中的大盗。据传他曾率领盗匪数千人,干尽坏事。他原名展雄,姬姓,展氏,又名柳下跖、柳展雄,在先秦古籍中被称为"盗跖"或"桀跖",是鲁国名臣柳下惠的弟弟。而"跖寿"之典来自《史记·伯夷列传》,曰:"盗跖日杀不辜,肝人之肉,暴戾恣睢,聚党数千人,横行天下,竟以寿终。""颜回夭"指的是颜回。颜回(前521—前481),尊称颜子,字子渊,春秋末期鲁国人,是孔门七十二贤之首,非常有学问。孔子多次表扬颜回,《论语·雍也》说他"……一箪食,一瓢饮,在陋巷,人不堪其忧,回也不改其乐"。但很不幸的是,他40岁就去世了。这首诗歌里作者借用这些故事,发出"天理茫茫未可知"的人生感悟和无尽慨叹。

另一首七言律诗《登采真亭》是一首述怀诗,是表现作者年老尚未取得功名的愧疚心境的。

萧然一上采真亭,目极征鸿人杳冥。往事回头同夜梦,故人屈指半晨星。
鬓丝斗觉今年白,山色仍犹旧日青。自庆重来还自愧,腹中未有孝先经。

这首诗歌的尾联中的"腹中未有孝先经"与汉朝的边韶有关,他的字就是孝先。边韶是陈留郡浚仪县(今河南开封)人,东汉学者,以写文章著名,有口才。据《后汉书·文苑列传》,有一天,他白天假卧,学生们暗暗地嘲笑道:"边孝先,腹便便。懒读书,但欲眠。"边韶听后,应时回答道:"边为姓,孝为字。腹便便,五经笥。但欲眠,思经事。寐与周公通梦,静与孔子同意。师而可嘲,出何典记?"说毕,嘲笑他的学生惭愧得无地自容。

七言律诗《大原寺》的尾联"远公不用过溪水,自有山人迎送人"与慧远大师有关。慧远大师(334—416),俗姓贾,东晋人,雁门郡楼烦县(今山西宁武附近)人,净土宗的创始人。他在庐山修行30余年,不但没下过山,更没有入过城,送客也从不越过虎溪。但有一次,陶渊明和道士陆修静来访,三人相聚,谈得很投机。慧远送他俩离开时,不知不觉间越过了虎溪,但三人毫无察觉,直到耳旁传来老虎的咆哮声,他们才惊觉,三人随即会心地纵情大笑起来。这个场景后来被画作"虎溪三笑图",名垂千古。这首诗歌就是借用这个故事,表现亲朋之间深厚的友谊。

第三章
高丽中期文人的汉诗和中国文化的关联(一)

第一节 李仁老的古体汉诗和中国文化的关联

李仁老(1152—1220),高丽中期的文臣,字眉叟,号双明斋,高丽最著名的汉诗诗人,"海左七贤"之一。他喜好苏东坡的诗歌,是韩国文学史上最早追求宋诗风的作家之一。著有《破闲集》《银台集》《双明斋集》等。他早失父母,无依无靠,华严僧统寥一收养他,并教他读书。他很早就通读了诸子百家经典,自幼聪明,善诗文。1170年,他19岁的时候,迎来了郑仲夫之乱,见郑仲夫之乱杀无辜的文官,他暂入佛门避难,郑仲夫之乱结束后还俗。25岁李仁老入太学学六经,1180年29岁时,考中状元,名扬士林。1182年作为贺正使、行书状官出使金朝,次年回国,任桂阳郡书记。后来得到文克谦的推荐在翰林院担任词疏之职,历任礼部员外郎、秘书监右谏议大夫等职。他还和林椿、吴世才等人交友,成立"竹林高会",以诗文和饮酒度日。《高丽史》说他"性偏急,忤当世,不为大用",可见他是一个性情乖僻、不得志的书生,他的理想和现实之间有着一个巨大的鸿沟。在文学上,他对诗歌本质、价值、功能有着独特的看法;在创作上,他认为诗歌"语意俱妙","无斧凿之痕",主张诗歌应自然新颖。

《东文选》收录李仁老的五言古体诗5题9首、七言古体诗11题13首、五言律诗3首、七言律诗16首、五言绝句5首、七言绝句30题43首,共70题89首。本节以李仁老的"五言"和"七言"古体诗为中心,从"中国典故""中国历史故事""中国历史人物"和"中国文人墨客"等几个方面,探讨他的诗歌和中国文化的关联。

一、中国典故

在诗歌创作中,李仁老受当时宋风的影响,也迎合当时社会上流行的宋风,在诗歌创作中经常使用中国典故,使诗歌呈现出叙事、言志、用典融为一体的宋诗特征。

李仁老的五言古体诗《竹醉日移竹》1题2首,是阴历五月十三日写的,这一天民间有移竹的习俗。据传这一天移植竹子,竹子易活。"竹醉日"又叫"竹迷日",是中国传统的民俗节之一,中国南方地区有每到农历五月十三日移竹的习俗。宋范致明的《岳阳风土记》记载:"五月十三日谓之龙生日,可种竹,《齐民要术》所谓竹醉日也。"中国民间认为:移竹不选日子,多不活,唯有五月十三日,栽竹多茂盛。《笋谱》云:"民间说竹有生日,即五月十三日也。移竹宜用此日。或阴雨土虚,则鞭行,明年笋茎交出。"宋代陆游《葺圃》里也有"曾求竹醉日,更问柳眠时"的句子。可见,中国自古就有"竹醉日"移竹的习俗。李仁老在诗歌中借用移竹的习俗和竹子的习性表达了自己坚韧的生活信条和生活情趣。诗歌全文如下:

　　古今一丘貉,天地真籧庐。此君独酷酊,兀兀忘所如。
　　江山虽有异,风景本无殊。不用更醒悟,操戈便逐儒。

　　司马尝客游,夫子亦旅寓。新亭相对泣,数子真儿女。
　　此君耻匏系,所适天不阻。何必登楼吟,信美非吾土。

这两首诗中出现了司马迁、孔子等中国历史人物以及"一丘之貉"和"新亭对泣"两个中国典故。其一的第一句"古今一丘貉"中的"一丘貉"来自成语"一丘之貉"[①],意思就是一个土丘里的貉,没什么两样。这个典故出自班固的《汉书·杨恽传》:"古与今,如一丘之貉。"在这里作者利用这个典故,描绘以天下为家的一种游子生活,用比兴的手法,表达了像竹子一样,走到哪里扎根在哪里的坚韧不拔的生活志操。其二中的"司马尝客游,夫子亦旅寓"里的"司马"指的是司马迁,"夫子"是孔子,说的就是司马迁20岁时游历天下,和孔子为了实现自己的政治理想经常周游列国,过着"游客"一样生活的事情。显然这也是一种比喻,以他人之事述说自己的志向。在这里李仁老以此为自己的类似"游客"一样的生活辩解。其二最后一句化用王粲《登楼赋》中的语句也是这个目的[②]。"新亭相对泣,数子真儿女"则来自成语"新亭对泣"。"新亭"在现在南京市的南面。"新亭对泣"的典故出自刘义庆的《世说新语·言语》。据传东晋初期,许多名士南渡到建康(今南京)。他们背井离乡,时刻想念着家乡。这群人时常在新亭聚会喝酒。有一次,其中有一个叫周𫖮的人发出慨叹说,这里的风景和洛阳相差不多,可是山河却改变了。这句话激起了在座所有人的乡情。他们个个感慨万分,望着北方举杯相对而泣。这时丞相王导愀然变色,说:"大家应当努力同心辅佐朝廷收复失地,为什么要像楚囚那样哭哭啼啼呢?"众人听了都很惭愧。在这里李仁老对众人这种由于在他乡而萎靡不振、整日哭哭啼啼的生活持否定的态度,而是赞扬了王导的人生态度。他的这种观点也体现在下面要讲的"匏"的故事中,与之一脉相通。"此君耻匏系,所适天不阻"典出《论语·阳货》,曰:"吾岂匏瓜也哉!焉能系而不食?"故事是说,孔子应邀去见佛肸,子路劝他不要去,孔子就说:我难道是悬挂着的匏瓜吗?哪里能只是被悬挂着而不给人吃食呢?在诗歌里作者也利用这个故事,述说自己的志向。

　　七言古体诗《棋局》也是一首表现李仁老的生活态度和生活志趣的作品。李仁老是"竹林高会"的首领。其实,这个"竹林高会"就是模仿中国的"竹林七贤",追求现实之外逍遥生活的文人团体,所以"竹林高会"的人们都以自然为友,饮酒作诗,追求逍遥自在的清净生活,他们的诗歌也经常表现出类似于"竹林七贤"的生活志趣。这首诗歌也是这样。此诗以中国的围棋,表现作者的逍遥情趣。在中国,围棋叫做"坐隐",南朝宋刘义庆的《世说新语·巧

---

　　① 在五言古体诗《赠四友·右空门友宗聆》中,李仁老也用这个典故,以"诗法不相妨,古今同一丘"一句说明自己和宗聆的关系。
　　② 详细论述见后文"中国文人墨客"部分。

艺》说:"王中郎以围棋是坐隐,支公以围棋为手谈。"宋代黄庭坚的诗歌《弈棋》中也有"坐隐不知岩穴乐,手谈胜与俗人言"的句子。"坐隐"含"隐逸"之味。如此看来,在中国"隐者"的形态有几种情形:一为像伯夷叔齐那样,远离权力层,完全隐遁在山中,不问世上所有事情的真正的隐者类型;二为像范蠡那样,也是离开权力层,逍遥自在去找别的事情干,不问天下事的类型;三为像陶渊明那样,主动离开权力层,返乡过"采菊东篱下,悠然见南山"生活的隐者类型;四为整日饮酒作诗下棋的所谓消极遁世的隐者类型。从这种分类看,李仁老无疑属于第四种类型。他很喜欢围棋,因为围棋中隐含着许多人生的真谛,经常给人以各种启迪。诗歌全文如下:

玉石交飞红日晚,游人也宜樵柯烂。苒苒蛛丝笼碧虚,翩翩雁影倒银汉。
鼠穴才通赵将斗,鹤唳已觉秦兵散。兀坐凝神百不闻,座中真得巢由隐。

"游人也宜樵柯烂"来自成语"王质烂柯",在中国这是一个几乎家喻户晓的故事。据任昉的《述异记》,晋朝时有一位叫王质的樵夫,有一天,他到石室山(也叫烂柯山,在今浙江省衢州市)去砍柴。途中他看到数个童子"棋而歌",他觉得好玩,便把砍柴用的斧子放在一边,站在那里看。童子们把一个形状像枣核的东西给王质吃,王质吃下后竟然不觉得饿了。过了一会儿,童子对王质说"你该回家了",王质起身去拿斧子时,一看斧柄(柯)已经腐烂了。王质回到家里发现家乡已经大变样,无人认得他。原来王质打柴时进入仙境,仙界一日,人间几百年。后来有人把"烂柯"当围棋的别名来使用。这个成语常用来表示"人事的沧桑巨变给人们带来的恍如隔世的感觉"。在诗歌中,李仁老也是这个意思。诗句"鼠穴才通赵将斗"中的"鼠穴"出自《史记·廉颇蔺相如列传》。据《史记》记载,春秋战国时期秦国起兵攻打韩国,两军在阏与相遇、对峙。韩国向赵国求救,赵王急召廉颇问道:"可救不?"廉颇对曰:"道远险狭,难救。"……又召问赵奢,赵奢对曰:"其道远险狭,譬之犹两鼠斗于穴中,将勇者胜。"可见"鼠穴"就指非常狭窄的地方,在这样的地方打仗,进退两难,勇者则胜。"鹤唳已觉秦兵散"与成语"风声鹤唳"有关。这典故出自《晋书·谢玄传》:东晋时,秦王苻坚率百万大军攻打东晋。在淝水流域晋将谢玄等领八千精兵涉水进击,结果大败秦兵。苻坚的军队崩溃,落水死者不计其数,淝水为之不流。残兵仓皇逃窜,听到风声鹤唳,也以为王师到了。

李仁老的七言古体诗《扈从放榜》是描绘科举情景的。

半帘红日黄金阙,多士三千雁成列。忽从丹陛姓名传,纵步青云岐路阔。
吐凤成文价益高,画蛇着足难藏拙。老手曾经百战余,今怪吴牛虚喘月。

在诗歌中,李仁老利用中国的典故,在客观地传达科举场景的同时,表达了自己对科举制度的看法。诗歌中的"画蛇着足难藏拙"很明显就是来自典故"画蛇添足",出自《战国策·齐策二》,原意为画蛇时给蛇添上脚,后比喻成做多余的事。原文如下:楚有祠者,赐其舍人卮酒,舍人相谓曰:"数人饮之不足,一人饮之有余。请画地为蛇,先成者饮酒。"一人蛇先成,引酒且饮之,乃左手持卮,右手画蛇,曰:"吾能为之足。"未成,一人之蛇成,夺其卮曰:"蛇固无足,子安能为之足?"遂饮其酒。为蛇足者,终亡其酒。作者利用这个故事讽刺不能解决实际问题、不切实际的科举制度和必须用各种"虚礼虚饰"的情形。诗歌最后一句"今怪吴牛虚喘月"来自成语"吴牛喘月",典出《世说新语·言语》。这个成语字面意思为吴国天气非常炎热,水牛怕热,见到月亮也认为是太阳,卧地望月喘气,由此引申为对事过分惧怕而失去判断能力,也形容天气酷热。作用在这里是用其引申义。

再看七言古体诗《赠接花者》:

> 鸾筋凤喙不易得,煎胶续断无痕迹。羡君手持造化键,玉尺金刀管春色。
> 移红转紫在须臾,梦幻不知谁主客。君不见当时扁鹊称神医,换易心肝人不识。

这首诗歌是赞美一个接花者的高超手艺的。其中"煎胶续断无痕迹"来自"鸾胶再续"。"鸾胶"是传说中的一种胶,能把断的弓弦也粘起来。《汉武外传》曰:"西海献鸾胶,武帝弦断,以胶续之,弦两头遂相著。终日射,不断。帝大悦。"尾联中的扁鹊是中国古代历史上的神医。扁鹊(约前407—前310),姬姓,秦氏,名越人,号卢医,战国时著名医学家,居中国古代五大医学家之首。

七言古体诗《棋局》我们已经在上面叙述过。

二、中国历史故事

李仁老在诗歌创作中还经常借用中国历史故事。五言古体诗《赠四友》从副诗题上的"仿乐天"来看是仿造白居易而写的,而在这里作者借用中国的历史故事,含蓄而形象地阐明了自己的观点。这组诗歌1题4首。其第一首《右诗友林耆之》全文如下:

> 昔在文阵间,争名勇先购。吾尝避锐锋,君亦饱毒手。
> 如今厌矛盾,相逢但呼酒。宜停双鸟鸣,须念两虎斗。

其中的"吾尝避锐锋,君亦饱毒手"来自中国"石勒不计前嫌"的故事。石勒(274—333),字世龙,羯族,上党武乡(今山西榆社北)人,十六国时期后赵的建立者,史称后赵明帝,是中国历史上唯一一位奴隶皇帝。据传他当赵王后和武乡乡民们喝酒。当年石勒很穷,和李阳是邻居。两人多次为了沤麻池互相斗殴,因此,李阳不敢前来。勒曰:"阳,壮士也;沤麻,布衣之恨。孤方兼容天下,岂仇匹夫乎!"随后他请李阳饮酒,引阳臂曰:"孤往日厌卿老拳,卿亦饱孤毒手。"因拜参军都尉。

下面是七言古体诗《半月城》,其后四句中也有不少与中国历史有关的内容。

> 孤城微弯像半月,荆棘半掩猩猩穴。鹄岭青松气郁葱,鸡林黄叶秋萧瑟。
> 自从太阿倒柄后,中原鹿死何人手。江女空传玉树花,春风几拂金堤柳。

其中"太阿"是古代宝剑,这里讲的是把太阿宝剑倒着拿,由此比喻把把柄授予人,自己反而面临危险或受其害。《汉书·梅福传》记载:"至秦则不然,张诽谤之罔,以为汉驱除,倒持泰阿,授楚其柄。"这个"泰阿"就是"太阿","太阿倒持"比喻授人以柄,自受其害。"中原"句则和秦代的赵高有关。李斯死后赵高为所欲为,几乎垄断了朝廷。有一天,他命人牵来鹿献给胡亥,并说送的是一匹马。胡亥虽糊涂,但是鹿是马还是分得清的。他说丞相错了,这明明是鹿嘛,但赵高板起脸,逼左右说这是马。周围的人怕赵高的淫威,不敢说真话,没人敢说那是鹿。这就是"指鹿为马"的故事。后来能说善辩的蒯通用"秦失其鹿,天下共逐之"来说明秦国灭亡的事,可谓是道破了秦朝灭亡的原因。蒯通,本名蒯彻,范阳(今河北徐水)人,后为避汉武帝名讳改名为通。他辩才无双,善于辩解利害关系。"江女"一句出自杜牧的诗歌《泊秦淮》。"玉树花"指的是宫体诗《玉树后庭花》，是南朝昏庸皇帝陈后主所作，可以说陈国灭亡就与这支歌有关，在某种意义上可以说这首歌曲流行的过程就是陈国灭亡的过程。据传陈国灭亡的时候，这个陈后主正在宫中与爱姬孔贵嫔、张丽华等人一起戏耍取乐。唐代诗人杜牧后来写这件事，留下了"商女不知亡国恨，隔江犹唱后庭花"的千古绝唱。最后一句是讲隋炀帝的时候，在汴河边盖行宫，河堤上栽了很多柳树，后来隋炀帝穷奢极欲，自取灭亡，河堤上只剩了柳树。

七言古体诗《宝石亭》是一首怀古诗，它和《半月城》一样，借用许多因腐败而亡国的历史故事警示统治者。

石虎宫中荆棘生，铜驰陌上无人行。危亭宝石半零落，残月依依照古城。
当时丝管尽凄咽，泛泛金觞随曲折。中流空惜魏山河，醉乡不管陈日月。

第一句"石虎宫中荆棘生"中的"石虎"指的是后赵太祖武皇帝。石虎（295—349），字季龙，上党武乡（今山西榆社）人，羯族，十六国时期后赵君主，334—349年在位，其间他荒淫无度，非常残暴，但厚待西域来的僧侣佛图澄，对佛教的传播起到了重要的作用。"石虎宫中荆棘生"讲的是：有一次，石虎在宫里设宴招待宾客，突然佛图澄说道："巍巍宫殿、金碧辉煌、荆棘成林。"石虎往后一看，果然荆棘丛生，预感不祥。石虎有一个养孙，叫冉闵，小名叫"棘奴"，后来石虎的子孙全部死在冉闵的手中。这是一个值得后人引以为鉴的历史故事。李仁老在这里借用这个故事告诫统治者要重视前车之鉴，要施善政。尾联"中流空惜魏山河，醉乡不管陈日月"前一句中的"中流"来自"魏国山河"，出自《史记·吴起列传》：武侯浮西河而下，中流，顾而谓吴起曰："美哉乎山河之固，此魏国之宝也！"起对曰："在德不在险。"后一句说的是陈后主陈叔宝大兴土木、生活奢侈、花天酒地，最终亡国的事情。陈叔宝（553—604），字元秀，南北朝时期陈国的最后一个皇帝。这两句也是在警示统治者。

三、中国历史人物

李仁老诗歌中出现的中国历史人物很多，其中不仅有帝王将相和才子佳人，还有神话人物、古代圣贤、文人墨客等等。如上述的五言古体诗《竹醉日移竹》中就有孔子、司马迁等人，七言古体诗《赠接花者》中有扁鹊。

七言古体诗《棋局》中，"兀坐凝神百不闻，座中真得巢由隐"中的"巢由"分别为"巢父"和"许由"，是中国传说中的两个贤人。巢父，道家的前身，因筑巢而居，所以人称巢父。据传尧以天下让之，他不受，隐居于山东聊城，以放牧为生。许由，生卒年不详，尧舜时代的高士，道家前身。尧帝在位的时候，他率领姓许的部落民众生活在今天的河北省行唐县附近。有一次，尧帝见到了许由，想让位于他。但许由认为这是对他的一种侮辱，到颍水冲洗了自己的耳朵，然后到箕山过隐居的生活。

李仁老的五言古体诗《赠四友·右山水友赵亦乐》中也出现了不少中国历史人物，作者就借用这些中国历史人物，含蓄地表达自己的情趣和生活志向。

陶朱虽相越，一舸泛溟渤。安石在晋朝，雅赏东山月。
今我与夫子，岂是爱簪绂。散尽东海金，行采西山蕨。

"陶朱虽相越，一舸泛溟渤。安石在晋朝，雅赏东山月"中的"陶朱"是范蠡的别称。范蠡

高丽文人的汉诗与中国文化的关联研究
——以《东文选》中的汉诗为中心

（前526—前448），字少伯，春秋时期楚国人，著名的政治家、军事家。他原是楚国人，但不满于楚国的黑暗政治，到越国帮助越王勾践灭了吴国。功成名就后他急流勇退，化名为鸱夷子皮，遨游于七十二峰之间，搞买卖，自号陶朱公。"安石"是东晋的谢安。谢安后来归隐在会稽东山。"散尽东海金，行采西山蕨"的前一句说的是疏广。疏广（？—前45），字仲翁，号黄老，精于老庄，东海兰陵（今山东兰陵）人，任过太中大夫、太子太傅等职。疏广在任职期间，曾多次受到皇帝的赏赐。任太傅5年后，他称病请求还乡隐退。皇上考虑到他已年迈便答应了，并加赐黄金20斤，皇太子赠他金50斤。他辞官回乡后，将金遍赠乡里。他去世后乡里人感其散金之惠，在其散金处立一碑，名"散金台"。其事迹内容收录在《汉书》卷七十一。后一句讲的是孤竹国的两个王子伯夷和叔齐在首阳山挖蕨菜吃的故事。

七言古体诗《续行路难》很明显是仿照李白的《行路难》而作的。在诗歌里作者表达了要扫除人间害虫，建立一个洁净的社会制度的政治理想，可谓是最集中反映作者审美及理想的一部作品。

> 登山莫编怒虎须，蹈海莫采眠龙珠。人间寸步千里阻，太行孟门真坦途。
> 蜗角战酣闹蛮触，路岐多处泣杨朱。君不见严陵尚傲刘文叔，七里滩头一竿竹。

> 我欲飙车叩阊阖，请挽天河洗六合。狂谋谬算一不试，蹄涔几岁藏鳞甲。
> 峨洋未入子期听，黑虎难逢周后猎。行路难，歌正悲，匣中双剑蛟龙泣。

> 颜巷枕肱食一箪，东陵昼膳脯人肝。世间万事真悠悠，直道由来作人难。
> 我欲伸曲钩斩曲几，要须平直如金矢。黄河正涨碧琉璃，不着一点秋毫累。

第一首诗中，"君不见严陵尚傲刘文叔"里的"刘文叔"为光武帝，"文叔"为他的字；"严陵"为严光。严光（前39—41），又名遵，字子陵，会稽余姚（今浙江余姚）人，东汉时期的著名隐士。严光少年时期和东汉光武帝是同学，也是好朋友。他积极帮助刘秀起兵，事成后则隐居，开始著述。刘秀登基后，多次请严光出仕，但他隐姓埋名，退居在富春山，后世称其为高风亮节的代表人物。

第二首中，"峨洋未入子期听，黑虎难逢周后猎"的前一句来自伯牙的故事。伯牙，战国时期楚国郢都（今湖北荆州）人，他是晋国的上大夫，精通琴艺，琴弹得非常好，弹的曲子犹如高山流水一般，美丽动听。但他始终没有找到真正能听懂自己琴声的人，于是他一直在寻找知音。有一年，伯牙奉命出使楚国。八月十五那天，他坐船来到了汉阳江口。在那里他遇风浪，船暂时停泊在一座小山下。晚上风平浪静，云开月出，月亮照在平静的江面上，景色十分迷人。望着明月和江水以及月亮这三者演绎出来的美景，伯牙兴致大发，便拿出随身携带的琴，专心致志地弹了起来。他弹了一曲又一曲，完全沉醉在自己弹出的美妙音乐之中。忽然他看到一个人在岸上一动不动地站着静听自己的音乐。伯牙吃了一惊，慌乱之中手下用力，琴弦被拨断了一根。伯牙正在猜测岸边的人从何而来，就听到那个人大声地对他喊："先生，您不要疑心，我是个打柴的，回家晚了，走到这里听到您的琴声，觉得绝妙无比，不由得站在这里听了起来。"伯牙借着月光仔细一看，那个人身旁放着一担干柴，的确是个上山打柴的人。伯牙心想：一个打柴的樵夫，怎么会听懂我的琴声呢？于是他就问："你既然懂得琴声，那就请你说说看,我弹的是一首什么曲子。"听了伯牙的问话,那打柴的人笑着回答:"先生,您刚才弹的是孔子赞叹弟子颜回的曲谱,只可惜,您弹到第四句的时候,琴弦断了。"打柴人的回答完全正确,伯牙不禁大喜,赶忙请他到船上来细谈。樵夫看着伯牙的琴,便说:"这是瑶琴,相传是伏羲氏造的。"紧接着他又把这个瑶琴的来历讲了一遍。听到樵夫的一番讲述和他在音乐上的高深造诣,伯牙心中不由得暗暗佩服这个砍柴人。接着伯牙又为打柴人弹了几曲,请他辨认出其中之意。当他弹奏的琴声雄壮高亢的时候,樵夫说:"这琴声,表达了高山的雄伟气势。"当琴声变得清新流畅时,打柴人说:"这后弹的琴声,表达的是无尽的流水。"伯牙听了不禁万分惊喜,自己用琴声表达的心意,过去没有一个人能听懂,而眼前的这个樵夫,竟然听得如此明白。他万万没有想到,在这荒山野岭之中,竟然隐藏着一个高手,没想到在这里遇到了自己久久没有寻觅到的知音。于是他问樵夫的姓名,樵夫说自己叫钟子期,伯牙高兴得便和他喝起酒来。两个人越谈越投机,相见恨晚,马上结拜为兄弟,约定来年的中秋再到这里相会。和钟子期洒泪而别后的第二年中秋,伯牙如约来到了汉阳江口,可是他等啊等啊,怎么等也不见钟子期到来。于是他便弹起琴来召唤这位知音,可是又过了好久,也不见人来。第二天,伯牙向一位老人打听钟子期的下落,老人告诉他,钟子期已不幸染病去世了。临终前,他留下遗言,要把坟墓修在江边,到八月十五相会时,好听伯牙的琴声。听了老人的话,伯牙悲痛万分,便来到钟子期的坟前,凄楚地弹起了古曲《高山流水》。曲子弹罢,他把琴弦折断,然后长叹一声,把心爱的瑶琴摔在青石上,将琴摔个粉碎。他悲伤地说:"我唯一的知音已不在人世了,这琴还弹给谁听呢?"在这里,李仁老借用这个故事暗喻只有伯牙、没有钟子期的现实。后一句讲的是周文王遇姜太公的故事。故事讲,当年周文王要出门打猎,叫太史编替他的行程卜了一卦,太史编看了看龟兆,唱道:"到渭水北边去打猎,将会有很大的收获。不是螭也不是龙,不是老虎也不是熊;兆得个贤人是公侯,上天赐的好帮手。"周文王听完非常高兴,坐了猎车,驾了猎马,到渭水北岸去打猎,果然在那里遇见了姜子牙。当时,姜子牙正坐在一束茅草上静静地钓鱼。周文王和他交谈,两人谈得非常投机,文王非常高兴,说道:"记得先前去世的父亲太公常向孤讲:'不久准会有圣人到我们这里来,那时我们就要兴盛发达了。'足下可真就是这样一个人?孤家太公盼望你已经很久了!"从此就叫姜子牙"太公望",把他请到车上,一同回到了京城,拜他做了国师。

第三首中,"颜巷枕肱食一箪,东陵昼膳脯人肝"的前一句讲的是颜回生活在陋巷之中的事情,后一句讲的是中国民间传说中春秋时期的大盗盗跖的事。

七言古体诗《读韩信传》是在回顾韩信的一生的同时,慨叹人生之变幻莫测的诗歌。

  王孙朝饥依漂母,国士无双心自许。不将一剑轻少年,还把千金购降虏。
  当时破齐足自王,可怜与哙终为伍。从来鸟尽弓必藏,不用追思蒯生语。

"王孙朝饥依漂母,国士无双心自许"的前一句里的"漂母"出自《史记》,指的是漂洗丝絮的老妇人。《史记·淮阴侯列传》载:"信钓于城下,诸母漂。有一母见信饥,饭信,竟漂数十日。信喜,谓漂母曰:'吾必有以重报母。'母怒曰:'大丈夫不能自食,吾哀王孙而进食,岂望报乎?'信既贵,酬以千金。"在这里"大丈夫""王孙"是漂母对韩信的尊称。韩信(约前231—前196),淮阴(今江苏淮安)人,西汉开国功臣,杰出的军事家,汉初三杰之一。汉建立后被封为齐王、楚王，但后被贬为淮阴侯，再后来受到高祖刘邦的怀疑，以谋反罪被处死。后一句也出自《史记·淮阴侯列传》，"诸将易得耳，至如信者，国士无双"，这是张良向汉王刘邦推荐韩信的时候说的话。这里的"国士"指一国之内独一无二的杰出人才。颔联"不将一剑轻少年，还把千金购降虏"也出自《史记·淮阴侯列传》。"淮阴屠中少年有侮信者，曰：'若虽长大，好带刀剑，中情怯耳。'众辱之曰：'信能死，刺我；不能死，出我袴下。'于是信孰视之，俯出袴下，蒲伏。一市人皆笑信，以为怯。"但是后来韩信被封为楚王后，召回所从食漂母，赐以千金；召回曾经侮辱自己的少年为楚中尉，并告诸将相曰："此壮士也。方辱我时，我宁不能杀之邪？杀之无名，故忍而就于此。"韩信大度，终归还是没有杀他，没有报复。据《史记·淮阴侯列传》，汉三年（前204）十月，刘邦派韩信率领汉军1万多人越过太行山，向东进军，攻打赵国。李左车和赵军统帅陈余集中军中的20多万兵力在太行山区的井陉口（今河北井陉东），凭借有利地形，迎接汉军，准备与韩信决一死战。李左车认为，韩信的军队远道而来，肯定千里匮粮、士卒饥疲，而且井陉谷窄沟长，车马不能并行，易守不易攻，所以只要严守，就可以击退汉军，保护赵国。于是，他向主帅陈余提出自己的意见，分析其利害得失，并请求自己带兵3万，攻打汉军的后方，断其粮草。只要粮草一断，汉军必然自乱。陈余听后不以为然，不听李左车的话，不严守井陉，坚持主张与汉军正面作战，决一雌雄。韩信通过奸细得知陈余不听李左车之计后，迅速挑选2000多名轻骑兵，半夜从小路迂回至赵军的大本营侧翼，隐伏待击。第二天，韩信假装攻打赵军，引诱赵军出面迎战。这时陈余什么都不想，倾巢而出，追赶汉军。见此状汉军的伏兵乘虚而入，迅速攻占了赵军的营寨。失去了营寨，赵军开始大乱，最终陈余被斩，赵国也就灭亡了。韩信下令悬赏千金生擒李左车。生擒李左车后，韩信经常找他让他献计献策，为自己出力。李左车（生卒年月不详），西汉柏（今河北邢台）人，原为赵国谋士，赵亡后，向韩信献计，用"百战奇胜"的良策收复了燕、齐等国，留下了"智者千虑，必有一失；愚者千虑，必有一得"的名言。"当时破齐足自王，可怜与哙终为伍"的前一句说的是韩信攻破齐国后，奏请高祖自己想当齐王的事情。后一句讲的是韩信被封为齐王后，有人向汉高祖刘邦诬告他会叛逆。刘邦听到这个消息后，一气之下，活捉韩信，把他降为淮阴侯。有一天，韩信在郁闷之余去找樊哙，出来后，他仰天叹息道："生乃与哙等为伍！"这可谓是一代名将韩信对无可奈何的处境的一种慨叹。尾联"从来鸟尽弓必藏，不用追思蒯生语"的前一句是从"蜚鸟尽，良弓藏；狡兔死，走狗烹"和"鸟尽弓藏，兔死狗烹"的句子演变而来，出自《史记·越王勾践世家》。《淮南子·说林训》中也有"狡兔得而猎犬烹，高鸟尽而强弩藏"的句子，比喻事成后，抛弃或杀死为成事出过力的人，在这里指的是韩信临死前说的话。韩信说："狡兔死，良狗烹；高鸟尽，良弓藏；敌国破，谋臣亡。"后一句指韩信临死前后悔当初不听蒯通计谋的事。韩信临终时说："吾悔不用蒯通之计，乃为儿女子所诈，岂非天哉！"据说韩信成为齐王后，辩士蒯通曾经劝他不要帮助刘邦攻打项羽，而是"三分天下，鼎足而居"，但韩信没有听从蒯通的计谋，结果招来了杀身之祸。很显然，在这里李仁老为韩信的不幸命运而惋惜，想在韩信的这件事情中悟到一种人生的真谛。

七言古体诗《崔太尉双明亭》中也出现了中国的两个隐士。在"谓公巢许寓城郭，谓公夔龙爱林壑"中，"巢许"分别为"巢父"和"许由"。"岂如庭院得蓬瀛"中的"蓬瀛"指的是传说中的蓬莱山和瀛洲山，传说那里有神仙。

四、中国文人墨客

李仁老的诗歌中还出现了不少中国的文人墨客,有屈原、扬雄、陶渊明、司马相如、谢朓、王粲、鲍照、谢安、王勃、李白、杜甫、元稹、白居易、杜荀鹤、韩愈、柳宗元、欧阳修、苏轼等等。

先看五言古体诗《竹醉日移竹》。在这首诗中,作者对自己被排除在权力层之外的不幸遭遇发出慨叹。"何必登楼吟,信美非吾土"这个句子来自王粲的《登楼赋》。王粲的原文是"虽信美而非吾土兮,曾何足以少留",意思是山河的确非常美,但不是我久留之地。这是王粲避乱暂时屈居在荆州刘表那里的时候作的。众所周知,王粲是三国时期著名的文学家,是著名的"建安七子"之首。据传王粲年轻时跟随父亲去长安,在那里见到了蔡邕,他的才识得到了蔡邕的赏识。192年,关中出现骚乱,王粲避难到荆州投靠刘表。但在荆州十多年,由于是客居,始终没能得志,无法展示自己的才华。这个《登楼赋》就是这一段时间写的,"虽信美而非吾土兮,曾何足以少留",把他这种不安的心态表现得淋漓尽致。李仁老也具有和王粲几乎相同的心态,所以与王粲的《登楼赋》产生了巨大的共鸣,借用它表达了自己的不安心情。

上面论述过的七言古体诗《续行路难》很明显是仿造李白的《行路难》作的,是最集中表现李仁老的人格理想和现实痛苦的作品。在作品中,作者借用中国的历史人物和文人墨客表现了自己的心胸,是融合言志和用典加比兴手法、酣畅淋漓地表达自己意愿的作品。诗歌中的"太行孟门真坦途"中的"太行""孟门"都是中国的地名。"太行"位于河北、山西的交界处;"孟门"在山西吕梁柳林县西北黄河之滨,这两个地方自古都是非常险峻的地方。"蜗角战酣闹蛮触"来自《庄子》。有两个国家分别位于蜗牛的两个角上,其一为蛮国,另一为触国。这两国打仗非常残酷,死伤数万。在这里,作者利用这个故事告诫人们不要贪婪,要谨慎。下面的"路岐多处泣杨朱"来自阮籍《咏怀·其二十》中的"杨朱泣歧路"一句。作者借此表达了壮志难酬的愤懑心情。杨朱(约前395—约前335),杨姓,字子居,魏国(另一说为秦国)人,中国战国时期思想家、哲学家,道家杨朱学派的创始人。"我欲伸曲钩斩曲几,要须平直如金矢"是集中表现作者思想和审美理想的句子。前一句中的"斩曲几"来自唐柳宗元。柳宗元(773—819),字子厚,唐代河东郡(今山西运城一带)人,世人称其为"柳河东""河东先生",是唐代的著名文学家、哲学家和思想家。他曾经和韩愈一道倡导古文运动,并称"韩柳";和唐代的韩愈,宋代的欧阳修、苏洵、苏轼、苏辙、王安石和曾巩并称为"唐宋八大家"。柳宗元写有《斩曲几文》。他认为曲为恶之第一位,因此他要斩曲几,以平天下。李仁老也具有相同的理想。后一句来自成语"弦直钩曲",《后汉书》志第十三《五行一·谣》曰:"直如弦,死道边;曲如钩,反封侯。"这是一首汉末流行的童谣,话说得虽然不雅,但还是点到了要害。其大意是说,性格如弓弦般正直、刚强的人,最后不免会沦落天涯、曝尸在路旁;而不正直的谄佞奸徒,趋炎附势,阿世盗名,反倒封侯拜相,享尽荣华富贵。显然这是讽刺当时腐败的社会现实的。在这里李仁老借此讽刺当时高丽社会的腐败现实。

李仁老的七言古体诗《竹醉日移竹》中,"倒卷酒泉千斛水"中的"水"指的是雨水。酒泉在甘肃西北部,河西走廊西端。最后"君不见庄生立言非荒唐,得全于酒终无伤"的句子说的是庄子的"酒道"。庄子主张喝酒也要有道,诗人酒后可以吐露真心、真情、真言,具备了这些,就算是醉了也不会伤害自己。酒醉的人从车上掉下来也不伤身体的原因就在这里——他具备了"天真"。

七言古体诗《白乐天真呈崔太尉》是李仁老评论唐诗文的诗歌。

> 唐文浑浑世莫及,三变终为一王法。韩公逸气吞荀杨,诡然虎凤谢羁絷。
> 柳州柳子亦精敏,仿雅依骚多缀缉。二公于文俱有功,唯韩直节千仞立。
> 是时元白亦齐驱,金舂玉应工篇什。花坊酒肆竞吟讽,马走牛童尽收拾。
> 雷轰虽负一时誉,正如韩柳不同级。瓜上青蝇何处来,惭颜奥窒十重甲。
> 唯公逸气独轩轩,雪山一朵云间插。草堂曾占香炉峰,穿云欲把琴书入。
> 白头遍赏洛阳春,遇酒便作鲸鲵吸。海山兜率足安归,宰树烟昏唯马鬣。
> 玉皇特赐醉吟号,一片翠石蛟蛇蛰。问时何人拂袖归,八折滩头手一执。
> 千年遗像若生年,琼树森然映眉睫。远慕相如有长卿,欲比荀鹤闻杜鸭。
> 我非昔日黄居难,只期方寸与公合。

"唐文浑浑世莫及,三变终为一王法。韩公逸气吞荀杨,诡然虎凤谢羁絷"中的"唐文"指的是唐代的文章;"三变"指的是唐代可分为初唐、中唐(应包括盛唐)、晚唐;"韩公"是韩愈,"荀杨"是荀子和扬雄,韩愈自诩为孟子的继承人,曾经批评过荀子和扬雄的文章不精。"柳州柳子亦精敏,仿雅依骚多缀缉"中的"柳子"指的是柳宗元;"仿雅依骚"说的是柳宗元模仿"小雅"作"平淮夷雅",写了不少批判现实不公的文章,而这些文章很像当年屈原的《离骚》。"二公于文俱有功,唯韩直节千仞立"中的"二公"指韩愈和柳宗元。"是时元白亦齐驱"中的"元白"是元微之和白乐天。元微之,即元稹(779—831),微之为他的字,河南府(今河南洛阳)人,唐朝的宰相,著名的诗人;白乐天为白居易。在这里李仁老认为虽然元稹和白居易得到一时的名声,但和"韩柳"不能同日而语一样,他们也不能和韩愈相提并论。"瓜上青蝇何处来"来自《旧唐书》。元稹当宰相时,很多人都服服帖帖,但也有不少人不服。据《旧唐书》卷一百五十八,有一次幕僚们聚在一起吃瓜,不知哪来的好多苍蝇集在瓜上。武儒衡用扇子驱赶苍蝇说:"适从何处来,而遽集于此?"很显然,这是一语双关,借机骂元稹的。在座的人都惊恐万分,但武儒衡仍然从容自若,脸不变色、心不跳。"玉皇特赐醉吟号,一片翠石蛟蛇蛰"里的"醉吟"是白居易自己起的号。"远慕相如有长卿,欲比荀鹤闻杜鸭"出自如下典故:据传汉代的司马相如非常崇拜战国时期的蔺相如,把自己的名字改为"相如";唐朝的杜四郎非常崇拜杜荀鹤,把自己的名字改为"杜荀鸭"。

七言古体诗《崔太尉双明亭》中,"求闲得闲识闲味,旧游不梦翻阶药"的后一句来自谢朓《直中书省诗》中的"红药当阶翻"。谢朓(464—499),字玄晖,陈郡阳夏(今河南太康)人,南朝齐杰出的山水诗人,出身高门士族,与"大谢"谢灵运同族,世称"小谢"。"醉吟先生醉龙门,八节滩流手自凿,六一居士居颍川"里的"醉吟先生"指的是白居易,八节滩在河南省洛阳市附近,据白居易《开龙门八节滩诗》序"东都龙门潭之南,有八节滩、九峭石,船筏过此,例反破伤",白居易开凿石滩,解除了危险;"六一居士"指的是欧阳修,他自号六一,即"《集古录》一千卷,藏书一万卷,有琴一张,有棋一局,而常置酒一壶,吾老于其间,是为六一"。

另外,五言古体诗《用东坡语寄贞之上人》和《早起梳头效东坡》中提到过苏东坡;五言古体诗《读陶潜传戏成呈崔太尉》中谈论陶渊明；五言古体诗《赠四友·右空门友宗聆》中的"支遁从安石，鲍昭（照）爱惠休"提及东晋时期名僧"支遁"、东晋名士谢安、刘宋诗人鲍照、南朝诗僧惠休。

第二节　李仁老七言新体诗与中国文化的关联

《东文选》收有李仁老的五言律诗3首、七言律诗16首、五言绝句5首、七言绝句43首。其中除五言律诗外，其他诗歌都有和中国文化相关的内容。下面分别以李仁老的七言律诗、七言绝句为中心，阐述这些诗歌和中国文化的关联。

一、七言律诗中的中国文化元素

《东文选》共收录李仁老的七言律诗16首。这些诗歌和前面所述的五言古体诗和七言古体诗一样，和中国文化有着各种各样的联系。

七言律诗《宴金使口号》是在迎接金朝使节的宴会上写的即兴诗。在这里作者利用中国的历史人物张骞，高度评价了来访的金朝使臣。

> 流虹瑞节绮筵开，共喜仙槎海上回。万仞云峰鳌戴出，一封泥诏凤衔来。
> 香烟暗镂芙蓉帐，春色浓凝琥珀杯。醉拥笙歌乘月去，路人争看玉山颓。

首联"流虹瑞节绮宴开，共喜仙槎海上回"引用的是汉朝的张骞乘船去银河后回来的故事，表现了对金朝使臣的热烈欢迎之意。在这里"仙槎"指的是坐船出使的使臣。尾联"醉拥笙歌乘月去，路人争看玉山颓"中，"笙歌"指"合笙之歌"，出自《礼记·檀弓上》"五日弹琴而不成声，十日而成笙歌"；后来经常出现在诗歌中，如王维《奉和圣制十五夜然灯继以酺宴应制》中有"上路笙歌满，春城漏刻长"，白居易《宴散》里也有"笙歌归院落，灯火下楼台"，中秋对联里有"灯火交辉元夜里，笙歌簇拥月明中"。最后一句出自《世说新语笺疏·容止》，曰："嵇叔夜之为人也，岩岩若孤松之独立；其醉也，傀俄若玉山之将崩。"在这里李仁老借用嵇康的故事，比喻热闹的宴会场景。

《与友人夜话》写的是李仁老和友人的谈话，是表达作者审美理想的一部作品。

> 试问邻墙过一壶，拥炉相对暖髭须。厌追洛社新年少，闲忆高阳旧酒徒。
> 半夜闻鸡聊起舞，几回扪虱话良图。胸中磊磊龙韬策，许补征南一校无。

颔联提到的"高阳酒徒"指的是西汉郦食其，郦食其（前268—前203），陈留高阳（今河南开封杞县高阳镇）人，是汉王刘邦的谋臣。郦食其一开始和刘邦见面时，说自己不是儒生而是高阳地区的酒徒，得到了刘邦的喜爱，君臣一见如故。他去齐国游说齐王田广停战时，韩信不服气，偷袭齐国。田广认为郦食其耍嘴皮蒙骗自己，大怒，将他烹杀。"高阳酒徒"已经演变为成语，泛指那些好饮酒、狂放不羁的人。"胸中磊磊龙韬策"中的"龙韬"是周朝姜太公的兵法"六韬"之一，六韬标题分别为：文、武、龙、虎、豹、犬。

《伤杜相宅》是具有怀古情调的诗歌。

药阶曾赏谢公苔,金鼎亲调傅说梅。自许披云开日月,时称无地起楼台。
炎州忽被苍蝇吊,华表难逢白鹤回。新壁未干三易主,一声邻笛不胜哀。

首联中的前一句来自南朝齐谢朓的《直中书省诗》,诗曰:"红药当阶翻,苍苔依砌上。"后一句中的"傅说梅"来自殷高宗和傅说的故事。殷高宗叫傅说作相,并评价他说:"若调制羹汤,你就是盐和梅。"盐味咸,梅味酸,都是调羹所需的材料,由此引申为傅说是国家急需的人才,后用为相业之辞。颔联中的"无地起楼台"来自北宋名相寇准。寇准(961—1023),字平仲,华州下邽(今陕西渭南)人,北宋时期的政治家、诗人。他在北宋真宗朝两任宰相,被封为莱国公。寇准在几十年的宦海生涯中,官职升到执掌国家大权的宰相,却没有为自己建造一所私宅府第。当时处士魏野赠诗说:"有官居鼎鼐,无地起楼台。"寇准廉洁清正的官德,为后世树立了一个楷模,一千多年来受到人们的赞美。颈联"炎州忽被苍蝇吊,华表难逢白鹤回"与虞翻有关。虞翻(164—233),字仲翔,会稽余姚(今浙江余姚)人,日南太守虞歆之子,三国时期吴国学者、官员。他本是会稽太守王朗部下功曹,后投奔孙策,自此仕在东吴。他性情耿直,刚强直率,屡次得罪孙权,先后被谪到丹杨泾县和交州等地,最终死在南方。临终他叹道:死在遥远的南方,没有吊客,只有苍蝇。"炎州忽被苍蝇吊"的句子由此而来。

《送朴察院赴西都留台》是作者送朴察院去西都而作,表现了对挚友的惜别之情。

百雉城盘九仞岩,绕城流水碧恬恬。垂杨古驿烟迷路,隔岸人家水拍檐。
往事如波山独在,夕阳闻笛泪应沾。风霜十月乘骢去,始觉寒威倍旧严。

颈联"往事如波山独在,夕阳闻笛泪应沾"的句子来自竹林七贤之一向秀的《思旧赋》。向秀经过山阳旧居(嵇康原来住在山阳嵇山脚下)时,看到"旷野之萧条",听到邻人之笛声,想起了和嵇康、吕安等人一道度过的时光,故作《思旧赋》。在这里作者也借用这个故事表现对朋友的深情。

李仁老一生好酒,和"竹林七贤"一样,"竹林高会"的人也能喝酒。这首《饮中八仙歌》是讲中国酒中八仙的。

长斋苏晋爱逃禅,脱帽张颠草圣传。贺老眼花眠水底,宗之玉树倚风前。
汝阳日饮须三斗,左相晨兴费万钱。太白千篇焦遂辩,八人真个饮中仙。

诗中的"张颠"是张旭,"贺老"是贺知章,"宗之"为崔宗之,"汝阳"为李琎,"左相"为李适之,"太白"为李白,再加苏晋和焦遂就是饮中八仙。据《新唐书·李白传》,李白、贺知章、李适之、汝阳王李琎、崔宗之、苏晋、张旭、焦遂为"酒八仙人",杜甫也写有《饮中八仙歌》。李仁老在这首诗歌中把酒中八仙的特色描绘得惟妙惟肖。

《崔尚书命乐府送耆老会侑欢》是赞美崔尚书的诗歌。

白发相欢笑语开,只余风月侑金杯。却愁轩骑悠悠散,故遣笙歌得得来。
醉倒始知天幕阔,归时争见玉山颓。夜阑草屋眠初觉,正似瑶台晓梦回。

颈联"醉倒始知天幕阔,归时争见玉山颓"与竹林七贤中的刘伶有关。传说刘伶非常好酒,他在家喝酒时经常把衣服都脱光,别人见了就笑话他,他却醉眼惺忪地说:"我以天地为栋宇,以房屋为衣裤,你们跑到我裤裆里干什么来了!"反而自己有理,责怪别人。刘伶这种颇具个性的气质,就是当时士人们所敬仰的。刘伶作有《酒德颂》,中有"幕天席地,纵意所如"之语。

《贺任相国门生赵司成冲领门生献寿》是写给赵冲的。

> 十年黄阁佐升平,三辟春闱独擅盟。国士从来酬国士,门生今复得门生。
> 风云变化鲲鹏击,布葛缤纷鹄鹭明。金液一杯公万寿,玉笙宜命喜迁莺。

颔联中的"国士从来酬国士"与赵襄子有关。赵襄子(?—前425),嬴姓,赵氏,名毋恤(亦作"无恤"),春秋末叶晋国大夫,赵氏家族首领,战国时期赵国的实际创始人,谥号为"襄子",故史称"赵襄子"。赵襄子曾经攻打智瑶,将其消灭。后来智瑶的门客豫让想为主人报仇,随时准备刺杀赵襄子,但不幸被抓住。赵襄子不但不治他的罪,还释放了他。但豫让就是不买账,他以漆涂身、吞炭为哑,趁赵襄子过桥时再度刺杀他。在这紧急关头赵襄子的马受惊吓,豫让再次被发现,没有成功。赵襄子逼问他:"你以前曾效力于范氏、中行氏,智瑶攻灭他们,你为什么不为他们效死,偏偏为智瑶效力,为他刺杀我?"豫让说:"范、中行氏以众人待我,我以众人报之;智瑶以国士待我,我就以国士报之。"听到这话赵襄子很是感动,但仍命令士兵包围豫让,要抓捕他。豫让请求赵襄子脱下衣服给他,让他刺杀赵襄子的衣服以示报仇之意。赵襄子听后更是感动,将衣服脱下来送给他。接过衣服,豫让三次跳起刺它,以示复仇,随后自尽,表现出了一个志士的一种情怀。颈联"风云变化鲲鹏击,布葛缤纷鹄鹭明"中的"鲲鹏"出自《庄子》。《庄子·逍遥游》:"北冥有鱼,其名为鲲。鲲之大,不知其几千里也。化而为鸟,其名为鹏。鹏之背,不知其几千里也。怒而飞,其翼若垂天之云。"很显然,诗中借用这些表示高远志向的代表,表现作者对门生们的良好祝愿。

再看诗歌《文机障子》:

> 玉色临轩命管弦,春风淡荡上元天。红云早缀鸦头髻,碧缕轻飘兽鼎烟。
> 桃熟已教金母献,曲高新自月娥传。寿杯浮动南山影,奉祝天皇八万年。

颈联"桃熟已教金母献,曲高新自月娥传"中的"金母"指的是西王母,"月娥"是月宫里的嫦娥。据传有一年,时至中秋夜晚,玄宗与众臣宫中赏月,道士罗公远奏曰:"陛下莫要至月中看否?"说完他取拄杖向空中一掷,拄杖变成一座大桥,其颜色如银。公远就请玄宗一起过桥。约行数十里,精光夺目,寒色袭人,遂至一个大城阙。公远道曰:"殿下,此为月宫也。"唐玄宗见那里有仙女数百,皆素练宽衣,舞于广庭。玄宗问曰:"此何曲也?"曰:"霓裳羽衣也。"玄宗密记其声调。回去时回头看那桥,随步而灭。回宫后玄宗马上召伶官,依其声调作《霓裳羽衣曲》。尾联的前一句"寿杯浮动南山影"来自成语"寿比南山",意思是寿命就像南山那样长久,用于祝人长寿。它出自《诗经·小雅·天保》:"如月之恒,如日之升。如南山之寿,不骞不崩。"尾联后一句中的天皇氏是中国上古传说中的人物。天皇氏共有兄弟12人(一说13人),古越族,姓望,名获,字文生。传说天皇氏治所在良渚古城中的莫角山台址上。传说天皇氏出现在三皇之前,又传说天皇氏是地皇氏之父、人皇氏之祖父、"五龙"之首。

《文相国克谦挽词》和《韩相国文俊挽词》都是挽歌。

> 玉骨英英应上台,冰壶皎洁点灵台。早从阊阖排云叫,晚向虞渊取日回。

丹凤久从池上浴,白鸡争奈梦中催。唯余谢朓苍苔咏,留作人间万口雷。

(《文相国克谦挽词》)

青云振翮早飞英,白发归休也称情。再向池边看浴凤,三回谷口放迁莺。
虽无膝下王文度,尚有林间阮始平。忆昨笙歌侵夜散,那知春梦晓来惊。

(《韩相国文俊挽词》)

《文相国克谦挽词》中,颈联中的"白鸡争奈梦中催"来自成语"白鸡之梦",典出《晋书·谢安列传》:"昔桓温在时,吾常惧不全。忽梦乘温舆行十六里,见一白鸡而止。乘温舆者,代其位也。十六里,止今十六年矣。白鸡主酉,今太岁在酉,吾病殆不起乎!"后因以"白鸡之梦"为人死的预兆,后引申为泛指不祥之兆,亦可简化为"白鸡梦"。尾联中的"唯余谢朓苍苔咏"来自谢朓的《直中书省诗》,其中有"红药当阶翻,苍苔依砌上"的句子。

《韩相国文俊挽词》中,颈联"虽无膝下王文度,尚有林间阮始平"中的"王文度"就是王坦之。王坦之(330—375),字文度,太原晋阳(今山西太原)人,东晋名臣,尚书令王述之子。王坦之从小备受父亲疼爱,即使长大了仍会被父亲抱着坐于膝上,故有"膝上王文度"之称。"阮始平"为"竹林七贤"之一的阮咸,他是阮籍的侄子,因此在此诗中代指"贤侄"。

《仰岩寺》是描写一座寺院的诗歌。

前压苍波后翠岩,萧萧芦苇半松杉。谢公遗兴唯双屐,张翰归心满一帆。
只要缑山鞭皓鹤,不须湓浦泣青衫。十洲三岛遨游遍,自愧飘然骨换凡。

颔联"谢公遗兴唯双屐,张翰归心满一帆"说的是东晋的谢灵运和张翰。据传谢灵运非常喜欢登山,他爬山时拿掉鞋前齿,下山时拿掉后齿,以保持登山时的平衡。"张翰"句来自典故"莼鲈之思",典出《晋书·张翰列传》:张翰看到秋风起,想起了往昔的乡居生活与家乡风物,尤其思念吴中特产——味道特别鲜美的菰菜、莼羹、鲈鱼脍,于是诗笔一挥,写下著名的《思吴江歌》后,辞官返乡。张翰,字季鹰,吴郡吴县(今江苏苏州)人,西晋文学家。"只要缑山鞭皓鹤"里的缑山是非常有名的山。据《河南府志》,缑山在县(指偃师县)南40里处,孤峰突出,周灵王太子子晋升仙于此。"不须湓浦泣青衫"出自白居易的《琵琶行》,其中有"凄凄不似向前声,满座重闻皆掩泣。座中泣下谁最多?江州司马青衫湿"的句子。

《雪用东坡韵》是借用苏轼诗韵脚写的诗歌。

霁色棱棱欲晓鸦,雷声阵阵逐香车。寒侵绿酒难生晕,威逼红灯未放花。
一棹去时知客兴,孤烟起处认山家。闭门高卧无人到,留得筒钱任画叉。

"留得筒钱任画叉"一句与苏轼有关。据传苏东坡给好友秦少游的信中这样介绍自己的流放生活:"初到黄,廪入既绝。人口不少,私甚忧之。但痛自节俭,日用不得过百五十。每月朔,便取四千五百钱,断为三十块,挂屋梁上。平旦用画叉挑取一块,即藏去叉。仍以大竹筒别贮用不尽者以待宾客,此贾耘老法也。度囊中尚可支一岁有余,至时别作经画,水到渠成,不须预虑。以此胸中都无一事。"从以上文字可看出苏轼已得不到皇粮的供给,只有自己做个"小气鬼",按天计算仅有的钱来花费,以解囊中之羞涩。

《次张学士未开牡丹》是借张学士诗韵而作的诗。

> 春寒勒却小园花,舞蝶游蜂欲恋何。楚雨未飘三峡暮,吴娃尚阻五湖波。
> 苦遮丹口晨妆懒,深锁红房睡味多。自是含嚬呼不出,岂缘销瘦却羞他。

其颔联中的"楚雨未飘三峡暮"一句和楚王有关。《高唐赋》序云,楚之先王到巫山游览,因疲倦而入梦,梦中一女子对其言:"我本巫山之女,闻大王在此游览,我愿与王同床共枕。"于是王和这个女子同寝。女子临别时说:"妾在巫山之阳,高丘之阻,且为朝云,暮为行雨,朝朝暮暮,阳台之下。"王于晨昏观巫山,果然见到了云雨。为此,王特于巫山修建一座庙宇,名曰"朝云"。成语"巫山云雨"即出于此。很显然,在这里作者认为牡丹花还没开,和没有"行雨"一样令人遗憾。颔联后一句是说灭吴国后,范蠡领着西施流浪五湖的事情。在这里作者将花未开比作西施没能回来,可谓一语双关,收到奇效。

二、七言绝句中的中国文化元素

收录在《东文选》中的李仁老的汉诗中数量最多的是七绝,共43首。这些诗歌中也有很多与中国文化有关的内容。

首先看《西塞风雨》:

> 秋深笠泽紫鳞肥,云尽西山片月辉。
> 十幅蒲帆千顷玉,红尘应不到蓑衣。

很显然这借用了中国唐代张志和的诗歌《渔歌子》5首中的第一首。张志和(732—774),本名龟龄,字子同,号玄真子,金华人。在母亲和妻子相继去世的情况下,弃官弃家,号为烟波钓徒,浪迹江湖。唐肃宗曾赐给他奴、婢各一个,称"渔童"和"樵青",张志和遂隐居于太湖流域的东西苕溪一带,以一扁舟,游三江、五湖之地,一生以渔樵为乐。他写有《渔歌子》5首,其第一首写道:"西塞山前白鹭飞,桃花流水鳜鱼肥。青箬笠,绿蓑衣,斜风细雨不须归。"诗歌色彩明亮,用语活泼,生动地表现了渔父那悠闲自得的生活。李诗第三句中的"蒲帆"指的是蒲草编织的帆,宋梅尧臣的诗歌《使风》里有"胯下桥南逆水风,十幅蒲帆弯若弓"的句子。最后一句中的"红尘"原意是繁华的都市,指世俗生活,也可引申为名利之路,出自东汉文学家班固的《西都赋》里"红尘四合,烟云相连"的句子。在这里,作者借用张志和的诗歌,表现了对自由自在生活的憧憬。

《题草书簇子》是李仁老的一个题词,其最后两句"御沟流水浑无赖,漏泄宫娥一片情"来自中国"红叶题诗"的故事。这个故事版本很多,其中比较有名的是唐代的于佑和韩翠苹的故事。故事讲:唐僖宗时一个深秋的傍晚,年轻的于佑在城墙下悠闲散步。在御沟的流水中洗手的时候,他突然发现御沟的水上漂浮着一片很大的红叶,叶子上面还有墨印。一片树叶上哪来的墨迹?他觉得很奇怪,便将那片叶子拾起来,发现那红叶上写有一首诗,诗歌全文如下:"流水何太急,深宫尽日闲。殷勤谢红叶,好去到人间。"于佑看了看身边那高高的宫墙,猜想这定是一个宫女偷偷写了顺水流出宫外的。于佑回到家里,怎么也忘不了这件事,心中全是那个宫女的身影。几天后,他苦恼之余想到自己也可以写一首诗歌给她看。于是他也在红叶上写了一首诗,把它置在御沟上游的流水中,使之顺水流入宫里。那诗歌写道:"曾闻叶上题红怨,叶上题诗寄阿谁?"之后他又怅然地在流水边徘徊很久才离去。一晃几年过去了,于佑也把那件事忘得差不多了。这时的他科举不成,落魄不堪,为了糊口在一个富人韩泳家里当家教糊口。有一天,韩泳跟他说唐僖宗要放出后宫侍女三千,让她们到民间去找配偶。有位叫韩翠苹的女子因为是韩泳的同姓,所以正住在韩舍,他愿为二人牵线搭桥结缘,问于佑的意向如何。当时于佑正好还是单身,听说韩翠苹颇有姿色,欣然答应了下来。于佑婚后与韩翠苹互敬互爱,感情很好。有一天,韩翠苹在于佑的画筒中发现了自己当年亲笔题写的那片红叶,问于佑这是哪来的,于佑便如实地讲述了几年前的事情。韩翠苹惊讶地说:"妾也在水中得到一片红叶,不知是何人所为?"于佑拿来一看,墨迹犹存,正是当年自己写的。俩人皆默然,相互对视,泪水盈眶,千言万语不知如何出口。因为自红叶题诗到他们结为夫妇,中间已隔着十年的光景。韩翠苹为此悲喜交集,提笔写下:"一联佳句题流水,十载幽思满素怀。今日却成鸾凤友,方知红叶是良媒。"

  七言绝句《八关日扈从》1题2首。其中,"鼎祚应经八百年"说的是历史的久远。"鼎祚"指的是"九鼎",在古代"九鼎"就是中国的代名词,是九州、王权和国家昌盛的象征。尤其是夏商周这三个朝代把它奉为国家权力的象征,视之为传国之宝。夏朝初年,夏王大禹划分天下为九州,令九州州牧贡献青铜,铸造九鼎,象征九州,将九州的奇异之物镌刻于九鼎之身,以一鼎象征一州,并将九鼎集中于夏王朝都城。《史记·封禅书》曰:"禹收九牧之金,铸九鼎。"这说明"九鼎"在中国具有非常重要的象征意义,在某种意义上,与国家的安危有着密切的关系。"使君不许黄牛佩"这一句与龚遂有关。据《汉书·龚遂传》,汉宣帝即位后,山东渤海郡和其附近郡县多年闹荒,强盗贼匪四起。汉宣帝想选一个有能力的官员去平息叛乱,治理渤海郡。丞相和其他御史们极力推荐龚遂,说他有足够的能力完成这一任务。于是汉宣帝决定就让龚遂担任渤海太守。当时龚遂已经是古稀之年了,但汉宣帝还是想召见龚遂。龚遂本是一个矮个子,宣帝一看龚遂不是自己想象中的形象,内心不悦,看不起他,于是对龚遂说:"渤海郡动荡不定,朕非常担心,足下打算用什么办法平息那里的盗贼?"龚遂回答说:"海滨遥远,未蒙圣上教化,那里的百姓为饥寒所困扰而当地官吏不悯恤,所以使得圣上的百姓被迫武装起事,好像幼儿盗窃兵器,戏弄于池畔一样,并非有意为乱。现在圣上打算让微臣以武力制伏他们呢,还是让微臣用德化安抚他们使他们得到安定呢?"汉宣帝听到龚遂的回话,非常高兴,回答说:"选用有德行的人,本来是打算用德化安抚他们使他们得到安定。"龚遂说:"微臣听说治理叛乱就好像清理没有条理的绳子,不能心急;只能一步一步地做,然后才可以治理。臣希望丞相、御史不要用法令条文来限制臣,让臣完全能见机行事。"汉宣帝一听他说得有道理,就答应了他,下令让他前往任职,并赐他黄金、专车等。龚遂奉命到渤海地界,郡内大小官吏听说新任太守要赴任,派兵迎接,龚遂当即将护送迎接的人全都打发回去,并移送文书嘱咐属县彻底废黜追捕盗贼的官吏,同时说所有手持锄镰等农具的人都是善良的百姓,任何官吏不得抓捕,而手执兵器的人才是盗贼。龚遂单车一人到达郡府,郡中开始变化,盗贼也就马上解散,放弃兵器弓箭,而持锄镰。盗贼之乱开始平息,百姓开始安居乐业。紧接着龚遂打开粮仓把粮食分给贫民,选拔起用有德行的官吏,安抚各地的百姓。龚遂担任渤海太守期间,发现齐地风俗非常奢侈,喜欢工商业,不务农业,于是龚遂亲自厉行节俭以作表率,并鼓励百姓致力于农桑;有携带刀剑者,便让他们卖剑买牛,卖刀买犊,曰:"何为带牛佩犊!"

另一首七言绝句《贺新及第》的全文如下:

> 韩信旌旗背碧江,齐城赵壁一时降。
> 论功从在萧张后,国士从来罕有双。

这首诗歌诗题后面写有"第三人",这个"第三人"指的就是韩信①。第一句讲的是韩信的背水阵,表示没有退路。《史记·淮阴侯列传》:"信乃使万人先行,出,背水陈。赵军望见而大笑。平旦,信建大将之旗鼓,鼓行出井陉口,赵开壁击之,大战良久。于是信、张耳详弃鼓旗,走水上军。水上军开入之,复疾战。赵果空壁争汉鼓旗,逐韩信、张耳。韩信、张耳已入水上军,军皆殊死战,不可败。信所出奇兵二千骑,共候赵空壁逐利,则驰入赵壁,皆拔赵旗,立汉赤帜二千。赵军已不胜,不能得信等,欲还归壁,壁皆汉赤帜,而大惊,以为汉皆已得赵王将矣,兵遂乱,遁走,赵将虽斩之,不能禁也。于是汉兵夹击,大破虏赵军,斩成安君泜水上,禽赵王歇。"这是韩信置之死地而后生的优秀战例,展现了他杰出的军事才能。"背水阵""背水一战"等词就是由此而来。第二句"齐城赵壁一时降"中的"齐城赵壁"也和韩信有关。这个"齐城赵壁"是韩信通过战斗攻打夺取的。第三句讲的是汉高祖刘邦统一中国后说的一席话。刘邦统一中国后,在洛阳的南宫开庆功宴,在酒席上,他分析了自己能够取胜的原因。他说:"夫运筹策帷帐之中,决胜于千里之外,吾不如子房;镇国家,抚百姓,给馈饷,不绝粮道,吾不如萧何;连百万之军,战必胜,攻必取,吾不如韩信。此三者,皆人杰也,吾能用之,此吾所以取天下也。"由此可见,汉朝功臣的排名是张良、萧何、韩信。第四句来自萧何追韩信的故事。韩信多次和萧何聊天,萧何也很佩服韩信。汉王队伍到达南郑时,半路上跑掉的军官就多达几十个。韩信料想萧何他们已经在汉王面前多次保荐过他了,可是自己仍一直得不到重用,于是也逃跑了。萧何听说韩信逃了,来不及报告汉王,径自去追赶韩信。不明个中底细的一个人报告汉王说:"丞相萧何逃跑了。"汉王极为生气,就像失去了左右手似的,坐立不安。可没想到隔一两天,萧何回来见汉王了。汉王又是生气又是欢喜,责骂道:"卿逃跑,是为什么?"萧何答道:"臣不敢逃跑,臣是追赶逃跑的人,追回他了。""你去追回来的是谁?"萧何说:"韩信啊。"汉王又骂道:"军官跑掉的有好几十,你都没有追;倒去追韩信,这是撒谎。"萧何说:"那些军官是容易得到的,至于像韩信这样的人才,是普天下也找不出第二个来的。大王假如只想老做汉中王,当然用不上他;假如要想争夺天下,除了韩信就再也没有可以商量大计的人。只看大王如何打算罢了。"后来韩信在刘邦的麾下,屡建奇功,成为刘邦统一天下的功臣之一。

《崔太尉骑牛出游》中也有不少与中国文化有关的内容。第一首中,"奇饰何须蹄角莹"说的是晋朝王君夫爱牛的事。晋朝有个叫王君夫的人,他有一头爱牛,脚蹄和牛角总是擦得闪闪发光,收拾得非常好。"似识当时问喘人"来自西汉名臣丙吉的故事。丙吉(?—前55),字少卿,鲁国人,西汉名臣。有一次丙吉外出,碰上了斗殴的人群,死伤者横倒于路上,但他不闻不问,继续赶自己的路。掾史觉得很奇怪。再向前走,碰上有人赶牛,牛喘气吐舌

---

① 第三人:汉高祖刘邦在评价汉初三杰时,把韩信排在第三。由此作者将科举第三名的人比作韩信。

丙吉见此便停下来,派骑吏问那人:"赶牛走了几里路?"掾史认为丞相"前后失问",有人因此指责丙吉。丙吉说:"百姓斗殴死人,有长安令、京兆尹管,我只一年一次检查他们的政绩优劣,上奏皇上或赏或罚而已。宰相不过问小事。但春日未热,牛喘气吐舌,恐季节失调,又有什么灾害,好预先防备,这是三公要管的大事,因此过问。"掾史才心服,认为丙吉识大体,是个宰相的料。第二首中,"嗜酒谪仙夫上马,爱山潘阆倒骑驴"中的"谪仙"说的是李白。潘阆(?—1009),宋初文人。他作有《过华山》一诗,其中有"高爱三峰插太虚,掉头吟望倒骑驴"的句子。这里李仁老借用了这个句子。

《崔太尉家藏草书簇子》中有"颠张脱帽落云烟"的句子,其中的"颠张"就是"张颠",指唐代书法家张旭。相传唐著名草书家张旭喝醉酒后往往有癫狂之态,故人称张颠。《旧唐书·文苑传中·贺知章》曰:"旭善草书,而好酒,每醉后号呼狂走,索笔挥洒,变化无穷,若有神助,时人号为张颠。"杜甫在《饮中八仙歌》中这样写他:"脱帽露顶王公前,挥毫落纸如云烟。""不见明珠还旧浦"来自孟尝的故事"孟守还珠"。孟尝,字伯周,会稽上虞(今属浙江绍兴)人,东汉官吏,历任徐县县令、合浦太守等职。据传合浦原产珠宝,因官吏搜刮渐移他地,他任合浦太守期间革除前弊,纠正错误,结果去珠复还。成语"珠还合浦"即出于此。

《醉乡》一诗中,"闻说陶刘始得游"中的"陶刘"指的是陶渊明和刘伶。王绩的《醉乡记》讲陶渊明和阮籍等数十人游玩于"醉乡",刘伶也非常好酒,作有《酒德颂》。"剪圭何日许封侯"中的"圭"为古代帝王或诸侯举行典礼时拿的一种玉器,上圆(或箭头形)下方。"剪圭"也作"剪叶",出自典故"桐叶封弟"。《吕氏春秋》载:成王与唐叔虞燕居,援梧叶以为圭,而授唐叔虞曰:"余以此封女。"

《宿韩相国书斋》一诗中,"他年若许陪鸠杖"中的"鸠杖"又称"鸠杖首"。"鸠杖"是将手杖的扶手处做成一只斑鸠鸟的形状的手杖。《后汉书·礼仪志中》:"王仗,长九尺,端以鸠鸟为饰。鸠者,不噎之鸟也。欲老人不噎。"鸠杖在先秦时期是长者的象征,汉代更是以拥有皇帝所赐鸠杖为荣。传说鸠为不噎之鸟,刻鸠纹于杖头,希望老者食时防噎。

《剡溪乘兴》中,"山阴雪月色交寒"一句与王子猷有关。王子猷,名徽之,东晋琅琊临沂(今属山东)人,东晋时期书法家。《王子猷居山阴》中说:王徽之因为失眠,半夜起来吟咏左思的《招隐》诗,感慨之余便想到了隐居不仕的戴安道,于是夜里乘船前去看他。船行一夜才到达,王徽之也没有了兴致,他谁也不找,又从原路返回。所谓"乘兴而行,兴尽而返",毫不拘泥于俗套,说的就是这种情景。"何必扬眉资目击"这句是说孔子和温伯雪子的事。据《庄子·田子方》,子路曰:"吾子欲见温伯雪子久矣,见之而不言,何邪?"仲尼曰:"若夫人者,目击而道存矣,亦不可以容声矣。"

《题东皋子真》中有"若无子美编诗史,千古谁知黄四娘"句,很显然,"子美"是杜甫,杜甫的诗歌被称为"诗史"。后一句出自杜甫的诗歌《江畔独步寻花·其六》"黄四娘家花满蹊"一句。"黄四娘"是杜甫住成都草堂时的邻居。这句话的意思是由于杜甫把"黄四娘"写到诗歌里了,所以她的名字一直流传到现在。

《逍遥堂》第一首中的"散材宁畏斧斤求"来自《庄子·逍遥游》。惠子谓庄子曰:"吾有大树,人谓之樗。其大本臃肿而不中绳墨,其小枝卷曲而不中规矩,立之涂,匠者不顾。今子之言,大而无用,众所同去也。"庄子曰:"……今子有大树,患其无用,何不树之于无何有之乡,广莫之野,彷徨乎无为其侧,逍遥乎寝卧其下。不夭斤斧,物无害者,无所可用,安所困苦哉!"而第二首中,"蟪蛄那肯识春秋,坳堂杯水芥为舟,解笑鲲鹏击万里"中的"蟪蛄"为寒蝉,据《庄子·逍遥游》,它春生夏死或夏生秋死,寿命极短,故而见识极少;"坳堂"为屋前地上的洼坑,在那里"芥为舟",出自《庄子·逍遥游》;鲲鹏也出自《庄子·逍遥游》。

诗歌《山阴陈迹》的诗题来自王羲之的《兰亭集序》,中有"俯仰之间,已为陈迹"的句子。而下面"赖有银钩留茧纸"的句子也来自王羲之。据传《兰亭集序》是王羲之酒酣兴逸之作,后来他再写这个序,都不如这第一次写的。

《四明狂客》写的是唐代诗人贺知章。贺知章(约659—约744),字季真,越州永兴(今浙江杭州萧山区)人,晚年自号四明狂客。744年,他因病恍惚,上疏请度为道士,求还乡里,舍本乡宅为观,求周宫湖数顷为放生池。皇上许之,赐鉴湖一曲。玄宗御制诗以赠,皇太子率百官饯行。诗里说的是贺知章晚年卸官回乡时期的事情。

《梅花》中的"姑射冰肤雪作衣"来自《庄子·逍遥游》:"藐姑射之山,有神人居焉,肌肤若冰雪,淖(绰)约若处子。不食五谷,吸风饮露。乘云气,御六龙,而游乎四海之外。"

《初到孟州》中,"芳根染缺云霞色,故作仙葩不老红"的句子和三国时期的魏国人宋翼有关。宋翼是钟繇的弟子。他写字一波三折,作一牵如百岁枯藤,作一放纵如惊蛇入草。

《月季花》里的"万斛丹砂问葛洪"句和葛洪(283—363)有关。葛洪为东晋道教学者,著名的炼丹家,字稚川,自号抱朴子,晋丹阳郡句容(今江苏句容)人。太宁三年(325),友人干宝力荐他任散骑常侍领国史,他坚持不去上任。后因生活所迫,出任咨议参军等职。及闻交趾产丹砂,求为勾漏令,遂率子侄同行。

《野步》一诗中,"独游仍佩紫薇壶"中的"紫薇"指的是杜紫薇,即杜牧。杜牧写有一首《紫薇花》,故被人称为"杜紫薇"。杜牧有《九日齐山登高》的诗歌,其首联为"江涵秋影雁初飞,与客携壶上翠微","独游仍佩紫薇壶"一句来自这里。

《书丰壤县公舍》中的"云间鸡犬武陵源"就是陶渊明的武陵桃源。

《白芍药》中,"太真才罢温泉浴"中的"太真"就是杨贵妃。传唐玄宗在骊山华清宫设温泉,和杨贵妃一道在这里过着奢靡的生活。

《杏花鹳鸽图》中,"唯有鹳之和鸽之"中的"鹳"和"鸽"来自鲁国的童谣。据传昭公时期鲁国有《鹳之和鸽之》的童谣。鹳和鸽都是一种鸟。

另外,李仁老作为宋文学的提倡者,还借用苏轼的韵写了诗歌《用东坡榴皮题沈氏之壁之韵》,参考宋迪《潇湘八景图》写了《宋迪八景图》。

除此以外,五言绝句《眼》里有"不安刘琨紫,何须阮籍青"的句子,据传刘琨的眼睛是紫色的,阮籍好做"青白眼",这里讲的就是这件事。刘琨(271—318),字越石,中山魏昌(今河北无极县)人,西晋政治家、文学家和军事家。《耳》里有"日永夒玄国"的句子。"夒玄国"亦作兜玄国,是唐人小说中的一个国名。据唐朝牛僧孺《玄怪录·张佐》,薛君胄一日酒醉,忽觉耳中有车马声,小车自耳中出,高二三寸。车有二童亦长二三寸,谓君胄曰:吾自兜玄国来,兜玄国在汝耳中。《鼻》里有"长作洛生咏,思挕隆准公"的句子。这里的"洛生咏",就是洛下(洛阳)书生的讽咏声,音色重浊。东晋士大夫多中原旧族,故盛行为"洛生咏"。南朝时期梁国的刘孝标注引宋明帝《文章志》曰:安(指谢安——笔者注)能作洛下书生咏,而少有鼻疾,语音浊。后名流多效其咏,弗能及,手掩鼻而吟焉。"隆准公"指的是汉高祖刘邦,因为他鼻梁高,所以叫"隆准公"。

第三节　林椿的汉诗和中国文化的关联

　　林椿(生卒年不详),高丽朝著名的汉诗人,籍贯庆尚北道醴泉,字耆之,号西河,"竹林高会"的主要成员之一。他是高丽建国功臣的后代,在以贵族为中心的高丽时期具有很高的政治、经济地位。他年轻时学汉学,受到了贵族青年应有的家庭教育和社会教育。他从小善诗文,很早已经成为颇有名的少年文士。可以说他的青少年时期是充满阳光、踌躇满志的时期。但是,1170年出现了改变他和整个高丽社会命运的郑仲夫之乱,从此林椿的生活布满了乌云,走过了艰辛的人生之路。在武臣之乱后的第一次残酷杀戮中,他全家受到牵连,受到巨大的打击,身份从贵族一落千丈,生活一贫如洗,就连世代耕耘的田庄也被一个小小的士兵夺去。他躲在开城5年,等待着出仕和重被起用的机会,但始终未能如愿。林椿毫无办法,只好领着家属逃到岭南地区的尚州,在那里度过了7年的流浪生活。他的许多作品就是在这一时期写的,所以字里行间充满对不合理社会的愤懑和生活的痛苦以及怀才不遇、痛苦失望的情绪。他也有过重新崛起的机会,1180年和1183年,他的好友李仁老和吴世才相继科举成功,他也重新回到开城,准备参加科举。但是,还是没能如愿,最终流落到京畿道长湍地区,不久后在贫困和失意中去世。从李仁老写的《西河集》序文里"青春三十白衣永没"的句子看,林椿是30岁时去世的,但从他本人的"诗称国手终何用,四十龙钟两鬓华"①的内容看,他的年龄应该与1152年出生的李仁老相仿。由此可以推断他大概是30多岁、40岁之前离世的。他作为"竹林高会"的成员,和李仁老、吴世才等人整日饮酒作诗,与自然为友,写下了许多赞美自然风景的诗歌。在诗论方面,他主张"主气论",提倡具有个性的创作和文章。他留下的骈俪文比较多,引用的典故也非常多,但骨子里,他还是赞同韩愈的古文运动。在《答灵师书》中,他所称赞的名儒全是唐宋时期的古文家。这说明他还是受了金富轼以来朝野上下都在学习模仿苏轼的高丽文风的影响。他著有《西河集》,留有堪称开韩国假传文学先河的《麴醇传》《孔方传》等作品。林椿的诗歌具有强烈的散文性特征,紧扣着自己的生活抒发情感,所以字里行间充满着对不合理现实的巨大愤懑。他的诗歌主要收录在《西河集》里,《东文选》《三韩诗龟鉴》等文献里也收有他的部分诗歌。

　　《东文选》里收录他的五言古体诗1首、七言古体诗1首、五言律诗3首、七言律诗11首、七言绝句3题4首,共19题20首,数量不是很多,但足以呈现出他在中国文学上高深的造诣。下面根据林椿汉诗与中国文化相关的具体情况,分中国历史人物类、文人墨客类、典故类等三个部分予以论述。

---

① 引自林椿诗歌《将归绀岳读书寄朴东俊》。

第三章 高丽中期文人的汉诗和中国文化的关联(一)

一、中国历史人物类

和其他高丽诗人一样,林椿的诗歌里也经常出现中国的历史人物,作家利用这些中国的历史人物,要么抒发情感,要么表达自己的观点,从多个方面丰富自己汉诗的艺术表现力。先看五言律诗《李平章光缙挽词》:

　　两代黄扉相,时称万石君。独全知畏慎,早白为忧勤。
　　遗令孤皆奉,阴功世莫闻。秋风数行泪,洒向北邙坟。

从诗歌涉及的内容看,这是林椿1178年写的。诗题中的李光缙是高丽时期的文臣,曾任兵部尚书、中军兵马使、同知枢密院事、参知政事、中书侍郎门下平章事等官职,1178年去世。诗歌题目中的"平章"是指李光缙当过中书侍郎门下平章事。很明显,这是林椿为了悼念李光缙而作的挽歌,所以诗歌中充满着作者对死者的无限怀念之情和对死者生前丰功伟绩的无限赞美。

韩国的挽歌一般称为"挽词"或"挽章"①,有时还用"悼""念"等词汇。这首诗歌就是韩国标准的挽歌。诗歌中的"时称万石君"和中国的富人有关。在中国"万石君"本指汉朝的石奋,因为石奋的号为万石君,但后亦称一家五人官至二千石者或者一家多人为大官者为"万石君",指既有钱又有权势的人家。在这里作者用来表示对李光缙的崇敬之情。石奋(前220—前124),字天威,号万石君,河内郡温县(今河南温县)人,西汉时的大臣,不通文学,恭谨无比。他一开始是微不足道的一个小官,后来随侍汉高祖,地位逐年提升。汉高祖颇爱其恭敬,召其姊为美人,以石奋为中涓。汉文帝时,官至太子太傅、太中大夫。汉景帝即位后,他列为九卿,身为二千石,四子皆官至二千石,号为万石君。

五言律诗《赠李湛之》是作者写给自己的朋友李湛之的。

　　去国同流落,今朝复入关。天教双剑合,乱后几珠还。
　　岁月粘衰鬓,风霜改旧颜。平生交分合,犹喜更追攀。

李湛之,高丽时期的文人,"竹林高会"的一员,经常和李仁老等人饮酒作诗,过与自然为友的生活。他曾科举及第,出使过金朝,一生经历很像林椿。诗歌里有"天教双剑合,乱后几珠还"的句子,这和中国西晋时期的著名政治家、文学家张华和雷焕有关。《晋书·张华列传》记有这样的故事:当初吴国还未灭亡时,斗星与牛星之间常出现紫气,迷信道术的人都认为这象征着吴国正强大,不可征伐,只有张华不以为然。待到平定吴国后,紫气更加明显。张华听说豫章人雷焕精通谶纬天象,就邀请雷焕与他同住,看个究竟,同时避开旁人对他说:"我们一起去寻察天象,可以知道未来的吉凶。"二人登楼仰观天象,雷焕说:"我观察很久了,斗星牛星之间,有非常不一般的气息。"张华说:"这是什么吉祥的征兆吗?"雷焕说:"是宝剑的精气,上贯于天。"张华说:"你说得对。我少年时,有个相面的说,我年过六十,会位登三

---

① 中国的挽歌,一般都认为始于田横。田横(?—前202),秦末群雄之一。原为齐国贵族,陈胜吴广起义后,他也在齐地称王。汉高祖刘邦统一天下后,田横领兵逃到一个海岛。刘邦派人招安,田横应召去洛阳的途中,在离洛阳三十公里的首阳山自杀。他的死讯传到海岛后,那里的五百壮士也全部自杀。田横死后,为了悼念他,他的门人作了挽歌《薤露》《蒿里》,说人命如薤上露,容易消失;人死后,魂魄归于蒿里。唐代的时候这个挽歌传到韩国和日本,对那里的挽歌产生了重大的影响。

公,并当得到宝剑佩带,这话大概是会应验的。"因而又问道:"剑在哪个郡?"雷焕说:"在豫章的丰城。"张华说:"想委屈您到丰城做官,一起暗地寻找这把剑,行否?"雷焕答应了。张华大喜,立即补任雷焕为丰城县令。雷焕到丰城后,挖掘监狱屋基,下挖四丈多时,发现一个石匣,它发出不一般的光彩。打开一看,匣中有两把剑,剑上都刻有字,一名龙泉,一名太阿。那天晚上,斗牛之间的紫气消逝了。雷焕用南昌西山北岩下的土擦拭这两把剑,发出的光芒艳丽四射。用大盆装水,把剑放在上面,看上去光芒炫目。雷焕派人送其中的一把剑和北岩土给张华,留一把剑自己佩用。有人对雷焕说:"得到两把剑却只送一把,瞒得过张公吗?"雷焕说:"本朝将要大乱,张公也要在祸乱中遇害,此剑应当悬于徐君(徐稚)墓树之上。这是灵异之物,终究会化为他物而去,不会永远为人所佩带。"张华认为南昌的土不如华阴赤土,于是给雷焕写信说:"详观剑文,这把剑就是干将,与它相配的莫邪,怎么没有送来?尽管二剑分离,天生神物,但终究会会合的。"因而送给雷焕一斤华阴土。雷焕用华阴土擦拭剑,剑更加光亮。张华被杀后,宝剑不知去向。雷焕去世后,其子雷华任州从事,一次带剑经过延平津时,剑忽从腰间跳出落入水中,雷华让人进入水中找剑,一直找不到剑,只见到两条龙各长数丈,盘绕在水中,身上有花纹。寻剑的人惊惧之下离开。一会儿水中光彩照人,波浪大作,这把剑也就消失了。雷华叹息道:"先父化为他物的说法,张公终将会合的议论,今日算是验证了。"后一句"乱后几珠还"来自成语"还珠合浦",出自"孟尝还珠"的故事。林椿借用这个典故,对李湛之寄予厚望,表达了对朋友的一种期待之情。

  蝉貂七叶盛西都,光禄宜为烈丈夫。映世片心清似水,致君忠胆大于躯。
  骧驰狭路争驽马,虎出空山舞孽狐。正是风流今顿尽,几令多士涕冰须。

  上面是七言律诗《悼金阅甫》,从题目看这是为悼念金阅甫而作的。严格地说,这也是一首挽歌。金阅甫(1132—1181)是高丽中期的文人,官至将作丞,他的父亲司空金端曾与权适同年宾贡。其首联"蝉貂七叶盛西都,光禄宜为烈丈夫"说的是西汉时期的张安世,他是酷吏张汤之子,汉武帝时因其父而被任为郎官,后以右将军参与霍光立宣帝一事,封富平县侯,在霍光死后被任命为大司马、卫将军,掌握禁军,参与大政决策,为人恭谨谦逊节俭,家资巨万,子孙八世为侯。

  另一首七律《九日闻诸公有会》是和中国的民俗节重阳节[①]有关的诗歌。这是高丽时期的"重九诗"之一,"重九诗"整体和中国的重九风俗及重九诗有密切的关联[②]。

  身在天涯岁又催,登高自有望乡台。五年去国长为客,九日无人共把杯。
  红叶忽闻霜后落,黄花犹似乱前开。莫嫌举止非闲雅,须向龙山许一陪。

  首联中的"登高"指的就是九月九日登高。中国自古有九月九日登高辟邪和赏菊花的风俗。颈联中与"红叶"对仗的"黄花"指的就是菊花。尾联中"须向龙山许一陪"一句来自龙山孟嘉的典故"孟嘉落帽"。《晋书·孟嘉传》曰:孟嘉字万年,江夏鄳人,吴司空宗曾孙也。嘉

[①] 中国重阳节有两千多年的历史。在中国农历九月九为重阳节,根据《易经》"六为阴,九为阳"的说法以及儒家的阴阳学说,中国自古把这一天视为二九相重,称为重九或者重阳。重九、重阳也可以叫做九九,而这个九九和"久久"相谐,又有了久久长寿之意。由此一来,重九被认为是一个吉祥的日子,常举办以健康长寿为中心的各种活动。

[②] 与中国重九习俗及重九诗有关的韩国重九诗的内容请参见尹允镇:《与中国民俗节有关的高丽汉诗研究》,载《韩国研究论丛》2017年第2辑,北京:社会科学文献出版社,2018年版。

少知名,太尉庾亮领江州,辟部庐陵从事。嘉还都,亮引问风俗得失,对曰:"还传当问吏。"亮举麈尾掩口而笑,谓弟翼曰:"孟嘉故是盛德人。"转劝学从事。褚裒时为豫章太守,正旦朝亮,裒有器识,亮大会州府人士,嘉坐次甚远。裒问亮:"闻江州有孟嘉,其人何在?"亮曰:"在坐,卿但自觅。"裒历观,指嘉谓亮曰:"此君小异,将无是乎?"亮欣然而笑,喜裒得嘉,奇嘉为裒所得,乃益器焉。后为征西桓温参军,温甚重之。九月九日,温燕龙山,僚佐毕集。时佐吏并著戎服,有风至,吹嘉帽堕落,嘉不之觉。温使左右勿言,欲观其举止。嘉良久如厕,温令取还之,命孙盛作文嘲嘉,著嘉坐处。嘉还见,即答之,其文甚美,四座嗟叹。

二、中国的文人墨客类

综观林椿的诗歌,其中也有不少中国文人出现,他们被用来更形象地表达作者的思想情绪和对丑恶现实的愤懑。先看七言古体诗《寄洪天院》,这是《东文选》所收录七言古体诗中的第一首。

东野居贫家具少,自笑借车无可载。杜陵身穷更遭乱,未免负薪常自采。
我今无田食破砚,平生唯以笔为耒。自古吾曹例困厄,天公此意真难会。
五鼎一箪未足校,富死贫生何者快。作书乞饭维摩诘,不厌空门清净债。
先生有意能活我,千金何必河监贷。

这是林椿用来表现生活苦难的一种悲鸣,在林椿的诗歌中可谓是比较直接地表现自己生活苦难的作品。诗歌第一句中的"东野"就是唐代著名诗人孟郊。孟郊(751—814),字东野,湖州武康(今浙江德清县,一说为洛阳)人,少年时期隐居嵩山,过着一贫如洗的生活。从诗歌内容看,这是林椿在落难期写的,所以他跟情境与自己相差不多的孟郊产生了巨大的共鸣。众所周知,孟郊的早年生活非常贫困,他曾经游历湖北、湖南、广西等地,屡试不第。贞元时期张建封在徐州,孟郊前往投靠。贞元十二年(796)才登进士第,贞元十七年(801)才得到了江南溧阳尉的一官半职。一生穷困潦倒的孟郊直到50岁才得到一个县尉的卑微之职,总算是结束了长年漂泊流离的生活,过上了安稳的生活。他的代表性诗作《游子吟》就是在这个时候作的,这首诗的题下他自注曰"迎母溧上作",可见这个时候他将母亲接来想尽孝。仕途的失意,长年的颠沛流离,使他饱尝了世态炎凉,而这使他更加感到亲情的可贵。他之所以能够写出如此动人的诗歌,就是因为这诗句发自内心,感人至深。林椿的经历和孟郊相比,有过之而无不及——孟郊毕竟还科举及第,大小还是当上了官,为母亲尽了孝。这种相近的生活经历,使林椿产生了巨大的共鸣,得到生活的勇气。下面第二联与杜甫有关的句子也体现出林椿的这种倾向——简言之就是对贫困情有独钟,有"贫困情结"。杜甫出身贫寒,自幼体弱多病,成年后他也经常亲自采药。"未免负薪常自采"里的"负薪"说的是杜甫的诗歌《负薪行》,"自采"说的是杜甫经常挖黄精的事。"安史之乱"后,杜甫举家辗转到同谷(今甘肃成县),生计成了问题。于是,杜甫重操旧业,起早贪黑,在冰天雪地里采药。由于大雪经常封山,黄精被雪掩埋了。刺骨寒风阵阵袭来,杜甫只好扯住难以遮掩身体的短衣,继续采药。杜甫的这种生活和孟郊的痛苦生活一样,深深地打动了林椿,所以,他在描写他们这种痛苦生活的过程中,得到了一点心灵的慰藉!

在五言律诗《谢见访》中林椿也提到了杜甫。这是作者对来访的一位官人的谢词,其中

"恒饥穷子美"一句中的"子美"就是杜甫。杜甫诗《狂夫》云:"万里桥西一草堂,百花潭水即沧浪。风含翠筱娟娟净,雨裛红蕖冉冉香。厚禄故人书断绝,恒饥稚子色凄凉。欲填沟壑唯疏放,自笑狂夫老更狂。"意思是说万里桥西边有我破草房,但没几个人来访,唯有百花潭与我相伴,随遇而安,这就是沧浪。和风轻轻拥着翠绿的竹子,秀美光洁,飘雨慢慢洗着粉红的荷花,阵阵清香。但人心叵测,当了大官的朋友人一阔就变脸,早与我断绝往来。小儿子常年饥饿,小脸凄凉,这让我愧疚而感伤。我这老骨头是快要扔进沟里的人了,现在无官无钱只剩下了狂放,自己大笑啊,当年的狂夫老了更狂了!我就这么狂!《狂夫》描写了杜甫惨淡寒酸的生活。很显然,杜甫晚年的情景和林椿的情景相差不远。"非病老维摩"中的"维摩"指的就是唐代诗人王维,他号"摩诘居士"。

七言律诗《追悼郑学士》是一首挽歌。

先生萧洒出尘埃,忽叹风前玉树摧。上帝已教长吉去,海山曾待乐天来。
当年翰墨为人宝,高世声名造物猜。从此四明无贺监,谁能知我谪仙才。

诗歌颔联中的"长吉"指的是唐朝的李贺。"海山"句来自白居易的诗歌《答客说》,诗歌写道:"吾学空门非学仙,恐君此说是虚传。海山不是吾归处,归则应归兜率天。"尾联"从此四明无贺监,谁能知我谪仙才"中的"四明"是指四明山,在现在的浙江省余姚市四明山镇,在贺知章家乡附近。"贺监"是贺知章。贺知章性情放旷,善于言谈,开元中迁太子宾客,兼秘书监。贺知章晚年尤加纵诞,自号四明狂客。天宝初,还乡为道士,不久即寿终。《旧唐书·贺知章传》详细记载了贺知章的生活和他豪放的性格。"谁能知我谪仙才"一句也和贺知章有关,据传这个"谪仙"也出自贺知章之口。话说当年在长安,李白有幸结识了任太子宾客的老诗人贺知章。当时的贺知章已年逾古稀,可是还有诗人应有的那种气质和激情,李白的《蜀道难》就激起了他的情感狂澜,"读未竟,称叹者数四,号为'谪仙'"。由于玉真公主和贺知章的极力推荐,李白终于受到了玄宗皇帝的亲自接见,并以翰林供奉的身份任职于翰林院,以文笔伺候皇帝。翰林供奉的主要职责是为皇帝草拟文诰诏令之类,同时也迎合皇帝的兴趣,随时写些应景诗文。很明显,这非李白莫属,但也有人主张李白的一生由此也受到了不少限制。但是不管怎样,李白一生最在意的就是这个"谪仙"的称谓。当李白阅尽人间之凄凉、浪迹越中之时,曾亲自前往贺知章墓前,表达对故人的哀思。

十载崎岖面扑埃,长遭造物小儿猜。问津路远槎难到,烧药功迟鼎不开。
科第未消罗隐恨,离骚空寄屈平哀。襄阳自是无知己,明主何曾弃不才。

上面是林椿的七言律诗《次友人韵》,这个友人是谁不得而知。颈联"科第未消罗隐恨,离骚空寄屈平哀"中的罗隐(833—910)是晚唐时期的著名诗人。他原名罗横,字昭谏,新城(今浙江富阳)人。罗隐和许多人一样也想通过科举踏入仕途,施展自己的才华。但罗隐虽然名声很大,却六次考试都没有考中,于是改名为罗隐。罗隐的才学确实出众,就连当时的宰相郑畋和李蔚都很欣赏他,但由于他的答卷讽刺意味太强,再加上他人也狂,所以在非常讲究谦虚的中国古代社会文化里,他常常被孤立,考官们也对他很反感,所以他每次科举都落榜,由此积累了对考试和科举制度的愤懑。后一句"离骚空寄屈平哀"与屈原有关。尾联"襄阳自是无知己,明主何曾弃不才"说的是孟浩然的故事。孟浩然(689—740),字浩然,号孟山人,襄州襄阳(现湖北襄阳)人。据《唐摭言》卷十一,孟浩然曾被王维邀至内署,恰遇玄宗到来。玄宗索诗,孟浩然就读了一首《岁暮归南山》①。玄宗听后生气地说:"卿不求仕,而朕未弃卿,奈何诬朕?"可见尽管此诗写得非常含蕴婉曲,玄宗还是听出了其中隐含着的弦外之音。结果孟浩然被放还了。封建社会抑制人才的现象,由此可见一斑。林椿借用此联,表达了怀才不遇的痛苦心境。

七言律诗《与李眉叟会湛之家》②的颈联"十年计活挑灯话,半世功名抱镜看"来自杜甫的诗歌《江上》。《江上》有"勋业频看镜,行藏独倚楼"的句子,都表达了年龄已经很大,还没有建功立业的意思,都表现了壮志未酬的慨叹。

三、中国的典故类

经常采用比兴的手法、广泛借用中国的典故,也是林椿汉诗与中国文化相关的一项重要的内容。

如前所述,《寄洪天院》是林椿的七言古体诗。其中,"千金何必河监贷"这个句子来自"庄周贷粟"的故事。《庄子·外物》载,庄周家中贫穷,有一次他实在没办法,硬着头皮去向河监侯借粮。当时河监侯欣然地答应说:"行。我将得到封邑内的租税,得到后借给您三百金,好吗?"庄周听后脸色骤变,气愤地说:"我昨天来,途中有个喊叫的声音,我回头一看,是车轮碾过所留下的轮沟里一条鲋鱼在挣扎。我问他:'鲋鱼,来吧!你是来干什么的?'回答说:'我是东海波浪里的鱼。您能有一斗一升的水使我活吗?'我说:'行。我将到南方去游说吴、越的国王,引发西江的水来救你,好吗?'鲋鱼气愤地顿时变了脸色,说:'我失去了平常的环境,我没有生存的地方,我只要能有一斗一升的水就能活下去。你竟说这样的风凉话,还不如早早到卖干鱼的市场里去找我。'"在这里,林椿借用这个故事讽刺那些脱离实际的行为和那些伪君子。显然,这来自饱尝人间之苦的林椿的切身体验。

七言律诗《戏赠密州倅》是作者在密州期间作的。据说林椿到密州,县令派一个妓女陪他,但没等到同寝,妓女跑得无影无踪。然而作者并没有责怪妓女,还请求县令不要对她行酷刑。

红妆待晓帖金钿,为被催呼上绮筵。不怕长官严号令,谩嗔行客恶因缘。
乘楼未作吹箫伴,奔月还为窃药仙。寄语青云贤学士,仁心不用示蒲鞭。

其颈联"乘楼未作吹箫伴,奔月还为窃药仙"的前一句出自"吹箫引凤"的故事,典出汉刘向的《列仙传》,曰:"(箫史)日教弄玉作凤鸣,居数年,吹似凤声,凤凰来,止其屋。公为作凤台,夫妇居其上,不下数年。一旦,皆随凤凰飞去。"很显然这是一则传说,可凤凰台却千真万确地屹立在咸阳大地,是如今咸阳城区保存得比较完好的高台建筑群。后一句说的是嫦娥奔月。嫦娥又名姮娥、常娥,是中国古代神话中的人物,是后羿的妻子。传说她美貌非凡,因偷食后羿自西王母处求得的不死药而奔月成仙,居住在月亮上的仙宫——广寒宫。

七律《追悼郑学士》中,颔联"上帝已教长吉去,海山曾待乐天来"的前一句来自典故"白

---

① 孟浩然的《岁暮归南山／归故园作／归终南山》全文如下:"北阙休上书,南山归敝庐。不才明主弃,多病故人疏。白发催年老,青阳逼岁除。永怀愁不寐,松月夜窗虚。"
② 《与李眉叟会湛之家》诗歌全文如下:久因流落去长安,空学南音戴楚冠。岁久屡惊羊胛熟,风骚重会鹤天寒。十年计活挑灯话,半世功名抱镜看。自笑老来追后辈,文思宦意一时阑。

玉楼",典出《全唐文》卷七百八十《李贺小传》:唐诗人李贺昼见一绯衣人,云"帝成白玉楼,立召君为记。天上差乐,不苦也",遂卒。后来人们用"白玉楼"暗喻才子英年早逝,或指文人逝世。李贺(约790—约816),字长吉,唐代河南福昌(今河南洛阳宜阳县)人,有"诗鬼"之称,是与"诗圣"杜甫、"诗仙"李白、"诗佛"王维齐名的唐代著名诗人。但他英年早逝,27岁就离开了人世。

七言律诗《陪崔司业永濡访吴先生》中,颔联"杜氏胸中吞国子,褚生皮里裹阳秋"的后一句来自成语"皮里阳秋",出自《晋书·褚裒传》:"谯国桓彝见而目之曰:'季野有皮里春秋。'言其外无臧否,而内有所褒贬也。"后因晋简文帝母名春,为讳"春"字,而改作"皮里阳秋"。

七言古体诗《寄洪天院》中,"五鼎一箪未足校"中的"五鼎"指的是富足的生活。据传古代行祭礼时,士用三鼎,卿大夫用五鼎。"一箪"来自《论语·雍也》。说的是一箪(盛饭的圆形竹器)饭,一瓢水,住在简陋的小巷子里,也不能改变颜回好学的乐趣。

除此之外,林椿汉诗和中国文化的关联还表现在其他很多方面,有待于我们今后进一步探讨。

第四节　吴世才、俞升旦、崔滋的汉诗与中国文化的关联

一、吴世才的汉诗与中国文化的关联

吴世才(1133—1187),高丽中期的学者、文人,字德全,"海左七贤"之一,和李仁老交往密切。他一生性情耿直,潇洒自如、无拘无束,从不和现实妥协,好喝酒、爱诗文。"武臣之乱"后,家境开始走下坡路,过着贫穷的生活。明宗的时候,虽然科举及第,但没有得到像样的官职,李仁老连续三次推荐他,但他仍然没有走上仕途。最后到庆州去居住,最终死于贫困,谥号为玄静。他自幼精通儒家经典,尤为精通《易经》,诗歌仿韩愈、杜甫的文风,李奎报评价他的诗歌"遒迈劲俊",崔滋评价"丰赡浑厚",可见他的诗歌和他的人格一样,具有不屈于现实的力量和浑厚的气质。他还擅长书法,《翰林别曲》第三章中的吴生指的就是他。53岁的时候,他和18岁的李奎报结交,成了忘年之交。他死后,李奎报写了《吴先生德全哀辞》,表示了失去长者和朋友的悲痛之情。《东文选》收录他的五言律诗2首、七言律诗1首,共3首。

> 北岭石巉巉,傍人号戟岩。迥撞乘鹤晋,高刺上天咸。
> 揉柄电为火,洗锋霜是盐。何当作兵器,败楚亦亡凡。

上面是吴世才的五言律诗《戟岩》。这个"戟岩"位于开城北部,是非常险峻的岩石,从诗解看,这是作者应口辄对的诗歌,充分表现了作者诗歌遒劲的风格。其中"乘鹤晋"指的是王子乔。王子乔,出生于约公元前565年,被尊称为王姓始祖,姬姓,名晋,字子乔,是春秋时期周灵王姬泄心之子。相传他出生的时候,天地造化,五彩霞飞,异香满室。生下来之后,周灵王非常喜爱他,立他为太子。太子晋开始学书,尤善音律。根据这种情况,周灵王命巧匠拿碧玉做笙,赐予太子晋。太子晋非常喜爱这个笙,他吹起来声如凤鸣,音色清明,响入天际。

少年时期他常独游于伊河洛河之滨。这时的洛河水清澈见底。有一个夏天,谷、洛两水相斗,将毁王宫,周灵王想筑百丈长坝以堵谷水。太子晋知道后竭力劝阻,主张治水之道在于疏导。但是周灵王就是不听,结果王室开始衰微,诸侯开始争雄,诗乐无人问津,整日干戈不息。看到这兵荒马乱的世界,太子晋终于厌倦了,想找一块净土。于是,他独自离开了王宫,跟随浮丘公隐居在嵩山之中,整日修道。太子晋忘却了过去王宫里的生活,在他看来,富丽堂皇的皇宫根本无法与这美丽的山林相比。他修道的过程也平心静气,以求真谛,像明净的潭水一样,领略到那深山老林流出来的芳香。修道多年后,太子晋大彻大悟,他传语家人,七月七日在缑氏山(今洛阳偃师区境内)等待。到七月七日太子晋果然出现在山巅之上。他取出玉笙吹奏,才奏一曲,清风习习传来;奏第二曲,彩云飘飘而至;奏至第三曲,见白鹤成对,舞于空中,百鸟和鸣,随后太子晋飘然而去。下一句"高刺上天咸"中的咸指"巫咸",是上古时期的神巫、名医,他非常擅长卜星术,是用筮占卜的创始者,是神权统治社会的代表人物。战国时有托名星占著作《巫咸占》,收录在瞿昙悉达所编撰的《开元占经》中。如《山海经•大荒西经》中记载:"有灵山,巫咸、巫即、巫盼、巫彭、巫姑、巫真、巫礼、巫抵、巫谢、巫罗十巫,从此升降,百药爰在。"其中把巫咸神化。尾句"败楚亦亡凡"中的"凡"是古代国名,《庄子•田子方》载:"凡之亡也,不足以丧吾存。夫凡之亡不足以表吾存,则楚之存不足以存存。由是观之,则凡未始亡而楚未始存也。"在这里吴世才利用中国的许多历史故事和历史人物,凸显戟岩雄伟的气象。

再看一首七言律诗《次韵金无迹见赠》,这是赞美友人的一首诗歌。

  才先李贺赋高轩,道比杨雄入圣门。大百围材无用用,长三尺喙不言言。
  仙童不寄西山药,公子须倾北海樽。七叶蝉貂余庆在,忠纯终被汉家恩。

首联中"才先李贺赋高轩"说的是李贺的故事。据传李贺七岁开始写诗,有一次韩愈和皇甫湜去找他作诗,他当场作了一首,这首诗就是《高轩过》。这里的"高轩"指的是高人(贵人)坐的车马,"过"是"拜访"的意思,合起来讲就是"贵人乘坐车马到我家"的意思。李贺以之表示对韩愈和皇甫湜的尊重。李贺小小年纪应对如此得体,难怪韩愈和皇甫湜惊叹不已。下一句讲的是扬雄,据说扬雄比照《易经》作了《太玄》,比照《论语》作了《法言》。领联的前一句来自《庄子•逍遥游》:"吾有大树,人谓之樗。其大本臃肿而不中绳墨,其小枝卷曲而不中规矩。今子之言,大而无用,众所同去也。"颈联中的"北海樽"讲的是孔融。孔融曾经任北海(治今山东昌乐)相,其间他聚兵讲武,下发檄文,有力地打击了黄巾起义军。另外,在北海任职期间,他为人豪爽,待人热情,经常宾客盈门。他的文章惊世骇俗,谈笑间蔑视才疏学浅、不学无术的权贵们。在这里吴世才就是利用这些中国历史人物,含蓄地表达亲朋好友之间的情谊。

二、俞升旦的汉诗与中国文化的关联

俞升旦(1168—1232),高丽中期的文臣,原籍为仁同,幼名为俞元淳。明宗时期科举及第,任侍学,但受到崔忠献的排斥,不能再晋级;熙宗时期在南京(今首尔)任司录参军,但仍不太得意;高宗继位后经守宫署丞,成为师傅。1223年任礼部侍郎右谏议大夫,1227年作为修撰官和崔甫淳、金良镜等人一道编撰了《明宗实录》,第二年晋升为枢密院副使、左右散骑常侍,而后任参知政事。俞升旦性情温和,为人谦虚,精通经史,博学古今,在佛学上也有很高的造诣,最终被封为仁同伯,谥号为文安。他的诗文收录在《东文选》《青丘风雅》等集子里。《东文选》收录他的五言律诗4题5首、七言律诗3首,共7题8首。

五言律诗《赵相国独乐园》写道:

> 薛刻丹书额,壶藏白日仙。清欢虽共客,真乐独全天。
> 庭雨蕉先响,园晴草自烟。桃花流水远,回却武陵船。
>
> 东皋尘迹断,西麓石蹊微。乐沼鱼相舞,驯阶鸟不飞。
> 柳春张翠幄,花午洒红衣。喜我题诗处,林泉不放归。

这是赞美赵相国与世隔绝生活的两首诗歌。赵相国是何人现在难以确认,但从俞升旦的七言律诗《和赵相国同年席上诗》看,俞升旦和赵相国是同年科举及第的。诗中"壶藏白日仙"一句来自费长房的故事。费长房,汝南人,曾为市掾,但传说从壶公入山学仙,未成辞归。他能医重病,鞭笞百鬼,驱使社公。这个故事出自《后汉书·方术列传》,曰:"费长房者,汝南人也。曾为市掾。市中有老翁卖药,悬一壶于肆头,及市罢,辄跳入壶中。市人莫之见,唯长房于楼上睹之,异焉,因往再拜奉酒脯。翁知长房之意其神也,谓之曰:'子明日可更来。'长房旦日复诣翁,翁乃与俱入壶中。唯见玉堂严丽,旨酒甘肴,盈衍其中,共饮毕而出。翁约不听与人言之。后乃就楼上候长房曰:'我神仙之人,以过见责,今事毕当去,子宁能相随乎?楼下有少酒,与卿与别。'""回却武陵船"一句与陶渊明的《桃花源记》有关。《桃花源记》讲晋朝的时候,武陵有一个渔父坐船沿着溪水到一桃林,穿过桃林尽头一座山的山洞后发现一个村庄。村中人是秦朝的时候躲避战乱到这个地方生活的,他们五六百年间与世隔绝。这就是人们常说的武陵桃源。俞升旦在这里借用陶渊明的桃花源,赞赏赵相国身处远离喧闹社会的清净的自然世界,赞赏他这种幽静的生活。

三、崔滋的汉诗与中国文化的关联

崔滋(1188—1260),原籍为海州,幼名为宗裕或安,字树德,号东山叟,是大名鼎鼎的文宪公崔冲的后代,父亲是右仆射崔敏。1212年文科及第,成为地方官尚州司录,这期间他实施亲民政治,颇得老百姓的赞誉。后来他成为国学学谕,之后10年没有任何晋升,直到李奎报读到他的《虞美人草歌》《水精杯》等诗歌后,肯定了他的才华,把他作为文人推荐给崔怡。当年崔怡是武臣政权的实际执政者,他看李奎报年纪大了,问当今高丽谁能接替李奎报的工作,李奎报当即推荐学谕崔安(崔安为崔滋的幼名),其次为及第金坵。随即崔怡召集当时颇具文才的李儒、李百顺、河千旦等人,和崔滋一起写表文,然后叫李奎报审查。结果10次审查,崔滋5次获状元,5次获第二名。崔怡为了考查他的领导才能,任命他为田都监录事,这期间他圆满地完成任务,博得了崔怡的赞许。高宗时期,他经正言,被任命为尚州牧使,这期间他也为老百姓做了很多有益的事情,深得当地老百姓的欢迎。之后他历任殿中少监、宝文阁待制、忠清道和全罗道按察使、国子监大司成、翰林学士承旨、枢密副使等职。1256年任中书平章事、守太师。1258年崔氏武人政权被推翻后,他作为门下侍郎,为安定政权、平稳过渡做出了杰出的贡献。1259年他以高丽现在的国力难以抵御蒙古的侵略为由,最终说服高宗降服,亲自和金宝鼎一道去蒙古国讲和。后任同中书门下平章事、判吏部事等职,但多次上书辞官养身。次年9月离世,终年73岁。著有《崔文忠公家集》《补闲集(续〈破闲集〉)》,《三韩诗龟鉴》里收有他的诗歌1首,《东文选》里收有他的赋2篇、诗歌12首。《高丽史》说他"天资淳讷,不以表表为能"。谥号为文清。

《东文选》收录崔滋的七言古体诗1首、五言律诗2首、七言律诗4题5首、七言排律2首、七言绝句2首,共11题12首。

先看他的七言古体诗《上恩门琴大(太)尉谢宴诗》:

功名德业与仕宦,终始如公今古罕。四提衡镜分月桂,桃李门前春色满。
早嫌衣上红尘涴,笑解金章游绿野。青山弄影堕晴窗,夕月朝岚来侍座。
画堂分挂千佛名,先后同年为弟兄。不才随列上华宴,觍觍翻惭照玉英。
酸寒不识绮罗丛,恍惊双眼摇春红。呼出诸郎命四座,金兰玉树争清雄。
兴酣更教琴瑟间,山水声声耳曾惯。吾闻仁裕上吹台,日与门弟相游宴。
又闻杨公之父子,诗酒同欢两榜士。二老遗芳谁复继,风流相国驾仙鲤。
乘酣一唾联七言,个个明珠万口喧。吾将鱼目编作十四贯,却把累累传子孙。

在这里,"恩门"指的是科举中选中自己的考官,可见这个琴太尉是崔滋的"恩门",所以诗歌全篇充满着对恩师的崇敬之情。"四提衡镜分月桂"中的"衡镜"指的是"秤"和"镜子",比喻辨别是非善恶的标准,在这里引申为科举选拔人才就像是秤和镜子一样公平公正;"月桂"指的是中举。下面"桃李门前春色满"的句子来自唐朝的著名宰相狄仁杰。据传唐代名相狄仁杰推荐并录用了很多有才之人,从《资治通鉴·唐纪二十三》看,狄仁杰先后荐举了张柬之、姚元崇、桓彦范、敬晖等数十人,结果他们都成为时代名臣,有人恭维狄仁杰道:"天下桃李,悉在公门矣!"狄仁杰说:"荐贤为国,非为私也。"在这里,崔滋把琴太尉比作狄仁杰,说他是一个公平公正的人,是个大公无私的人,是一个伯乐。狄仁杰(630—700),字怀英,并州晋阳(今山西太原)人,唐代政治家。天授二年(691),狄仁杰任宰相,后被贬为彭泽县令。神功元年(697),再次任宰相,力劝武则天复立庐陵王李显为太子,使得唐朝的李氏社稷得以延伸。700年狄仁杰去世,谥号文惠,唐朝复辟后,追赠梁国公。下面"笑解金章游绿野"中的"绿野"是唐代裴度的别墅名,故址在今河南省洛阳市南。据《旧唐书·裴度列传》,裴度为唐宪宗的宰相,平定藩镇叛乱有功,晚年因宦官专权,辞官退居洛阳。据传裴度经常在绿野堂和文士相聚,喝酒赋诗。"金兰玉树争清雄"句中的"金兰玉树"来自成语"玉树芝兰",比喻德才兼备有出息的子弟。《世说新语·言语》载,谢太傅问诸子侄:"子弟亦何预人事,而正欲使其佳?"诸人莫有言者。车骑答曰:"譬如芝兰玉树,欲使其生于阶庭耳。"下面的句子"诗酒同欢两榜士"与杨嗣复有关。杨嗣复(783—848),字继之,是德宗的户部尚书杨于陵的次子。《新唐书》载,杨嗣复领贡举时,于陵自洛入朝,杨嗣复乃率门生出去迎接,置酒第中,于陵坐堂上,杨嗣复与诸生坐两序。始于陵在考功,擢浙东观察使李师稷及第,时亦在焉。人谓杨氏上下门生,世以为美。下面的"风流相国驾仙鲤"指"琴高",是传说中先秦时代的人物。他能鼓琴,后在涿水边乘鲤鱼成仙而去。在这里,作者因为其恩门是琴太尉所以提到了琴高,表示了对师长的尊敬。

七言排律《次李需教坊少娥诗韵》①是借用李需的诗歌《教坊小娥》②作的一首诗歌。李需(生卒年月不详),高丽时期的文人,字乐云,也叫李宗胄,是与李奎报、崔滋同时代的颇具才华的文人。他的《教坊小娥》也是七言排律,收录在《东文选》卷之十八里。"教坊"是高丽时期主管音乐——主要是乡乐——的机关③,兼负责艺妓的培养,可谓是艺妓学校。崔滋诗中"知公万寿等灵瓜"中的"灵瓜"是中国传说中的仙瓜。前秦王嘉《拾遗记·后汉》记载:明帝阴贵人梦食瓜甚美,帝使求诸方国。时敦煌献异瓜种,……瓜名"穹隆",长三尺而形屈曲,味美如饴。父老云:"昔道士从蓬莱山得此瓜,云是崆峒灵瓜,四劫一实,西王母遗于此地,世代遐绝,其实颇在。""要倩小娥歌薄伐"中的"薄伐"则来自《诗经·小雅·六月》中的"薄伐狎狁",有攻打蛮人的意思,在这里指的是抗元斗争。

　　另一首七言排律《复次韵》是次李需诗韵的诗歌。"尝闻今乐斯为古"一句说的是孟子和梁惠王谈论今乐古乐的事。"犹胜韶钧律吕和"中的"韶钧"指《韶》乐和"钧天广乐"。"钧天广乐"是指天上的音乐,仙乐。在中国古代神话传说里,钧天指天之中央,广乐形容优美雄壮的乐曲。《列子·周穆王》曰:"王实以为清都紫微,钧天广乐,帝之所居。"可见这些都是非常有名的音乐,作者借此表达了自己对教坊的看法和态度。

　　七言律诗《宣庆殿行大藏经道场音赞诗》里有"坐见春风度楚椁"的句子。其中"椁"指的是中国神话中的树木。《庄子·逍遥游》:"楚之南有冥灵者,以五百岁为春,五百岁为秋。"陆德明释文引李颐曰:"冥灵,木名也。江南生,以叶生为春,叶落为秋。"在这里借用表长寿之意。

　　七言绝句《哭赵承制》中的"恨无重见倚楼人"来自唐诗名句"长笛一声人倚楼"。唐代诗人赵嘏有一首描写深秋拂晓景色、抒发羁旅怀归之思的诗歌,题为《长安晚秋》,诗中有"残星几点雁横塞,长笛一声人倚楼"的妙句,大诗人杜牧对其极为赞赏,并送其一雅号为"赵倚楼"。

　　从以上的例子来看,崔滋在创作的时候,也经常引用中国的经典,使自己的诗歌呈现出很深的文化内涵。

---

① 崔滋的诗歌原文如下:知公万寿等灵瓜,白日何劳欲驻戈。东海桑田犹是早,南山松岁不为多。锦筵连夜添红蜡,绣阁长春镶翠蛾。天恐小娥将及壮,腊成余闰却延俄。莲开相府传新曲,柳折娼楼罢旧歌。燕子腰轻初脱合,莺雏舌软欲离窠。不知古亦闻如此,更问年今定几何。低敛霓裳还讶重,浅搀霞帽不胜峨。情犹感德升恒露,眼亦知恩绿不波。妆关未专龙背镜,舞筵犹困凤头靴。捧来璇邸珊瑚树,踏入金銮锦绣坡。罕古新欢供幄座,从今旧乐失宫娥。金桃盘上春光醉,彩蕊阶头月影酡。巧奏伶词喉欲浪,笑呈仙戏脸将涡。鹍弦四拨惊扰玉,羯鼓双搥似弄梭。天上皇恩沾露泄,人间国色粲星罗。人人欲赋争挥翰,韵韵皆高最险跎。我亦强攘投陇右,仍将狂语达清河。幸今江国聊凭险,坐使强邻屡请和。要倩小娥歌薄伐,哀音怨曲莫吟哦。

② 李需的诗歌原文如下:梁楚欢情结灌瓜,从今塞外戢干戈。芙蓉幕府香尘静,翡翠楼台瑞气多。世祝我公长绿发,天分仙女遣青蛾。乐章已了三千曲,稚齿俄临五六傩。若不胎中成结习,谁能膝上教弦歌。昼戏妆阁珠为箔,夜琐香闺锦作窠。君子不曾耽独玩,嘉宾共赏乐如何。侍中顶上蝉冠贵,列相头边燕尾峨。金穴共承丹雨露,玉笙长奏定风波。乌纱小小裁华帽,凤绣微微制舞靴。千种风流朝玉阙,九重梅杏映金坡。巧将云伞迎王母,还奏霓裳引月娥。树捧珊瑚頮晕醉,桃攒琥珀缬痕酡。瑶琴韵暖粘红日,玉板声寒冻碧涡。羯鼓百枝干欲竭,鸭衫双袖疾如梭。一开笑脸弹圭璧,再赏歌喉殿绮罗。两部老工惭蹇涩,三行秀色愧蹉跎。欲知胜事逢千载,全赖新都拥一河。更感周公成洛邑,不妨韩愈颂元和。沉香旧服今犹在,记事冰毫口自哦。

③ "乡乐"主要是指新罗时期流传下来的音乐,类似于当年的"乡歌"。当时还有中国传来的音乐,叫唐乐。

第四章
高丽中期文人的汉诗和中国文化的关联(二)

第一节 李奎报的汉诗和中国文化的关联

李奎报(1168—1241),高丽中期最著名的诗人,原籍为黄骊(现为京畿道骊州市),字春卿,号白云居士,晚年非常喜好诗、琴、酒,被称为"三嗜好先生",父亲是户部侍郎李允绥。李奎报9岁开始阅读中国古典文学,很早就显示出了非凡的才能,14岁开始写诗,得到了"奇才"的美誉。由于他的志向在文翰职,所以一贯蔑视形式主义的科举之文,因此他多次参加科举考试,每次都落榜。15岁开始他和李仁老、林椿、吴世才等"竹林高会"的诗人交往,据说其中他最敬重的是吴世才,他为吴世才的人品所倾倒。1189年,他第四次参加司马试,取得第一名,第二年参加礼部试,成为同进士,但是没有得到任何官职,于是他离开开城到天磨山,过隐居生活。这时他对庄子"自然无为"的思想产生了浓厚的兴趣,所谓的"白云居士"的号就是在这个时候起的。1193年他回到了开城,但官门仍然紧闭,生活无着落,过着非常贫寒的日子。1197年他写信给赵永仁、崔诜、崔忠献等朝廷命官,请求他们给自己一官半职做,但是发出的信件如石沉大海,没有任何音讯,这种状况一直持续到他32岁。32岁的时候,他受崔忠献的邀请在一个诗会上写了一首赞美崔忠献的诗歌,称赞崔忠献为国为民所做出的巨大贡献。这首诗歌被崔忠献认可,不久他作为司录兼掌书记任全州牧,但俸禄不是很高,整天缠绕在繁杂的行政文书中,加上官场上的明争暗斗,他的身心受到了很大的伤害,结果刚刚做一年零四个月的全州牧,他就因为受到官场的诽谤而被罢免。1202年在镇压庆尚北道农民暴动时他随军征战南北,写了好多檄文,但仍然没有得到重用,这使他非常郁闷,这个时候他开始怀疑诗文的重要性。1207年,他的《茅亭记》赛过李仁老、李允甫、金良镜等人的文章,得到了崔忠献的认可,他终于得到像样的官职,任直翰林。1215年经右正言、知制诰做了参官。由此他的出仕之路开始顺当,生活开始有了保障,享有了舒适的文官生活,和守太尉、中书侍郎平章事琴仪、俞升旦、李仁老、陈澕等人交友,开始了活跃的创作活动。1217年升任右司谏,但因崔忠献对他持有批判的态度而被贬为左司谏,第二年这个左司谏的官职也丢了。1219年他得到枢密院副使崔怡的保护,免受惩罚,任桂阳都护府副使兵马黔辖,第二年崔忠献死,他就进入崔怡的麾下,开始过一个没有任何主见、平平凡凡的文学家的生活。经过崔忠献的事,他认为文人是政治的附庸,不能有半点非分的想法。从此他对崔怡服服帖帖,安静地度过了十多年的高官生活。其间经宝文阁待制、知制诰,任太仆少卿、翰林学士、侍讲学士、国子监祭酒等职。1228年官至中散大夫、判卫尉事,作为同知贡举,掌管了科举。1230年他又被排斥,流放到猬岛(位于全罗北道),8个月后获释。65岁时复职为判秘书省事、宝文阁学士、庆成府右詹事、知制诰。1237年在守太保、门下侍郎平章事的位置上辞官,在家休养,1241年去世。

李奎报一生著述颇丰。据传他一生写了8000多首诗歌,其中有名的就有《东明王篇》《开元天宝咏史诗》等,另外著有文集《东国李相国集》。和惠文、聪首座、全履之、朴还古、尹世儒等人交往很密切,晚年和河千旦、李需、僧统、守其等人有很多交往。

《东文选》收录李奎报的五言古体诗4题5首、七言古体诗2首、五言律诗9题13首、七言律诗14题18首、五言排律8首、七言排律2首、五言绝句5题8首、七言绝句17题21首,共61题77首。这已经是不小的数字,但和李奎报在韩国高丽时期汉文学史上的地位相比,不能说很多。

收录在《东文选》里的李奎报的诗歌和中国文化的关联可以从多个方面进行分类和考察,在这里我们主要从历史人物(这里包括历史故事)、文人墨客(这里包括文学作品)、典故(这里包括语典和事典)等几个方面加以论述。

一、中国历史人物类

在诗歌创作中,李奎报非常善于利用讽刺的手法,对那些不合理的社会现象进行严厉的批评。他的五言古体诗《钓名讽》也是这样的一首诗歌。在诗歌中,就如诗题所说,作者借用中国的许多历史人物和历史故事,借古喻今,用比兴的手法,对那些沽名钓誉的不良社会风气进行辛辣的讽刺。这是李奎报的诗歌中讽刺意蕴非常浓厚的作品之一。

> 钓鱼利其肉,钓名何所利。名乃实之宾,有主宾自至。无实享虚名,适为身所累。
> 龙伯钓六鳌,此钓真壮矣。太公钓文王,基钓本无饵。钓名异于此,侥幸一时耳。
> 有如无盐女,涂饰暂容媚。粉落露基真,见者呕而避。钓名作贤人,何代无颜子。
> 钓名作循吏,何邑非龚遂。鄙哉公孙弘,为相乃布被。小矣武昌守,投钱饮井水。
> 清畏人之知,杨震真君子。吾作钓名篇,以讽好名士。

诗歌中"太公钓文王,基钓本无饵"借用的是姜太公和周文王的故事(见前文,此处不再赘述)。下面的"钓名作贤人,何代无颜子"中的"颜子"为孔子最得意的门生,所以在这里把他当作贤人的代表举例。"何邑非龚遂"句中的龚遂也是中国历史人物,他字少卿,生卒年不详,山阳郡南平阳县(今山东邹城)人,西汉时的官员。班固的《汉书》评价他:"遂为人忠厚,刚毅有大节,内谏争于王,外责傅相。"可见,在这首诗歌里李奎报借用中国众多杰出的历史人物及其故事讽刺当今社会那些徒有其名、没有真才实学、投机取巧的所谓"名士"。

五言古体诗《适意》是利用中国的"知音"来表现自己怡然自得的心情的一首诗。

> 独坐自弹琴,独吟频举酒。既不负吾耳,又不负吾口。
> 何须待知音,亦莫须饮友。适意则为欢,此言吾必取。

众所周知,李奎报非常喜欢诗、琴、酒这三样,尤其是晚年把自己的号都改为"三嗜好先生"。这首诗歌中的"何须待知音"讲的是中国伯牙和钟子期的故事。

五言排律《上赵相诗》是李奎报写给赵永仁的诗歌。当时李奎报 30 岁,虽然科举及第,但还没有得到任何官职。当时赵永仁是相国,于是李奎报想请他说情,给自己一官半职做。在这首诗歌中,作者借用中国著名的历史人物,表达了自己的心意。如"仲卿扶圣汉,赵憬相皇唐"中提到的"仲卿"指的是卫仲卿,即西汉武帝时大司马大将军卫青。卫青(?—前 106),字仲卿,河东平阳(今山西临汾)人,汉武帝时期的重臣,军事家,多次打击匈奴,在汉与匈奴的战争中取得了里程碑式的胜利,彻底打破了当时匈奴不可战胜的神话。他后被封长平侯,官至大司马大将军,尚平阳公主。元封五年(前 106)卒,陪葬于茂陵,"起冢象庐山",谥号为"烈"。赵憬(736—796)则是唐朝的宰相,字退翁,渭州陇西(今甘肃陇西)人。"画鹿早占祥"则和东汉的郑弘有关。郑弘(?—86),字巨君,会稽山阴(今浙江绍兴)人,东汉时期的大臣,官至太尉。有一次,郑弘在民间私访民情,看到白鹿成群结队挟车而过,他感到非常神奇,就问随从主簿黄国:"白鹿出现是吉是凶?"黄国随即垂拜祝贺说:"从前三公大臣的中幡,都装饰着鹿的图案,将来您必将成为朝中的宰相。"郑弘笑而不答。后来这句话果然应验,郑弘官至太尉。下面"人间爱日光"这一句和赵衰有关,赵衰(?—前 622),即赵成子,亦称孟子馀,嬴姓,赵氏,字子余,一曰子馀,谥号曰"成季",谋士、战略家、政治家,辅佐晋文公称霸的五贤士之一,春秋时期的晋国大夫。赵衰与其子赵盾是晋国的重臣,于国家社稷有着众多贡献。赵衰死后,赵盾继承了赵衰晋国大夫的位子。赵盾在政治上也有着极高的天赋,他一直尽心辅佐晋襄公。晋襄公死后,他又帮扶幼主晋灵公,成功帮他坐稳了王位。根据《春秋左氏传》中的有关记载,有人问狐射姑,赵衰与赵盾分别是怎样的人。狐射姑回答说:"赵衰是冬日之日,赵盾是夏日之日。"狐射姑将赵衰比喻成冬日的太阳,是一个温暖的存在,给人一种和蔼可亲的感觉。"璇极护文昌"中的"文昌"指的是"文昌星",这是一个星座名。文昌星在中国民间信仰中占有重要地位,作为天上星官的名字,民间认为它是专门管理人间读书和功名的。"丹心补舜裳"中的"舜裳"指的是古代君王的礼服,据传是舜帝作的。臣下辅佐君王为"补衮职之阙"。下一句"品人同许郭,爱客似原尝"中的"许郭"是东汉时期的许劭、郭太这两个人的并称。《后汉书·许劭传》:"许劭字子将,汝南平舆人也。少峻名节,好人伦,多所赏识。若樊子昭、和阳士者,并显名于世。故天下言拔士者,咸称许郭。""原尝"为战国时期赵国平原君和齐国孟尝君的合称,据说他们各有三千食客。汉代班固的《西都赋》曰"节慕原尝,名亚春陵",其中的"原尝"就是指他们。"坐穴管宁床"中提到的管宁(158—241),字幼安,北海郡朱虚县(今山东安丘、临朐东南)人。汉末天下大乱,与邴原及王烈等人至辽东避乱。据《三国志》卷十一,管宁避难辽东时及后来回到中原后,常坐在一个木榻上,持续 50 多年没有席地而坐,因为屈膝而坐,膝盖顶起被褥,小床上的被褥与膝盖接触的地方都磨穿了。"诗篇欲补亡"说的是束晳。《诗经》里有几首诗只有篇名没有内容,束晳作诗进行了补充,题为"补亡诗"。束晳(261—300),字广微,阳平元城(今河北大名)人,西晋著名学者、文学家。"力事经三折,虚名愧七襄"的前一句说的是能力来自经验的道理。《左传》曰:"三折肱,知为良医。"由此衍化出成语"三折其肱"。后一句的"七襄"指的是"织女星",据传"织女星"一日七次移动星位。古人把一天分为十二时辰,白天为卯时到酉时共七个时辰,织女星每一个时辰就移动一次。《诗经·小雅·大东》:跂彼织女,终日七襄。东汉郑玄笺云:襄,驾也,驾,谓更其肆也,从旦至莫(音暮),七辰一移,因谓之七襄。下面"燕谷思温律"中的"燕谷"就是寒谷,在古代的燕地,传说这是邹衍吹律生黍的地方。《太平御览》卷五十四引汉刘向《别录》曰："《方士传》言，邹衍在燕，有谷，地美而寒，不生五谷。邹子居之，吹律而温气至，而生黍谷。今名黍谷。"下面的"自呼知我鲍，枉道起予商"的句子引用的是鲍叔牙和管仲的故事。据传春秋时期鲍叔牙对管仲非常了解，以至于管仲说"生我者父母，知我者鲍子也"。"好试清琴抚，无嫌美锦伤"这两句也有故事。据传子贱在单父（今山东单县）三年，任人唯贤，常常身不下堂，鸣琴唱和，把单父这个地方治理得井井有条，以至于单父物阜年丰、风淳俗美，夜不闭户、路不拾遗，史称"鸣琴而治"。子贱指的是宓子贱（前521—前445），鲁国人，是孔子的学生，他曾经在鲁国朝廷当官，任过单父宰。在这里，李奎报想说的是如果把自己任命为地方官的话，自己也会和子贱一样，把那个地方治理得非常好。后一句讲的是春秋时期的故事。据《春秋左氏传》，郑国上卿子皮想让尹何治理一个采邑。子产说："尹何年轻，不知能否胜任。"子皮说："这个人忠厚谨慎，我喜爱他，他一定不会背叛我。让他到那里学习一下，就会更加懂得治理政事的方法。"子产说："不行。一个人假如真正喜爱别人，那就应该让他得到好处。现在您喜爱别人，就想让他来管理政事，这就如同让一个还不会拿刀的人去割肉一样，多半会割伤自己。您的所谓爱人，只不过是伤害人家罢了，那么以后谁还敢求得您的喜爱呢？您在郑国如同房屋的栋梁，栋梁折断了，屋椽自然要崩塌，我也会被压在屋子底下，因此怎敢不把自己的全部想法说出来呢？譬如您有一块美丽的锦缎，您一定不肯让人用它来练习剪裁衣服。担任大官、治理大邑，这些都是人们身家性命之所寄托，却让一个正在学习的人来担当。大官大邑与美丽的锦缎相比，不是更加贵重吗？我只听说过学好了然后才去管理政事，没听说过用治理政事的方式来让他学习的。如果真这么做，一定会受到危害。比方打猎吧，射箭、驾车这一套练熟了，才能猎获禽兽；假若从来就没有登过车、射过箭和驾过车，总是为翻车发生事故（翻车压死）而提心吊胆，那么，哪里还顾得上猎获禽兽呢？"听了子产的长篇大论，子皮终于采纳了子产的意见，没有让尹何去治理采邑。可见，在这首诗里作者借用大量的中国历史人物和故事，阐明了自己能够胜任一个地方官的种种理由。

五言排律《上右谏议》是李奎报写给当年的右谏议李世长的。李世长是当时崔谠领头的海东耆老会的成员。

> 本生纨绮贵，犹事椠铅劳。星魄从天降，花妖入壁逃。已传张相印，合佩吕虔刀。
> 笔洗西台肉，诗沾老杜膏。谋宜前箸画，官忽后薪高。粉省登清地，冰衔落彩毫。
> 早知春有脚，何恨纸生毛。兽因甘摇尾，鹰饥望解绦。贤侯同姓李，郎子一门桃。
> 亦是平生幸，宁教失意呼。

诗歌中的"花妖入壁逃"讲的是武三思与妓女素娥的事情。据唐代袁郊的《甘泽谣》，武三思得到了一个叫素娥的名妓，他高兴之余宴请包括狄仁杰在内的各公卿贵族，但万万没想到狄仁杰托病没来。后来武三思再请狄仁杰一次，这次狄仁杰来了。狄仁杰请武三思唤素娥出来表演歌舞，以助酒兴，但没想到过了很长时间素娥还是没有出来。大家都觉得蹊跷之时，有一个仆人慌里慌张地出来禀报："素娥不知道跑到哪儿去了，府内上下都找遍了，不见踪影。"满座皆惊，武三思亲自到内室里到处寻找也找不到。忽然，他闻到墙缝里一股麝兰幽香扑鼻而来，凑上去侧耳倾听，隐约能听到素娥的声音。武三思惊异不已，只听那声音说：

"王爷,我不让你请狄大人,王爷偏不听,他一来,我就活不成了!"武三思纳闷,忙问原因。素娥说道:"我是个花妖啊,上天派我下界不为别的,就为诱惑王爷,使武周皇室不问世事,不久后李唐皇室必定复兴,此乃天数非人力可违。狄大人禀赋刚正,妖邪之辈见他,必被他的正气所伤,立刻灰飞烟灭。所以,我躲在这儿不敢见他。王爷待我深情厚谊,我有一句肺腑之言相劝,请您好好对待狄大人,千万别冒犯他,否则祸在不测,武氏一门恐怕有灭顶之灾啊!"说毕,素娥不再言语。武三思出来,谎称素娥得了重病,不能再出来表演舞蹈之类了。所有人都意兴阑珊,渐次离去。最后武三思挽留狄仁杰,谦卑有礼、战战兢兢,搞得狄仁杰也莫名其妙。第二天,武三思进宫面见武则天,密奏此事,武则天也不禁仰天长叹:"上天示警,不可不信啊!"下两句"已传张相印,合佩吕虔刀"中的"张相"指的是战国时期秦国的张仪。张仪首创连横的外交策略,游说入秦。他的这种"连横"的观点正好与苏秦的六国联合抗秦的"合纵"观点相对。张仪这个以"横"破"纵"的主张得到认可,不久成了宰相。吕虔是三国时期曹魏将领,生卒年不详,字子恪,任城(今山东济宁)人。据《晋书》卷三十三记载,当年,吕虔有一把非常好的佩刀,工匠看过那把刀以后认为佩带这把刀的人今后一定会登上三公之位。吕虔对别驾王祥说:"依我看,我不是可以做三公的人,这刀对我说不定还有害。而您有公辅的器量,送与你吧。"王祥一开始坚决推辞不收,吕虔强迫他才接受,后来王祥官至太保。王祥临死前,又把这把刀送与其弟王览,说:"今后你的后代一定兴盛,足以配此刀。"果然,王览的后代之中便有了东晋政权的奠基人之一王导,其家族也从东晋时期开始一直是贤才济济的大家族,成为光耀百年的豪门望族。"笔洗西台肉,诗沾老杜膏"中的"西台"为唐朝画家李建中的号,李建中(945—1013),字得中,自号岩夫民伯,京兆(今陕西西安)人,北宋书法家,人称"李西台"。流传至今的李建中书法墨迹比较少,其书得到"笔致丰腴肥厚,端庄稳健,风格丰肌秀骨,气宇轩朗"的评价。"老杜"指的是杜甫。

七言律诗《辛酉五月端居无事和子美成都草堂诗韵》是借杜甫诗韵的,1题5首。其第一首颔联"缅思潘阆三峰好,且任陈蕃一室芜"中的陈蕃(?—168),字仲举,汝南平舆(今河南平舆)人,东汉时期的名臣,祖父曾任河东太守。陈蕃15岁时,曾住一室无事可做,而室内外十分肮脏,父亲的朋友同郡薛勤来看他,对陈蕃说:"小子,为什么不打扫干净迎接客人呢?"陈蕃说:"大丈夫在世,应当扫除天下的垃圾,哪能只顾自己一室呢?"薛勤知道他有澄清天下的志气,因而非常赞赏他。由此可见,李奎报在创作中借用了很多中国历史人物和故事,形象而含蓄地表达自己的各种主张,使诗歌呈现出言志和用典融为一体的艺术效果。

二、中国的文人墨客类

李奎报的诗歌里也出现了不少中国文学家以及和文学有关的内容,而这些主要出现在七言律诗中。下面是七言律诗《辛酉五月端居无事和子美成都草堂诗韵》中的第四首,是借用中国文人墨客形象地表达作者人格理想的。

古来达士贵知微,田园将芜何日归。莫问累累兼若若,不曾是是况非非。
堕车醉者只全酒,抱瓮丈人宁有机。御寇南华如可作,吾将问道一抠衣。

首联中"田园将芜何日归"句来自陶潜的《归去来兮辞》的第一句"归去来兮,田园将芜胡不归"。颔联中"莫问累累兼若若"句来自《汉书·佞幸传·石显》:"民歌之曰:'牢邪石邪,五鹿客邪!印何累累,绶若若邪!'言其兼官据势也。"对此颜师古注:"累累,重积也。若若,长貌。"后以"累累若若"形容官吏众多。颈联"堕车醉者只全酒,抱瓮丈人宁有机"的前一句出自《庄子》,云:"夫醉者之坠车,虽疾不死……其神全也。"后一句也出自《庄子》。子贡去南方游楚国,反于晋,过汉阴,见一丈人方将为圃畦,凿隧而入井,抱瓮而出灌,搰搰然用力甚多而见功寡。子贡曰:"有械于此,一日浸百畦,用力甚寡而见功多,夫子不欲乎?"为圃者仰而视之曰:"奈何?"曰:"凿木为机,后重前轻,挈水若抽,数如泆汤,其名为槔。"为圃者忿然作色而笑曰:"吾闻之吾师,有机械者必有机事,有机事者必有机心。机心存于胸中,则纯白不备。纯白不备,则神生不定。神生不定者,道之所不载也。吾非不知,羞而不为也。"子贡感到惭愧,俯而不对。尾联"御寇南华如可作,吾将问道一抠衣"中的"御寇"为列子,他是战国时期郑国圃田(今河南郑州)人,道家学派著名的代表人物,著名的思想家、寓言家和文学家。列子(与弟子)著有《列子》,对后代的哲学、文学、科技、宗教都有深远的影响。那时,由于人们习惯在有学问的人姓氏后面加一个"子"字表示尊敬,所以列御寇又称为"列子"。

七言律诗《聊城驿壁上韵》是在中国山东聊城作的。

幽谷一宵中酒宿,聊城半日解骖留。归来阮籍空长啸,寂寞相如故倦游。
邮吏送迎何日了,使华来往几时休。唯予幸是闲行者,来不烦人去自由。

这首诗歌的颔联"归来阮籍空长啸,寂寞相如故倦游"与阮籍和司马相如有关。阮籍(210—263),三国时期魏国诗人,字嗣宗,陈留(今属河南)尉氏人,竹林七贤之一。他崇奉老庄之学,政治上则采取谨慎避祸的态度,嗜烈酒、善弹琴,喝酒弹琴后往往长啸。《史记·司马相如列传》:"长卿故倦游。"裴骃集解引郭璞曰:"厌游宦也。""长卿"为司马相如的字。这里是说相如厌倦游宦生涯。

七言律诗《辛酉五月端居无事和子美成都草堂诗韵》第一首中,"懒惰无心赋两都,况堪着论效王符"中提到的《两都赋》是汉代文学家、史学家班固的大赋,分《西都赋》《东都赋》两篇。据其自序,自东汉建都洛阳后,"西土耆老"仍以长安为首都,因作此赋以驳之。《西都赋》由假想人物西都宾叙述长安形势险要、物产富庶、宫廷华丽等情况,以暗示建都长安的优越性;《东都赋》则由另一假想人物东都主人对东汉建都洛阳后的各种政治措施进行美化,意谓洛阳当日的盛况,已远远超过了西汉首都长安。王符(约85—约163),字节信,安定临泾(今甘肃镇原)人,东汉时期的政治家、文学家。王符一生隐居著书,因"不欲彰显其名",故将所著书名为《潜夫论》,该著作是论当时利害得失的。

七言律诗《辛酉五月端居无事和子美成都草堂诗韵》第三首中,首联"不把余愚污及溪,幽栖粗免宦途迷"借用了柳宗元的《愚溪诗序》。柳宗元被流放到永州后,给当地的溪水起名为"愚溪",于是小丘是愚丘,泉水是愚泉,泉水经过的沟是愚沟,所有的地方都以"愚"来命名,如愚池、愚堂、愚亭、愚岛,这些美好的树木和奇异的岩石参差错落。结果他担心,这些都是山水中瑰丽的景色,因为他的缘故都用愚字玷污了它们。

七言律诗《过龙潭寺》的颔联"柳余陶令门前五,山胜禹强海上三"中的"陶令"是指陶渊明。陶渊明当过彭泽令,所以叫"陶令",其门前栽五棵柳树,故称为"五柳先生"。"禺强"又称禺疆、禺京,是神话传说中的海神、风神和瘟神,是黄帝之孙。

另一首七言律诗《梅花》中作者借用了"姮娥"(嫦娥)的故事。

五言排律《上赵相诗》中,"登坛屠沈谢,剧垒倒班杨"中的"沈谢"为沈约和谢朓,"班杨"为班固和扬雄。"颇同殷咄咄,敢比孔遑遑"的后一句来自宋欧阳修的《徂徕石先生墓志铭并序》,那里有"道之难行兮,孔孟遑遑"的句子。"遑遑"是非常繁忙之意,说的就是当年孔子和孟子也不逢时机,东奔西走。

五言律诗《草堂端居和子美新赁草屋韵》第四首中的"在家堪作佛,灵运已忘家"说的是谢灵运。据传谢灵运笃信佛教,坐在家竟忘了家。第五首中,"独喜童乌辈"中的"童乌"指的是西汉扬雄之子。据扬雄的《法言·问神》,童乌九岁时助父著《太玄》,但很早夭折了。

三、中国的典故类

李奎报在诗歌中善用中国的典故,以含蓄地表达自己的思想情感,提高诗歌的艺术表现力。

五言排律《上右谏议》中有"谋宜前箸画,官忽后薪高"的句子。前一句讲的是著名的张良和刘邦的故事。据《汉书》卷四十,有一次,张良去找刘邦,刘邦正在吃饭,张良就拿起刘邦饭桌上的筷子在饭桌上画来画去,形象而详细地分析了楚汉双方当前的形势和未来的发展趋势,以及双方目前的利害关系,有据有理而且明确地说明了不能重用六国诸侯的原因,结果刘邦被说服了。后来人们用"借箸"来指为人谋划。后一句则和成语"后来者居上"有关。据《史记·汲郑列传》,有一次,汲黯对汉武帝说:"陛下用群臣,如积薪耳,后来者居上。"当时朝中有三位有名的臣子,分别是汲黯、公孙弘和张汤。这三个人虽然同时在汉武帝手下为臣,但他们的情况却很不相同。汲黯很早进京供职,资历很深,官职也很高,而当时公孙弘和张汤只不过是小官,职位很低,根本无法与汲黯相比。可是公孙弘和张汤在朝廷为人好,处事也好,取得了显耀的政绩,一步一步被提拔上来,直到公孙弘封了侯又拜为相国,张汤也升到了御史大夫,两人官职都到了汲黯之上。汲黯眼看那两位过去远在自己之下的小官都已官居高位,心里很不服气,总想找个机会跟汉武帝评评这个理。有一天退朝后,文武大臣相继退去,汉武帝正朝着御花园走去,汲黯赶紧趋步上前,对汉武帝说:"陛下,有句话想说给陛下听,不知您是否感兴趣?"汉武帝回过身停下,说:"不知是何事,不妨说来听听。"汲黯说:"皇上见过农人堆积柴草吗?他们总是把先搬来的柴草铺在底层,后搬来的反而放在上面,陛下不觉得那先搬来的柴草太委屈了吗?"汉武帝听了,有些不解,仍然看着汲黯,问:"爱卿说这些,是什么意思?"汲黯说:"陛下请看,公孙弘、张汤那些小官,论资历、论基础都在微臣之后,可现在他们却一个个后来居上,职位都比微臣高多了,皇上提拔官吏不是正和那堆放柴草的农人一样吗?"几句话说得汉武帝很不高兴,他本想狠狠地贬斥汲黯,但立刻想到汲黯是位老臣,只好压住火,什么也没说,拂袖而去。"早知春有脚,何恨纸生毛"中的"春有脚"说的是宋璟的故事。宋璟(663—737),邢州南和(今河北邢台市南和区)人,唐朝名相,历仕武后、唐中宗、唐睿宗、殇帝、唐玄宗等五朝帝王,一生为振兴大唐励精图治,与姚崇同心协力,辅佐唐玄宗开创了开元盛世,与房玄龄、杜如晦、姚崇并称唐朝四大贤相。当时人们称赞宋璟像长了脚的春天,走到哪里,就把光明和温暖带到哪里。

五言排律《上右散骑》是作者写给常侍闵湜（？—1201）的诗歌，是用来求官职的。其中"为爱蹊成下，叨将璧至前"前一句中的"蹊成"来自典故"桃李不言，下自成蹊"，原意是桃树、李树不会说话，但因它们有花和果实，人们在它们下面走来走去，走成了一条小路。比喻人只要真诚、忠实，就能收获人心。后一句来自成语"明珠暗投"，《史记·邹阳列传》载："臣闻明月之珠，夜光之璧，以暗投人于道路，人无不按剑相眄者，何则？无因而至前也。""囊锥容早脱，纨扇岂中捐"的前一句来自成语"毛遂自荐"，据《史记·平原君列传》，有一次，平原君准备选拔人去楚国，这时毛遂自荐，对平原君说："遂闻君将合从于楚，约与食客门下二十人偕，不外索。今少一人，愿君即以遂备员而行矣。"并以囊锥为喻，说如让自己处于囊中，早已脱颖而出。在平原君与楚王谈判时，毛遂威言并加，才华毕露，谈判得以成功，平原君因此认识了毛遂有一言重于九鼎的超出常人的能力。后来遂用"毛遂自荐"来谓自我推荐，自告奋勇。后一句来自班婕妤。班婕妤（前48—2），名不详，汉成帝刘骜的妃子，她写有《团扇歌》（亦名《怨歌行》），其中她自比秋扇，感叹道："常恐秋节至，凉风夺炎热。弃捐箧笥中，恩情中道绝。"用洁白的细绢精心剪裁的团扇，夏天天热的时候与主人形影相随；等到凉秋时节，则被遗弃在箱中，无人问津。后来人们以"秋凉团扇"来比喻女子失宠。

五言排律《上直门下》和上面的《上右散骑》一样，是用来求职的。诗歌中"山西铁干乔"的句子与汉朝的时候山西籍的将军多的情况有关。下面"家承班定远，国倚霍嫖姚"中的"班定远"就是班超。班超（32—102），字仲升，扶风郡平陵县（今陕西咸阳）人，东汉时期著名军事家、外交家，其长兄就是著名的文人班固。而"霍嫖姚"就是霍去病，汉武帝时他任嫖姚校尉，后被封为冠军侯，曾六次攻打匈奴，立下了赫赫战功。诗中"青松守后凋"的句子来自《论语》。《论语·子罕》曰："岁寒，然后知松柏之后雕也。"岁寒，是每年天气最寒冷的时候。雕，通"凋"，意为"凋零"。到了每年天气最冷的时候，就知道其他植物多凋零，只有松柏挺拔、不落，比喻修道的人才有坚韧的意志，耐得住困苦，受得了折磨，不至于改变初心。"李广今飞汉，天骄不吠高"的前一句说的是李广。李广（？—前119），陇西成纪（今甘肃天水秦安）人，西汉时期的名将。后一句来自成语"跖犬吠尧"。《战国策·齐策六》载："跖之狗吠尧，非贵跖而贱尧也，狗固吠非其主也。"后用"跖犬吠尧"比喻各为其主。"跖"是指"盗跖"，是中国民间传说中的大盗。作者用这句话比喻高丽和北方民族之间的关系。"身兼双美具，官剩十旬超"前一句中的"双美"指的是"忠与孝"。杜甫的《奉贺阳城郡王太夫人恩命加邓国太夫人》[1]诗里有"可怜忠与孝，双美画骐驎"的句子。后一句说的是荀爽。荀爽（128—190），一名谞，字慈明，颍川颍阴（今河南许昌）人，东汉末年大臣、经学家。《后汉书》卷六十二《荀爽列传》曰："献帝即立，董卓辅政，复征之。爽欲遁命，吏持之急，不得去，因复就拜平原相。行至宛陵，复追为光禄勋。视事三日，进拜司空。爽自被征命及登台司，九十五日。"简而言之，荀爽不到一百天连升官职，官至三公。"何幸借扶摇"的句子来自《庄子·逍遥游》中的"抟扶摇而上者九万里"。

五言排律《上左谏议》是作者写给左谏议李桂长的，仍然是用来求职的。其中"恢刃夺神

---

① 这首诗歌全文如下：卫幕衔恩重，潘舆送喜频。济时瞻上将，锡号戴慈亲。富贵当如此，尊荣迈等伦。郡依封土旧，国与大名新。紫诰鸾回纸，清朝燕贺人。远传冬笋味，更觉彩衣春。奕叶班姑史，芬芳孟母邻。义方兼有训，词翰两如神。委曲承颜体，骞飞报主身。可怜忠与孝，双美画骐驎。

庖"来自典故"庖丁解牛",出自《庄子》。曰:庖丁为文惠君解牛。手之所触,肩之所倚,足之所履,膝之所踦,砉然向然,奏刀騞然,莫不中音。合于《桑林》之舞,乃中《经首》之会。文惠君曰:"嘻,善哉! 技盖至此乎?"庖丁释刀对曰:"臣之所好者,道也,进乎技矣。始臣之解牛之时,所见无非全牛者;三年之后,未尝见全牛也。方今之时,臣以神遇而不以目视,官知止而神欲行。依乎天理,批大郤,导大窾,因其固然,技经肯綮之未尝,而况大軱乎!良庖岁更刀,割也;族庖月更刀,折也。今臣之刀十九年矣,所解数千牛矣,而刀刃若新发于硎。彼节者有间,而刀刃者无厚;以无厚入有间,恢恢乎其于游刃必有余地矣! 是以十九年而刀刃若新发于硎。虽然,每至于族,吾见其难为,怵然为戒,视为止,行为迟。动刀甚微,謋然已解,如土委地。提刀而立,为之四顾,为之踌躇满志,善刀而藏之。"很显然,在这里作者是借用这个典故赞美李桂长。下面的"峻级超三独,淳风镇五交"中的"三独"就是"三独坐"。东汉时,尚书令、司隶校尉、御史中丞在朝会时均专席而坐,由此出现了"三独坐"的说法。汉代百官朝会,一般接席而坐,唯有这三官独坐一席,以示皇帝的优宠。"五交"指的是五种非正道的交友,指势交、贿交、谈交、穷交、量交,出自南朝梁刘峻的《广绝交论》。刘峻(462—521),南朝梁学者兼文学家,字孝标,本名法武,平原(今属山东德州平原)人。"尚容蒹倚玉"的句子来自成语"蒹葭玉树"。"蒹葭"的意思是价值低微的水草,比喻微贱。该成语表示地位低的人依附地位高的人,出自南朝宋刘义庆的《世说新语·容止》。话说三国时期,黄门侍郎夏侯玄一表人才,有玉人之称。他自视甚高,很有傲气。驸马都尉毛曾相貌丑陋,令人生厌,他仗着自己的姐姐是皇后,经常找机会接近夏侯玄。他们坐在一起,人称蒹葭倚玉树。夏侯玄十分不满,魏明帝因此而降他的职。"盘珠尚泣鲛"中的"鲛"又名泉客,是中国古代神话传说中鱼尾人身的神秘生物,很像西方神话中的美人鱼。干宝的《搜神记》记载:"南海之外有鲛人,水居如鱼,不废织绩,其眼泣则能出珠。"下面"吾岂系如匏"中的"系如匏"典出《论语·阳货》:"吾岂匏瓜也哉,焉能系而不食?"后用"系匏"比喻隐居未仕或弃置闲散。

五言排律《上中书舍人》是写给中书舍人高莹忠的。其中"五花荣最好,一佛贺如何"中的"五花"指的是"五花判事"。《资治通鉴·唐纪九》记载:"凡军国大事,则中书舍人各执所见,杂署其名,谓之五花判事。""芍药播新歌"来自南朝齐谢朓的《直中书省诗》,诗歌写道:"红药当阶翻,苍苔依砌上。""曾取蔡公禾"中的"蔡公禾"指的是优厚的爵禄。《后汉书·蔡茂传》曰:"极而有禾,人臣之上禄也。""金銮早脱靴"讲的是李白的故事。有一次,李白在宫中喝醉了,竟然伸出了脚,对坐在身旁的宦官高力士说:"给我脱掉靴子。"高力士一时不知所措,只得给李白脱下靴子。当时高力士权力很大,四方的奏事都要经过他的手,文武百官没有一个不巴结他的,他还从来没有受过这样的侮辱,这件事使他很愤怒,记了李白的仇。

七言排律《次韵》里有"六实呈祥一蒂瓜"的句子,这与汉代的李融有关。李融,字玄音,蒸阳(今湖南衡阳县)人。据《零陵先贤传》,固姑侯相使其为政,得吏民心,屡致祥瑞,甘瓜六子共茎。

另一首七言排律《次贺琴平章得外孙》里有"贺宾朝集衽成帷"的句子,这个句子来自成语"连衽成帷",典出《史记·苏秦列传》:"车毂击,人肩摩,连衽成帷,举袂成幕,挥汗成雨。""要待识声温大(太)尉,何烦摩顶志禅师"的前一句与桓温有关。根据《晋书》记载,桓温是东汉大儒桓荣之后,未满周岁时便得到名士温峤的赞赏,因此以"温"为名。这个

"温峤"就是温太尉。下句是说徐陵小的时候就被高人赞誉为"天上石麒麟"的事。徐陵(507—583),字孝穆,东海郯县(今山东郯城)人,南朝诗人、文学家。

五言绝句《绝句杜韵》借用了杜甫的五言绝句《绝句六首·其四》①。其中的"霞残余绮散"来自南朝齐谢朓的《晚登三山还望京邑》,其中有"余霞散成绮,澄江静如练"的句子。

五言绝句《即事》里的"檐燕舞佳人"一句说的是赵飞燕。赵飞燕是中国汉代著名的舞蹈艺术家。由于她的舞姿轻盈,人们反而忘却了她的真实姓名,而称呼她"飞燕"。相传赵飞燕的舞蹈功力非常好,加上她身轻如燕,可以在掌上跳舞。汉成帝还为她打造了一个水晶的盘子,让宫中侍从用手托着,赵飞燕在上面献舞,如履平地。汉成帝情不自禁,对她更是喜爱有加。

七言绝句《列子御风》中的"御寇"就是列子。列子贵虚尚玄,修道炼成御风之术,能够御风而行,常在春天乘风而游八荒。庄子在《逍遥游》中描述了列子乘风而行的情景。

七言绝句《右军换鹅》说的是王羲之拿自己写的《黄庭经》(一说《道德经》)换鹅的故事。话说山阴有一道士,想得到一幅王羲之书法,他知道王羲之爱鹅成癖,特地准备了又肥又大的白鹅,作为王羲之写经文的报酬。王羲之见鹅,欣然为道士写了半天的经文,高兴地"笼鹅而归"。"不如痴姥烹相待"的句子讲的是会稽有孤居姥养一鹅,这只鹅善鸣,王羲之求购未能得,遂携亲友去看。老人听说羲之要来,把鹅杀了煮好招待王羲之,羲之叹惜了一整天。

七言绝句《延福亭》中的"筒中殷鉴分明甚"来自《诗经·大雅·荡》,曰:"殷鉴不远,在夏后之世。"意思是殷人灭夏,殷人的子孙应该以夏的灭亡作为鉴戒。在这里以此指延福亭里发生的郑仲夫之乱。

七言绝句《回安淳之诗卷》中,"诗高全似庭坚体,文赡犹存子厚风"中的"庭坚""子厚"分别指的是黄庭坚和柳宗元。

七言绝句《过奇相林园》1题2首。第二首里有"珠履缤纷记昔年"句,这里的"珠履"出自《史记·春申君列传》。春申君担任楚国宰相的第四年,秦国坑杀了赵国长平驻军40多万人。第五年,包围了赵国都城邯郸。邯郸守将向楚国告急求援,楚国派春申君带兵去救援邯郸。秦军解围撤退后,春申君返回楚国。春申君担任楚国宰相的第八年,为楚国向北征伐,灭掉鲁国,任命荀卿担任兰陵县令。这个时候,楚国又兴盛强大起来。有一次,赵国平原君派使臣到春申君处访问,春申君把他们安排到上等客馆。赵国使臣想向楚国夸耀赵国的富有,特意用玳瑁簪子绾插冠髻,亮出用珠玉装饰的剑鞘,请求与春申君的宾客会面。春申君的上等宾客都穿着宝珠做的鞋子来见赵国使臣,使赵国使臣自惭形秽。

七言绝句《四时词》1题4首。其中,《夏》中的"碧筒传酒犹嫌热"来自唐段成式的《酉阳杂俎·酒食》,曰:"历城北有使君林,魏正始中,郑公悫三伏之际,每率宾僚避暑于此。取大莲叶置砚格上,盛酒二升,以簪刺叶,令与柄通,屈茎上轮菌如象鼻,传嗡之,名为碧筒。"《秋》里的"骑省初惊见二毛"来自潘岳的《秋兴赋》,其中有"晋十有四年,余春秋三十有二,始见二毛"的句子。"二毛"的意思是白发。《秋兴赋》是西晋文学家潘岳的代表赋作之一。

---

① 杜甫的《绝句六首·其四》全文如下:急雨捎溪足,斜晖转树腰。隔巢黄鸟并,翻藻白鱼跳。

第二节　金克己的汉诗和中国文化的关联

金克己,高丽明宗时期的文人,籍贯为今京畿道广州,号老峰。早年科举及第,为人正直,很长时间没有得到什么官职,过着远离权力层的生活。他和吴世才、林椿等人交情颇深。武臣作乱的明宗时期,他40多岁的时候得到一官半职,经龙湾(今为朝鲜平安北道义州)佐将,成为翰林,后做礼部员外郎的时候作为使臣访问金朝,回国后不久就去世。他一生写了不少描写农民生活和农民起义的文章,对他们的合理要求给予了同情,是一个具有儒家民本思想的文人。他的诗歌很多收录在高丽末年编撰的《三韩诗龟鉴》中,是收录数量比较多的高丽作家之一,这从一个方面说明了他的诗才。同时《三韩诗龟鉴》说他有文集《金居士集》135卷(也有150卷之说),据传是在当时的实权人物崔禹的关照下编成的,收录了金克己的古律诗、四六文和其他杂文。但这个文集现已失传,不知其具体的情况。现在《东文选》和《新增东国舆地胜览》收有他的260多首诗歌,《东人之文》里收有他的文章。他的诗歌就像是为下层人所作,侧重于描写农民的生活,栩栩如生地展现了他们的痛苦生活。他写诗从不张扬,不宣扬某种观念,也不善于描写景物,而是时刻注重在描写包括农村生活在内的底层社会生活的同时,表现出回归自然的强烈愿望。所以,李仁老在《金居士集序》中说他"以诗鸣于时,其类是欤,真人中鸾凤",极力称赞他孤傲的品格。他从不阿谀奉承,不图权势,远离官场,深藏在山林中,过着清贫的生活。这也许就是他一生没有任高官的一个原因。金克己还留有词3篇,可谓是韩国最早填词的作家之一。当时以崔滋为首的文人评价他的诗歌"金翰林克己,属辞清旷,言多益富"[①],后人也常以"流丽""豪放"等词汇来称赞他的诗歌。《东文选》收有他的五言古体诗5题14首、七言古体诗3题3首、五言律诗5题8首、七言律诗10题12首、七言排律1首、七言绝句21题27首,共45题65首,是高丽文人中收录诗歌比较多的作家之一。

和高丽时期的其他诗人一样,金克己也经常在自己的汉诗中借用中国的历史人物、文人墨客以及典故表达自己的社会观点。下面我们从中国历史人物、文人墨客、典故相关等几个方面,探讨金克己汉诗中的中国文化因素。

一、中国历史人物类

金克己汉诗中出现了不少中国历史人物以及和中国历史有关的内容。他的五言古体诗《龙湾杂兴》是借龙湾的自然景物抒发自己情感的诗歌。这组诗歌由五首构成,其第三至第五首中有与中国文化有关的内容。

> 大川啮蛇山,十里声怒号。偶到渊渟处,停缧烛鬓毛。
> 自笑衰陋质,鱼龙亦惊逃。安知天上日,水底亦光昭。
> 应怜半镜雪,塞邑操牛刀。持用亦矜负,此行非不遭。

---

① 崔滋《补闲集》,载蔡美花、赵季主编:《韩国诗话全编校注》,北京:人民文学出版社,2012年版。

平生郁郁情,俯仰成陶陶。

我怜镇水僧,清净无尘虑。抽身簿书间,半日陪杖屦。
窗前岩溜飞,席上岭云度。啸咏便忘返,天昏山向暮。
俗士争功名,沉碑剧杜预。岂知陶靖节,林下问征路。

岩岩妙高峰,壁立千丈直。偶寻林下僧,空畔蹑云碧。
因窥壁间诗,五字皆破的。始知方外客,先我已探历。
斯人定清旷,恨不同茗席。空令千载下,慷慨吊幽迹。

第三首中"应怜半镜雪,塞邑操牛刀"借用孔子和其弟子子游"割鸡焉用牛刀"的故事,慨叹自己的现实情况,表现了虽然现实不如意,但仍积极向上的情操。第四首中"俗士争功名,沉碑剧杜预"的句子来自《遁斋闲览》。据《遁斋闲览》,当年杜预制作两个石碑,把它们沉入水中,想的是数百年后,河水干涸变成山陵,石碑就会露出来。杜预知陵谷有变迁,而不知石碑亦有磨灭。然而深谷为陵,必实以土,然后为陵谷。既为陵,则石亦埋没,岂复可见? 此又不达物理。杜预(222—285),字元凯,京兆杜陵(今陕西西安)人,西晋时期著名的政治家、军事家和学者,政治上、学术上都有建树。下面的"陶靖节"就是陶渊明。第五首中,"始知方外客"中的"方外"出自《庄子》。在庄子看来,方外与方内是根本不同的。方外是宇宙之源、万物之本;方内是宇宙之流、万物之表。按照中国人的理解,四方上下谓之宇,古往今来谓之宙。庄子认为:四方上下是无边无际的,古往今来也是没有穷尽的,宇宙在空间上是无穷的,在时间上是无终的。

五言古体诗《有感》1题3首,也是借用自然风景抒发儒者高尚情操的作品。

鲁连泛碧海,支伯捿苍州。亭亭出尘想,万古高莫俦。我虽慕二子,行止非人谋。
膏肓负泉石,缰索婴笏修。若非入醉乡,拘迫何时休。官余试揽枕,卧作鸡林游。
行吟兔岭月,坐漱蚊川流。不知千里外,从宦已三秋。一朝挂冠去,谁复驯白鸥。

这是《有感》的第二首。其第一联"鲁连泛碧海,支伯捿苍州"中出现的"鲁连"就是鲁仲连。鲁仲连(约前305—约前245),战国末期齐国人,人称鲁仲连子、鲁连子。据传他善于阐发奇异的谋略,口才超群,但一生不愿做官,保持自己的高风亮节,《史记》有他的列传。在战国七雄争霸时,秦军围困了邯郸。魏王派兵前去营救赵国,并派将军辛垣衍劝说赵王拥秦王称帝。鲁仲连去见辛垣衍,辛垣衍问:"我看留在这座围城中的,都是有求于平原君的人;而今我看先生的尊容,不像是有求于平原君的人,为什么还长久地留在这围城之中而不离去呢?"鲁仲连说:"世人认为鲍焦因没有博大的胸怀而死去,其实这种看法错了。一般人不了解他耻居浊世的心意,认为他是为个人打算。那秦国,是个抛弃礼仪而只崇尚战功的国家,用权诈之术对待士卒,像对待奴隶一样役使百姓。如果让它无所忌惮地称帝,进而统治天下,那么,我只有跳进东海去死,我不忍心做它的顺民。我之所以来见将军,是打算帮助赵国啊。"由此有了"鲁连泛碧海"的说法。《庄子·让王》载:"尧以天下让许由,许由不受。又让于子州支父,子州支父曰:'以我为天子,犹之可也。虽然我适有幽忧之病,方且治之,未暇治天下也。'"陆德明释文引李颐曰:"支父,字也,即支伯也。"这就是著名的子州支伯让王享受自然无为之乐趣的故事。鲁连也好,支伯也罢,都是不迷恋于权势,选择自由人生的历史人物。"一朝挂冠去"讲的是汉代南昌尉梅福的故事。梅福,字子真,九江郡寿春(今安徽寿县)人。西汉末年,皇太后之侄王莽被封为新都侯,从此朝政日非,民怨四起。梅福虽官职很小,但他忧国忧民,以一个县尉之微官身份上书朝廷,讲述朝政之非礼,并讽刺王凤。但这个上书被朝廷认为是"边部小吏,妄议朝政",结果险些招来杀身之祸。由此梅福挂冠而去,再也不参与朝廷之事了。《有感》第三首中,第一句"谁家紫髯将"中的"紫髯将"指的是三国时期的吴王孙权,据传他的胡须为紫髯。"问胡早富贵,华族联山西"说的是汉代的时候山东出了好多丞相、山西出了好多将领的事。

七言古体诗《醉时歌》是作者利用中国的典故和历史人物,对于自己未能实现改天换地的雄心壮志而发出慨叹的作品。

　　钓必连海上之六鳌,射必落日中之九乌。六鳌动兮鱼龙震荡,九乌出兮草木焦枯。
　　男儿要自立奇节,弱羽纤鳞安足诛。紫缨云孙始堕地,自谓壮大陈雄图。
　　炼石欲补东南缺,凿石将通西北迁。嗟哉计大未易报,半世飘零为腐儒。
　　不随冯异西登陇,不逐孔明南渡泸。论诗说赋破屋下,却把短布抱妻孥。
　　时时壮愤掩不得,拔剑斫地空长吁。何时乘风破巨浪,坐令四海如唐虞。
　　君不见凌烟阁上图形容,半是书生半武夫。

从作品看,作者自幼胸怀"坐令四海如唐虞"的雄伟理想,但是时局不如人意,却成了"半世飘零为腐儒"。很显然,在这里作者表达了怀才不遇、不合时宜的愤懑心情。诗歌首联"钓必连海上之六鳌,射必落日中之九乌"来自中国的古老传说。据传中国渤海之东的深壑里有十五只鳌分五组顶着五座神山。但是龙伯之国有个巨人去神山所在之地,一下子钓走了六只巨鳌,使岱舆、员峤两座大山沉没在海底。从此神山只剩三座。据传尧帝时,天上出现十个太阳,草木干枯,帝叫羿射掉九个太阳,只留下一个。羿奉命用箭射掉了九个太阳,这就是所谓的"后羿射日"的故事。汉代王充《论衡·说日》曰:"日中有三足乌,月中有兔、蟾蜍。"三足乌也叫金乌,是中国古代神话中的神鸟,居住在日中。因此射乌实际上就意味着射太阳。下面"不随冯异西登陇,不逐孔明南渡泸"前一句中的冯异是汉朝的将帅。冯异(?—34),字公孙,颍川父城(今河南宝丰)人,东汉开国名将,军事家,云台二十八将第七位。建武六年(30)刘秀派的将领在陇右被隗嚣打败,改命冯异进军,攻打隗嚣,最终冯异打败隗嚣,平定陇西地区。后一句讲的是诸葛亮渡泸水、七擒孟获平定南蛮的事情。"坐令四海如唐虞"中的"唐虞"是唐尧与虞舜的并称,亦指尧与舜的时代。古人以为尧舜时代为太平盛世。"君不见凌烟阁上图形容"中的"凌烟阁"指的是唐代李世民时建设的挂有功臣图像的高阁。唐贞观十七年(643)二月,唐太宗李世民为怀念当初一同打天下的众位功臣(当时已有数位辞世,还活着的也多已老迈),命阎立本在凌烟阁内描绘了二十四位功臣的图像,皆真人大小,并由褚遂良题字,时常前往怀旧。

七言律诗《牛逸》是遗失牛后作的,但诗歌表现了作者一贯的那种洒脱自如的情调。

　　为君叩角相桓公,胡事奔忙逐下风。元放恐教安树上,贾耽空遣觅巢中。
　　迷途乍似亡羊子,信命还同失马翁。何苦临风偏怅望,楚人已得楚人弓。

其首联说的是甯戚的事。甯戚,生卒年月不详,春秋时期齐国大夫。据《吕氏春秋·离俗览》,甯戚欲见齐桓公,但因穷困而无法去见他,于是他乘商旅车来到齐国,夜宿在城外。齐桓公在迎客的时候,夜间开门,辟任车,燋火甚盛,从者甚众。甯戚一看机会到了,望齐桓公而悲,击牛角疾歌。齐桓公闻之,抚其仆之手曰:"异哉!此歌者非常人也!"令后面的车载他回宫。齐桓公返回后,从者就把甯戚领到了宫中。齐桓公赐之衣冠,将见之。甯戚见,说桓公。桓公大悦,将任之。甯戚任齐国大夫期间,成为齐桓公的主要助手,管理农事,奖励垦种,使齐国很快富裕强盛了起来,他对齐桓公完成"九合诸侯,一匡天下"的霸业起到了重大的作用。颔联前一句写的是左慈的故事。左慈,字元放,安徽庐江人,东汉末年的方士。他自幼明五经,兼通星纬,学道术,明六甲,传说能使役鬼神。据《后汉书·方术列传》,他"少有神道"。有一次左慈到了东吴的丹徒县,听说县里有个善道术的徐堕,想去拜访。徐堕门前有六七个宾客,还停着六七辆牛车。这些宾客见左慈来访,就骗他说徐堕没在家。左慈知道这些人在骗他,但什么也没说就告辞了。但奇怪的是左慈走后不久,宾客们看到门前停着的牛车在杨树的梢上走,他们再爬上树上去看,牛车却不见了。下到树下又看见牛车在树上走。还有的牛车轮子中心的圆孔里长出了一尺长的荆棘,砍都砍不掉,推车也推不动。宾客们大惊失色,急忙去找徐堕,说有一个瞎了一只眼的老头来访,他们见他是个凡夫俗子,就骗他说主人不在。但老头走后,就发生了这种怪事,不知是怎么回事。徐堕一听,就说:"啊呀,这是左慈公来拜访我,你们怎么能骗他呢?快点追也许能追回来。"于是宾客们分散开去追他,追上后向他磕头谢罪。左慈消了气,就让客人们回去。他们回去一看,牛和车都恢复了正常。后一句与贾耽有关。贾耽(730—805),字敦诗,沧州南皮(今河北南皮)人,唐代著名地理学家、宰相,曹魏太尉贾诩之后,六朝元老。他在任宰相期间,也有与牛有关的故事。有一天,有个农民丢了一头牛,找桑国师占卜,桑国师告诉他:"你的牛,是贾相国偷了放在巾帽盒里了。你只要等候上朝时突然到他面前将此事告诉他就行。"这个农民就按桑国师的话去见相国。相国盘问他,他便将算卦人的话告诉了相国。相国马上大笑,为他打开巾盒,取出式盘,在马鞍上运转给他看。过了一会儿,对老农说:"我没偷你的牛,要想知道牛的去处,只要在安国观三门后面大槐树梢上的鹊窝去取就行。"老农径直来到三门,见槐树梢上果然有鹊巢。爬上去一看,什么都没有,便想从树上下来。低头一看,丢失的牛就在树下,用绳拴着正吃草,旁边就是那个偷牛人的家。

七言排律《上首相诗》如诗题所述是写给首相的,所以字里行间充满着对首相的赞美。其中"春风惠泽还齐相,夏日威名袭晋贤"的前一句指的是春秋时期齐国的贤相晏婴。晏婴,世称"晏子",字仲谥平,春秋时期齐国夷维(今山东高密)人,春秋后期著名的政治家、思想家,著有《晏子春秋》。他虽然容貌不是很出众,但机智多谋、为人正直、刚正不阿。他当丞相期间,本着"意莫高于爱民,行莫厚于乐民""廉者,政之本也,德之主也"的"仁政爱民"思想治理朝政,博得了老百姓由衷的敬重,是历史上著名的贤相之一。后一句说的是赵盾。赵盾(前655—前601),又称赵宣子,嬴姓,赵氏,名盾,赵衰之子,春秋中前期晋国卿大夫,晋文公之后晋国出现的第一位权臣,集军政大权于一身,担任执政,号称正卿,以法治晋国。贾季在评价赵衰和赵盾父子时说"赵衰是冬天的太阳,赵盾是夏天的太阳",上面的诗句就由此而来。贾季,即狐射姑,姬姓,狐氏,字季,一作狐夜姑,晋文公的表弟。晋文公即位后封狐射姑到贾,所以狐射姑也叫贾季,贾姓始祖之一。下面的"妍丑易分微镜下,重轻难避亮秤前"的前一句来自魏徵。魏徵(580—643),字玄成,巨鹿(一说在今河北省馆陶,也有说在河北晋州)人,唐朝政治家、思想家、文学家和史学家,辅佐唐太宗共同开创了"贞观之治"的宏业,被后人称为"一代名相"。诗歌里的这句话来自李世民对魏徵的评价。魏徵死后,李世民这样评价魏徵:"魏徵、王珪,昔在东宫,尽心所事,当时诚亦可恶。我能拔擢用之,以至今日,足为无愧古人。""贞观之后,尽心于我,献纳忠说,安国利人,成我今日功业,为天下所称者,惟魏徵而已。古之名臣,何以加也。""为政者岂待尧、舜之君,龙益之佐。自我驱使魏徵,天下乂安,边境无事,时和岁稔,其忠益如此。""今魏徵殂逝,遂亡一镜矣。"下一句说的是三国时期的蜀相诸葛亮。诸葛亮一贯赏罚分明,遇事会根据具体情况的轻重缓急,处理得恰如其分。在这里作者列举这些中国历史上著名的宰相,以赞美首相的丰功伟绩。

七言绝句《李花》从解题看是赞美秋天李花的诗歌。其中"无奈异香来聚窟,汉宫重见李夫人"的前一句中的"聚窟"指的就是聚窟洲。"聚窟洲"是东方朔在《十洲记》(《海内十洲记》)中虚构的仙境。据《十洲记》,汉武帝在西王母那里听说大海中有祖洲、瀛洲、玄洲、炎洲、长洲、元洲、流洲、生洲、凤麟洲、聚窟洲等十洲。后一句讲的是李少君利用方术,使汉武帝的爱妃王夫人魂灵重现的事情。东汉桓谭的《新论》载:"武帝有所爱幸姬王夫人,窈窕好容,质性佞。夫人死,帝痛惜之。方士李少君言能致其神,乃夜设烛张幄,置夫人神影,令帝居他帐中遥望,见好女似夫人之状,还帐坐。"①李少君,异人,方士,常自称七十岁,隐瞒自己的年龄、籍贯、平生经历,因懂得祭祀灶神求福、种谷得金、长生不老的方术而得到汉武帝的器重。据传他能驱鬼神,善用药物,能让人返老还童。

五言律诗《仍弗驿》写的是庆州以南的仍甫驿。其中,"水有含芒蟹"中的"芒"就是稻芒,亦称禾芒,稻尖细刺。宋傅肱《蟹谱·食莨》曰:"陶隐居云:'蟹未被霜者,甚有毒,以其食水莨也。人或中之,不即疗则多死。至八月,腹内有稻芒,食之无毒。'"

七言律诗《丛石亭李学士知深韵》的颔联讲的是孔子和程子在路上谈得很投机的事情。

二、中国的文人墨客类

先看金克己的七言律诗《草堂书怀》,这是作者抒发自己闲情逸致的作品,但诗歌流露出对自己一生不得志的慨叹。

  萧条白屋鬓成丝,世上升沉已可知。南阮定应轻北阮,东施那复效西施。
  预愁直道遭三黜,先把狂歌赋五噫。谁识静中闲味永,典书沽酒醉吟诗。

诗歌颔联"南阮定应轻北阮,东施那复效西施"前一句讲的是阮咸的故事。据传阮咸住在道南,阮氏很多人住在道北,道北的阮家富,道南的阮家穷。阮咸(生卒年不详),字仲容,陈留尉氏(今河南开封)人,三国至西晋时期文学家、音乐家,与嵇康、阮籍、山涛、向秀、刘伶、王戎并称"竹林七贤"。阮咸是阮籍之侄,"建安七子"之一的阮瑀之孙,与阮籍并称为"大小阮"。《晋书》有他的传。后一句中的"东施"和"西施"都是古代中国的女子。据《庄子·天运》,春秋时代,越国有一位叫西施的美女。她无论举手投足,还是音容笑貌,都非常惹人喜爱。虽然西施化淡妆,衣着朴素,但她无论走到哪里很多人都向她行"注目礼",几乎没有不

---

① 汉武帝的爱妃,这首诗歌里说的是李夫人,史书上,除《汉书》外,记载的多是王夫人。这很可能是因为这首诗歌写的是李花,所以写成了李夫人。

高丽文人的汉诗与中国文化的关联研究
——以《东文选》中的汉诗为中心

惊叹她那出众美貌的。西施有偶尔心口疼的毛病。有一天,她的心口疼的病犯了,她用手捂着胸口,皱起双眉,结果更加美丽,流露出一种娇媚无比的女性美。当她走过乡间的时候,乡里人无不睁大眼睛注视她。乡下有一个丑女,叫东施,相貌丑陋,没有修养。她平时粗俗,说话粗声大气,却每天做着美女的梦。她每天换服装和发式,但仍然没有一个人说她漂亮。这一天,她看到西施捂着胸口皱眉的样子得到那么多人的青睐,回去以后,她也学西施的样子,手捂胸口,紧皱眉头,在村里走来走去。哪知这矫揉造作使她变得更丑了。乡间的富人看见她的怪模样,把门紧紧关上;乡间的穷人看见她走过来,马上拉着妻子、带着孩子远远地躲开。这个丑女人只知道西施皱眉的样子很美,却不知道她为什么美,而去简单模仿她的样子,结果反被人们耻笑。颈联"预愁直道遭三黜,先把狂歌赋五噫"中的"三黜"是多次被罢官的意思。这里的"三"是虚数,指数目多。《论语·微子》:"柳下惠,为士师,三黜。人曰:'子未可以去乎?'曰:'直道而事人,焉往而不三黜?'"后一句中的《五噫歌》为东汉诗人梁鸿所作,是一首古体诗,诗歌每句句末用"噫"字发出感慨,可以认为是楚歌的变体。

七言律诗《读林大学椿诗卷为诗吊之》是作者读林椿诗集后,为悼念他而写的,1题3首。也许是林椿怀才不遇的一生深深地打动了作者,在第一首中,作者高度赞扬了林椿的才华,为他的不幸后半生深感痛心。

> 逸气轩昂临八区,才高正与世相当。蛾眉肯为微颦损,骏足终因暂蹶妨。
> 未过刘郎舟侧畔,空游羿氏彀中央。天翁岂忍终遐弃,碧落官曹借侍郎。

颈联前一句引用的是刘禹锡《酬乐天扬州初逢席上见赠》中的诗句"沉舟侧畔千帆过,病树前头万木春"。在这里作者借用这句诗表达对才华横溢的林椿不如意的一生的无尽同情。刘禹锡(772—842),字梦得,河南洛阳人;自称"家本荥上,籍占洛阳",又自己说系出中山,其先祖为中山靖王刘胜;唐文学家、哲学家,有"诗豪"之称。刘禹锡诗文俱佳,涉猎题材广泛,与柳宗元并称"刘柳",与韦应物、白居易合称"三杰",并与白居易合称"刘白"。后一句出自神话传说"后羿射日"。这一句的关键词在"空游",意思是没用、白费。这句是说林椿生前参加了多次科举,但没有成功。尾联说的是晋朝颜渊和唐朝李长吉的事。《太平广记》卷三百一十九曰:当年晋苏韶死后现形,对他的兄弟说:"颜渊、卜商,今见在为修文郎,修文郎凡有八人,鬼之圣者。"李商隐的《李长吉小传》中这样描写李长吉临死前的情景:长吉快要死的时候,忽然大白天里看见一个穿着红色衣服的人骑着红色的有角的龙,拿着一块木片,上面写着远古的篆体字或石鼓文,说是来召唤长吉。长吉全都不认识,忽然下床来磕头说:"我母亲老了,而且生着病,我不愿意前去。"红衣人笑着说:"天帝刚刚建成一座白玉楼,立即召你为楼写记。天上的差事很快乐,不苦啊!"长吉独自哭泣,旁边的人都看见了。一会儿,长吉气绝。这就是李长吉死后去天堂作《白玉楼记》的传闻。李长吉,即李贺,长吉是他的字,有"诗鬼"之称,是与"诗圣"杜甫、"诗仙"李白、"诗佛"王维齐名的唐代著名诗人。李商隐(813—858),字义山,号玉溪生、樊南生(樊南子),晚唐著名诗人。

《读林大学椿诗卷为诗吊之》的第二首和第一首一样,仍然在为林椿的一生感到惋惜。

> 世俗浮夸半死权,怜君独往卧云烟。草书入妙人传圣,瓢饮安贫我叹贤。
> 揽月倒江聊戏耳,乘风游穴便翛然。锦囊幸有诗千首,簧鼓词林触处传。

其颔联"草书"句讲的是张旭。张旭,字伯高,一字季明,吴县(今属江苏苏州)人,开元、天宝时在世,其书法与怀素齐名,其草书与李白的诗歌、裴旻的剑舞并称为"三绝"。他的诗亦别具一格,尤以七绝见长,与李白、贺知章等人共列"饮中八仙"之中,与贺知章、张若虚、包融并称"吴中四士"。据《旧唐书》记载,他每醉后号呼狂走,索笔挥洒,被后世尊称为"草圣"。后一句来自《论语·雍也》,是赞叹颜回的句子。颈联"揽月"句则与李白有关。人们对李白的死有好几种猜测,其中主要的有醉死、病死、溺死等几种。这里说的是最后一种说法,即酒后溺死。这个说法来自民间,话说有一次李白在江上喝酒,看到江中的月亮,他为了捕捉江中的月亮,跳入水中而溺死。这个说法没有确切的根据,但是极具浪漫色彩,极符合李白的性格和气质以及他的人生经历,所以很多人相信这种说法,觉得它有道理。尾联中的"锦囊"指的是用锦制成的袋子。据《新唐书·文艺传下》,李贺"每旦日出,骑弱马,从小奚奴,背古锦囊,遇所得,书投囊中"。

在《读林大学椿诗卷为诗吊之》的第三首中,作者借中国的祢衡、韩愈等人物,表达了对故人的深深怀念。

玉洁冰清不受缁,芳名藉藉动京师。祢衡鹗立人皆嫉,韩愈龙骧世尽疑。
锦贝巧言虽大盛,虹星豪气未全衰。可嗟器大无时用,陈迹空教后世悲。

祢衡(173—198),字正平,平原郡(今山东德州)人。他自幼具有文才和辩才,个性刚烈孤傲,才华横溢,孔融吝惜他的才干,多次举荐,但他始终没有得到重用,才华没有得到施展,最终被黄祖杀害。所谓的"击鼓骂曹"就与他有关。在这里,作者把林椿比作这些出众的中国文人,为他的夭折感到惋惜。颈联中的"锦贝"比喻诬陷他人、罗织成罪的谗言,典出《诗经·小雅·巷伯》:"萋兮斐兮,成是贝锦。"朱熹集曰:"言因萋斐之形,而文致之以成贝锦,以比谗人者因人之小过而饰成大罪也。"

三、中国的典故类

在诗歌创作中,金克己经常使用中国典故提高诗歌的艺术表现力,这些典故在他的诗歌里起到形象而含蓄地表现情怀的作用。

先看五言古体诗《有感》,这是作者借用自然景物抒发坚守儒者的高尚情操之决心的作品。《有感》第二首有"膏肓负泉石,缰索婴笏修"的句子,其前一句出自成语"泉石膏肓",意为嗜好自然山水成癖,这和唐代的隐士田游岩有关。唐高宗游览嵩山时,隐士田游岩前去拜见。唐高宗便问田游岩:"先生在此山养道是否感觉不错?"田游岩回答道:"我非常喜欢山林泉水石头这些自然景观,而且嗜之成癖,不可救药了,因此感觉十分逍遥。"第三首中,"漏尽城乌啼,忆与林下友"的前一句来自成语"钟鸣漏尽",意思是晨钟已经敲响,漏水的壶水也将滴完,比喻年老力衰,已到晚年。典出《三国志·魏书·田豫传》:"年过七十而以居位,譬犹钟鸣漏尽而夜行不休,是罪人也。"在这里,作者用这个典故表现了对自己年老而大功未成的感慨和惆怅。

在七言律诗《牛逸》中,"信命还同失马翁"借用了中国"塞翁之马"的故事,典出《淮南子·人间训》,曰:"近塞上之人有善术者,马无故亡而入胡。人皆吊之。其父曰:'此何遽不为福乎?'居数月,其马将胡骏马而归。人皆贺之。……故福之为祸,祸之为福,化不可极,深不可测也。"讲的就是任何事物都是一分为二的,坏事可能变成好事,好事也可能变为坏事;世界上没有一个东西是绝对的,没有绝对的好事,也没有绝对的坏事;好事和坏事在一定的情况下会相互转化。尾联中的"楚人弓"则出自《孔子家语·好生》,曰:"楚王失弓,楚人得之,又何求之?"意思是楚人丢的弓箭楚人捡到了,不用特意去找它。后来"楚人弓"常被用为典,多比喻失而复得之物,或者表示对得失的一种达观的态度。

七言排律《上首相诗》是作者写给首相的,其中"昴宿腾精降九天"中的"昴宿"指的是二十八星宿之一,《春秋》载有汉相萧何为昴星精转世的传说,多用于颂人之词,在这里也同样。"鼎位当年提玉铉"中的"玉铉"原指玉制的举鼎之具。《易经》曰:"上九,鼎玉铉,大吉,无不利。"孔颖达疏曰:"鼎玉铉者,玉者,坚刚而有润者也。上九,居鼎之终,鼎道之成,体刚处柔,则是用玉铉以自举者也,故曰'鼎玉铉'也。"鼎一般为三只脚,所以它一般比喻三丞相,后指在高位的大臣。

七言绝句《东郊值雨》是作者的一首即兴诗,其中"举扇西风欲污人"的诗句来自苏轼的《次韵赠清凉长老》,全句为"过淮入洛地多尘,举扇西风欲污人"。这个句子里的典故来自晋时的庾亮和王导。当时他们两个人势均力敌,争权夺利。当时庾亮不在朝中,镇守于外,但仍然掌管着朝政大权,手里有强兵,一些见风使舵的人纷纷投奔他。对此王导非常不满,于是常常在刮起西风的时候,用扇子挡住风尘,慢吞吞地说"庾元规吹起的灰尘把人弄脏了",以此表达对庾亮的不满。这就是著名的"元规尘污人"的来源。元规为庾亮的字。

另一组七言绝句《读林大学诗卷》是读林椿的诗集后发出感慨的诗歌,由5首绝句构成。其中"我今紫塞君黄壤"的"紫塞"指的是北方的边塞,有时也指秦始皇筑起的长城,因为那里土发紫。晋朝崔豹的《古今注·都邑》曰:"秦筑长城,土色皆紫,汉塞亦然,故称紫塞焉。"在这里说的是韩国的边疆,是借用。"黄壤"指的是黄色的土壤,一般指死后被葬的事情。"颜跖长短谁与夺"中的"颜"为颜渊,是孔子的弟子中最优秀的,但他短命,32岁就早逝了。这两人后来也出现在《窦娥冤》中,剧中说:"有日月朝暮悬,有鬼神掌着生死权。天地也!只合把清浊分辨,可怎生糊突了盗跖、颜渊!为善的受贫穷更命短,造恶的享富贵又寿延。天地也!做得个怕硬欺软,却原来也这般顺水推船!地也,你不分好歹何为地!天也,你错勘贤愚枉做天!哎,只落得两泪涟涟。"

他的另外几首绝句中也有与中国典故有关的内容。如《漫成》中的"一剑游边尚五车"来自《庄子·天下》,曰"惠施多方,其书五车",说惠施知识渊博,书也很多。惠子(约前370—约前310),名施,战国时期宋国(今河南商丘)人,著名的政治家、哲学家,名家学派的开山鼻祖和主要代表人物,是庄子的好友。《书情》中"几回相笑绝冠缨"这一句来自成语"遗簪绝缨",指男女杂坐,不拘形迹,荒淫无度。《史记·滑稽列传》曰:"若乃州闾之会,男女杂坐,行酒稽留,六博投壶,相引为曹,握手无罚,目眙不禁,前有堕珥,后有遗簪,髡(淳于髡)窃乐此,饮可八斗而醉二参。"《洞仙驿晨兴》中的"竟日长吟蜀道难"与李白的诗歌《蜀道难》有关。《江村晚景》中的"鸟迹篆"是中国古代的文字,指的是模仿鸟迹的一种篆书。

以上我们从几个方面考察了金克己汉诗和中国文化的关联。金克己和中国文化的关联还包括更为广阔的领域,比如文学观、价值观、人生观等多个方面,有待进一步的探讨。

第三节 陈澕的汉诗与中国文化的关联

　　陈澕(1180？—？)，籍贯骊阳(今忠清南道洪城)，号梅湖，高丽武臣之乱后新兴的武班出身的新人，兵部尚书陈光修的儿子，陈湜、陈温的弟弟。他的生平和社会交往的史料不多，从各种短篇的记录和《梅湖遗稿》中的"梅湖公小传"来看，他大约生于1180年。自幼善诗文，据传明宗叫大臣作与"潇湘八景"相关的诗歌的时候，他以小小的年纪作了一首长诗，博得了可以和李仁老相媲美的高度评价。1198年司马试以首席及第，1200年文科及第，开始走入官场，曾任翰林、司谏、正言等官职。他为人正直，非常清廉。1213年因卷入"舌祸"被罢免，但不久恢复原职。1215年参加宫内举行的赋诗40韵的考试，结果李奎报得第一，他得第二，他诗赋方面的才华可见一斑。然后，他作为书状官出使金朝，回国后任知制诰、正言、右司谏、知公州事等职，但不久不幸去世。从《翰林别曲》第一章的"李正言陈翰林双韵走笔"的记录看，他是写字非常快的人。现存他的诗歌59首，其中最著名的是描写武臣乱之后农村现实的《桃源歌》，以及出使金朝的路上写的《使金通州九日》《奉使入金》等。他的诗歌主要分为站在官僚的立场上写的诗歌和以自然为主、吟咏自己情感的诗歌等两个部分。他的山水诗经常获得"清淡""清新""清丽"的评价，许筠也曾经评价他的诗歌清新，值得一读。1784年，他的十五代孙陈厚在《东文选》《东人诗话》《箕雅》《白云集》等文献里整理出他的诗歌，编撰了《梅湖遗稿》。《东文选》收录他的五言古体诗1题4首、七言古体诗7题14首、五言律诗3首、七言律诗7题9首、七言排律1题2首、七言绝句13题15首，共32题47首，是高丽诗人中作品收录比较多的。

　　先看他的五言古体诗《追和欧梅感兴》。从诗歌的题目看，这是作家借用欧阳修和梅尧臣的"感兴"诗而作的。欧阳修有《感兴五首》；梅尧臣也有"感兴五首"，题目为《依韵奉和永叔感兴五首》。下面就是陈澕诗歌的全文。

　　待物当以信，应天当以诚。为善畏人知，阴德犹且鸣。平时等愚陋，临事见真情。
　　君子故守分，耻有过实名。嗟予闻道浅，悯悯空此生。岁晚无所获，如农初不耕。

　　道左贾时憎，志迂遭物责。居然见陆沉，有甚风波激。寸苗庇长材，众彩猜太白。
　　争将脆似苇，却笑介如石。宁甘无辜失，可忍非义得。忧来不敢说，诗以代鹏臆。

　　少年慕功名，为善忘早晚。高怀月在天，逸气骥走坂。胸中贮谏书，一一堪缀纂。
　　安知蚁鼻缺，坐使纯钧损。遂令万丈虹，缩作一寸短。心知儒冠误，感欢时岂免。
　　然当在大钧，天听终不远。时去不可追，泰来非我勉。

　　陋巷少闲燥，乃为淫潦迫。游鞍稀拂拭，但见蛛丝织。尝闻傲吏语，学道无鬼责。
　　问渠百年间，忧患那得力。吾故把藜羹，无心慕肉食。

第一首借用欧阳修诗韵,与欧阳修的诗完全一致①。

第二首尾联"诗以代鹏臆"的句子来自贾谊的《鵩鸟赋》。"鵩鸟"长得像猫头鹰,民间认为是不祥的鸟。贾谊(前200—前168),洛阳(今河南洛阳)人,西汉初年著名的政治家、文学家,世称贾生。《鵩鸟赋》是贾谊被贬为长沙太守时所作。有一次,贾谊在家,有只鵩鸟飞进房间,预示不祥,不久贾谊被贬到长沙。到长沙时气候很潮湿,又看到了猫头鹰,贾谊自认为寿命不长了,于是就写了这个赋,以安慰自己。赋中说:汉文帝六年(前174),丁卯年,四月孟夏时节。四月里的一天太阳西斜,有一只鵩鸟停在我的屋子上。它停在座位的一角,形态非常从容不惊。有怪物停栖于此,我心中怀疑它飞来的缘故。打开书本占卜,预示说到它吉凶的定数:"有野鸟进入我的房屋,主人即将离去。"我向鵩鸟发问:"我将要到哪里去呢?如果有吉事,你就告诉我,即使有凶事,也请你把什么灾祸说明。死生迟速的吉凶定数啊,请告诉我它的期限吧。"鵩鸟就叹息着,昂起头张开翅膀,却不说话,而用胸中所想的来对答。这就是说,答案在自己的心中,将心比心,在于无言之中。其实,这篇赋表现的是在动荡的时局里前途未卜的作者的一种不安心情和惆怅,作者在这里借用鵩鸟表现了自己的内心世界。在陈澕的这首诗歌里,也是这种意思,表现了自己因前途未卜而不安的心情。

第三首中"心知儒冠误"的句子来自杜甫的《奉赠韦左丞丈二十二韵》,诗歌里有"纨绔不饿死,儒冠多误身"的句子,意思是"窃据高位的贵族子弟不会饿死,有才的知识分子却大多终身潦倒"。在这里,作者借用这首诗歌表现了现实和理想的巨大反差而导致的复杂的内心世界。

第四首中"尝闻傲吏语,学道无鬼责"的句子中的"傲吏"说的是庄子。据传庄子曾做过宋国地方的漆园吏,其间他思想超然,不阿谀奉承,所以被称为"傲吏",由此"傲吏"成为有骨气、不阿谀奉承、不向权势低头的官员的代名词。

七言古体诗《莼菜崔山人寄书请赋》是陈澕写给崔山人的。崔山人是谁,现在很难确认,但这是应他的邀请写的诗。

> 吾闻晋日云雷扰,英雄性命谁自料。肠断峨眉金谷春,梦寒鹤唳华亭晓。
> 江东季鹰酷爱莼,秋风归帆疾如鸟。后来真味识者稀,岂独知几人自少。
> 君不见吾侯席上厌膻荤,玉碗冰丝时一要。千里瓶罂费携担,悬知咀嚼无风调。
> 争如江南无事人,一顶乌纱临碧沼。手采柔条活欲动,石鼎微煎看徐搅。
> 下盐却笑羊酪麂,解酒欲斗鲈鱼妙。寄书乞诗意有在,讽我欲脱红尘闹。
> 青衫薄宦有何好,梦魂已落沧洲渺。我行何必待秋风,明日休官理归棹。

诗歌第一句中的"晋"指的是中国的晋朝。下面"肠断蛾眉金谷春"的句子来自绿珠和石崇的故事。故事讲:西晋的时候,有一次散骑常侍石崇出使归来,正面遇到群盗路劫绿珠母女,石崇挺身而出救了绿珠母女俩,并将绿珠带回了洛阳。潘岳的属下有一个叫孙秀的,迷恋于绿珠的美貌,想得到绿珠。他伺机投靠司马伦,用计杀死司马允。石崇的靠山贾皇后倒后,孙秀又趁势进谗言,杀死了石崇,并且围住石崇的别墅,到处搜找绿珠。

---

① 欧阳修《感兴五首·其一》全文如下:奉祠严秘馆,摄事磬精诚。岁晏悲木落,天寒闻鹤鸣。念昔丘壑趣,岂知朝市情。弱龄婴仕宦,壮节慕功名。多病惭厚禄,早衰叹余生。未知犬马报,安得遂归耕。

绿珠一看无处逃跑,坠楼而死。绿珠(?—300),中国古代美女之一。"梦寒"句则与陆机有关。陆机(261—303),字士衡,吴郡吴县(今属江苏苏州)人,西晋文学家、书法家。有一次,陆机领兵打仗,无辜受诬陷遇害。临死前,陆机感叹道:"华亭的鹤鸣声,哪能再听到呢?"其实这是陆机对自己当年到中原走入仕途的一种悔恨,是对家乡的一种怀念。他在军中遇害,时年43岁。两个儿子陆蔚、陆夏也一同被害,弟弟陆云、陆耽不久也遇害。陆机既不当死罪,士卒都为他的死感到痛惜,没有一人不为他的死而流泪的。这一天白天大雾弥漫,大风折树,平地积雪一尺厚,议论的人认为这些都是陆机冤死的象征。"江东"句出自典故"季鹰鱼",典出《晋书·张翰列传》。季鹰是张翰的字。季鹰不能忘记家乡吴国的莼菜和鲈鱼,弃官回到家乡,这事一直作为佳话流传,"季鹰鱼"也被后人用作隐居不仕、闲适安居的典故。在这里作者借用这个典故,用比兴的手法表达了归心似箭的怀乡之情。下面"后来真味识者稀"的句子仍然和前面提到的张翰有关。张翰念念不忘家乡的莼菜和鲈鱼弃官返乡,但人们说他回乡不是为莼菜和鲈鱼,而是预想天下将要大乱,因而他还乡是为了避难。下面"下盐却笑羊酪虀"的句子出自《太平御览·饮食部十九·羹》,曰:"陆士衡诣王武子,武子有数斛羊酪,指示陆机曰:'卿东吴何以敌此?'机曰:'千里莼羹,未下盐豉。'"

　　《桃源歌》来自陶渊明的《桃花源记》。这首诗首联"卯角森森东海之苍烟,紫芝晔晔南山之翠巅"的前一句讲的是秦始皇派三千童男童女到三神山寻不老草,而他们却一去不返的事情。后一句叙述的是"商山四皓",包括东园公唐秉、夏黄公崔广、绮里季吴实、甪里先生周术等。他们常年隐居在商山,曾咏道"烨烨紫芝,可以疗饥"——这首诗里说的"紫芝"就由此而来。后来"商山四皓"泛指有名望的隐士。下一句"等是当时避秦处"中的"秦"指的是秦朝或秦始皇。"只说焚书前坐看"说的是秦始皇焚书坑儒的事情。在这首诗歌里,作者在叙述桃花源的安静幸福的事情之后,描写"县吏索米长敲门"的丑恶现实,把丑恶的现实和桃花源对立起来,更加突出了现实的丑恶。

　　七言古体诗《宋迪八景图》是作者看到宋迪的《潇湘八景图》后写的,可以看作是为"八景图"所题的诗歌。宋迪,宋代画家,字复古,往往不名而以字显,洛阳(今河南洛阳)人。其生卒年月不详,但和周敦颐(1017—1073)、司马光(1019—1086)、苏轼(1037—1101)交友,故可看作是生活在11世纪的人。宋迪好山水,著名的"潇湘八景图"以他的最为著名。综观陈澕的"潇湘八景"诗歌,由《平沙落雁》《远浦帆归》《山市晴岚》《江天暮雪》《洞庭秋月》《潇湘夜雨》《烟寺暮钟》《鱼村落照》等八首组成。其中《山市晴岚》中"春风故作西施嚬"一句讲的是西施有心口痛的那个故事。有关"潇湘八景图"的诗歌除陈澕之外也有不少人写,关于这方面的研究,我们将另文专题讨论。

　　七言古体诗《扈驾奉元殿夜醮》中有"王母归来献天寿"的句子。据传西王母是昆仑山上的仙女,她曾经送汉武帝以蟠桃,这个蟠桃三千年一熟。

　　另一首七言古体诗《金明殿石菖蒲》中有"知是草中山泽仙"的句子,这也与汉武帝有关。据传汉武帝喜爱成仙之道,司马相如遂献上《大人赋》。他认为仙人住在深山水泽间,形貌清瘦,而这不是帝王要求之仙意。后以"山泽臞仙"形容士人隐居田野,形貌清瘦。这里说的就是这件事。

　　七言律诗《赏春亭玉蕊花》1题2首,是借玉蕊花来抒发其平凡无华的性情的。第二首

全文如下:

> 懒随桃李斗娇饶,素艳闲愁锁寂寥。虢国夫人嫌粉黛,汉皋仙子佩琼瑶。
> 半墙疎影风前亚,掠鼻清香雨后飘。十二玉栏春欲暮,急须搴取上鲛绡。

诗歌颔联"虢国夫人嫌粉黛,汉皋仙子佩琼瑶"前一句中的"虢国夫人"指的是杨贵妃的三姐。虢国夫人(?—756),唐朝蒲州永乐(今山西芮城)人。她早年随父居住在蜀中,很有才貌,但据传不怎么愿意化妆。杨贵妃得宠后,深深地怀念姐姐,请求唐玄宗把自己的三个姐姐都迎入京师。唐玄宗欣然答应,并赐以住宅,天宝初年分封她们三人为国夫人,分别为韩国夫人、虢国夫人和秦国夫人。后一句来自成语"汉皋解佩",出自《列仙传》。故事讲:才子郑交甫常在汉江之畔游玩。有一天,他正兴致勃勃地信步欣赏江景,偶一回头,看到不远处有两位女子穿着华丽的衣服结伴而行,看样子也是来观赏美景的。两位女子柔情绰态,翩如浮云,身上佩戴的明珠光华四射,耀人夺目。郑交甫为两位女子的风姿所动,心荡神驰,对随行的仆人说:"此生若能结识这样两位美人,也不枉来世间一回了,即便不能终生厮守,能求得她们身上所佩的一颗明珠也是好的。"仆人说:"算了吧,这样的女子必定是十分高傲的,我看你未必能求得到。"郑交甫哪里肯听,走过去对两位女子深施一礼,说:"两位姐姐辛苦了。"二位女子还礼道:"公子辛苦。"郑交甫一副欲言又止的样子。两位女子看在眼里,笑了笑说:"公子有话不妨直说。"郑交甫红着脸说:"小生自知人拙才浅,不敢有非分之想,今日既于此相遇,也算与两位姐姐有缘,若是言语之间冒犯了两位姐姐,还请包涵。两位姐姐能否将所佩明珠赐予小生一颗,以慰小生倾慕之心?"两位女子嫣然一笑,道:"这有何难?"说完,各自解下所佩明珠一颗,递给郑交甫。郑交甫双手接过,一面藏进怀中,一面不停地道谢。等他走了十几步远,将手伸入怀中想取出两颗明珠细细把玩时,却发现怀中竟然空无一物。郑交甫大吃一惊,回头再看那两位女子,江畔早已空茫茫一片,哪里还有两位女子的踪迹!郑交甫此时才明白过来,原来自己刚才所遇到的两位女子并非凡间女子,而是汉水上的神女。在这里作者借用这个故事,表现了不追求华丽而追求平凡自然的高尚情操。

七言律诗《次李由之贺生女》1题2首,是向李由之表示谢意的诗歌。第一首全文如下:

> 分外何劳更苦神,无心驷马纳高门。偶因蛇虺成佳梦,长得儿孙有老盆。
> 井浅亦能源吐派,竹枯犹解笋抽根。他年尚可传遗业,已把浮生任有垠。

这一首颔联"偶因蛇虺成佳梦,长得儿孙有老盆"的后一句来自杜甫。杜甫的《少年行三首·其一》里有"莫笑田家老瓦盆,自从盛酒长儿孙"的句子。尾联"他年尚可传遗业,已把浮生任有垠"的前一句来自韩愈的诗歌。据传唐文学家萧存死后膝下没有儿子。有一天韩愈路过他们家作了《游西林寺题萧二兄郎中旧堂》,诗歌说:"中郎有女能传业,伯道无儿可保家。偶到匡山曾住处,几行衰泪落烟霞。"其中"中郎"指的是汉代的蔡邕,蔡邕官至中郎将,所以后人称他为"蔡中郎"。蔡邕(133—192),字伯喈,陈留郡圉县(今属河南开封)人,东汉时期的文学家、书法家,著名才女蔡文姬之父。他因同情董卓而获罪,死在狱中。这里讲的是没有儿子也不要悲伤,女儿也可以像蔡文姬一样继承父母的事业。后一句"已把浮生任有垠"来自《庄子·养生主》,曰"吾生也有涯,而知也无涯",说的是用有限的人生追求无限的知识,是必然要失败的。

七言律诗《梅花》是咏梅的,梅花从来就是文人笔下的宠儿。

东君试手染群芳,先点寒梅作澹妆。玉颊爱含春意浅,缟裙偏许月华凉。
数枝犹对撩人艳,一片微回逐马香。正似清溪看疎影,只愁桃李未升堂。

这首诗尾联的前一句来自宋朝的林逋,他作的《山园小梅》中有"疏影横斜水清浅"的句子。陈澕的这一句是从林逋的这一句衍化而来。林逋(967—1028),字君复,宁波奉化人,北宋隐逸诗人。少年好学,诗词书画无所不精,独不会下棋。他性情淡泊,爱梅如痴,在故里时唯以读书种梅为乐。他是中国历史上的著名隐士,有"梅妻鹤子"之说。

七言律诗《中秋雨后》可以看作是一首民俗诗歌,它是这样写的:

仰看浓墨久含情,忽喜凉风四面生。银竹已随云脚卷,玉盘还共露华清。
游人欲散重呼酒,倡妓相招更按笙。应为天瓢洗空碧,孤光全胜别宵明。

颔联"银竹已随云脚卷,玉盘还共露华清"中的"银竹"一般比喻大雨,李白的《宿鰕湖》就有"白雨映寒山,森森似银竹"的句子;"玉盘"就是"白玉盘",是月亮的别称,李白《古朗月行》里有"少时不识月,呼作白玉盘"的句子。

七言绝句《陈仲子》是赞美陈仲子之气节的。陈仲子,本名陈定,字子终,战国时期齐国著名的思想家、隐士。其先祖避战乱逃到齐国,改为田氏,所以陈仲子又叫田仲。陈仲子因见其兄食禄万钟,以为不义,故避兄离母,又先后坚辞不受齐国大夫、楚国国相等职,隐居于长白山中,终日为人灌园,以示"不入污君之朝,不食乱世之食",最终因饥饿而死。

七言排律《上琴承制》1题2首。其中第一首尾联中"银钩若点分忧籍"的句子和西晋时期的索靖有关。王僧虔在《又论书》中说:"索靖字幼安,敦煌人,散骑常侍张芝姊之孙也。传芝草而形异,甚矜其书,名其字势曰银钩虿尾。"索靖(239—303),西晋将领、著名书法家,敦煌五龙之一。

五言律诗《夕守》中,"坐思天下事,何日借前筹"的句子出自《汉书·张良传》。故事讲张良去跟刘邦讨论楚汉形势时,刘邦正在吃饭,于是张良便借刘邦饭桌上的筷子在饭桌上写写画画,为其出谋划策。后来人们用"借箸"来指为人谋划。

五言律诗《秋日书怀》中的"孤吟况弊裘"讲的是苏秦离家数年,但未能成功,穿着走时穿的破烂衣服回家的故事。

另一首五言律诗《次韵朝守》中的"风声度舜琴"讲的是舜帝曾经弹着琴唱"南风歌"的事。

第四节　金之岱、李藏用、郭预的汉诗与中国文化的关联

一、金之岱的汉诗与中国文化的关联

金之岱(1190—1266),高丽时期的文臣,幼名为金仲龙,庆尚道清道(今庆尚北道清道郡)人。1217年替父亲从军,军士都画奇兽贴在盾上,但他却写这样的一首诗歌贴在了盾上:"国患臣之患,亲忧子所忧。代亲如报国,忠孝可双修。"元帅赵冲阅兵时看到这首诗歌,

认为他有才,重用了他。1219年,赵冲任知贡举主管文科,正好金之岱文科及第,成了状元。按照惯例,他被任命为全州司录,赴任后,他保护弱者,打击豪强,深得老百姓的拥戴。后升任为宝文阁校勘、全罗道按察使等职。1242年,作为秘书少监,和枢密院副使崔璘一道出使蒙古,1255年作为判司宰寺事任同知贡举,掌管了科举考试。1258年,作为判秘书省事施仁政,平定了西北40个城,之后经枢密院副使、同知枢密院事、政堂文学、吏部尚书等职,最后任中书侍郎平章事。1266年77岁的时候去世,谥号为英宪。《东文选》收录金之岱的七言古体诗1首、七言律诗3首、七言排律1首、七言绝句2首,共7首。

先看他的七言律诗《瑜伽寺》:

> 寺在烟霞无事中,乱山滴翠秋光浓。云间绝磴六七里,天末遥岑千万重。
> 茶罢松檐挂微月,讲阑风榻摇残钟。溪流应笑玉腰客,欲洗未洗红尘踪。

这是以安静的寺院为背景表现作者向往清静自然的一部作品。综观金之岱的诗歌,充满着对自然的憧憬和对佛教世界的向往,这首诗歌也表现了他的这种倾向。诗歌的尾联句中的"红尘"出自东汉文学家班固的《西都赋》,曰:"阗城溢郭,旁流百廛,红尘四合,烟云相连。"在《西都赋》中,"红尘"指的是繁华的都市或者是闹市,后来引申为"人世间"或"人间"。在这首诗歌里,"红尘"也指"人世间"。

另一首七言律诗《赠西海按部王侍御仲宣》里有"花砖侍讲老学士,柏署提纲贤按公"的句子,其中"花砖"指的是翰林院。当年唐朝的翰林院院子里铺了带花纹的地砖,由此"花砖"成为翰林院的代名词。

另有七言排律《寄尚州牧伯崔学士滋》,这是作者写给崔滋的诗歌。从最后两句"嗟公虚负中秋约,更约重阳饮菊香"看,他们曾经约定中秋节相见,可是金之岱失约,于是表达了歉意,并重约要在重阳节相见。中秋和重阳都是中国民间的传统节日,韩国也有相同的风俗。

二、李藏用的汉诗与中国文化的关联

李藏用(1201—1272),高丽时期的文人,原籍为仁州,幼名为李仁祺,字显甫,谥号为文真。高宗时期科举及第,经西京司录、校书郎兼直史馆、国子大司成枢密院承旨,1256年任枢密院副使,1258年任政堂文学,1260年任参知政事、守太尉监修国史、判户部事,1262年任中书郎平章事,兼任守太傅、判兵部事、太子太傅。1264年,跟随元宗去蒙古,被誉为海东贤人,回国后任门下侍郎同中书门下平章事,封庆源郡开国伯、太子太师。1267年开始和金坵、许珙等人一道,编撰了神宗、熙宗、康宗这三代的实录,第二年官至门下侍中。1269年出使元朝,多次任举贡举。1271年因劝元宗退位而被罢免,成了庶人。他精通经史和阴阳、医学、律历、善诗文,对佛教也有较深的研究。他在对蒙外交上取得了成就,曾提出过迁都的主张,还推荐李承休走上仕途。著有《禅家宗派图》。《东文选》收有他的七言律诗7首、七言排律2首、七言绝句2首,共11首。

先看他的七言律诗《游禅月寺》。诗歌写的是忙中偷闲,表达了追求超脱现实、逍遥自在生活的志向。

> 山寺春游一杖轻,道情诗思觉双清。桃花休道未彻在,饭颗从教大瘦生。
> 今日鬓丝怜节物,他年汗竹笑功名。悠悠世上无穷事,付与闲窗睡到明。

第四章
高丽中期文人的汉诗和中国文化的关联(二)

这首诗歌的颔联"桃花休道未彻在,饭颗从教大瘦生"的前一句来自灵云志勤禅师所作的"自从一见桃花后,直至如今更不疑"的句子。灵云志勤禅师,长庆大安禅师之法嗣,本州长溪人。话说灵云禅师参禅参了30年,但怎么也参不通,总不能大悟。有一天,他见到桃花后终于开窍"顿悟",大彻大悟,而且深信不疑。悟出大道后,他写了一首诗歌,表达了自己悟道的艰辛历程和自己对"顿悟"的大道的坚定信念。诗歌写道:"三十年来寻剑客,几回落叶又抽枝。自从一见桃花后,直至如今更不疑。"李藏在诗歌中表示自己还没有悟出大道,表现了作者非常诚实谨慎的性格。后一句"饭颗从教大瘦生"则来自李白的《戏赠杜甫》。据《唐诗纪事》,公元744年,李白和杜甫在洛阳第一次见面,并结下了深厚的友谊,这份友谊一直持续到762年李白去世。在这段时间里,他们虽然不能经常见面,但互相关心、互相尊重,留下了许多文坛佳话。这首《戏赠杜甫》大约作于745年秋,是李白和杜甫最后一次在兖州相见时作的,诗歌全文如下:"饭颗山头逢杜甫,顶戴笠子日卓午。借问别来太瘦生,总为从前作诗苦。"诗歌以非常朴素的语言,表达了在饭颗山与杜甫见面的情景,用铺叙的手法表现了李白对杜甫的深情厚谊和他们之间纯洁真挚的友谊。由此"饭颗山"成为诗人恪守格律、刻苦写作的典故。

另一首七言律诗《林拾遗来示莲社诗因成一首寄呈大尊宿丈下》是作者写给惠远(慧远)法师丈下的,诗题中的"大尊宿"指的就是他。据传慧远法师在庐山东林寺建一个白莲社,招纳信徒念经。诗题中的"林拾遗"是林桂一。林桂一的生平行迹史载不多,但《东文选》收有他的2首诗歌,诗题中提到的"莲社诗"就是他作的。从诗题来看,林桂一的这首"莲社诗"是根据宋朝王禹偁《寄杭州西湖昭庆寺华严社主省常上人》的诗句而作的。李藏用的这首诗歌是看到林桂一的"莲社诗"后写的,其全文如下:

伴食黄扉已八春,无功可立谩因循。若为去作社中客,应道何曾林下人。
四轴初成传异迹,百篇时出指迷津。遥知一榻香烟畔,恒见露山面目新。

首联"伴食黄扉已八春,无功可立谩因循"中的"伴食"来自成语"伴食宰相",典出《旧唐书·卢怀慎列传》,曰:"开元三年,迁黄门监。怀慎与紫微令姚崇对掌枢密,怀慎自以为吏道不及崇,每事皆推让之,时人谓之伴食宰相。"在这里作者用这个典故表示一种自谦。颔联"若为去作社中客,应道何曾林下人"中的"林下人"来自中国唐代的灵澈的诗歌。灵澈有一首诗歌叫《东林寺酬韦丹刺史》,其全文如下:"年老心闲无外事,麻衣草座亦容身。相逢尽道休官好,林下何曾见一人。"灵澈(746—816),本姓汤,字源澄,越州会稽(今浙江绍兴)人,与刘禹锡、刘长卿、吕温等交往密切,互有诗歌相赠。

七言律诗《红树》尾联"去年今日燕然路,记得屏风嶂里行"中的"燕然"指的是东汉永平元年(58)窦宪击败北单于后,登的一座山名。据《后汉书》,当时窦宪登上这座山,"刻石勒功而还"。

七言排律《次李需普门寺诗韵》是作者借李需的《普门寺》诗韵而作的。李需出身行迹不太明确,但曾任过尚书礼部侍郎、直宝文阁、太子文学等职,和李奎报、崔滋等人交往甚密,他的这首《普门寺》也被收录在《东文选》里。诗句"狂客如今无贺老,高僧自古有天童"中的"狂客"和"贺老"指的都是贺知章,"狂客"来自贺知章自号"四明狂客"。"天童"指的是晋朝天天给义兴打柴挑水的童子。据传晋朝的时候,有一个叫义兴的和尚生活在山上,一个童子天天

109

给他打柴挑水。突然有一天这个童子说要离开。临别时这个童子说:"我是太白金星,玉皇大帝见你精进虔诚,派我变作童子来照顾你,现在我大功告成,我走了。"说完这个童子腾雾而去。从此人们把这座山叫做太白名山,山上的寺庙叫做"天童寺",是佛教禅宗五大名刹之一。下面"三壶逸想寄方瞳,六鳌海近岂堪钓"中的"三壶"指的是传说中东海上的方丈、蓬莱、瀛洲这三座山。前秦王嘉《拾遗记·高辛》曰:"三壶则海中三山也,一曰方壶,则方丈也;二曰蓬壶,则蓬莱也;三曰瀛壶,则瀛洲也。""六鳌"来自中国的神话传说,据《列子·汤问》:"渤海之东,有一深壑,那里有岱舆、员峤、方壶、瀛洲、蓬莱等五座山,是仙圣居住的地方。但这五座山都浮于海,经常随着潮水上下往还。帝怕它流于西极,"失群仙圣之居,乃命禹强使巨鳌十五,举首而戴之。迭为三番,六万岁一交焉。五山始峙而不动。而龙伯之国有大人,举足不盈数步而暨五山之所,一钓而连六鳌,合负而趣归其国,灼其骨以数焉。于是岱舆、员峤二山流于北极,沉于大海,仙圣之播迁者巨亿计。"唐朝著名诗人李白即自称为"海上钓鳌客",喻自己具有宽广的胸怀和远大的抱负。下面"锦里句工山吐月,雪堂言好水浮空"里的"锦里"指的是"锦官城"。晋朝常璩的《华阳国志·蜀志》曰:"州夺郡文学为州学,郡更于夷里桥南岸道东边起文学,有女墙,其道西城,故锦官也。锦工织锦,濯其江中则鲜明,濯他江则不好,故命曰锦里也。"由此可见,"锦里"就是锦官,在成都,有时作为成都的代称来使用。杜甫曾经居住在那里,他的诗歌《月》中有"四更山吐月,残夜水明楼"的句子,这里说的就是这一句。"雪堂"句则与苏轼有关。公元1080年,苏轼因"乌台诗案"①被贬去黄州任团练副使。由于贬职,生活很拮据,在黄州城东弄到废地数十亩,亲自带人在那里开垦耕种。次年的冬雪天,苏轼也乔居黄州东坡躬耕,在荒地树林里筑起了一间草房,并在房壁上绘上雪景,名曰"东坡雪堂",自号"东坡居士"。下面"题咏更逢香案吏,经营犹记黑头公"里的"香案吏"来自元稹的诗歌《以州宅夸于乐天》,其中有"我是玉皇香案吏,谪居犹得住蓬莱"的句子。"香案吏"指的是宫中随侍帝王的官员,王文诰辑注引《唐书·百官志》曰:"若仗在紫宸内阁,则起居舍人夹香案分立殿下。"

另一首七言排律《三角山文珠寺》中,作者除引用许多佛教的故事和人物外,也借用了不少中国历史人物和典故。其中"还他驾鹤杨(扬)州天,添却骑驴华山籍"讲的是处士陈抟的事。有一次,他在骑着白驴回华山的途中听到了宋太祖登基的消息,他高兴地大笑一声,掉到驴下说,天下得以太平了。在这里作者把三角山比作了华山。下面"悬磴参差九十层,旧躅依稀上下屐"的句子讲的是晋朝谢灵运的事。据传他登山的时候,上山的时候他拿下木屐的前齿,下山时拿掉木屐的后跟,以求上下山时的平衡。下面"拟追台崖招手人,愧同庐岳攒眉客"的前一句来自李白《焦山望松寥山》,其中有"仙人如爱我,举手来相招"的句子。后一句和陶渊明有关。晋朝的慧远法师多次请陶渊明住在莲社,陶渊明感到不适,皱着眉头走了。在这里作者借用这些故事,充分抒发了自己的感受和情怀。

七言绝句《自宽》是作者勉励自己的诗歌,是描写作者的生活感受的。其中"但知吾道何如耳,不用斜阳独倚楼"的句子来自杜甫。杜甫有《江上》的诗歌,其中有"勋业频看镜,行藏独倚楼"的句子。

---

① "乌台诗案"发生于宋元丰二年(1079),御史何正臣上表弹劾苏轼,秦苏轼移知湖州到任后谢恩的上表中,用语暗讽朝政,御史李定也指出苏轼四大可废之罪。苏轼后来在御史台受审。所谓"乌台"就是御史台,因官署内遍植柏树,又称"柏台"。柏树上常有乌鸦栖息筑巢,故称乌台。

三、郭预的汉诗与中国文化的关联

郭预(1232—1286),高丽时期的文臣,原籍为清州,字先甲,号莲潭。1255年文科及第,任全州司录,1263年作为使臣去日本,1270年武臣政权结束后也不得意,兼任礼宾主簿和直翰林院。忠烈王即位后,他晋级任判图正郎宝文署待制知制诰,后任必阇赤,参与机务。1282年任右副承旨,其间提出禁止屠杀牛马的建议,后升任左承旨、国子监大司成、文翰学士。1286年兼任知密直司事、监察大夫等职。1287年作为圣节使访问元朝,归国途中病死,享年55岁。据传郭预为人诚实,性情耿直,身在要职,但非常谦虚,平易近人。他作文好,还能写一手好字,据传当时的人经常模仿他的字体。他的诗歌具有韵味十足、清新雅致的特点。《东文选》收录他的七言古体诗1首、五言律诗3首、五言排律2首、七言绝句6首,共12首。

五言排律《上镇边金相公周鼎》是作者写给金周鼎的。金周鼎(?—1290),高丽的文臣,曾任大府卿左司议大夫。诗歌中"诗书讨绛帷"的句子与马融有关。马融(79—166),字季长,扶风茂陵(今陕西兴平)人,东汉时期著名的经学家。他学识渊博,是当时出了名的通儒。他的门徒常有千人之多,著名的门徒有涿郡人卢植、北海人郑玄等等。马融性格自由豁达、不拘小节。他房屋的器用衣物,都很奢侈,曾经坐在高堂上,挂红纱帐,前面教授门徒,后面设置女乐。他弟子按顺序传习他的学问,很少有人登堂入室。他还擅长鼓琴,好吹笛,任性而为,"不拘儒者之节"。他的前授生徒、后列女乐的做法,对以后魏晋清谈家的破弃礼教产生了一定的影响。下面的"宜沉上岘碑"来自《遁斋闲览》[①]。"耻与千奴并,唯容四皓藏。君看坯上老,去楚佐高皇"里的第一句与《甘橘千树》有关。据说李衡当年在武陵龙阳泛洲上作宅,并且种上甘橘千树,临死的时候敕儿曰:"吾州里有千头木奴,不责汝衣食,岁上一匹绢,亦可足用矣。"到了吴末,甘橘成林,果真岁得绢几千匹。恒称太史公所谓江陵千树橘,与千户侯等者也。北魏农学家贾思勰创作《甘橘千树》,文中蕴含着"十年之计,莫如树木"的深刻哲理。第二句来自唐朝牛僧孺《玄怪录》中的《巴邛人》。故事讲,有个巴邛人有个橘园。下霜后只剩下两个很大的橘子,像瓦盆那么大,巴邛人觉得很奇怪,便让人拿来梯子上树去摘橘子。可也奇怪,橘子虽大,却不那么重,和平常的橘子差不多。等到剥开橘子皮一看,没想到每只橘子里都有两个老头,须眉都白了,皮肤却像孩童一样红润,正在相对坐着下棋。看其身高也不过一尺多,但到这个时候了仍然旁若无人地谈笑着。剥开橘子时,他们并不感到惊恐,只是在互相赌胜负。一个老头对另一个老头说:你输给我海龙王七公主的头发十两,智琼仙女的额黄十二块,紫绢缝制的披肩一副,绛台仙山上的霞实散药二庾,……后天一定要在王先生的青城草堂还我。另一个老头说:王先生原来也答应要到这里来,但不知什么原因到现在还不见来。橘子里的生活和乐趣不比我们同在商山时差多少,只是不能像树根那样,扎进地里,现在被人摘了下来,还是不牢靠。这时另一位老头说:我饿了,得吃点龙干肉了。说毕他从袖里拿出形状很像龙的一个草根,边削边吃。可草根吃掉多少便长多少。吃完了用水喷它,它便化为一条真龙。这四位老头骑上了真龙。顿时狂风大作,大雨倾盆,天色也逐渐阴暗了下来。须臾间天色转晴,可是这时四个老人已经不见了。第三句中的"坯上老"指的就是"坯上老人",指秦末授张良《太公兵法》于坯上的老人,事见《史记·留侯世

---

① 见96页杜预的故事。

家》。圯上老人即黄石公(？—前195)，秦汉时期下邳(今江苏邳州)人，被道教纳入神谱。

另一首七言古体诗《感渡海》是作者写东海之游感受的，其中"苍皇谁借千金壶"的句子来自成语"中河失舟，一壶千金"。这个成语出自道家著作《鹖冠子·学问》，比喻东西虽然轻微，用到的时候却十分珍贵。鹖冠子为战国时期的楚国隐士，因为他平常总爱戴着一顶用鹖的羽毛装饰的帽子，大家就给他取了一个别号叫鹖冠子。下面的"壮哉万古乌江上，耻复东归弃功业"讲的是项王的故事。当年项王背水一战，但不能抵御汉军，人们劝他东渡乌江卷土重来。乌江亭长舣船待，谓项王曰："江东虽小，地方千里，众数十万人，亦足王也。愿大王急渡。今独臣有船，汉军至，无以渡。"项王笑曰："天之亡我，我何渡为！且籍与江东子弟八千人渡江而西，今无一人还，纵江东父兄怜而王我，我何面目见之？纵彼不言，籍独不愧于心乎？"最终项羽没有渡江，自刎于乌江边，由此楚汉之争最终有了结果。

五言律诗中唯有《寿康宫观猎》一首有与中国文化关联的内容，其中"长杨赋未就"中提到的《长杨赋》为扬雄之作。此赋以写田猎为构架，实讽汉成帝的荒淫奢侈。文章先以序文略叙长杨之猎，而在赋辞之中就完全以议论具体叙述了汉高祖为民请命、汉文帝节俭守成、汉武帝解除边患的历史，赞扬他们树立历代帝王的楷模，颂古讽今，处处突出成帝背离祖宗、不顾养民之道的错误行径。对先辈颂扬越多，对现实讽刺越深入，诗人就是为了达到这种艺术效果而提及《长杨赋》的。

另外，七言绝句《直庐》中，"倚窗和睡听钧天"中的"钧天"是古代中国神话传说中天帝住的地方。

第五章
高丽后期文人的汉诗和中国文化的关联(一)

第一节 李齐贤的汉诗和中国文化的关联(一)

李齐贤(1287—1367),高丽后期的文臣,原籍庆州,幼名之公,字仲思,号益斋、栎翁,谥号文忠。他早年开始写诗,很小的时候就展现出非凡的艺术才能,1301年他参加成均试①,得第一名,紧接着科举及第。1303年任权务奉先库判官和延庆宫录事;1308年被选入艺文春秋馆,第二年任司宪纠正,开始真正的官僚生活。1311年任典校寺丞、三司判官,1312年任西海道按廉使,1314年应上王忠宣王的召唤,去元朝的首都燕京,住进万卷堂,开始他在元朝的海外生活。忠宣王退位后,他继续留在燕京,在那里读了不少史书,并广泛结交了姚燧②、阎复③、元明善④、赵孟頫⑤等文人,跟随他们学到了不少东西。

在中国期间,令李齐贤难忘的是他的三次旅行。第一次是1316年,他替忠宣王去四川峨眉山致祭,在这次旅行中他写了不少诗歌,《八月十七日放舟向峨眉山》《诸葛孔明祠堂》《函谷关》《路上》《二陵早发》等就是这一时期写的。第二次是1319年跟随忠宣王到浙江宝陀寺降香。第三次是1323年为了慰问忠宣王去了位于今甘肃青海一带的朵思麻。这三次旅行大大增长了他的见闻,对他的创作产生了巨大的影响。

1320年是李齐贤一生重大的转折点,其时他任成均祭酒、判典校寺事、选部典书等职。这年冬天,忠宣王被流放,结束了他长达6年之久的元朝生活。其实,忠宣王的被流放和高丽的局势有密切的关系。为了抹杀高丽的独立性,元朝兴起了撤销高丽国、设立高丽省的主张。在高丽国内,推翻忠肃王的沈王王暠的阴谋也在策划之中。1321年暂时回国参加父亲葬礼的李齐贤,1323年再次去燕京,上书反对废国立省的无理主张。其上书的内容流传至

---

① 另一名为国子监试。
② 姚燧(1238—1313),字端甫,号牧庵,河南洛阳(今河南省洛阳市)人,元朝文学家,官翰林学士承旨、集贤大学士,著有《牧庵文集》。
③ 阎复(1236—1312),元代大臣,字子靖,号静轩、静山,东平高唐(今山东省聊城市高唐县)人,著有《静轩集》。
④ 元明善(1269—1322),字复初,大名清河(今河北省邢台市清河县)人,以文章名于时,曾修成宗实录,任翰林直学士等职。
⑤ 赵孟頫(1254—1322),字子昂,号松雪道人,又号水晶宫道人、鸥波,浙江吴兴(今浙江省湖州市吴兴区)人,南宋末至元初著名书法家、画家、诗人,著有《松雪斋文集》等。

今，从中可见李齐贤杰出的汉文功底和外交能力。紧接着他投入营救忠宣王的活动——当时忠宣王被流放到吐蕃。李齐贤上书不久，立省主张销声匿迹，忠宣王也来到了朵思麻。从这些历史事实来看，其中肯定有过李齐贤的各种努力。1324年李齐贤经密直司，次年任金议评理、正堂文学，当上了宰相。而后忠肃王和忠惠王父子执政时，他主动隐退，减少了政治活动。1339年曹顿之乱后，忠惠王被遣送至元朝，这时李齐贤挺身而出，前往元朝，圆满地解决了这次事件，使忠惠王恢复了王位。但其后几年，在曹顿同党的淫威下，他闭门不出，著名的《栎翁稗说》就是这个时候完成的。1344年忠穆王即位，李齐贤被任命为判三司事，重新出现在政治第一线。这期间他为拨乱反正和政治改革做出了巨大的贡献。1351年恭愍王即位时，李齐贤被任命为丞相，掌管了朝廷，1353年选拔了李穑等35名登科者。1356年朝野上下兴起反元运动的时候，他又成为门下侍中，缓解局势，没有让高丽和元朝的矛盾进一步激化。其后朝廷经常向他咨询各种问题，红巾之乱的时候他也到尚州，扈从高丽王。

综观李齐贤的创作，他具有深厚的文学素养。他参加了本朝《编年纲目》和忠烈王、忠宣王、忠肃王等三代国王的实录的编撰工作，晚年也参与了《国史》的编撰工作，还和白文宝、李达衷等人计划编撰《纪年传志》（但没能完成）。现存的他的著述有《益斋乱藁》和《栎翁稗说》。

作为杰出的政治家，李齐贤奔波在高丽和元朝之间，为建立高丽和元朝的良好关系立下了汗马功劳。同时，作为文学家，他在文学领域也取得了很大的成就。他的诗歌经常得到"典雅""雄浑"的评价，尤其在咏史诗方面和词领域取得的成果颇引人注目。可以说，他对高丽汉文学更上一层楼起到了举足轻重的作用，因而他在高丽乃至整个韩国古代汉文学史上的地位也是非常高的。李穑评价他为"道德之首，文章之宗"，可见他在高丽乃至整个韩国汉文学史上的地位。

《东文选》收录他的五言古体诗3题6首、七言古体诗5首、五言律诗3题4首、七言律诗22题30首、七言绝句14题33首，共47题78首，其数量仅次于李仁老。下面我们根据李齐贤诗歌和中国文化的关系将其分为中国的历史人物类、中国的典故类等两个方面给予论述。

一、中国的历史人物类

李齐贤诗歌中出现过很多中国历史人物和历史故事。和其他诗人一样，他也很善于利用中国历史人物和他们的故事形象地表达自己的情怀。

先看五言古体诗《汉武帝望思台》。这是一首咏史诗，作者在这里借用汉武帝的故事，表达自己对历史的看法。

> 汉皇好奇士，江充来犬台。舌端寄毒螫，肚里赃祸胎。猰㺄吠旧主，全赵飞惊灰。
> 茂陵自英武，将相多贤才。胡为不絜矩，利禄崇奸回。天伦化豺虎，庡园空草莱。

相传当年汉武帝的太子刘据受到江充的诬陷，一气之下杀死了江充，最终因怕汉武帝治罪而自杀——《汉书》称此事件为"巫蛊之祸"。听到太子自杀的消息，汉武帝后悔莫及，修了一个望思台，以之悼念失去的儿子。江充（？—前91），本名齐，字次倩，西汉赵国邯郸（今河北邯郸)人。江充一开始给汉武帝的印象非常好。他身材魁梧,容貌英俊,谈吐潇洒自如,这给汉武帝留下了深刻的印象。于是,汉武帝就给他一个任务,让他负责监督皇亲国戚的言行和近臣们的一言一行,督查他们有没有过于奢侈或犯法的行为。就这样,江充在群臣当中脱颖而出,一跃成为汉武帝身边最重要的亲信之一。任职期间,江充行事果断,铁面无私,对皇亲国戚也一点不徇私情。"猖猖吠旧主,全赵飞惊灰"说的是他未到汉武帝身边之时的事。江齐因其妹善操琴歌舞嫁与赵太子丹,而成为赵王刘彭祖的座上宾。后来太子丹怀疑他将自己的隐私告诉了赵王,并且认为他知道的事太多,早晚是个祸害,于是派人搜捕他,但竟然让他逃脱了。太子丹一气之下,把他的父兄抓来杀害了。江齐仓皇逃入长安,更名为江充,并向朝廷告发赵太子丹与同胞姐姐及父王的嫔妃有奸情,以及勾结郡国豪猾、与其狼狈为奸的事情。汉武帝刘彻阅览这个奏折后大怒,立刻下令包围赵王宫,搜捕赵太子丹,将其移入魏郡诏狱严治,并判其死罪。赵王刘彭祖是汉武帝的异母兄,为了救儿子一命,遂上书称:"江充是个在逃小吏,以奸诈欺罔,激怒圣上,志在报复私怨,虽烹之醢之,计犹不悔。臣愿挑选赵国勇士,从军征伐匈奴,极尽死力,以赎太子丹罪。"武帝虽赦免太子丹死罪,但废了他的太子位。在诗歌第七至十句,作者表达了自己的观点,认为汉武帝不该重用江充。"天伦化豺虎,戾园空草莱"说的是武帝的太子死后谥号为戾太子、墓葬为戾园的事情。

七言律诗《黄土店》1题3首。从诗歌的副题"闻上王见赞,不能自明"的解题来看,这是作者在黄土店[中国的黄土店非常多,此处的黄土店应该是在燕京(今北京)]听到忠宣王处于困境的消息后,为表达痛苦之情和对君王的赤胆忠心而作的。

> 世事悠悠不忍闻,荒桥立马忽忘言。几时白日明心曲,是处青山隔泪痕。
> 烧栈子房宁负信,翳桑灵辄早知恩。伤心无术身生翼,飞到云霄一叫阍。
>
> 呐呐书空但坐愁,式微何处是菟裘。十年艰险鱼千里,万古升沉貉一丘。
> 白日西飞魂正断,碧江东注泪先流。满门簪履无鸡狗,饱德如吾死合羞。
>
> 寸肠冰炭乱交加,一望燕山九起嗟。谁谓鳣鲸困蝼蚁,可怜蚍虫诉虾蟆。
> 才微杜渐颜宜赭,责重扶颠发易华。万古金縢遗册在,未容群叔误周家。

第一首中,颈联的"翳桑"是古地名。春秋时期晋灵辄饿于翳桑,赵盾见而赐之以饮食。后辄成为晋灵公甲士。会灵公欲杀盾,辄倒戈相卫,盾乃得免。这件事记载在《左传·宣公二年》里。

第二首中,首联中的"式微"是《诗经》的篇名,主要描写的是失去祖国的国君的痛苦生活,以之比喻处于困境中的忠宣王。颔联中的"沉貉"来自成语"一丘之貉"。在这里作者主要说的是通观历史,各朝的兴亡盛衰都大同而小异,有许多共同之处。尾联中"满门簪履无鸡狗"的意思是门下连偷鸡摸狗的也没有,在这里表示的是忠宣王处于困境中,手下没有一个能够帮助他摆脱困境的能人。这个鸡狗的故事与孟尝君有关[1]

---

[1] 详见下文中典故"鸡鸣狗盗"的相关内容。

高丽文人的汉诗与中国文化的关联研究
——以《东文选》中的汉诗为中心

第三首中，颔联"谁谓鳣鲸困蝼蚁，可怜虮虱诉虾蟆"的前一句来自汉朝贾谊《吊屈原赋》中的"横江湖之鳣鲸兮，固将制于蝼蚁"一句。而尾联"万古金縢遗册在，未容群叔误周家"讲的是周武王的儿子周成王和其叔管叔鲜和蔡叔度的事情。据《史记·管蔡世家》，周武王死后，太子姬诵继位，是为周成王。周成王登基时，年少不懂事，不能独立处理政务；当时周朝又是初定天下，政局还不是十分稳定，于是蔡叔度的四哥周公旦当国摄政，代行周成王之职，处理国家大事。蔡叔度和管叔鲜、霍叔处怀疑周公旦要篡夺王位，三人心里愤愤不平，就到处散布流言。周成王二年（前1041），三人扶持武庚一起叛乱。周成王四年（前1039），周公旦以周成王的名义东征叛军。不久，周公旦便平定叛乱，诛杀武庚和管叔鲜，将蔡叔度流放到郭邻（在今蔡国故城西北蟾虎寺一带）。周公旦流放蔡叔度时，只配给他10辆乘车和刑徒70人作为随从。蔡叔度最终死在了流放之地。

七言古体诗《雪用前韵》中，"亦知淮西夜半，提军缚贼功难忘"讲的是李愬的故事。李愬（773—821），字符直，洮州临潭（今甘肃临潭）人，唐代中期名将。唐元和十一年（816），李愬奉命与田弘正、李光颜等人讨伐割据淮西的吴元济，次年（817）雪夜袭击蔡州，生擒吴元济，平定了淮西。

七言绝句《涿郡》是慨叹刘备不能收复中原的事情，当年刘备只占了西蜀，多次想收复中原，但都失败了。其中"故里虚生羽葆桑"来自"羽葆盖车"的典故。刘备（161—223），字玄德，东汉涿郡涿县（今河北涿州）人，三国时期蜀汉皇帝。刘备年少时，生活非常艰苦。刘备家东南角篱上有一桑树，从远处看上去就好像车盖，来往的人都觉得这棵树长得不一般，认为这里会出贵人。刘备小时候与同宗小孩在树下玩乐，指着桑树说："我将来一定会乘坐这样的羽葆盖车。"刘备叔父刘子敬说："你不要乱说话，让我们一家遭灭门之罪。"

七言律诗《端午》是为迎接端午节而写的。

> 旅食京华十过春，西来又作问津人。半生已被功名误，久客偏惊节物新。
> 萍梗羁踪青海月，松楸归梦泰封尘。旗亭且饮菖蒲酒，未用醒吟学楚臣。

诗歌中的"菖蒲酒"是端午节喝的酒。"楚臣"指的是屈原，他的《渔父》里有"举世皆浊我独清，众人皆醉我独醒"的句子，这也是诗歌末句的来源。

七言律诗《题长安逆旅》1题3首，是李齐贤重新访问长安后写的，是表现他炙热的爱国之情和复兴高丽之决心的作品。

> 倦客重游秦树老，佳人一去陇云赊。愁听杜叟三年笛，怅望张侯万里槎。
> 梦里家山空蕙帐，酒阑檐雨落灯花。宦情已似秋云薄，胸次犹余一寸霞。

> 海上箕封礼义乡，曾修职贡荷龙光。河山万世同盟国，雨露三朝异姓王。
> 贝锦谁将委豺虎，干戈无奈到参商。扶持自有宗祧力，会见松都业更昌。

> 早信忠诚可动天，孰云仁圣竟容奸。鸡竿曙色开旸谷，凤阙春光到雪山。
> 谶雨池蛙喧欲斗，唤云皋鹤倦思还。区区吴薛何为者，自鼓咙胡彻帝关。

第一首首联中的"秦"指的是秦国，"陇"指陇西，在今陕西省西部。颔联中的"杜叟"指的是杜甫，他的《洗兵马》里有"三年笛里关山月，万国兵前草木风"的句子，这颔联的内容就自这衍化而来。"怅望张侯万里槎"中的"张侯"指的是张骞,传说中张骞乘舟上了银河,但这实际上是他穿过天山去西域的史实。颔联"梦里家山空蕙帐,酒阑檐雨落灯花"中的"空蕙帐"来自孔稚珪的《北山移文》:"蕙帐空兮夜鹤怨,山人去兮晓猿惊。"孔稚珪(447—501),字德璋,会稽山阴(今浙江绍兴)人。

第二首的首联"海上箕封礼义乡,曾修职贡荷龙光"讲的是箕子。颔联"河山万世同盟国,雨露三朝异姓王"中的"河山"指的是黄河和泰山。颈联"贝锦谁将委豺虎,干戈无奈到参商"前一句来自《诗经·小雅·巷伯》:"萋兮斐兮,成是贝锦。彼谮人者,亦已大甚!……取彼谮人,投畀豺虎。豺虎不食。"《朱熹集传》曰:"言因萋斐之形,而文致之以成贝锦,以比谗人者因人之小过而饰成大罪也。……不食不受,言谗谮之人、物所共恶也。"在这里,诗人以之来讲伯颜。伯颜受元仁宗的宠爱,任意操纵高丽王室。他经常在元朝和高丽王室之间挑拨离间,以至于元英宗把忠宣王发配到吐蕃。李齐贤对其深恶痛绝。后一句"干戈无奈到参商"来自《左传·昭公元年》:"昔高辛氏有二子,伯曰阏伯,季曰实沈,居于旷林,不相能也。日寻干戈,以相征讨。后帝不臧,迁阏伯于商丘,主辰。商人是因,故辰为商星。迁实沈于大夏,主参。唐人是因,以服事夏、商。"唐陈子昂《为义兴公求拜扫表》中有"兄弟无故,并为参商"之句。在这里,诗人以之来讲曹頔。曹頔是高丽忠惠王时期的人,他反对忠惠王的执政,协助沈王王暠于1339年叛乱,但死于叛乱中。由此他戴上了图谋兄弟不和的罪名。

七言律诗《菊斋权文正公挽词》是作者为悼念权溥(1262—1346)而作的,诗题中的"菊斋"就是权溥的号,"文正"为他的谥号,他曾任右正言等职。

扬历清华到上台,君王独倚栋梁材。诗书满屋无樊素,簪履盈门有老莱。
千岁鹤归三峤月,九渊龙化五更雷。才疎未足铭清德,泪洒当年玉镜台。

颔联中的"樊素"指的是白居易的家姬,据传她非常善歌。下面的"老莱"即老莱子,是中国民间传说中二十四孝人物之一。据传老莱子72岁时,为了使老父母高兴,还经常穿彩衣,做婴儿的动作,以取悦双亲,后人以"老莱衣"比喻对老人孝顺。"玉镜台"指的是晋朝温峤的玉镜台。据《世说新语·假谲》,温峤北征刘聪,获玉镜台一枚。从姑有女,嘱代觅婿,温有自婚意,因下玉镜台为定。

再看七言绝句《范蠡五湖》(上)和《范蠡》(下):

功成亦欲试良图,月棹烟蓑向五湖。卷却吴宫春色去,独留秋草满姑苏。

论功岂啻破强吴,最在扁舟泛五湖。不解载将西子去,越宫还有一姑苏。

两首诗都和范蠡有关,讲范蠡、西施、姑苏台等的故事。范蠡是高丽汉诗中出现频率很高的中国历史人物。《范蠡五湖》"独留秋草满姑苏"一句中的"姑苏"是指姑苏台。据说姑苏台高三百丈,宽八十四丈,有九曲路,拾级而上,登上巍巍高台可饱览方圆二百里范围内的湖光山色,为吴王逍遥享乐之所。关于姑苏台,还有一个和伍子胥有关的典故"鹿走姑苏台",后衍化为成语"鹿走苏台",比喻宫殿荒废,国家败亡。这个典故出自《汉书·伍被传》:西汉时期,淮南王刘安想当皇帝,在东宫召见伍被一起议事,封伍被为将军。伍被说:"王安得亡国之言乎?昔子胥谏吴王,吴王不用,乃曰:'臣今见麋鹿游姑苏之台也。'今臣亦将见宫中生荆棘,露沾衣也。"刘安不听劝阻,毅然起兵,但其结果惨淡,叛乱以彻底失败而告终。

七言绝句《燕寻玉京》中的"玉京"为南朝卫敬瑜之妻王玉京,这里说的是她所作的诗歌《孤燕诗》。卫敬瑜早年去世,王玉京看到自家屋檐下有双燕,经常双双飞来飞去。后来有一天她发现只有一只孤独地飞来飞去,感其偏栖,便用绳系其脚做个标志。第二年,此燕再来,仍然带着那个系绳,于是她作诗曰:"昔年无偶去,今春犹独归。故人恩义重,不忍复双飞。"在这里作者借用王玉京的孤独心境,表达了自己无依无靠的孤独心情。

二、中国的典故类

李齐贤的汉诗中也有不少中国的典故。他把这些典故恰如其分地运用在汉诗之中,为更形象地表达观点服务。

五言古体诗《渑池》是一首咏史诗,整体上是回顾秦和赵的"渑池会盟"的。渑池位于河南省西北部,现在隶属于三门峡市。公元前 279 年,秦赵两国在这里会盟。下面是诗歌全文:

  强秦若翼虎,懦赵真首鼠。特会非同盟,安危在此举。
  蔺卿胆如斗,仗剑立左右。叱咤生风雷,万乘自击缶。
  桓桓百万兵,一言有重轻。廉颇伏高义,犬子慕遗名。
  驾言池上游,去我金几秋。余威起毛发,万木寒飕飕。

据《史记·廉颇蔺相如列传》,公元前 279 年,秦昭襄王为集中力量攻打楚国,主动与邻国赵国交好,约赵惠文王会于渑池(今河南渑池县)。赵王胆小,非常害怕这个约会,但他又不敢不去。于是,蔺相如陪同赵王前往渑池。酒过三巡,秦王对赵王说:"寡人窃闻赵王好音,请奏瑟。"赵王只好鼓瑟,秦御史记录道:"某年月日,秦王与赵王会饮,令赵王鼓瑟。"看到这个情况,蔺相如上前说:"赵王窃闻秦王善为秦声,请奉盆缻秦王,以相娱乐。"秦王听完一脸的不高兴,不同意击缶。见此状蔺相如向前进缶,跪请秦王击缶,秦王还是不肯。蔺相如说:"五步之内,相如请得以颈血溅大王矣。"听罢左右都惊吓,欲刃蔺相如,蔺相如张目叱之,左右皆靡。见此状秦王也无奈,只能为之击缶。蔺相如顾召赵御史书曰:"某年月日,秦王为赵王击缻。"秦之群臣曰:"请以赵十五城为秦王寿。"蔺相如亦曰:"以秦之咸阳为赵王寿。"秦王终不能加胜于赵。宴会散,赵王归国,以为蔺相如功大,拜为他上卿,位在廉颇之右。在这里作者重点描写蔺相如的机智、聪明和勇敢。他为了使赵国取得对等的地位,据理力争,使秦王不得不击缶。后来,秦向赵要十五座城,他寸步不让,说用秦国国都作为交换,逼得秦王毫无所得。蔺相如机智地保护了赵王的安全并且不被羞辱,史称"渑池之会"。

五言古体诗《汉武帝望思台》中的"望思台"又称"思子台""思子宫",据《汉书·戾太子传》,这是汉武帝为思念儿子建的。这个台的建立与汉武帝晚年的"巫蛊之祸"有关。汉武帝晚年体弱多病,以为是左右的人巫蛊引起的。征和二年(前 91),丞相公孙贺在驰道埋木偶人、用巫术诅咒的事被发现,由此公孙贺父子死于狱中。第二年,负责监督贵戚和近臣言行的江充又诬告太子(刘据)宫中埋了木人,太子一气之下捕杀江充,盛怒的武帝发兵追捕,太子也发兵抗拒。激战五日,太子兵败自尽。后来田千秋上书,讼太子冤:"子弄父兵,罪当笞。天子之子过误杀人,当何罪哉!臣尝梦一白头翁教臣言。"汉武帝后悔至极,杀江充全族及加兵刃于太子者,后又建思子宫,思念儿子。

七言古体诗《雪》是一首抒景诗。其中,"岂知瓦油衣下黑甜乡"句中的"瓦油衣"讲的是谷那律的故事。有一天,唐太宗李世民出去打猎,中途遇到大雨,李世民身上披的油衣(雨衣)也被渗透。李世民回头问谷那律:"油衣要怎样做才不漏?"谷那律很快就回答道:"要是用瓦片做,那一定不会漏了!"李世民当时一愣,不知道是什么意思,但他很快意识到了谷那律所说的真正含义。其实,谷那律是话里有话的——他是通过这种方式劝说李世民不要过多地游猎。回过味儿来的李世民对谷那律很是赞赏,不但表扬了他,而且采纳了他的建议。谷那律(?—约650),唐魏州昌乐县(今河南濮阳南乐)人。

另一首七言古体诗《雪用前韵》借用了上文所说的七言古体诗《雪》的韵。其中,"半轮霁月晖铁瓮,神清宛在广寒宫"中的"铁瓮"指东吴古都铁瓮城,在扬子江边,广寒宫指的是月宫。"碣石云烟杳明灭"中的"碣石"是碣石山,位于今河北省秦皇岛市昌黎县,三国的曹操曾在这里留下了著名的诗篇《观沧海》。下面"亦知销金帐下,浅斟低唱有余乐"句中的"浅斟低唱"是成语,意思是慢慢喝酒,低声歌唱,形容悠然自得、遣兴消闲的样子,典出宋朝无名氏的《湘湖近事》,曰:"陶谷学士,尝买得党太尉家故妓……妓曰:'彼粗人也,安有此景,但能销金暖帐下,浅斟低唱,饮羊羔美酒耳。'谷愧其言。"下面的"日高闭门卧不起,最有袁安兴味长"来自典故"袁安困雪",典出《后汉书·袁安传》。李贤(655—684)注引晋周斐《汝南先贤传》说:袁安没做官的时候,客居洛阳,很有贤名。有一年冬天,洛阳令冒雪去拜访他。他院子里的雪积得很深,洛阳令叫随从扫出一条路才进到了袁安屋里。袁安正蜷缩在床上瑟瑟发抖。洛阳县令问:"你为什么不求亲戚帮助一下?"袁安说:"大家都没好日子过,大雪天我怎么好意思去打扰人家?"洛阳令佩服他的贤德,向朝廷举他为孝廉。后用成语"袁安高卧"指高士生活清贫但有操守的情况。袁安(?—92),字邵公,汝南汝阳(今河南商水)人,东汉的大臣。

五言律诗《北上》中,"去鲁情何极,游秦兴未阑"的前一句和孔子有关。据传当年孔子离开鲁国的时候,有些恋恋不舍。《孟子·尽心下》:"孔子之去鲁,曰:'迟迟吾行也。'去父母国之道也。"唐朝的诗人经常使用"游秦""入秦"等诗语,这是因为唐朝的首都在当年秦朝的地盘长安。当时元朝的首都是大都,但在这里仍然使用唐代的习惯用法,把去中原说成入秦或游秦。换言之,此处的"游秦"是游中原的意思。"每怀姜被暖,谁念范袍寒"的前一句来自典故"姜被",出自《后汉书》卷五十三《姜肱列传》,曰:"肱与二弟仲海、季江,俱以孝行著闻。其友爱天至,常共卧起。"后以"姜被"谓兄弟情义非常深厚,在这里是咏兄弟之友爱。后一句来自范雎的故事。《史记》里有这个故事①。"对酒频弹剑,吹灯乍枕鞍"的前一句来自成语"冯谖弹铗"。据《史记·孟尝君列传》,齐人冯谖(亦作"冯驩")为孟尝君门客,不受重视。冯三弹其剑而歌,一曰:"长铗归来乎!食无鱼!"二曰:"长铗归来乎!出无舆!"三曰:"长铗归来乎!无以为家!"孟尝君听后一一给以解决,满足了他的要求,使冯食有鱼,出门有车,冯母供养无乏。从此冯谖全心为孟尝君谋划,营造他的"三窟"。后以"冯谖弹铗"表示怀才不遇或有才华的人希望得到任用。下面的"白云看渐远,安得报平安"则和唐朝的狄仁杰有关。狄仁杰在并州做官时,父母远在河阳(今河南孟州市)。他登上太行山,回首南望,见一片白云在飘飞,便对左右的人说:"我的双亲就住在那片白云下面。"他伫立怅望良久,直到白云散

---

① 故事见《史记·范雎蔡泽列传》,载许嘉璐主编:《二十四史全译·史记第二册》,上海:汉语大辞典出版社,2004年版,1033页。

去方才离开。后世遂用"白云亲舍""白云孤飞"等词语作为客居他乡、思念父母之辞。

七言律诗《感怀》1 题 3 首。

> 枕肱茅店夜三更,矫首金台路几程。苦节颇同弹铗客,芳年已过弃繻生。
> 穷通有命悲亲老,缓急非才愧主明。毕竟行藏谁与问,满窗霜月独钟情。

> 半世雕虫耻壮夫,中年跨马倦征途。杯盘草草灯花落,关塞迢迢晓月孤。
> 华表未归千载鹤,上林谁借一枝乌。有钱径买浇肠酒,莫使诗班入鬓须。

> 长卿去蜀曾题柱,邹子游梁得曳裾。奔走无功合投劾,交游似梦惜离居。
> 未拼蓑笠盟鸥鸟,已分图书养蠹鱼。一望乡关时自笑,百年天地亦蘧庐。

第一首中,颔联"弃繻生"中的"繻"指彩色的丝织品。《说文解字》说:"繻,缯采色也。从糸,需声。"而"弃繻生"则是一个典故,出自《汉书》卷六十四下《终军传》。故事讲:当年,终军从济南赴京城,去谒见博士,当时他步行要通过函谷关,把守函谷关的官吏交给终军一块用帛边制成的符信。终军问:"用这干什么?"官吏回答说:"回来时作路证,经过这里拿它合符。"终军说:"大丈夫西游,终不须凭它作回来的路证吧。"他不听官吏的话,扔下帛制的符信走了。终军被任命为谒者后,奉使巡视郡国,持符节出函谷关东巡,守关的官吏还记得他,说:"这位使者就是之前抛弃帛制符信的儒生。"终军巡视郡国,遇见适宜的事情就上书报告朝廷。出使回来以后,他向汉武帝汇报出使的情况,武帝听了很高兴。

第二首中,颈联"华表未归千载鹤,上林谁借一枝乌"的后一句来自李义府。李义府(614—666),瀛洲饶阳(今河北饶阳)人,唐朝宰相。当年李义府见唐太宗,唐太宗让他以乌鸦为题作诗,他写道:"日里飏朝彩,琴中伴夜啼。上林如许树,不借一枝栖。"唐太宗听后说:不只是一枝,朕把整棵树借给你。不久后李义府登上了宰相之位。

第三首中,首联"长卿去蜀曾题柱,邹子游梁得曳裾"中的"长卿"是司马相如,这是他的字;"题柱"是立志取功名之意,据司马相如经过成都升仙桥时,曾在桥上题字"不乘高车驷马,不过此桥",表现了自己的宏大理想。"邹子"就是邹阳,这一句来自成语"曳裾王门",典出《汉书》卷五十一《邹阳传》,曰:"饰固陋之心,则何王之门不可曳长裾乎?"后以"曳裾王门"比喻在王侯权贵门下做食客。

> 杨(扬)子津南古润州,几番欢乐几番愁。佞臣谋国鱼贪饵,黠吏忧民鸟养羞。
> 风铎夜喧潮入浦,烟蓑暝立雨侵楼。中流击楫非吾事,闲望天涯范蠡舟。

上面是七言律诗《多景楼陪权一斋用古人韵同赋》,其尾联"中流击楫非吾事,闲望天涯范蠡舟"的前一句来自成语"中流击楫",比喻立志发愤图强,出自《晋书·祖逖列传》。祖逖是一位讲义气的豪侠、忧国忧民的志士。魏晋时期,天下大乱,祖逖看到自己的国家已经失去了北方大片领土,无数同胞处于侵略者的铁蹄之下,非常痛心。他决心要收复失地,重振国威。晋元帝司马睿迁都建康的时候,祖逖召集一大批志同道合的勇士,夜以继日地操练,时刻准备北上收复失去的故土。他给晋元帝上了一份奏折,请求去一雪国耻。晋元帝见奏,非常高兴,立即命祖逖为奋威将军,令他早日北征,收复失地。祖逖准备好后,带领千余勇士渡江北上。战船驶离南岸,不久来到了波涛滚滚的大江中流,将士们回望南土,心潮澎湃。

祖逖神情严肃地站在船头,用船桨叩打船舷,向将士们发誓说:"祖逖此去,若不能平定中原,驱逐敌寇,则如这滔滔江水,一去不返!"祖逖的铮铮誓言极大地鼓舞了船上的勇士们。他们紧握刀枪,纷纷表示要同仇敌忾,杀敌报国。东晋百姓闻讯,接踵而至,很快组成了一支强大的北上的军队,大力支援祖逖。结果他们所向披靡,一连打了好几个胜仗,收复了不少城池失地。后一句说的是范蠡。

五言律诗《题长安逆旅》中"车马函关道,风尘季子裘"的后一句来自《战国策》,指战国时苏秦入秦求仕、资用耗尽而归之事。据《战国策》卷三《秦策一·苏秦始将连横》,"(苏秦)说秦王书十上而说不行。黑貂之裘弊,黄金百斤尽,资用乏绝,去秦而归。羸縢履蹻,负书担橐,形容枯槁,面目犁黑,状有归色"。后以"季子裘"比喻旅途或客居中处境困难。

七言律诗《凤州龙湫》颈联中的"汤旱"是说汤时有过七年大旱的事件(尧水九年,汤旱七载)。"彼相谁堪说霖"来自典故"作霖",出自《尚书·商书·说命上》,王命之(傅说)曰:"若岁大旱,用汝作霖雨。"

七言绝句《白沟》的诗题指的是宋朝和契丹界线上的一条河,宋真宗时把白沟以北割让给契丹,每年还给很多金子和绸缎,以此讲和。"尺水区区过南牧,可能卧榻不容人"讲的是汉武帝击退匈奴后,匈奴很长一段时间不敢南侵的事情。"南牧"指的是北方民族南侵。后一句来自宋太祖。宋太祖登基后,南唐派使臣求和。太祖曰:"天下一家,卧榻之侧,岂容他人鼾睡乎!"后衍化成成语"卧榻之侧,岂容他人鼾睡",隐喻自己的势力范围不容别人占领。出自《续资治通鉴长编》。

七言绝句《松都八咏·熊川禊饮》诗题中的"禊"与民间风俗有关。民间有三月三日上巳节聚集在水边喝酒、驱除厄运的风俗,叫做"祓禊"。其中,"孔门吾与舞雩归"一句典出《论语》。据《论语·先进》,有一次孔子问各弟子的志向,大家异口同声说用自己的能力和学识治理国家,唯有曾点说:"莫(暮)春者,春服既成,冠者五六人,童子六七人,浴乎沂,风乎舞雩,咏而归。"夫子喟然叹曰:"吾与点也。"孔子也赞同曾点的观点。

七言绝句《松都八咏·龙山秋晚》是与中国传统节日重阳节有关的诗歌,诗题中的龙山就是前文所述典故"孟嘉落帽"中的那个龙山。诗句中的"菊花"是重九节观赏之花,"吹帽落"说的也是"孟嘉落帽"的故事。而诗中"与客携壶上翠微"一句和杜牧《九日齐山登高》中的诗句相同,是直接引用。

李齐贤的七言绝句《比干墓》是在比干墓前写的,是一首咏史诗,1题2首。诗前有以下说明:"墓在卫州北十许里,盖周武王所封,而唐太宗贞观中,道过其地,自为文以祭,其石刻剥落,亦可识一二焉,夫二君之眷眷于异代之臣者,岂非哀其忠愍其死乎,而武王忽伯夷于胜殷之后,太宗疑魏徵于征辽之日者,何耶? 因作此诗,亦春秋责备贤者之义也。"比干,子姓,名干,沫邑(今河南淇县)人,商代帝王文丁的次子、帝乙的弟弟、帝辛的叔叔,官少师(丞相)。武王指的是周武王。周武王要讨伐纣,伯夷不满,劝说"藩属不应讨伐君主"。魏徵是唐太宗时期的宰相,唐太宗非常重视魏徵的话。魏徵死后,唐太宗亲笔写碑文,但后来听信谗言,推倒了石碑。但贞观十九年(645),李世民亲征高句丽,战士死伤数千人,战马损失十之七八,他深深悔恨这一举动,不禁慨然叹息说:"魏徵若在,不使朕有是行也。"于是立命驰驿以少牢之礼祭祀魏徵,又重立纪念碑。

《比干墓》中,"何事华阳归马后,蒲轮不谢采薇人"的前一句来自成语"放马华阳",意思是不再用兵。北魏郦道元的《水经注·河四》记载："武王伐纣,天下既定,王巡岳渎,放马华阳,散牛桃林,即此处也,其中多野马。"后一句中的"蒲轮"指的是请贤人的时候,用蒲捆车子轮胎,目的是使车子走得平稳,以示恭敬。"采薇人"指伯夷叔齐。伯夷(生卒年不详),商末孤竹国(今河北卢龙)人,商纣王末期孤竹国第八任君主亚微的长子,弟叔齐(生卒年不详),是殷商时期契的后代。一开始孤竹君欲以三子叔齐为继承人,及父死,叔齐让位于伯夷。伯夷以为逆父命,遂逃之,而叔齐亦不肯立,亦逃之。伯夷叔齐奔往西方,在周地部落中养老,与周文王关系良好。后周武王讨伐纣王,伯夷和叔齐不满武王身为藩属讨伐君主,加上自己世为商臣,力谏。武王不听,不久周灭商朝。伯夷和叔齐耻食周粟,采薇而食,饿死于首阳山。"日暮令人有逆施"出自《史记·伍子胥列传》。伍子胥等到吴兵攻进郢都后,就掘开了楚平王的坟墓,挖出尸体,抽打了三百鞭。听到这个消息后,申包胥传话说:"您报仇的手段太过分了吧!我听说,人多能战胜天,天也能毁灭人。您曾是平王的臣子,亲自拱手称臣侍奉他,今天竟至污辱死人,这难道不是违背天理到极点了吗?"伍子胥对来人说:"替我谢谢申包胥,说我就像太阳快落山了,但路途还很遥远,所以我要倒行逆施。""胡然却仆魏徵碑"一句讲的是唐太宗推倒魏徵碑的事情。

七言绝句《淮阴漂母坟》也是咏史诗,是讲韩信的,1题2首。"漂母"在韩信小时候帮助过他。后来韩信当楚王后,给她送去了一千金,以之报答当年救济自己的恩情。"归来却责南昌长"这一句来自成语"昌亭之客",指的是南昌亭长的食客,原指淮阴侯韩信,后借指怀才不遇而暂寄人篱下的人。当年韩信很穷,在南昌亭长家吃饭,亭长的妻子非常讨厌韩信,于是早早地吃饭,等到韩信来了,说没饭吃。后来韩信当楚王后,责备亭长为小人,没有施恩到底,并给了他一百金。"项王无赖目重瞳"说的是项羽,据传项羽是"重瞳子"。古代相术认为重瞳是一种异相、吉相,象征着吉利和富贵,往往是帝王的象征。诗中说的是项羽虽是重瞳子,但有目无珠,没有看出韩信这样的人才,却让他去投刘邦。

第二节 李齐贤的汉诗和中国文化的关联(二)

李齐贤长期生活在中国,去过中国不少地方,这为他进一步深入了解中国文化提供了非常好的机会。七言古体诗《函关行》就是李齐贤诗歌中很重要的一首。在诗歌中他广泛利用中国历史和历史人物表达了他对中国文化的深刻理解。诗题中的"函关"就是函谷关,是从山东入秦的关门,因其地处"两京古道",紧靠黄河岸边,又因关在谷中,深险如函,故称函谷关。函谷关西有高原,东依绝涧,南靠秦岭,北临黄河,是中国历史上最险要的关隘要塞之一。现存的函谷关遗址有两处:秦关位于河南省灵宝市北15公里处的王垛村,距三门峡市约55公里;汉关东移至洛阳新安县,向西距离秦关150公里。

七言古体诗《函关行》前面有较长的序言,在这篇序言中,作者利用众多的中国历史人物和"鸡鸣狗盗""叶公好龙"等中国典故阐述自己的观点。

在序言中,作者首先提到的是孟尝君。孟尝君是战国时期的齐国贵族、齐国宗室大臣,是战国四公子之一。因封于薛(今山东滕州市),又称薛公,号孟尝君,据传他的门下食客数千。秦昭王时,他去秦国,成为宰相,但不久逃归,后成为齐湣王相国。序言中所述孟尝君的故事出自成语"鸡鸣狗盗"。有一次,孟尝君率领众宾客出使秦国。秦昭王将他留下,想让他当相国。孟尝君不敢违背秦昭王的命令,只好留下来。不久大臣们进言劝秦昭王说:"留下孟尝君对秦国是不利的,他出身王族,在齐国还有封地、有家人,怎么会真心实意为秦国办事呢?"秦昭王觉得他们说得有道理,便改变了主意,下令将孟尝君和他的手下全部软禁起来,日后找个借口杀掉。秦昭王有个很宠爱的妃子,他从来对她言听计从。孟尝君得知这个情况后,就派人去求她救助,没想到妃子欣然答应了,但有个条件,那就是拿齐国那一件天下无双的非常珍贵的狐白裘做报酬。这可叫孟尝君犯难了,因为初来秦国,他便把这件狐白裘献给了秦昭王。就在这时候,他的一个门客说:"我能把狐白裘找来!"说完就走了。原来这个门客是最善于钻狗洞偷东西的人。他先摸清情况,知道秦昭王特别喜欢那件狐白裘,一时舍不得穿,把它放在宫中的精品贮藏室里保管。这个"小偷"等到天黑,借着月光,避开巡逻人的眼睛,轻而易举地钻进了贮藏室里,把那件狐裘偷了出来。妃子见到狐白裘高兴极了,采用各种方法劝说秦昭王放弃杀孟尝君的念头。秦昭王被说服了,并准备过两天为孟尝君饯行,送他回齐国。孟尝君得到消息后,决定马上动身,他怕夜长梦多,不敢再等两天。他立马率领手下,连夜偷偷骑马向东逃亡。到了函谷关(当时是秦国的东大门)正是半夜。按秦国的法规,函谷关每天早晨鸡鸣后才开门,半夜时分,哪有什么鸡叫?大家正犯愁时,只听见几声"喔,喔,喔"的雄鸡啼鸣声,紧接着城内城外的雄鸡都叫了起来。原来,孟尝君的另一个食客会鸡叫,而其他的鸡只要听到第一声啼叫声就会立刻跟着叫起来。怎么还没睡好鸡就叫了呢?守关的士兵虽然觉得蹊跷,但也只得起来打开关门,放他们出去。他们成功逃出。天亮了,秦昭王才得知孟尝君一行已经逃走,立刻派人追赶。追到函谷关,人家已经出关多时了。孟尝君靠着鸡鸣狗盗之士顺利地逃回了齐国。后来王安石对这事进行了非常有趣的评价,他说:"世皆称孟尝君能得士,士以故归之,而卒赖其力以脱于虎豹之秦。嗟呼!孟尝君特鸡鸣狗盗之雄耳,岂足以言得士?不然,擅齐之强,得一士焉,宜可以南面而制秦,尚何取鸡鸣狗盗之力哉?夫鸡鸣狗盗之出其门,此士之所以不至也。"另外,序文中"叶公好龙"的故事出自汉代刘向的《新序·杂事第五》:"叶子高好龙,钩以写龙,凿以写龙,屋室雕文以写龙。于是夫龙闻而下之,窥头于牖,拖尾于堂。叶公见之,弃而还走,失其魂魄,五色无主。"后来人们就以此比喻自称爱好某种事物,实际上并不爱好它,甚至是害怕它。序言中"而簪玉履珠者,亦似龙而已耶"的句子则和楚国的春申君和赵国的平原君有关。据传楚国的春申君和赵国的平原君各有食客三千。有一次平原君派自己的食客去拜访春申君,为了炫耀自己的财富,他让食客们都插玳瑁簪,刀鞘也用珠玉进行了精心的装饰。春申君知道以后,让自己的食客全部穿上了珠玉做的鞋。

诗句"冯骥无鱼空自叹,雍门有琴且勿弹。冀阙天深函谷远"与孟尝君有关。第一句来自成语"冯谖弹铗"(详见前文,此处不再赘述)。第二句来自典故"雍门鼓琴",见于西汉刘向《说苑·善说》,相传雍门子周以善琴见孟尝君。孟尝君曰:"先生鼓琴亦能令文悲乎?"雍门子周曰:"臣何独能令足下悲哉?……天下未尝无事,不从则横。从成则楚王,横成则秦帝,楚王秦帝,必报仇于薛矣。……天下有识之士无不为足下寒心酸鼻者。千秋万岁后,庙堂必不血食矣!……"孟尝君闻之悲泪盈眶。子周于是引琴而鼓,孟尝君增悲流涕曰:"先生之鼓琴,令文立若破国亡邑之人也。"后因以"雍门琴"指哀伤的曲调。雍门子周,战国时期齐国的著名琴家,名周,由于他居住在齐国的雍门城,故以此为号,亦称雍门子或雍门周。据传他是最早发明琴谱的人。第三句里的"冀阙"指的是秦国的宫阙,"函谷"则是上述的函谷关。

诗句"张陈应惭养卒口,毛薛亦让屠儿手"的前一句来自《史记·张耳陈馀列传》。故事讲:有一次,赵王被燕军所困,燕要求赵地的一半,不然就不放赵王。张耳、陈馀多次向燕军要求放赵王,燕国就是不听。张耳、陈馀为之深深忧虑。有厮养卒谢其舍中曰:"吾为公说燕,与赵王载归。"舍中皆笑曰:"使者往十余辈,辄死,若何以能得王?"乃走燕壁。燕将见之,问燕将曰:"知臣何欲?"燕将曰:"若欲得赵王耳。"曰:"君知张耳、陈馀何如人也?"燕将曰:"贤人也。"曰:"知其志何欲?"曰:"欲得其王耳。"赵养卒乃笑曰:"君未知此两人所欲也。夫武臣、张耳、陈馀杖马箠下赵数十城,此亦各欲南面而王,岂欲为卿相终己邪? 夫臣与主岂可同日而道哉,顾其势初定,未敢参分而王,且以少长先立武臣为王,以持赵心。今赵地已服,此两人亦欲分赵而王,时未可耳。今君乃囚赵王。此两人名为求赵王,实欲燕杀之,此两人分赵自立。夫以一赵尚易燕,况以两贤王左提右挈,而责杀王之罪,灭燕易矣。"燕将听后觉得人家说得有道理,于是立马放回赵王。后一句中的"屠儿手"指的是朱亥。朱亥是战国时期魏国人,曾在大梁(今河南开封)当屠夫,后成为信陵君的宾上客,曾在退秦、救赵、存魏的战役中立下汗马功劳。有一次,公子信陵君要救受秦国攻击的赵国,侯生说:"大将在外,有些君令可以不受,为了对国家便利,公子即使合上了兵符,但晋鄙不把兵权交给公子,又去向魏王请示,事情就危险了。我的朋友屠夫朱亥可以同您一道去。这人是大力士,晋鄙听从您,当然很好,如果不听,可让朱亥击毙他。"于是公子哭了。侯生说:"公子怕死吗?为什么哭呢?"公子说:"晋鄙是一位叱咤风云的有威望的老将,去了恐怕不会听从,必定要把他杀死。因此我难受哭泣,哪里是怕死呢!"于是公子邀请朱亥。朱亥笑着说:"我不过是市井中一个宰杀牲畜的人,公子却屡次亲自慰问我。所以不报谢您,是因为小的礼节没有什么大用。现在公子有急事,这是我为您出死力的时候了。"于是就跟公子同行。公子拜辞侯生,侯生说:"我应该跟从您去,可是年老不能去了,请让我计算您的行程,到达晋鄙军中的那一天,我面向北方自杀,用来报答公子!"公子就出发了。到了邺地,假传魏王的命令代替晋鄙。晋鄙合对上兵符,怀疑这件事,举起手来看一看公子,说:"现在我拥有十万大军,驻扎在边境,是国家的重任。现在您却只身前来代替我,怎么回事呢?"不想听从。朱亥用袖中四十斤重的铁锤,锤死了晋鄙。公子就统率了晋鄙的军队,约束兵士,下令军中说:"父子都在军中的,父亲回去;兄弟都在军中的,哥哥回去;独子没有兄弟的,回家奉养父母。"该走的走,该留的留,他得到了经过挑选的精兵八万多人。他领着这些兵进攻秦军,秦军节节败退,不久解救了邯郸,保存了赵国。赵王和平原君亲自到边界上迎接公子,平原君背着箭袋和弓箭在前面给公子引路。赵王向公子再拜说:"从古以来的贤人,没有谁赶得上公子的啊!"在这个时候,平原君不敢把自己与信陵君相比。公子与侯生告别,到达晋鄙军中时,侯生果然面向北方自杀了。魏王因公子偷了兵符,矫诏杀死了晋鄙而大为恼怒,公子也知道魏王会恼怒自己。击退秦军救了赵国以后,他就让部将率领大军撤回魏国,公子自己与门客留在赵国。后来,信陵君派遣朱亥出访秦国,秦王就不让朱亥回去,强迫他为秦国效力,高官厚禄,应有尽有。但朱亥坚决不同意。秦王为了达到目的,把朱亥关进了一个装有老虎的大铁笼子里,以之考验朱亥,威胁朱亥。老虎看见有人被投进笼子,就猛扑过来。朱亥大叫一声:"畜生,你敢!"只见那老虎吓得趴在朱亥的脚下,动也不敢动。秦王看着此景,只好将朱亥再度囚禁起来。朱亥见回去无望,就用头撞柱子,柱断而不死,于是用手扼喉,喉断而死。

七言律诗《八月十七日放舟向峨眉山》是李齐贤1316年替忠宣王去峨眉山致祭的时候写的,尾联中"每因王事饱清游"的句子也说明这是因王命去的。

  锦江江上白云秋,唱彻骊驹下酒楼。一片红旗风闪闪,数声柔橹水悠悠。
  雨催寒犊归渔店,波送轻鸥近客舟。孰谓书生多不偶,每因王事饱清游。

峨眉山是位于今四川省峨眉山市境内的一座名山,地势陡峭,风景秀丽,有"秀甲天下"之美誉,是中国四大佛教名山之一。诗歌前半部分主要描写乘船去峨眉山的路途。首联写锦江江边的秋景和唱离别曲的情形;颔联主要描写江边风吹水漾的具体情形,算是铺垫;颈联描写"犊归""轻鸥"的两岸和江上的情形;尾联描写畅游峨眉的愉快心情。

七言律诗《函谷关》和上面已经论述过的七言古体诗《函关行》一样,是描写函谷关的。

  形胜平看十二齐,下临无路上无梯。土囊约住黄河北,地轴勾连白日西。
  天意已归三尺剑,人心岂特一丸泥。秋禾满亩风尘静,稳跨征鞍听午鸡。

颈联"天意已归三尺剑,人心岂特一丸泥"中的三尺剑指的是指汉高祖统一中原的事情。而"丸泥"出自《后汉书》卷十三《隗嚣列传》。王元对隗嚣说"请以一丸泥为大王东封函谷关,此万世一时也",意思就是以少数的兵力扼守地形险要的函谷关。

七言律诗《二陵早发》也是从成都回来途中写的。其序言说:"予之将如成都也。内翰松雪赵公子昂以古调一篇相送。有'勿云锦城乐,早归乃良图'之句。十月北归。雪后二陵道中,忽忆其诗。作此寄呈。"序言中"勿云锦城乐,早归乃良图"的句子来自李白的《蜀道难》,诗歌原句是:"锦城虽云乐,不如早还家。"

  梦破邮亭耿晓灯,欲乘鞍马觉凌兢。云迷柱史烧丹灶,雪压文王避雨陵。
  触事谁知胸磈磊,吟诗只得发鬅鬙①。尘巾折角裘穿缝,羞向龙门见李膺。

颔联提到的"烧丹灶"指的是炼丹的地方;崤山有南、北二陵,其中北陵据传是周文王避雨的地方。颈联"触事谁知胸磈磊,吟诗只得发鬅鬙"的前一句说的是晋朝阮籍的事。据晋代郭澄之的《郭子》一书,一个名叫王大忱的人曾经说过:"阮籍胸中垒块,故须酒浇之。""垒块",指的是淤积在心中的气愤、愁闷。王大忱的意思是:"阮籍心里郁结着气愤、愁闷,所以必须通过饮酒来化解。"尾联"尘巾折角裘穿缝,羞向龙门见李膺"中的李膺(110—169),字元礼,颍川郡襄城县(今河南襄城)人,东汉时期名士。

另外,在七言律诗《诸葛孔明祠堂》中,作者利用"七擒孟获""木牛流马"等故事赞美诸葛亮的智慧和才华;在《路上》中,用"秦关""入秦""游秦"等用语,描写自蜀归燕的过程;在《思归》中,用《论语·述而》中的"用之则行,舍之则藏"的句子表达自己的情怀。所有这些都是作者利用中国文化以及与中国传统文化有关的元素表达自己情感的具体例子,在李齐贤的汉诗和中国文化的关系的研究中,有着重要的意义。

除此之外,李齐贤还在汉诗中利用中国文人或文学故事表达自己观点。比如,七言律诗

---

① 《东文选》里是"鬅鬙",但从韵脚来考虑应该是"鬅鬙",因此,在这里选取了后者。见徐居正等:《东文选》卷十五,首尔:韩国民族文化促进会,1968年版,第612页。

《感怀》第二首首联"半世雕虫耻壮夫"的句子来自扬雄①;七言律诗《宿临安海会寺》颈联"山因苏子知名久,树自钱王阅事多"中的"苏子"指的是苏轼②;五言古体诗《渑池》中,"廉颇伏高义,犬子慕遗名"中的"廉颇"是战国时期赵国的名将,"犬子"指汉代的司马相如,他非常崇拜蔺相如,把名字改为司马相如;七言古体诗《雪》中,"令人却忆孟襄阳,驴背吟诗人饥冻"中的"孟襄阳"就是孟浩然。另外,李齐贤还写了和"潇湘八景"有关的诗歌七言绝句《和朴石斋尹樗轩用银台集潇湘八景韵》、和中国的民俗节有关的诗歌《七夕》等。

第三节 李谷的汉诗和中国文化的关联

李谷(1298—1351),原籍韩山,字仲父,号稼亭,幼名为芸白,是高丽末期著名学者李穑的父亲。1317年举子科及第,当了艺文馆检阅。1332年在征东省乡试里以首席名次通过,在殿试中得到了第二名,然后任翰林国史院检阅官,开始和元朝的文人交家。1334年他收到诏书回国,任嘉善大夫试典仪副令直宝文阁,负责乡校等教育,第二年,再次去元朝,任徽政院管勾、征东行中书省左右司员外郎等职。回国后经密直副使,任政堂文学,获封韩山君。曾和李齐贤等人一道,修订了《编年纲目》,编修了忠烈王、忠宣王、忠肃王等三朝实录,后去元朝任中书省监仓,不久后回国。这时他主张立恭愍王,但事与愿违,忠定王继位,从此他感到身边有威胁,离开朝廷,周游关东地区。1350年受到了元朝征东行中书省左右司郎中的任命,第二年去世。

李谷年轻时期的文采曾在元朝得到认可,他还在元朝科举及第,所以,在高丽的官场生活算是比较顺利。他作为中小地主出身的新兴士大夫,利用儒学的理念,解决现实问题。但他的这种理想在开始走下坡路的高丽社会已经是力不从心了,这种状况如实地反映在他的多篇诗歌里。现在流传的他的著作有《稼亭集》4册、20卷。《东文选》收有他的诗文100多篇,其中五言古体诗2题3首、七言古体诗7首、五言律诗2首、七言律诗8首、七言绝句2首,共21题22首。他的诗歌反映了高丽末期中韩文化交流的具体情况。下面我们根据李谷诗歌的具体情况,把他收录在《东文选》里的诗歌分为古体诗和律诗、绝句两个部分,分别叙述它们和中国文化关联。古体诗部分主要讲五言古体诗和七言古体诗,律诗、绝句部分包括五言律诗、七言律诗、七言绝句等。

一、五七言古体诗和中国文化的关联

李谷写了不少古体诗。很明显,在这些诗歌里,他利用古体诗的叙事、议论等诗体特征,充分表达了自己对社会、人生的看法。

---

① 这句话出自《法言》。原文为:"或问:'吾子少而好赋?'曰:'然。童子雕虫篆刻。'俄而曰:'壮夫不为也!'"意思就是说有人问扬雄:"你不是年少时非常喜欢写辞赋吗?"扬雄回答:"是的。但只不过是孩童时写写画画的小技罢了。"稍停一会儿扬雄又说:"大丈夫是不会干那小玩意儿的!"显然,在这里扬雄把作辞赋比作小事、小技,"雕虫篆刻"是令人看不起的儿童画图般的"小儿科",所以长大以后就不作了。这里反映了扬雄对文学的看法。

② 苏轼被贬杭州时,非常喜欢那里的山水,留下了非常多的遗迹。

五言古体诗《妾薄命用太白韵》是作者依照李白的乐府古题作的五言古体诗①,1 题 2 首。李白的诗歌主要描述汉武帝的皇后陈阿娇从得宠到失宠的过程,揭示姿色决定一切的封建社会妇女的悲惨命运,李谷的这首诗则描写由于姿色爱情不能如愿的一个闺秀的哀叹。两首诗题材相似,但立意不同,各有特色。李谷诗中,"五陵多年少,过者皆停车"句中的"五陵"是西汉时权贵聚居地。"悒悒咏秋扇,望绝登君车"中的"秋扇"来自汉代班婕妤的《怨歌行》。班婕妤咏道:"新裂齐纨素,鲜洁如霜雪。裁为合欢扇,团团似明月。出入君怀袖,动摇微风发。常恐秋节至,凉风夺炎热。弃捐箧笥中,恩情中道绝。"《怨歌行》亦称《团扇歌》,是班婕妤幽居长信宫之后写的。班婕妤是中国古代难得的才女,尤以辞赋见长。她曾经是汉成帝刘骜的妃子,但随着年龄的增长,她姿色减退,得不到皇帝的喜爱,最终幽居长信宫。在这里,她把自己比作"秋扇",形象地表达了自己受到冷落的境遇。在诗歌中,李谷也借用"秋扇"表现了主人公类似于班婕妤的悲惨境遇。"世无相如才,谁令复旧好"句子中的"相如"就是汉代著名的才子司马相如。据说皇后陈阿娇失宠于汉武帝,被贬至长门宫(冷宫),终日以泪洗面。她知汉武帝非常喜欢赋,命一个心腹内监携了黄金千两,向大文士司马相如求得一篇赋,请他写自己深居长门的闺怨。司马相如替她作了一篇《长门赋》。这是一篇骚体赋,用受到冷遇的嫔妃口吻,描绘了陈皇后被遗弃后苦闷和抑郁的心情以及对武帝的深切怀念之情。此赋借景写情,表达了女性细腻的感情,历来被誉为一篇优秀的骚体赋。作者在这里用来表现类似的情感。

另一首《纪行一首赠清州参军》也是李谷的五言古体诗,以嘱托清州参军的形式,描写"割地归兼并""不见田头馌"的惨淡现实。在这里作者借用许多中国历史人物和典故表现这类主题。作者在诗歌开头写道:"古人重画一,今人好变更。法令牛毛细,黔苍鱼尾赪。"其中的"画一"可以解释为"一致"或"一律",出自《史记·曹相国世家》:"萧何为法,顜若画一。"司马贞的《史记索隐》曰:"小颜云:画一,言其法整齐也。"汉朝的第一代丞相萧何死后,他的后任曹参依旧遵照萧何制定的法律执行,见此状老百姓非常不高兴,责怪曹参遵照萧何的法律有点呆板,但曹参一点也不介意,照常执行。"鱼尾赪"来自成语"鲂鱼赪尾",典出《诗经·周南·汝坟》,毛传曰:"赪,赤也。鱼劳则尾赤。"后来引申为人困苦劳累,负担过重。北周庾信《哀江南赋》里讲:"既而鲂鱼赪尾,四郊多垒。"下面"皇华岂谓是"中的"皇华"来自《诗经·小雅·皇皇者华》,意在指出他自己沿途看到的一切,不符合圣人的教诲。"孔氏罕言利,孟子恶交征"中也借用中国圣贤,揭露眼前现实的不合理性。

七言古体诗《饮酒一首同白和父禹德麟作》是李谷和白和父、禹德麟一起作的"饮酒"诗。

  物情好恶淡且浓,俱出造化炉中镕。阮孚好屐和峤钱,达人闻之面发红。
  吾徒所好异于此,长向花前月下逢。白氏好饮不停手,禹君五斗方荡胸。
  李生平生不入务,举眼厌见金樽空。忘形尔汝外天地,曲生于我良有功。
  君不闻千钟与百觚,古来痛饮皆英雄。但可陶陶齐得丧,安用惺惺较异同。

---

① 李白诗歌全文如下:汉帝重阿娇,贮之黄金屋。咳唾落九天,随风生珠玉。宠极爱还歇,妒深情却疏。长门一步地,不肯暂回车。雨落不上天,水覆难再收。君情与妾意,各自东西流。昔日芙蓉花,今成断根草。以色事他人,能得几时好?

人事古多违,羿觳或未中。举觞崔宗之,投辖陈孟公。

应笑卢同七碗茶,误疑两腋生清风。

"阮孚好履和峤钱,达人闻之面发红"中的"阮孚"是"竹林七贤"阮咸的儿子。据晋裴启的《语林》,阮孚非常喜欢木屐,经常擦洗涂蜡。后遂用"蜡屐""阮屐"等指对常物爱之过甚的癖好。"和峤"是晋朝的名臣。和峤(？—292),字长舆,汝南西平(今河南西平)人,曹魏后期至西晋初年大臣,曹魏太常和洽之孙,吏部尚书和逌之子。和峤少有风格,珍重自爱,有盛名于世。贾充也十分看重他,在晋武帝面前经常赞美他。后任给事黄门侍郎,迁中书令等职,晋武帝也十分器重他。和峤是晋朝一代名臣,也曾有过清政之绩,但他和他的祖父和洽有些不同。和洽一生清廉,死时家财尽散,而和峤在位时家产丰实拟于王者。最让人不解的是,和峤一生吝啬异常,爱钱如命,杜预曾经认为他有钱癖①。在这里作者主要讲那些名士的怪癖,以之说明名士皆有嗜好。下面"君不闻千钟与百觚"中的"千钟""百觚"来自《孔丛子·儒服》的"尧舜千钟,孔子百觚,……古之圣贤,无不能饮也"。作者以此说明自古英雄皆"痛饮"。"人事古多违,羿觳或未中。举觞崔宗之,投辖陈孟公"的句子中列举了许多中国古人。"羿"是传说"后羿射日"中的人物。作者用羿射的弓箭也有未中可能性的道理说明前一句"人事古多违"的观点。"崔宗之"是"酒中八仙"之一,名成辅,以字行,崔日用之子,袭封齐国公。《新唐书·李白传》载,崔宗之与贺知章、李适之、汝阳王李琎、李白、苏晋、张旭、焦遂为"酒八仙人"。杜甫在《饮中八仙歌》中吟道:"宗之潇洒美少年,举觞白眼望青天,皎如玉树临风前。"下面的陈孟公,名遵,杜陵(今属西安)人,孟公是他的字,曾被封为嘉威侯。班固《汉书·游侠传》载:汉哀帝时,陈遵担任校尉,居住在长安。陈遵喜欢喝酒,每次举行大酒宴,等到宾客满堂时,常常关上门,把客人车子上的车辖投入井中,客人即使有急事也不能离开。可见陈遵是个好客的人,成语"投辖留宾"就源于此。杜甫在《晚秋长沙蔡五侍御饮筵,送殷六参军归澧州觐省》诗中说:"甘从投辖饮,肯作置书邮。"在这里,作者通过这些人的故事,表达一种开怀畅饮的慷慨、真心善待朋友的心怀。最后两句诗中的"七碗茶"出自唐代诗人卢仝的诗歌《走笔谢孟谏议寄新茶》,诗曰:"一碗喉吻润,两碗破孤闷。三碗搜枯肠,唯有文字五千卷。四碗发轻汗,平生不平事,尽向毛孔散。五碗肌骨清,六碗通仙灵。七碗吃不得也,唯觉两腋习习清风生。"说明饮茶不须七碗即"通仙灵",竭力赞美茶之妙用,后即以"七碗茶"作为称颂饮茶的典实。苏轼在《六月六日以病在告,独游湖上诸寺,晚谒损之,戏留一绝》中说:"何烦魏帝一丸药,且尽卢仝七碗茶。"李谷在这里利用这一典故,阐述了自认为值得珍惜的"酒道"。

七言古体诗《扶余怀古》是作者游览扶余后写的咏史诗。扶余是百济的首都,今韩国忠清南道扶余郡。这首诗歌是作者在扶余城怀念百济辉煌历史和反思其灭亡原因而作的诗歌。"青丘孕秀应黄河,温王生自东明家"句里,他在讲黄河,相传黄河水本来很浊,但是它一千年清一次,如果黄河水变清,就会出现一个圣人。诗歌中李谷利用这个说法,说明百济温祚王的诞生。"雕墙峻宇纷奢华,一旦金城如解瓦"句中的"雕墙峻宇"指的是彩绘的墙壁和高大的屋宇,形容居处豪华奢侈。它出自《周书·武帝纪下》:"非直雕墙峻

---

① 参见《晋书》卷四十五《和峤列传》。

宇,深戒前王,而缔构弘敞,有逾清庙。"①下面"残碑侧畔埋铜驼"中的"铜驼"来自索靖的故事。索靖为世宦家族,历任州别驾、驸马都尉、尚书郎、雁门太守等职。晋惠帝即位后,赐封关内侯。《晋书·索靖列传》中记载:"靖有先识远量,知天下将乱,指洛阳宫门铜驼,叹曰:'会见汝在荆棘中耳!'"后以"铜驼荆棘"指山河残破、世族败落。作者用这个故事,回顾百济的灭亡过程。

另一首七言古体诗《唐太宗六骏图》是作者用来称赞唐太宗丰功伟绩的。诗歌充满作者对唐太宗的仰慕之情。诗歌开头就写"汴河锦缆人方厌,秦王顺天提宝剑",这里的"汴河"也叫"新汴河",古为京杭大运河中段。隋炀帝时,河南淮北诸郡百姓开掘了名为通济渠的大运河。由于运河主干在汴水一段,自隋代以后习惯上称通济渠为汴河。"锦缆"指的是锦制的精美的缆绳。南朝陈张正见的《公无渡河》诗里曰:"金堤分锦缆,白马渡莲舟。"唐杜甫的《城西陂泛舟》诗则说:"春风自信牙樯动,迟日徐看锦缆牵。"据传隋炀帝从汴河坐船去广陵游玩时,经常用锦缆拉船,整个行程豪华无比,从而导致民不聊生,叛乱四起。在这里作者讲的就是这件事,由此说明唐太宗起义的正当性。"秦王"指的是唐太宗。后面"君不见辙迹纷纷王道缺,八骏曾到昆仑巅。又不见拔山力尽骓不逝,乌江烟月汉家天"中的前两句讲的是周穆王的事。当年周穆王骑着八骏马到处游玩,最后他到昆仑山和仙女西王母一起玩,从此所谓的王道开始削弱了。后两句讲的是项羽的故事,"骓"指的就是项羽平时骑的乌骓马。据说项羽在垓下彻底失败,全军覆没,四面楚歌,他在帐中和虞姬喝酒,唱道:"力拔山兮气盖世,时不利兮骓不逝。骓不逝兮可奈何,虞兮虞兮奈若何。"这就是著名的《垓下歌》。"乌江"句讲的是项羽在乌江边自刎的事,从此天下成为"刘家"的了。《史记·项羽本纪》记载,当时项羽带领八百人马冲出重围,来到乌江边,这时乌江亭长劝项羽赶快渡江,以图东山再起、报仇雪恨,可是项羽却拔剑自刎而死。在这里,作者利用这个故事强调唐太宗的正当性。

七言古体诗《送汉阳郑参军》中,"舞罢荒鸡拥褐眠,日高门外无来辙"中的"荒鸡"指三更前啼叫的鸡。从前人们以为其鸣为恶声,预示着不祥的事要发生。《晋书·祖逖传》讲:"(祖逖)与司空刘琨俱为司州主簿,情好绸缪,共被同寝。中夜闻荒鸡鸣,蹴琨觉曰:'此非恶声也。'因起舞。"苏轼的《召还至都门先寄子由》诗中也有"荒鸡号月未三更,客梦还家得俄倾"的句子。作者在这里以这些事情为例规劝郑参军多做一些利于百姓的事,以防不吉利的事情发生。

二、五七言律诗、七言绝句和中国文化的关联

李谷的五言律诗、七言律诗以及七言绝句的数量虽然没有古体诗那么多,但其中也有不少和中国文化有关的内容。

五言律诗《得家兄书》是表现作者对家乡和兄弟的无限怀念之情的作品。由于李谷常年侨居在国外,所以他类似的诗歌非常多,《得家兄书》是无数思乡诗中的一首。其中"棣华开处少,荆树得庭幽"中的"棣华"是借用《诗经》里的句子。《诗经·小雅·常棣》吟道:"常棣之华,鄂不韡韡。凡今之人,莫如兄弟。"这里的"华"就是"花","鄂"通"萼","不"是"丕"的借字,"韡韡"为鲜明茂盛的样子。由此这一句可以解释为:"高大的棠棣树鲜花盛开的时节,花

---

① 这与《东文选》里的解释不同,《东文选》解释这出自《书经》。

萼花蒂是那样的灿烂鲜明。普天下的人与人之间的感情,都不如兄弟间那样相爱相亲。"李谷在这首诗歌里借用"棣华"表现了兄弟之间的情谊。下面的"荆树"也是同样的意思,表示兄弟间的情谊。"信字烦黄耳,余生共白头"中的"黄耳"是晋朝陆机的爱犬。据传这只爱犬脖子上系着装着信件的竹筒,来回几千里把信送到吴国后,还带着回信,回到了洛阳。诗中将送信的人比作黄耳,表达了对兄长的感谢之情。

七言律诗《壬午岁寒食》是作者在1342年寒食节写的,严格意义上可以说是与中国的民俗节有关的诗歌。其中"已从客路逢寒食,也任京尘染素衣"句中的"素衣"泛指白色衣服。《列子·说符》曰:"杨朱之弟曰布,衣素衣而出。天雨,解素衣,衣缁衣而反。"晋朝陆机的《为顾彦先赠妇二首·其一》里有:"京洛多风尘,素衣化为缁。""缁衣"则来自《诗经·郑风·缁衣》。作者借用这些表达了深切的怀乡之情。

　　　　半生光景属离居,旅食从来不愿余。窗外芭蕉饶夜雨,盘中首蓿富春蔬。
　　　　家贫自有箪瓢乐,计拙非因翰墨疏。时到烟花禅榻畔,坐忘身世等蘧庐。

上面是李谷的七言律诗《次韵答顺庵》。从诗歌内容看,表现的是李谷的诗歌中常见的乡情,其中作者利用"箪瓢乐""禅榻""坐忘""蘧庐"等与中国文化有关的诗语,表现自己的情怀。首联前一句"半生光景属离居"讲明了大半生在中国度过的作者的生活情境和由此而来的对家乡的怀念;颔联描写屋外的情景作为陪衬,深化怀乡之情;颈联回顾过去自己安贫乐道的生活,表现对生活的一种乐观态度;尾联写平静心理的追求。颈联"家贫自有箪瓢乐,计拙非因翰墨疏"的前一句来自《论语·雍也》中"一箪食,一瓢饮,……回不改其乐",这是孔子用来赞扬颜回的。颜回的这种安贫乐道的精神后来成为佳话,为人所称颂。陶渊明《五柳先生传》中也有"环堵萧然,不蔽风日,短褐穿结,箪瓢屡空,晏如也"。李谷在这里以此表现了对生活的乐观态度和积极向上的高尚情怀。下面"时到烟花禅榻畔,坐忘身世等蘧庐"中出现的"禅榻"指的是"禅床",出自杜牧的《题禅院》诗"今日鬓丝禅榻畔,茶烟轻扬落花风"。在这里李谷借用的是它的原意。"坐忘"是老庄哲学的一个用语。《庄子·大宗师》云:"堕肢体,黜聪明,离形去知,同于大通,此谓坐忘。"意思是忘却自己的形体,抛弃自己的聪明,摆脱形体和智能的束缚,与大道融通为一。郭象注:"夫坐忘者,奚所不忘哉?即忘其迹,又忘其所以迹者,内不觉其一身,外不识有天地,然后旷然与变化为体而无不通也。"可见在这里作者表示了超脱繁忙日常的一种志向。"蘧庐"出自《庄子·天运》,曰:"仁义,先王之蘧庐也,止可以一宿,而不可久处。"郭象注:"蘧庐,犹传舍。"显然"蘧庐"指古代驿传中供人休息的房子,类似今天的旅馆。可见其表现的仍然是与"家贫"句差不多的一种情趣。

七言律诗《秋雨夜坐》是最能表现李谷心境的一首诗。

　　　　寒云作色送昏鸦,独倚书窗感物华。秋晚江山正摇落,夜深风雨更横斜。
　　　　利名少味徒为客,魂梦无情不到家。晓镜定应添鬓发,羸骖肯复傍尘沙。

从诗歌看这是一首怀乡诗。诗歌首联的"寒云"指的是寒天的云,在这里它和秋、晚、昏鸦、羸骖等词汇一起起到渲染孤寂气氛的作用。这些词都来自中国作家的诗句。这表现了作者利用中国文人的诗句抒发自己情感和展现心境的高超技巧。比如,首联中的"寒云"出自陶渊明的《岁暮和张常侍》中"向夕长风起,寒云没西山"的句子。"昏鸦"则来自元代马致远《天净沙·秋思》中的"枯藤老树昏鸦"。"昏鸦"指的是黄昏归巢的乌鸦,但它经常与荒凉凋谢的田园气氛连在一起,给人以一种非常凄凉的感觉,在某种意义上,更加深化了海外游子有家不能归的悲惨情景。而尾联中的"羸骖"指的是瘦弱的马,出自刘禹锡《送李策秀才还湖南,因寄幕中亲故兼简衡州吕八郎中》中"忽被戒羸骖,薄言事南征"的句子,罗隐的《经故洛阳城》里也有"败垣危堞迹依稀,试驻羸骖吊落晖"。可见这些诗句都有来处,而作者就是灵活利用中国文人的诗句,表现了自己孤独的心情。

另外,七言律诗《七夕小酌》是与中国民俗节"七夕"有关的诗歌,其中作者利用"乞巧""爆衣""饮酒(喝菊花酒)"等民俗活动,表现了忙中偷闲的愉悦心情;另一首七言律诗《滦京送别用闵及庵韵》中的"滦京"是元上都的别称,位于今内蒙古自治区锡林郭勒盟正蓝旗上都镇,因滦水而得名;七言绝句《题中书译史牡丹图后》中,"记取明年相对处,沉香亭北倚春风"中的"沉香亭"是唐朝宫中亭名,李白的《清平调词三首·其三》有"解释春风无限恨,沉香亭北倚阑干"的句子。

第四节 洪侃、崔瀣的汉诗与中国文化的关联

一、洪侃的汉诗与中国文化的关联

洪侃(?—1304),高丽后期的文臣,字子云、云夫,号洪崖,原籍为丰山。1266年科榜及第,经秘书尹,任都金议舍人知制诰,后任原州州官,其间被贬为东莱县令,在那里离世。他善诗歌,其诗歌以清丽清雅著称。李齐贤在《栎翁稗说》中说:"洪平甫侃,每出一篇,人无贤愚,皆喜传之。"① 洪万宗在《小华诗评》中说,明朝的使臣朱之蕃读许筠参与编选的朝鲜诗选后认为,"李仁老和洪侃的诗歌最好"。当时高丽诗人都学宋诗,洪侃却学唐诗,这一点受到人们的高度评价。许筠在《惺叟诗话》中说他的诗歌"浓艳清丽,其《懒妇引》《孤雁行》篇最好,似盛唐人作"。洪万宗也在《小华诗评》中说"独洪崖先祖深得唐调,摆脱宋人气习"。《东文选》收录他的七言古体诗5题8首、七言律诗1首、七言排律1首、七言绝句5首,共12题15首。

七言古体诗《送秋玉蟾晒史海印寺》是作者为送秋玉蟾而作的。当时高丽朝廷把实录等重要的史书放在远离京城的寺庙里保管,朝廷每三年派若干官员去把它们拿出来晒一晒,以防生虫子或腐烂等。正好这一年秋玉蟾去,洪侃写诗送他。诗题中的"海印寺"就是存放史书的地方,位于今庆尚南道陕川郡,是韩国著名的千年古刹,有名的"八万大藏经"就收藏在那里。综观这首诗歌,充满着洪侃对秋玉蟾的赞誉之词。诗歌中"懦夫有立顽夫廉"的句子来自成语"顽廉懦立"。"顽"意为顽固贪婪的人;"懦"指的是懦弱的人。这个成语的意思是使贪婪的人能够廉洁,使怯弱的人能够自立,形容高尚的事物或行为对人的感化力强。这个成语出自《孟子·万章下》:"故闻伯夷之风者,顽夫廉,懦夫有立志。"下面"快于身驭泠然风"的句子来自《庄子》。《庄子》里有"夫列子御风而行,泠然善也,旬有五日而后反"的句子,洪侃的句子是从这一句衍化而来。"卧阁岂无贤刺史,灌园岂无隐君子,颍川大姓熟豪横"的第

---

① 李齐贤:《栎翁稗说》,载蔡美花、赵季主编:《韩国诗话全编校注》,北京:人民文学出版社,2012年版。

一句说的是汲黯的故事。汲黯(? —前112),西汉名臣,字长孺,濮阳(今河南濮阳)人。汉景帝时因为父亲的原因任太子洗马。汉武帝时期,出京做官为东海太守,有政绩,被召为主爵都尉,列于九卿。《汉书·汲黯传》曰:"黯多病,卧阁内不出。岁余,东海大治,称之。上闻,召为主爵都尉,列于九卿。"第二句"灌园"句出自《高士传》卷中《陈仲子》,曰:"陈仲子者,齐人也。其兄戴为齐卿,食禄万钟,仲子以为不义,将妻子适楚,居於陵,自谓於陵仲子。穷不苟求,不义之食不食。遭岁饥,乏粮三日,乃匍匐而食井上李实之虫者,三咽而能视身。自织履,妻擘纑以易衣食。楚王闻其贤,欲以为相,遣使持金百镒,至於陵聘仲子。"仲子入谓妻曰:'楚王欲以我为相,今日为相,明日结驷连骑,食方丈于前,意可乎?'妻曰:'夫子左琴右书,乐在其中矣。结驷连骑,所安不过容膝;食方丈于前,所甘不过一肉。今以容膝之安,一肉之味,而怀楚国之忧,乱世多害,恐先生不保命也。'于是出谢使者,遂相与逃去,为人灌园。""颍川"句讲的是灌夫。灌夫(? —前131),字仲孺,颍川郡颍阴(今河南许昌魏都区)人,西汉时期官员。本姓张,因父亲张孟曾为颍阴侯灌婴家臣,赐姓灌。他自己也立功官至宰相。灌夫尚游侠,家产数千万,食客每日数十百人,横暴颍川郡。"碧鸡金马骋何岭"句来自《汉书·王褒传》,曰:"方士言益州有金马碧鸡之宝,可祭祀致也,宣帝使褒往祀焉,褒于道病死。上闵惜之。"这些记载十分简略,究竟金马碧鸡在益州的什么地方,王褒何时来求,他走到何地去世,均未载明。"野谚州箴推隐微"说的是扬雄以各州牧规箴为词作《九州箴》(也称《百官箴》)的事情。下面"埋轮露冕尽儿戏"的句子讲的是汉张纲的事情。张纲(108—143),字文纪,东汉犍为郡武阳(今四川省眉山市彭山区)人。据《后汉书·张纲列传》,汉安元年(142),朝廷选派八位使者巡视各地的风气民情。使者大多是年老而德高的儒者和知名人士,大多先后担任要职,只有张纲年纪轻,官位低。其他人都奉命到位,只有张纲在洛阳都亭停车,埋下车轮,说:"豺狼一般暴虐奸邪的人当政,怎么还要查问那些像狐狸一样奸佞狡猾的坏人!"还奏曰:"大将军冀,河南尹不疑,蒙外戚之援,荷国厚恩,以芻荛之资,居阿衡之任,不能敷扬五教,翼赞日月,而专为封豕长蛇,肆其贪叨,甘心好货,纵恣无底,多树谄谀,以害忠良。诚天威所不赦,大辟所宜加也。谨条其无君之心十五事,斯皆臣子所切齿者也。"

另一组七言古体诗《次韵和金钝村四时欧公韵》是作者分别次张平子、天随子、张季鹰、张老等四个人诗韵而作的。其第一首是次张平子诗韵的。其中"龙吟虎啸衡茅小"的句子来自张平子的《归田赋》中"尔乃龙吟方泽,虎啸山丘"的句子。张平子与司马相如、扬雄、班固并称为汉赋四大家。其第二首次天随子的诗韵,其中的"松江丛书不辍草"写的是唐朝的著名诗人陆龟蒙,天随子为陆龟蒙的号。他长期生活在松江甫里,前后院里栽满杞和菊,用以做菜吃;他喜欢喝茶,在顾渚山下有茶园。陆龟蒙(? —881),唐代农学家、文学家,字鲁望,号天随子,长洲(今属苏州)人。第三首是次张翰诗韵的。其中"金盘羊酪空多饱,折腰欲营身后名"的句子来自《晋书》,与西晋的张翰有关。据《晋书·张翰列传》,张翰见秋风起,就想起了往昔的乡居生活与家乡风物,尤其思念起吴中的特产——味道特别鲜美的菰菜、莼羹、鲈鱼脍,于是诗笔一挥,写下了那著名的《思吴江歌》:"秋风起兮木叶飞,吴江水兮鲈正肥。三千里兮家未归,恨难禁兮仰天悲。"由此产生了"莼鲈之思"的典故。下面"华亭鹤唳上蔡鹰,曲突徙薪知不早"的前一句来自李白《行路难三首·其三》中"华亭鹤唳讵可闻,上蔡苍鹰何足道"的句子。《世说新语·尤悔》曰:陆平原河桥败,为卢志所谮,被诛。临刑叹曰:"欲闻华亭鹤唳,可复得乎!"后以"华亭鹤唳"比喻对逝去生活的深深的怀念。"上蔡鹰"来自成语

"上蔡苍鹰",典出《史记·李斯列传》。秦朝的时候李斯非常专横,为赵高所诬陷下狱。伏诛前,他顾谓其中子曰:"吾欲与若复牵黄犬俱出上蔡东门逐狡兔,岂可得乎?"后因以"上蔡苍鹰"为典,指不知急流勇退,以致罹祸而悔恨莫及。下面的"可怜黄花五百年"来自晋张翰《杂诗》中"青条若总翠,黄华如散金"的句子。李白也在《金陵送张十一再游东吴》诗里讲"张翰黄花句,风流五百年"。最后一句"空传吴儿及楚老"是说张翰。因为张翰是江东人,所以叫他"吴儿""楚老"。第四首是次张老诗韵的。其中"王屋山下多仙草"的句子来自《太平广记》中买菜老人张老的故事。故事讲买菜老人张老花重金娶邻村姑娘后,移居王屋山下变成仙人,表现了作者超脱现实的志向。

另外,七言古体诗《懒妇引》是洪侃最好的诗歌之一。

> 云窗雾阁秋夜长,流苏宝帐芙蓉香。吴歌楚舞乐未央,玉钗半醉留金张。
> 堂上银釭虹万丈,堂前画烛泪千行。珠翠辉光不夜城,月娥羞涩低西厢。
> 谁得知贫家懒妇无褙衣,纺绩未成秋雁归。夜深灯暗无奈何,一寸愿分东壁辉。

这首诗歌的尾联中,"一寸愿分东壁辉"讲的是徐吾的事。徐吾是战国时期齐国的一名女子。据汉代刘向《列女传·齐女徐吾》,她有辩才,尝夜织,家贫而烛屡不给,欲与邻女李吾之属会烛,李辞之,徐吾责以大义曰:"夫一室之中,益一人烛不为暗,损一人烛不为明,何爱东壁之余光,不使贫妾得蒙见哀之恩,长为妾役之事,使诸君常有惠施于妾,不亦可乎?"李莫能应,遂复与夜,终无后言。

另一首七言古体诗《金尚书珣所畜山水图达全师韵》中的"君不见青莲居士谪仙翁,一鹤肯与群鸡同"和李白有关。"青莲居士"源于《维摩诘经》之"青莲"佛典。李白尊崇佛教,向往维摩诘的生活模式,"青莲居士"是其内心佛教情怀之外在身份认同①。李白到长安后,贺知章称他为"谪仙人",意思是李白天才绝世,非人世之人,当是贬谪凡间的仙人。"物外独伴东溪公"由李白的《题东溪公幽居》的首联衍变而来。

> 镜里山光菡萏斜,古人常使后人嗟。始封箕子名空在,远徙秦人迹转赊。
> 鸂鶒观倾松栎暗,凤凰台没草莱多。时时峡雨飞成霰,岁岁江楼卧放花。
> 穀觫拖春耕野烧,钩辀隔叶和村笳。隐儒能说红绫餤,桑女犹传玉树歌。
> 城郭鹤身来又去,古今蜗角静还哗。兴亡衮衮何时尽,欸乃声中水自波。

上面是洪侃的七言排律《次韵李蒙庵西京怀古》,其中"隐儒能说红绫餤,桑女犹传玉树歌。城郭鹤身来又去"的第一句讲的是唐僖宗的事情。据《洛中记异录》,唐僖宗在中秋节日吃月饼,味道极美,他听说新科进士参加曲江宴,便命御厨房用红绫包裹月饼赏赐给新科进士们。红绫饼餤是古代一种珍贵的饼饵。第二句说的是让陈后主灭亡的歌曲《玉树后庭花》,在这里借指消失的韩国古代歌曲。第三句讲的是丁令威的故事。丁令威是中国道教崇奉的古代仙人。据《逍遥墟经》卷一,他是西汉时期的辽东人,曾学道于灵墟山,成仙后化为仙鹤,飞往故里,站在一华表上高声唱:"有鸟有鸟丁令威,去家千岁今来归。城郭如故人民非,何不学仙冢累累。"作者以此来警喻世人。

七言绝句《送李东庵赴安东》中的"文章太守谢康乐"之句来自谢灵运。谢灵运喜欢山

---

① 汤洪、任敬文:《李白"青莲居士"名号再考》,《延边大学学报(社会科学报)》,2020年第5期。

水,作了不少与山水自然有关的诗歌。

二、崔瀣的汉诗与中国文化的关联

崔瀣(1287—1340),高丽后期的文臣,原籍庆州,字彦明父、寿翁,号拙翁、猊山农隐,是崔致远的后代,是世代生活在庆州的典型的地方士大夫家庭出身。自幼非常聪明,9岁就能作诗,17岁科举及第,曾任成均学官、艺文春秋检阅等职。34岁被派遣到元朝,第二年(1321)在元朝科举及第,任辽阳路盖州判官,但五个月后,辞官回到高丽,任艺文应教、检校、成均馆大司成等职。但性情刚烈,从不阿谀奉承,不时地指出别人的对错,从不妥协,因而在朝廷里没有得到重用,晚年借狮子岬寺的农地务农,并以著述为主,过着非常清贫的生活。一生以诗酒为友,与李齐贤、闵思平的关系比较亲密,和他交友40余年的李齐贤曾经高度评价他,说他是唯一始终令自己敬畏的文人,可见他的文学功底。文集有《拙藁千百》(2卷)、《东人之文》(共25卷,但现在只能看到它的一部分),除此之外,传著有《猊山农隐拙稿》《龟鉴》《猊山选集》等,但现已失传。《东文选》收有他的五言古体诗6首、七言古体诗1首、五言律诗3首、七言律诗7首、五言排律1首、七言排律1首、五言绝句3首、七言绝句11首,共33首。在诗歌中作者经常使用中国的历史故事和历史人物表达自己的思想情感。下面按照诗歌体裁简要叙述崔瀣汉诗和中国文化的关联。

首先是五言古体诗,《东文选》收录他的五言古体诗6首。第一首《次韵答郑载物》是作者写给当时的文人郑载物的,可见这首诗是作者借用郑载物诗歌的韵脚抒发自己情感的。其中"自有五经笥"的句子来自中国汉代的边韶。边韶以文学知名,教授弟子数百人。据传他很有口才,能言善辩,曾因白天睡大觉被弟子们嘲笑。弟子们还编了一个顺口溜,说道:"边孝先,腹便便。懒读书,但欲眠。"他听到这个顺口溜后回答道:"边为性,孝为字。腹便便,五经笥。但欲眠,思经事。寐与周公通梦,静与孔子同意。师而可嘲,出何典记?"至此那些嘲笑他的人都感到很惭愧,再也不敢嘲笑了。"五经笥"中的"五经"指的是《诗经》《书经》《礼记》《易经》《春秋》。

五言古体诗《送尹乐正莘杰北上》是作者写给时任音乐官的尹莘杰的。尹莘杰(1266—1337)是高丽后期的文臣,"乐正"是当时设在成均馆里的掌管音乐的官衔。这首诗歌中"奈何枉寻者"的句子来自成语"枉尺直寻",意思是在小处委屈一些,以求得较大的好处。这个成语出自《孟子·滕文公下》。陈代曰:"不见诸侯,宜若小然。今一见之,大则以王,小则以霸。且志曰'枉尺而直寻',宜若可为也。"孟子曰:"昔齐景公田,招虞人以旌,不至,将杀之,志士不忘在沟壑,勇士不忘丧其元。孔子奚取焉?取非其招不往也。如不待其招而往,何哉?且夫枉尺而直寻者,以利言也。如以利,则枉寻直尺而利,亦可为与。"

五言古体诗《上巳益斋席上得盛字》中,"上巳"指的是三月三日,"益斋"是李齐贤的号,可见这是在与李齐贤等人在一起的宴席上唱和的诗歌,是围绕着一个"盛"字而写的。其中"敢谓能知命"中的"知命"就是"知天命",出自《论语·为政》。子曰:"吾十有五而志于学,三十而立,四十而不惑,五十而知天命,六十而耳顺,七十而从心所欲,不逾矩。"下面"想像兰亭令"的句子与王羲之和他写的《兰亭集序》有关。

五言古体诗《吴德仁生日》的"天岂似秦政"句子中,以"秦政"来指代秦始皇"焚书坑儒"的事件。下面"便便五经笥,汝为君子儒"的句子则出自《论语·雍也》:"子谓子夏曰:'女为君子儒,无为小人儒。'"再下面的"事业同三苏"的句子中的"三苏"说的是苏洵、苏轼、苏辙三父子。

另一首五言古体诗《二十一除夜》中的"仍按东南辔,违颜一岁弥。有弟亦远游,空咏鹡鸰辞"的第一句来自成语"揽辔澄清",典出《后汉书·党锢列传·范滂》,曰:"时冀州饥荒,盗贼群起,乃以滂为清诏使,案察之。滂登车揽辔,慨然有澄清天下之志。"范滂(137—169),东汉官员,字孟博,汝南征羌(今属河南漯河)人。"鹡鸰"来自《诗经》。《诗经·小雅·常棣》中有"脊令在原,兄弟急难"的句子,写兄弟之情。这里的"脊令"通"鹡鸰"。

五言律诗《金童公主挽词》中"舟难壑底藏"的句子出自《庄子·大宗师》:"夫藏舟于壑,藏山于泽,谓之固矣。"

七言排律《拙诗六韵呈状元修撰宋本诚夫先生兼奉示同年诸公共为一笑》中"轨与文同教化敦"的句子指的是秦始皇统一六国后,统一车轨文字之类的事情。

五言绝句《己酉三月褫官后作》中的句子"塞翁虽失马,庄叟讵知鱼",分别来自典故"塞翁失马"和"濠梁之辩"。塞翁失马的故事出自《淮南子》,说古代塞北一老汉家的马跑到长城外面胡人那边去了,乡亲们安慰他,他说这不一定是坏事。几天后走失的马带领着胡人的骏马回来了。人们都去祝贺他,老翁却认为这不一定是好事。他家里有很多好马,他儿子喜欢骑着玩,有一天,他的儿子因骑马摔断了腿,人们都来安慰他,他却认为不是坏事。后老汉儿子因腿伤而躲过战祸。很显然,这是讲好事不是绝对的好事,坏事不是绝对的坏事的辩证思想的。另一个典故"濠梁之辩"则出自《庄子·秋水》。庄子与惠子游于濠梁之上。庄子曰:"鲦鱼出游从容,是鱼之乐也。"惠子曰:"子非鱼,安知鱼之乐?"庄子曰:"子非我,安知我不知鱼之乐?"惠子曰:"我非子,固不知子矣;子固非鱼也,子不知鱼之乐,全矣。"庄子曰:"请循其本。子曰'汝安知鱼乐'云者,既已知吾知之而问我,我知之濠上也。"这是春秋战国时期的两名思想家庄子和惠施的一次辩论。这次辩论以河中的鱼是否快乐以及双方怎么知道鱼是否快乐为主题,但更深层次的是认识论上的重要问题。下一句"当须质子虚"中的"子虚"来自司马相如的《子虚赋》:"楚使子虚使于齐,王悉发车骑,与使者出畋。畋罢,子虚过姹乌有先生,亡是公存焉。"这是成语"子虚乌有"的来源。

另一首五言绝句《雨荷》中的"贮椒八百斛"与元载有关。元载(?—777),字公辅,凤翔府岐山(今陕西岐山)人,唐朝宰相。他唯利是嗜,擅权不法,触犯众怒,最后被皇帝赐死。他死后,籍没其家,光是胡椒就抄出了八百石!

> 汉用奇谋立帝功,指麾豪杰似儿童。
> 可怜皓首商山客,亦堕留侯计画中。

上面的七言绝句《四皓归汉》显然和"商山四皓"有关。"商山四皓"是秦朝末年的四位博士:东园公唐秉、夏黄公崔广、绮里季吴实、甪里先生周术。他们是秦始皇时七十名博士官中的四位,因不满秦政而隐居在商山,后为辅佐汉太子刘盈而出山,后人就用这"商山四皓"来泛指有名望的隐士。刘邦登基后,立长子刘盈为太子,封次子如意为赵王。后来,他发现刘盈仁慈懦弱,而次子如意却聪明过人,很像自己,于是有意废刘盈而立如意为太子。刘盈的母亲吕后听后,非常着急,便派哥哥吕释之去请开国重臣张良出面调停。张良推辞道:"当初皇上是由于数次处于危急之中,才有幸采用了我的计策。如今天下安定，情形自然大不相同。更何况现在是皇上出于偏爱想要更换太子，这是人家骨肉之间的事情。清官难断家务事啊！这种事情，就是有一百个张良出面，又能起什么作用呢？"吕释之恳求张良务必给他出个主意，解决这个问题。张良一看没有方法，不得已，只好说："这种事情，光靠我的三寸不烂之舌恐怕难以奏效。我看不如这样吧！我知道有四个人，是皇上一直想要罗致而又未能如愿的。这四个高人年事已高，因为听说皇上一向蔑视士人，因此逃匿山中，不想做汉臣。然而皇上非常敬重他们。如果请太子写一封言辞谦恭的书信，多带一些珠宝玉帛，配备舒适的车辆，派上能言善辩之人去诚恳聘请他们，他们应该会来。然后以贵宾之礼相待，让他们经常随太子上朝，使皇上看到他们，这对太子是很有帮助的。"于是吕氏兄妹和太子准备好东西，把"商山四皓"请来了，把他们安顿在吕释之的府邸里。在一次宴会中，太子侍奉在侧，而四个老人跟随在后。刘邦见这四个陌生的老人都已八十多岁高龄，胡须雪白，衣冠奇特，非常惊讶，便问他们的来历，四人分别道出了自己的姓名。刘邦听了大吃一惊："多年来朕一再寻访诸位高人，你们都避而不见，现在为何自己来追随朕的儿子呢？"四个老人恭敬地回答："陛下一向轻慢高士，动辄辱骂，臣等不愿自取其辱。如今听说太子仁厚孝顺，恭敬爱士，天下之人无不伸长脖子仰望着，期待为太子效死，所以臣等自愿前来。"刘邦说："那就有劳诸位今后辅佐太子了。"四人向刘邦敬酒祝寿之后就彬彬有礼地告辞而去。刘邦叫戚夫人来，指着他们的背影说："朕本想更换太子，但是有他们四个人辅佐，看来太子羽翼已成，难以动他了。吕雉这回真是你的主人了！"戚夫人大哭。刘邦强颜欢笑："你给朕跳楚舞，朕为你唱楚歌。"刘邦便以太子的事件即兴作歌："鸿鹄高飞，一举千里。羽翮已就，横绝四海。横绝四海，当可奈何！虽有矰缴，尚安所施！"

七言绝句《太公钓周》讲的是姜太公的故事。据传姜太公在渭水钓鱼的时候，用的是直钩，所以后人说他的目的不是钓鱼，而是要钓周文王。

七言绝句《到县和人韵》中，"只愧才非贾少年"中的"贾少年"指的是贾谊。据说贾谊20多岁的时候，汉文帝非常爱惜他的才干，给了他太中大夫的职位，但遭到了元老大臣们的反对，于是只好把他降为长沙王太傅。而当时作者也被贬去了长沙，相同的地名使他想起了贾谊，写出了这个句子。

第五节　安震、白元恒、安轴、辛蒇的汉诗与中国文化的关联

一、安震的汉诗与中国文化的关联

安震（？—1360），高丽后期的文臣，号常轩。1313年文科及第，任艺文检阅。1318年在元朝制科及第，回高丽后，任艺文应教。1344年任密直副使，成为书宴官，同时被封为安山君。1346年和李齐贤一道，参与了高丽忠烈王、忠宣王、忠肃王的实录的编撰工作。恭愍王即位后，任政堂文学。《东文选》收录安震的七言古体诗1首、五言律诗3首、七言律诗3首、五言绝句1首、七言绝句2首，共10首。

七言古体诗《送崔御史伯渊寿亲还朝》诗题中的崔伯渊是什么人尚不太明确。诗句

"昨夜使星照辽阳"中的"使星"指的是中国古代主使臣事的星使。中国古代认为天节八星主使臣事,因为当时帝王的使者叫"使星"或"星使"。《后汉书·方术列传·李郃》曰:"李郃字孟节,汉中南郑人也。……和帝即位,分遣使者,皆微服单行,各至州县,观采风谣。使者二人当到益部,投郃候舍。时夏夕露坐,郃因仰观,问曰:'二君发京师时,宁知朝廷遣二使邪?'二人默然,惊相视曰:'不闻也。'问何以知之。郃指星示云:'有二使星向益州分野,故知之耳。'"《艺文类聚》卷一《天部上·星》里也有类似的记载。下面的"绣衣郎君鬓未苍"中的"绣衣郎君"来自汉武帝。他派御史去地方的时候,为显示其特殊身份,特别颁发绣衣作为官服。

老屋开溪上,经霖路出沙。相邀禅者杖,似遇贵人车。
下榻谈初稳,还山意已赊。他年作龙象,法雨润农家。

上面是五言律诗《赠送天台了圆长老》,其颈联中"下榻谈初稳"的句子来自汉朝的陈蕃,出自《后汉书》。据《后汉书·徐稚列传》,东汉时,南昌太守陈蕃非常重视有才能的人。当时南昌有个叫徐稚的人,他家里很清贫,但他从不贪富贵。由于他品德好,学问深,很有名望,地方官吏也多次向官府推荐他,但他总是坚辞不就。陈蕃听说徐稚的情况后,十分重视,诚恳地请他相见,听取他的高见。于是当徐稚来时,陈蕃热情相待,并在家里专门为徐稚设了一张榻。当徐稚一来,他就把榻放下来,让徐稚住宿,以便长夜谈论国内各种大事;徐稚一走,他就把这张榻悬挂起来。据《后汉书·陈蕃传》,陈蕃任乐安太守时,对周璆也如此礼遇。后来,人们就把留客住宿叫做"下榻"。

另一首五言律诗《送闵生员仲玉瑢觐亲还学》中的"连轸书五车"来自《庄子》。《庄子·天下篇》说"惠施多方,其书五车",这是说惠施知识渊博,书也很多。下面"斯人能起予"的句子和孔子有关。孔子曾经评价卜商说:"起予者,商也!始可与言《诗》已矣。"卜商(前507—?),字子夏,有"卜子"之尊称,春秋末期晋国温地(今河南温县)人,孔门七十二贤之一。他是孔子后期学生中的佼佼者,是孔子"文学"科的高才生。

七言律诗《鸡林郡公王政丞挽词》是作者悼念淮安大君王珦的诗歌。

正朝木稼岂徒哉,应为高官报有灾。草草盖棺辽野远,堂堂柱国泰山颓。
朱门日迫千家惨,丹旐风生万壑哀。回首德陵山下路,碧云秋色锁崔嵬。

这首诗歌额联中"堂堂柱国泰山颓"的句子来自"泰山其颓",《礼记·檀弓上》里有"泰山其颓乎,梁木其坏乎,哲人其萎乎"的句子,据传孔子在去世七天前唱了这首歌。这一句在古代用于悼念自己所爱戴的人或所敬仰的人,这里也是用来表达此意。

二、白元恒的汉诗与中国文化的关联

白元恒,高丽后期文人,原籍为水原,是中郎将白真生的儿子。1279年在国子监试里以首席的身份及第。1311年任别监使、典校令等职。1314年和尹莘杰、尹宣佐等人一道在王室里讲《资治通鉴》。1317年任同考试官,掌管了科举工作。1321年经密直使,任佥议评理。同年写致元朝中书省的信,要求放上王忠宣王回朝;和金恂、尹硕等人一道,以忠宣王为靠山,被为所欲为的权汉功等人拉下马,遭流放。《东文选》收有他的七言古体诗4首、五言律诗1首、七言律诗2首、七言绝句9首,共16首。

七言古体诗《权友生家饮酒》是一首述怀诗。

　　青松生南山,白日没西海。世上英雄何代无,绿鬓朱颜不长在。
　　昔人园树成枯查,昔人侠骨归泥沙。同人之心非楚越,百年光景何飘忽。
　　诸宾散尽髡独留,醉卧君家满堂月。

　　其中"诸宾散尽髡独留"中的"髡"指的是战国时期齐国著名的政治家淳于髡。淳于髡博学多才、善于辩论,是稷下学宫中最具影响力的学者之一。《史记·滑稽列传》记载:"日暮酒阑,合尊促坐,男女同席,履舃交错,杯盘狼藉,堂上烛灭,主人留髡而送客,罗襦襟解,微闻芗泽,当此之时,髡心最欢,能饮一石。"

　　七言古体诗《赠少年李异同》是赞美李异同才华的。"人生聚散如旋蓬,羲和汲汲催龙辔"中的"羲和"是中国古代神话中的一个人物。《山海经·大荒南经》曰:"东南海之外,甘水之间,有羲和之国。有女子名曰羲和,方浴日于甘渊。羲和者,帝俊之妻,生十日。"下面的"古人爱士信陵君"中提到的"信陵君"指的就是魏无忌。魏无忌(? —前243),魏昭王少子,战国时期魏国著名的军事家、政治家。公元前276年封于信陵(今河南宁陵),所以后世皆称其为信陵君。与春申君黄歇、孟尝君田文、平原君赵胜并称战国四君子。据传他非常爱惜人才,当时魏国有个隐士,叫侯嬴,年已古稀,但家贫,做着大梁夷门的守门小吏。魏无忌听说他是隐士后,就前往拜访,并想馈赠一份厚礼。但侯嬴不肯接受,说:"我几十年来修养品德,坚持操守,终不能因我看门贫困的缘故而接受公子的财礼。"魏无忌没办法,就大摆酒席,邀请了许多宾客,大家纷纷到来坐定之后,公子就带着车马以及许多随从,亲自到东城门去迎接侯嬴的到来。侯嬴整理了一下破旧的衣帽,就径直上了车子坐在公子空出的尊位上,丝毫没有谦让的意思,他想借此观察一下魏无忌的态度。魏无忌手握缰绳更加恭敬。侯嬴对魏无忌说:"我有个朋友在街市的屠宰场,望能委屈一下公子的车马载我去拜访他。"魏无忌立即驾车前往街市。侯嬴下车去见他的朋友朱亥。他斜睨着眼看公子,故意久久地站在那里,同自己的朋友聊天,同时暗暗地观察公子的脸色。魏无忌的面色更加和悦。此时,酒席上魏国的将军、丞相、宗室大臣等高朋贵宾坐满堂上,正等着魏无忌举杯开宴,街市上的人都看到魏无忌手握缰绳替侯嬴驾车,魏无忌的随从都暗地责骂侯嬴。侯嬴看到魏无忌面色始终不变,才告别朋友上了车。后来魏无忌在侯嬴和朱亥的帮助下救了赵国,那就是著名的历史典故"窃符救赵"。

　　七言律诗《主上除太傅沈阳王》是作者献给忠宣王的。忠烈王三十四年(1308),忠宣王作为上王,被封为沈阳王。这首诗歌就是庆贺这件事的,可谓是一首颂歌。其颔联"千年遇主山河誓,三叶勤王雨露恩"中的"山河誓"来自"山河带砺",意思是泰山小得像块磨刀石,黄河细得像条衣带,比喻时间久远,任何动荡也决不变心。此典出自《史记·高祖功臣侯者年表》,曰:"封爵之誓曰:使河如带,泰山若砺。国以永宁,爰及苗裔。"

　　白元恒的绝句中也有不少与中国文化有关的内容。其七言绝句《次晦轩安相国珦韵上座主郑雪斋可臣》中,"经邦妙策胜三章"中的"三章"指的就是约法三章,这出自司马迁的《史记·高祖本纪》,曰:"与父老约,法三章耳:杀人者死,伤人及盗抵罪。"意思就是杀人者要处死,伤人者要抵罪,盗窃者也要判罪。当年秦朝的法律非常烦琐,老百姓记不住,为了解决这个问题,刘邦灭秦朝后用最基本道理来代替烦琐的法律条款。这些条款不多,又好记,立刻受到了老百姓的热烈欢迎。

另一首七言绝句《穷居冬日》里,作者借用几个中国历史人物表达了自己的心怀。如"袁郎高卧门遮雪"中的"袁郎"指的就是袁安,这句来自成语"袁安高卧"。

三、安轴的汉诗与中国文化的关联

安轴(1282—1348),高丽后期的文臣,原籍为庆尚北道顺兴,字当之,号谨斋。文科及第后任全州司录、司宪纠正,后任成均学正,留下了忠君爱民的文集《关东瓦注》。1332年任判典校、知典法事、监察大夫,1344年后任知密直司事、判整治都监事等职。曾和李齐贤等人一道参与了《编年纲目》的修订工作,参与了忠烈王、忠宣王、忠肃王的实录编撰工作。著有京畿体诗歌《关东别曲》《竹溪别曲》,有文集《谨斋集》。《东文选》收有他的七言古体诗2首、五言律诗3首、七言律诗6首、七言绝句1首,共12首。

安轴的七言古体诗《王昭君》以咏史的方式抒发了对王昭君的情意。

君王晓开黄金阙,毡车辚辚北使发。明妃含泪出椒房,有意春风吹鬓发。
汉山奏塞渐茫茫,逆耳悲笳秋夜长。可怜穹庐一眉月,曾照台前宫样妆。
将身已与胡儿老,唯恐红颜凋不早。琵琶弦中不尽情,冢上年年见青草。

王昭君,名嫱,南郡秭归(今湖北兴山)人,匈奴呼韩邪单于阏氏。她是汉元帝时以"良家子"入选到宫廷的。传说王昭君进宫后,因自恃貌美,不肯贿赂画师毛延寿,毛延寿便在她的画像上点上丧夫落泪痣。王昭君因此被贬入冷宫三年,无缘面君。公元前33年,北方匈奴首领呼韩邪单于主动来长安,对汉称臣,并请求和亲,以结永久之好。王昭君挺身而出,慷慨应诏。到达漠北后,王昭君受到匈奴人民的盛大欢迎,并被封为"宁胡阏氏",意为匈奴有了汉女作"阏氏"(王妻),汉朝安宁始得保障。

安轴的七言律诗《天历三年五月受江陵道存抚使之命是月三十日发松京宿白岭驿夜半雨作有怀》是安轴在奉命去江原道江陵的路上写的咏怀诗。诗歌表现了一个儒学家的高度的社会责任感,充分体现了作者强烈的民本主义思想。

读书求道竟无成,自愧明时有此行。但尽迂疏施实学,敢将崖异盗虚名。
民生涂炭知难救,国病膏肓念可惊。耿耿枕前眠未稳,卧闻山雨注深更。

诗歌首联是诗人对一事无成的自己的生平的一种慨叹;颔联写要实行实用学问、不图虚名的自己的志向;颈联发出对病入膏肓的高丽社会现实的深深忧虑;尾联回到现实,描绘难以入睡的艰难情景。诗题中的"天历"是元文宗的年号,"天历三年"应该是公元1330年,这说明当时高丽人经常使用中国历。诗歌中"国病膏肓念可惊"的句子来自成语"病入膏肓"。我国古代医学上把心尖脂肪叫"膏",心脏与膈之间叫"肓",认为是药力达不到的地方。成语的意思是病情十分严重,不可救药,比喻事情到了无法挽救的地步。出处是春秋时期左丘明所著《左传·成公十年》:"疾不可为也,在肓之上,膏之下,攻之不可,达之不及,药不至焉,不可为也。"

四、辛蕆的汉诗与中国文化的关联

辛蕆(？—1339),高丽后期的文臣,原籍为灵山,号德斋,文科及第后,1314年任选部直郎,是安珦的门人①,1326年任知贡举,1339年去世,谥号为凝清。《东文选》收录他的五言律诗1首、七言律诗2首、七言排律1首、七言绝句2首,共6首。

七言律诗《平海东轩》是表达作者的闲情逸致的诗歌。

  乱红浓绿遍村村,信马平芜雨后原。绕郭长川如故里,倚山修竹问谁园。
  宦途几见鞭先着,客路多惭席未温。幸得余闲歌午枕,隔林无数鹧鸪喧。

这首诗歌颈联中的"鞭先着"来自成语"着人先鞭",这则成语出自《晋书·刘琨传》。话说刘琨和祖逖两人志同道合,常同床而睡,同被而眠。后来刘琨听说祖逖被用,就说:"吾枕戈待旦,志枭逆虏,常恐祖生先吾着鞭。"这个"鞭先着"就来自这里,在这里转意为自谦的说法,说明自己在仕途上没有什么长进。刘琨(271?—318),晋朝的政治家、文学家。

七言排律《丛石亭》是作者赞美丛石亭之美丽的。丛石亭位于今朝鲜江原道通川郡,是著名的朝鲜关东八景之一。其"丛丛壁立四仙峰,晴好雨奇宜淡浓"的句子中,"淡浓"一般比喻为女人们的淡妆浓抹,但在这里指的是天气造化下的山川的变化。这种用法源自苏轼的"西湖诗"。苏轼写过不少与西湖有关的诗,其中著名的有《饮湖上初晴后雨·其二》,全文如下:"水光潋滟晴方好,山色空濛雨亦奇。欲把西湖比西子,淡妆浓抹总相宜。"这里的"西子"就是西施。

七言绝句《依山村舍》是描写山村景色的。其中"朱陈风物浑无事"的句子来自白居易的诗歌《朱陈村》:"徐州古丰县,有村曰朱陈。去县百余里,桑麻青氛氲。机梭声札札,牛驴走纭纭。女汲涧中水,男采山上薪。县远官事少,山深人俗淳。有财不行商,有丁不入军。家家守村业,头白不出门。生为村之民,死为村之尘。田中老与幼,相见何欣欣……"这一村只有朱氏和陈氏,村名也是由此而来。村里人世代相互嫁娶,不与外人通婚。关于朱陈村归于何地,虽白诗中写有"徐州古丰县",但苏轼诗《陈季常所畜朱陈村嫁娶图》中注曰"朱陈村在徐州萧县(今属安徽)"。不管它地理位置何在,都堪称古代的另一个世外桃源。朱陈村本是一个偏僻的山村,但由于白居易的一首诗,一下成为名扬天下的一个理想乐园。

---

① 安珦(1243—1306),高丽后期的文臣、学者,原籍庆尚北道兴州,字士蕴,号晦轩(这个号是由朱子的号晦庵而来,据传是为了悼念朱熹而作)。他是最初把性理学引到韩国的人,《东文选》里收有他的七言律诗一首。

第六章
高丽后期文人的汉诗和中国文化的关联(二)

第一节 郑誧的汉诗和中国文化的关联

郑誧(1309—1345),高丽后期的文臣,原籍为清州,字中孚,号雪谷,是郑枢的父亲。1326年科举及第,不久作为艺文修撰去元大都,在那里遇见忠肃王,得到了他的信任。忠惠王时期任典理总郎、左司议大夫。后来上书提出改变当时的政治环境,反被罢免,流放到蔚州。在那里,他没有颓废,没有失去生活的信心,而是鼓起勇气,大胆面对现实,始终保持着活泼的性格,过着充实的生活。流放结束后,他怀着更大的抱负去了元大都。当时元朝的宰相别不花非常喜欢他,想将他推荐给皇上,但他在37岁时就去世了。

郑誧是崔瀣的门人,经常和李谷等人交游,在诗文领域显示出了非凡的才能,著有《雪谷诗稿》,但现已失传,流传下来的有《雪谷集》,从中能看出他诗歌的具体情况。他的诗歌经常得到较高的评价,李穑在《雪谷诗稿序》中评价他的诗歌"清而不苦,丽而不淫,辞气雅远不肯道俗下一字"。《东文选》收录他的五言古体诗4题5首、七言古体诗2首、五言律诗4题13首、七言律诗7首、五言排律2首、五言绝句1首、七言绝句7题8首,共27题38首。

五言古体诗《沈阳杂诗》是吟咏胸有大志的诗歌,但现实和理想之间有一个巨大的反差,为此作者只能对现实发出一声慨叹。其中他用了不少与中国文学相关的内容表达了自己郁闷的心情。其中"比邻有远客,席月鸣瑶琴"一句,"瑶琴"指的是用玉装饰的琴。唐代王昌龄的诗歌《和振上人秋夜怀士会》里有"瑶琴多远思,更为客中弹"的句子。下面"初弹紫芝曲,渐变操南音"中的"紫芝曲"传说是秦朝末年隐居在商山的名为"商山四皓"的四个人物,即东园公、绮里季、夏黄公、角里先生所作。唐人作的《紫芝曲》亦称《紫芝歌》《紫芝谣》,泛指隐逸避世之歌。"南音"指的是"南歌"。这一词最早出现在汉代张衡的《南都赋》中,曰:"齐僮唱兮列赵女,坐南歌兮起郑舞。"高诱注曰:"南歌,取南音以为歌也。"南音也称"弦管",是中国最古老的音乐之一,两汉、晋、唐、两宋等朝代的许多移民把这种音乐从中原带到闽南地区,后来这些音乐和当地的民间音乐融合,形成了具有中原古乐遗韵的音乐表现形式,即所谓的南音。在此诗中南音指代另一种独特的音乐。下面"闻之三叹息,和以梁父吟"中的"梁父吟",也叫"梁甫吟",是乐府诗,相传是三国时期蜀国的诸葛亮所作,是他非常喜欢的一首诗歌,内容是"悲士之立身处世之不易,讽为相之不仁"的。诸葛亮(181—234),字孔明,号卧龙(也作伏龙),琅琊(今山东临沂)人,蜀汉丞相,三国时期杰出的政治家、军事家,在世时被封为武乡侯,谥号为忠武。郑誧的另一首五言古体诗《结庐》中也有上面提到过的"紫芝曲"。

五言古体诗《送人赴都》是一首送别诗,其"见知韩太尉,窃比苏颖滨"中的"苏颖滨"就是宋朝的苏辙(1039—1112)。苏辙字子由或同叔,晚年号为颖滨遗老,眉州眉山(今属四川)人,北宋时期的著名文学家、诗人,"唐宋八大家"之一。晚年他定居在颖川,所以取号为颖滨遗老。下面的"遥想黄金台"中的黄金台亦称招贤台,为战国时期燕昭王所筑,是燕昭王尊师郭隗之所。其真正的故址位于河北省定兴县。据《战国策·燕策一》记载,燕国国君燕昭王(前335—前279)一心想招揽人才,而更多的人认为燕昭王仅仅是叶公好龙,并不是真的求贤若渴。于是,燕昭王始终寻觅不到治国安邦的英才,整天闷闷不乐。后来有个智者郭隗给燕昭王讲述了一个故事,大意是:有一国君愿意出千两黄金去购买千里马,然而时间过去了三年,始终没有买到。又过去了三个月,好不容易发现了一匹千里马,当国君派手下带着大量黄金去购买千里马的时候,马已经死了。派去买马的人用五百两黄金买了千里马的马骨回来。国君生气地说:"寡人要的是活马,你怎么花这么多钱弄一匹死马的骨头来呢?"去买马的手下说:"大王舍得花五百两黄金买死马骨,更何况活马呢? 我们这一举动必然会引来天下人为大王提供活马的。"果然,没过几天,就有人送来了三匹千里马。郭隗又说:"大王要招揽人才,首先要从招纳微臣郭隗开始,像微臣郭隗这种才疏学浅的人都能被大王采用,那些比微臣本事更强的人,必然会千里迢迢赶来的。"燕昭王立即采纳了郭隗的建议,拜郭隗为师,为他建造了宫殿,后来没多久就引发了"士争凑燕"的局面。投奔而来的有魏国的军事家乐毅,有齐国的邹衍、赵国的剧辛等等。落后的燕国一下子便人才济济了。从此以后一个内乱外祸、满目疮痍的弱国,逐渐成为一个富裕兴旺的强国。后来燕昭王又兴兵报仇,将齐国打得只剩下两个小城。下面"安得万里风,先生骑鸿鹄"中的"鸿鹄"是中国古代人们对秃鹰之类飞行极为高远的鸟类的通称,在神话传说中是白色的凤凰。《艺文类聚》卷九十引晋代张华的《博物志》曰:"鸿鹄千岁者皆胎产。"因鸿鹄经常高飞,所以经常被用来比喻志向远大的人,在诗中也是这个意思。

七言古体诗《黄山歌》是一首赞美作者在路上见到的一个陌生女人的诗歌,表达了作者的闲情逸致和浪漫的情调。其"也知罗敷自有夫"一句中的"罗敷"是中国汉末三国时期的农家妇女。她姓秦,以采桑为生,但她忠于爱情,热爱家乡、热爱生活,是古代邯郸地区美女和贞洁妇女的代表人物。秦罗敷是乐府《陌上桑》的主人公,在《孔雀东南飞》中指美女。作为邯郸历史文化的著名典故之一,她的故事被广为传颂。据传罗敷出生于邯郸,父亲能歌善舞、颇有文才,母亲是附近黄窑村张家之女。罗敷兄妹三人,哥名秦宝、姐名秦莲,罗敷小名小英。罗敷10岁时,家乡遭洪灾,全家搬到村西卧龙岗。山中有一尼姑见她聪明伶俐,便收其为徒,起名为"罗敷"。罗敷长大后与乡邻王仁相爱,但她在田间采桑时被官人看中,被问是"谁家姝"。回答"秦家女,名为罗敷"后,再被问"年几何"。她答曰:"二十尚不足,十五颇有余。"官人进一步问罗敷能不能和他一起走。这时罗敷就上前回话:"使君一何愚? 使君自有妇,罗敷自有夫。"婉言谢绝了官人,由此她逐渐成为贞洁女性的代表。

五言律诗《东莱杂诗》是组诗,是描写东海岸包括釜山海云台等地方的美丽风景的,所以一直被认为是研究当时韩国东海岸地区风土人情的重要资料。很明显这是作者在流放期间作的,其中作者还借用了不少中国的历史人物,抒发了自己的情怀。比如其第七首最后两句"此乐除曾点,无人可与论"中的"曾点"是孔子的弟子。据《论语·先进》,孔子曾赞扬曾点在沂水里沐浴,在舞雩台上吹风,一路唱着歌而回的志向。这件事后来经常作为不求仕进的代名词被引用,在这首诗歌里也是这种意思。

五言排律《赠佐郎舅诗》也是作者在流放期间写的,虽是写给舅舅的,但诗歌中充满着一种失落感。其中"直道连三黜,余生遇百罹"一句中的"三黜"指的是三次被罢官,形容宦途不顺。它出自《论语·微子》:"柳下惠为士师,三黜。人曰:'子未可以去乎?'曰:'直道而事人,焉往而不三黜?'"下面"忆昔同山简,方冬醉习池"中的"山简",指的是晋朝竹林七贤之一山涛的儿子山简。山简(253—312),字季伦,河内怀县(今河南武陟)人,西晋时期的名士,山涛的第五子。据传山简性格温润典雅,年轻时与嵇绍、刘谟、杨准齐名,历任青州刺史、镇西将军等职。他任荆州都督时,兵乱四起,王威不振,朝野上下都非常忧虑。但山简却生活得十分闲适,每次出门嬉游,都到大族习氏的池上摆设酒宴,酩酊大醉,称它为"高阳池"。人们给他编首歌说:"山公时一醉,径造高阳池。日暮倒载归,酩酊无所知。复能乘骏马,倒著白接篱。举手问葛强,何如并州儿?"诗中说的就是这件事。

五言排律《送白书记赴忠州幕》是送白弥坚到忠州当书记时写的。其中"莱服方添彩,潘舆不动尘"一句说的是老莱子和潘岳尽孝的故事。老莱子是中国历史上著名的孝子,后来人们以"老莱衣"比喻对老人的孝顺。唐代诗人孟浩然有诗句:"明朝拜嘉庆,须著老莱衣。""潘舆"就是潘岳。潘岳(247—300),字安仁,河南中牟人,西晋文学家、政治家。其潘安之名最早出现在杜甫的诗歌《花底》里:"恐是潘安县,堪留卫玠车。"后来人们便称他为潘安。潘岳性轻躁,趋于世利,但他为母亲驾车时小心翼翼,其母不觉颠簸,感到非常舒适,车轮驶过也不起灰尘,这表现了他对父母的敬重和孝子之心。"圣善三迁教,平反一笑春"一句源自人们熟悉的"孟母三迁"。据传孟轲的母亲为选择良好的环境教育孩子,多次迁居。《三字经》说:"昔孟母,择邻处。""孟母三迁"便出自这里。这个典故现在有时用来指父母用心良苦,也表示一个良好的环境在孩子的成长过程中的重要性。下面"扇枕怜吾子"一句讲的是黄香。黄香(约68—122),字文强(一作文疆),江夏安陆(今湖北云梦)人,东汉时期官员、孝子,是中国"二十四孝"中"扇枕温衾"故事的主角。《三字经》里也有"香九龄,能温席。孝于亲,所当执"的句子。黄香是汉朝人,他小时候家境非常困难。到他9岁时,母亲突然去世了。黄香非常悲伤,他本就孝敬父母,在母亲病重期间,他一直守护在病床前。母亲去世后,他对父亲更加关心,无微不至。冬夜里,天气寒冷,但家里没有任何取暖的设备,很难入睡。有一天,黄香晚上读书,自己感到特别冷,拿着书的手也冰凉,难以忍受。他心想:这么冷的天父亲怎么入睡?为了让父亲少挨冷受冻,他读完书便悄悄走进父亲的房里,给他铺好被,然后脱了衣服,钻进父亲的被窝里,用自己的体温温暖了冰冷的被窝之后,才招呼父亲入睡。黄香用自己的孝心,暖了父亲的心。黄香温席的故事就这样传开了,街坊邻居没有一个不夸黄香的。夏天到了,黄香家低矮的房子里格外闷热,而且蚊蝇很多。到了晚上,大家都在院里乘凉,尽管每人都不停地摇着手中的蒲扇,可仍不觉得凉快。入夜了,大家也都困了,准备睡觉去了,这时大家才发现小黄香一直没在这里。黄香为了让父亲休息好,总会在晚饭后拿着扇子把蚊蝇扇跑,还要扇凉父亲睡觉的床和枕头,使劳累了一天的父亲安稳地休息。小黄香就是这样孝敬父亲的。

七言律诗《赠李天觉达尊》和作者的其他诗歌一样,表达了作者怀才不遇的阴郁心情。

> 万事随时各有宜,仕齐操瑟岂非痴。平生耻与哈等伍,后世必有杨雄知。
> 刻鹄不成犹有类,屠龙虽妙竟何施。如今更信儒冠误,不忍乘酣废我诗。

首联的"仕齐操瑟岂非痴"一句源自典故"操瑟齐门",也称"齐门操瑟",出自韩愈的《答陈商书》,曰:"齐王好竽,有求仕于齐者,操瑟而往,立王之门,三年不得入,叱曰:'吾瑟鼓之,能使鬼神上下,吾鼓瑟,合轩辕氏之律吕。'客骂之曰:'王好竽,而子鼓瑟,虽工,如王不好何?'是所谓工于瑟而不工于求齐也。"这说的是齐王喜欢听吹竽,有一个想在齐国当官的人,拿着瑟要去见齐王,结果等了三年也没有被召见。后来人们用来嘲笑那些愚蠢的人。颔联"平生耻与哙等伍,后世必有杨雄知"的前一句讲的是韩信和樊哙的故事。一次韩信从樊哙门前走过,为自己竟与樊哙这样的人为伍而感到羞愧。樊哙(前242—前189),泗水郡沛县(今徐州市沛县)人,西汉开国元勋、大将军、左丞相,著名军事统帅。樊哙作为吕后的妹夫,深得汉高祖刘邦和吕后的信任。后一句中的扬雄是汉朝的文学家。扬雄自幼好学,博览群书,长于辞赋,是继司马相如之后西汉最著名的辞赋家。颈联"刻鹄不成犹有类,屠龙虽妙竟何施"的前一句来自南朝范晔的《后汉书·马援列传》,其中有"刻鹄不成尚类鹜者也,……画虎不成反类犬者也"句,这比喻的是好高骛远,终无成就,反成笑柄,也用来比喻仿效失真,反而弄得不伦不类。后一句源自典故"屠龙之技",出自《庄子·列御寇》,曰:"朱泙漫学屠龙于支离益,单千金之家,三年技成,而无所用其巧。"说的是朱泙漫在支离益那里花了三年的时间,耗尽千金家产,学了屠龙的技术,但学完却没有地方可用。意思是学习必须从实际出发,讲求实效,如果脱离了实际,再大的本领也没有用。

七言律诗《病中投郑长官天儒》是吟咏作者病床上的孤寂生活的作品。

　　萧条门巷少来人,尽日床龟独自亲。窗下药炉勤着火,案头书帙漫生尘。
　　谁怜壮岁常多病,尚恋微官只为贫。尊酒龙山负高会,西风回首一悲辛。

首联中的"床龟"来自典故"支床龟",也可以说成"垫床龟",出自《史记·龟策列传》:"南方老人用龟支床足,行二十余岁,老人死,移床,龟尚生不死。"意思是南方老人用乌龟支床脚二十余年,老人死而乌龟还活着。后用此典来比喻受束缚或内心寂寞等。尾联中的"龙山"指的就是晋朝的桓温在九月九日重阳节那天领着部下游玩的那个龙山,在这里是作为聚会喝酒的意思来使用,增添了另一种意思。

七言律诗《送白介夫游河东》是一首送别诗。

　　十年京洛共游欢,今日河梁别更难。猎猎秋风吹破帽,凄凄朝雨湿征鞍。
　　树疏野店投人宿,山好溪途立马看。莫向南州苦留滞,倚闾慈母眼长寒。

首联"河梁"一词来自典故"河梁携手",表示友谊非常深厚,出自汉朝李陵和苏武的故事。李陵(前134—前74),字少卿,陇西成纪(今甘肃天水市秦安)人,西汉名将,飞将军李广长孙,李当户的遗腹子。李陵自幼善骑射,爱士卒,颇有美名。天汉二年(前99)奉汉武帝之命出征匈奴,率五千步兵与八万匈奴兵战于浚稽山,最后因寡不敌众兵败被俘,最终投降[①]。

[①] 公元前99年10月,李陵奉汉武帝之命出征匈奴。11月,为主帅李广利分兵,遇到匈奴单于的八万骑兵,两军经过八天八夜的鏖战,最终战败,投降匈奴。由于汉武帝误听信李陵替匈奴练兵的讹传,灭其三族,母弟妻子皆被诛杀,致使李陵彻底与汉朝断绝关系。后来单于把公主嫁给李陵,命他做了右校王,掌管坚昆部落。公元前89年,与远征匈奴、为主将李广利分兵的商秋成带领的三万汉军打过一仗。而主将李广利孤兵深入,导致七万人马有去无回,汉朝再无人远征匈奴。汉武帝死后,汉昭帝即位。汉匈和亲,李陵少时同僚霍光、上官桀当政,派人劝李陵回国。李陵"恐再辱",拒绝回大汉,遂于前74年老死在匈奴。

李陵和苏武关系非常好①,有一次,李陵为苏武写了一首诗《与苏武》,全文如下:"携手上河梁,游子暮何之?徘徊蹊路侧,悢悢不得辞。"这里的"河梁"指桥,有送别的意味。苏武(前140—前60),字子卿,杜陵(今属陕西西安)人,西汉大臣。天汉元年(前100)奉命以中郎将持节出使匈奴,被匈奴扣留。匈奴多次威胁加利诱,想让他投降,但他宁死不屈,后来匈奴无奈把他送到北海(今贝加尔湖)边牧羊,扬言要公羊生子才可释放他回国。苏武历尽艰辛,留居匈奴十九年持节不屈。至始元六年(前81),方获释回汉。苏武去世后,汉宣帝将其列为麒麟阁十一功臣之一,以彰显他的节操。这首诗歌里用此典故,将离别的情怀描写得非常饱满。

七言律诗《壬申春予所畜马暴死外舅春轩公闻之有书云袖诗来马可得也因以是诗献》是作者写给其外舅的。

块处依依类楚囚,剩将心事更添愁。傍花行乐虽堪废,束带移朝讵可休。
得马愧居张籍后,作诗先被晋公求。圣门也有乘肥者,款段还嗤马少游。

首联中的"楚囚"一开始指春秋时被郑国送给晋国的楚国俘虏钟仪,后用来借指被囚禁的人,也比喻处境窘迫、无计可施的人。《春秋左传》中记载:成公九年秋……楚国的子重攻打陈国来援救郑国。晋侯视察军用仓库,见到钟仪,问人说:"戴着南方的帽子而被囚禁的人是谁?"宫吏回答说:"是郑人所献的楚国俘虏。"晋侯让人把他放出来,召见并且慰问他。钟仪行再拜之礼,叩头。晋侯问他家世代所做的官职,他回答说:"是乐官。"晋侯说:"能演奏音乐吗?"钟仪回答说:"这是先人的职责,岂敢从事于其他?"晋侯命人给他一张琴,他弹奏南方的乐调。晋侯说:"你们的君王怎么样?"钟仪回答说:"这不是小人所能知道的。"晋侯再三问他,他回答说:"当他做太子的时候,师、保侍奉着他,每天早晨向令尹婴齐、晚上向公子侧请教,我不知道别的。"晋侯将这种情况告诉了范文子,范文子说:"楚囚是君子啊!说话时举出先人的职官,这是不背弃根本;奏乐,奏家乡的乐调,这是不忘记故旧;举出楚君做太子时候的事,这是没有私心;称二卿的名字,这是尊崇君王。不背弃根本,这是仁;不忘记故旧,这是信;没有私心,这是忠;尊崇君主,这是敏。用仁来办理事情,用信来保守它,用忠来成就它,用敏来推行它。事情即使很大,也必然成功。君王何不放他回去,让他结成晋、楚的友好呢?"晋侯听从了,对钟仪重加礼遇,让他回国去求和。颈联中的张籍是唐朝的诗人。张籍(约767—约830),字文昌,和州乌江(今安徽和县乌江镇)人。张籍的乐府诗与王建的齐名,并称"张王乐府",其著名诗作有《塞下曲》《征妇怨》《江南曲》等。他是中唐时期新乐府运动的积极支持者和推动者。他曾经向裴度要一匹马,裴度给了他。他为了感谢裴度写了一首

---

① 据班固的《汉书》卷五十四,苏武在汉朝时,与李陵都担任侍中的官职。武帝天汉二年(前99年),李陵投降匈奴,不敢访求苏武。后单于派李陵去北海,为苏武设酒宴和歌舞。李陵对苏武说:"单于听说我和子卿你交情深厚,所以让我来劝说你,他真心希望你能成为匈奴的臣子。你到死也不能归汉,白白在没有人的地方让自己受苦,即使坚守信义又有谁能看见呢?"苏武说:"我们苏家父子没有什么功劳,都是因为陛下才能位列将帅,获爵封侯,兄弟为近臣,我一直都想肝脑涂地来报答他的恩情。现在能够杀身报恩,即使是上刀山下油锅,也觉得快乐。臣子侍奉君主,就如同儿子侍奉父亲。儿子为父亲而死没有什么遗憾的。希望你不要再说了。"李陵与苏武共饮了几天,又说:"你就听从我的话吧!"苏武说:"我早就已经死了!右校王(李陵在匈奴的爵位)如果一定要让我投降,就请停下今日的欢宴,我直接死在你面前!"李陵见苏武如此真诚,喟然长叹道:"真是义士啊!我和卫律的罪过上通于天!"说着流下眼泪浸湿了衣襟,别苏武而去。后李陵又到北海,对苏武说:"区脱地区捕得云中的活口,说太守以下的吏民都穿着白衣,说皇帝驾崩了。"苏武听了向南大哭,吐血,每天早晚哭吊,达数月之久。

《谢裴司空寄马》。韩愈的诗歌《贺张十八秘书得裴司空马》、白居易的《和张十八秘书谢裴相公寄马》就是描写这一事情的。裴度(765—839),字中立,河东闻喜(今山西闻喜)人,唐中期杰出的政治家和文学家。"得马愧居张籍后,作诗先被晋公求"来自白居易和裴度的故事。据说当年白居易向裴度要马,裴度写《答白居易求马》回答说"君若有心求逸足,我还留意在名姝",要求拿小妾来换马。尾联"圣门也有乘肥者,款段还嗤马少游"的前一句与公西赤有关。公西赤,字子华,河南濮阳人,东周时期的学者,孔门弟子,孔门七十二贤之一。《史记·仲尼弟子列传》载:"子华使于齐,冉有为其母请粟。孔子曰:'与之釜。'请益,曰:'与之庾。'冉子与之粟五秉。孔子曰:'赤之适齐也,乘肥马,衣轻裘。吾闻君子周急不继富。'"后一句出自《后汉书》。《后汉书·马援列传》曰:"吾从弟少游,常哀吾慷慨多大志,曰:'士生一世,但取衣食裁足,乘下泽车,御款段马,为郡掾吏,守坟墓,乡里称善人,斯可矣。致求盈余,但自苦耳。'当吾在浪泊西里间,虏未灭之时,下潦上雾,毒气熏蒸,仰视飞鸢跕跕堕水中,卧念少游平生时语,何可得也!"

七言律诗《次韵李明叔理问见访有诗追呈》是写给李晋的,但李晋是何人不得而知。

> 早修天爵乐闲身,死厌驰名拜路尘。去国士衡长作客,登楼王粲政思亲。
> 秋风渐渐黄花老,世事悠悠白发新。尊酒论文更何日,异乡相见恐难频。

诗题中的"理问"是元代的官名,当时各行中书省所属都有理问所,设理问与副理问,负责勘核刑名,正四品,而李晋的官职就是这个理问。首联"早修天爵乐闲身,死厌驰名拜路尘"中的"天爵"来自《孟子》,曰:"有天爵者,有人爵者。仁义忠信,乐善不倦,此天爵也;公卿大夫,此人爵也。古之人修其天爵,而人爵从之。今之人修其天爵,以要人爵,既得人爵,而弃其天爵,则惑之甚者也,终亦必亡而已矣。""路尘"指的是马车过后飞扬的灰尘。颔联"去国士衡长作客,登楼王粲政思亲"中的"士衡"是晋代陆机的字。王粲所作之赋今存20多篇,篇帙短小,大多为骚体。最为人所传诵的是作于客居荆州时期的《登楼赋》。它摒弃了汉赋铺张扬厉的传统写法,以简洁明快的语句,描写了对未来世界的憧憬,并对自己的坎坷遭遇发出了感慨。颈联中的"黄花"指的是菊花。

七言律诗《大都旅舍偶题》是在北京写的。

> 病起冯颠雪秋侵,抛书兀坐意殊深。流光冉冉不我与,旧事茫茫何处寻。
> 故国江山千里梦,宦途尘土十年心。相如政有长门赋,一字须知直万金。

诗题中的"大都"就是现在的北京,元朝的时候叫大都。首联中的"冯颠"就是冯唐。冯唐,西汉代郡(今河北张家口蔚县)人,西汉大臣。他以孝行著称于世,以中郎署长一职侍奉汉文帝。汉景帝即位后,冯唐被任命为楚相,但很快被罢免。汉景帝去世后,汉武帝即位。当时匈奴经常骚乱,侵犯边疆,汉武帝广征贤良,虽然冯唐再次被举荐,可是他已经九十多岁了,汉武帝只能任命其子冯遂为郎官。因为冯唐出仕很晚,汉武帝求贤时他已年过九十,心有余而力不足,所以后世学者文人通常用冯唐来形容"老来难以得志"。尾联中的"相如政有长门赋"指司马相如。《长门赋》最早见于萧统的《昭明文选》,据其序言,这是汉代文学家司马相如受汉武帝失宠皇后陈阿娇的千金重托而作的一篇骚体赋。①

---

① 由于史书上没有记载汉武帝对陈皇后复幸之事,由此学界也有《长门赋》为后人伪作的观点。

七言绝句《次韵示同里诸君》是写给周边友人的,其最后一句"钱兄还有绝交书"中的"钱兄",出自西晋文学家鲁褒的《钱神论》。鲁褒,西晋文学家,生卒年不详,字元道,南阳(今属河南)人。他针对当时"唯钱是求"的拜金主义风气,写《钱神论》,以之批判这种错误的社会现象。在这篇文章里,他说:钱"为世神宝,亲之如兄,字曰'孔方'"。这篇文章一出,立刻与当时愤世嫉俗的人们产生共鸣,在社会上广泛流传了下来,所谓的"孔方""孔方兄"等也作为"钱"的同义语悄然传开,成为流行语。林椿著名的《孔方传》也是由此而来。"绝交书"是指嵇康写给山涛的绝交书,在这里转义为和钱绝交。

另一首七言绝句《戏洪阳坡仲容》中的最后一句"却笑留侯老更痴"说的是张良的事。张良是秦末汉初杰出的谋略家,和韩信、萧何并称为"汉初三杰"。他帮助汉高祖统一天下后,被封为留侯,但他知道"狡兔死,走狗烹;飞鸟尽,良弓藏"的道理,自请告退,摒弃人间万事,专心修身养性。

第二节 李达衷的汉诗与中国文化的关联

李达衷(1309—1385),高丽后期的学者、文臣,原籍庆州,字中权,号霁亭。1326年文科及第,累官至成均祭酒,历任典理判书、监察大夫等职。1359年任户部尚书、东北面兵马司。1360年八关会时因得罪国王而被罢免,1366年重新被起用,任密直提学。辛旽执政时,李达衷因直言他花天酒地的生活,以及这种行为的不当而再度被罢免;辛旽被诛杀后,重新被任用,成为鸡林府尹。1385年被封为鸡林府院君。著有《霁亭集》,谥号为文靖。《东文选》收录他的五言古体诗5题18首、七言古体诗3题6首、五言律诗1首、七言律诗6题7首、五言排律1首、七言排律1首,共17题34首。

五言古体诗《予在山中竟日无相过拖筇曳履独徜徉乎涧谷寥寥然无与语唯影也造次不我违为可惜也作诗以赠》是作者为了解闷把影子作为朋友写的一首诗歌。但在诗歌中,我们看不到现实的烦恼和苦闷,所以可以说他的这种苦闷也许就是无病呻吟。诗歌中有"有如回也愚,默识而深思"的句子,这里提到的"回",就是孔子的学生颜回。子曰:"吾与回言终日,不违如愚。"就是说,孔子整天给颜回讲各种东西,包括道、理,颜回从来不提反对意见和疑问,像个愚人,在那里呆呆地听。但考察他的言论,发现他对孔子所讲授的内容都有所发挥、有所提升,可见颜回并不愚。在这里作者借用颜回的故事,比喻影子也不作声,默默地模仿着你,但它的伟大就在于它不作声、不说话,所以,作者想把影子作为学习的榜样,像它一样少说话,多做实事。李达衷的这种观点可能来自当时的社会现实,但未免过于消极,明哲保身,所以可以说他的这首诗歌没有深刻的现实基础和现实苦恼。

另一首五言古体诗《次益斋诗韵》是作者借李齐贤的诗韵写的一首诗歌。其中"行歌沧浪水,耻憩恶木阴"一句中的"沧浪水"来自《孟子》和屈原的《渔父》。《孟子·离娄》记载,有一次孔子去楚国听到了小孩子们唱的一支歌:"沧浪之水清兮,可以濯我缨。沧浪之水浊兮,可以濯我足。"屈原也在《渔父》中引用这句话,作为渔父对屈原的评价。郑玄注《尚书》:"沧浪之水,今言谓之夏水。"刘澄之《永初山川记》云:"夏水,古文以为沧浪,渔父所歌也。""恶木阴"典出陆机的《猛虎行》，里面有"渴不饮盗泉水，热不息恶木阴"的句子。李善注："《管子》曰：夫士怀耿介之心，不荫恶木之枝。恶木尚能耻之，况与恶人同处！"可见它有不同流合污的意思。

另外，李达衷在其他的五言古体诗中也借用若干中国人物和故事，表达了自己的心怀。如《乐吾堂感兴诗》中的"无心就刘累"句，其中的"刘累"就是远古部落联盟陶唐氏首领尧的后裔，《左传》和《史记》都有他的传，说他非常善于养龙。"周公坐待旦，文王不暇食"中提到了周公和文王，前一句来自《孟子·离娄下》，说的是周公为了全心全意辅佐他的侄子成王执政而不辞辛劳；后一句讲的是"周文王怀保小民，不遑暇食"的事情，典出宋朝沈作喆的《寓简》卷一。"才非傅说楫"中提到的是傅说。傅说（约前1335—约前1246），殷商王武丁的至高权臣、宰相，位列三公第一位。在《杂兴五章寄思庵》中，作者写道"无心而白衣，无心而苍狗"，而这个句子就是引用了唐杜甫的诗歌《可叹》中的一句——"天上浮云如白衣，斯须改变如苍狗"。

李达衷的七言古体诗也借用了不少中国人物和故事，表达自己的生活感受和对生活的理解。七言古体诗《金晦翁南归作村中四时歌以赠》中的"蔗味佳处谁得识"来自《晋书》。《晋书·顾恺之列传》曰："恺之每食甘蔗，恒自尾至本。人或怪之，云：'渐入佳境。'"由此出现了倒吃甘蔗、渐入佳境的典故，可以解释为苦尽甘来。在《次春日昭阳江行》中作者提到了羲皇伏羲氏，而"谁知仲尼叹逝水，竞效崔胜吟晴川"的前一句来自《论语》："子在川上曰：'逝者如斯夫，不舍昼夜。'"讲述了时间像流水，不停地流逝，一去不复返。后一句来自崔颢的著名诗歌《登黄鹤楼》，其中有"晴川历历汉阳树"的句子。崔颢（704—754），汴州（今河南开封）人，唐代诗人。《雪轩郑相宅青山白云图》中的九嶷山，又名苍梧山，位于湖南省南部永州市宁远县境内。《水经注》云："蟠基苍梧之野，峰秀数郡之间，罗岩九举，各导一溪，岫壑负阻，异岭同势。游者疑焉，故曰九嶷山。"

五言排律《山村杂咏》是吟咏楚国大夫申包胥的。前两句"秦庭安用哭，楚泽不须醒"中的"秦庭"故事来自申包胥。申包胥为楚国大夫，又和伍子胥是好朋友。当年伍子胥因遭迫害逃到吴国，公元前506年用计帮助吴国破了楚国。申包胥去秦国求救，但秦哀公拿不定主意是出兵还是不出，申包胥就"哭秦庭七日"。申包胥泣血的哭诉以及因彻底的失望而来的撞地之举，深深感动了秦哀公。于是，第二天一大早，秦哀公向群臣宣布："楚王昏庸无道，本不该救，但有申包胥这样的忠义之臣，楚不该亡。"决定发战车500辆，前往救楚。已恢复了几分力气的申包胥，高高兴兴地领着秦军杀奔回来，流散的楚军闻讯后，迅速地重新聚集在昭王的手下。秦军和楚军联合，击溃了吴军，拯救了被围的楚国。诗歌的下一句来自屈原的《渔父》中"举世皆浊我独清，众人皆醉我独醒"一句。诗中的意思是在"楚泽"里不能独醒，独醒会招来很多麻烦，所以在"楚泽"里应该随波逐流。

李达衷的七言律诗中也出现了不少中国历史人物，如《哭云窝弟》：

> 三李蟠根赫叶光，我家兄弟袭余芳。愧予体短才尤短，恨尔身长寿不长。
> 白发何忘共姜被，青灯无复对苏床。可怜妻子乡关阻，吾为存亡倍断肠。

在这里颈联"白发何忘共姜被，青灯无复对苏床"中的"共姜被"，说的是后汉时期姜肱的故事。姜肱，字伯淮，后汉时期彭城广戚（今山东微山）人，家世名族。姜肱与二弟仲海、季江都以孝行闻名于世。他们兄弟非常友爱,经常共床卧起,到他们结婚前,兄弟之间仍然在一张床上就寝,共用一床被子。"对苏床"来自苏辙的诗歌。苏辙《舟次磁湖以风浪留二日不得进子瞻以诗见寄作》中"夜深魂梦先飞去,风雨对床闻晓钟"一句,也是表示兄弟情谊的。在这里李达衷借用这些中国故事和诗歌表现了对"云窝"亲如兄弟的情谊。

另一首七言律诗《炭洞新居》的首联第二句"揭厉须当适浅深"来自成语"深厉浅揭",出自《诗经·邶风·匏有苦叶》"深则厉,浅则揭"。在这里,"厉"指连衣涉水,"揭"指撩起衣服,意思是水浅可以撩起衣服过,水深撩起衣服也没用,只好连衣服下水,比喻处理问题要因地制宜,不能因循守旧。颈联"兴来毕卓方偷酒,老去昭文不鼓琴"的前一句来自"毕卓偷酒"的典故。毕卓(322—?),东晋官员,字茂世,新蔡铜阳(今安徽临泉铜城)人。太兴末年,任礼部郎,但非常好酒以致经常误事。有一次,邻居酿的酒熟了,毕卓因醉趁夜到其瓮间盗酒来饮,结果为掌酒者所缚,第二天天亮一看,竟然是吏部郎,于是马上给他松绑。但这还没完,毕卓也引主人宴于瓮侧,至醉而去。尾联"醉击唾壶真可笑,可云舒啸仲宜楼"来自典故"击碎唾壶"。《晋书·王敦列传》记载,"以如意打唾壶为节,壶边尽缺",这说的是晋朝时期,大将军王敦喝酒后喜欢吟咏曹操的《龟虽寿》,"老骥伏枥,志在千里。烈士暮年,壮心不已",但他常常一边吟咏一边用如意敲打唾壶,壶口都给敲破了。

七言律诗《咸州楼上作》借用王羲之和殷仲堪的故事抒发自己的情怀。

> 我家劣能唯简篇,匡时节钺非青毡。文明日久略戎事,误恩山重羞蚊肩。
> 禅僧飞鹰已可笑,盲人瞎马尤堪怜。空余耿耿寸心赤,筹边楼高仰前贤。

"匡时节钺非青毡"中的"青毡"来自王羲之之子王献之的故事。《晋书·王羲之列传》曰:"(王献之)夜卧斋中,而有偷人入其室,盗物都尽。献之徐曰:'偷儿,青毡我家旧物,可特置之。'群偷惊走。"由此以"旧物青毡"来指虽然陈旧但家传的东西,引申为珍贵的东西,可缩略成"青毡",在这里是表达不善武之意。那么首联和颔联说的是"我们"家只会读书,没有本事,但国家有难不是靠书,而是靠武力,好在现在没有战事,自己得到恩惠,很受宠爱,但"我"自己很渺小,不能挑重担。颈联"禅僧飞鹰已可笑,盲人瞎马尤堪怜"的后半句与殷仲堪有关,出自南朝宋刘义庆的《世说新语·排调》。东晋时,顾恺之、桓玄和殷仲堪三人都很有才华。他们经常相聚在一起吟诗作画,闲谈说笑。有一天文学家顾恺之到殷仲堪家中做客,桓玄也在场。这次他们玩文字游戏,每人说出一个危语(用一句话表示非常危险的情况)。桓玄第一个说:"矛头淅米剑头炊。"这句话的意思是用矛头淘米,用剑尖煮饭,这可以说是非常危险了。殷仲堪紧接着说:"百岁老翁攀枯枝。"意思是说年过百岁的老人悬挂在干枯的树枝上,这也是非常危险的。接着顾恺之就说:"井上辘轳卧婴儿。"井上辘轳很容易转动,上面躺着一个婴儿,这也是非常危险的情景。这时,一直在旁边的殷仲堪的参军说道:"盲人骑瞎马,夜半临深池。"意思是一个盲人骑着一匹瞎马,深更半夜,走到深水池塘边,显然这是最危险的事情了。坏了一只眼睛的殷仲堪听了,心里十分不高兴,就说:"咄咄逼人!"殷仲堪(?—399),陈郡长平(古城名,位于今河南西华县东南)人,东晋末年重要将领,官至荆州刺史。

《次襄州官舍诗韵》也是七言律诗。这里的襄州指的就是现在的韩国江原道襄阳郡,它在高丽时期叫襄州。

　　　　此楼风景仅瞻前，来往登临又一年。帘额冷沾银汉露，琴心暖起玉田烟。
　　　　清闲可喜壶中日，厄塞还嫌瓮里天。欲和诸公冰雪句，羞将短绠汲深泉。

　　本诗为诗人晚年回忆之作，虽然有些朦胧，却历来为人所传诵。其中颔联"帘额冷沾银汉露，琴心暖起玉田烟"一句来自李商隐的诗歌《锦瑟》中的"蓝田日暖玉生烟"。在这里作者以此来表示琴调已经完全和周围环境化为一体的情景。据传《锦瑟》是李商隐极负盛名的一首诗，也是最难解读的一首诗，素有"一篇《锦瑟》解人难"之说。颈联第一句中的"壶中日"与费长房有关，《后汉书·方术列传》中详细记述了他的故事。

　　《辛旽》是作者诗歌中难得一见的批判现实的作品，为一题二首。

　　　　天地生成品汇烦，谁干洪造擅寒暄。欢情浃洽藏春坞，怒气阴凝蔽日云。
　　　　雉蜃鹰鸠犹足怪，龙鱼鼠虎岂容言。可怜老木风吹倒，萝茑离披失所援。

　　　　骋怪驰妖老野狐，那知有手竞张弧。威能假虎熊罴慑，媚惑为男妇女趋。
　　　　黄狗苍鹰真所忌，乌鸡白马是何辜。尝闻汝死必丘首，已见城东官道隅。

　　第一首颈联中"龙鱼鼠虎岂容言"的句子来自李白。李白的《远别离》里有"君失臣兮龙为鱼，权归臣兮鼠变虎"的句子，意思是帝王失去权力，国家就处于危险之中。下面第二首的颔联第一句"威能假虎熊罴慑"则来自成语"狐假虎威"。这则成语出自《战国策·楚策一》，说的是狐狸借老虎之威吓退百兽，后因以"狐假虎威"比喻"仰仗或倚仗别人的权势来欺压、恐吓他人"。第二首尾联第一句"尝闻汝死必丘首"的句子来自成语"狐死首丘"。这个典故出自屈原《九章·哀郢》，曰："鸟飞反故乡兮，狐死必首丘。"古代传说狐狸如果死在外面，一定把头朝着它的洞穴，比喻不忘本或比喻对故国、故乡的思念。

　　在七言排律《次丛石亭诗韵》里作者借用的是屈原的句子。其中"莫咏沧浪浊斯濯，休歌灿烂生不逢"中的前一句和屈原有关。屈原游于江潭，渔父见而问曰："子非三闾大夫与？何故至于斯？"屈原曰："举世皆浊我独清，众人皆醉我独醒，是以见放。"渔父曰："圣人不凝滞于物，而能与世推移。世人皆浊，何不淈其泥而扬其波？众人皆醉，何不哺其糟而歠其醨？何故深思高举，自令放为？"屈原曰："吾闻之，新沐者必弹冠，新浴者必振衣。安能以身之察察，受物之汶汶者乎？宁赴湘流，葬于江鱼之腹中。安能以皓皓之白，而蒙世俗之尘埃乎？"渔父莞尔而笑，鼓枻而去，乃歌曰："沧浪之水清兮，可以濯吾缨；沧浪之水浊兮，可以濯吾足。"遂去，不复与言。后以"濯足"比喻清除世尘，保持高洁之意。后一句来自典故"宁戚饭牛"。宁戚，春秋时期齐国大夫，籍贯一说为莱之棠邑（遗址位于今山东平度）人，另一说为卫（今河南境内）人。据《吕氏春秋·离俗览》，春秋时，他家庭非常贫穷，但他想见齐桓公，到了齐国，夜宿在城外，正逢齐桓公出迎宾客。宁戚站在车旁喂牛，远远望见桓公，非常激动，于是他边敲击牛角，高唱《饭牛歌》。齐桓公一听歌曲的内容，就明白宁戚不是凡人，便请他入城，聘为丞相。《离骚》曰："宁戚之讴歌兮，齐桓闻以该辅。"王逸注引《三齐记》所载《饭牛歌》歌词曰："南山矸（一说为灿），白石烂，生不逢尧与舜禅。"

第三节　李仁复、李存吾、白文宝、权汉功、闵思平的汉诗与中国文化的关联

一、李仁复的汉诗与中国文化的关联

李仁复(1308—1374),高丽后期的文臣,原籍今星州郡,字克礼,号樵隐。是李仁任的哥哥,师从白颐正,学性理学。1326年文科及第,经福州司录,当了春秋供奉。1342年通过元朝的制科,任大宁路锦州判官。1344年,忠穆王登基后,任右副代言、密直提学、三司左使等职。1352年平定赵日新之乱有功。1354年晋升为政堂文学兼监察大夫,不久被封为星山君。1356年出使元朝,第二年编撰了《古今录》。1359年经守司空、尚书左仆射、御史大夫,任参知中书政事、判开城府事、金议评理、三司右使、西北面督察军容使等职。1364年作为赞成事被封为端诚佐理功臣。1371年作为监春秋馆事,和李穑一道增修了《金镜录》。他一生崇尚性理学,疏远佛教,性情耿直,作文严谨,著有《樵隐集》。《东文选》收有他的五言古体诗2首、七言古体诗1首、五言律诗8首、七言律诗4首、五言排律2首、五言绝句1题5首、七言绝句3题5首,共21题27首。

五言古体诗《诚斋诗上柳侍中濯》的最后两句"魁然房杜风,万古永作则"中的"房杜"指的是房玄龄和杜如晦。房玄龄为李世民的得力谋士之一,任中书令、司空等职;杜如晦为唐初名相。皮日休在《七爱诗•房杜二相国(玄龄、如晦)》中赞美这两个名相曰:"黄阁三十年,清风一万古。"上两句是由此转化而来的。

五言古体诗《题兰坡李御史寿父卷》中"操入宣父琴,纫为楚臣佩"一句中的"宣父"指的是孔子。中国古代历代王朝把孔子当作政治工具为自己的政治利益服务,尤其是汉武帝提出"罢黜百家,独尊儒术"的政策之后,儒家地位和孔子的名声直线上升。自西汉起,历代统治者纷纷给孔子加封,用来为自己的政治目的服务。唐太宗于贞观二年(628)尊孔子为"先圣",贞观十一年(637)又改称"宣父"。句中的"操"就是"猗兰操"。"猗兰操"又称《幽兰操》,相传是孔子所作,是一首抒发怨愤的心理和情绪的抒情曲。后一句则与屈原有关,来自《离骚》。《离骚》里有"扈江离与辟芷兮,纫秋兰以为佩"的句子。该诗中"时于九畹间"一句也来自《离骚》,曰:"余既滋兰之九畹兮,又树蕙之百亩。"王逸注:"十二亩曰畹。"在诗中指的是有兰草的花园。

五言律诗《送门生郭正言仪出按江陵》中的"宵旰"来自"宵衣旰食",意为天不亮就穿衣起床,天黑了还不休息,指人勤奋。"早晚我乘桴"中的"乘桴"是"乘坐竹木小筏"的意思。《论语•公冶长》曰:"道不行,乘桴浮于海。"

五言律诗《杏村李侍中嵒挽章》中,"迩来方折屐,谁谓忽乘箕。黄阁风声远,兰亭墨迹遗"中的"折屐"出自《晋书•谢安列传》,曰:"玄等既破坚,有驿书至,安方对客围棋,看书既竟,便摄放床上,了无喜色,棋如故。客问之,徐答云:'小儿辈遂已破贼。'既罢,还内,过户限,心喜甚,不觉屐齿之折。"后以"折屐"形容狂喜。"箕"为"箕星",传说傅说为殷商操劳,鞠躬尽瘁,功绩伟大,所以死后升天,成了一颗星。《庄子•大宗师》曰:"傅说得之(道),以相武

丁,奄有天下,乘东维,骑箕尾,而比于列星。"诗中"乘箕"的就是"傅说星"。"黄阁"指的是丞相和太尉。汉代以降,三公官署厅门涂黄色。"兰亭"指的是《兰亭集序》,据传是王羲之书法中最好的一篇,在这里是说"李侍中"写的字也非常好。

从七言律诗《赠郭检校》"检校奉河南王李摁兵命来聘我朝"的题注来看,这是作者写给中国使臣郭检校的。

> 金台上客是词臣,奉使东游到海滨。旌旗联翩行阅月,杯盘错落座添春。
> 独贤鞔掌名尤重,专对纵横气益振。幸遇今朝堪燕乐,区区争席亦何人。

这首诗歌的第一句"金台上客是词臣"中的"金台"出自燕昭王千金买千里马骨头的故事①。

另一首七言律诗《寄元朝同年马彦翚承旨兼柬傅子通学士》是写作者和马彦翚之间的友谊的作品。

> 每向琼林忆醉归,赐花春暖影离离。别来更觉交情厚,老去安知世事非。
> 驽钝尚惭怀栈豆,鹏飞谁复顾藩篱。请君莫笑东夷陋,海上三山耸翠微。

这首诗歌中"驽钝尚惭怀栈豆"的句子出自《三国志·魏书·曹爽传》,裴松之注曰:"范则智矣,驽马恋栈豆,爽必不能用也。"在这里"范"指的是桓范。桓范(? —249),字元则,沛国(位于今安徽)人,曹魏大臣,有文采,善丹青。曹爽(? —249),字昭伯,沛国谯县(今安徽亳州)人,三国时期曹魏宗室,大司马曹真之子。桓范虽然有智,但"驽马恋栈豆",曹爽肯定不用他。"驽马恋栈豆"比喻庸人目光短浅,贪眼前小利。"请君莫笑东夷陋"一句中的"东夷"是中国古代对中国东部人群的一种泛称。郭璞《尔雅注疏》云:"九夷在东。""东夷陋"出自《论语·子罕》,曰:"子欲居九夷,或曰:'陋,如之何?'子曰:'君子居之,何陋之有?'"

七言律诗《题曹溪龟谷觉云禅师御书画诗卷》中,"秕糠顾陆天机妙,臣仆钟王笔意深"中的"顾陆"是指著名画家顾恺之和陆探微,"钟王"是著名的书法家钟繇和王羲之。

七言绝句《题草溪公馆曲松次韵》中,"吾侬何须问直躬"中的"直躬"意为"以直道立身",出自《论语·子路》:"吾党有直躬者,其父攘羊,而子证之。"意思是有个地方,有一个非常直躬的人,他的父亲偷羊,这个儿子作证了。何晏集解引孔国安曰:"直躬,直身而行也。"在这里,仍然表示为非常直率,耿直。

七言绝句《送庆尚郑按廉》中,"清似夷齐谓不廉"中的"夷齐"分别指"伯夷"和"叔齐",出自成语"夷齐让国"。在某种意义上,伯夷、叔齐是清廉、洁白的象征,在诗中也是这个意思,告诫人们警惕腐化和堕落。

七言绝句《益斋李文忠公挽词》中,"须信东方有退之"中的"退之"为唐代韩愈的字。韩愈(768—824),河南河阳(今河南孟州)人,世称"昌黎先生",唐代杰出的文学家、政治家、思想家。他是古文运动的领导人,扫除了六朝以来的浮华文风,创立了清新的古文文风。在诗中,作者把李齐贤比作韩愈,就像韩愈为建立清新的文风立下不朽的功勋一样,李齐贤也为建立新型的高丽文风做出了巨大的贡献。

---

① 故事见前面叙述的《送人赴都》中"黄金台"的典故。

五言排律《送杨广按廉韩掌令哲冲》中的"澄清志益艰"和范滂有关。据传东汉时期,冀州发生饥荒,那些贪官污吏照样过着糜烂的奢侈生活,对灾民不闻不问。饥民们纷纷起来造反。朝廷派范滂为清诏使前去考察情况。他接到命令感到责任重大,临行时他在马上手执缰绳对随从说:"一定要查明真相,澄清天下。"

除此之外,七言古体诗《己酉五月十二日入试院作》使用了苏东坡的韵,五言律诗《送河南郭检校永锡九畴》中,"冬官如有问"中的"冬官"出自《周礼》。周代把六部排列成天地和四时,其中吏部是天官,工部是冬官。五言绝句《录镇边军人语》中,"终当闻杕杜,免使赋重英"中的"杕杜"典出《诗经·小雅·杕杜》,诗中借此来表达征人的思乡之情;《诗经·郑风·清人》里有"二矛重英"的句子。

二、李存吾的汉诗与中国文化的关联

李存吾(1341—1371),高丽后期的文臣,原籍为庆州,字顺卿,号石滩、孤山。1360年文科及第,经水原书记成为史官。1366年任右正言的时候,弹劾辛旽的专横,反得罪了君王,但在李穑等人的全力保护下,免受极刑,降为长沙监务,然后在公州石滩过隐遁生活,在极度的郁闷中,30多岁便去世了。和郑梦周、朴尚衷等人关系较好。包括讽刺辛旽的时调1首在内,有3首时调被收录在《青丘永言》中,著有《石滩集》2卷。《东文选》收录他的七言古体诗1首、七言律诗2题3首、七言绝句7首,共11首。

七言律诗《送胡若海照磨还台州》是送中国使臣的时候写的,共2首。其第一首中有"主人宠迫彤弓一,门客知深白璧双"的句子。"彤弓"是漆成红色的弓,叫朱漆弓,古代天子用以赐有功的诸侯或大臣使专征伐。《尚书·文侯之命》曰:"用赉尔秬一卣,彤弓一,彤矢百。"孔安国注曰:"诸侯有大功,赐弓矢,然后专征伐。彤弓以讲德习射,藏示子孙。""白璧双"则出自《史记·平原君虞卿列传》,曰:"虞卿者,游说之士也。蹑屩檐簦说赵孝成王,一见,赐黄金百镒,白璧一双;再见,为赵上卿,故号为虞卿。"第二首中,"观礼曾闻吴季扎,乘查还忆汉张骞"中的季扎,是春秋吴国四公子,史称"延陵季子"。季扎是吴王寿梦第四子,仁德宽厚,知书达理,吴王非常喜欢他,想把王位让给他。季扎并不想当王,于是每次相让就出走,共出走了两次。每次出走,他就躲到山野里耕作。不久他的谦和感动了吴国所有的人,人们都非常敬重他。后来人们评价他是视富贵如秋风、不羡王位的千乘王。他死后葬于上湖(位于今江阴申港)。季扎是受中原文化熏陶较深的吴人,曾代表吴国出使文化发达的中原各国,和当时著名的政治家叔向、子产、晏婴有过交往。尤其是季扎曾出使保存周代礼乐文化最完备的鲁国,他对周礼的精通和独到理解,使他赢得了鲁人的敬重。诗中还提到了出使西域成功的西汉张骞。

李存吾的七言绝句中也有不少与中国文化关联的内容。如《送李副令韧使江浙省》是送李韧去中国的时候写的。李韧(?—1381),高丽后期的文臣,1362年跟随大护军李成林,以典校副令的身份去中国。这是李存吾送他的送别诗。其中"君归应过岳王墓"中的"岳王"就是岳飞。岳飞(1103—1142),字鹏举,宋相州汤阴(今河南汤阴)人,抗金名将,中国历史上著名军事家、战略家,位列南宋中兴四将之首。1140年,完颜兀术公然毁盟开始攻打宋朝,岳飞挥师北伐,先后收复郑州、洛阳等失地,又于郾城、颍昌等地大败金军,进军朱仙镇。但在他乘胜追击的时候,宋高宗、秦桧等人却一意求和,以十二道"金字牌"下令退兵。岳飞在孤立无援之下被迫班师回朝。在宋金议和过程中,岳飞遭受秦桧、张俊等人的诬陷,被捕入狱。1142年1月,岳飞因"莫须有"的"谋反"罪名,与长子岳云和部将张宪一同被杀害。

七言绝句《示读书诸生柳卫》中有"墙面如今只赧然"的句子,这个句子出自《论语·阳货篇》。子谓伯鱼曰:"女为《周南》《召南》矣乎?人而不为《周南》《召南》,其犹正墙面而立也与?"《周南》《召南》分别为《诗经·国风》中的篇名,是当地的民歌。这句话的意思是说,不学这些民歌就像是面对墙壁而站,孤陋寡闻,什么也不懂;常用来比喻那些不学无术之人。

七言绝句《宿弟存中锦州村家有感》中的"眼前豚犬已多生"则来自"生子当如李亚子",出自《资治通鉴》,李存勖的用兵术使朱温大惊,他说:"生子当如李亚子,克用为不亡矣!至如吾儿,豚犬耳!"李亚子就是李克用的儿子李存勖,他后来成为后唐主。

另一首七言绝句《次韵金仲贤齐颜》中有"偶然乘兴爱吾庐"的句子,典出陶渊明《读山海经》中的诗句"孟夏草木长,绕屋树扶疏。众鸟欣有托,吾亦爱吾庐"。

三、白文宝的汉诗与中国文化的关联

白文宝(1303—1374),高丽后期的文臣,原籍为稷山,字和父,号淡庵。忠肃王时期文科及第,经春秋检阅,任右常侍;恭愍王时期任典礼判书,后任密直提学,1373年和田禄生、郑枢一道成为褕王的师傅,官至政堂文学,被封为稷山君。和李齐贤、李达衷一起编高丽国史的时候,他起草了睿宗和仁宗的历史。他清廉正直,善诗文。《东文选》收录他的五言古体诗1首、七言古体诗2首、五言律诗1首、七言律诗1首、七言排律1首,共6首。

五言古体诗《玄陵赐司艺金涛大书萝卜山人金涛长源八字》中有"圣门必观澜"的句子。这个句子来自《孟子》。《孟子·尽心上》中曰:"孔子登东山而小鲁,登泰山而小天下,故观于海者难为水,……观水有术,必观其澜。"在这里作者以之赞美在圣人的门下学习。

七言古体诗《洪武四年驾行长湍拜献主上殿下》中有"汉时不独祀河边"的句子。据传汉武帝去河东集后土祠后回宫的路上,又到汾河边游玩了一阵,所以说"不独祀河边"。下面"张弓发矢百步穿"的句子来自成语"百步穿杨",这则成语形容箭法或枪法非常高超,本领高强,出自《战国策·西周策》,说:"楚有养由基者,善射,去柳叶者百步而射之,百发百中。"下面的"和进清平拟谪仙"中的谪仙就是李白。有一次,唐玄宗和杨贵妃在沉香亭观看牡丹,中途叫李白作一个乐章,李白奉命而作的就是"清平调"①。

五言律诗《杏村李侍中嵒挽词》是作者悼念侍中李嵒的一首诗歌,其中借用不少中国人物赞美了李侍中。其中"银钩照日光"的"银钩"与晋朝的索靖有关。索靖是著名的书法家,尤其善于草书,自名"银钩虿尾"。这一句就是由此而来。下面"清新庾开府,终始郭汾阳"中的"庾开府"是南北朝时期的文学家庾信,因他任过开府仪同三司,所以也称作庾开府;"郭汾阳"就是唐朝的郭子仪(697—781),他是唐朝的名臣,是著名的政治家和军事家,尤其为镇压"安史之乱"立下了汗马功劳。

---

① 李白的《清平调词三首》全文如下:其一"云想衣裳花想容,春风拂槛露华浓。若非群玉山头见,会向瑶台月下逢";其二"一枝红艳露凝香,云雨巫山枉断肠。借问汉宫谁得似,可怜飞燕倚新妆";其三"名花倾国两相欢,长得君王带笑看。解释春风无限恨,沉香亭北倚阑干"。很显然,都是赞美杨贵妃的。

七言律诗《次镜浦台韵》是作者借镜浦台韵写的。镜浦台位于江原道江陵,是关东八景之一。

> 何人诗接谢宣城,自觉高游不世情。美酒若罕瓶屡卧,澄江如练句还成。
> 得兼康乐登山兴,未必知章骑马行。月白鉴湖余一曲,休官明日负休明。

这首诗歌的首联的"谢宣城"指的是南齐的谢朓。谢朓是谢灵运的同族,世称"小谢"。他曾和沈约等人一道创造"永明体"。他的诗歌具有清新秀丽的特点。颈联"得兼康乐登山兴,未必知章骑马行"的前一句说的是南朝宋的诗人谢灵运。他被封为"康乐公",而且喜欢登山。后一句说的是贺知章。据传贺知章骑马如乘船,有一次,他在长安"解金龟换酒为乐"(李白《对酒忆贺监二首序》),而其骑马的姿态就像是乘船摇来晃去,醉眼蒙眬,跌进井里竟会在井里熟睡不醒。相传"阮咸尝醉,骑马倾欹","人曰:'个老子如乘船游波浪中'"(明王嗣奭《杜臆》卷一)。杜甫曾经借用这一典故,用夸张手法描摹贺知章酒后骑马的醉态与醉意,弥漫着一种诙谐滑稽与欢快的情调,惟妙惟肖地表现了他旷达纵逸的性格特征。尾联"月白鉴湖余一曲,休官明日负休明"的句子,也和贺知章有关。贺知章年老要隐退,想回家乡会稽,唐玄宗就赐给他鉴湖的一部分。这"鉴湖一曲"就是借用贺知章的这个故事,说明镜浦台和鉴湖的相似之处。

四、权汉功的汉诗与中国文化的关联

权汉功(?—1349),高丽时期的文官,原籍安东,号一斋。忠烈王时期科举及第,1294年作为直史馆,以圣节使访问元朝,后来跟随忠宣王到元朝居住。忠宣王执政后,深受忠宣王的信任,和崔诚之一道掌管朝廷的人事权。1309年任密直副使,1310年任同知密直司事,1311年任知密直司事、密直使,1312年任佥议评理等职。在这期间,他利用权力收受礼物,搞不正之风,后因此受弹劾入狱,但不久被释放。忠宣王禅位,由忠肃王接替王位后,和李齐贤一道跟随忠宣王去过江浙一带和宝陀山(即普陀山)。忠肃王执政初期,在成均馆考阅在中国购买的书籍,后因忠宣王干预国内政治的事情,和忠肃王产生矛盾而入狱,1321年被流放,但在元帝的关照下再次被释放。曾任都佥议政丞、礼泉府院君等职,留有文集《一斋遗稿》,谥号为文坦。《东文选》收有他的七言古体诗4首、五言律诗2首、七言律诗2首、七言绝句7首,共15首。

权汉功的七言古体诗《姑苏台次韵》是一首咏史诗,是用怀古的方式回顾曾经在姑苏台发生的悲剧,对那段悲惨的历史发出深深的慨叹。

> 越有人兮图霸时,吴兵虽精安所施。君王枕戈志愿毕,天悔祸兮有今日。
> 论功未必西子多,子胥江上空涛波。姑苏往事悲乃何。

诗题中的"姑苏台"是当年吴王击败越国后,带着西施整日享乐的地方,所以诗歌说此功应该归于西子。显然这是一个警示后人的地方。"君王枕戈志愿毕"出自《晋书》。《晋书·刘琨列传》曰:"吾枕戈待旦,志枭逆虏,常恐祖生先吾著鞭。"由此衍生出成语"枕戈待旦"。其中"戈"指古代的一种兵器,"旦"指早晨,意思是立志杀敌,枕着武器睡觉到天亮,形容时刻准备作战。"子胥江上空涛波"和伍子胥有关。据传伍子胥力谏吴王,但反被吴王责令自杀。

另外,七言古体诗《郑勉斋席上走笔》中的"且莫论量鹤与钱"讲的是南朝的故事。南朝梁殷芸《商芸小说·吴蜀人》曰:"有客相从,各言所志,或愿为扬州刺史,或愿多赀财,或愿骑鹤上升。其一人曰:'腰缠十万贯,骑鹤上扬州。'欲兼三者。"

七言绝句《琵琶行》也是与中国有关的诗歌。"公主乌孙万里程,江州司马泪千行"一句中,"公主乌孙"指汉武帝时远嫁乌孙的公主刘细君。汉元封中,乌孙王昆莫遣使求婚,武帝封江都王刘建之女细君为公主而嫁之,世称乌孙公主。昆莫年老,言语不通,公主悲郁,自作歌以写忧,曰:"吾家嫁我兮天一方,远托异国兮乌孙王。穹庐为室兮旃为墙,以肉为食兮酪为浆。居常土思兮心内伤,愿为黄鹄兮归故乡。"下一句说的是白居易的事。815年,白居易的母亲因看花而坠井去世,白居易因著有"赏花"及"新井"诗被认为有害于名教,遂被贬为江州(今江西九江)司马。被贬的途中他听到一女子的琵琶声,百感交集,为自己的不幸遭遇慨叹。

七言绝句《瀛国公第盆梅》中,"万里明妃雪里行"中的"明妃"指的是王昭君,晋朝时为避司马昭讳,又称王明君。诗中推测王昭君嫁到匈奴的时候,肯定很憔悴,所以把她比作梅花。

七言绝句《与元朝冯子振待制》中,"图画凌烟尚少年"中的"凌烟"指的是凌烟阁。唐太宗时把功臣们的画像挂在阁中,以之缅怀。

五、闵思平的汉诗与中国文化的关联

闵思平(1296—1359),高丽后期的文人,原籍为骊兴,字坦夫,号及庵,谥号为文温。他自幼喜好诗文,在文坛上和李齐贤、郑子厚齐名,很有名气,留下了6篇小乐府,对高丽汉诗的发展起到了非常重要的作用。曾任艺文春秋馆修撰、艺文应校、成均大司成等职,后被封为骊兴君。著有《及庵诗集》。《东文选》收有他的七言律诗3首、七言绝句2题5首,共8首。

七律《李政丞挽章》是作者为悼念李凌干而写的。李凌干为高丽官员,曾任门下侍中,南原居宁县人。这首诗歌颔联的"羽盖"指的是古代以鸟羽来装饰的车盖,一般用于王公贵族的出行,在这里指的是李政丞的车马。

另一首七言律诗《次韵》是表现作者年老不得志的心境的作品。

> 流年过眼隙驹如,忽放狂歌忆孟诸。今世有谁收老马,此身无处泣前鱼。
> 银莼玉脍清江上,蒻笠蓑衣细雨余。好趁秋风飞一棹,不须回首更踟蹰。

这首诗歌首联的"孟诸",也作"孟猪",指中国古代的沼泽,在今河南商丘东北,这句来自唐朝高适的诗歌。高适有一首诗歌叫《封丘作》,其中提到了这个"孟诸"。诗歌全文如下:"我本渔樵孟诸野,一生自是悠悠者。乍可狂歌草泽中,宁堪作吏风尘下?只言小邑无所为,公门百事皆有期。拜迎长官心欲碎,鞭挞黎庶令人悲。悲来向家问妻子,举家尽笑今如此。生事应须南亩田,世情尽付东流水。梦想旧山安在哉,为衔君命日迟回。乃知梅福徒为尔,转忆陶潜归去来。"颔联与龙阳君有关。龙阳君生活在公元前270年前后时期,是中国正史上记载的第一个同性恋者,据传他是魏安釐王的男宠,长得极美,在他面前宫中的美女们都黯然失色。《战国策·魏策·魏王与龙阳君同船而钓》记载:魏王与宠臣龙阳君在一条船上一起钓鱼,但龙阳君钓了十几条鱼后哭了。魏王问:"有什么不称心的事?为什么不告诉寡人?"龙阳君回答说:"臣没有什么不称心的事。"魏王说:"那么,你为什么流泪?"回答说:"臣

为臣所钓到的鱼而流泪。"魏王说:"什么意思?"回答说:"臣开始钓到鱼,很高兴;后来钓到更大的鱼,便只想把以前钓到的鱼扔掉。如今凭着臣丑陋的面孔,能有机会侍奉在大王的左右。微臣的爵位被封为龙阳君,在朝廷中,大臣们都趋附臣;在路上,人们也为臣让道。天下的美人很多,知道臣得到大王的宠信,她们也一定会提起衣裳跑到大王这里来。到那时,臣比不上她们,就成了最初钓的鱼,也是会被扔掉的,臣怎么能不流泪?"魏王说:"爱卿错了!卿既然有这种心思,为什么不早告诉寡人!"于是下令全国,说:"有谁敢说美人的,就把他灭族。"诗歌中的"泣前鱼"就是由此而来。颈联来自"烟波钓徒",古时指隐逸之人,唐朝的张志和曾经以此为号。据传他自幼非常聪明,6岁开始写文章,16岁明经及第,先后任过翰林待诏、南浦县尉等职,但后来感到人生之无常,辞官后事以扁舟垂纶,浮三江,泛五湖,渔樵为乐,浪迹江湖。这副颈联就是由张志和的《渔歌子(西塞山前白鹭飞)》衍化而来。

七言绝句《没朴耻庵》中有"数峰晴雪青驴背,好被人嘲饭颗山"的句子。前一句中的"青驴背"与唐代诗人孟浩然有关。据张岱的《夜航船》记载,孟浩然经常雪天骑着毛驴出门寻梅,曰:"吾诗思在灞桥风雪中驴背上。"这一句由此衍化而来。后一句中的"饭颗山"与李白和杜甫有关。饭颗山在长安附近,相传李白在这里见到了杜甫,并写了《戏赠杜甫》的诗歌。《旧唐书》卷一百九十下《文苑列传下·杜甫》里也记录了此事。"饭颗山"被作为刻苦写作的代名词来使用。

另一首七言绝句《东国四咏益斋韵·郑中丞月下抚琴》里有"世人谁是知音耳,一曲广陵空自知"的句子。其中的"广陵"指的就是《广陵散》,这是中国古代古琴名曲,是十大古琴曲之一。据传魏晋时期的嵇康非常善弹此曲,以至于临刑前也弹了此曲,并长叹曰:"《广陵散》于今绝矣。"

第四节　柳淑、韩修、郑枢、偰逊、郑思道的汉诗与中国文化的关联

一、柳淑的汉诗与中国文化的关联

柳淑(1316—1368),高丽后期的文臣,原籍为忠清南道瑞宁(今瑞山市),字纯夫,号思庵。1340年科举及第,任安东司录,后在燕京滞留4年,扈从恭愍王。1351年恭愍王登基后,经左副代言,任右大言、左司仪大夫等职,其间受赵日新的诬告被罢免,后被重新起用,对巩固恭愍王初期宫廷的安定起到了重大的作用。1354年后任判典校、版图判书、典理判书等职,1356年任枢密院学士,1362年作为知都金议任同知贡举。1363年镇压金镛叛乱时立功,任金议赞成事、商议会都监事、艺文馆大提学知春秋馆事。1365年受辛旽的诬告,1368年被辛旽派人杀害。《东文选》收录他的七言古体诗1首、五言律诗1首、七言律诗4题6首、五言绝句3首、七言绝句7首,共16题18首。

柳淑的七言律诗《次韵赠朴宜中状元门生》是写给朴宜中的。朴宜中(1337—1403),高丽末朝鲜初的文人,是李穑的门人,1362年文科及第,任典仪直长、献纳、左司议大夫、密直提学等职。朴宜中科举及第是1362年,那么从诗题看,此诗是在这一时期写的。

王业中兴似汉刘,况今经济有伊周。远方玉帛观光日,盛代衣冠复古秋。
魂梦渐疏枫叶密,衰羸只爱草庐幽。先生年少才名大,莫学闲人物外游。

诗歌中充满对后辈学者的无限关心和爱护。其首联"王业中兴似汉刘,况今经济有伊周"中的"汉刘"指的是东汉光武帝刘秀。西汉末期,内外大乱,刘秀便于南阳起兵,以"汉"为国号,经过12年的统一战争,平息了各地的割据政权,结束了王莽篡权以来诸侯混战的割据局面,建立了统一的新汉朝,这个政权史称"东汉"。在这里柳淑把东汉政权的建立看成是汉朝的中兴,所以在诗歌里用了"中兴"这个词。后一句中的"伊周"指的是"伊尹"和"周公",他们都是中国古代历史上著名的政治家,堪称中国历史上治国的典范。伊尹,生于夏朝末年,传说由于其母居住在伊水之上,所以取伊为氏。他是中国商朝的丞相,著名的政治家和思想家。周公,姬姓,名旦,周文王的四子,爵为上公,所以俗称"周公",他也是西周著名的政治家、思想家。他摄政期间,建立和完善了国家的各种典章和宗法制度,如长子继承法、井田制等,为周王朝的八百年基业奠定了基础。我们所熟知的"周公吐哺,天下归心"就来自这里。西汉初期的著名政治家贾谊评价周公说:"孔子之前,黄帝之后,于中国有大关系者,周公一人而已。"可见周公在中国历史上的重要地位。在这里,柳淑利用这两个名人来说明如今的国家基业坚如磐石,希望朴宜中也不负众望,成为国家的栋梁之材,把国家治理好。颔联讲的是国家安定后,远方的国家也自然归顺于朝廷。颈联"魂梦渐疏枫叶密,衰羸只爱草庐幽"出自杜甫的诗歌《梦李白》。《梦李白》1题2首,这一句出自第一首中的"魂来枫林青,魂返关塞黑"。尾联是作者对朴宜中的嘱托,希望他成为有用之才。

七言律诗《次伽倻寺住老诗》是借伽倻寺老主持诗韵的。其第二首的颈联中的"支"和"许"分别指的是晋代的高僧支遁和许询。支遁(314—366),字道林,俗称支公,也叫林公,精通老庄哲学,对佛学也具有很深的造诣;许询,东晋文学家,字玄度,与孙绰并为东晋玄言诗的代表人物。据传这两个人交情非常深,是非常要好的朋友,在这里也是作为好朋友、交情深的意思来使用。下一句中的"金""张"分别指的是汉宣帝时期的金日磾和张安世。金日磾(前134—前86),字翁叔,是匈奴休屠王的太子,汉武帝获得休屠王的祭天金人后赐他姓金,他是中国历史上为数不多的少数民族著名的政治家,为巩固西汉政权、维护北方边疆安定做出了重大的贡献。张安世(?—前62),字子儒,京兆杜陵(属于今陕西西安)人,西汉大臣,麒麟阁十一功臣之一。汉宣帝时,他官至大司马卫将军、领尚书事。他和金日磾都是高官富贵之家,可以认为是"荣华富贵"的代名词,在这首诗歌里也是表达这个意思。

七言律诗《复用前韵寄侄赵副使》是写给他侄子的。其颈联"要把文章辅尧舜,莫将言论效苏张"中的"尧舜"是唐尧和虞舜的并称。他们是中国古代传说中的两位圣君,是中原远古部落的首领。"苏张"指的是战国时期的苏秦和张仪。苏秦(?—前284),雒阳(今河南洛阳)人,战国时期著名的纵横家、外交家;张仪(?—前309)也是外交家。他们两个作为外交家,都非常善辩,经常游说诸国。作者是借用这些中国的历史人物勉励侄子。

二、韩修的汉诗与中国文化的关联

韩修(1333—1384),高丽后期的文人,原籍为清州,字孟云,号柳巷,谥号为文敬。1347年科举及第。忠定王时任必阇赤,扈从国王到了江华岛。1353年,恭愍王任命他为典仪主簿,历任典理左郎艺文应教、兵部侍郎、翰林直学士等职。1361年红巾乱时,扈从国王去了安东,回到开城后,经直提学、宝文阁直提学,升任为右副大言、左大言。1365年辛旽执政时期被贬为礼仪判书。辛旽死后,重新被重用,任吏部尚书修文殿学士。祸王时,任密直提学、同知密直,但由于他和参加暗杀恭愍王活动的韩安是亲戚,所以被流放到外地。1378年被重新召回,受封为上党君。他有学识,重礼仪,善草书和隶书,著有《柳巷集》,但已失传。《东文选》收有他的五言古体诗1首、七言古体诗1首、五言律诗4首、七言律诗3首、五言排律1首、七言绝句3题4首,共13题14首。

韩修的七言古体诗《永慕亭行》是作者赞美不顾危险、挺身而出要出使日本的郭状元的诗歌。当时,高丽和元朝有着朝贡关系,但日本不服,总是惹是生非。高丽决定派使臣去日本,一来讲和,二来"示威德"。"陟岵两眼坠玄花"中的"陟岵"来自《诗经》,是《诗经·魏风》中一篇的篇名,为先秦时代魏地汉族民歌,是一首征人思亲之作,抒写行役之少子对父母和兄长的思念之情。下面"天怜终身慕不衰,侍侧特送麒麟儿"中的前一句出自《孟子》的《万章上》,曰:"大孝终身慕父母。五十而慕者,予于大舜见之矣。"要做到"大孝",那就应该"终身慕父母"。后句和徐陵有关。徐陵小的时候,就被高僧宝志赞誉为"天上石麒麟"。

五言律诗《夜坐次杜工部诗韵》显然是学习杜甫的产物,其中"心为形所役"来自陶渊明的《归去来兮辞》,曰:"既自以心为形役,奚惆怅而独悲?悟已往之不谏,知来者之可追。"在这里"役"是驱使的意思,"奚"是疑问代词。其大意是:既然让自己的心被躯体所驱使,也就是说做些违背意愿的事情,为什么还要心情郁闷而悲伤呢?过去的就让它过去吧,我们还是放眼未来吧。

另一首五言律诗《木落》是一首述怀诗。其中"世事庄生梦,人情华氏羊"一句,前一句来自成语"庄周梦蝶"。后一句讲的是羊斟的故事,出自《左传·宣公二年》。说春秋战国时期华元将要作战,杀羊犒赏士兵,以之鼓舞士气,但他始终没给他的车夫羊斟吃。等到作战的时候,羊斟说:"前天杀羊犒军的事,由你作主;今天驾车作战的事,由我作主。"于是就故意把兵车驱入郑军之中,使华元被俘,宋军大败。羊斟是中国历史上典型的以私害公的人物。《左传》对羊斟的评价是:"以其私憾,败国殄民。……《诗》所谓'人之无良'者,其羊斟之谓乎?残民以逞。"《史记·宋微子世家》里也记录了这件事情。最后一句的"沧浪"之句来自屈原的《离骚》。

七言律诗《惕若斋乘舟来访饮舟中》是作者的抒情诗,诗题中的"惕若斋"是高丽后期的官员、诗人金九容。诗歌颈联中"鱼因知乐潜相趁"一句出自《庄子·秋水》中"濠梁之辩"的故事。

另一首七言律诗《陪牧隐先生往天寿寺赏莲次先生韵》是借李穑诗歌韵的作品,诗题中的牧隐就是李穑。其"前度刘郎今老人"中的"刘郎"指的是刘禹锡,典出刘禹锡的《元和十年自朗州至京戏赠看花诸君子》,全文为:"紫陌红尘拂面来,无人不道看花回。玄都观里桃千树,尽是刘郎去后栽。"贞元二十一年(805),刘禹锡参与王叔文搞的政治革新,失败后,被贬为朗州司马;到了元和十年(815),朝廷有人想起他以及和他同时被贬的柳宗元等人召其回京,这首诗就是他从朗州回到长安时所写;由于猛烈抨击了当权者,他再度被任命为连州刺史,从表面上看,官职是提升了,但政治环境却一点也没有改善。

七言绝句《郑中丞谪居东莱对月抚琴》是一首抒情诗,其中"岂有如今有钟子,只应弹尽伯牙心"中的"钟子"为"钟子期"。钟子期,名徽,字子期,春秋战国时代楚国汉阳(今湖北武汉汉阳区)人。相传钟子期是一个戴斗笠、披蓑衣、背扁担、拿板斧的樵夫。历史上记载伯牙探亲回国时,在汉江边鼓琴,钟子期正巧遇见,感叹说:"巍巍乎若高山,洋洋乎若江河。"这两个人因兴趣相投,立刻成了至交。但钟子期死后,伯牙认为自己琴弹得再好,这个世界上没有知音,弹琴没有意义,从此终生不再鼓琴。

七言绝句《无题》也是抒情诗。其第一首的最后一句"无复童冠着春衣"典出《论语·先进》的"侍坐章"。第二首全文为:

浩荡白鸥千万里,斯须苍狗古今云。何妨即墨不求誉,无复张汤巧舞文。

其中第一句典出杜甫《奉赠韦左丞丈二十二韵》的最后两句"白鸥没浩荡,万里谁能驯",说的是读书人要离开世俗远走高飞。第二句来自杜甫《可叹》中的"天上浮云如白衣,斯须改变如苍狗"一句,后因以比喻世事变幻无常。第三句写的是战国时期的事。说齐威王时即墨大夫名叫田种首。他治即墨,刚正务实,政绩卓著。他廉直勤政,几年间使即墨地方田野开垦广拓,居民生活富裕,社会秩序安定。但由于他为人刚正不阿,不去贿赂讨好齐威王左右弄权施威的贪官污吏,所以不断地遭受谗言诋毁。幸好齐威王英明,没有听信那些谗言,果断地派一些官员到实地调查,根据这些调查材料澄清了是非。齐威王召即墨大夫,曰:"自子之居即墨也,毁言日至。然吾使人视即墨,田野辟,人民给,官无事,东方以宁,是子不事吾左右以求助也!"封之万家。召阿大夫,语之曰:"自子守阿,誉言日至。吾使人视阿,田野不辟,人民贫馁。昔日赵攻鄄,子不救;卫取薛陵,子不知,是子厚币事吾左右以求誉也!"下令烹了阿大夫及左右尝誉者。于是"群臣耸惧,莫敢饰诈,务尽其情,齐国大治,强于天下"(《资治通鉴》)。第四句来自成语"舞文巧诋",意思是玩弄文字,诋毁构陷,出自《汉书·张汤传》,曰:"所治即豪,必舞文巧诋。"张汤(?—前116),西汉京兆杜陵(今属陕西西安)人。幼时喜欢法律,曾任长安吏、内史掾和茂陵尉等职。他用法严酷,常常玩弄文字,利用法律条文,诋毁构陷人,后人常以他为酷吏的代表人物。

五言排律《送庆尚道按廉康副令》中,"抱屈罗秦法,投荒作楚囚"一句中的"秦法"指的是秦朝的法律,严酷而烦琐;"楚囚"指的是春秋时期楚国的钟仪,他被郑所擒,交于晋国,人们叫他为"楚囚"。

三、郑枢的汉诗与中国文化的关联

郑枢(1333—1382),高丽后期的文臣,原籍为清州,字公权,号圆斋,谥号为文简,郑誧的儿子,郑摠的父亲。1353年文科及第,经艺文馆检阅,任左司仪大夫。1366年和李存吾一道弹劾辛旽,结果差点被处死,后经李穑的周旋,被贬为东莱县令。1371年辛旽下台后,任左谏议大夫。后经左大言、詹书密直司事,任政堂文学。他和李齐贤、李穑是志同道合的朋友,被贬为东莱县令后写了不少与东莱有关的诗歌,写有《东莱怀古》系列诗篇。郑枢是高丽后期典型的新兴士大夫阶层的文人,著有《圆斋集》。《东文选》收有他的五言古体诗1首、七言古体诗4首、五言律诗1首、七言律诗2首、七言绝句8题11首,共16题19首。

郑枢的五言古体诗《污吏同朴献纳用陈简斋集中韵》是和朴献纳一道借陈简斋集中韵而写的。这个朴献纳名叫晋禄,是高丽后期的文臣,出生年月不详,恭愍王时期任过献纳,祸王时期任过大言等职;陈简斋就是宋朝的陈与义,《陈简斋集》就是陈与义的集子,作者是借其韵的。这首诗歌中"何以得维絷"一句来自《诗经·小雅·鸿雁之什》的"白驹篇":皎皎白驹,食我场苗。絷之维之,以永今朝。所谓伊人,于焉逍遥? 皎皎白驹,食我场藿。絷之维之,以永今夕。所谓伊人,于焉嘉客?

另一首七言古体诗《闻倭贼破江华郡达旦不寐作蛙夜鸣以叙怀》是听到日本侵略江华岛后抒怀的诗歌。其中"听之悚然为有气"一句来自成语"怒蛙可式",出自《韩非子·外储说上》,说的是春秋时期,吴王夫差打败了越王勾践,囚禁了勾践三年,后来放他回国。但越王不服气,为了复仇,他卧薪尝胆,经常鼓舞士气。有一次,他偶然看到了一只鼓足气的青蛙,立即停车让道表示敬意。侍者问他这是为什么。勾践回答说青蛙有勇气,值得钦佩,后来人们听到这件事后都纷纷想成为勇士。下面"终军弱冠请长缨"一句出自《汉书·终军列传》,曰:南越与汉和亲,乃遣军使南越,说其王,欲令入朝,比内诸侯。军自请:"愿受长缨,必羁南越王而致之阙下。"终军(?—前112),字子云,济南人,西汉时期著名的政治家、外交家。终军18岁被选为博士弟子,他深受汉武帝赏识,被封为谒者给事中,参与朝政,后被擢升为谏大夫。终军在维护中央集权、制止诸侯割据、抵御异族侵略等方面都立下了汗马功劳,作出了卓越的贡献。他还先后出使匈奴和南越等地,彻底贯彻了汉的外交和邻邦政策。当时的南越指居住在广东、广西一带的各少数民族。秦末的时候,南越郡龙川令赵佗趁农民战乱之机,起兵攻占桂林、象郡等地,自立为南越武王。汉朝建立后,南越同汉朝的关系时好时坏。终军在出使南越前夕,就请求汉武帝赐给他一条"长缨",说如果南越王不肯归顺,就用这长缨把他活捉归汉。从此,终军弱冠请缨的故事便成为历史佳话,"请缨"也成为投军报国的代称而广为流传。下面"班超投笔留芳名"的句子源自"班超投笔从戎"的故事。班超的哥哥班固受朝廷征召担任校书郎,班超便和母亲一起随哥哥来到洛阳。因为家中贫寒,他常常受官府所雇以抄书糊口,天长日久,非常辛苦。他曾经停止工作,将笔扔至一旁叹息道:"身为大丈夫,虽没有什么突出的计谋才略,总应该效仿傅介子和张骞出使外国立功,以封侯晋爵,怎么能够老是干抄抄写写的事情呢?"周围的同事们听了这话都笑话他。班超便说道:"凡夫俗子又怎能理解志士仁人的襟怀呢?"后来,他出使西域诸国,最终立下功劳,封了侯。"文恬武嬉莫为虑"一句来自成语"文恬武嬉",出自韩愈的《平淮西碑》,曰:"相臣将臣,文恬武嬉,习熟见闻,以为当然。"形容文武官员都贪图安逸享乐,不关心国家大事。下一句"海水不波河水清"来自成语"海不扬波",而这就和越裳氏有关。据《尚书大传》记载,成王时,有苗异茎而生,同为一穗,其大盈车,长几充箱,人有上之者。王召周公而问之,公曰:三苗为一穗,天下其和为一乎? 果有越裳氏重译而来。交趾之南,有越裳国,周公居摄六年,制礼作乐,天下和,越裳氏以三象重译,而献白雉,曰:道路悠远,山川阻深,音使不通,故重译而朝成王,以归周公。下面"坐使群龙洗甲兵"一句来自杜甫的《洗兵马》,是由其最后两句"安得壮士挽天河,净洗甲兵长不用"演绎而来。

郑枢的另一首七言古体诗《庚申三月三日雨中昼寝梦韩山君见访置酒欢笑觉而有作寄呈》是作者梦见韩山君后写给韩山君的诗歌,这里的韩山君就是牧隐先生李穑。"掩关将以梦周公"一句中,周公就是周公旦。周公是经常在孔子梦中出现的一个人物,在以儒教为主导文化的中国社会,周公也经常和梦直接联系在一起,梦经常被称为"周公之梦",做梦被称为"见周公"。孔子一辈子为恢复周礼东奔西走,所以他和周公有着密不可分的关系,但到了晚年,孔子常说"久矣吾不复梦见周公"之类的话。在这里作者借用这个故事,讲述了虽然梦不见周公,但却梦见韩山君的事,以之表达了对韩山君的一种敬意。

七言古体诗《辛酉十月朔旦看日食》是早晨看到日食后写的。其中"美质可为周成康"讲的是周成王和周康王的事。据传周成王和周康王这两位周家人继承先王们的家业和礼治的治国传统,在自己的朝代里继续保持了国家的太平盛世。其结果是几乎没有什么犯罪的人,国家的刑法几乎成了摆设,竟有40多年监狱里没有犯人。诗歌的最后一句"君子改过胡不嘉"出自《论语·子张》。原文为:"子贡曰:'君子之过也,如日月之食焉:过也,人皆见之;更也,人皆仰之。'"

七言绝句《闻莺有感用元内书韵》是一首借景抒情诗。其"齐鸟三年不肯鸣"一句来自成语"不鸣则已,一鸣惊人",出自《史记·滑稽列传》:"齐威王之时喜隐,好为淫乐长夜之饮,沉湎不治,委政卿大夫。百官荒乱,诸侯并侵,国且危亡,在于旦暮,左右莫敢谏。淳于髡说之以隐曰:'国中有大鸟,止王之庭,三年不蜚又不鸣,王知此鸟何也?'王曰:'此鸟不飞则已,一飞冲天;不鸣则已,一鸣惊人。'于是乃朝诸县令长七十二人,赏一人,诛一人,奋兵而出。诸侯振惊,皆还齐侵地。"

七言绝句《读唐高宗纪》是作者读完《唐高宗纪》后写的,是一首咏史诗。

　　　　天皇重色逐功臣,自是忠言无一人。
　　　　谩笑隋亡因拒谏,不知家索牝鸡晨。

其第一句讲的是《唐高宗纪》里的高宗纳武则天,褚遂良劝谏,高宗怒把他轰出去的故事。作者认为皇帝再英明,也不能不听功臣的话,甚至把他轰出去,否则,朝廷内没有一个人敢再谏,朝政开始往不正确的方向发展。在转句里作者举隋朝的例子,批评唐高宗不顾前车之鉴,一意孤行。其结果非常明确,作者虽然在诗歌里没有明说,但读者都能感觉到其悲剧性的结果。诗歌的最后一句"不知家索牝鸡晨"来自成语"牝鸡晨鸣"。它的意思是母鸡报晓,比喻女人窃权乱政。也可以说"牝鸡司晨"。此典出自《尚书·牧誓》,曰:"牝鸡无晨,牝鸡之晨,惟家之索。"

《读唐中宗纪》也是咏史诗,讲的是中宗废位时,向韦后发誓,如果复出,一切交予韦后,不干涉任何事情。其"帝心还愧点筹无"一句来自《旧唐书·后妃传》。史书记载:武三思进入宫中,坐在御床上,和韦后打双陆,唐中宗就在一旁为他们点筹。

七言绝句《陶隐李谏议自诵省中述怀用其韵以戏李公为门下舍人时事》共4首。诗题中的"陶隐"指的是李崇仁。其中"贾谊治安谋策新"说的是贾谊的《治安策》(又名《陈政事疏》),这是西汉文学家贾谊的名文之一。贾谊任梁怀王太傅期间,汉文帝多次向他征求治国方略,贾谊亦多次上书陈述政事,针对文帝时期匈奴侵边、制度疏阔、诸侯割据等重大问题进行深入的分析并提出各种建议。当时有些人诋毁这只是一个书生不合时宜的看法,尽可能贬低它的价值,但现在看来,贾谊的许多见解都是有利于国家建设和发展的。

四、偰逊的汉诗与中国文化的关联

偰逊(1319—1360),元代诗人,维吾尔族,字公远,本名偰伯辽逊,居住在溧阳(今江苏溧阳),晚年定居高丽。他的先祖在元朝做官,父亲偰哲笃曾任江西行省右丞。他们祖辈曾经长期生活在偰辇杰河(一名偰辇河)上,为此子孙姓偰,意在让他们不要忘本。元顺帝至正五年(1345)进士,任翰林应奉、宣政院断事官、端本堂正字,教授皇太子各种经典。父亲去世后,他到大宁(今河北平泉)生活,结果1358年红巾军直逼大宁,他为了避难举家逃亡到高丽。恭愍王在大元的时候,他和恭愍王有过交往,于是,恭愍王热情地接待了他,而且封他为高昌伯,改富原侯,他从此改名偰逊,定居高丽,至正二十年(1360)在松京典牧洞私宅离世。他的子孙先后出仕高丽、朝鲜王朝。著有《近思斋逸稿》,《高丽史》有他的传。《东文选》收录他的五言古体诗1题5首、七言古体诗4首、五言律诗1首、七言律诗5题6首、五言绝句1首、七言绝句4题9首,共16题26首。

中国自古有不少与戍妇和捣衣有关的诗词,五言古体诗《拟戍妇捣衣词》是仿造戍妇捣衣词而写的。

皎皎天上月,照此秋夜长。悲风西北来,蟋蟀鸣栽床。
君子远行役,贱妾守空房。空房不足恨,感子寒无裳。
皎皎天上月,休照玉门关。金戈相磨戛,中夜绹绤寒。
良人昔告别,岂谓归路难。徘徊一西望,令我摧心肝。
天上月皎皎,中宵入雁帷。白露裛清砧,音响有余悲。
敢辞今夕劳,游子何时归。沉忧不能寐,焉得凌云飞。
捣捣闺中练,裁缝如霜雪。缄题寄边庭,中有泪成血。
妇人得所归,终始惟一节。云胡妾薄命,与君长相别。
嘒嘒云间雁,飞鸣亦何哀。岂无一书札,欲寄复徘徊。
愿言各努力,贱妾不足怀。君亮执精忠,妾当死中闺。

古代任何一个朝代都有抓壮丁戍边的情况。戍边的人在遥远的边关思念家乡,送子送夫去边关的人也在思念戍边的亲人,尤其在明亮的月亮高高升起的时候更是思念自己的亲人。中国唐代著名诗人杜甫的《捣衣》诗就是描写这种情景的:"亦知戍不返,秋至拭清砧。已近苦寒月,况经长别心。宁辞捣熨倦,一寄塞垣深。用尽闺中力,君听空外音。"诗歌不仅体现出对不断的战争的厌恶情绪,而且更深入地描写了战争给戍妇以及亲人带来的心理阴影。丈夫已经离家有些日子了,也知道戍边的人很有可能回不来,那么捣衣只能是戍妇聊以自慰之举,是一种情感的寄托而已,她们明知不能但仍然心怀一丝希冀长期等待下去。偰逊的这首诗歌就是在描写这些戍妇近乎祈祷的哀叹。诗歌中的"玉门关"就是当年无数的壮丁去戍边的地方,它是唐通向西域的关门,在某种意义上就是边关的代名词。诗歌整体情感真挚,朴素自然,充分体现出了偰逊诗歌的基本特征。

七言古体诗《岁暮行发江阴》是作者离开江阴的时候作的。

男儿生未成名逾二十,岁暮江湖亦何益。到处那无骨肉亲,去住宁如不相识。
转柂风来帆角斜,未知明日泊谁家。君不见翟公之门可罗雀,乌乎世情君勿嗟。

诗歌第一句发出生为男儿二十岁还没有获取功名的慨叹,下一段抒发了一个举目无亲的浪者的惆怅,整篇诗歌充满着对自己不幸命运的哀叹。"君不见翟公之门可罗雀"一句来自"翟公之门",典出《史记·汲郑列传论》:"始翟公为廷尉,宾客阗门;及废,门外可设雀罗。翟公复为廷尉,宾客欲往,翟公乃大署其门曰:'一死一生,乃知交情。一贫一富,乃知交态。

一贵一贱,交情乃见。'"后因以"翟门"为门庭盛衰之典实,意指门庭盛衰。在诗中也是这个意思,偰逊以自己的切身经历深深感觉到了世态的炎凉、人心之叵测。

另一首七言古体诗《瑶池会上南极老人授长生箓辞母亲生日作》如诗题一样是为母亲的生日而作的,表现了一个孝子对母亲的爱戴之情。

> 乾坤合清气,云物涵五色。婺星缠大阴,光彩射南极。
> 南极老人双绿瞳,鹤氅炯炯颜如童。手把九节杖,谈笑与之凌大空。
> 三十六帝皆相从,或骑骐驎驾飞龙。中道值九凤,衔书乃是瑶池封。
> 翩然竟指金天上,十二楼城玉相向。翠水之津大古桃,有树以来三万丈。
> 楼北朱萱金作花,树前大枣大如瓜。钧天奏广乐,北斗酌流霞。
> 玉京真众森如树,羽盖霓旌织烟雾。无数婵娟之素娥,巧笑清讴起虚步。
> 哃啾丝管间以笙鼖,麻姑击节飞琼献桃。南极老人酣起舞,以手捧桃指下土。
> 可怜儿痴,偷之意良苦。授以长生箓,请归献慈亲。
> 一如老人在南极,九十八万三千春。坐看东海飞黄尘,与西王母长为邻。

这里的"瑶池"指的是传说中的天池。"南极老人"是中国民间信仰传说中的一位神仙,一般象征着长寿,故常用于祝寿时称颂主人,出自《史记·天官书》。在这里作者也作长寿之意来使用,用来祝福母亲健康长寿。"九节杖"指的是传说中仙人使用的法杖,拥有无边的法力。"钧天奏广乐"一句来自成语"钧天广乐"。"钧天"是中国古代神话传说中的天,是指天之中央;"广乐"则是一种优美而雄壮的音乐,一般指天上的音乐或仙乐,但后来引申为优美雄壮的乐曲,出自汉张衡的《西京赋》:昔者大帝说秦穆公而觐之,飨以钧天广乐。"素娥"是中国古代对月亮的别称,传说中仙女常用这个名字。"偷之意良苦"一句来自东方朔偷西王母仙桃的传说,出自《列仙传》。故事讲:当年汉武帝寿辰之日,宫殿前一只黑鸟从天而降,武帝不知其名。东方朔回答说:"此为西王母的坐骑'青鸾',王母即将前来为帝祝寿。"果然,顷刻间,西王母携七枚仙桃飘然而至。西王母除自留两枚仙桃外,其余五枚献与汉武帝。武帝食后欲留核种植。西王母言:"此桃三千年一生实,中原地薄,种之不生。"又指东方朔道:"他曾三次偷食我的仙桃。"据此,始有东方朔偷桃之说。东方朔并以长命一万八千岁以上而被奉为寿星。后世帝王寿辰,常用东方朔偷桃作庆典。可见,这首诗歌里的内容几乎全部和长寿有关。偰逊以此祝福母亲健康长寿。

另外,《季冬行》和《岸上行江阴道中》也有一些与中国文学相关联的内容。

七言古体诗《季冬行》:

> 季冬雨雪昆陵道,一片征帆疾如鸟。方入深溪指惠山,已觉孤城水云杳。
> 沙岸黄莎高复低,青松翠竹过云齐。家家陶冶依林木,个个茅檐插酒旗。
> 南望邮亭应许墅,故人正在梅深处。有约重来访虎丘,今夜扁舟且须住。

"季"是指农历一季的第三个月,"季冬"就是指冬季的最后一个月。《礼记·月令》曰:"季冬之月,日在婺女,昏娄中,旦氐中。"另外,"昆陵"是指"昆仑山",古代传说为神仙居住的地方。下面的"虎丘"就是虎丘山,位于苏州古城西北角,有2500多年的悠久历史,有"吴中第一名胜""吴中第一山"的美誉,连宋代大诗人苏轼也说:"到苏州不游虎丘,乃憾事也。"

七言古体诗《岸上行江阴道中》是抒发对家乡的怀念之情和自己志向的述怀诗。

> 岸上青山石巃嵷,岸下黄泥万薃孔。日落天寒不见人,一个哀鸿度丘垅。
> 我行感此歌慷慨,朔风吹衣骨欲僵。男儿堕地须侯王,安得排云扫氛祲。
> 致身稷契君虞唐。

其最后一句"致身稷契君虞唐"中的"稷契"是稷和契的并称,都是唐虞时代的贤臣,在诗中指贤明的君主和大臣。稷就是后稷,本名姬弃,帝喾的长子、周王的先祖,生于稷山(今山西运城稷山县)。据传他是农耕业的始祖,曾经被尧举为"农师"。《诗经·生民》说:"厥初生民,时维姜嫄。生民如何?克禋克祀,以弗无子。履帝武敏歆,攸介攸止,载震载夙,载生载育,时维后稷。"契(生卒年月不详),商部族的杰出首领,大约于公元前2096年开始在位,被尊为"玄王",后世称他为"火神",他是商朝开国君主成汤的先祖。汉代的王逸在《九思·守志》中说:"配稷契兮恢唐功,嗟英俊兮未为双。"汉朝的蔡邕也在《再让高阳侯印绶符策表》中说:"臣闻稷契之俦,以德受命,功德靡堪。"后面的"虞唐"为唐尧与虞舜的并称,指太平盛世。《史记·汲郑列传》曰:"陛下内多欲而外施仁义,奈何欲效唐虞之治乎!"《论语·泰伯》曰:"唐虞之际,于斯为盛。"

偰逊的七言律诗《病中咏瓶梅》是咏梅的诗,1题2道。梅是"梅兰菊竹"四君子之一,不屈于寒冬腊月,仍然盛开,其傲霜立雪的坚强性格使其成为诗歌中的"常客",诗人也经常用它表现自己的倔强性格和节操。

> 病爱仙人玉雪肌,愁无健步也能移。林逋逐有西湖乐,何逊还成东阁诗。
> 小研虚屏供自照,疏灯斜月总相宜。静中忽契先天画,已被枝头数叶知。

> 一月江梅亦有情,乱开花萼满铜瓶。若为折寄逢边使,恨不移栽作弟兄。
> 庾岭树曾云外辨,罗浮春每梦中行。何由尽结和羹实,长笛犹教怨落英。

在这里作者列举了不少中国历史上善用梅花抒怀的文人,其中"林逋逐有西湖乐,何逊还成东阁诗"讲的是林逋和何逊。林逋是北宋的诗人,以"梅妻鹤子"著称。每逢家里来客人,家里的童子就放飞仙鹤,林逋一看到飞鹤就知道家里来了客人,马上棹舟归来。他作诗也有怪习惯,每当作完诗歌就丢弃,从不留存初稿。"林逋逐有西湖乐"一句有两个意思:其一,他喜欢梅花;其二,他游荡于西湖间。何逊,南朝梁诗人,字仲言,东海郯(今山东郯城县)人。据说他8岁就能作诗,20岁左右被推举为秀才,官至尚书水部郎。他善于写景,工于炼字,沈约也很欣赏他的诗。何逊的诗歌受永明体的影响,很讲究声律,某些作品比沈约等人的更接近近体诗。何逊主要写的是山水诗,但他也非常喜欢梅,据传他在扬州做官时,官府中有好多梅,他常在梅树下作诗咏诗。不仅如此,他还作有一首非常有名的咏梅诗,叫《咏早梅》[①]。所以偰逊在这首诗里提到了他,顺其自然。"东阁"为阁名,指东亭,故址在今四川省崇州市东,一般也指款待宾客的地方,"东阁诗"指的就是何逊在栽满梅花的官府中所作的诗歌,应该也包括上述的《咏早梅》。另外,杜甫也有一首非常有名的"咏梅诗",里面也提到了

[①] 何逊的《咏早梅》全文如下:兔园标物序,惊时最是梅。衔霜当路发,映雪拟寒开。枝横却月观,花绕凌风台。朝洒长门泣,夕驻临邛杯。应知早飘落,故逐上春来。

高丽文人的汉诗与中国文化的关联研究
——以《东文选》中的汉诗为中心

何逊以及他在扬州时的所谓"官梅"①。在偰逊的诗歌里,这两个喜欢梅花的中国文人和他们的"东阁诗"与"西湖乐"形成一组对仗,极大地提高了诗歌的艺术表现力。"静中忽契先天画"指的是宋朝邵康节解释周易卦图的事情。邵康节认为"伏羲氏的八卦是先天的,而周文王的八卦是后天的"。在诗中作者借用邵康节之典故的目的仍然在于赞美梅花,赞美它具有"先知"的才能和魔力。下一句"已被枝头数叶知"表现的就是这点。换言之,偰逊认为梅花天生具有聪明劲,它老早就知道春天的到来,就像邵康节能分辨"先天图"和"后天图",又像是用卦图来预测一些事情一样。"庾岭树曾云外辨,罗浮春每梦中行"前一句中的"庾岭"就是"大庾岭",是山名,它是中国南岭五岭之一,位于江西,岭上梅树很多,所以也叫"梅岭"。后一句则与隋朝的赵师雄以及"罗浮梦"有关。据柳宗元《龙城录·赵师雄醉憩梅花下》,有一次,隋人赵师雄去广东罗浮山游玩,到傍晚时分,在树林中的小酒店旁遇见了一个小美人。她淡妆素服,却芳香袭人,赵师雄便请她到酒店一起饮酒交谈。酒店里有绿衣童子,笑歌戏舞。不久赵师雄便喝多睡着了,到了第二天早晨醒来,他发现自己在一棵梅花树下。由此"罗浮梦"经常用来比喻好景不长,人们也常以"罗浮""罗浮美人""罗浮梦"等代指梅花。最后一句"长笛犹教怨落英"讲的是"落梅花",这是一个词牌名,即指《梅花落》。

另一首七言律诗《赠薛鹤斋》是赞美薛稷的。

> 鹤上仙人薛上卿,斋居自爱鹤为名。远从小保传真骨,已托杜陵题雅情。
> 赤壁秋高江月小,青田雨足石苔生。何缘许借冲霄翮,直结云松巢大清。

诗歌的颔联"远从小保传真骨,已托杜陵题雅情"中的"小保"是唐代著名的画家薛稷。薛稷非常擅长画,尤为擅长画鹤。杜甫曾经给他的画写了《通泉县署屋壁后薛少保画鹤》的诗歌②。颈联"赤壁秋江江月小,青田雨足石苔生"中前一句来自苏轼《后赤壁赋》中的"山高月小,水落石出""适有孤鹤,横江东来";后一句中的"青田"为山名,据传是个有名的鹤的栖息地。

《东文选》中偰逊的五言绝句只有一首《山中雨》,这首诗歌里虽然没有与中国文化相关的内容,但作为他的代表作,仍体现出他深厚的汉诗功底和文学修养。

> 一夜山中雨,风吹屋上茆。
> 不知溪水长,只觉钓船高。

很显然,这是抒发作者内心痛苦的诗歌,同时隐含着对时局的淡淡的担忧。整体而言,诗歌语言形象生动,直抒胸臆,写得含蓄自然。

《东文选》中偰逊的七言绝句共有4题9首,但其中几乎没有涉及中国文化的内容。

韩国的《搜文琐谈》评价偰逊的诗歌"平易写景而语实""含蓄意思而言语皆虚",显然这是基本符合偰逊诗歌的实际水平的。

---

① 官府所种的梅叫"官梅"。杜甫的这首诗歌叫《和裴迪登蜀州东亭送客逢早梅相忆见寄》,全文如下:"东阁官梅动诗兴,还如何逊在扬州。此时对雪遥相忆,送客逢春可自由?幸不折来伤岁暮,若为看去乱乡愁。江边一树垂垂发,朝夕催人自白头。"评论家们说,这首诗歌以早梅立意,前两联用"忆"字表达故人对自己的思念,后两联用"愁"字抒发了自己的情怀,诗歌感情真挚,为历来咏梅诗的佳作。

② 其全文如下:薛公十一鹤,皆写青田真。画色久欲尽,苍然犹出尘。低昂各有意,磊落如长人。佳此志气远,岂惟粉墨新。万里不以力,群游森会神。威迟白凤态,非是仓庚邻。高堂未倾覆,常得慰嘉宾。曝露墙壁外,终嗟风雨频。赤霄有真骨,耻饮洿池津。冥冥任所往,脱略谁能驯。

五、郑思道的汉诗与中国文化的关联

郑思道(1318—1379),高丽后期的文臣,出生于浦项迎日,幼名郑良弼,字思道,科举及第后,更名为郑思度,恭愍王时期又改为郑思道。1347 年任代言、政房提调等职,1348 年主管国子监试,1361 年任密直提学,1365 年因反对辛旽杀崔莹而被罢免,1368 年任金书密直,1371 年任知密直司事,作为贺正使去过大明,1375 年被误认为杀害李仁任而和郑梦周、金九容、李崇仁等人一道被流放。1379 年在家去世,享年 62 岁,谥号为文贞。《东文选》收录他的五言律诗 3 首、七言律诗 4 首、七言绝句 3 首,共 10 首。

五言律诗《镇守东江癸丑九日》是一首重九诗,是作者在镇守西江时作的。诗歌中的癸丑年是 1373 年。

> 登高谁举酒,横槊出城东。漠漠连江雨,萧萧落木风。
> 圣明容我老,甘苦与军同。定被黄花笑,醒吟酒罍空。

首联中的"登高"指的是重阳节的登高风俗,重阳节登高饮酒是中国传来的传统习俗;尾联中的"黄花"指的是菊花,也与重阳节赏菊花、喝菊花酒有关。

另一首五言律诗《西江帅府》是作者在西江的时候作的,其颈联中的"诡遇"出自《孟子·滕文公下》"为之诡遇,一朝而获十"一句,意思是指不按照规矩驾车。

七言律诗《镇守西江作》和上述《西江帅府》一样,是作者在西江时作的。

> 将军兀坐鬓如丝,风雪连江五夜迟。天近鸾凤正翔集,路长骐骥倦驱驰。
> 敢希令尹三无愠,每忆陈平六出奇。刁斗声残无梦寐,呼灯援笔写新诗。

其中"敢希令尹三无愠"一句讲的是春秋时期令尹子文的事。令尹为楚国的官衔,相当于宰相。子文是春秋时期楚国的令尹。子文,若敖族人,斗氏,名榖於菟,字子文。他当令尹后,为楚国的强盛做出了重大的贡献。据《左传》记载,子文于鲁庄公三十年(前 664)开始做令尹,到僖公二十三年(前 637)让位给子玉(成得臣),其中相距 27 年。在这 27 年中,他几次宦海浮沉,多次被罢免任命。这首诗讲的就是这件事。下面的"每忆陈平六出奇"讲的是汉朝时陈平的事。据传他多次给刘邦出奇计,对刘邦统一中原起到了非常重要的作用。但对于他出的奇计有多种说法,其一为施反间计,除范增,促成项羽集团的分解;其二为金蝉脱壳,冲出重围,脱险荥阳;其三为穷寇宜追,灭楚垓下;其四为请君入瓮,智擒韩信;其五为借力匈奴阏氏,解围白登,脱围出险;其六为审时度势,策反叛军将领,使平叛战争顺利进行。

七言绝句《迎日闲居》是抒发作者的闲情逸致的作品。其中"只恨都官无好诗"一句说的是唐代的诗人郑谷。郑谷曾经任都官,他写有一首咏雪诗《雪中偶题》:"乱飘僧舍茶烟湿,密洒歌楼酒力微。江上晚来堪画处,渔人披得一蓑归。"这首诗的后两句说的是,江上大雪纷纷扬扬,江天一色,大地上遍布积雪;这时,一渔翁身披蓑衣,艰难地走在回家的路上。俨然一幅江雪画。这两句诗足以引起读者思绪联翩,诗句蕴含之丰,余韵无限。

第七章
高丽后期文人的汉诗与中国文化的关联(三)

第一节 李穑的五七言"咏史诗"和中国文化的关联

李穑(1328—1396),高丽末期的著名学者,原籍为韩山,字颖叔,号牧隐,是李谷的儿子。1348年李谷任元朝的中瑞司典簿后,李穑作为朝官的儿子,成了元朝国子监生员,在李齐贤的门下学朱子性理学,打下了朱子学的坚实基础。1351年父亲去世后他回国,1353年科举及第,当上书状官,后又参加元朝科举,殿试及第,任应奉翰林文字、承仕郎、同知制诰兼国史院编修官。回到高丽后,任典理正郎、内书舍人,同时提出了土地问题、学校教育、打击倭寇的对策等方面的建议。1355年恭愍王实行政治改革,他作为恭愍王的亲信,提出"时政八事",参与了改革。改革后,他得到了更大的信任,被任命为吏部侍郎兼兵部侍郎,掌管了朝廷的文武大权。但是,从此李穑显示出明显的保守倾向,开始和现实妥协,改革意志明显下降。其结果是他默认一些寺院明目张胆地兼并土地,使很多土地流入僧侣手中,成了高丽时期最腐败的温床。1359年和1361年红巾起义军入侵时,他又成为一等功臣。1365年辛旽登场后,他积极推进教育、科举制度的改革。1367年成均馆重新开办时,他和郑梦周、李崇仁、金九容一道,复兴程朱理学,为培养性理学方面的人才做出了重大贡献。1371年辛旽退出历史舞台,恭愍王去世后,他迎来自己政治生涯的一个萧条期。1375年禑王登基后,他重新登上政治舞台,任政堂文学、判三司事等职。1386年任知贡举,成了禑王的师傅。1388年"威化岛回军"后,他任门下侍中,但他开始受李成桂同党的排斥,尤其是朝鲜王朝成立后,他被诬告为煽动结党谋乱的头目,被流放到海岛。从此,他成为一个无家可归的流客,到处流浪,于1396年在去往神勒寺的途中生病而去世,谥号为文靖。他著有《牧隐遗稿》《牧隐诗稿》。《东文选》收录他的五言古体诗11题15首、七言古体诗12首、五言律诗7首、七言律诗19题21首、五言绝句2首、七言绝句19首,共70题76首,他也是高丽文人中诗歌收录数量最多的诗人之一。

李穑的五言古体诗和七言古体诗的主题以咏史为主,表现出李穑对历史和现实的看法。五言古体诗《答胥有仪》共13韵,全文如下:

> 少年负奇志,悲歌举唾壶。慨我无良友,踯躅燕山隅。焉知豪杰士,隐海沽与屠。
> 外虽被短褐,内或怀明珠。远慕燕昭王,贤士来于于。徘徊金台侧,隆基如覆盂。
> 奈何荆轲子,贾祸督亢图。流俗岂知此,游侠竞樗蒲。最喜得吾子,知非山泽癯。

当路莫予识,哦诗伴蜜殊。秋风起西陆,白露萎菰芦。江南有寒梅,绝句传林逋。桃李岂不好,与子慎趋途。

诗题中的"胥有仪"来自元朝诗人廼贤的诗歌《送胥有仪南归》:"立马望华盖,君家碧嶂东。树围茅屋外,花落雨声中。卷幔香云入,开编烛烬红。林梢新月上,留客醉丝桐。"廼贤在赞美友人家优美的环境的同时,表现了一种对自然的向往。李穑的这首诗表现了与廼贤有所不同的思想倾向。"少年负奇志,悲歌举唾壶"中的"唾壶"很显然是来自成语"唾壶击碎"。后面的"覆盂",也作"覆杅",指的是倒置的盂,比喻稳固,出自《汉书·东方朔传》。唐朝的颜师古注"覆盂"曰:"言不可倾摇"。在此诗中是以此表示王权基业的牢固。下面"奈何荆轲子,贾祸督亢图"中的"荆轲子"就是荆轲。荆轲(?—前227),姓姜,亦称庆卿、庆轲、荆卿等,战国时期卫国朝哥(今河南鹤壁淇县)人,中国历史上最著名的刺客之一。他自幼喜好读书击剑,为人慷慨侠义。"督亢图"指的是"督亢的地图"。"督亢"为古地名,战国时燕国的膏腴之地,现河北省涿州市东南还有督亢陂。《战国策·燕策三》里有《荆轲刺秦王》的故事。当时秦国灭赵国,兵锋直指燕国南界,太子丹震惧,决定派荆轲潜入秦国,行刺秦王。荆轲献计太子丹,拟以秦国叛将樊於期之头及燕督亢地图进献秦王,伺机动手行刺。公元前227年,荆轲带着燕国督亢的地图和樊於期的首级,前往秦国欲刺杀秦王嬴政。临行前,燕太子丹等人在易水边为荆轲送行。好友高渐离击筑,荆轲和着节拍唱道:"风萧萧兮易水寒,壮士一去兮不复还。"这是荆轲在告别时所吟唱的著名的诀别诗。荆轲到秦国后,秦王在咸阳宫召见他,荆轲在献燕国督亢地图时,图穷匕见,行刺失败,反被秦王侍卫所杀。"最喜得吾子,知非山泽癯"中的"山泽癯"指的是隐居在山泽里的清贫的学士。宋代陆游《戏作》诗里有"归卧元知作饿夫,宦游依旧是臞(癯)儒"。"当路莫予识,哦诗伴蜜殊"中的"蜜殊"指的是与苏轼很要好的僧侣"仲殊"。仲殊能文善诗,因常食蜜,人称"蜜殊"。苏轼的《赠诗僧道通》曰:"雄豪而妙苦而腴,只有琴聪与蜜殊。"他自注云:"安州僧仲殊,诗敏捷立成,而工妙绝人远甚。殊辟谷,常啖蜜。""江南有寒梅,绝句传林逋"中的"寒梅"实际上是"冬梅"。众所周知,梅花一般冬春季节开花,和兰、竹、菊被誉为"四君子",常出现在咏物诗中;和松、竹一道被称为"岁寒三友",经常出现在咏怀诗中。中国文化中还有"春兰,夏荷,秋菊,冬梅"的说法。它凭着耐寒的特性,成为代表冬季的花,常成为人们赞美的对象。"林逋"就是酷爱梅花,被人们称为"梅妻鹤子"的和靖先生。他有不少咏梅的诗歌,其中最著名的是《山园小梅二首》[①]。

李穑另一首五言古体诗《答东庵禅师》也是13韵。从题目看,这是作者写给禅师的。其中,"畴昔先生在,契深三笑图"中的"畴昔"是往年的意思。陶渊明《饮酒·其十九》曰:"畴昔苦长饥,投耒去学仕。""三笑图"来自"虎溪三笑"的故事。"虎溪三笑"讲的是净土宗始祖慧远大师的一则佳话,后人常以此为题写诗,如兰的《三笑图》就是写这事的:"天子临浔阳,远公不出山。胡为遇陶陆,过溪开笑颜。匡庐高九叠,峻绝不可攀。画图写遗像,清风满尘寰。"其中"陶陆"即指陶渊明与陆修静。但有一说陆修静与慧远大师、陶渊明并不在同一个时期,因此有些牵强附会。但如兰的诗歌写得格调清新,韵味无穷,可以说是一首好诗。如

[①] 其一:"众芳摇落独暄妍,占尽风情向小园。疏影横斜水清浅,暗香浮动月黄昏。霜禽欲下先偷眼,粉蝶如知合断魂。幸有微吟可相狎,不须檀板共金樽。"其二:"剪绡零碎点酥乾,向背稀稠画亦难。日薄自甘春至晚,霜深应怯夜来寒。澄鲜只共邻僧惜,冷落犹嫌俗客看。忆着江南旧行路,酒旗斜拂堕吟鞍。"

兰,元末明初浙江杭州天竺寺僧侣,字古春,号支离,富阳(今浙江省杭州市富阳区)人,生年卒月不详,俗姓也不明。

另一首五言古体诗《答铁船长老》也是13韵,也和前面的诗歌一样,是以答谢的形式写的。其中有"绮语尚未免,强作哦诗癯。篇篇带豪逸,迥与郊岛殊。奇字问杨雄,秘书传瓠芦。狂生乏诗料,兢病安敢逋"等句。其中"绮语"本意是"花言巧语",指的是美丽漂亮的词汇。如苏轼的《登州海市》曰:"新诗绮语亦安用?相与变灭随东风。"但与之不同,在李穑的这首诗里它是作为诗歌的意思来使用的。"诗癯"中的"癯"的古字为"臞",《说文解字》曰:"臞,少肉也。从肉,瞿声,字亦作癯。"《尔雅·释言》曰:"臞,瘠也。"由此我们可以联想到成语"郊寒岛瘦"。"郊寒岛瘦"亦作"岛瘦郊寒",讲的是中唐诗人孟郊和贾岛的诗风。他们的诗风清奇悲凉,题材偏狭,锤字炼句,给人以寒瘦窘迫之感,所以往往得到类似的评价。"郊寒岛瘦"这则成语出自苏轼《祭柳子玉文》,说:"元轻白俗,郊寒岛瘦。"说的是元稹的诗歌轻佻,白居易的诗歌俗气;孟郊的诗歌寒碜,贾岛的诗歌消瘦。李穑由此引出下一句,认为自己的诗歌和孟郊、贾岛的相差甚远,表示了一种非常谦虚的态度。"奇字问杨雄"一句来自《汉书》。据《汉书·扬雄传下》,刘棻曾向扬雄学奇字。后来称向人请教为"问奇字",简称为"问字"。"奇字"一般指汉代王莽时根据古文改变而成的六体书,或泛指古文字。"兢(竞)病安敢逋"中的"兢(竞)病"来自曹景宗的"语惊四座"。话说天监六年(507),南朝梁的将领曹景宗大败魏军,大获全胜。班师回朝后,梁武帝非常高兴,在华光殿举行盛大的宴会,为他们接风洗尘并庆功。酒过三巡,本来好诗文的梁武帝为了助兴,让君臣们作诗作赋。曹景宗是个武将,自然不善诗文,于是负责分配诗韵的沈约照顾他,特意没给他分配诗韵,目的是避免曹景宗作不出诗歌而当场出洋相。但没想到曹景宗却对这件事非常不满,坚决要求沈约给他也分配一组诗韵。梁武帝就知道曹景宗是个牛脾气,有一种不服气的倔强,便说道:"将军是一位出众的人才,何必在乎一首诗呢!"但曹景宗还是不服气,借酒劲强烈要求也分给他一组诗韵。梁武帝看此情景,不愿扫兴,叫沈约分给他一个诗韵。但这时正好诗韵分得差不多,只剩下"竞"和"病"这两个怪僻的字。这两个字一般来说是很难赋的。但没想到曹景宗稍微想了一会儿,便拿笔写下一首诗。这首诗后被命名为《光华殿侍宴赋竞病韵》,其全文是这样的:"去时儿女悲,归来笳鼓竞。借问行路人,何如霍去病?"没想到这首诗不仅符合这次兴师抗魏的战争实际,又非常契合眼前庆功宴的实际情景。所以,此诗一出,四座惊动,文人们也纷纷表示祝贺,甘拜下风,深感不如,所谓的"语惊四座"典故就是由此而来。梁武帝也非常高兴,连连称赞,特命史官把这事记录在国史里。曹景宗(457—508),字子震,新野(今河南新野)人,南朝梁国的将领。

另一首五言古体诗《复作遣兴》(13韵)里除"蓬莱山""泰山"等中国地名外,还出现了歌曲名《于芳于》。《于芳于》这首歌曲由唐朝的元德秀所作。《新唐书·卓行传·元德秀》记载:"德秀惟乐工数十人,联袂歌《于芳于》。"有一次,唐玄宗驾临洛阳,在五凤楼召集群臣宴饮。为了给唐玄宗助兴,临近的地区官员纷纷带来艺人表演献礼。各地方官为讨好唐玄宗东奔西走,都拿出了自己地方上最拿手的好东西,有的用车子拉来了几百名艺伎,可鲁山县令元德秀却相反,只带几十名民间乐工联手唱了这个《于芳于》。玄宗听罢,非常高兴,赞道:"这才是贤人说的话呀!"他在称赞元德秀的同时,对拉几百名艺伎来的河内太守说:"你当太守,苦坏了河内的人们吧。"言毕,当场罢了那个河内太守的官。从此《于芳于》成为地方官体恤民众、不图虚荣的代名词,广泛流传。下一句中的"玄牝"是道教及修真术语,出于《道德经》:"谷神不死,是谓玄牝。玄牝之门,是谓天地根。"在这里"玄"的意思是幽远微妙,"牝"指雌性的鸟兽,泛指阴性的东西,综合起来是"微妙化生"之意,是说道化生万物而不见其所以生;"玄牝之门"指道生万物,万物由是而出。

另一首五言古体诗《有感》是借用秦朝李斯的事,抒发作者情感的诗歌。在诗歌中,作者用李斯的所作所为表达了对人性善还是人性恶的看法。作者写道:"李斯出荀况,岂非儒雅士。相秦显其君,道固在于此。竟起焚坑谋,高谈之弊耳。"在这首充满讽喻口吻的诗中,作者指出李斯虽然师从荀子但走的不是荀子之道的历史事实,讽刺他作为儒学家而"焚书坑儒"的叛逆行为。李斯(?—前208),战国末年楚国上蔡(今河南上蔡)人,秦朝著名的政治家、文学家。他协助秦始皇统一全国,参加了制定法律,统一车轨、文字、度量衡等工作。他早年师从荀子,学帝王之术,学成后入秦,帮助秦始皇完成了统一大业。"焚坑"指的是秦始皇的"焚书坑儒"事件,在这里李穑提出李斯师从大儒荀子,自己是儒生,但协助秦始皇统一全国后,却规劝秦始皇"焚书坑儒",这不是自相矛盾、令人费解吗?李穑指出,人们从前老说李斯,认为问题的症结在于李斯,但从本质上讲不是这样,实际上根子在于荀子。苏轼有篇《荀卿论》,是评论荀子思想的,其中也谈到了这个问题。文中说:"荀卿者,喜为异说而不让,敢为高论而不顾者也。其言愚人之所惊,小人之所喜也。子思、孟轲,世之所谓贤人君子也。荀卿独曰:'乱天下者,子思、孟轲也。'天下之人,如此其众也;仁人义士,如此其多也。荀卿独曰:'人性恶。桀、纣,性也。尧、舜,伪也。'由是观之,意其为人必也刚愎不逊,而自许太过。彼李斯者,又特甚者耳。"在苏轼看来,李斯之所以支持焚书,甚至焚烧老师荀卿的著作,彻底改变先圣先王的做法,是因为荀卿这个人"喜为异说而不让,敢为高论而不顾"。荀子的学说"其言愚人之所惊,小人之所喜",李斯读了这样的书,不去秦朝做官、不做那种事才怪。换言之,只要看了荀卿的著作,就会明白李斯为什么要到秦国去做官。由此苏轼批判了荀子的"性恶说"和荀子所主张的所谓"帝王之道"。在诗中李穑表现出和苏轼非常接近的观点。

七言古体诗《燕山歌》写的是今天津蓟州区西南的燕山,是借用燕山表现自己崇尚德治主义思想倾向的作品。作品写道:"长城中断居庸关,春风秋月轩辕台。昭王一去亦已矣,黄金千载空尘埃。天旋地转光岳合,土圭日影明堂开。""居庸关"在北京市昌平区境内,形势险要,自古为兵家必争之地;有南北两个关口,南叫"南口",北称"居庸关"。居庸关两旁,山势险峻,中间有长达18千米的峡谷,俗称"关沟"。而作为历史遗迹的轩辕台在今河北省涿鹿县东南桥山山上。《山海经·大荒西经》载:"有轩辕之台,射者不敢西向射,畏轩辕之台。""昭王"就是春秋战国时期的燕昭王。燕昭王,春秋战国时燕国第39代君主,史称燕昭襄王,简称昭王或襄王。公元前311年至公元前279年在位,即位后广泛招贤纳士,在位期间燕国大破东胡,上将军乐毅联合五国攻齐,占领齐国七十多城(齐国疆土只剩莒、即墨二城),造就了历史上所谓的燕国盛世。"黄金台"是燕昭王为了迎接贤士而建的台子,故址现在有后人筑起的台子"金台夕照",是北京的一个著名景点。"光岳合"中的"光"为"三光",指的是日、月、星这三光;"岳"为"山岳",指的是"五岳",即东岳泰山、西岳华山、南岳衡山、北岳恒山、中岳嵩山。"土圭"是古代用以测日影以确定四时的工具。《周礼·地官司徒·大司徒》曰:"以土圭之法测土深,正日景(影)。"以上为诗中所涉及的和燕山以及燕地区有关的历史及历史传说。另外,"吾闻在德不在险"这一句出自《史记·孙子吴起列传》:起事其子武侯。武侯浮西河而下,中流,顾而谓吴起曰:"美哉乎!山河之固,此魏国之宝也!"起对曰:"在德不在险。"而后吴起举了好多历史上的例子,说明治国之道在于德不在于险的道理。因此这一句可谓是这首诗的核心,是最集中表现李穑的治国方略的地方。下面的内容也体现作者的这种思想,借用历史上的许多反面教训,警示统治者,提出德治才是治国的根本和方针。如"秦皇唐明共一辙"中提到的是秦始皇和唐玄宗。唐玄宗的开元盛世是唐朝的极盛之时,但在位后期他宠爱杨贵妃,怠慢朝政,宠信奸臣李林甫、杨国忠等,加上政策上的巨大失误和重用安禄山等塞外民族来试图稳定唐王朝的边疆,结果导致了后来长达八年之久的"安史之乱",从此强大的大唐帝国开始走下坡路。在李穑看来,秦始皇也好,唐玄宗也罢,都不具备历代君王的根本之道,所以最终成为历史的罪人。

《天宝歌过蓟门有感而作》也是借用唐玄宗的历史警示现实政治的作品。其"沉香亭中春色浓,渔阳鼙鼓声冬冬。马嵬山下飞尘红,天子剑佩鸣玱玱。三风十愆在省躬"等句子中都有和中国古代历史有关的内容。"沉香亭"位于唐长安城(今西安市)兴庆宫内龙池东北方,是当年唐玄宗和杨贵妃赏花游玩的亭子。"鼙鼓声冬冬"是叛军攻击都城的声音,诗中指的是安禄山的叛军,当年安禄山是在渔阳叛乱的。"马嵬山"指的是"马嵬坡",在今天的陕西省兴平市。当年唐玄宗就在这里含泪逼杨贵妃自尽。"十愆"是指误政事的十个行为,分别为舞、歌、货、色、游、畋、侮(圣言)、逆(忠直)、远(耆德)、比(顽童)。"三风"指的是误政事的三种风气,即巫风、淫风、乱风。而上述十愆中,第一个和第二个是巫风,第三个至第六个是淫风,第七个到第十个是乱风①。下一句"此胡安敢行狂凶"中的"此胡"是指安禄山。"君不见吴王宫西施半酣歌吹濛,越兵自渡江无风"讲的是公元前494年,越王因战败赴吴国做人质,同时进贡大量珍贵财富和美女取悦夫差的事情。夫差宠爱越王进贡来的美女西施,特地为她兴建了一座规模宏大的离宫馆娃宫。宫内"铜钩玉槛,饰以珠玉"。馆娃宫是中国历史上一座比较完备的早期园林。唐朝著名诗人刘禹锡有诗云:"宫馆贮娇娃,当时意大夸。艳倾吴国尽,笑入楚王家。"

《贞观吟榆林关作》也是表现作者"文治""文德"的诗歌,在这里作者利用唐太宗的贞观之治,解释得道多助失道寡助的历史辩证法。其"晋阳公子结豪客,风云壮怀满八极。赫然一起挥天戈,随堤杨柳无颜色"中的"晋阳公子"指的是唐太宗。"晋阳"是地名,是今山西省太原市。唐高祖李渊是晋阳宫监,那么他的儿子就是晋阳公子。"天戈"指的是古代帝王的军队或武器。韩愈《石鼓歌》里有"宣王愤起挥天戈"的句子。"杨柳"指的是隋炀帝在运河挖成之后在运河边栽的柳树。"杨柳无颜色"暗示着隋朝已经灭亡。下面"三韩箕子不臣地"说的是周武王把朝鲜封给箕子(殷纣的叔父),给了他不做臣下的优遇。箕子是被推翻的商朝的旧臣,曾言:"商其沦丧,我罔为臣仆。"他宣告"不臣于周",于是躲进封地。箕子抱着"传道则可,仕则不可"的态度,真传其"洪范九畴"之道,不负所望,让武王满意而归。武王了解了箕子的不臣之志,封其于朝鲜,真尊师重道。"貔貅夜拥鹤野月"典出《搜神后记》。《搜神后记》卷一载:"丁令威,本辽东人,学道于灵虚山,后化鹤归辽,集城门华表柱。""谓是囊中一物耳,那知玄花落白羽"的前半句来自成语"囊中之物",指的是口袋里的东西,比喻不费多大力气就可得到的东西。"玄花"指视觉中的模糊影像;玄,通"眩"。"白羽"为"白羽箭"。下文

---

① 详见《尚书·伊训》。

第七章
高丽后期文人的汉诗与中国文化的关联(三)

"郑公已死言路涩,可笑丰碑蹶复立"中的"郑公"指的是魏徵,他封号为郑国公,所以叫郑公。在职期间,魏徵以直言敢谏而闻名,据《贞观政要》统计,魏徵向李世民面陈谏议50余次,呈送给李世民的奏疏共11件,其一生的谏诤多达"数十余万言"。其次数之多,言辞之激切,态度之坚定,都是其他大臣所难以比拟的。

《醉中歌》是借古人抒发自己胸怀的作品。其中"先生有手探月窟"中的"先生"是宋朝著名的易学家邵康节,他自古有"手探月窟,足蹑天根"的评价,意思是他精通易学。"月窟"有多种解释,一为传说中月亮的归宿处,泛指边远地方,二是指月宫、月亮。邵康节的《秋怀》有"脱衣挂扶桑,引手探月窟"的句子。"远寻妙道出羲皇,瞠乎灏灏并噩噩"的前一句和八卦有关,据传八卦是太昊伏羲氏所作,所以他也是易经的始祖;后一句来自西汉扬雄《法言·问神》:"虞夏之书浑浑尔,商书灏灏尔,周书噩噩尔。"意思是记录唐尧、虞舜、夏禹事迹的《虞夏书》深厚、严肃而质朴;记录商代事迹的《商书》则是漫漫、空旷而已;《周书》则严肃正大。下面的"思轲"指的是子思和孟轲,子思即孔伋(前483—前402),字子思,孔子的嫡孙,孔子之子孔鲤的儿子,中国春秋时期著名的思想家。"庄骚班马如飞蚊"中提到的是庄子、屈原、班固和司马迁,后两位都是出身于名门的史学家。"孔门诸子屯如云,虽然陋巷有真乐"指的则是颜回,他虽然住在陋巷,但每天过得非常有趣、有意义。"高山仰止奚云云"的句子来自《诗经》,《诗经》里有"高山仰止,景行行止"的句子。

七言古体诗《鸱夷子歌》也是借用中国历史上的著名人物,表达自己情怀的作品。其"汉家龙飞泗水阔,秦宫二月红焰烈"中提到的是汉高祖刘邦,他是以泗水亭长起家的;秦宫是阿房宫,据传项羽灭秦后烧阿房宫,足足烧了两个月。下面"砺山带河字未干,韩彭菹醢冤谁雪"中的"砺"指磨刀石,"山"指泰山,"带"指衣带,"河"指黄河。前一句的意思是泰山小得像块磨刀石,黄河细得像条衣带,比喻时间久远,永不变心。它出自《史记·高祖功臣侯者年表》:"封爵之誓曰:'使河如带,泰山若厉,国以永宁,爰及苗裔。'"后一句中"韩彭"指的是刘邦的名将韩信和彭越,他们都为汉朝的建立立下了汗马功劳,但后来高祖怀疑他们谋反,将他们双双处死。彭越(?—前196),别号彭仲,昌邑(位于今山东菏泽市巨野县)人,西汉的开国功臣、诸侯王,秦末聚兵起义,初在魏地起兵,后率兵归刘邦,拜魏相国、建成侯,与韩信、英布并称"汉初三大名将",西汉建立后被封为梁王。但后因被告发谋反,被刘邦以"反形已具"的罪名诛灭三族,枭首示众。下面的"当时子房美妇人,素书一篇三寸舌"中的"子房"是张良。"素书"相传为秦末黄石公作,民间视其为奇书、天书。它提出"道、德、仁、义、礼,五者一体",主张以讲道理为宗旨,同时以道、德、仁、义、礼为立身治国的根本、揆度宇宙万物自然运化的理数,以此认识事物的本质。传说黄石公三试张良,而后把此书授予张良。张良凭借此书,帮助刘邦定江山。"三寸舌"来自《史记》,《史记·留侯世家》曰:"今以三寸舌,为帝者师,封万户,位列侯,此布衣之极,于良足矣。愿弃人间事,欲从赤松子游耳。"是说张良封留侯后,满足于此,跟随赤松子学道的事情。赤松子又名赤诵子,号左圣南极南岳真人左仙太虚真人,古代中国神话传说中的上古仙人,相传为神农时的雨师。下面"羽翼储皇真一瞥"中的"羽翼"同翅膀,比喻辅佐的人或力量。刘邦登基后,立长子刘盈为太子,封次子如意为赵王。后来他有意废刘盈而立如意。刘盈的母亲吕后按照张良的主意,聘请"商山四皓"来帮助太子,刘邦这才知道大家都很同情太子,又见太子有四位大贤辅佐,便打消了改立赵王如意为太子的念头。刘盈后来继位,成了汉惠帝。另外"成功不退多祸机""先获黄石公秘诀"

都是经验之谈,是说"成功后要急流勇退"。

《中秋玩月上党楼上》可谓是与中国民俗节有关的诗歌。大家知道,中秋是中国传统的民俗节,在韩国也是一个重要的民俗节,所以韩国也有不少和中秋有关的诗歌,这是其中之一。其中,"千钟为尧百斛孔"中的"千钟尧"指的是尧的酒,"百斛孔"指的是孔子的酒。下面的"啸如鸾凤兮来天风"来自《晋书》。《晋书·阮籍列传》记载:"籍尝于苏门山遇孙登,与商略终古及栖神导气之术,登皆不应,籍因长啸而退。至半岭,闻有声若鸾凤之音,响乎岩谷,乃登之啸也。"后来以此为游逸山林、长啸放情的典故。孙登精通音律,是达到"啸"的最高境界的人,今河南省辉县市百泉苏门山有啸台,因其隐居于此,并"长啸"山林而闻名。诗中的"蓬莱仙境"指的是蓬莱山的仙境。"乐哉真似登春台,太白歌行映千古"中的"春台"典出《道德经》:"众人熙熙,如享太牢,如登春台。"指的是春日登眺览胜之处。"歌行"指的是中国古典诗歌的一种体裁,属乐府诗一类。汉魏以后的乐府诗题名为"歌"和"行"的颇多,如《大风歌》《燕歌行》等等,二者虽名称不同,但其实在形式上并无严格的区别。后遂有"歌行"一体,其音节、格律比较自由,形式采用五言、七言、杂言的古体等。李白非常擅长写作此种文体。

《青行缠歌》中的"力士脱鞋宁少却"与李白让高力士脱靴之事有关。

另一首七言古体诗《诗酒歌》中的"湘魂沉沉水无波,蜀魄磔磔山有月"里的"湘魂"说的是屈原。"蜀魄"指杜宇。杜宇为传说中的古蜀国开国国王,后来退而隐居西山,传说死后化作鹃鸟。每年春耕时节,子鹃鸟鸣,蜀人闻之曰"我望帝魂也",因呼鹃鸟为杜鹃。"多少危时保明哲"则来自成语"明哲保身",该典出自《诗经·大雅·烝民》,意思是明智的人善于保全自己,可以看作是一种保身术。

七言古体诗《同来僧渡溪坠马失只履戏作》中,"定应不在葱岭东"中的"葱岭"就是昆仑和天山山脉开始的地方,今天的帕米尔高原的一部分。这一段与曾在嵩山少林寺传教的达摩大师"只履西归"的传说有关。据传达摩大师死后,他的弟子们将他用棺木安葬在熊耳山(位于今河南省境内)。有一天,北魏使臣宋云从西域回来,刚走到葱岭一带,遇到了达摩祖师,他问:"大师,您将法传给谁了?"达摩祖师说:"你以后会知道的。我要回印度去了。"宋云回来后谈起此事,众人惊诧,于是打开棺木一看,里面只有一只鞋子。

古诗《自感》7韵,最后一句"抑戒皎如日,尚期无自弃"中的"抑戒"来自《诗经》。《诗经》有篇名叫《抑》,相传是卫武公所写,是用来警醒自己的,故叫"抑戒"。卫武公(约前852—前758),姬姓,卫氏,名和,全谥为睿圣武公,卫国第11位国君,前812—前758年在位。

第二节　李穑的五七言律诗、绝句与中国文化的关联

上面我们围绕着李穑的古体诗进行了分析,在这一节里主要对他的五言律诗、七言律诗以及五七言绝句进行分析。

《东文选》中,李穑的五言律诗共有7首,其中《读汉史》是一首咏史诗,是他的五言诗中最重要的一首。

吾道多迷晦,儒冠总冶容。子云殊寂寞,伯始自中庸。

第七章
高丽后期文人的汉诗与中国文化的关联(三)

六籍终安用,三章竟不从。悠悠千载下,重忆孔明龙。

很显然,这是一首作者批判"道迷晦",抨击儒者也随着浮夸、不切实际的社会现实的诗歌。其第一联就鲜明地体现出作者的这种倾向。其中"冶容"指的是女子涂脂抹粉的容颜,来自《易经》。《易经·系辞上》曰"慢藏诲盗,冶容诲淫",对此孔颖达疏曰"女子妖冶其容",就是说女子装扮得很妖艳。李白的《赠清漳明府侄聿》诗里也有类似的描述,说"赵女不冶容,提笼昼成群"。在李穑的这首诗歌里也用作装扮、假装的意思,以此批判不切实际、只重视门面的浮夸的社会风气,尤其是对那些读过一些书的儒者们的虚伪面貌进行了严厉的批判。第二联中的"子云"是汉代的扬雄,"伯始"是汉代的胡广。《汉书·扬雄传下》讲扬雄无辜受冤的故事,所谓的"投阁"的典故就出自这里。故事云:刘棻曾向扬雄问古文奇字。后棻被王莽治罪,株连扬雄。当狱吏往捕时,扬雄正在天禄阁上校书。他恐不能自免,即从阁上跳下,几乎摔死。后有诏勿问,但京师纷纷传语:"惟寂寞,自投阁。"后来将"投阁"用来指文士不甘寂寞而遭祸殃,比喻无辜受牵连而获罪、走投无路的情况。胡广(91—172),字伯始,南郡华容(今湖北监利)人,谥号文恭,东汉时期著名的政治家、名臣、学者,是中庸思想的忠实执行者。他担任过汝南太守、大司农、太尉等多种官职,先后经历了安帝、顺帝、冲帝、质帝、桓帝、灵帝等六朝皇帝,《后汉书》有他的传。在50多年的官场生活中,他的官职也上上下下变化多次,甚至被免职、夺爵、贬为庶人。但他一贯谦虚谨慎、办事干练,尤其是对各种规章了如指掌,凡有不懂的只要问他,他都能做出明快的回答。由此,京师有句谚语说:"万事不理问伯始,天下中庸有胡公。"后来出现了"中庸胡公"的典故,用来表示官吏办事谨慎、老练。李穑是借用这些故事批判当时高丽后期的儒学家们浮夸的学风和行为。其第三联"六籍终安用,三章竟不从"也是借用汉代的规矩反批高丽现实的。其中"六籍"指的是"六经","三章"则是汉高祖刘邦制定的"约法三章"。《文选·班固〈东都赋〉》曰"盖六籍所不能谈,前圣靡得言焉",李善注"六籍,六经也"。这六经分别为《诗经》、《书经(尚书)》、《礼经》、《易经(周易)》、《乐经》、《春秋经》(即"春秋三传":《春秋左氏传》《春秋公羊传》《春秋穀梁传》)。汉高祖刘邦统一天下后,"约法三章"。《史记·高祖本纪》曰:"与父老约,法三章耳:杀人者死,伤人及盗抵罪。"在这里作者是用这些史实,慨叹汉朝及后来的历史。换言之,其后的历史毋庸说"六经"了,即使是最简便的"三章"也遵守不了,道德竟然沦落到如此境地。应该说这是一种慨叹,是一种斥责。尾联用诸葛孔明来呼唤历史正道的复苏。"孔明龙"是"诸葛孔明"和"卧龙"的缩写。诸葛亮早年在南阳卧龙岗过了长达10年的躬耕生活,受刘备三顾茅庐邀请出仕,随刘备转战南北,建立蜀汉政权,官封丞相,谥号为忠武。"三顾茅庐""草船借箭"等著名的历史故事都与他有关,他著名的散文有《出师表》。

五言律诗《夜吟》是作者50岁的时候写的。随着年龄的增长,更由于时局的不安,作者也是非常焦虑的。其中有"细雨灯前落,名山枕上来。忧时知杞国,请始有燕台"等句。"细雨灯前落"表现作者非常不安的心情,这一句来自杜甫的《醉时歌》,这是杜甫赠了郑虔的,诗云:"清夜沉沉动春酌,灯前细雨檐花落。但觉高歌有鬼神,焉知饿死填沟壑?""杞国"出自成语"杞人忧天",典出《列子·天瑞》:"杞国有人忧天地崩坠,身亡所寄,废寝食者。"杞人忧天常用来形容那些没事找事、毫无根据的忧虑和担心。"燕台"指的是当年燕昭王为了招纳天下贤士而筑的台。在这里李穑借此慨叹心有余而力不足的社会现实和人才不济、每况愈下的时局。

五言律诗《偶吟》是作者借用中国的历史故事和历史人物抒发自己情感的诗歌。"桑海真朝暮,浮生况有崖。陶潜方爱酒,江揔未还家"中的"桑海"来自成语"桑田碧海"。"桑田碧海"亦称"沧海桑田",指大海变成桑田,桑田变成大海,比喻世界变化很大。出自唐卢照邻《长安古意》:"节物风光不相待,桑田碧海须臾改。""陶潜"是陶渊明,"江揔"的"揔"同"总",指的是江总。江总(519—594),字总持,祖籍济阳考城(今河南兰考),南朝陈大臣、文学家,官至尚书令,所以世称"江令"。他避开战乱,长期辗转在南方,所以作了不少想念家乡的诗歌,著名的有《于长安归扬州九月九日行微山亭赋韵》,全文如下:"心逐南云逝,形随北雁来。故乡篱下菊,今日几花开?"在这里作者借用这些典故抒发对岁月逝去的惆怅之感。

收录在《东文选》中的李穑的七言律诗比较多,共有 19 题 21 首。其中《南新店》是借用中国历史人物抒发自己情感的诗歌。其"杨子著书空自负,马卿题柱竟何成"中的"杨子"指的是扬雄。扬雄是继司马相如之后西汉最著名的辞赋家,所以有"歇马独来寻故事,文章两汉愧扬雄"之说。刘禹锡著名的《陋室铭》中"西蜀子云亭"的"西蜀子云"即为扬雄。扬雄模拟《易经》作《太玄》,将源于老子之道的玄作为最高范畴,并在构筑宇宙生成图式、探索事物发展规律时,以玄为中心思想。模拟《论语》作《法言》,在《法言》中,他主张文学应当宗经、征圣,以儒家著作为典范,他的这种观点对刘勰的《文心雕龙》颇有影响。扬雄还著有《训纂篇》,自比仓颉。他还著有语言学著作《方言》,是研究西汉语言的重要资料。后一句中的"马卿"是司马相如,传说司马相如经过成都升仙桥时,曾在桥上题字:"不乘高车驷马,不过此桥。"喻指立志求取功名。杜甫在《投赠哥舒开府翰二十韵》中说:"壮节初题柱,生涯独转蓬。"在这里李穑利用扬雄、司马相如之事发出文章不能取得功名的慨叹。

七言律诗《东山》中也出现了不少中国的历史人物。其中"秋风杜老破茅屋"一句来自杜甫的诗歌《茅屋为秋风所破歌》。这是杜甫旅居四川成都草堂时创作的一首歌行体古诗。该诗叙述杜甫的茅屋被秋风所吹破以致全家遭雨淋的痛苦经历,抒发了自己的内心感受,体现了杜甫忧国忧民的崇高思想境界,是杜诗中的典范之作。后一句"落日山公倒接䍦"①中的"倒接䍦"来自《世说新语·任诞》:"山季伦(山简)为荆州,时出酣畅。人为之歌曰:'山公时一醉,径造高阳池。日莫(暮)倒载归,酩酊无所知。复能乘骏马,倒著白接䍦(头巾)。举手问葛强,何如并州儿?'高阳池在襄阳,强是其爱将,并州人也。"由此"白接䍦"用以咏醉酒或醉态。在这里是作者对于自己无能为力的慨叹,在某种意义上是自我安慰。

七言律诗《读杜诗》是读杜甫诗歌后,赞美他晚年生活的诗歌。

  锦里先生岂是贫,桑麻杜曲又回春。钩帘丸药身无病,画纸敲针意更真。
  偶值乱离增节义,肯因衰老损精神。古今绝唱谁能继,剩馥残膏丐后人。

首联"锦里先生岂是贫,桑麻杜曲又回春"中的"锦里先生"是杜甫在诗歌《南邻》②中描写的可亲可敬的隐士。杜甫当年居住在锦官城(现在的四川成都西南),在一个秋天的夜晚,杜甫从家里出来去了"锦里先生"家做客。杜甫首先看到的是头戴"乌角巾"的隐者,园子里有不少芋头和栗子。他们家"未全贫",家境并不富裕,很一般。但是他们全家人神态愉悦,

---

① 原文是"落日山公倒接罹",但恐怕是"落日山公倒接䍦"。"罹"为"䍦"之误。
② 杜甫的《南邻》诗歌全文如下:锦里先生乌角巾,园收芋栗未全贫。惯看宾客儿童喜,得食阶除鸟雀驯。秋水才深四五尺,野航恰受两三人。白沙翠竹江村暮,相送柴门月色新。

小朋友笑语迎客,足见锦里先生是一位可敬的安贫乐道的隐者,满足于这种朴素的田园生活。"桑麻杜曲"出自杜甫的诗歌《曲江三章,章五句·其三》,诗云:"自断此生休问天,杜曲幸有桑麻田,故将移住南山边。短衣匹马随李广,看射猛虎终残年。"在这里"杜曲"是长安地名,是杜甫的祖籍,那里有他祖上传下的桑麻田。杜甫的这首诗歌表达了作者要归隐回家种田、不问世事的愿望。下面"钩帘丸药身无病,画纸敲针意更真"中的"钩帘丸药"出自杜甫诗歌《水阁朝霁,奉简严云安》中句:"钩帘宿鹭起,丸药流莺啭。""画纸敲针"来自杜甫的《江村》中句:"老妻画纸为棋局,稚子敲针作钓钩。"由此可见,在这里李穑描写的是回故里的杜甫的生活。"古今绝唱谁能继,剩馥残膏丐后人"句中的后一句来自典故"残膏剩馥"。残,剩余;膏,油脂;馥,香气或余泽。"残膏剩馥",意为"剩余的油脂和香气",出自《新唐书·杜甫列传》:"至甫,浑涵汪茫,千汇万状,兼古今而有之。他人不足,甫乃厌余,残膏剩馥,沾丐后人多矣。"以此比喻前人留下的文学遗产给后人以巨大的影响。在这里李穑也是这个意思,以之表达对杜甫的仰慕之情。

《即事》是1题2首的七言律诗。

年来旧故渐相疎,瘦骨支持卧病余。身后敢期千字咏,腹中空载五车书。
德璋北岳移频勒,靖节东皋啸独舒。回首南阳今寂寂,何人继起孔明庐。

病后东风日日狂,马蹄随处泛崇光。花心欲写天心巧,酒力能扶笔力长。
达士忘形如魏晋,可人携手喜参商。自怜春服犹成未,禊饮熊川趁夏凉。

从这首诗歌的内容看,这是李穑晚年病后的作品,所以,诗歌充满凄凉悲切的色彩。其第一首的颔联"身后敢期千字咏,腹中空载五车书"中的"五车书"来自《庄子集释·杂篇·天下》:"惠施多方,其书五车。"意思是惠施的方术很多,本事很大,他读的书要五辆车拉。后遂用"五车书、书五车、五车、五车读、惠子书、惠车、学富五车"等指书多或形容一个人读书多、学问深。如王维《戏赠张五弟諲三首·其二》曰:"张弟五车书,读书仍隐居。"《晚春严少尹与诸公见过》中曰:"松菊荒三径,图书共五车。"颈联"德璋北岳移频勒,靖节东皋啸独舒"中的"德璋"指的是孔稚珪。孔稚珪刘宋时曾任尚书殿中郎,齐武帝永明年间任御史中丞。《北山移文》是孔稚珪最脍炙人口的作品,用北山山灵的嘴,嘲讽当时的名士周颙。文章写得尖刻泼辣,通过对山川草木拟人化的描写,自由嬉笑调侃,因而历来为世人所传诵。"靖节"指的是陶渊明。据传陶渊明在担任彭泽县令时,不愿为五斗米折腰,辞官还乡,隐居田园,一直过着"采取东篱下,悠然见南山"的"击壤以自欢"的生活,而且在劳动之余,还养很多菊花。他特喜爱菊花,特别欣赏菊花的高尚品质,它不逢迎风雅,傲雪凌霜,即便是残菊,也悬挂在枝头,挺然不落,依旧含香吐芳。陶渊明用菊花的清雅倔强来要求自己,把它看作是君子之节。《和郭主簿二首·其二》写道:"芳菊开林耀,青松冠岩列。怀此贞秀姿,卓为霜下杰。"陶渊明在此诗中高度赞赏"霜下杰",很显然是以菊花的品格和气质自励。后人因陶渊明有此不慕荣利、志存隐逸的品格,称他为"靖节先生"。陶渊明的《归去来兮辞》里有"登东皋以舒啸"之句,李穑在这里引用此句,就是在对无所事事、无所作为的自己的现实情况发出一种哀叹。尾联"回首南阳今寂寂,何人继起孔明庐"中的"南阳"是三国时期诸葛亮生活的地方,"孔明庐"和"三顾茅庐"有关。如此看来,李穑对自己的处境非常悲观,慨叹虽有经世之知和经世之才,但都已经过时,描写了现在自己毫无用处的悲惨的现实。第二首诗歌的颈联"达士忘形如魏晋,可人携手喜参商"中的"忘形"原指超然物外,忘了自己的形体,后形容过度高兴而失去常态,亦指朋友相处不拘形迹,出自《庄子·让王》:"故养志者忘形,养形者忘利,致道者忘心矣。"白居易《效陶潜体诗·其七》里也有"我有忘形友,迢迢李与元"的句子。尾联"自怜春服犹成未,禊饮熊川趁夏凉"中的"春服"指的是春日穿的衣服,来自《论语·先进》:"莫(暮)春者,春服既成。"陶潜的《时运》诗亦云:"袭我春服,薄言东郊。"

下面我们看看李穑的另一首七言律诗《夜咏》。

    消磨豪气入醇真,渐悔高歌动鬼神。少日赋传希有鸟,老年说着不祥麟。
    楚囚吟苦犹思越,孔圣名垂尚在陈。自念秋风吹又急,白头难避庾公尘。

从题目和内容看,这是一首在宁静的夜晚回首自己坎坷的一生,并发出感慨的诗歌。这一首的颔联"少日赋传希有鸟,老年说着不祥麟"的前一句讲的是自己年轻时善作辞赋的事情,后一句表现的是年老什么也不能做的悲哀,其中"不祥麟"来自韩愈的《获麟解》。《获麟解》是韩愈读《春秋》后,对鲁哀公十四年(前481)"西狩获麟"的事借题发挥提出自己对时局的看法的一篇文章。据《左传》,鲁哀公十四年(前481)春,叔孙氏狩猎时捕获了一只怪兽,但是谁也不知道这是什么动物,但大家都认为这是不祥之物,于是就给了掌管狩猎的小吏。孔子看后,告诉他们这就是麟。麟可是仁义、吉祥的动物。由此孔子联想到每况愈下的周朝和自己的怀才不遇,他感到十分伤感。他认为没了圣王,社会混乱,所以像麟这样的仁义吉祥之物不仅没人认识,而且一旦出现就被捕获。可见这个麟生不逢时,全是动荡的时局使然。韩愈读到这里也联想到了中唐时期政治的腐败和时局的动荡。然而朝廷却看不上自己,不重用自己,自己虽有才华,但得不到重用。在这一点上他和孔子颇有同病相怜之感,于是他借题发挥写了这篇《获麟解》。李穑这首诗歌借用这则故事,表现高丽末期动荡的社会现实,也有生不逢时之慨叹。颈联"楚囚吟苦犹思越,孔圣名垂尚在陈"句中的"楚囚"和"思越"也有典故。"楚囚"来自成语"钟仪楚奏"。钟仪是春秋时期楚国的乐官,他被郑人所俘,又被献至晋国。晋侯让他奏音乐,他奏了楚国的音乐。身在晋国却奏楚国音乐,从此这个词专指那些思念故国、怀念乡土的行为。下面的"思越"就和战国时期的庄舄有关。庄舄是越国人,他在越国时虽然身份低微,但在楚当了大官,他生病时还念念不忘自己是越国人,竟然发出越国的吟声。这个故事出自《史记·张仪列传》:"秦惠王曰:'子(指陈轸)去寡人之楚,亦思寡人不?'陈轸对曰:'王闻夫越人庄舄乎?'王曰:'不闻。'曰:'越人庄舄仕楚执珪(楚国的最高爵位),有顷而病。'楚王曰:'舄,故越之鄙细人也,今仕楚执珪,贵富矣,亦思越不?'中谢(侍御官)对曰:'凡人之思故,在其病也。彼思越则越声,不思越则楚声。'使人往听之,犹尚越声也。今臣虽弃逐之楚,岂能无秦声哉?"在这里陈轸借用庄舄的故事说明自己到楚国亦不会忘记秦国,将会和庄舄发出越吟一样发出秦声。后遂以"庄舄越吟"表达不忘家乡、爱国怀乡的情感。魏时王粲的《登楼赋》里有"钟仪幽而楚奏兮,庄舄显而越吟",说的就是这个意思。后一句中的"孔圣"指的是孔老夫子,"尚在陈"典出《论语·公冶长》,曰:"子在陈曰:归与!归与!吾党之小子狂简,斐然成章,不知所以裁之。"其中,"陈"是古国名,大约在今天的河南东部和安徽北部一带;"吾党之小子"中,"党"为量词,古代一党为500家,"吾党"意思是"我家乡","小子"指的是学生;"狂简"的意思是"志向大但粗率简单";"斐然"是有文采;"裁"为裁剪、节制。由此看来,孔子这句话的意思是"回去吧!回去!我家乡的学生虽然理想远大,但粗率简单,有文采但不节制"。孔子非常担心自己学生具有"大而空"的理想,所以想让学生回鲁国为官从政,希望他们树立一个具体明确的理想,同时进一步提高自己的修养。尾联"自念秋风吹又急,白头难避庾公尘"和东晋时期的王导、庾亮有关。王导(276—339),字茂弘,琅琊临沂(今山东临沂)人,东晋时期著名政治家、书法家,东晋政权的奠基人之一。《晋书·王导列传》记载:"导内不能平,常遇西风尘起,举扇自蔽,徐曰:元规尘污人。"这里的"元规"就是庾亮。庾亮(289—340),字元规,颍川鄢陵(今河南鄢陵北)人,东晋时期名士、外戚。他姿容俊美,善谈玄理,又遵守礼法,颇受晋元帝司马睿的信任。但他和王导关系不好,有一次庾亮驻扎在武昌,在王导驻地的西边,所以每当刮西风,王导就用扇子挡风,说"元规尘污人"。可见在这首诗歌里李穑借用很多中国典故,表达对时局的不安和对受不公正待遇的不满,尤其是对背叛自己、迫害自己的郑道传等原来学生的不满溢于文外。

下面来看七言律诗《雀噪》:

雀噪茅檐日欲西,遥怜晏子惜泥溪。王风幸矣兴于鲁,女乐胡然至自齐。
衰草淡烟迷远近,白云青嶂互高低。凤歌忽向门前过,老我方将传滑稽。

首联"雀噪茅檐日欲西,遥怜晏子惜泥溪"中的"晏子"一般指的是晏婴。《史记·孔子世家》记载:有一天,齐景公问孔子如何为政,孔子说,"国君要像国君,臣子要像臣子,父亲要像父亲,儿子要像儿子(君君、臣臣、父父、子子)"。景公说:"讲得好啊!如果真的国君不像国君,臣子不像臣子,父亲不像父亲,儿子不像儿子,纵然有粮食,我怎么能吃得到呢!"改日齐景公又向孔子询问为政的事,孔子说:"为政在于节约财物。"景公很高兴,要把泥溪的田地封赐给孔子。晏婴进言说:"这些儒者能言善辩,不能用法度来规范;高傲自大,自以为是,不能任用他们来教育百姓;崇尚丧礼尽情致哀,破费财产厚葬死人,不可将这形成习俗;四处游说乞求借贷,不可以此治理国家。自从圣君贤相相继去世,周朝王室衰落以后,礼乐残缺有很长时间了。如今孔子盛装打扮,烦琐地规定尊卑上下的礼仪、举手投足的节度,连续几代不能穷尽其中的学问,从幼到老不能学完他的礼乐。国君打算用这一套来改造齐国的习俗,恐怕不是引导小民的好办法。"此后齐景公虽然照常恭敬地接见孔子,但不再问有关礼方面的事情了。领联"王风幸矣兴于鲁,女乐胡然至自齐"也和孔子有关。据传孔子帮助鲁国国君治理国家,齐国怕鲁国强盛,就于鲁定公十三年(前497)送了80个"女乐"到鲁国。季桓子(季孙斯)接受了女乐后,君臣上下都迷恋于歌舞,把朝政忘在脑后。孔子对此非常不满和失望,从此孔子和季桓子之间产生了矛盾。后来鲁国举行郊祭,祭祀后给每个大夫都送了祭肉,但没有送给孔子,其实这就是季桓子对孔子下的逐客令。孔子知道季桓子不再重用自己了,决定离开鲁国,到其他地方去寻求出路。由此孔子开始了周游列国,这时他的年龄是55岁。尾联"凤歌忽向门前过,老我方将传滑稽"中的"凤歌"来自《论语·微子》的"凤兮凤兮,何德之衰",诗中即指《楚狂接舆歌》。孔子周游列国,到了楚国。这时有个人唱着这首歌,经过孔子的马车旁。孔子听后,下车想跟他交谈,但他假装没听见离开了,孔子失去了和他交谈的机会。

李穑的七言律诗中有两篇《有感》,其中一首是久病后写的,另一首不知写于何时,但都充满着一种悲哀的情调。从这一点看估计两首都是他晚年的作品。

病余身世两蘧蘧,白发如今数丈余。豪气何曾妾换马,道情还似子非鱼。
云烟暗淡埋青嶂,树木参差际碧虚。欲学盖公清净处,自怜衰老负吾初。

这是第一首《有感》。从首联的"病余身世两蘧蘧"的句子中我们不难推测作者的心境。其颔联"豪气何曾妾换马,道情还似子非鱼"中的"妾换马"出自李白的《襄阳歌》。《襄阳歌》是李白的"醉歌"之一,在这首诗歌里作者触事遣兴,借人写己,充分表现了蔑视功名富贵、追求放浪自由生活的思想感情。歌中有"千金骏马换小(一作'少')妾,醉坐雕鞍歌《落梅》"的句子,李穑的诗句就是从这里衍化而来。《独异志》卷中曰:"后魏曹彰性倜傥,偶逢骏马爱之,其主所惜也。彰曰:'予有美妾可换,惟君所选。'马主因指一妓,彰遂换之。"落梅,即《梅花落》,乐府横吹曲名。下一联的"子非鱼"出自《庄子·秋水》,整句是"子非鱼,安知鱼之乐",意思是"你不是鱼,怎么知道鱼在高兴"。这则故事要说明的是不要总以自己的眼光和想法看待别人,别人有别人的看法和想法,这充分表达了庄子的思想,但话说得虽不错,不免有诡辩之嫌。李穑在这里回顾自己凄惨的一生,表现出一种非常凄凉的情调。尾联"欲学盖公清净处,自怜衰老负吾初"中的"盖公"指的是西汉著名学者盖公,《汉书·曹参传》记载:孝惠元年(前194)曹参做齐国丞相。他召集当时的社会名流,求教治国之道。当时善于黄老之学的盖公说治道贵清静而民自定。曹参用其术,使国安定。这一联借用盖公的故事表达了李穑自己已经年老丧失初心的情况。

先生未必是清流,白发萧然独倚楼。晋相自尊宁仕宋,韩仇已报可封留。
赤松郁郁寒云晚,碧柳依依细雨秋。毕竟安心无寸地。每从天际望归舟。

这是李穑的第二首《有感》,和第一首一样充满着一种凄凉的情调。其颔联"晋相自尊宁仕宋,韩仇已报可封留"的前一句来自陶渊明。陶渊明的曾祖父陶侃是东晋的开国元勋,军功卓著,曾经官至大司马。后来有人劝说陶渊明再度出仕,为刘宋王朝服务,但他宁愿贫病交加、穷困潦倒也不愿再涉官场。其原因之一是他已经对官场的生活感到了厌倦,还有一个原因就是他认为刘宋篡的是晋朝,晋朝就是自己的曾祖父乃至父亲的国度,所以他不愿意向宋朝弯腰,从而没有接受这个邀请。后一句跟张良有关。众所周知,张良出身于韩国的贵族世家,祖父张开地在战国时期的韩国连任三朝宰相,父亲张平亦继任韩国二朝的宰相,然而到张良时韩国已经完全衰落。韩国的灭亡使张良失去了继承父业的机会,丧失了显赫荣耀的地位,故他心存亡国亡家之恨,并把这种仇恨集中于一点——反秦。他当刺客是为了复仇,跟随刘邦也是为了复仇,终于他辅佐刘邦灭了秦,并被封为留侯。在这里李穑利用陶渊明和张良的事情来表达自己晚年非常复杂的心境。

除此之外,李穑的七言律诗《夜雨》的颈联"颇信残年如下濑,可怜当日欲东周"来自《论语·阳货》:"如有用我者,吾其为东周乎?"尾联"祗今心迹谁能辨,高卧元龙百尺楼"中的"元龙"指后汉时期的陈登。陈登,字元龙,下邳淮浦(今江苏涟水)人,东汉末年的将领,为人爽朗,智谋过人。有一次刘备、许汜与刘表在一起共论天下之士。谈到陈登时,许汜不以为然地说:"陈元龙乃湖海之士,骄狂之气至今犹在。"刘备问许汜:"您认为陈元龙骄狂,有什么根据吗?"许汜说:"我过去因世道动荡而路过下邳,见过陈元龙。当时他毫无客主之礼,很久也不搭理我,自顾自地上大床高卧,而让客人们坐在下床。"刘备应声道:"您素有国士之风。现在天下大乱,帝王流离失所。元龙希望您忧国忘家,有匡扶汉室之志。可是您却向元龙提出田宅屋舍的要求,言谈也没有什么新意,这当然是元龙所讨厌的,又有什么理由要求元龙和您说话?假如当时是我,我肯定会去百尺高楼上高卧,而让你们睡在地下,哪里只有区区上下床的区别呢?"李穑在这里表现了忧国之情。

七言律诗《即事》的尾联"齐物逍遥非我事,镜中形色甚分明"中的"齐物逍遥"指的是《庄子》的前两章《逍遥游》和《齐物论》。

七言律诗《秋日》尾联"乾坤几度秋风起,回首江东忆季鹰"中的"季鹰"就是晋朝的张翰。

《东文选》收录李穑的七言绝句19首,但其中大部分是作者用来抒怀的,所以和中国文学有关的不是很多。

　　天低山远树浮云,政是江天日欲曛。
　　虎啸猿啼愁不尽,逐臣骚客苦思君。

这是他的七绝《雨暗江林》,这里"虎啸猿啼愁不尽,逐臣骚客苦思君"中的"虎啸猿啼"来自范仲淹的《岳阳楼记》"薄暮冥冥,虎啸猿啼";"骚客"源于屈原的《离骚》,通常指文人、诗人,也叫骚人,后来多用于不得志的诗人或文人,在这里用作诗人;"苦思君"指的是思念君主,这与屈原的思君,以及在"淫雨霏霏,连月不开,阴风怒号,浊浪排空""薄暮冥冥,虎啸猿啼"的洞庭湖边的"去国怀乡"之意相联系,形成一个非常悠远的意境。

另一首七言绝句《滕王阁图》是借用滕王阁抒发自己情怀的作品。

　　落霞孤鹜水浮空,画栋飞帘云雨中。
　　当日江神知我否,何时更借半帆风。

诗歌中的滕王阁位于江西省南昌市西北赣江东岸上,始建于唐永徽四年(653),和武汉的黄鹤楼、岳阳的岳阳楼并称为"江南三大名楼"。滕王阁因滕王李元婴而得名。李元婴是唐高祖李渊的幼子、唐太宗李世民的弟弟,他一生骄奢淫逸,品行不端,但他精通歌舞,善画蝴蝶,很有艺术才华。他修建滕王阁,也是为了自己歌舞享乐的需要。但滕王阁出名是因为王勃的一篇《滕王阁序》,其中"落霞与孤鹜齐飞,秋水共长天一色"堪称绝世佳句。李诗第一句"落霞孤鹜水浮空,画栋飞帘云雨中"的"落霞孤鹜"很明显就来自王勃的《滕王阁序》。关于《滕王阁序》的由来,《新唐书·文艺传》记载:"九月九日都督大宴滕王阁,宿命其婿作序以夸客,因出纸笔遍请客,莫敢当,至勃,沉然不辞。都督怒,起更衣,遣吏伺其文辄报。一再报,语益奇,乃矍然曰:'天才也!'请遂成文,极欢罢。"唐末王定保的《唐摭言》里也有类似的记载,比《新唐书·文艺传》的记录生动得多:原来阁公本意是让其婿孟学士作序以彰其名,不料在假意谦让时,王勃却提笔就作。阁公初以"更衣"为名,愤然离席,专令人伺其下笔。初闻"南昌故郡,洪都新府",阁公觉得"亦是老生常谈";接下来"星分翼轸,地接衡庐",公闻之,沉吟不言;及至"落霞与孤鹜齐飞,秋水共长天一色"一句,乃大惊"此真天才,当垂不朽矣"。遂亟请宴所,极欢而罢。第二句"画栋"也来自王勃。王勃作《滕王阁序》之后还写了诗歌《滕王阁诗》[①],其颔联就是"画栋朝飞南浦云,珠帘暮卷西山雨"。李穑诗歌的"画栋"就出自这里。第三句和最后一句中的"江神"和"借风"也和王勃有关,是讲王勃去"滕王阁"之前

---

① 王勃的《滕王阁诗》全文如下:"滕王高阁临江渚,佩玉鸣鸾罢歌舞。画栋朝飞南浦云,珠帘暮卷西山雨。闲云潭影日悠悠,物换星移几度秋。阁中帝子今何在?槛外长江空自流。"

的事。据传王勃去看望父亲的途中做梦,梦中江神说:明天(也就是九月九日)南昌重修的滕王阁将开落成典礼,你去作文出名。王勃说:南昌离我这里700里路,一夜之间我怎么能赶得上?江神说:只要你上船,我会借风给你。于是王勃借风第二天顺利地到达南昌,参加这个典礼,作《滕王阁序》一举出名。

另外,李穑的七言绝句《榆关小憩寒松禅师沽酒》中,"破囊擎出醉香天"中的"醉香"出自唐王绩的《醉乡记》。王绩(约589—644),字无功,号东皋子,绛州龙门(今山西河津)人。《醉乡记》中的"醉乡"指的是醉酒后的世界。

七言绝句《纪事》的第一句说海外传"衣钵",实际上说的是向海外传播禅家的法统。第二句中的"圭斋"指元代的欧阳玄。欧阳玄,字原功,号圭斋,浏阳(今属湖南)人,宋欧阳修之后,延祐年间举进士第,任太平路芜湖县尹,著有《圭斋集》16卷。李穑是在他的门下读书并参加科举的。所以,有李穑把他的文章传到海外的说法。

七言绝句《小雨》中,"清晨小雨洒茅檐,客兴悠然白柄镵"中的"白柄镵"指的是犁铁,即犁头,出自杜甫《乾元中寓居同谷县作歌七首·其二》"长镵长镵白木柄"。

第三节　郑梦周的汉诗和中国文化的关联

郑梦周(1337—1392),原籍迎日(今庆尚北道浦项市),幼名梦兰、梦龙,字达可,号圃隐,谥号为文忠,高丽后期著名的政治家、教育家、性理学家,韩国性理学的开拓者。他看到了高丽政治的腐败,从而极力主张政治改革,但反对"易姓革命",也否定佛教,想用性理学挽救摇摇欲坠的高丽王朝,从而成为李成桂同党的眼中钉。他一生致力于重整高丽王朝的雄风,在对明、对日外交中显示出非凡的才能。他由于反对"易姓革命",得罪了李芳远。他得知李芳远的阴谋,便计划趁机除掉李成桂及其同党,但由于事前泄密,反被李芳远派人残忍地杀害在善竹桥上。1362年他任艺文监阅,1364年跟随李成桂参加了维护和收复北方的战斗。1367年成均馆重新开办的时候,他任成均博士。当时传到韩国的只有《朱子集注》,郑梦周就用这本书讲授性理学。他讲得非常出众,博得了大家的好评,李穑也赞不绝口,说他的话没有一句不合事理的,称他为韩国性理学的鼻祖。1372年,他跟随洪师范到南京,回国途中遭大风浪,九死一生,被明朝的船只所救,在正使洪师范牺牲的情况下,自己千辛万苦回国。1375年经右司议大夫任成均大司成。其间和李仁任不和,被流放到彦阳,但不久官复原职,去日本修复了两国关系,解救了不少被日本扣押的高丽人。1384年任政堂文学,1385年同知贡举,主管科举,1386年来访大明,后经门下评理,任三司左使、艺文馆大提学等职。1389年和李成桂一道立恭让王,第二年被封为益阳郡忠义君,受"纯忠论道佐命功臣"号。他非常注重《大明律》,主张要依靠法律治理国家;他崇尚礼法,依据《朱子家礼》修家庙,祭奠祖先;在开城立五部学堂,地方上建乡校,想振兴儒学。他善文能武,留有时调《丹心歌》,有文集《圃隐集》。《四库全书》收录的《御选明诗》《明诗综》均收有郑梦周诗作。明代万历年间编的《朝鲜诗选》也收录郑梦周的诗17首。《东文选》收录郑梦周的五言古体诗2首、七言古体诗2首、五言律诗4首、七言律诗12题16首、五言排律1首、五言绝句1首、七言绝句10首、六言2首,共34题38首,是高丽末期诗人中作品被收录比较多的。

郑梦周的诗歌所涉及的中国文化相关内容很多,主要集中在中国历史上的人物、事典语典、地名民俗等几个方面,下面就围绕这几个方面加以论述。

一、中国历史上的人物

和高丽时期很多诗人的诗歌一样,郑梦周的汉诗中也经常出现中国的历史人物。郑梦周是在诗歌中利用中国历史上的人物表现自己的政治理想,常用比兴手法抒发自己的儒家思想和儒者风范。

郑梦周的七言律诗《皇都》是赞美明朝的古都应天府南京的,从诗歌的内容看这是他访问大明期间作的。

尺剑龙飞定四维,一时豪杰为扶持。山河带砺徐丞相,天地经纶李太师。
驸马林池春烂熳,国公楼阁月参差。始知盛代功臣后,共享升平万世期。

很明显,这是赞美明朝的开国皇帝朱元璋的,所以可看作一个颂词。首联中的"尺剑"指的是"三尺剑",古代的剑基本上都是三尺,故剑一般叫做三尺剑。朱元璋在评价李善长的时候说"朕起自草莽间,提三尺剑,率众数千,在群雄的夹缝中奋斗",由此看这首联中的"尺剑龙飞定四维"说的是明朝的开国始祖朱元璋。颔联中的"徐丞相"指的是徐达。徐达(1332—1385),字天德,濠州钟离(今安徽凤阳)人,明朝开国军事统帅。元朝末年参加朱元璋的起义军,跟随朱元璋南征北战,挺进中原,为推翻腐败的元朝统治立下了汗马功劳,是明朝开国的第一功臣。朱元璋登基后,徐达任中书右丞相,死后被追封为中山王。"李太师"则是指李善长。李善长(1314—1390),字百室,濠州定远(今安徽定远)人,也是明朝的开国元勋。李善长少年时代开始爱读书,有智谋,后投靠朱元璋,南征北战,出生入死,为明朝的建立立下了汗马功劳。他官至中书左丞相,可以和汉代名相萧何相媲美。但洪武二十三年(1390)被以胡惟庸党追问,李善长连同其妻女弟侄70余人被一并处死。朱元璋是这样评价李善长的:"李善长未来谒军门,倾心协谋,一齐渡过大江,定居南京。一二年间,练兵数十万,东征西伐,善长留守国中,转运粮储,供给器械,从未缺乏。又治理后方,和睦军民,使上下相安。这是上天将此人授朕。他的功劳,朕独知之,其他人未必尽知。当年萧何有馈响之功,千载之下,人人传颂,与善长相比,萧何未必过也。"所以,在这首诗歌里郑梦周称他有天地经纶之博才。

七言律诗《偶题》是郑梦周出使日本期间作的,1题5首,其中第三首有与中国文化相关的内容,列示如下:

弊尽貂裘志未伸,羞将寸舌比苏秦。张骞查上天连海,徐福祠前草自春。
眼为感时垂泪易,身因许国远游频。故园手种新杨柳,应向春风待主人。

郑梦周是1377年去的日本,这首诗歌主要是述说出使的疲惫和想念家乡的内容。首联"弊尽貂裘志未伸,羞将寸舌比苏秦"主要讲的是苏秦的故事。苏秦原来在家乡务农。早年到齐国拜鬼谷子为师学习,学成后他认为出去打拼几年能够得到成功。但在外打拼了多年,还是没有成功,反而穷困潦倒,走时身穿的貂裘大衣也破烂不堪,狼狈回家。看到他的这副穷相,"妻不下纴,嫂不为炊,父母不与言"。家人讥笑他不识时务,不务农,本末倒置,想借一张嘴功成名就,只能处处碰壁。苏秦自己也深感惭愧,但他不灰心,闭门读书,但不久叹道:"从师受教,埋头苦读,却不能换来荣华富贵,读再多的书又有何用?"

于是他找《周书阴符》，伏案钻研。一年后，他修得了合纵连横之术，认为这下可以周游列国说服诸侯了。果然不出所料，此番游说取得巨大的成功，最终组成抗秦六国联盟，他自己担任六国国相，佩戴六国帅印，从此名震天下，充分施展了自己的才能。著名的"锥刺股"就来自苏秦，说明他刻苦读书，《史记》有他的列传。领联"张骞查上天连海，徐福祠前草自春"前一句中的"张骞"指的是开拓西域的那个张骞，"查"古文中指水中的浮木，引申为船之类；后一句中的"徐福"就是为秦始皇寻不老草，领着三千童男童女去"三神山"的那个徐福。日本有徐福去日本定居的说法，韩国济州岛也有徐福到济州岛采不老草的传说。现在日本和歌山有徐福的神社，韩国的济州岛有徐福的纪念馆。

另一首七言律诗《大仓赠礼部主事胡琏》中也出现了中国的历史人物。

　　男子平生爱远游，异乡胡乃叹淹留。无人更扫陈蕃榻，有客独登王粲楼。
　　万户砧声明月夜，一竿帆影白苹洲。时来饮酒城南市，豪气犹能塞九州。

这首诗歌领联中的"陈蕃榻"出自《后汉书》。《后汉书·陈王列传》有陈蕃善待高洁之士的故事。后来"陈蕃榻"用来比喻以礼待贤士。李白的《寄崔侍御》中有"高人屡解陈蕃榻，过客难登谢朓楼"的句子。下一句中的"王粲楼"指的就是汉代的王粲和他写的《登楼赋》。王粲自幼颇受蔡邕的赏识，但他怀才不遇，常年不得志，这给了他作文写诗的素材，《登楼赋》就是这一时期写的。文章把登楼而产生的感伤的情调和长期客居他乡而来的对家乡的思念、怀才不遇的心境有机地结合在一起，给人以强烈的印象。唐代张九龄的《候使登石头驿楼作》里有"自守陈蕃榻，尝登王粲楼"的句子。

另外，七言绝句《寄李正言》是写给李存吾的。高丽恭愍王时期李存吾直言要弹劾辛旽，结果反被流放，这首诗讲的就是这件事。其第三句"宣室承恩应未远"中的"宣室"是古代帝王居住的正室（一说为帝王祭奠先祖斋戒的地方），据传当年汉文帝在"宣室"召见了之前被流放到长沙的贾谊。在这里郑梦周借用这个典故安慰李存吾：一个美好的未来在等着你。

七言绝句《哭李密直种德》是写给李穑的，诗题中的李密直就是李穑。其中"古来此理诚难诘，孔圣犹曾哭伯鱼"讲的是孔子。这"伯鱼"就是孔子的儿子，他先于孔子去世。郑梦周借这个故事安慰李穑，生老病死乃人之常情，更何况孔老夫子也有过这般痛苦。他希望李密直节哀，显示了对李密直的一种爱。

二、中国的事典和语典

郑梦周在汉诗创作中经常使用中国的事典和语典，以之提高诗歌的艺术表现力。如《皇都》的领联中就用"山河带砺"来表现明朝的百年基业牢不可破。据传这是汉高祖当年建立汉朝时发表的一句誓言。

《偶题》是郑梦周奉使日本的时候写的，1题5首，第三首和第四首里有相关的内容，这里举第四首：

　　山川井邑古今同，地近扶桑晓日红。但道神仙居海上，谁知民社在天东。
　　斑衣想自秦童化，染齿曾将越俗通。回首三韩应不远，千年箕子有遗风。

首联中的"扶桑"一般指日本，出自《梁书》。《梁书》卷五十四记载："扶桑在大汉国东二万余里，地在中国之东，其土多扶桑木，故以为名。"史书上还记载扶桑人以扶桑果为食，以树皮为衣,以扶桑皮为纸。史书上没有说扶桑国就是日本,但按方位来看,很可能是日本,因此不知从什么时候开始扶桑成为日本的代名词。颈联"斑衣想自秦童化,染齿曾将越俗通"句中,作者认为日本人穿的"斑衣"是从徐福带走的那些童男童女的服饰上学到的;"染齿"指的是日本南部的一个风俗,那里的女人经常把牙齿染成黑色,而这一风俗越南就有,所以有的人认为,日本染牙的风俗来自越南。其实这里所说的"越俗"指的是越国,即位于中国的南方长江中下游地区的吴越的风俗。《史记·赵世家》载:"夫翦发文身,错臂左衽,黑齿雕题,大吴之国也。"尾联中的"箕子"就是"箕子朝鲜"中的那个箕子,在这里作者通过"千年箕子"和"有遗风"表现较之日本韩国文化上的优越感。

七言绝句《杨(扬)子江》是直接借用并描绘中国的江河以表现自己胸怀的作品。

　　龙飞一日树神功,直使乾坤绕汉宫。
　　但把长江限南北,曹公谁道是英雄。

这"扬子江"就是长江。"龙飞"句子中的"龙飞"来自《周易》。《周易》中乾卦第五爻的爻辞有"飞龙在天"之句,喻事物处于最鼎盛时期。在这里讲的是曹操从宦官之后也就是人们眼中的"寒族"成为丞相的事。"但把长江限南北"讲的是曹丕的事。据传魏文帝曹丕篡汉位之后,攻打吴国,但没想到由于长江天险,没能如愿,他叹道"天所以限南北也",然后回师了。下一句里的"曹公"一般情况下指曹操,但在这里是泛指,指曹氏父子。

郑梦周在中国写了不少诗歌,如《渡渤海》《鸣呼岛吊田横》《蓬莱驿示韩书状尚质》《漂母坟》《过杨(扬)州》《杨(扬)子江》《舟次白鹭洲》《姑苏台》等就是他在路途上写的。《姑苏台》是一首咏史诗。

　　衰草斜阳欲春秋,姑苏台上使人愁。
　　前车未必后车戒,今古几番麋鹿游。

姑苏台又名姑胥台,在苏州城外西南隅的姑苏山上。其建筑极其华丽,规模极其宏大,是供吴王夫差奢侈娱乐的场所。当年吴王夫差非常喜欢兴建各种亭台楼阁,在那里整天和美女们沉浸在淫乐之中,这个姑苏台也是这样建起来的。但历史就是如此捉摸不定,他最终也被困死在这个姑苏台上。后来"姑苏台"就经常出现在诗歌作品中,如李白《乌栖曲》中的"姑苏台上乌栖时,吴王宫里醉西施"。"前车未必后车戒"来自成语"前车之鉴"。"前车之鉴"出自《荀子·成相篇》,曰:"患难哉!阪为先,圣知不用愚者谋。前车已覆,后未知更,何觉时?不觉悟,不知苦,迷惑失指易上下。中不上达,蒙掩耳目塞门户。"在这里,郑梦周借用这个典故警示统治者,要时刻记住前车之鉴,不能犯同样的错误。"今古几番麋鹿游"中的"麋鹿游"出自《史记·淮南衡山列传》:"臣闻子胥谏吴王,吴王不用,乃曰:'臣今见麋鹿游姑苏之台也。'今臣亦见宫中生荆棘,露沾衣也。"在这里郑梦周也讲了这个故事,利用这个姑苏台,告诫人们前车之鉴的重要性。

五言排律《贺李秀才登第还乡三十韵》中也有不少和中国文化有关的内容。

　　……………
　　道泰辞桴海,春暄趁浴沂。谈诗遗训诂,玩易贯精微。
　　杨马赋堪献,颜骞心所希。芹宫阅寒暑,桂窟向芬菲。

战艺才无敌,扬眉愿莫违。丹墀张虎榜,紫殿卓龙旗。
玉笋齐承宠,天颜为霁威。……

其中,"道泰辞桴海,春暄趁浴沂"中的前一句来自成语"乘桴浮海",而这个成语出自《论语·公冶长》。子曰:"道不行,乘桴浮于海,从我者其由欤?"在这里"桴"为竹或者是木编成的小筏子,意思是坐小木排在海上漂游,经常引申为隐逸,传说当年范蠡就是坐木排过隐逸生活的。后一句的"浴沂"也出自《论语》,比喻怡然处世的高尚情操。这两句讲李秀才没有逃避现实,积极入世,所以作者对他的这种努力和态度给予肯定,而且给予了高度的评价。下两句中的"诗"指《诗经》,"易"则是《周易》,是说李秀才精通《诗经》《周易》等经典,学问高。"杨马赋堪献,颜骞心所希"中的"杨马"指的是"扬雄"和"司马相如",他们都擅长辞赋;"颜骞"指的是"颜渊"和"闵子骞",他们都为孔子的高徒。在这里郑梦周是利用这些中国历史人物赞扬李秀才的聪明和才智。下面的"芹宫"出自《诗经·鲁颂·泮水》"思乐泮水,薄采其芹"。其中"泮水"是水名,《毛郑诗考正》曰:"泮水出曲阜县治,西流至兖州府城。"朱熹集传:"泮水宫之水也。诸侯之学乡射之宫谓之泮宫。"由此后来"芹宫"指学宫、学校。"桂窟"是由中国神话里讲月亮里有桂树的传说而来,因此可以理解为月宫,但古代中国科举及第称为"折桂",由此可以把"桂窟"比喻为科举考场。下面句子中的"玉笋"出自《新唐书·李宗闵列传》。传曰:"俄复为中书舍人,典贡举,所取多知名士,若唐冲、薛庠、袁都等,世谓之玉笋。"宋朝王禹偁《献转运副使太常李博士》有"捧诏瑶池下,辞班玉笋中"的句子。在这里"玉笋"表示出类拔萃的人。这首诗歌下半部分还有"孟母昔迁舍,苏妻方下机"的句子。其中"孟母"指的是孟子的母亲,在这里借用了"孟母三迁"的故事;"苏妻"指的是苏秦的妻子,此故事我们已经在前面论述过,这里不再赘述。

七言律诗《甲辰十月赠江南使胡照磨》是作者写给江南使胡照磨的,诗歌中的甲辰是公元1364年。

十载风尘首独回,与君今日共含杯。三冬足用文章富,五世同居吉庆来。
使节远游箕子国,归舟却向越王台。何时四海清如镜,共上天台一笑开。

其颔联中的"三冬"指经过了三个冬天,即指三年。《汉书·东方朔传》曰:"年十三学书,三冬文史足用。"杜荀鹤《溪居叟》里也有"不说风霜苦,三冬一草衣"的句子。颈联中的"箕子"就是传说中那个从周朝流亡到朝鲜,建"箕子朝鲜"的那个"箕子";"越王台"位于浙江省绍兴市区卧龙山东南麓,是人们为缅怀越王勾践卧薪尝胆复国雪耻而建的。"天台山"位于浙江省中东部,地处绍兴、宁波、金华的交界地带,以"佛宗道源、山水神秀"享誉国内外。

七言绝句《舟次白鹭洲》也是作者在中国写的。

白鹭洲边浪接天,凤凰台下草如烟。
三山二水浑依旧,不见当年李谪仙。

首联中的"白鹭洲"位于南京城东2.5公里处,因洲上有许多白鹭而得名。下一句中的"凤凰台"也在南京。据《江南通志》,"凤凰台在江宁府城内之西南隅"凤凰山上。在中国凤凰是瑞鸟,往往象征着王权,是吉祥之兆。相传南朝刘宋永嘉年间有凤凰经常聚集在这里。于是在这里筑凤凰台,以求吉祥。李白有《登金陵凤凰台》,诗云:"凤凰台上凤凰游,凤去台空江自流。吴宫花草埋幽径,晋代衣冠成古丘。三山半落青天外,二水中分白鹭洲。总为浮云能蔽日,长安不见使人愁。"由此可见,郑梦周的《舟次白鹭洲》显然和李白的这首诗有联系,抒发出了"青山依旧在,几度夕阳红"的感慨。

三、中国的地名和民俗

郑梦周的汉诗中还出现不少与中国的地名、民俗有关的内容。下面的七言律诗《定州重九韩相命赋》是重九日写的①。

定州重九登高处,依旧黄花照眼明。浦溆南连宣德镇,峰峦北倚女真城。
百年战国兴亡事,万里征夫慷慨情。酒罢元戎扶上马,浅山斜日照红旌。

诗歌首联中的"定州"指的是定平,是现在朝鲜咸镜南道定平郡,1041年筑城后改称定州,当时这里是女真和高丽的边界。朝鲜李太宗时期改为定平。1363年郑梦周任郎将兼阁门祗候、卫尉寺丞等职,后作为东北面都指挥使韩邦信的从事官在定州过着戎马生活,1364年和从西北面特意赶到的兵马司李成桂一道参加了讨伐女真的战争。诗题中的"韩相"应该就是东北面都指挥使韩邦信。"重九"是中国的传统民俗节重阳节的别称,在中国重阳节有登高、喝菊花酒、佩戴茱萸等习俗,所以这一天也叫做"登高节""菊花节""茱萸节"。诗歌中的"登高处"就与这些习俗有关。下一句中的"黄花"指的是菊花。由此看来,作者在这里借用中国的民俗节和民间习俗,抒发了生活在边关的将士的情怀。

《乙丑九月赠张溥》是作者写给明朝的使臣张溥的,诗歌中的乙丑是1385年。

大明声教暨东溟,蕃国年年贡帝庭。天子远颁新宠典,使臣来续旧图经。
鸡林树叶心同赤,龙首山光眼共青。华夏即今归混一,临分不用涕潸零。

诗歌中的"大明"是明朝,郑梦周一贯主张"亲明疏元"的政策,首联就直截了当地表现了作者的这种思想倾向;颔联"续旧图经"指的是宋朝徐兢的书和画,他曾经出使高丽,撰写了记录高丽风俗和制度的书《宣和奉使高丽图经》,但原书所附记录当年高丽情形的图画已经失传。"鸡林"指的是庆州,龙首山也在庆州地区。

《渡渤海》是郑梦周作为使臣到明朝访问时作的。从诗歌看,他们当时是通过胶东半岛来中国访问的。

之罘山下片帆张,不觉须臾入渺茫。云接蓬莱仙阙远,月明辽海客衣凉。
百年天地身如粟,两字功名鬓欲霜。何日长歌赋归去,蓬窗终日寸心伤。

这首诗歌里出现渤海、芝罘山、蓬莱、辽海等与山东半岛有关的地名。据史料记载,郑梦周于明洪武五年(1372)出使中国,途中遭遇暴风险些丧命,被明人的船只救起。途中他经过庙岛群岛,写了著名的诗歌《呜呼岛》②。在《呜呼岛》里作者为张良、韩信、萧何这"汉初三杰"的不幸命运惋惜,为以田横为首的"呜呼岛"五百壮士慷慨就义的英雄精神而歌泣。在郑

---

① 郑梦周还有一首"重九诗"《重九题明远楼》。
② 郑梦周的《呜呼岛》诗歌全文如下:三杰徒劳作汉臣,一时功业竟成尘。只今留得呜呼岛,长使行人泪满巾。与郑梦周以及韩国古代文人的《呜呼岛》有关的诗歌以及研究,参见任晓礼:《浅析明初朝鲜著名使臣的呜呼岛诗》,《鲁东大学学报(哲学社会科学版)》,2014年第31卷第2期。

梦周看来,比起隐退江湖的张良、因谋反罪而被诛杀的韩信、委曲求全的萧何,这五百壮士不知要高出多少倍,因此,他为他们的英勇献身而流泪,为他们的慷慨献身而感动。

郑梦周的诗歌里还出现了其他许多中国地名以及相关内容,如七言律诗《蓬莱驿示韩书状尚质》中的"蓬莱",六言诗《雨中登义城北楼》"蹇驴又向京华"一句中的"京华",六言诗《过杨(扬)州》中的"楚地""扬州"等等,就表现出了郑梦周诗歌和中国文化的密切关系。

第四节 李崇仁的汉诗和中国文化的关联

李崇仁(1347—1392),高丽末期的诗人、学者,原籍为星州,字子安,号陶隐,和牧隐李穑、圃隐郑梦周一道,被称为高丽末期的"三隐"。1360年14岁的时候,国子监试及第。16岁的时候登科,经肃雍府丞,任长兴库使兼进德博士。21岁的时候成为成均馆生员,在李穑的门下,和郑梦周、金九容、朴尚衷、郑道传、权近等人交友。24岁时,在赴中国参加科举的人员选拔中得到了第一名,但因年龄的原因,未能赴中国参加考试。后来任礼仪散郎、艺文应教、门下舍人、典理总郎等职。禑王登基时,被认为是"亲明派"而被流放4年,回来后历任成均事丞、典理判书、密直提学等职。1386年作为贺政使去明朝。1388年遭到崔滢等人的诬陷被流放到通州,崔滢等人没落后,成为知密直司事。1392年郑梦周被诛杀后,被认为是郑梦周的同党,又一次被流放到顺川,在流放地被郑道传的亲信所杀,谥号为文忠。作为文人,李崇仁具有很高的声誉,史书载:"崇仁天资英锐,文辞典雅,穑每叹赏曰:'此子文章,求之中国不多得也。'帝(朱元璋)每览所撰表曰:'表辞诚切。'中原士大夫观其著述,莫不叹服。"[①]他继承李穑的性理学,对高丽末期的政坛和文坛注入儒学学风起到了非常重要的作用。综观他的文学观可以归纳为以下几个方面:第一,否定以辞章为主,提倡以经典为主的文学观,主张性理学;第二,主张诗以性情为主,得到性情诗歌自然而成;第三,主张诗歌的社会效应,主张诗歌的教化作用;第四,诗歌是自然流露出来的,不是硬想出来的。李崇仁的诗歌具有高雅清新的特点,形式比较工整。朝鲜王朝前期的权近、卞季良等人的文学观就是继承李崇仁文学观的。他著有《陶隐集》5卷。《东文选》收录他的五言古体诗5题7首、七言古体诗4首、五言律诗10首、七言律诗8首、五言排律2首、七言绝句5题8首,共34题39首,也是高丽后期诗人中收录比较多的。

五言古体诗《感兴》是表现作者对岁月和人生之看法的作品。李崇仁作为一个正统的儒学家,主张一生一世要修身齐家治国平天下,为国为民做出有益的事情,但是岁月似水,功名未成,人到中年,他不能不慨叹岁月之无情和人生之短暂。作品中的"行年不盈百"就是表现作者这种心态。紧接着作者写道:"吾闻王子晋,逍遥缑山巅。笙声撤寥廓,白鹤飞翩旋。"这里的"王子晋"是姬晋。姬晋(约前565—约前549),一般认为是王姓始祖,字子乔,又称王子乔、王乔、王子晋,是周灵王姬泄心之子。据传他早年英逝成仙。《列仙传》记载:周灵王的长子太子晋天性聪明,善吹笙,被道士浮丘公接上嵩山。30余年后,见相良说:"请你回去告诉我家里人,七月七日这天,叫他们在缑氏山顶等我,我要和他们告别了。"到了那天,果然乘

---

① 《朝鲜史略·高丽记》,《文渊阁四库全书》第466册,上海:上海古籍出版社,2003年版。

白鹤而至。举手谢时人,数日而去。作者借用这个典故,表现了在不能治国平天下的情况下,莫不如远离现实,以求身心之安宁的逃逸思想。很显然,作者在写这首诗歌的时候,心情是非常矛盾的。

五言古体诗《送河南郭九畴使还》是送中国使臣郭九畴的时候写的。郭九畴,又叫郭永锡,是中国使臣。从《高丽史》"辛丑河南王遣中书检校郭永锡偕金齐颜来报聘"和"十二月戊申朔郭永锡谒文庙"的记载来看,他曾经至少两次访问过高丽。其中前一个"辛丑"是1361年,后一个"戊申"是1368年。从李崇仁的年龄来推断,这首诗歌是1368年写的。在诗歌中,李崇仁在歌颂他们之间友谊的同时高度赞扬郭永锡,把他比作伊尹,祝福他有美好的未来。诗歌第二句中的"阿衡"说的是伊尹。《史记·殷本纪》说:"伊尹名阿衡。"伊尹,伊氏,名挚,别号阿衡。"尹"是官名,是"右相"。夏朝末年生于空桑(一说为河南杞县,一说为河南伊川县,一说为山东曹县,一说为陕西合阳县),因母亲居住在伊水之上,故以伊为氏。伊尹为中国商朝初年著名丞相、政治家、思想家,为商朝的强盛立下汗马功劳,沃丁八年(前1550)逝世,终年100岁,是已知最早的道家人物之一。下一句中作者还提到中国古代的一个地名"首止"。"首止"也作"首戴",在今天的河南睢县东南,春秋时期属于卫国,接近郑国。《左传·桓公十八年》:"齐侯师于首止。"下面"白眼还能青"一句出自晋朝的阮籍。据传阮籍见到喜欢的人用青眼看人,见到讨厌的人用白眼看人。在这里作者以此来表现自己对郭永锡的喜爱。

下面的五言古体诗《送人游燕兼东仲贤》是写给河南王手下仲贤的,其中"丞相匡复志,求士方吐哺"的"吐哺"出自成语"周公吐哺"。《史记·鲁周公世家》记载:周公礼贤下士,求才心切,进食时多次吐出食物停下来不吃,急于迎客。后来将之引申为在位者求才心切,以礼待下士。曹操《短歌行》中著名的"周公吐哺,天下归心"就来自这里。在诗中作者用这个典故对仲贤的才能给予了肯定。

另一首五言古体诗《龙江舟中有怀》是写给周倬的。周倬,字云章,是李崇仁的老朋友,在北京任参政职务。其中作者利用中国的典故来表现他们两个人之间的深厚友谊。如"自我初衔命,谓言当刮目"就出自成语"刮目相看",还有相见恨晚的意思。诗歌中作者还提及中国的地名北平、燕山等等。

七言古体诗《渡辽曲》直接写的就是辽东,从题目中的"渡"来看,这个"辽"应该是辽河。

  辽阳城中秋风起,辽阳城下黄沙飞。征夫渡海事骠姚,几年望乡犹未归。
  空闺思妇颦双蛾,挑灯扎扎鸣寒梭。织成锦字凭谁寄,青鸟不来知奈何。

"辽阳城"指的是现在的辽宁省辽阳市,市中心还有当年的"辽阳城"城址。"辽阳城"是古代东北的重镇,交通、文化、军事要地,是走陆路从朝鲜半岛到中原的必经之路。这首诗歌是用一个征夫怀念家乡的口气写的。尾联中的"锦字"出自"璇玑图"。"璇玑图"的故事来自前秦窦滔的妻子苏蕙。《昭明文选》卷十六《别赋》中,李善注引《纤锦回文诗序》曰:"窦韬秦州,被徙沙漠,其妻苏氏。秦州临去别苏,誓不更娶,至沙漠便娶妇,苏氏织锦端中,作此回文诗以赠之。"后唐李频的《古意》诗里也有"虽非窦滔妇,锦字已成章"的句子。在这里"锦字"可以理解为信件。"青鸟"指的是中国神话传说中为西王母取食传信的神鸟。《山海经·西山经》曰:"又西二百二十里,曰三危之山,三青鸟居之。"郭璞注曰:"三青鸟主为西王母取食者,别自栖息于此山也。"《文选·江淹〈杂体诗·效阮籍"咏怀"〉》里有"青鸟海上游,鸒斯蒿下飞"的句子,对此刘良注曰:"青鸟,海鸟也。"李白《题元丹丘颍阳山居》诗曰:"益愿狎青鸟,拂衣栖江潢。""青鸟"在这里可以理解为传递信件和消息的信使。

另一首七言古体诗《若有杖歌》写的是李崇仁和中国官吏通事郑连的友谊。李崇仁一次出使住在"会同馆"(明朝接待外国使臣的会所)。那时李崇仁腿疼,郑通事非常关心,便送给李崇仁一副拐杖,但不久李崇仁不慎把它丢失了。他感到对不住郑连,便作了这首诗,表示自己和郑通事的友谊以及对他的一种感激之情。

七言古体诗《呜呼岛》和前面提到的郑梦周的《呜呼岛》一样,是缅怀英勇献身在呜呼岛上的五百将士的。据有些专家的考证,这是明洪武十九年(1386)九月李崇仁出使明朝后在返程途中写的。

  呜呼岛在东溟中,沧波渺然一点碧。夫何使我双涕零,只为哀此田横客。
  田横气概横素秋,义士归心实五百。咸阳隆准真天人,手注天潢洗秦虐。
  横何为哉不归来,怨血自污莲花锷。客虽闻之争奈何,飞鸟依依无处托。
  宁从地下共追随,躯命如丝安足惜。同将一吻寄孤屿,山哀浦思日色薄。
  呜呼千秋与万古,此心菀结谁能识。不为轰霆有所泄,定作长虹射天赤。
  君不见,古今多少轻薄儿,朝为同袍暮仇敌。

很明显,诗歌中李崇仁不甚赞同他们这种极端的行为,但实为他们这种惊心动魄的忠义之举所震撼,赞美他们的行为"千秋万古"得到人们的敬仰。"怨血自污莲花锷"中的"莲花锷"是中国古代名剑之一。下面的"菀结"为心中的郁结,语出《诗经·小雅·都人士》:"我不见兮,我心菀结。"

七言古体诗《行路难》是作者借用古人的韵,揭示现实之丑恶和人生之苦难的。

  行路难,行路难,我近一鸣君一顾。平时坦道尽荆棘,白日大都见豺虎。
  万虑烧胸肠欲烂,听鸡未禁中夜舞。明早出门将安如,水能覆舟山摧车。
  君不见,长安陌上富贵儿,终然不读一卷书。

这是很容易令人想起李白《行路难》的作品。其中,"坦道尽荆棘,白日见豺虎"的现实描写淋漓尽致地展现了作者所处的时代现实。"水能覆舟山摧车"句来自《荀子》。战国时期,著名思想家荀况在他的不朽著作《荀子·王制》中说:"君者,舟也;庶人者,水也;水则载舟,水则覆舟。"意思就是说统治者就像是一条船,而广大的民众犹如河水。水既可以把船载浮起来,也可以将船淹没。作者在这里利用这则故事,警示统治者,表现了作者的民本思想。

在诗歌形式比较短暂的五言律诗中,李崇仁也常用中国的人物或故事提高诗歌的形象性和艺术表现力。比如,五言律诗《送张衡叔还西都田宰相幕》是一首写给张衡叔的交友诗。其中"君归如记我,莫惜鲤鱼双"的句子出自汉乐府诗《饮马长城窟行》,诗曰:"客从远方来,遗我双鲤鱼。呼儿烹鲤鱼,中有尺素书。"当时人们用鲤鱼形状的函套藏书信,于是人们就以鲤鱼代表书信。诗中所说"烹鱼"不是真烹煮,而是打开鲤鱼形状的木盒。唐朝李商隐《寄令狐郎中》诗中也有这类表述,如:"嵩云秦树久离居,双鲤迢迢一纸书。"在李崇仁的诗中,"双鲤"也是书信的意思。这句诗的意思是说如果回国后还记得我的话,常写信来,以示两人之间的深厚友谊。

五言律诗《扈从城南》中诗句"词臣多侍从,会见献虞箴"中的"虞箴"指古代虞人告诫人们禁止在田野上打猎的箴谏之辞,出自《左传·襄公四年》。《汉书·扬雄传》曰:"史篇莫善于《仓颉》,作《训纂》;箴莫善于《虞箴》,作《州箴》。"

五言律诗《民望传郭秘丞见心殁呜呼见心已矣吾与民望流离岭表行且徂岁存殁可哀情见乎辞见心名复》中的第二联"作赋山阳客,修文地下郎",前一句与向秀有关。据说向秀路过山阳,夜幕降临,他突然想起了好友嵇康、吕安等人,遂作《思旧赋》,以"旷野之萧条""旧居""空庐"之景表现了对友人的深深怀念。向秀(约227—272),字子期,河内怀(今河南武陟)人,竹林七贤之一,官至黄门侍郎、散骑常侍等。他一向好读书,与嵇康、吕安等人甚好,隐居不仕。后一句中的"地下郎"亦作"修文郎",和晋朝的苏韶有关。《太平广记》卷三百一十九中说苏韶死后现形,对兄弟说:"颜渊、卜商,今见在为修文郎,修文郎凡有八人,鬼之圣者。"后以此"修文郎"为阴曹地府掌管著作之官。最后一句"愁时满屋梁"来自成语"落月屋梁",表示对朋友的一种怀念。典出杜甫的《梦李白》:"落月满屋梁,犹疑照颜色。"

五言排律《送林主事使还京师》也是一首交友诗,是写给明朝使臣林主事的。其第一韵"真符归正统,大庆御群雄"中的"真符"指的是一种符兆,这种符兆叫"符命",预示帝王受命。诗中讲的是"真符"政权已经回到了正统的帝王之手,以之赞美明朝。下面"箕子祠平壤,宣尼谒泮宫"句中,"箕子"就是"箕子朝鲜说"中的周朝王子箕子,其"箕子祠"在平壤;"宣尼"是孔子,西汉平帝元始元年(1)追谥孔子为褒成宣尼公,《汉书·平帝纪》曰:"追谥孔子曰:褒成宣尼公。""泮宫"为古代的学校,是诸侯办的高等学校,可以随时举行祭祀、庆功等多种礼乐活动。《礼记·王制》曰:"大学在郊,天子曰辟雍,诸侯曰泮宫。"辟雍中央为高台建筑,四面环水(圆环),而诸侯的泮宫等级逊于辟雍,仅有三面环水(半圆形),如郑玄所说:"泮之言半也,半水者,盖东西门以南通水,北无也。"在诗中"泮宫"也当作学校来使用。再下面的"西湖泽不穷"中的"西湖"指的是杭州的西湖,和林逋有关。因为林主事姓林,林逋也姓林,作者把林主事当作林逋的后代来加以赞美。

另一首五言排律《癸丑十一月十四日雾》是1373年写的。其中"五侯封既远,三里术何神"句,指的是后汉时期王氏封五侯的事情,据传封五侯那天一整天四面雾茫茫。"三里雾"句来自《后汉书》。《后汉书》卷三十六曰:"(张楷)性好道术,能作五里雾。时关西人裴优亦能为三里雾,自以不如楷,从学之,楷避不肯见。"后来就用这个"五里雾""三里雾"来形容烟雾弥漫的仙境或泛指雾;用"雾术"借指道术;用"学雾"借称学道。

七言律诗《眼疾》是写作者患有眼病时的心境的。

阿堵昏花未易医,彼苍嗔我好看诗。逢人岂作嗣宗白,视物真成老子夷。
翻覆多时尤有味,妍媸扰处竟无知。闭门块坐蒲团上,遮莫儿曹笑大痴。

颔联"逢人岂作嗣宗白,视物真成老子夷"中的"嗣宗"指的是三国时期魏诗人阮籍。阮籍为建安七子之一阮瑀之子,曾任步兵校尉,崇尚老庄哲学,具有隐逸倾向。前一句来自阮籍有名的"青白眼"之典故。在这里作者以此为自己的眼疾自我安慰。后一句中的"老子夷"来自《道德经》。《道德经》第十四章有"视之不见名曰夷,听之不闻名曰希"的句子,是老子用来说明"道"之奥秘的,是表示充满辩证思维的"道"的神秘性的,后来衍化为成语"视之不见,听之不闻",指看见了也和没看见一样,听见了也和没听见一样,形容不重视、不注意。在这里作者也是表达这个意思,强调看不到也有看不到的好处。

七言律诗《秋回》也是表现作者心境的作品,从诗歌的内容看这是他被贬时期写的。

> 天末秋回尚未归,孤城落照不胜悲。曾陪鸳鹭趋文陛,今向江湖理钓丝。
> 骨自雁谗成大瘦,诗因放意有新奇。明珠薏苡终须辨,只恐难调长者儿。

诗歌的尾联"明珠薏苡终须辨,只恐难调长者儿"中的"明珠薏苡"来自汉朝的马援。《后汉书·马援列传》曰:"初,援在交趾,常饵薏苡实,用能轻身省欲,以胜瘴气。南方薏苡实大,援欲以为种,军还,载之一车。时人以为南土珍怪,权贵皆望之。援时方有宠,故莫以闻。及卒后,有上书谮之者,以为前所载还,皆明珠文犀。马武与于陵侯侯昱等皆以章言其状,帝益怒。援妻孥惶惧,不敢以丧还旧茔,裁买城西数亩地槁葬而已。宾客故人莫敢吊会。严与援妻子草索相连,诣阙请罪。帝乃出松书以示之,方知所坐,上书诉冤,前后六上,辞甚哀切,然后得葬。"马援从南方拿来的是"薏苡"(薏米),但死后有人诬告他从南方拿来的是明珠,其结果是他的妻儿受冤。后来人们用这个故事比喻被人诬告,蒙受冤屈,也可以引申解释为故意颠倒是非。很显然,这符合这一时期李崇仁的心境。后一句中的"长者儿"也来自《后汉书·马援列传》。"长者儿"原型为"长者家儿",指有权有势的权贵家的子弟。《马援列传》云:"吾受厚恩,年迫余日索,常恐不得死国事。今获所愿,甘心瞑目,但畏长者家儿或在左右,或与从事,殊难得调,介介独恶是耳。"李贤注:"长者家儿,谓权要子弟等。"

七言律诗《九日谩成》是重九那天写的,可谓是一首"重九诗"。

> 登临处处好山川,只恨无人送酒钱。蓝涧一诗今脍炙,龙山当日即神仙。
> 天边白雁秋声远,篱下黄花晚色鲜。想得故园诸子弟,尊前笑我未归田。

这首诗歌的首联内容来自陶渊明。当年陶渊明贫困没钱喝酒,他的知人每当"重阳"就给他送酒。颔联中的"蓝涧"指的是"蓝水"和"千涧",来自杜甫的七言律诗《九日蓝田崔氏庄》,诗云:"老去悲秋强自宽,兴来今日尽君欢。羞将短发还吹帽,笑倩旁人为正冠。蓝水远从千涧落,玉山高并两峰寒。明年此会知谁健?醉把茱萸仔细看。"杜甫的这首诗歌也是重九天写的,可谓"重九诗",诗歌尾联中的"茱萸"也显现出其与重九的关系。"龙山"来自成语"孟嘉落帽"的典故。这个成语形容人才思敏捷,洒脱有风度。李白的"醉看风落帽,舞爱月留人"(《九日龙山饮》)就是讲这个典故的。下一句的"篱下黄花"很明显就是来自陶渊明。这首诗歌表现出一种淡淡的隐逸情绪。

七言律诗《登州蓬莱阁感怀》和前面提到的《呜呼岛》一样,是明洪武十九年(1386)九月李崇仁出使明朝后返程途中写的。

> 征鞍初卸郡城西,又向峰头杖瘦藜。旸谷波翻看日出,蓬莱云近讶天低。
> 坡仙绝唱谁能和,岛客幽魂每欲迷。自是登临多古意,非关游子独悲凄。

这很显然是一首怀古诗,其中登州和蓬莱是山东半岛的地名。颈联"坡仙绝唱谁能和,岛客幽魂每欲迷"中的"岛客"指的就是田横。作者到了蓬莱阁,自然想起了田横,作一首怀古诗表达了自己的怀古之情。

七言绝句《沙门岛怀古》也是同一时期的作品,共3首。先看其一:

> 凭高欲望蓬莱岛,渺渺烟波接苍昊。
> 安期空有枣如瓜,斜日茂陵生秋草。

沙门岛位于胶东半岛、辽东半岛之间,在黄渤海交汇处,即现在的庙岛群岛,东临韩国、日本,归山东省烟台市管辖。沙门岛由32个岛屿组成,岛陆面积约56平方千米。古时此岛是流放、囚禁犯人的地方,唐神龙三年(707)划归蓬莱管理。第三句中的"安期"就是安期生,原名郑安期,世称千岁翁、安丘先生,琅琊人,拜师河上公,是黄老道家、方仙道的传人。传说他得太丹之道、三元之法,羽化登仙,驾鹤仙游,被奉为上清八真之一、"北极真人"等。传说他吃的大枣有瓜那么大。李白《寄王屋山人孟大融》诗曰:"我昔东海上,劳山餐紫霞。亲见安期公,食枣大如瓜。"下一句中的"茂陵"位于陕西省咸阳兴平市东北,是汉武帝刘彻的陵墓,是汉代陵墓中规模最大的一个,被称为"中国的金字塔"。汉武帝有求仙未成、葬在地上的传说,这一句讲的就是这件事。

下面是七言绝句《沙门岛怀古》其二:

> 八仙当日访壶瀛,云间旌旄拥飚辇。
> 令人怅然欲从游,且问弱水今清浅。

首句中的"八仙"为"八仙过海"中的那八位神仙。当年他们参加白云仙长的盛宴,回程时,根据铁拐李的建议,不乘船而各自想方法,由此出现了"八仙过海各显神通"和"八仙过海各凭本事"的故事,最早见于杂剧《争玉板八仙过海》中。这八个神仙分别为汉钟离、张果老、韩湘子、铁拐李、吕洞宾、何仙姑、蓝采和和曹国舅。"壶瀛"为"方壶"和"瀛洲"。古代人们认为归墟中有五座神山,分别为岱舆、员峤、方壶、瀛洲、蓬莱。最后一句中的"弱水"指的是古代中国神话传说中的极其险恶很难渡过的或者说是根本不可能渡过的河海。《海内十洲记·凤麟洲》记载:"凤麟洲在西海之中央,地方一千五百里,洲四面有弱水绕之,鸿毛不浮,不可越也。"苏轼《金山妙高台》诗曰:"蓬莱不可到,弱水三万里。"可见自古有蓬莱仙境可望而不可即的思想,作者在这里表达的也是这个意思。

再看《沙门岛怀古》其三:

> 千古之罘一点山,鸦鬟倒影沧波间。
> 祖龙遗迹复谁记,石客剥落苔纹斑。

第一句中"之罘"即"芝罘",是山名,也是岛名,都在山东。第二句中的"鸦鬟"指"鸦青色的发髻",但后来专指鸦青色。李白《酬张司马赠墨》诗曰"黄头奴子双鸦鬟,锦囊养之怀袖间";王琦注"双鸦鬟,谓头上双髻,色黑如鸦也"。在这里也作为鸦青色的意思来使用。下一句中的"祖龙"为秦始皇。《史记·秦始皇本纪》曰:"三十六年……秋,使者从关东夜过华阴平舒道,有人持璧遮使者曰:'为吾遗滈池君。'因言曰:'今年祖龙死。'"裴骃《史记集解》引苏林曰:"祖,始也;龙,人君像;谓始皇也。"在特定的场合,"祖龙"就指秦始皇。沙门岛有有关秦始皇的刻石。

第五节 尹绍宗的汉诗与中国文化的关联

尹绍宗(1345—1393),高丽末期文臣,政治家,诗人,原籍茂松(今属韩国全罗南道高敞郡),字宪叔,号桐亭。1360年成均试及第,1365年礼部试乙科第一名及第,任春秋修撰,这一时期他的才华得到了李齐贤的认可。1379年任典校寺丞、典仪副令、艺文应校等职。1386年任成均司仪,1388年李成桂发动"威化岛回军"时,他到东门外迎接,接着经典理总郎,任右司议大夫。1389年论罪李仁任,不久成为成均馆大司成。李成桂等人主张废除私田时,他和郑道传一道支持李成桂的主张。但恭让王主政时被流放两次,1392年郑梦周被杀害后,才回到开城。朝鲜王朝建立后,作为建国功臣,他任修文馆大提学,但1393年正当壮年时因病离世。留有诗文集《桐亭集》8卷。《东文选》收有他的五言古体诗4首、七言古体诗4首、五言律诗4首、七言律诗3首、五言排律1首、七言绝句4首,共20首。

先看七言古体诗《奉贺李相国大破倭寇于引月驿振旅还都》:

> 扶桑寇发三十年,引月一鼓邯郸坑。将军枪急跃铁马,黄金甲照斜阳明。
> 力拔山兮胆如斗,许国一身鸿毛轻。区区管乐何足比,幅巾归第师周程。
> 周程之学作伊周,公为万世开太平。

这是尹绍宗祝贺李成桂打败日寇凯旋的时候,献给他的词,诗题中的"李相国"就是李成桂。洪武十三年(1380)八月倭寇利用500多艘船只,侵入忠清、全罗、庆尚等地,打砸抢烧,肆意掠夺,李成桂奉命出击,在南原引月驿一仗彻底打垮了倭寇,取得了全面的胜利。"引月一鼓邯郸坑"中的"引月"指"引月驿",是一个地名。"邯郸"指的是中国战国时期赵国的都城邯郸。当时秦将白起用骑兵打败赵军,杀死了赵将赵括,并在长平杀敌45万,一举取得了全面的胜利。白起(? —前257),嬴姓,白氏,名起,战国时期秦国的名将,堪称孙武、吴起之后的又一名杰出的军事家、统帅。在这里作者把"引月驿"战役和春秋战国时期的长平之战相比,最大限度地扩大它的意义。下面"许国一身鸿毛轻"中的"鸿毛"首见于《战国策》卷十七"是以国权轻于鸿毛,而积祸重于丘山"的句子,但更为有名的还是司马迁《报任少卿书》中的那句"人固有一死,或重于泰山,或轻于鸿毛"。"鸿毛"比喻轻微或微不足道的东西。在这首诗歌里作者用来高度赞美李成桂为国为民、视死如归、舍生忘死的高贵品质。"区区管乐何足比"中的"管乐"指的是春秋战国时期齐国的宰相管仲和燕国的名将乐毅,三国时期诸葛亮常把自己比为"管乐",这里也是借来赞美李成桂的。下一句"周程之学作伊周"中的"周程"指的是宋朝的周敦颐和程颐、程颢。周敦颐,原名敦实,又名周元皓,别称濂溪先生,字茂叔,北宋五子之一,著名的性理学家,程朱理学的代表人物,道州营道(今湖南道县)人,是公认的理学鼻祖,称"周子"。程颐(1033—1107),字正叔,洛阳伊川(今河南洛阳伊川)人,世称"伊川先生",北宋理学家和教育家,是程颢的胞弟。程颢(1032—1085),字伯淳,称"明道先生",北宋著名的哲学家,北宋理学的奠基人,和其胞弟程颐一道并称"二程"。他们的性理学后来由朱熹继承和发展,世称"程朱理学"。"伊周"指的是"伊尹"和"周公"。在这里,尹绍宗借这些中国历史名人,表达希望李相国也成为高丽的名相、名将的愿望。

七言古体诗《伏睹车驾临幸松轩李侍中第荐绅诸公咸作诗以贺得几字》也是称颂李成桂的诗歌,诗题中的李侍中就是李成桂。高丽末年,高丽王权衰微,李成桂的威望如日中天。尹绍宗也借此机会,向李成桂表示了自己的态度,极力赞美李成桂的丰功伟绩。诗句"公奋绛侯梁公忠"中的"绛侯"是汉代的周勃。周勃(？—前169),沛县(今江苏沛县)人,西汉开国将领、宰相。他以布衣从汉高祖刘邦定天下,获爵列侯,号绛侯。《史记·绛侯周勃世家》曰:勃为人朴质敦厚,高祖以为可托大事。高祖崩,勃与陈平定计诛诸吕,立文帝。周勃于汉文帝十一年(前169)去世,谥号为武。"梁公"指唐代的狄仁杰。在这里作者是以这些中国的历史人物和典故赞美李成桂的"易姓革命",论述"易姓革命"的正当性。下一句"西山衍义进东宫"中的"西山"为宋朝真德秀的号,他编撰的《大学衍义》是元明清三朝皇族学士的必读书。真德秀(1178—1235),始字实夫,后为景元,后又更为希元,号西山,建宁府浦城(今福建浦城)人,南宋后期著名的理学家,是朱子学的最典型的秉承者,常称为"西山先生"。从诗句内容看,当时李成桂也叫东宫学习这个《大学衍义》,可见这本书的影响之大。下面"裴司空第赵普堂"中的"裴司空"指的是裴度。宝历二年(826)十二月,宦官刘克明等人谋杀敬宗,裴度与宦官王守澄等人密谋诛除刘克明等人,立江王李昂为天子——即唐文宗。后来唐文宗去过裴度的家。赵普(922—992),字则平,幽州蓟(今天津蓟州区)人,后徙居洛阳,五代至北宋初的著名政治家,北宋的开国功臣。宋太祖赵匡胤曾多次到他的家,和他们夫妻一起喝酒。

七言古体诗《冬至》是借用中国农历二十四节气之一的"冬至"来抒发自己情感的作品。这首诗歌是赞美高丽第三十二代王祸王的。祸王(1365—1389)在位期间为1374—1388年,小名牟尼奴,据说是辛旽的侍婢般若所生。1371年肃清辛旽后,没有后嗣的恭愍王公开了自己和辛旽的侍婢般若有一子的情况。辛旽死后,那个孩子入宫,获赐名祸,被封为江宁府院大君。诗歌第一句"长养万物歌南风"中的"南风"出自《乐记·乐施》:"昔者,舜作五弦之琴,以歌《南风》。"相传舜制作了五弦的乐器,琴有宫、商、角、徵、羽五根弦。《古今乐录》曰:"舜弹五弦之琴,歌《南风》之诗。"《南风》是远古时期的诗歌,相传为虞舜所作,诗歌曰:"南风之薰兮,可以解吾民之愠兮;南风之时兮,可以阜吾民之财兮。"这表现了舜帝对百姓的爱护之情。下面的"雷声半夜惊黄钟"与中国的古乐有关。"黄钟"是中国古代音乐十二律(六吕和六律)之一,是十二律中声调最洪亮的音。在宫商角徵羽五音中,宫属于中央黄钟。《周礼·春官》曰:"乃奏黄钟,歌大吕,舞云门,以祀天神。"汉代郑玄注:"以黄钟之钟,大吕之声为均者,黄钟,阳声之首,大吕为之合,奏之以祀天神,尊之也。""文明焕与三代肩,五闰辽金蜉蝣如"中的"三代"指的是夏商周;"五闰"则是五代,即后梁、后唐、后晋、后汉、后周;辽金指的是辽代和金朝;"蜉蝣"是小飞虫,最早出自《诗经·国风·曹风》中的《蜉蝣》诗,《夏小正》曰:"蜉蝣者,渠略也,朝生而暮死。"下一句中的"宋元"指的是宋朝和元朝。"大王小来吾其鱼"来自大禹,《左传·昭公元年》曰:"美哉禹功,明德远矣。微禹,吾其鱼乎!"这是赞美大禹治水功劳的,说如果没有大禹治水,人们都会变成鱼了。"东周之志竟不行"一句中的"东周之志"指的是孔子的志向,他曾经说过如果有国家起用他,他会把它变成像东周一样有"周礼"的国度。"下泉匪风夫子情"中的"下泉"出自《诗经》中的一首诗——《国风·曹风·下泉》,是曹国的臣子为周王室衰落而感伤的诗歌。当年各诸侯以强凌弱,小国得不到保护,由此怀念周初安定的社会生活。"匪风"也出自《诗经》,《国风·桧风·匪风》是游子思乡的诗歌。"扩也可为尧舜民,幡然三聘吾前闻"中的"尧舜"是古代传说中的唐尧和虞舜的并称,在这里尹绍宗用来歌颂自己的君主祸王,称颂他贤明的施政之道。"三聘"来自伊尹,据传伊尹自幼非常聪明,研究三皇五帝和大禹等圣君的施政之道,殷汤得知这个消息后,三番五次送各种礼物并邀请他。他一开始不应,但后来改变主意,决心要把殷商建设成尧舜盛世,结果他成了历史上最著名的宰相之一。

五言古体诗《次许濂太史韵》里作者提到了尧舜,有"尧舜去我远,宣尼留未由"之句。"宣尼"是孔子。据《汉书·平帝纪》,汉平帝元始元年(1)追谥孔子为褒成宣尼公,因此有时称孔子为宣尼。在这里作者期盼高丽国也出现一个贤明的君主,迅速结束社会的动荡。

五言律诗《忠定王大妃挽词》是一首挽歌,是悼念忠定王大妃的。这大妃是高丽元老尹瓘之孙,出身于名门豪族。诗歌中作者也强调这一点,赞扬了她的贞洁。"夏启讴歌往,周姜思媚存"中,前一句和夏朝的权力承继有关。启也称夏启、帝启、夏后启,是禹的儿子,夏朝的第二代君主。禹死后,启通过武力征伐伯益,成为中国历史上第一个把"禅让制"变为"世袭制"的君王。自此原始社会结束,奴隶社会开始。启是公认的中国第一个帝王。后一句中的"周姜"是周太王的妃子,生了三个儿子。她教子有方,每当太王遇到大事,都和她商量,没出过一件坏主意。"思媚"的"媚"是喜爱的意思,如《诗经·大雅·思齐》有"思媚周姜"句。

七言律诗《淡庵白氏简公文宝挽词》也是挽歌。其首联"先生奋起接周程"中的"周程"指宋代的性理学家周敦颐、程颢、程颐。

五言律诗《赠李詹从指挥》是写给同事李詹的。其"紫霞亲试日,清问有虞风"中的"有虞"就是"有虞氏"。"有虞氏"是中国上古时代部落名,他们的始祖虞幕(穷蝉)是黄帝的曾孙。据传他自幼喜欢歌唱,擅长制作乐器,常引白鸟和鸣、凤凰翔集。以此黄帝就封他于"虞"地,称有虞氏。舜为虞幕的后裔。"文物焕岐丰"中的"岐"是周文王的都邑,"丰"为周武王的都邑。

另一首五言律诗《凌烟阁》指的是唐朝的那个"凌烟阁"。但是随着唐朝的灭亡,凌烟阁也消失,现在只留下历史故事。

五言排律《病中霖雨廿八卦寄野堂吁斋》是作者在病中写的。"无日不渊临"中的"渊临"是情况非常危险、处事非常小心的意思,出自《诗经·小雅·小旻》,曰:"战战兢兢,如临深渊,如履薄冰。""谁知子晋音"中的"子晋"是王子乔,有"王乔骑鹤"之典。据汉朝刘向《列仙传》,他好吹笙,作凤鸣。

《栗亭》是七言绝句,下面有这样的题解:"先祖种栗于亭因以自号,每春秋良辰必邀耆老置酒亭上。"就是说高丽太祖王建在亭旁栽了一棵栗树,因此把亭子叫做"栗亭"。每当春秋好时节,就请老人到这个亭子里聚会,设宴喝酒。诗歌全文如下:

> 社稷坛前旧栗亭,耆英会远草青青。
> 茂陵仁义云云对,汲黯丹心炳日星。

"茂陵仁义云云对,汲黯丹心炳日星"句中的"茂陵"是汉武帝的陵墓,在这里指汉武帝;汲黯是西汉名臣。汲黯(？—前112),字长孺,濮阳(今河南濮阳)人。他任九卿的时候,汉武帝招揽文学之士和崇奉儒学的儒生,说自己实施儒学的打算,在座的都不吱声,唯有汲黯直谏说:"陛下心里欲望很多,只在表面上施行仁义,怎么能真正仿效唐尧虞舜的政绩呢?"这得罪了汉武帝,汉武帝沉默不语,心中恼怒,脸色一变就罢朝了,公卿大臣都为汲黯担心。汉武帝退朝后,对身边的近臣说:"太过分了,汲黯太愚直!"群臣异口同声责怪汲黯,说他的不对。汲黯说:"天子设置公卿百官这些辅佐之臣,难道是让他们一味屈从取容,阿谀奉迎,将君主陷于违背正道的窘境吗?何况我已身居九卿之位,纵然爱惜自己的生命,但要是损害了朝廷大事,那可怎么办?"这则故事反映了汲黯不畏强暴、不畏权贵的赤胆忠心。

　　七言绝句《敬孝大王挽词》也是一首挽歌,诗题中的"敬孝大王"就是恭愍王。其最后一句"微臣也合殉桥山"中的"桥山"指的是小桥山,也叫"黄帝陵桥山",在陕西省延安市黄陵县城北。小桥山是子午岭中部向东延伸的支脉,远古时期为有蟜氏居地,称作蟜山。黄帝时期称为"轩辕之丘"或"轩辕之台",黄帝由此得名"轩辕"。后来演变成桥山。自汉武帝在此筑祠祭黄帝,历代皇帝均在此祭祀黄帝。《史记·五帝本纪》载"黄帝崩,葬桥山",从此桥山成为名留青史的地方。桥山上现存远古时代仰韶文化、龙山文化的遗迹,据传还有黄帝升天时遗留的刀等遗物。

附录一
《东文选》序

　　乾坤肇判，文乃生焉。日月星辰，森列乎上，而为天之文；山岳海渎，流峙乎下，而为地之文。圣人画卦造书，人文渐宣，精一中极，文之体也；诗书礼乐，文之用也。是以代各有文，而文各有体。读典谟，知唐虞之文；读训诰誓命，知三代之文，秦而汉，汉而魏晋，魏晋而隋唐，隋唐而宋元，论其世，考其文，则以文选文粹文鉴文类诸编，而亦概论后世文运之上下者矣。近代论文者，有曰宋不唐，唐不汉，汉不春秋战国，春秋战国不三代唐虞，此诚有见之论也。吾东方檀君立国，鸿荒莫追，箕子阐九畴，敷八条，当其时，必有文治可尚，而载籍不存。三国鼎峙，干戈日寻，安事诗书？然在高勾丽，乙支文德善辞命，抗隋家百万之师；在新罗，遣子弟入唐，登第者五十有余人，崔致远黄巢之檄，名震天下，非无能言之士，而今皆罕传，良可叹已！高丽氏统三以来，文治渐兴。光宗设科取士，睿宗好文雅，继而仁明，亦尚儒术，豪杰之士，彬彬辈出。当两宋辽金抢攘之日，屡以文词，得纾国患。至元朝，由宾贡中制科，与中原才士颉颃上下者，前后相望，皇明混一，光岳气全，我国家列圣相承，涵养百年，人物之生于其间，磅礴精粹，作为文章，动荡发越者，亦无让于古。是则我东方之文，非宋元之文，亦非汉唐之文，而乃我国之文也，宜与历代之文，并行于天地间，胡可泯焉而无传也哉！奈何金台铉作《文鉴》，失之疏略；崔瀣著《东人文》，散逸尚多，岂不为文献之一大慨也哉！恭惟殿下，天纵圣学，日御经筵，乐观经史，以篇翰著述，虽非六籍之比，然亦可见文运之兴替。命领敦宁府事臣卢思慎、吏曹判书臣姜希孟、工曹判书臣梁诚之、吏曹参判臣李坡暨臣居正，裒集诸家所作，粹为一帙。臣等仰承隆委，采自三国，至于当代，辞赋诗文，总若于体，取其词理醇正，有补治教者，分门类聚，厘为一百三十卷，编成以进，赐名曰《东文选》。臣居正窃念，易曰："观乎人文，以化成天下。"盖天地有自然之文，故圣人法天地之文；时运有盛衰之殊，故文章有高下之异。六经之后，惟汉唐、宋元、皇朝之文，最为近古，由其天地气盛，大音自完，无异时南北分裂之患故也。吾东方之文，始于三国，盛于高丽，极于盛朝，其关于天地气运之盛衰者，因亦可考矣。况文者贯道之器，六经之文，非有意于文，而自然配乎道；后世之文，先有意于文，而或未纯乎道。今之学者，诚能心于道，不文于文，本乎经，不规规于诸子，崇雅黜浮，高明正大，则其所以羽翼圣经者，必有其道矣。如或文于文，不本乎道，背六经之规彟，落诸子之科臼，则文非贯道之文，而非今日开牖之盛意也。然今圣明在上，天地气盛，人物之应期而生，以文鸣世者，必于焉而兴矣。亦何患乎无人也！臣虽不才，尚当秉笔竢之。成化纪元之十四年，苍龙戊戌二月下浣，纯诚明亮佐理功臣、崇政大夫、达城君兼艺文馆大提学、知成均馆事、同知经筵事、五卫都总府都总管臣徐居正拜手稽首序。

附录二
《东文选》各卷收录的诗歌

《东文选》卷之四
五言古诗

诗人	诗题	题数	首数
无名氏	织锦献唐高宗	1	1
崔致远	寓兴　蜀葵花　江南女　古意	4	4
金富轼	结绮宫	1	1
金君绥	书聊城驿	1	1
崔惟清	杂兴(9)	1	9
林椿	留别金璇	1	1
李仁老	竹醉日移竹(2)　赠四友(4)　用东坡语寄贞之上人　早起梳头效东坡　读陶潜传戏成呈崔太尉	5	9
金克己	宿香村　憩炭轩村二老翁携酒见寻　龙湾杂兴(5)　有感(3)　田家四时(4)	5	14
陈澕	追和欧梅感兴(4)	1	4
李奎报	蓼花白鹭　钓名讽　适意　游家君别业西郊草堂(2)	4	5
李混	拟古	1	1
释天因	次韵皖上人山中作　誓上人在龙穴写经有诗见赠次韵奉答　游四仙岩有作	3	3
释坦然	文殊寺	1	1
崔瀣	次韵答郑载物　吴德仁生日　二十一除夜　三月二十三日雨　送尹乐正莘杰北上　上巳益斋席上得盛字	6	6
赵廉	送闵仲玉生员东觐西还	1	1
郭珝	寄广州牧使南巽亭兢　思旧山　赠朴中书中美	3	3
金伦	送草亭员外归京师	1	1
李齐贤	汉武帝望思台　古风(4)　渑池	3	6

(续表)

诗人	诗题	题数	首数
释禅坦	古风	1	1
尹泽	蚁庵	1	1
李谷	妾薄命用太白韵(2)　纪行一首赠清州参军	2	3
沈东老	送黄先生瑾	1	1
高中址	送崔咸一直郎出按庆尚	1	1
白文宝	玄陵赐司艺金涛大书萝卜山人金涛长源八字	1	1
金玚	送辛员外赴上国	1	1
金师道	送辛草亭裔赴上朝	1	1
张沆	辛草亭赴燕都赋上字为别	1	1
郑誧	沈阳杂诗(2)　结庐　咏菊　送人赴都	4	5
李仁复	诚斋诗上柳侍中濯　题兰坡李御史寿父卷	2	2
	总数	59	89

《东文选》卷之五
五言古诗

诗人	诗题	题数	首数
李达衷	予在山中竟日无相过拖筇曳履独徜徉乎涧谷寥寥然无与语唯影也造次不我违为可惜也作诗以赠　杂兴五章寄思庵(5)　闺情　次益斋诗韵(3)　乐吾堂感兴诗(8)	5	18
韩修	八月初九日夜坐	1	1
郑枢	污吏同朴献纳用陈简斋集中韵	1	1
偰逊	拟戍妇捣衣词(5)	1	5
李茂芳	靖安君饯诗得知字	1	1
李穑	答胥有仪　答竹涧禅师　答东庵禅师　答铁船长老　复作遣兴　寒风三首与叶孔昭同赋(3)　有感　拟古(3)　有感　古意　自感	11	15
闵霁	赠曹溪禅师云鉴	1	1
释宏演	分题得九曲溪送友　分题得种柳桥送友省亲	2	2
李崇仁	感兴(3)　送偰符宝　送人游燕兼东仲贤　送河南郭九畴使还　龙江舟中有怀	5	7

(续表)

诗人	诗题	题数	首数
郑梦周	大仓　己酉冬宿长守驿寄益阳太守李容	2	2
权近	次韵送骑牛道人　永慕亭诗　送诏书使国子学录张溥使还	3	3
卞仲良	游子吟	1	1
尹绍宗	次许濂太史韵　送仍上人葬其师顿庵于锦州还京　一月三十日寄野堂吁斋　祭东门媼	4	4
郑道传	关山月　登三峰忆京都故旧　石滩为李正言存吾作　远游歌　呜呼岛吊田横　感兴(3)　赠阳谷	7	9
朴宜中	赠别辽东使桑麟	1	1
姜淮伯	有感	1	1
无名氏	无题	1	1
柳思讷	题韩仲质文学竹所	1	1
李詹	端午日寄通判明府	1	1
卞季良	感兴(2)	1	2
金自知	贺李中枢贞干年七十寿九十慈亲	1	1
赵须	效古	1	1
成侃	怨诗	1	1
姜希颜	题画山水(2)	1	2
洪逸童	效八音体寄刚中	1	1
申叔舟	阳德途中偶吟　哭具绫城	2	2
	总数	58	85

《东文选》卷之六
七言古诗

诗人	诗题	题数	首数
林椿	寄洪天院	1	1
李仁老	续行路难(3)　半月城　弘教院听讲　赠接花者　竹醉日移竹　白乐天真呈崔太尉　棋局　宝石亭　读韩信传　扈从放榜　崔太尉双明亭	11	13
金克己	黄山江　榷场　醉时歌	3	3

(续表)

诗人	诗题	题数	首数
李奎报	七夕雨　兴王寺彭公房见李眉叟内翰予年十二使之赋诗叹赏不已赠之	2	2
陈澕	金明殿石菖蒲　桃源歌　宋迪八景图(8)　扈驾奉元殿夜醮　书云岩寺　使金通州九日　莼菜崔山人寄书请赋	7	14
李允甫	游月宫	1	1
金希磾	过清庞镇	1	1
宋国瞻	和过清庞镇	1	1
孙袭卿	和过清庞镇	1	1
释天因	致远庵主以诗见示仍以请予纪山中故事次韵答之　谢圆上人惠踯躅柱杖　海月楼看月　寄沃洲誓上人　题权学士法华塔　病中云住叔大老见示松桧图	6	6
崔滋	上恩门琴大(太)尉谢宴诗	1	1
金之岱	义城客舍北楼	1	1
金坵	庚子岁朝蒙古过西京　过铁州	2	2
释圆鉴	惜花吟　三月二十四日抵宿天护山开泰寺	2	2
白文节	花岩寺云梯	1	1
郭预	感渡海	1	1
洪侃	孤雁行　懒妇引　金尚书珣所畜山水图达全师韵　送秋玉蟾晒史海印寺　次韵和金钝村四时欧公韵(4)	5	8
释达全	登燕京昊天寺九层大塔　次李贺将进酒韵　次韵诸贤赋菊　送李元帅赴镇	4	4
尹颀	望燕歧	1	1
安震	送崔御史伯渊寿亲还朝	1	1
吴璲	有所思	1	1
崔斯立	神驹行为尹栗亭泽九岁时作	1	1
崔瀣	上元会浩斋得漏字	1	1
邢君绍	春州昭阳江行次韵	1	1
白元恒	权友生家饮酒　赠少年李异同　白丝吟　醉题翰院	4	4
崔伽	春日昭阳江行	1	1
安轴	王昭君　次丛石亭诗韵	2	2
	总数	64	76

《东文选》卷之七
七言古诗

诗人	诗题	题数	首数
禹天启	听琴　墨竹　琵琶行	3	3
周赟	献高山半刺	1	1
韩宗愈	送曹溪长老得霜字	1	1
释禅坦	骊江谦集　白鹭行	2	2
李齐贤	雪　雪用前韵　函关行　门生栗亭尹政堂得蒙主上为之写真仍题栗亭二大字其上千载一遇耳目所罕作诗以贺　汾河	5	5
洪彦博	题御画尹栗亭泽真	1	1
李谷	唐太宗六骏图　送汉阳郑参军　天历己巳六月舟发礼成江南往韩山江口阻风饮酒一首同白和父禹德麟作　扶余怀古　同禁内诸生游紫霞洞　寄龙头释老	7	7
尹汝衡	橡栗歌	1	1
梁温	灵山辛员外将赴燕京	1	1
李仁复	己酉五月十二日入试院作	1	1
田禄生	送郑副令寓按于庆尚	1	1
李存吾	石滩行	1	1
白文宝	洪武四年驾行长湍拜献主上殿下　朴渊瀑布行	2	2
李冈	予不乐乐故作长诗以代歌	1	1
李弁	昭阳行	1	1
金光载	送草亭员外得负字	1	1
郑誧	怨别离　黄山歌	2	2
李衍宗	苦寒吟　谢朴耻庵惠茶	2	2
权汉功	寄郑司空　姑苏台次韵　浮碧楼次韵　郑勉斋席上走笔	4	4
柳淑	游昭阳江	1	1
南兢	长歌行许迁轩韵	1	1
李达衷	金晦翁南归作村中四时歌以赠(4)　次春日昭阳江行　雪轩郑相宅青山白云图	3	6
朴孝修	兴海松罗途中观海涛	1	1
韩修	永慕亭行	1	1

(续表)

诗人	诗题	题数	首数
郑枢	闻倭贼破江华郡达旦不寐作蛙夜鸣以叙怀　江陵东楼对月有感　庚申三月三日雨中昼寝梦韩山君见访置酒欢笑觉而有作寄呈　辛酉十月朔旦看日蚀	4	4
成士达	淡庵作朴渊瀑布行示之次韵　复次前韵奉呈淡庵	2	2
李邦直	新到干川诸公来访次韵	1	1
偰逊	岸上行江阴道中　岁暮行发江阴　季冬行　瑶池会上南极老人授长生篆辞母亲生日作	4	4
总数		56	59

《东文选》卷之八
七言古诗

诗人	诗题	题数	首数
李穑	燕山歌　天宝歌过蓟门有感而作　贞观吟榆林关作　同来僧渡溪坠马失只履戏作　醉中歌　青行缠歌　鸥夷子歌　诗酒歌　中秋玩月上党楼上　狂吟　松风轩诗绝碉特索赋　谢郡守李公来访	12	12
郑梦周	甲辰中秋有怀　江南柳	2	2
崔执钧	剔银灯词	1	1
李崇仁	若有杖歌　呜呼岛　行路难　渡辽曲	4	4
权近	赠送临清钓隐诗　题渔村诗卷	2	2
尹绍宗	东郊　奉贺李相国大破倭寇于引月驿振旅还都　冬至　伏睹车驾临幸松轩李侍中第荐绅诸公咸作诗以贺得几字	4	4
郑道传	题公州锦江楼　中秋歌	2	2
郑俊	戊寅九月到通州题丛石亭诗	1	1
释宏演	奉和思谦题西宇炼师山水图　春米行　题骢马饮水图　题饮马图　秋夜宿蒋山寺	5	5
朴宜中	蓬莱驿有感	1	1
李詹	谪仙吟与李教授别　次裴秘书山茶花韵　赠监丞池普门　有所思　韩柳叹	5	5
韩处宁	四皓	1	1
李稷	应制文皇帝赐本国世子诗	1	1
李来	应制文皇帝赐本国世子诗	1	1
柳方善	青鹤洞	1	1

(续表)

诗人	诗题	题数	首数
曹庶	赠陈舍人	1	1
赵浚	春日昭阳江行	1	1
权湛	春日昭阳江行	1	1
卞季良	赠权中虑	1	1
李先齐	春日昭阳江行　击瓮图	2	2
俞孝通	春日昭阳江行	1	1
姜硕德	归来图　送高金枢奉使日本	2	2
成侃	麻浦夜雨叹　清江曲　寄姜景愚　寄徐刚中	4	4
姜希颜	舍弟景醇以小障求画副之以诗作海山图用其韵以示之	1	1
洪逸童	任子深邀我游汉江招刚中用洪武正韵	1	1
崔恒	温阳扈从与具绫城申高灵两相	1	1
申叔舟	题日本僧寿蔺诗轴	1	1
李石亨	呼耶歌	1	1
总数		61	61

《东文选》卷之九
五言律诗

诗人	诗题	题数	首数
崔致远	长安旅舍与于慎微长官接隣有寄　赠云门兰若智光上人　题云峰寺　旅游唐城有先王乐官将西归夜吹数曲恋恩悲泣以诗赠之	4	4
吴学麟	重游九龙山兴福寺	1	1
郑袭明	石竹花	1	1
金富轼	甘露寺次惠远韵	1	1
高兆基	安城驿　珍岛江亭　永清县　宿金壤县	4	4
李知深	感秋回文	1	1
金敦中	宿乐安郡禅院	1	1
赵通	芍药	1	1
印份	雨夜有怀　东都怀古　澄贤国师影堂	3	3

(续表)

诗人	诗题	题数	首数
郑知常	送人	1	1
权适	朝宋路上寄诸友	1	1
许洪材	慈护寺楼	1	1
金莘尹	永宁寺次高按部韵　珍岛江亭次高按部韵	2	2
林宗庇	松风亭偃松次人韵	1	1
朴公袭	灵通寺僧贮山泉封寄见戏	1	1
崔永濡	高山马上得句书公馆壁	1	1
卢永绥	投某官	1	1
吴世才	病目　戟岩	2	2
林椿	谢见访　李平章光缙挽词　赠李湛之	3	3
李仁老	献时宰回文　漫兴　喜僧惠文得寺	3	3
金克己	仍弗驿　田家四时(4)　使金过兔儿岛镇宁馆　胡家务馆次途中韵　过东峰馆河桥	5	8
释戒膺	送智胜	1	1
俞升旦	宿保宁县　穴口寺　赵相国独乐园(2)　次杻城公馆壁上韵	4	5
林惟正	宫中四景集句(4)　咏雪　和狼川县客舍留题　见德城即事　闲中偶书　龙津镇通溟楼即事　和董文功录事　秋夜入直都省偶题壁上	8	11
李奎报	秋送金先辈登第还乡　沙平江泛舟　下宁寺　犬滩　寓龙岩寺　江行　草堂端居和子美新赁草屋韵(5)　闻琴次韵陈学正澕　九品寺	9	13
释益庄	洛山寺	1	1
崔滋	南堤柳崔校勘韵　元德大后挽词	2	2
陈澕	秋日书怀　次韵朝守　夕守	3	3
释圆鉴	苦热吟	1	1
郭预	扈驾兴王寺路上　寿康宫观猎　东郊马上	3	3
李混	寄任彦冲	1	1
安震	赠送天台了圆长老　得堂字送辛斋员外朝元　送闵生员仲玉瑨觐亲还学	3	3
崔瀣	呈分司那怀廉访　大尉王挽词　金童公主挽词	3	3
白元恒	燕子	1	1

(续表)

诗人	诗题	题数	首数
崔泑	题守城宾于光先达水阁朴石斋韵	1	1
安轴	宿龙潭驿　题寒松亭　八月将赴京又有旨仍行秋祭南行路上有作	3	3
安牧	赠友人	1	1
郑顠	落职后到清州作	1	1
辛蔵	拱北楼	1	1
李齐贤	北上(2)　题长安逆旅　延祐己未予从于忠宣王降香江南之宝陀窟王召古杭吴寿山一本作陈鉴如误也令写陋容而北村汤先生为之赞北归为人借观因失其所在其后三十二年余奉国表如京师复得之惊老壮之异貌感离合之有时题四十字为识	3	4
李谷	雪夜小酌　得家兄书	2	2
尹汝衡	村居	1	1
许少由	次旌善郡韵	1	1
白文宝	杏村李侍中嵒挽词	1	1
郑居宽	赠同年郭复佐郎	1	1
李冈	送郭检校九畴还河南（永锡）　诗邀河允源郎中　次郭谏议韵送崔德成持平分司旧京	3	3
金台卿	送偰员外天民长寿奉使江南	1	1
郑誧	题蔚州官舍壁　寄献春轩　东莱杂诗(10)　癸未重九	4	13
	总数	103	124

《东文选》卷之十
五言律诗

诗人	诗题	题数	首数
权汉功	题拱北楼　庐山寺枕碧楼	2	2
柳淑	清州拱北楼	1	1
李达衷	题兴教僧统饯行诗轴	1	1
李仁复	送河南郭检校永锡九畴　送偰符宝还大明　送门生郭正言仪出按江陵　送朴部令宜中觐母金堤　杏村李侍中嵒挽章　思庵柳政堂淑挽章　芸斋李政堂彦冲夫人挽章　辽阳县君三韩国夫人挽章	8	8
韩修	夜坐次杜工部诗韵　奉和韩山君所示　木落　寄密城李使君	4	4

(续表)

诗人	诗题	题数	首数
郑枢	宿骊兴清心楼	1	1
金九容	送郭九畴检校　己亥年红贼　送郑当寺丞之任忠州	3	3
偰逊	宵梦	1	1
杨以时	次权左尹铸韵	1	1
金仲权	幽居即事	1	1
裴中孚	自遣	1	1
李茂芳	次寒松亭韵	1	1
李穑	读汉史　记安国寺松亭看雨　夜吟　偶吟　浮生　遣怀　浮碧楼	7	7
郑梦周	洪武丁巳奉使日本作　偶题　旅寓　客夜	4	4
李崇仁	送徐九思之江陵省觐　题玉田禅师松月轩有揭文安公曼硕欧阳文公原功诸先生题咏　送张衡叔还西都田宰相幕　扈从城南　感兴　民望传郭秘丞见心殁呜呼见心已矣吾与民望流离岭表行且徂岁存殁可哀情见乎辞见心名复　忆三峰　正月十七日出自金川门马上咏怀　将赴都也宿杨(扬)州之广陵驿见江都史知县知张伯渊先生下世怅然有作名溥号木讷轩者　嘉州路上闻王评理下世	10	10
权兴	避寇入城上牧伯金赏　寄郑进士龟晋	2	2
卞仲良	寄金副令　闲斋同中虑偶吟　登宜州北城呈玄教官　忆弟	4	4
尹绍宗	凌烟阁　忠定王大妃挽词　赠李詹从指挥　谒惠王真于锦城	4	4
郑思道	西江帅府　秋雨偶题　镇守东江癸丑九日	3	3
韩方信	哭平斋李文敬公冈	1	1
元松寿	送天台洪若海照磨	1	1
郑道传	中秋歌　顺兴府使座上赋诗　闻金若斋在安东以诗寄之(2)	3	4
李集	汉阳途中	1	1
朴宜中	遣兴首夏即事	2	2
郑摠	春雨	1	1
权近	纪地名诗(3)	1	3
成石璘	挽赵宰臣	1	1
偰长寿	书感　岁暮杂述　春色	3	3
释祖异	赠曹溪禅师云鉴得无字	1	1

(续表)

诗人	诗题	题数	首数
李詹	登州　舟行至沐阳潼阳驿　怀归　将赴密阳歇马茵桥新院　寄南教授　迎曙驿逢郭御史明日汉江上相别	6	6
成石珚	书怀	1	1
鱼变甲	题壁上	1	1
李原	十一月二十日有雪夜坐	1	1
卞季良	登圣居山金神寺　题僧舍　题青溪山行上人院　次灵通寺壁上韵　宿复兴寺	5	5
朴瑞生	放洋遭大风舟回不行还泊于蓝乙老浦	1	1
李惠	马天使思亲堂图	1	1
柳方善	郊居　即事　晓过僧舍　侨居	4	4
李种学	谪居即事	1	1
曹庶	送朱子兰	1	1
权遇	禅兴路上题西江亭	2	2
尹淮	至日还自锦山登日新驿楼　庆会楼侍宴	2	2
金益精	呈大使送秋	2	2
权湛	独坐	1	1
释卍雨	送日本僧文溪　山中	2	2
权轸	次结城客馆韵	1	1
梁汝恭	病卧村庄书寄柳致养　即事呈朴副正	2	2
李行	题金城东轩	1	1
朴堧	双韵莲花回文体幽居作(2)	1	2
朴彭年	题刚中家梅竹莲海棠四咏	1	1
李垲	送徐修撰刚中荣亲归大丘	1	1
成侃	除夜	1	1
权擥	次张天使宁游汉江韵	1	1
金礼蒙	次伊川客舍韵	1	1
金寿宁	次文川板上诗韵	1	1
	总数	116	120

《东文选》卷之十一
五言排律

诗人	诗题	题数	首数
崔惟善	御苑仙桃	1	1
郭舆	东山斋应制诗	1	1
崔诜	谢文相赠扇	1	1
高莹中	国者至公之器	1	1
金良镜	石不可夺坚　谢崔相国设饯宴	2	2
李奎报	扶宁马上记所见　上赵相诗　发尚州　上右散骑　上直门下　上左谏议　上右谏议　上中书舍人	8	8
释天因	次韵云上人病中作	1	1
释圆鉴	幽居　东征颂　自叙　伏闻主上陛下利观天朝别承宠眷稳回鸾驭诚欢诚忭且颠且倒谨成贺盛德颂一十八韵以当王庭之蹈舞云	4	4
郭预	上镇边金相公周鼎　咏橘树	2	2
崔瀣	高峦感兴十二韵	1	1
薛文遇	送崔侍御咸一贬猬岛	1	1
李仁复	送杨广按廉韩掌令哲冲　郑相国晖蒲萄轩次韵	2	2
郑誧	赠佐郎舅诗　送白书记赴忠州幕	2	2
李达衷	山村杂咏	1	1
韩修	送庆尚道按廉康副令	1	1
卓光茂	遣闷　谢元戎李密直来访	2	2
郑梦周	贺李秀才登第还乡三十韵	1	1
李崇仁	送林主事使还京师　癸丑十一月十四日雾	2	2
权兴	次渔隐韵	1	1
权近	送郑大司成奉使日本　送诰命使国子典簿周倬使还	2	2
尹绍宗	病中霖雨廿八卦寄野堂吁斋	1	1
朴宜中	赠河南王使郭九畴	1	1
柳方善	奉赠雨千峰	1	1
卞季良	奉呈郑三峰	1	1
崔恒	赠日本僧	1	1

(续表)

诗人	诗题	题数	首数
无名氏	银烛朝天	1	1
无名氏	望夫石	1	1
总数		44	44

《东文选》卷之十二
七言律诗

诗人	诗题	题数	首数
崔致远	登润州慈和寺上房　秋日再经盱眙县寄李长官　送吴进士峦归江南　春晓偶书　暮春即事和顾云友使　陈情上太尉　和张进士乔村居病中见寄乔字松年　酬杨赠秀才　野烧	9	9
崔匡裕	御沟　长安春日有感　庭梅　送乡人及第还国　郊居呈知己　细雨　早行　鹭鸶　商山路作　忆江南李处士居	10	10
朴仁范	送俨上人归干竺国　江行呈张峻秀才　马嵬怀古　寄香岩山睿上人　早秋书情　泾州龙朔寺阁兼柬云栖上人　上殷员外　赠田校书　上冯员外　九成宫怀古	10	10
崔承祐	镜湖　献新除中书李舍人　送曹进士松入罗浮　春日送韦大尉自西川除淮南　关中送陈策先辈赴邠州幕　赠薛杂端　读姚卿云传　忆江西旧游因寄知己别　邺下和李秀才与镜	10	10
崔承老	奉贺圣上受大尉册命初袭王封	1	1
崔冲	示座客	1	1
崔渝	出守春州和人赠别	1	1
李资谅	大宋睿谋殿御宴应制	1	1
李𩓋	贺元帅尹侍中	1	1
崔奭	兴王寺庆赞道场音赞诗	1	1
朴寅亮	使宋过泗州龟山寺	1	1
金缘	出镇龙湾次示门生　大同江	2	2
金富轼	灯夕　题良梓驿　玄化寺奉和御制　宋明州湖心寺次毛守韵　自宋回次和书状秘书海中望山　和副使侍郎梅岑有感　西都九梯宫朝退休于永明寺　征西军幕有感　军幕偶吟　观澜寺楼　兜率院楼　谢崔枢密灌宴集　葺新堂后有感　对菊有感　裕陵挽词　敬和王后挽词　哭金参政纯　哭权学士适	18	18
李公升	天官寺	1	1
郭舆	赠清平李居士	1	1
金敦中	和舍弟苦雨诗	1	1

(续表)

诗人	诗题	题数	首数
金敦时	苦雨　灯明寺	2	2
崔均	和咏柳	1	1
郑知常	长源亭　春日　分行驿寄忠州刺史　题登高寺　开圣寺八尺房　题边山苏来寺	6	6
崔诜	金使左光禄得家书有生子之喜诗以为贺　大使见和复呈　喜侄文牧魁司马试	3	3
郑沆	题僧伽窟	1	1
朴椿龄	登采真亭　大原寺　鸡足山定慧寺　灵光郡忆金太守儒	4	4
任奎	得病告暂往江村还京马上　过延福亭	2	2
金贻永	仁王挽词	1	1
朴浩	江口秋泊	1	1
金莘尹	灵岩郡次朴寿翁韵	1	1
金闶	仁王挽词	1	1
总数		92	92

《东文选》卷之十三
七言律诗

诗人	诗题	题数	首数
吴廷硕	赠大光寺堂头　山村海棠	2	2
高惇谦	龙藏寺独妙楼	1	1
蔡宝文	题罗州馆　珍岛碧波亭次崔按部永濡韵　高山县公馆梨花	3	3
崔永濡	升平郡蔡按部韵	1	1
吴世才	次韵金无迹见赠	1	1
林椿	寄友人　咏梦　冬日途中　九日闻诸公有会　戏赠密州倅　追悼郑学士　与李眉叟会湛之家　次友人韵　陪崔司业永濡访吴先生　悼金阆甫　病中有感	11	11
释惠文	普贤院	1	1
李仁老	灯夕　宴金使口号　与友人夜话　伤杜相宅　送朴察院赴西都留台　饮中八仙歌　韩相国江居　崔尚书命乐府送耆老会侑欢　贺任相国门生赵司成冲领门生献寿　游智异山　文机障子　文相国克谦挽词　韩相国文俊挽词　仰岩寺　雪用东坡韵　次张学士未开牡丹	16	16
释寥一	乞退	1	1

(续表)

诗人	诗题	题数	首数
金克己	草堂书怀　牛逸　村家　思归　夜坐　读林大学椿诗卷为诗吊之(3)　高原驿丛石亭李学士知深韵　派川县偶书　浿江渡吴学士韵	10	12
俞升旦	书德丰县公馆　和赵相国同年席上诗　次韵孙纶院扑哭赵平章冲	3	3
林惟正	题皆骨山长渊寺集句　和德岭驿诸使臣留题　和孤山驿李学士留题　三月下旬郊亭赏春　和林畔驿吴使臣韵　和宣德镇客舍李学士知深留题　和蓝山驿楼留题　和高州客舍韩学士留题　和耀德镇住华亭诸都统留题　题西村场　题海门禅院　登世祖愿堂望海台　暮春书事示李注簿　秋日有作　竹亭与友人饮　赴任耀德次触事有感(8)　题高城三日浦　和东州客舍留题　和长州客舍王相国度留题	19	26
总数		69	78

《东文选》卷之十四
七言律诗

诗人	诗题	题数	首数
金良镜	哭琴相国仪　宣庆殿道场音赞诗应制	2	2
李奎报	寄吴德全　河丰江泛舟　聊城驿壁上韵　辛酉五月端居无事和子美成都草堂诗韵(5)　过龙潭寺　寓居天龙寺　重游北山　梅花　宿峰城县　黄骊江泛舟　扶宁浦口　杜门　鹦鹉　军幕书情呈副使朴侍郎仁硕	14	18
陈澕	中秋雨后　从海安寺乞松枝　京都　月溪寺楼上初晴晚眺　赏春亭玉蕊花(2)　次李由之贺生女(2)　梅花	7	9
崔滋	禳星变消灾道场应教　奉答金政堂　哭崔承制宗藩　宣庆殿行大藏经道场音赞诗(2)	4	5
赵冲	同年刘待制两台长见和复次韵	1	1
洪功佐	花山上元文机障子	1	1
李由之	贺陈翰林澕生女	1	1
金之岱	瑜伽寺　寄庆尚按部韩侍郎就　赠西海按部王侍御仲宣	3	3
李藏用	题童津山文珠寺次韵　禅月寺四凉亭次韵　游禅月寺　投元朝王百一学士鹗红树　林拾遗来示莲社诗因成一首寄呈大尊宿丈下　用林拾遗韵又呈	7	7
林桂一	丙寅秋仲一日谒平章庆源公因语及宋学士王文公禹偁西湖莲社诗其起联云梦幻吾身是偶然劳生四十又三年时予适已过师不惑之年而加数岁恻然有感因和成一篇遥寄呈大尊宿丈下以达鄙怀且约他时同道冀绿萝烟月无以予为生客耳　复次李相国诗韵奉呈大尊宿丈下	2	2
金禄延	伏睹左拾遗结社诗不胜嘉叹依韵呈似	1	1

(续表)

诗人	诗题	题数	首数
释始宁	前用王文公起联中生字为韵似闻药省诸郎皆次林拾遗诗韵依样更呈	1	1
李颖	前用王文公起联中生字为韵似闻药省诸郎皆次林拾遗诗韵依样更呈	1	1
释真静	次韵答中书舍人金禄延　次韵答秘书阁金坵(2)　奉答柳平章莲字诗寄呈　次韵答朗州太守金頵所寄(2)　次李居士颖诗(3)	5	9
柳璥	林拾遗来示参社诗因书以呈	1	1
郑兴	兴似闻乐轩懒斋二相国与诸卿大夫作诗结社予亦喜幸偶成长句寄呈(6)	1	6
金頵	寄呈龙穴大尊宿丈室	1	1
释天因	次韵青谷老吊赵承制　舟次南海得眼疾寄常寂法主　以长句代书答崔学士再和	4	4
无名氏	亭止寺	1	1
释祖英	踯躅花应教	1	1
金坵	宣庆殿行大藏经道场音赞诗(2)　上晋阳公(2)　中例消灾道场音赞诗　文机障子诗　贺柳平章门生李右丞尊庇领门生献寿	5	7
释圆鉴	次朴按廉题密城三郎楼诗韵　抵宿王岩爱其境地清幽因书拙语　闲中偶书　游楞伽山　病中言志	5	5
洪子藩	先君于戊戌年间赴沃州不幸圣善遂厌世予时年三岁后二十有八载滥承按部之命来拜先茔不胜感惨即成四韵	1	1
郑可臣	皇都次韵金钝村见寄	1	1
安珦	甲午秋自镇边归道次京山府示太守李东庵	1	1
李尊庇	寄曹溪晦堂和尚	1	1
李承休	至元甲子到京赠崔大博守璜　庚辰坐言事见罢谢柳中赞璥扶病来唁	2	2
金晅	丁酉立春在都醉吴念舍良遇见寄	1	1
吴汉卿	在金州谢刘按部颢惠年鱼　牛山庄闻洪中赞灵柩东归　送李东庵落致仕赴原州	3	3
李混	西京永明寺	1	1
洪侃	诸郎席上次韵	1	1
赵简	次李密直学士宴诗　次永明楼韵　暎湖楼	3	3
韩就	次韵寄金学士之岱	1	1
释达全	次韵李正言混花山怀古　禅源寺清远楼	2	2

(续表)

诗人	诗题	题数	首数
蔡洪哲	福州暎湖楼　月影台	2	2
鲁璵	顺兴宿水寺楼	1	1
权溥	益斋李学士荣亲宴次尊公东庵韵	1	1
安震	送李稼亭之上国　贺副学士安判书轴　鸡林郡公王政丞挽词	3	3
朴忠佐	送洪义轩灈贺天寿节朝元	1	1
朴恒	北京路上	1	1
	总数	96	114

《东文选》卷之十五
七言律诗

诗人	诗题	题数	首数
崔瀣	己酉三月禠官后作　李正夫之公见次复成一首　郑载物以二博当迁而在下者越载物为上博载物仍居其二此古未之所闻也遂为唐律奉呈　次李正夫赠别诗韵　在松山书院夏课次东庵追慕安文成珦所着韵　与诸教官分咏西汉名贤得张良　送李林宗直郎归旧隐	7	7
禹倬	暎湖楼	1	1
郑子厚	送洪敏求进士　暎湖楼　骊兴清心楼	3	3
邢君绍	永明寺浮碧楼	1	1
白元恒	主上除太傅沈阳王　上崔政丞	2	2
尹奕	贺李通宪齐贤学士宴	1	1
洪瀹	谢松坡崔相国诚之惠茶纸(2)　在燕都次方敬斋子宣韵寄呈	2	3
闵光钧	登第	1	1
薛文遇	水原云锦楼　骊兴清心楼次韵	2	2
郭瑀	赠孙斯庆进士　韩金议大淳挽词	2	2
安轴	天历三年五月受江陵道存抚使之命是月三十日发松京宿白岭驿夜半雨作有怀　次和州本营诗韵　次襄州公馆韵　登州古城怀古　贺益斋相国　登太白山	6	6
朴义	永明寺次韵	1	1
梁温	送崔御史伯渊璿还朝	1	1
许伯	暮春　丁卯重阳　题扞城楼	3	3

(续表)

诗人	诗题	题数	首数
辛蔵	平海东轩　福州暎湖楼	2	2
方曙	沉凤县次赵元帅冲韵	1	1
韩宗愈	月光寺水轩次韵	1	1
辛裔	骊兴清心楼次韵	1	1
李齐贤	八月十七日放舟向峨眉山　诸葛孔明祠堂　思归　路上　函谷关　二陵早发感怀(3)　多景楼雪后　多景楼陪权一斋用古人韵同赋　高亭山　宿临安海会寺　黄土店(3)　至治癸亥四月二十日发京师　端午　题长安逆旅(3)　达尊杏花韵(3)　送李翰林还朝　菊斋权文正公挽词　凤州龙湫　杨花　杨安普国公宴太尉浑王于玉渊堂　七夕	22	30
白文擧	次朴持平韵呈安谦斋	1	1
释禅坦	次普门寺阁上诗韵　九日次清渊诗韵	2	2
禹吉生	次郑愚谷韵送洪敏求进士	1	1
郑乙辅	晋州蠹石楼	1	1
李谷	壬午岁寒食　次韵答顺庵　秋雨夜坐　癸未元日崇天门下　七夕小酌　正朝雪苦寒　滦京送别用闵及庵韵	8	8
李仁复	题曹溪龟谷觉云禅师御书画诗卷　赠郭检校　寄元朝同年马彦翚承旨兼柬傅子通学士　送柳思庵	4	4
田叔蒙	留别东莱诸生	1	1
张天翼	书怀	1	1
尹汝衡	元日漫成　客寓灵光东资福寺	2	2
崔元祐	次明远楼宴集韵　贺元梅溪松寿掌南省试	2	2
田得良	哭杏村李侍中嵒	1	1
李元之	自述	1	1
许邕	骊江楼	1	1
田禄生	暎湖楼次韵　鸡林东亭	2	2
朴尚衷	上升敬孝王挽章　送河南王使孰检校永锡九畴	2	2
许少由	旌善郡次韵	1	1
总数		91	100

《东文选》卷之十六
七言律诗

诗人	诗题	题数	首数
李容	九日登明远楼	1	1
李存吾	送胡若海照磨还台州(2)　还朝路上望三角山	2	3
安止常	广州村庄寄呈江华万户同年状元河乙沚	1	1
白文宝	次镜浦台韵	1	1
朴允文	丹阳翠云楼	1	1
金台卿	到安老县闻新事复用前韵　迦智寺板上韵	2	2
李吉祥	自警	1	1
黄石奇	次郑愚谷子厚韵送洪敏求进士	1	1
郑誧	赠李天觉达尊　病中投郑长官天儒　送白介夫游河东　壬申春予所畜马暴死外舅春轩公闻之有书云袖诗来马可得也因以是诗献　次韵李明叔理问见访有诗追呈　福州次友人韵　大都旅舍偶题	7	7
权汉功	甘露寺多景楼　圣居山元通寺	2	2
柳淑	次韵赠朴宜中状元门生　次伽倻寺住老诗(3)　复用前韵寄任赵副使　哭李侍中岩黄桧山韵	4	6
南兢	三月有日寄郑直斋	1	1
闵思平	有赠　李政丞(凌干)挽章　次韵	3	3
李达衷	哭云窝弟　炭洞新居　次会庆楼诗韵　咸州楼上作　次襄州官舍诗韵　辛旽(2)	6	7
朴孝修	普门社西楼　偶题俗离寺　星州青云楼上偶题　题金海府披云楼次韵	4	4
郑枢	次安边官舍韵　次三陟竹西楼韵	2	2
权思复	奉呈廉相国　次江陵东轩韵	2	2
林朴	题德兴君素屏	1	1
韩修	惕若斋乘舟来访饮舟中　陪牧隐先生往天寿寺赏莲次先生韵　九月十五日邀牧隐先生登楼玩月	3	3
宋因	次平海越松亭韵　次江陵东轩韵	2	2
偰逊	病中咏瓶梅(2)　三月晦日即事　赠薛鹤斋　九日思家　船头	5	6
许锦	病中奉寄平斋土亭二先生	1	1
杨以时	权大夫镐静亭诗次韵	1	1

(续表)

诗人	诗题	题数	首数
卓光茂	景濂亭	1	1
李玖	省直偶题	1	1
朴形	寄全献纳	1	1
释月窗	灵通寺西楼次古人韵	1	1
李穑	天寿节入觐大明殿　新寓崇德寺　奉寄伯父　通州早发　南新店　自京师东归途中作(2)　又赋　东山　读杜诗　晓雨　即事(2)　有感　夜咏　有感　即事　春晚　夜雨　秋日　雀噪	19	21
郑梦周	定州重九韩相命赋　重九题明远楼　甲辰十月赠江南使胡照磨　乙丑九月赠张溥　渡渤海　大仓赠礼部主事胡琏　多景楼赠季潭　皇都　偶题(5)　谢日东僧永茂惠石砚　登全州望景台　蓬莱驿示韩书状尚质	12	16
朴晋禄	次延爽楼韵　次江陵东轩韵	2	2
李崇仁	尹宪叔来言锦之礼贤驿有龙家姬者龙家即其子也里间高姬年不敢名而以子号之年过百岁强康无恙去年以病死渠云生七岁见东征之师盖宋之季元之至元乙亥乃其生年而东征则辛巳日本之役也姬年一百又四矣子太史氏宜仿左氏记绛老人例书之于策予闻其语姑题四韵一篇以为后日张本云　眼疾　秋回　九日漫成　丙寅十二月六日赴京师　元日奉天殿早朝　登州蓬莱阁感怀　定辽卫	8	8
金九容	遁村寄诗累篇次韵录呈　送江陵徐廉使	2	2
卞仲良	宁海	1	1
	总数	102	113

《东文选》卷之十七
七言律诗

诗人	诗题	题数	首数
尹绍宗	书怀　淡庵白忠简公文宝挽词　仰岩与李詹同赋	3	3
郑思道	镇守西江作　游高住寺　游东岩　得疾请寓安成立家秋雨连日	4	4
康好文	次金寺丞赴锦州韵	1	1
元松寿	壬寅清州作　次安政堂村居闲咏	2	2
郑道传	挽李密直彰路	1	1
释宏演	题刘仙岩(2)　送人之临江　紫清宫游	3	4
释懒翁	警世(2)	1	2

(续表)

诗人	诗题	题数	首数
权近	骊江宴集诗　送林行人使还　航莱州海　金刚山　耽罗　次松堂赵政丞韵	6	6
赵浚	夜泊金陵　次原州东轩韵有怀元衷甲　江都夜泊　日月寺壁上　角山独钓　次旋善客舍韵	6	6
朴宜中	次沙门岛壁上韵	1	1
成石璘	在固城寄舍弟　寄题吉再冶隐　题南谷先生诗卷	3	3
偰长寿	新春感怀　渔翁　舍弟延寿来江村喜而成诗　高秋感兴	4	4
都元兴	次清心楼韵	1	1
郑摠	陋巷	1	1
姜淮伯	弓王故都有感时诸军都总公驻军于此　春日寄昆季　奉天殿早朝	3	3
李詹	重游合浦　奉送同年郭正郎赴宁越任　宿灭浦院楼　寒食　蔚州杂题　题宣孝院楼	6	6
郑以吾	新都雪夜效欧阳体	1	1
卞季良	登山题惠上人院　村居即事寄京都李先达　将赴京都长湍途中寄呈鼎谷　题吉注书诗卷次独谷韵	4	4
陈义贵	送尹参赞都观察江原道	1	1
尹淮	奉送雨亭赵恩门出镇西北面　敦化门晨钟　柳议政挽章	3	3
朴瑞生	奉使日本有感	1	1
柳方善	即事	1	1
曹庶	重九有感	1	1
偰循	贺李中枢贞干年七十寿九十慈亲	1	1
郑招	贺李中枢贞干年七十寿九十慈亲　寄梁使君（汝恭）	2	2
梁汝恭	次韵　次李而立见寄之韵	2	2
释丁近	题砥平东轩	1	1
朴致安	兴海乡校月夜闻老妓弹琴	1	1
俞孝通	次江陵东轩韵	1	1
金久冏	寄柳泰斋　次密阳岭南楼韵	2	2
李孟畇	松京怀古　次铁原聚钱州	2	2
黄铉	贺李中枢年七十寿九十慈亲	1	1

（续表）

诗人	诗题	题数	首数
许稠	次镇南楼韵	1	1
崔修	次安东映湖楼韵	1	1
辛硕祖	次骊江清心楼韵	1	1
李那	寄子安命	1	1
权蹋	用姜日用赋牡丹故事寄呈翰苑	1	1
朴彭年	哭尹大提学淮	1	1
安止	题八景图	1	1
河纬地	送徐刚中兄弟荣亲归大丘	1	1
金淡	次茂朱寒风楼韵	1	1
权采	碧松亭禊饮	1	1
李永瑞	移病在家书怀寄仁叟　无弦琴	2	2
姜希颜	斋室读黄庭内景一篇其久视长生之术不过离世累断人欲二事耳复用前韵寄景醇(4)	1	4
成熺	闻量移之命偶吟	1	1
金礼蒙	次襄阳楼韵	1	1
宋处宽	奉寄徐刚中	1	1
朴仲孙	送具检详从事关西	1	1
崔士老	上绫城具左相	1	1
朴元亨	次成川楼船诗	1	1
权攀	登巨济抚夷楼	1	1
金寿宁	次吉城板上诗韵　谩成　次金天使湜诗	3	3
尹子濚	谪居次韵徐刚中学士见寄	1	1
李石亨	题昌原寒碧楼(2)　蔚珍东轩韵　途中即事	3	4
总数		98	104

《东文选》卷之十八
七言排律

诗人	诗题	题数	首数
金富轼	和罗倅李先生寄金郎中缘	1	1
金克己	上首相诗	1	1
林惟正	城楼感兴	1	1
李需	普门寺　教坊小娥	2	2
李奎报	次韵　次贺琴平章得外孙	2	2
陈澕	上琴承制(2)	1	2
崔滋	次李需教坊少娥诗韵　复次韵	2	2
释天因	洪英上人以诗见赠次韵答之　次韵答皖上人	2	2
金之岱	寄尚州牧伯崔学士滋	1	1
李藏用	次李需普门寺诗韵　三角山文殊寺	2	2
赵永仁	扈从安和寺应制	1	1
柳公权	次韵	1	1
金行琼	贺崔中令赴内宴	1	1
赵冲	贺琴平章得外孙	1	1
崔诜	次扈从安和寺应制诗	1	1
李守年	北行	1	1
金赟	童女诗次韵	2	2
洪侃	次韵李蒙庵西京怀古	1	1
李瑱	永嘉乡校诸仙设宴送行作诗为谢	1	1
崔瀣	拙诗六韵呈状元修撰宋本诚夫先生兼奉示同年诸公共为一笑	1	1
辛蔵	丛石亭	1	1
白弥坚	晋州矗石楼次郑勉斋韵	1	1
白文宝	矗石楼	1	1
李达衷	次丛石亭诗韵	1	1
卓光茂	前判三司孙自外进阙赐鸠杖	1	1
权近	送日本释大有还国	1	1

(续表)

诗人	诗题	题数	首数
朴元亨	花山君无尽亭诗次崔宁城韵	1	1
崔恒	无尽亭　桃源图　戒二子　光陵挽章　赠日本师	5	5
	总数	38	39

《东文选》卷之十九
五言绝句

诗人	诗题	题数	首数
乙支文德	赠隋右翊卫大将军于仲文	1	1
崔致远	秋夜雨中　邮亭夜雨	2	2
张延祐	寒松亭曲	1	1
崔思齐	入宋船上寄京中诸友　古意	2	2
金富轼	大兴寺闻子规　东宫春帖子	2	2
高兆基	山庄雨夜	1	1
崔诜	马上寄人(3)	1	3
任奎	江村夜兴	1	1
崔鸿宾	书星龙寺两花门	1	1
金莘尹	庚寅重九	1	1
郑叙	题墨竹后	1	1
全坦夫	晋阳留别	1	1
李仁老	山居　书天寿僧院壁　眼　耳　鼻	5	5
赵准	御殿春帖子	1	1
金良镜	书大观殿黼座后障无逸图上(2)	1	2
李奎报	边山路上　绝句杜韵　北山杂题(4)　晚望　即事	5	8
释圆鉴	闲中杂咏(3)	1	3
赵仁规	示诸子	1	1
吴汉卿	秋日泛舟(2)	1	2
安震	次安谨斋题竹院	1	1

(续表)

诗人	诗题	题数	首数
洪奎	朴杏山全之宅有题	1	1
崔瀣	己酉三月褫官后作 雨荷 风荷	3	3
金元发	龙宫闲居金兰溪得培寄诗次其韵	1	1
郭瑠	寄元校书松寿 寄金钟寺清长老	2	2
崔思俭	光阳县望海楼	1	1
李季瑊	安州送金政丞深上朝	1	1
郑地	题锦江船亭	1	1
李仁复	录镇边军人语(5)	1	5
李公遂	下第赠登第者	1	1
郑之祥	寄故乡诸老	1	1
崔林	赠友人	1	1
郑誧	江口	1	1
柳淑	癸卯冬送北征崔元帅莹 碧澜渡 书洪州家壁	3	3
偰逊	山中雨	1	1
杨以时	题平陵驿亭	1	1
咸承庆	野行	1	1
吉再	即事	1	1
郑梦周	春兴	1	1
李穑	镇浦归帆 汉浦弄月	2	2
权兴	赠郑进士龟晋	1	1
成石璘	送僧之枫岳	1	1
李詹	自适	1	1
偰长寿	渔艇	1	1
郑道传	咏梅(2)	1	2
柳方善	偶题	1	1
曹庶	赠本国海守师	1	1
姜硕德	春帖字	1	1

223

（续表）

诗人	诗题	题数	首数
成三问	咏海棠	1	1
姜希颜	咏梅题徐刚中四佳亭	1	1
权擎	次闻庆县主屹灵祠韵	1	1
崔士老	次竹山东轩韵	1	1
总数		68	82

七言绝句

诗人	诗题	题数	首数
崔致远	途中作　饶州鄱阳亭　山阳与乡友话别　题芋江驿亭　春日邀知友不至因寄绝句　留别西京金少尹峻　赠金川寺主　赠梓谷兰若独居僧　黄山江临镜台　题伽耶山读书堂	10	10
崔承老	代人寄远	1	1
释宗聆	戏赠闸师	1	1
崔冲	绝句	1	1
东京老人	驾幸东京献王内相融	1	1
朴寅亮	伍子胥庙	1	1
郑袭明	赠妓　十日欲招咸尚书同饮闻其仙去有感	2	2
金富轼	内殿春帖子　宋明州湖心寺次书状官韵　安和寺致斋　酒醒有感　闻教坊妓唱布谷歌有感　熏修院杂咏(2)　西湖和金史馆黄荷　东郊别业　临津有感　赤道寺	10	11
郭舆	清谦阁亲赐双角龙茶　随驾长源亭上登楼晚眺有野叟骑牛傍溪而归应制	2	2
金富仪	登智异山　洛山寺　江陵送安上人之枫岳　水多寺　僧舍昼眠	5	5
高兆基	寄远　书云岩镇	2	2
金敦中	智异山次季父韵	1	1
金君绥	东都客馆	1	1
崔惟清	九日和郑书记　游奉严寺　杏花　偶书　初归故园	5	5
郑知常	西都　送人　醉后　长源亭　团月驿　新雪	6	6
郑沆	瑞祥花	1	1
无名氏	襛郡职	1	1

（续表）

诗人	诗题	题数	首数
朴椿龄	孤大山飞来房丈普德圣师真	1	1
朴浩	镜	1	1
释大觉	厌髑舍人庙	1	1
李之氐	东都戏题　西都口号	2	2
郑与龄	晋州山水图	1	1
权适	安北寺咏竹	1	1
吴廷硕	途中闻莺	1	1
金若水	题任实郡公馆	1	1
林宗庇	喜舍弟新除翰林　和喜舍弟新除翰林	2	2
安淳之	李仆射出小屏命作墨君地窄未能展意只写竹头数梢仍题其后云	1	1
李百顺	过渔阳次李眉叟韵(2)	1	2
金克己	李花　途中即事　东郊值雨　赠弥勒住老　秋晚月夜　兴海途上　洞仙驿晨兴　西楼观雪　鸭江道中　西楼晚望　江村晚景　漫成(2)　春日　书情(2)　书斋　读林大学诗卷(5)　朝参　通达驿　麟州早发　鸭江西岸望统军峰　渔翁	21	27
林椿	茶店昼睡(2)　戏赠皇甫若水　暮春闻莺	3	4
	总数	88	97

《东文选》卷之二十
七言绝句

诗人	诗题	题数	首数
李仁老	西塞风雨　题草书簇子　梅花　月季花　初到孟州　宋迪八景图(8)　偶吟野步(2)　八关日扈从(2)　早春江行(2)　书丰壤县公舍　内庭写批有感　灯夕(2)　宿韩相国书斋　贺新及第　崔太尉骑牛出游(2)　题东皋子真　崔太尉家藏草书簇子　用东坡榴皮题沈氏之壁之韵　暮春　醉乡　穿石　碑石　白芍药　过渔阳　剡溪乘兴　山阴陈迹　四明狂客　杏花鹁鸽图　逍遥堂(2)	30	43
林惟正	咏龟山寺冬日四季花集句　叙情　新及第行　竹　松　三月晦日闻莺有感　东林寺上房醉后戏题　自景灵殿出补兴威卫夜直有感	8	8
金良镜	晓起　宫词　贺新承宣李公老	3	3
李奎报	夏日　春日昼眠尹学录韵　列子御风　子猷访戴　右军换鹅　汉江　延福亭　南中逢故人　读林大年诗　回安淳之诗卷　过奇相林园(2)　朴丞家盆竹　守岁　内省夜直　儿子涵编诗文书其后　春日访山寺　四时词(4)	17	21

(续表)

诗人	诗题	题数	首数
陈温	四时歌(4)	1	4
柳伸	有感	1	1
陈澕	春日和金秀才(2)　五夜　游五台山　灵鹫寺　野步　春晚　陈仲子　海棠(2)　过海州　列子御风　子猷访戴　陶潜漉酒　潘阆移居	13	15
崔滋	哭赵承制　国子监直庐闻采真峰鹤唳	2	2
金之岱	赠馆伴赵学士　愁歇院途中	2	2
李藏用	自宽　慈悲岭	2	2
洪功佐	灯笼诗	1	1
金孝印	三日浦丹书石	1	1
金赟	题三陟木桥	1	1
张镒	过升平郡　东都怀古	2	2
金坵	分水岭途中　出塞　落梨花	3	3
释天因	冷泉亭　说法	2	2
无名氏	栗	1	1
金方庆	福州	1	1
释圆鉴	游山回过三郎楼舟中作　舍弟平阳新守将抵州治先到山中是夕会有雨相与话尽十余年睽离之意不觉至天明因记苏雪堂赠子由诗中所引韦苏州何时风雨夜复此对床眠之句作一绝以赠之　伏蒙陇西相国辱示嘉什二绝并引一首以叙东征军容之盛一以叙支办军须之艰奉玩忘斁谨次元韵强成山语寄呈阁下以资抵掌云(2)　病脚自戏　作野牛颂示同志　雨中睡起　偶吟　闲中偶书	8	9
俞千遇	贺元帅金公方庆攻下耽罗	1	1
许珙	与同年李密直尊庇访同年宜春朴禄之扁其所居曰藏春坞	1	1
洪子藩	朝天上马	1	1
郑可臣	云	1	1
朴恒	晓起	1	1
白文节	访山寺(2)　唐尧　光武	3	4
郭预	初夏　鹛逸　扈驾丹山途中　广浅南郊　直庐　赏莲	6	6
朱悦	东都　清风客舍寒碧轩	2	2
柳葆	上朴舍人暄	1	1

(续表)

诗人	诗题	题数	首数
郑瑎	古燕道中　东还寄李起郎在燕都(2)　代书寄李起郎	3	4
郑允宜	书江城县舍	1	1
洪侃	早朝马上　过龙兴溪有感呈李蒙庵　送李东庵赴安东　席上赠白彝斋　雪	5	5
韩就	次李眉叟过渔阳韵	1	1
李混	春日江上即事(3)	1	3
权呾	书怀	1	1
蔡洪哲	答寄权奏事汉功	1	1
崔诚之	寄谢方于宣学士见过	1	1
尹颀	访咸安先人故居感之而作　病中偶吟	2	2
安震	琳宫　金执义成用书堂	2	2
白颐正	燕居	1	1
权溥	儿孙庆八十　蔡中庵学士宴　夜宴次韵	3	3
朴全之	谒元朝王百一鹗学士祠堂　寄蒙庵昷长老	2	2
李瑱	山居偶题	1	1
朴忠佐	寄许迁轩邕	1	1
崔斯立	待人	1	1
潘阜	寄友人在燕都	1	1
李兆年	次百花轩	1	1
许富	寄金问民龙剑	1	1
崔瀣	迁居　追次郭密直预赏莲诗韵　三月自高峦而还路过村庄　五月二十日题　次大同江船窗权一斋韵　四皓归汉　太公钓周　责任长沙监务　到县和人韵　县斋雪夜　闵仲玉璿东觐西回乱道为别	11	11
邢君绍	西京次权一斋大同江船窗韵	1	1
白元恒	次晦轩安相国珦韵上座主郑雪斋可臣　燕都秋夜　宫词　春日次白清谦禁池之作　雪斋暮春小雨　行到祖江有作　金浑川　穷居冬日　七月初六日夜久不寐	9	9
金翔汉	桃源图	1	1
朴庄	有感	1	1
洪瀹	东还访敬斋宅	1	1

(续表)

诗人	诗题	题数	首数
安轴	卧水木桥	1	1
李晟	归田咏	1	1
王伯	山居春日	1	1
李坚干	送人游关东　奉使关东闻杜鹃	2	2
吴轼	万景台	1	1
郑倬	罢安东移任晋州	1	1
安牧	示子拜代言　送子判书出镇全州	2	2
金希祖	秋日	1	1
金忻	映湖楼	1	1
总数		181	208

《东文选》卷之二十一
七言绝句

诗人	诗题	题数	首数
李齐贤	比干墓(2)　淮阴漂母坟(2)　涿郡　白沟　松都八咏(8)　范蠡　和朴石斋尹樗轩用银台集潇湘八景韵(8)　和李明叔云锦楼四咏(4)　四皓归汉　庐山三笑　燕寻玉京　范蠡五湖　山中雪夜　九曜堂	14	33
释禅坦	题任实县壁　楞伽山中	2	2
李嵓	寄息影庵禅老　应制	2	2
金得培	题金海客舍	1	1
洪彦博	城南　天寿寺追和崔斯立韵(2)　慈孝寺次莲楼诗韵　北山途中	4	5
尹泽	偶吟　从毅陵宴杏园　元岩宴集次黄桧山韵	3	3
蔡禑	守福州寄宁海李府使叔琪	1	1
辛蕆	依山村舍　卧水木桥	2	2
黄瑾	将赴沃州汉江船上用华严信聪师韵	1	1
金伦	题玄悟大禅师兰若	1	1
韩宗愈	汉阳村庄(2)	1	2
辛裔	金陵怀古	1	1

(续表)

诗人	诗题	题数	首数
李谷	题中书译史牡丹图后　寄郑代言	2	2
李仁复	题草溪公馆曲松次韵　送庆尚郑按廉　益斋李文忠公挽词(3)	3	5
白弥坚	寄妻兄闵及庵	1	1
李公遂	有感	1	1
许湜	安城	1	1
尹汝衡	忆故乡　关东旅夜　往随缘山谷途中	3	3
吴洵	上辛草亭裔　草堂　观稼亭　望三角山　花坞　江头	6	6
崔元祐	永州文会楼　题茂珍客舍　送僧　题顺天八马碑	4	4
曹系芳	献洪侍中彦博　山居	2	2
金仁馆	廉侍中悌臣第盆梅	1	1
田禄生	题舍浦营	1	1
朴尚衷	送金子粹生员归觐安东	1	1
成士弘	东莱客馆　芒浦村舍访权学士质	2	2
李存吾	送李副令韧使江浙省　次韵金仲贤齐颜　示读书诸生柳卫　郑正郎梦周见赠次韵寄呈　走笔寄江陵李使君　宿弟存中锦州村家有感　从便后赠弟存斯	7	7
田濡	赴任公州	1	1
朴允文	临漪亭	1	1
崔咸一	泛舟游晋州南江	1	1
黄石奇	清州元岩宴集	1	1
洪铎	员外辛草亭之朝上国诸公分字作诗得纷字	1	1
郑誧	惠阴院途中　次韵示同里诸君　立春晓起有感　次韵季明叔理问见访有诗　戏洪阳坡仲容　西江杂兴(2)　题梁州客舍壁	7	8
权汉功	瀛国公第盆梅　与元朝冯子振待制　在都下　琵琶行　皇庆癸丑酒酣得四书于大同江轩窗　永明楼　送式无外上人乘舟如上国	7	7
闵思平	没朴耻庵　东国四咏益斋韵(4)	2	5
柳淑	从玄陵朝元东还路上　读史　丁酉夏上赐安社功臣录券仍降宣酝诸功臣会洪相宅设筵座上呈诸功臣相国　大师踏清赋诗次韵　寄佐郎赵瑚　书怀寄赵瑚先辈　寄同年闵执义璇	7	7
朴瑗	扈从应制	1	1

(续表)

诗人	诗题	题数	首数
安起	扈从应制	1	1
南兢	奉呈郭提学珝	1	1
河乙沚	送偰符宝还朝	1	1
罗兴儒	奉使日本	1	1
韩修	郑中丞谪居东莱对月抚琴　石房途中　无题(2)	3	4
李湛	枯木	1	1
郑枢	闻莺有感用元内书韵　读唐高宗纪　读唐中宗纪　福州旅舍有雨欲访韩祭酒修以风不出　桥西　定州途中　老妓　陶隐李谏议自诵省中述怀用其韵以戏李公为门下舍人时事(4)	8	11
权思复	送客促马到湖楼客已去登舟有作　放雁　长守驿壁上有题　谢友人惠茶　丙寅三月病后题	5	5
偰逊	庄村醉归口号(6)　过营城口号　七站途中　将赴春官途中自嘲	4	9
释懒翁	警世(2)	1	2
释无名	智异山庵醉后有作　新住水多寺感旧有作	2	2
	总数	125	162

《东文选》卷之二十二
七言绝句

诗人	诗题	题数	首数
许锦	闰重阳日登屋山怀逸民宪叔　炙背	2	2
咸承庆	新堤村庄	1	1
金永暾	扈从白马山应御制	1	1
李玖	赵副令出按关东记关东隐君子(2)	1	2
释了圆	幻庵	1	1
李穑	与叶孔昭赋青山白云图　乔桐　洞庭晚霭　雨暗江林　田家　独坐　寄东亭感春　小雨　滕王阁图　骊江　访密城两朴先生　呈省郎诸贤　板桥　绝句榆关小憩寒松禅师沽酒　题牧庵卷　纪事　复作绝句	19	19
郑梦周	登定州城楼　哭李密直种德　漂母坟　怀金海旧游　杨(扬)子江　姑苏台　舟次白鹭洲　舟中夜兴　题骊兴楼　寄李正言	10	10
李崇仁	寄三峰隐者　过金仲贤故居　登楼　沙门岛怀古(3)　西江即事(2)	5	8

(续表)

诗人	诗题	题数	首数
权兴	草堂	1	1
吉再	金鳌山大穴寺广寒楼　闲居	2	2
金九容	夜泊杨(扬)子江　武昌　野庄	3	3
徐甄	述怀	1	1
金齐颜	休暇　益齐李文忠公挽辞	2	2
赵浚	次狼川客舍韵　壬戌夏倭寇庆尚遂屠州郡六月十一日承督战之命倍道驰驿歇马于赤登渡因题一绝　次尚州客舍诗韵　次牟良驿诗韵　安州怀古	5	5
卞仲良	铁关途中　竹堂入直	2	2
尹绍宗	别正言李存吾　栗亭　敬孝大王挽词　题碧蹄驿	4	4
廉兴邦	枕流亭	1	1
郑思道	次韵呈韩山君李颖叔　西江赠郑先生达可奉使江南　迎日闲居	3	3
康好文	题熊川江　偶题	2	2
韩方信	送江浙使次使者韵	1	1
元松寿	昼眠　燕至　次郭忠秀总郎韵　正旦卖慵懒　送安宗源赴江陵府使　伏睹洪南阳侯彦博次曹南堂诗韵(3)　崇教法眼上人自江浙省渡海将游金刚山未遂而归	7	9
郑道传	四月初一日　重九　访金居士野居　访金益之　莱州城南驿馆屏有妇人琴棋书画四图戏题其上(4)　癸酉正朝奉天殿口号	6	9
权近	击瓮图　蓬莱驿怀古　题柳少年山水图　金居士雪中骑牛游皱岩　即事	5	5
成石璘	访骑牛子不遇　贺赵侍中邀座主开谦	2	2
河允源	养性亭　赴任尚州次板上安相诗	2	2
赵云仡	送春日别人　游金刚山　题九月山小庵　即事　题云锦楼	5	5
偰长寿	即事	1	1
郑摠	过杨(扬)子江	1	1
姜淮伯	断俗寺见梅	1	1
李詹	渡于叱浦　夜过涵碧楼闻弹琴声有作　晋阳乱后谒圣真　慵甚　漂母墓　赠彭城监务李君　丁丑重九雷动虹见　闻秭归	8	8
李原	平壤奉呈颐斋	1	1
郑俊	通州途中　在襄州寄春州金使君郡　叙怀　宿仪真口夜雨闻雁	4	4
郑以吾	翰院寄晋阳诸生　次韵寄郑伯容　竹长寺　次茂丰县壁上韵	4	4

(续表)

诗人	诗题	题数	首数
卞季良	试闱	1	1
朴瑞生	题文殊骑牛图　船上即景	2	2
柳方善	即事	1	1
咸傅霖	次清心楼韵	1	1
曹庶	庆安府　五灵庙	2	2
南在	次广州清风楼韵	1	1
鱼变甲	题池浦家壁	1	1
陈义贵	哭郑三峰	1	1
尹祥	次碧松亭唱和诗	1	1
权湛	广州北楼	1	1
河仑	题广州清风楼	1	1
权弘	送权司谏兄左迁赴清风郡湛	1	1
梁汝恭	无极溪上别而立而立有诗次韵赠之	1	1
李行	次燕子楼韵	1	1
辛引孙	次灵鹫楼韵	1	1
李孟畇	叹无子	1	1
黄喜	癸亥元日会礼宴	1	1
李那	寄柳嘉山　偶吟	2	2
姜硕德	潇湘八景图有宋真宗宸翰(10)	1	10
权踶	题首安寺澄公方丈	1	1
李孟常	次司谏院韵呈僚丈	1	1
崔修	题骊兴清心楼	1	1
李永瑞	送金翰林系熙以亲老休官归金海	1	1
李垲	蔷薇　梨花　三色桃　玉簪花	4	4
姜希颜	风雨夜用王荆公诗韵赠景醇　四友亭咏松	2	2
成侃	宫词(4)　偶书	2	5
权擥	次昌平东轩韵	1	1

(续表)

诗人	诗题	题数	首数
朴元亨	义州东轩用前韵　忆京家杂卉在义州作　病中示子安性	3	3
李克堪	次大同江楼船韵　淡淡亭　议政府莲亭	3	3
金寿宁	次三陟竹西楼卧水木桥	1	1
申叔舟	寄中书诸君　咏日本踯躅	2	2
	总数	158	179

六言

诗人	诗题	题数	首数
李淑琪	青嶂幽林图	1	1
郑梦周	雨中登义城北楼　过杨(扬)州	2	2
	总数	3	3

参考文献

[1] 徐居正,等. 东文选[M]. 首尔:民文库,1968.
[2] 徐居正,等. 东文选[M]. 唐版. 首尔:民文库,1989.
[3] 释子山,夹注;查屏球,整理. 夹注名贤十抄诗[M]. 上海:上海古籍出版社,2005.
[4] 许文燮,李海山. 朝鲜古典文学选集(2):古代歌谣古代汉诗(朝鲜文)[M]. 北京:民族出版社,1988.
[5] 金富轼. 三国史记[M]. 首尔:弘新文化社,1994.
[6] 一然. 三国遗事[M]. 首尔:己酉文化社,2002.
[7] 郑麟趾. 高丽史[M]. 首尔:亚细亚文化社,1983.
[8] 金宗瑞,等. 高丽史节要[M]. 首尔:亚细亚文化社,1972.
[9] 司马迁. 史记[M]. 北京:长城出版社,1999.
[10] 班固. 汉书[M]. 北京:长城出版社,1999.
[11] 范晔. 后汉书[M]. 北京:长城出版社,1999.
[12] 陈寿. 三国志[M]. 北京:长城出版社,1999.
[13] 诗经[M]. 王秀梅,译注. 北京:中华书局,2015.
[14] 屈原. 楚辞[M]. 北京:中国画报出版社,2014.
[15] 孔丘. 论语[M]. 南昌:江西人民出版社,2016.
[16] 萧统. 文选[M]. 北京:中华书局,1974.
[17] 山海经[M]. 郭璞,注. 上海:上海古籍出版社,1989.
[18] 庄子[M]. 夏华,等编译. 北京:北方联合出版(传媒)股份有限公司,2016.
[19] 老子[M]. 北京:中国文史出版社,2003.
[20] 韩非子[M]. 北京:中国文史出版社,2003.
[21] 尚书[M]. 北京:中国文史出版社,2003.
[22] 左氏春秋[M]. 北京:中国文史出版社,2003.
[23] 徐兢. 宣和奉使高丽图经[M]. 北京:商务印书馆,1937.
[24] 高步瀛. 文选李注义疏[M]. 北京:中华书局,1985.
[25] 欧阳询. 艺文类聚[M]. 汪绍楹,校. 上海:上海古籍出版社,1965.
[26] 武汉大学中文系. 新选唐诗三百首[M]. 北京:人民文学出版社,1980.

[27] 敬平. 宋词三百首[M]. 延吉:延边人民出版社,2000.
[28] 蔡美花,赵季. 韩国诗话全编校注[M]. 北京:人民文学出版社,2012.
[29] 周啸天. 诗经楚辞鉴赏辞典[M]. 北京:商务印书馆国际有限公司,2012.
[30] 周啸天. 唐诗鉴赏辞典[M]. 北京:商务印书馆国际有限公司,2012.
[31] 金柄珉 金宽雄. 朝鲜文学的发展与中国文学[M]. 延吉:延边大学出版社,1994.
[32] 金宽雄,金东勋. 中朝古代诗歌比较研究[M]. 哈尔滨:黑龙江朝鲜民族出版社,2005.
[33] 张哲俊. 东亚比较文学导论[M]. 北京:北京大学出版社,2004.
[34] 陆锡兴. 汉字传播史[M]. 北京:语文出版社,2002.
[35] 朴文一,金龟春. 中国古代文化对朝鲜和日本的影响[M]. 哈尔滨:黑龙江朝鲜民族出版社,1999.
[36] 王晓平. 亚洲汉文学[M]. 天津:天津人民出版社,2001.
[37] 王福祥. 日本汉诗与中国历史人物典故[M]. 北京:外语教学与研究出版社,1997.
[38] 胡大雷. 文选诗研究[M]. 桂林:广西师范大学出版社,2000.
[39] 黄枝连. 东亚的礼义世界:中国封建王朝与朝鲜半岛关系形态论[M]. 北京:中国人民大学出版社,1994.
[40] 赵东一. 韩国文学通史(1-2)[M]. 首尔:知识产业社,2005.
[41] 金钟喆.《东文选》的理解和分析[M]. 首尔:青文阁,2004.
[42] 金台俊. 朝鲜汉文学史[M]. 首尔:朝鲜语文学会,1931.
[43] 李慧淳. 高丽前期汉文学史[M]. 首尔:梨花女子大学出版社,2004.
[44] 李家源. 韩国汉文学史[M]. 南京:凤凰出版社,2012.
[45] 闵丙秀. 韩国汉诗史[M]. 首尔:太学社,1996.

后 记
HOUJI

  时光荏苒，光阴似箭，又一个明媚的新春，虽然新冠疫情给春色蒙上了不少阴影，但为期7年余的以《东文选》为中心的高丽汉诗研究终于告一段落了。2014年开始研究《东文选》以来，收录在《东文选》中的汉诗与中国文化的关联深深地吸引了我，一路走到现在，其间有近20篇研究论文和与高丽时期的民俗有关的诗歌一道，发表在各种刊物上，博得了一些美誉。但是研究古汉诗是一个苦差事，尤其是在中国研究韩国的古典诗歌的确有些难度，好在远在韩国的热心学友包括学生热情地帮助了我，最终有了这个成果。

  在撰写这本书稿的时候，正值新冠疫情暴发期间，疫情对我们来说是一种灾难，带来了不少生活上的不便和痛苦；疫情无情地袭扰了我们的正常生活，也给我们的研究带来了不少影响。但在某种意义上来讲，这是我集中精力撰写书稿的绝好时机。有时在家线上上课，也给我省下一些劳累的通勤时间，让我有时间赶写书稿，于是得以提前完稿。撰写书稿期间，得到了远在异国他乡的女儿以优异的成绩获得博士学位的喜讯，这也激励我加快了本书稿的写作进度。

  这个成果是粗线条的，不少地方只是点到为止。这说明其中还有不少继续深入研究的空间和余地。希望感兴趣的同仁和我继续进行相关的研究，填补这些不足。我的一些同仁和学生王杨（现为长春大学教师）、张宝双（现为辽宁师范大学教师）、郝曦光（现为深圳大学教师）、梁旭（现为黑龙江大学教师）、姜夏（现为长春理工大学副教授）等在完成自己博士学位论文的同时，参加了资料的收集、整理和统计等多项研究工作，有的同学和我结伴发表了论文。在此特向他们表示感谢，望他们日后学业有成，在中韩古典文学比较研究领域取得优异的成绩。在本书出版过程中，中国社科院学部委员、山东大学讲席教授、东北亚学院学术委员会主任张蕴岭和东北亚学院院长赵玉璞教授、副院长张景全教授、副院长郑冬梅教授，也提出了不少宝贵意见，向他们表示衷心的感谢。还有为本书的出版付出心血的东南大学出版社刘坚教授，向他表示衷心的感谢！另外，我在山东大学的博士生陈翘楚，硕士生孙嘉钰、刘琳、闫仁举等同学也为本书的撰写提供了不少帮助，在这里一并表示感谢！

山东大学东北亚学院朝韩系教授

尹允镇

2022年4月16日于威海山大公寓